Mar abierta

MARÍA GUDÍN

Mar abierta

Grijalbo

Primera edición: junio, 2016

© 2016, María Gudín
© 2016, Penguin Random House Grupo Editorial, S. A. U.
Travessera de Gràcia, 47-49. 08021 Barcelona
Mapas del interior: © 2016, Pepe Medina

Printed in Spain – Impreso en España

ISBN: 978-84-253-5434-2
Depósito legal: B-7.299-2016

Compuesto en La Nueva Edimac, S. L.

Impreso en Unigraf
Móstoles (Madrid)

GR54342

Penguin
Random House
Grupo Editorial

*A mi madre, centro de mi familia, la mejor asesora,
una mujer moderna e inteligente*

Hay tres clases de seres humanos: los vivos, los muertos y los que se hacen a la mar.

ANACARSIS, siglo VI a.C.

Len

1

Oak Park

Santo Domingo, abril de 1655

A veces aún me despierto con el recuerdo del roble centenario en lo alto de la loma que desciende hacia el vado de las ovejas. Tras la loma se oculta Oak Park, la Casa del Roble. Siempre es el mismo recuerdo, reiterativo, y en él me veo corriendo hasta llegar al árbol que da nombre a la propiedad. Desde allí se divisa la gran mansión de piedra donde me crié y adonde quizá ya no retorne nunca más.

En el jardín posterior, junto a la casa, una figura, pequeña en lo lejano, me busca nerviosamente. Piers... Debe de estar pensando que una vez más me escabullo de las lecciones, que mademoiselle Maynard se enfadará y ordenará que me encierren en el cuarto oscuro en los sótanos, en el lugar donde se rumoreaba que se oían ruidos raros. Donde, aún hoy, se oculta un secreto atroz.

Entonces Piers me ve y agita las manos, indicándome que baje. No le hago caso. Mientras él sube por la colina, doy vueltas alrededor del tronco girando y girando como una peonza hasta que me mareo y caigo al suelo riéndome. De repente, Piers está junto a mí, enfadado y, pese a todo, sonriente.

En aquella época yo era aún una niña, pero el amor que me llenaba el corazón no es menor al que le tengo ahora, cuando ha transcurrido tanto tiempo sin verle. Últimamente su rostro se me ha ido desdibujando en la mente y quiero que vuelva, atraerlo de nuevo hacia mí.

Por entonces el sol que atravesaba las ramas del roble me parecía cálido, quizá porque él, Piers, estaba conmigo; sin embargo ahora, que vivo en un lejano y ardiente lugar del trópico, pienso en el verano de las tierras inglesas y reconozco que el sol de mi pasado era tibio, incluso frío.

Nunca hablo del ayer, que se me almacena en la memoria de un modo amargo y dulce a la vez. Llevo largo tiempo sin apenas pronunciar palabra. Sospechan que me he vuelto loca, que los ingleses, con quienes transcurrió mi infancia, me maltrataron o quizá me embrujaron. No es cierto, aunque no me importa que lo crean así. Piensan que no entiendo bien el habla hispana, de sonidos recios, la lengua que un día aprendí de mi madre. No la he olvidado, pero prefiero guardar silencio.

Desde que llegué aquí, al lugar donde vive mi tío, en la lejana isla de La Española, a menudo me encuentran ensimismada y, cuando me hablan, les respondo con monosílabos o con muy escasas palabras. Al principio mi tío hizo venir a físicos que me practicaban sangrías, y luego a monjes dominicos de capas negras que me echaban agua bendita intentando que el diablo —decían que un demonio me había poseído— me abandonase. En su preocupación, no ha mucho tiempo, mi señor tío, el excelentísimo don Juan Francisco de Montemayor y Córdoba de Cuenca, oidor decano de la Real Audiencia de Santo Domingo, incluso llegó a traer a un brujo de un poblado próximo, un mulato cubierto con una máscara que comenzó a dar saltos mientras golpeaba rítmicamente un pequeño tambor. Al ver el espectáculo me entró una risa absurda, que contuve unos momentos hasta explotar. Mi tío debió de confirmar con aquello sus sospechas sobre mi locura. Hizo salir al hombre y me habló seriamente pidiéndome que guardase la compostura. Cesó la risa loca y comencé a llorar.

Creo que fue doña Luisa Dávila quien sugirió que mis pesares terminarían si yo le relataba a una buena cristiana, como cree ser ella, lo ocurrido tiempo atrás en tierras inglesas, en esa nación descreída y cismática. Para lograr ese fin, comenzó a acosarme con preguntas y a obsequiarme con una oficiosidad importuna y ridícula. Cuanto más inquiría ella, tanto más me callaba yo; y es que la dama me provoca rechazo y cierta repulsión. Quizá me recuerda a Elizabeth Leigh, la elegante hermana de Piers, a quien no puedo menos que atribuir gran parte de nuestras desgracias. Así que mi tío, al notar que yo me encerraba aún más en mí misma, le pidió que me dejase tranquila. La entrometida de doña Luisa nos ofreció entonces a Josefina, una esclava negra con fama de sanadora, para que me cuidase e intentase curarme la locura.

Mi señor tío, a quien yo desconocía antes de llegar a la isla, dudó pero terminó por aceptar. No entendía entonces ni entiende ahora lo que me ocurre y no sabe bien qué hacer. Me doy cuenta de que a veces me mira pensativo: a esta sobrina de cuya existencia se enteró recientemente, a esta mujer joven herida por la pesadumbre de un pasado del que no quiero hablar porque me tortura.

Me gustaría realmente haber perdido el seso, ser una demente a la que los recuerdos se le han borrado de la memoria. En cambio me atormentan, tornan una y otra vez, como en una bruma, y hacen que permanezca callada. Ahora que he entrecerrado los ojos y comienzo a dormitar, en mis sueños hay sangre, gritos, fuego, el olor de carne y madera ardiendo, los soldados parlamentarios, los terribles Cabezas Redondas, entrando en Oak Park, quemando el parque y destrozando la casa de los Leigh. Una vez más, grito al despertarme.

Se han debido de escuchar mis quejidos. Golpean con suavidad la puerta y, sin esperar respuesta, entra Josefina, la criada negra. La oigo regañarme por lo bajo mientras cruza mi habitación:

—Señorita Catalina, esto no está bien. Las ventanas son para abrirlas...

Es cierto. En mi cuarto no penetra el sol porque no lo dejo

pasar; me suele doler la cabeza y la luz brillante del trópico me molesta.

Pese a mis protestas, la negra descorre con energía los cortinones y una cálida brisa húmeda y la luminosidad del exterior inundan la estancia. A contraluz, se dibuja el contorno de Josefina con sus pechos voluminosos y su cabeza grande, leonina. Cuando se gira, dando la espalda a la ventana, me envuelve con su sonrisa de boca inmensa, labios gruesos y dientes mellados, y me mira con sus ojos joviales, sin pestañas pero de mirar dulce, de un color castaño tan oscuro que es casi negro. Se mueve balanceándose con gracia, como un lento y panzudo barco en una mar calma, como el navío que me trajo hasta aquí. Josefina se acerca a la cama sin parar de parlotear con su cadencia caribeña; yo la escucho sin hacerle mucho caso, aunque me hace gracia su forma de hablar, zalamera y amable.

Cuando doña Luisa la trajo a casa la recibí con prevención, la consideré una espía de nuestra oficiosa vecina, deseosa de enterarse de mi pasado. La sierva se dio cuenta de que yo no tenía confianza en ella; sin embargo, no se sintió intimidada y, como yo no le dirigía palabra, ella empezó a contarme su historia. Al principio no atendía, pero después lo que me iba relatando entró en mi mente: su infancia en una tribu de África, la captura, los horrores del barco negrero, la llegada a Cartagena de Indias y, de allí, a La Española. Lentamente creció en mí una cierta simpatía y me compadecí de un pasado perdido como el mío. Las primeras palabras que articulé en mucho tiempo fueron de consuelo hacia ella. Desde entonces empecé a hablar algo más. Mi señor tío, al ver el cambio, le pidió a doña Luisa que le vendiese a Josefina, a lo que ella se negó. La esclava es una excelente curandera y partera, y la distinguida dama se cobra buenos dineros por los servicios que presta. Sin embargo doña Luisa, que deseaba estar a bien con mi tío, no sólo oidor decano de la Audiencia sino también gobernador provisorio de Santo Domingo, nos la dejó como sirvienta a cambio de una pingüe compensación económica. Con frecuencia la negra desaparece para realizar los encargos que le ordena doña Luisa.

Desde que está con nosotros, muchas tardes Josefina se sienta junto a mí y, mientras permanezco acostada, me acaricia la mano que pende de la cama. Nos quedamos así muchas horas. Yo tendida, mirando al techo de vigas de madera sin verlo, evocando Oak Park, mis juegos infantiles, el amor en los verdes ojos de Piers, la guerra que asoló la casa, y ella a mi lado, envolviendo mis dedos finos y blancos entre los suyos, gruesos y negros, quizá recordando las tierras africanas donde aún mora su familia. Cuando estamos así se me calma el dolor, la desesperación se transforma en una tristeza algo más serena.

Hoy Josefina no me pregunta qué me pasa. Habla de las novedades en la ciudad, de la llegada del nuevo gobernador y de la flota mientras me obliga a levantarme, me peina y me sienta en el gran sillón frailero. Canturrea cuando arregla la alcoba haciendo la cama, limpiando el polvo y fregando los suelos. Por el rabillo del ojo, vigila si estoy bien o necesito algo.

Afuera, sobre un arbusto, una cigua palmera desgrana su canto alegre. En el patio, una cotorra imita la voz de mando de mi tío. Al oírla sonrío y Josefina se alegra de ver aquel cambio.

Mientras la negra sigue trajinando, salgo a la galería porticada del primer piso a la que da mi habitación. Abajo en el patio los sirvientes entran y salen de las cuadras, con baldes de agua sucia que arrojan a los canalones del suelo de tierra. Al cabo de unos minutos de estar allí observándoles, ellos se dan cuenta de mi presencia y levantan los ojos, fijándolos en mí tal como se mira a las locas, con compasión a la vez que con recelo. Regreso a mi cuarto, donde Josefina ya casi ha acabado. Me asomo a la ventana, más allá fluye la caudalosa corriente azul del río Ozama, refulgente por la luz del sol y limitado a mi vista por las antiguas y gruesas fortificaciones donde se apoya la residencia de mi tío. Por él navega un galeón, aunque sobre la muralla únicamente se divisan sus mástiles y las velas semi-desplegadas. Me abstraigo ante el sonido del puerto fluvial pero, para mí, en el mundo ya no hay nada, porque mi amor de infancia se perdió en las aguas de ese mar que parece ahora alegre y rutilante.

2

Las clases

Oak Park, verano de 1640

M e parece estar aún en la sala donde compartía estudios con las hermanas de Piers: Margaret y Ann Leigh. Recuerdo el ventanal de vidrio emplomado que abrían al llegar el buen tiempo y una brisa fresca moviendo las cortinas. Delante del mismo se situaba mademoiselle Maynard para explicar las lecciones con un acento inequívocamente francés. A menudo yo no la escuchaba; me distraía intentando divisar, a través del retazo de ventana, a Piers y a su hermano mayor, Thomas, quienes solían lograr que el señor Reynolds les permitiese terminar antes las clases para salir a galopar por los campos.

A la hora del almuerzo, nos reuníamos en un pequeño comedor cercano a la sala de estudios, donde comíamos con los tutores. Nos distribuíamos siempre de la misma manera: el preceptor de los chicos y nuestra institutriz frente a frente en el centro de la mesa, los chicos junto al señor Reynolds y las chicas junto a mademoiselle Maynard, dispuestos a ambos lados en orden de edad.

Como Piers y yo éramos los más pequeños nos sentábamos a uno de los extremos de la mesa. Nos dábamos patadas por debajo o nos hacíamos señas. Ann y Margaret, algo mayores que nosotros, ya no se sentían a gusto con nuestros juegos infantiles y nos mandaban callar o nos reñían diciéndonos que estuviésemos quietos. Piers discutía tanto con ellas como se compenetraba con Thomas. Para Piers, que entonces tenía doce años, éste era más que un amigo; había sido su compañero de juegos pero, en la época en que yo llegué a Oak Park, Thomas Leigh estaba a punto de marcharse para iniciar sus estudios de leyes en Oxford y, como se consideraba mayor, le hacía menos caso. A Piers no le quedó más remedio que aceptarme si no quería aburrirse solo. Los dos éramos inquietos, hechos —ahora lo veo bien y es como si un trozo de mí misma me faltase— el uno para el otro. Teníamos ese mismo punto de humor que hace que dos personas se entiendan casi sin hablar. Jugábamos a trepar a los árboles, a escondernos o a reírnos con cuentos e historias graciosas… De cuando en cuando leíamos juntos algún libro o nos peleábamos, y aquellas trifulcas constituían parte de la diversión. Algunas veces, sobre todo en las lecturas, se nos unía Ann, que le llevaba unos dos años a Piers pero que se consideraba ya una damita, y procuraba actuar con decoro y compostura; en realidad, aún era una niña y, cuando la institutriz no se hallaba presente, participaba de nuestros juegos alocados.

En mi mente se ha fijado Ann Leigh como era entonces, cuando llegué a Oak Park. Una jovencita de cabello rubio ceniza más bien oscuro, en el que a veces brillaban hilos de oro bajo el sol, con unos grandes ojos azules de pestañas claras y la nariz fina y alargada. Era tímida y le gustaban la vida sosegada, los largos paseos por el campo, las veladas leyendo junto al fuego en la biblioteca. La de la casa de los Leigh estaba bien surtida, y Ann tenía preferencia por Shakespeare y los poemas de amor de John Donne. A veces ella y yo nos sentábamos en la parte posterior de la casa, bajo un abeto desde donde se divisaban la magnífica silueta de Oak Park, las ruinas de la abadía cubiertas por musgo, el estanque y los jardines. Allí, me iba leyendo historias de las que, a menudo, se inventaba el final.

Margaret, un año mayor que Ann, era más viva y alegre. Tocaba muy bien el clavicordio, era hábil en las labores, y hablaba y hablaba mientras bordaba o cosía. Le encantaban los chismes y las habladurías, sobre todo de la corte, y lo único que le vi leer alguna vez eran los pasquines que conseguía a través de los criados o el preceptor de los chicos. Me parece escuchar aún su risa agradable y contagiosa ante cualquier anécdota o suceso que se comentase, captando siempre el aspecto cómico y divertido. Era una belleza escondida, que se descubría poco a poco, de piel blanca, ojos oscuros y cabello negro, un corte de cara ovalado y una nariz de suave curvatura aguileña.

Las dos hermanas disfrutaban con la música y la danza y me enseñaron a bailar. A mí me protegían; de algún modo, desde que llegué me consideraron su hermana pequeña. De hecho, la mayoría de objetos y vestuario que yo poseía los heredé de ellas.

Después del almuerzo había un tiempo obligado de reposo. Los maestros se retiraban a sus habitaciones mientras los niños teníamos que descansar o preparar alguna tarea. Piers y yo aprovechábamos aquellos momentos y nos escapábamos. Teníamos amenazadas a Margaret y a Ann para que no dijesen nada. En los días cálidos corríamos por los campos, llegando al alto donde se sitúa el viejo roble y aún más allá, hasta la Torre de los Normandos, un antiguo torreón ruinoso, que se decía construido en tiempos de Guillermo el Conquistador para vigilar la cercana costa. Incluso nos metíamos en el río, atravesando el vado de las ovejas, o nos alejábamos hasta el acantilado y la playa.

En los más frecuentes días de lluvia recorríamos los pasillos, descubríamos los pasadizos que unían las habitaciones e incluso nos colábamos en el territorio prohibido de las cocinas tratando de escamotear algún dulce.

Las cocinas en Oak Park eran espaciosas, bien distribuidas. En el centro, un enorme horno siempre encendido caldeaba el ambiente. Había una sala aparte para las carnes donde un matarife preparaba ocas, venados y, en ocasiones especiales, carne de ternera o de pato. La caza procedía de la propiedad. Al fondo, en otra sala, un panadero amasaba con fuerza la harina de la que saldrían panes, tartaletas, pastelillos y todo tipo de delicias. Recuerdo bien a Matt, el panadero que se encargaba a la vez de encender el horno, un hombre grande de piel cetrina, que a mí me parecía muy mayor, casi un anciano, pero que no lo debía de ser tanto, porque cargaba con destreza la gran pala de madera con masa fermentada que introducía en el horno. Se decía que había sido marino y estaba cojo, pero eso no parecía dificultar su trabajo ni la fuerza hercúlea de sus brazos. Las cejas espesas y encanecidas le atravesaban la frente y sombreaban unos ojos oscuros, desafiantes. Protegía la pastelería y los comestibles del robo de criados jóvenes y de la chiquillería de la casa. Le teníamos pavor.

Una tarde lluviosa en la que jugaba a esconderme de Piers me quedé encerrada en una pequeña cámara de los dominios del hornero. Me había ocultado tras unos sacos de harina y alguien cerró la puerta. No me atreví a revelar mi presencia cuando escuché las vueltas de la llave en la cerradura ni tampoco después, temerosa del castigo, aunque me sentía asustada, me aterrorizaba estar encerrada en un lugar pequeño y oscuro. Comencé a llorar. Pasado un tiempo que se me hizo eterno, se abrió la puerta y entró alguien. Contuve la respiración y espié entre los sacos. Era Matt, que empezó a afilar un cuchillo en una piedra; el ruido era desagradable, chirriante. Estaba atemorizada, sólo pensaba que si me descubría me mataría y no volvería a ver a Piers, ni a Ann, ni a Margaret ni a Thomas; me reuniría con mi madre.

Al rato, cesó el ruido y el hornero comenzó a cortar rebanadas de pan blanco, tatareando una melodía dulce. Después la melodía se convirtió en palabras que me resultaron familiares al oído, palabras que nada tenían que ver con el idioma que se hablaba en el país; no era inglés, ni tampoco el castellano de mi infancia. Me hizo pensar en mi madre. De pronto recordé la canción que sonaba, la conocía bien.

Como hipnotizada, me alcé detrás de los sacos. Al oír el suave sonido que produje al levantarme, Matt se giró y me vio. Me tapé la cara con las manos, pensando que me iba a hacer daño. Los pasos enérgicos del hombre se dirigieron hacia donde yo estaba, un brazo recio apartó el saco detrás del que me ocultaba. Apoyó una gran manaza en mi hombro, después la otra y a continuación me levantó en vilo. Oí una voz gutural que me hablaba en la lengua de mi madre.

—¡Me voy a comer una niña cruda!

Al pronto, noté que los brazos que me sujetaban comenzaban a temblar ligeramente. Retiré las manos de la cara y, al mirar hacia el rostro cetrino del hombre, vi que las comisuras de sus labios y de sus ojos se curvaban hacia arriba.

—¡Señorita Catalina! Todo el mundo os busca.

Me bajó y el temblor, fruto de la risa contenida, se convirtió entonces en una franca carcajada. Su risa alivió algo mi miedo y avivó mi curiosidad.

—¿Por qué cantáis esa canción? —le pregunté.

Me miró afectuosamente, pero no me contestó.

—Sí —insistí—, esa canción la cantaba mi madre.

Aquella nana me había acunado cuando casi no sabía hablar, en casa de mis abuelos maternos en las tierras vascas. Siempre me había acompañado cuando mi madre aún vivía.

—Además, no me llamo Catalina, ¡ahora soy Len!

Siguió callado, a sus ojos se asomó la añoranza de algo que no entendí. De pronto me dijo:

—Ahora en vuestros ojos brilla la rabia que alguna vez aprecié en la mirada de vuestro bisabuelo. Sois la bisnieta de don Miguel de Oquendo, capitán general de la escuadra del Cantábrico, sois doña Catalina de Montemayor y Oquendo.

—¿Conocisteis a mi familia? ¿Sois del país de mi madre?

—Vasco de Donostia.

Me asaltaron mil preguntas pero, antes de que pudiera hacerlas, él me miró con aquellos ojillos chispeantes, tan oscuros que parecían negros. Entonces me habló despacio en una extraña lengua en la que se mezclaban el inglés, el castellano y posiblemente aquel idioma vasco de las tierras de donde ambos procedíamos.

—Me guardaréis el secreto: os callaréis y no diréis a nadie que habéis estado hablando con el viejo Mateo de Aresti… Por mi parte, yo no le contaré a la señorita Maynard a qué os dedicáis vos y el señorito Piers cuando debieran estar descansando.

A lo lejos oí la voz de Piers que me llamaba. Di unos pasos despacio hacia la puerta, de nuevo escuché la llamada, más apagada, de mi compañero de juegos. Al fin salí corriendo a buscarle y, desde las cocinas, llegué hasta el parque, donde le encontré junto al estanque en la parte posterior de la casa. Me hizo señas para que me acercase.

—¿Dónde demonios te has metido?

Le conté mi aventura. Se quedó muy callado. Al acabar, exclamé:

—Se sabe mi nombre completo, Catalina de Montemayor y Oquendo. Aquí, en estas tierras, siempre he sido Kathleen, y para vosotros Len. No sé cómo se habrá enterado.

Él me miró divertido, pronunciando muy despacio en el castellano que aprendía con el señor Reynolds:

—Dona Catalina… Sí, me gusta, suena bien. ¿Cómo sigue?

—De Montemayor y Oquendo. Y es «do-ña».

Él repitió con un acento británico que me hizo reír:

—Do-nna Catalina de Montemayor y Oquendo. ¡Suena imponente! Padre dice que los nombres españoles son rimbombantes, como su imperio. Desde luego, si ese es tu nombre debes de venir de una familia importante. Yo sólo me llamo Piers Leigh. Muy corto, muy poco importante.

—¡No te burles de mí! Y ahora soy Len, soy de aquí, de Oak Park. Ya no me acuerdo de dónde he venido.

Eso no era verdad; por supuesto que recordaba el pasado y de dónde había venido, pero ya en aquella época, cuando habían transcurrido pocas semanas desde mi llegada a la Casa del Roble, quería a toda costa ser una Leigh, no alguien de otra familia, de otras tierras. En aquel tiempo quería ser una hermana para Piers, luego ya no. Más tarde le amé de otra manera.

Me enfurruñé y crucé los brazos. Piers no me hizo caso y siguió hablando, tan sorprendido como yo por lo ocurrido.

—¡Qué extraño! Los otros criados dicen que el viejo Matt está chiflado.

—Conmigo fue amable, sólo se rió de mis miedos.

—Ha vivido con nosotros desde antes que yo naciera. Dicen que llegó en un naufragio y que mi bisabuelo le acogió. A lo mejor es un espía del rey de España…

—¿Qué va a espiar tan lejos de la corte?

—Quizá las reuniones de la sala Este…

Nos quedamos callados. En una esquina de la casa, hacia donde salía el sol, había un salón no muy grande donde lord Edward Leigh se reunía de cuando en cuando con caballeros de la vecindad o con miembros del Parlamento llegados de Londres. A Piers no le dejaban entrar allí, por eso le obsesionaba aquel gabinete.

—No lo creo, me ha parecido un buen hombre. Los espías son malos.

—Para ti sólo hay buenos y malos —me dijo Piers—, pero yo he aprendido que hay malos que a veces son buenos y buenos que no están a la altura.

En ocasiones las consideraciones filosóficas de Piers me sobrepasaban. «Malos y buenos», pensé.

—Piers, ¿tú crees que yo soy mala?

—Cuando te escabulles, sí que lo eres. Ahora te has portado mal y vas a tener problemas. Mademoiselle Maynard te ha estado buscando, ¿qué le vas a decir?

—Que me perdí.

—Te va a preguntar dónde…

—¡No le puedo decir que me quedé encerrada en las cocinas mientras jugaba al escondite!

—Mi se-nnora do-nna Catalina, os veo castigada en vuestro cuarto durante algunos meses —se burló Piers.

Me enojé.

—¡Da igual!

Sí. Nos daba igual que nos castigasen encerrándonos en nuestras habitaciones, conocíamos bien cómo salir. Los cuartos de los niños estaban situados en el tercer piso de un torreón, de cuando la casa había sido una fortaleza medieval. Las ventanas asomaban a unas antiguas almenas que formaban una gran terraza, la cual constituía el techo de la mansión; a través de ellas podíamos salir y de allí tornar a entrar a través de alguna otra habitación donde no se hubiesen cerrado. Por eso, ser castigados a nuestro cuarto no nos asustaba. Lo único que realmente nos imponía respeto era que mademoiselle Maynard o el señor Reynolds nos amenazaran con encerrarnos en una celda oscura donde había una calavera, abajo en los sótanos. ¡Se decía que era una antigua mazmorra de tiempos de Eduardo III! Thomas y las chicas nos habían asustado contándonos historias de que allí, por la noche, se escuchaban todo tipo de ruidos, gemidos, palabras susurrantes que atravesaban el ambiente. Se decía también que, más abajo aún, en las profundidades de la mansión de los Leigh, en tiempos de la Reforma se había torturado y ejecutado a los frailes de la abadía contigua a la casa, de la que ahora sólo quedaban ruinas. Por ello, algunas noches, sobre todo las de luna llena, sus almas en pena se paseaban buscando venganza. Tras escuchar alguna de estas historias de labios de la servidumbre, Piers y yo no dudábamos de que los sótanos de Oak Park estaban habitados por espectros. Me aterrorizaba la idea de bajar hasta allí, y a él le ocurría algo semejante, por mucho que se hiciera el valiente. Sí, la peor amenaza para nosotros, cuando éramos niños, era ser enviados a la celda de la calavera, y temiendo ese desenlace emprendí rápidamente el regreso hacia la habitación de estudio. Cuando llegamos, nos estaba esperando mademoiselle Maynard, descompuesta por mi desaparición. Me condujo a un pequeño saloncito en la tercera planta y lo cerró con llave.

Por el ventanal entraba la luz del sol de la tarde. Me puse rabiosa; si no me hubiera quedado encerrada en el cuarto de los sacos de harina y no me hubiesen castigado, tal vez habríamos podido acercarnos hasta la costa, a los acantilados en los que rompían las olas del mar del Norte. Piers amaba el mar, me decía siempre que algún día sería marino y recorrería el mundo… Había navegado alguna vez en un mercante con su padre, se sentía muy ufano de ello. Sí, tal vez Piers ya se habría ido hasta la costa mientras yo estaba allí, encerrada y aburrida.

Para distraerme del tedio del confinamiento, de un estante cercano a la chimenea alcancé un libro. Era el favorito de Piers y mío, un libro con ilustraciones en las que se veían barcos de diversas formas y velamen. Estaba escrito en el idioma de mi madre. Pasé lentamente las hojas: una nao antigua, otra con dos velas que lucía los pendones de Castilla, una pequeña carabela con velas cuadradas, una urca veneciana, el ligero patache, la galera con sus largos remos, un barco que nunca se veía en la costa del mar del Norte.

Giré otra página y allí estaba, el grabado más hermoso de todos. Una nave enorme, con un casco de recio maderamen y un prominente y almenado castillo de popa: un galeón.

3

La historia de doña Isabel de Oquendo

La ciudad de la Torre del Oro,
primavera de 1639

Sí, en un galeón como aquél salí de España, del país de mis antepasados. En mi mente, después de tantos años, aún se alberga el recuerdo de una ciudad brillante, luminosa, con una torre que me pareció que se decía que era de oro. Una ciudad de callejas intrincadas, rincones oscuros, geranios y rosas en las ventanas, galeones varados junto a un río ancho y de aguas mansas que atravesaban barquichuelas de pescadores y barcos de mayor calado. Una ciudad que olía a freidurías, a ajo y a vino fuerte; en la que se escuchaban el tráfago constante de carretas con mercaderías, el armónico son de las campanas de las iglesias y las voces dispares de los comerciantes.

Una mujer alta y hermosa, mi madre, no me soltaba de la mano cuando paseábamos, temerosa de perderme. Nos alojábamos en la casa modesta de una viuda, donde permanecimos bastante tiempo, quizá meses, de los que apenas quedan rastro en mi memoria; sólo recuerdo el sol abrasador, el desasosiego de mi madre, el sucederse de jornadas monótonas, cargadas de hastío. Necesitábamos los permisos para embarcar que se expedían en la Casa de la Contratación, que se demoraban.

Al fin nos los concedieron y embarcamos en uno de los galeones. No podría decir cuándo salimos de la ciudad de la Torre del Oro, sólo me acuerdo de un barco con un gran castillo de popa, las banderas de la Corona española al frente y las velas desplegadas. Me parece recordar la excitación que sentí al subir a la nave por la pasarela de madera de tablas bamboleantes que separaban el muelle de la cubierta. Ya a bordo, nos saludó un joven oficial, que trató a mi madre educadamente pero sin mostrarse obsequioso; no era más que la joven esposa de un soldado de la Corona destinado en un fuerte de una isla caribeña, no íbamos al virreinato de Nueva España ni a las ricas tierras del Perú. Sin embargo, cuando poco después el capitán del barco reparó en los apellidos de mi madre, Oquendo y Lazcano, se inclinó ante ella, mostrándole sus respetos. Don Martín de Arriola era un marino guipuzcoano que admiraba el prestigio naval de los Oquendo y consideró que la hija del almirante don Antonio no podía ir con el pasaje común que se amontonaba en las bodegas del barco, por eso dispuso que se la instalase en un camarote preferente, cercano al castillo de popa, como si mi madre perteneciese a la nobleza. Aquella deferencia del capitán marcaría nuestro destino.

Nos deslizamos por las aguas del Guadalquivir y bordeamos las costas gaditanas hacia las islas Canarias por el mar de las Yeguas. La navegación en aquella hermosa primavera de mis años infantiles era tranquila, una brisa suave nos empujaba hacia el sur. Desde la amura de babor, mi madre y yo nos entreteníamos observando los otros barcos que componían el enorme convoy de la flota de Indias: galeones fuertemente armados con cañones y barcos mercantes, carracas los llamaban, para llevar la carga. Nuestro barco estaba situado en la retaguardia de la flota, muy cerca de la almiranta, que cerraba el convoy.

La primera noche don Martín de Arriola invitó a mi madre a cenar a su camarote, un lugar sin muchos lujos. La mesa, no más que una tabla alargada, se hallaba presidida por un sillón frailero anclado en el suelo donde se sentaba el capitán; a un lado, había un largo banco corrido pegado a la pared y, por el otro, banquetas también amarradas al piso para evitar que se desplazasen con el oleaje. Mi madre fue invitada a sentarse en la esquina del banco, al lado de don Martín, y apoyó la espalda en el maderamen del camarote; a su lado me senté yo. Aún me parece escuchar a aquel marino, que habló con consideración y respeto de don Antonio de Oquendo, almirante de la Armada y vencedor de los holandeses en Brasil, en la batalla de los Abrojos. Mi abuelo, al que yo no había conocido.

—¿Dónde está ahora? —preguntó.

—Creo que en el Mediterráneo, fue nombrado gobernador de Menorca.

—Entonces, el Mediterráneo está seguro. Vuestro padre es un gran hombre.

Don Martín continuó exponiendo las hazañas de mi abuelo en tono laudatorio. Mi madre le escuchaba en silencio; al cabo comenzó a enrojecer y sus ojos se llenaron de lágrimas. Sentí que quería que el capitán no prosiguiese la historia. En un momento dado suspiró.

—Yo sólo le he causado penas a mi padre —dijo suavemente.

Entonces don Martín cesó de hablar del almirante. La conversación con los demás a la mesa, unos clérigos que iban a América y empleados públicos que debían recoger sus cargos en el virreinato de Nueva España, derivó hacia los corsarios ingleses y holandeses que infestaban los mares del Caribe y todo el recorrido hasta las Indias.

Un día unas pequeñas nubes amanecieron sobre el océano y poco después se levantó un viento huracanado de poniente. Los marineros comenzaron a correr y a arriar velas. En poco tiempo el estallido de un trueno hizo que todo callara en el barco. Pronto los relámpagos atravesaban el horizonte, y el galeón se hundía y alzaba en un mar de espuma. Nos hicieron bajar a nuestro minúsculo camarote. Transcurrieron horas de angustia en las que permanecimos encerradas. Mi madre me tumbó en una hamaca y comenzó a cantar. De sus labios salía una preciosa melodía, una antigua nana vasca, la misma canción que el viejo Matt había cantado en el cuarto de la harina. El dulce son creo que le servía a mi madre para tranquilizarse ella misma y para tratar de adormecerme. Pero yo no conseguía dormirme, sólo sentía náuseas y todo me daba vueltas.

Al fin la tormenta amainó. Cuando salimos a cubierta, nuestro barco estaba solo, aislado de la flota. El viento nos había separado del resto del convoy, llevándonos hacia el norte, oí que un oficial comentaba que no muy lejos de las costas del Algarve portugués. Observé la preocupación en los rasgos del capitán, quien reemprendió la navegación quizá buscando a las otras naves.

Siguieron unos días de bonanza, en los que recuerdo a mi madre paseando su hermosa figura por la cubierta del galeón, con la brisa marina despeinándole el cabello castaño claro. Me hablaba de mi padre, don Pedro de Montemayor, de una nueva vida junto a él, alejada de habladurías y deshonras. Nunca volvió a verle.

Poco tiempo después, en una mañana en la que el sol extraía brillos del mar, el vigía gritó que un barco se acercaba. Percibí la expectación a bordo, ¿podía tratarse de algún otro rezagado de la flota de Indias? Al poco la nave izó una bandera. Cuando ondeó en lo alto del mástil, se despertaron gritos de indignación y rabia entre la tripulación. Se trataba de un navío de línea inglés que surcaba aquel paraje con patente de corso, buscando abordar algún galeón solitario como el nuestro; para ellos nuestro barco, lleno de mercaderías, podía ser un buen botín.

Se dio la orden de zafarrancho de combate y se nos ordenó que fuéramos a nuestro camarote. Resuenan aún en mis oídos el cruce de andanadas y recuerdo bien que mi madre me abrazaba intentando protegerme. En una de las descargas, un proyectil rompió la madera de nuestro camarote y con el balanceo del barco comenzó a entrar agua. Sobre nuestras cabezas, en las tablas de la cubierta del castillo de popa, resonaban los pasos de los marineros, que corrían de un lado a otro, el ruido de explosiones de cañón y los disparos de los mosquetes, los gritos de los hombres heridos o rabiosos. Finalmente el combate cesó. Unos marinos, de lengua en aquel entonces extraña para mí, nos hicieron salir a la cubierta. Allí observé el palo de mesana tronchado y por primera vez distinguí el color de la muerte en el rostro de un hombre. Tirado en el alcázar de mando, yacía don Martín de Arriola, el capitán que tan caballeroso había sido con mi madre.

Los marinos que habían abordado nuestro barco nos distribuyeron sobre la cubierta en dos grupos: uno el de las personas que nos acomodábamos en los camarotes del castillo de popa, otro con los demás pasajeros. Nuestro barco se escoraba peligrosamente. Trasladaron las mercaderías que se transportaban hacia América de nuestro galeón al navío inglés; luego, los que estábamos en el primer grupo fuimos conducidos al buque corsario. Al resto los dejaron en alta mar, donde los vimos alejarse en botes mientras el galeón se hundía. Allí se jugó el destino de mi madre y el mío; posiblemente si hubiéramos ocupado un lugar peor en el barco nos habríamos quedado con los pasajeros de menor rango y hubiéramos naufragado en el mar o quizá regresado a España, pero dado que se nos consideró rehenes por las que solicitar un posible rescate se nos trató con condescendencia. Nos condujeron con otros prisioneros distinguidos a los camarotes de popa del barco inglés y partimos.

Fue así como mi madre y yo llegamos a las tierras inglesas. Todos mis recuerdos de ese momento se reducen a un río de aguas caudalosas, un cielo cargado de nubes que de cuando en cuando dejaban atravesar el sol, unas riberas verdes pobladas de árboles y, al fin, una ciudad con edificios de madera y piedra, una fortaleza y un puente. Al fondo, desdibujadas en mi memoria, me parece ver aún las afiladas agujas de la catedral de San Pablo, las vidrieras de la abadía de Westminster refulgiendo al sol y, un poco más allá, los palacios del rey. Desembarcamos y, junto con los otros ilustres prisioneros, nos albergaron en una mansión grande y espaciosa cerca del río que pertenecía al noble que patrocinaba la expedición del corsario que nos había apresado.

En la casa de Holborn nos trataron bien al principio, mientras esperaban que llegase el rescate que habían solicitado por nuestra liberación. De cuando en cuando, oía suspirar a mi madre; decía que sólo los Oquendo podían ayudarnos. Después la escuché quejarse de que habían renegado de nosotras, que les vendría bien que estuviésemos pérdidas. Murmuraba para sí que su padre era el único que realmente la quería y nos hubiera auxiliado, pero se hallaba demasiado lejos, posiblemente desconocedor de todo. Mi madre temía lo peor, como así después ocurrió.

Para conseguir el dinero de nuestro rescate, finalmente se le permitió ponerse en contacto con la embajada de España ante el rey Carlos I Estuardo. Mi madre era una mujer de espíritu fuerte, capaz de manejarse por sí misma. Recuerdo que, con paso firme, atravesó las calles embarradas y sucias de la ciudad de Londres para ir a buscar con determinación su libertad y la mía.

Cerca de la casa de Holborn, escondida entre antiguas ruinas de tiempos de Enrique VIII, existe una hermosa iglesia de largas agujas, la iglesia de Santa Etheldreda, y junto a ella, una espaciosa casa de estilo Tudor; múltiples casitas de menestrales cierran una pequeña barriada. La casa y la capilla habían sido adquiridas por el conde de Gondomar, embajador del rey Felipe de España en tiempos de Jaime I Estuardo. Aunque el embajador había cambiado, continuaba siendo la sede de las misiones diplomáticas de la Corona española.

Allí se dirigió mi madre, escoltada por un criado de la casa de sus captores. Recuerdo que fui agarrada a su mano hasta aquel lugar, Ely Place, tan escondido entre las calles de la ciudad londinense. Antes de entrar en la residencia del embajador, mi madre fue a la capilla para implorar ayuda de lo Alto. Todavía me parece ver la gran vidriera, por la que se colaba la luz a través de los cristales coloreados que dibujaban imágenes de santos. Salimos de aquel lugar que me pareció mágico y accedimos a la mansión de ladrillo y piedra con ventanas apuntadas de vidrio emplomado. Nos hicieron pasar a una antesala en la que había gente esperando. Nos mirábamos unos a otros sin hablar; tal vez todos intentábamos, en aquellos tiempos difíciles, conseguir la protección del país más poderoso del mundo.

Un criado dio paso al gabinete del embajador a una anciana señora con la cara surcada por arrugas de sufrimiento. La dama rozó al pasar el bulto, semejante a una gran tabla forrada con tela, que sostenía bajo el brazo un caballero de ropaje negro, con botas altas y cuello almidonado blanco. Éste se retiró un poco y, al deslizarse la tela que lo tapaba, mi madre y yo, asombradas, vimos un hermoso lienzo. Mostraba a una mujer desnuda, de carnes generosas, muy blancas, con el pelo rubio recogido y un collar de perlas en el cuello; estaba acostada acariciando un perro, mientras disfrutaba de la música de un laúd tañido por un caballero. A través de una ventana se contemplaba el paisaje del jardín de una villa clásica. Mi madre me agarró fuerte de la mano y me alejó de allí para evitar, supongo, que viera un desnudo que debía considerar inconveniente para los ojos de una niña de ocho años.

Escuché sollozos en la estancia del embajador. Al fin la puerta se abrió y salió la mujer, aún más afligida. Caminó despacio hacia la salida mientras daban paso al hombre del cuadro. La desconsolada señora de pronto se tambaleó, mareada por la pena, y mi madre corrió a sostenerla. Las dos se sentaron a un lado de la sala y yo las observé con curiosidad. Oí que la dama articulaba algunas palabras en latín, pronunciado con acento inglés. Le decía algo así como «filius», «preste», y repetía una y otra vez la palabra «Tyburn» mientras lloraba. Después mi madre me contó que el hijo de aquella dama había sido condenado a muerte; había venido a hablar con el embajador español para impedir su ejecución, pero el enviado del poderoso rey de España nada podía hacer y su hijo sería ajusticiado al día siguiente en las horcas.

Un lacayo vino a buscar a la dama de negro, quien, apoyándose en él, se marchó. Mi madre la acompañó hasta la puerta. Las otras personas que esperaban parecieron no haberse dado cuenta del dolor de aquella mujer; miraban al frente, cada uno con su propio pesar.

Aguardamos largo rato mientras nos llegaban risas masculinas y alguna palabra malsonante del despacho del embajador. Yo intenté escuchar qué decían. Hablaban del cuadro, decían algo deshonesto de la dama desnuda. Le pregunté a mi madre para qué quería el embajador un cuadro con una mujer sin ropa. Ella me contó que al rey de España le gustaba la pintura y que el monarca inglés, que necesitaba dinero, vendía su colección. Posiblemente aquel hombre era un agente que compraba lienzos para el poderoso don Felipe IV y los llevaba a la embajada. Al fin, el hombre salió sin el cuadro y nos permitieron entrar a nosotras.

El embajador de España, don Antonio Sancho Dávila, escuchó atentamente a mi madre mientras ella le contaba cómo había sido apresada por los corsarios y la indignidad de tener que ser liberada.

—Las relaciones hispano-inglesas —la interrumpió finalmente— no son especialmente cordiales…

—¡No podéis consentir que a una súbdita del rey Felipe se la retenga injustamente!

Don Antonio fue hacia su mesa y revisó unos papeles, posiblemente el expediente de mi madre.

—Habéis sido apresada por un corsario que está patrocinado por alguien muy cercano a la Corona, un noble muy poderoso. No hay más remedio que pagar lo que piden.

—¡Es absolutamente ilícita mi captura!

—Mis noticias son muy distintas. He consultado vuestro caso en la corte, pero allí se niega que haya habido un secuestro o que un barco de bandera inglesa haya podido atacar un galeón español. Afirman que os «recogieron» en alta mar después de un naufragio y que de ello se han derivado gastos. No podréis retornar a las tierras de la Corona española hasta que los paguéis.

—¡Pero eso es una mentira inicua! ¡Fuimos atacados!

—Posiblemente… Pero, en este momento, reconocer un ataque corsario a súbditos de la Corona española podría suponer una ruptura de relaciones diplomáticas, algo a lo que no estamos dispuestos. Mantenemos demasiadas guerras en Europa para enfrentarnos además a los ingleses.

El embajador continuó diciendo que él poco podía hacer más que reclamar el pago del rescate, lo que pedían los corsarios era una cantidad que no estaba en su mano. Mi madre miró de reojo el hermoso cuadro, apoyado en la pared, y sonrió con tristeza; por aquello sí que podía desembolsar buenos dineros. Al percibir su expresión dolida, don Antonio Sancho Dávila se mostró más compasivo y, con cierta cordialidad, le preguntó por su familia. Los Oquendo eran ricos, ¿quizá podrían pagar la cantidad que el armador pedía?

—He escrito a mi padre, pero no obtengo respuesta… ni la tendré. —Mi madre me miró y bajó la voz, cuidando que yo no pudiera oírla, pero escuché atentamente—. No lo entendéis. Mi madre había muerto… tuve una hija… Me consideraron deshonrada. —Se le quebró la voz—. Me casé después, pero mi esposo tuvo que partir hacia América y me apresaron cuando viajaba a reunirme con él.

Se echó a llorar, lo que originó que el embajador se sintiese incómodo. Al fin, mi madre se repuso y prosiguió con voz velada por el sufrimiento:

—Cuando nació mi hija, mi tía Juana, que actuaba como cabeza de familia en las prolongadas ausencias de mi padre, le escribió contándole una historia indecente. El almirante, un hombre recto y justo, orgulloso del blasón familiar, montó en cólera y me repudió. Mi padre —en su voz latía la duda— quizá… quizá me habría perdonado si yo hubiera podido hablar con él.

—Entonces, doña Isabel, será a vuestro esposo a quien le

incumba la obligación de pagar el rescate. Según figura en vuestra documentación, es don Pedro de Montemayor, un oficial del fuerte de Santo Domingo.

Al oír aquel nombre, mi madre despertó como de un sueño y le contestó:

—Le he escrito también, y tampoco he recibido contestación. Como sabéis, las cartas que se envían al otro lado del océano tardan mucho tiempo en llegar o no llegan nunca. No, no hay todavía respuesta —repitió—. Además, ¿qué podría hacer un soldado sin fortuna como es mi esposo?

—Desde aquí es muy difícil conseguir nada. —El embajador se detuvo dudando—. Mi señora doña Isabel, debéis insistir a los Oquendo.

—¡En mi familia no hay esperanza! Me han hecho pagar muy caros mis supuestos pecados. He sido tratada como una mujer perdida, me desheredaron. Mi señor embajador, ¡la suerte no me acompaña! Los Oquendo nunca pagarán nada por mí, a mi tía Juana le conviene que haya sido repudiada. Tiene una hija, Teresa, casada con el bastardo de mi padre. Si yo fallezco, si se aseguran de que nunca vuelva a estar en la línea de sucesión, recibirán la herencia del almirante. Sí, mi tía Juana sabe velar por sus intereses —dijo con amargura. Calló un momento y luego, en voz baja, añadió—: Mi señor don Antonio, estoy pagando muy caro el haber contraído matrimonio sin la aprobación de mi familia. Os ruego... No, ¡os suplico!, que me ayudéis.

Las palabras de mi madre quizá conmovieron algo al embajador, quien le prometió:

—Intentaré hacer lo que pueda.

Don Antonio Sancho Dávila nada consiguió. Desesperada, mi madre escribía a América una y otra vez, pero su correspondencia quizá nunca llegó a Santo Domingo o llegó tarde. Aún ahora, que es tiempo de paz, las cartas desde el continente se demoran meses y meses en su llegada a las Antillas; en aquel tiempo todo tardaba aún más.

Cuando los captores de mi madre llegaron a la conclusión de que no se iba a pagar nada por ella, que nadie la reconocía, que no era una mujer de la nobleza, se la consideró una aventurera que iba hacia América a buscar fortuna, quizá una meretriz. Se sabía que el gobierno español no permitía el viaje a las Indias a mujeres solteras y comenzaron a pensar que mi madre mentía. Los dueños de la casa, puritanos, la juzgaron una perdida, una hembra deshonrada, quizá predestinada al infierno, por ello la cedieron a un individuo de dudosa reputación que regentaba una cervecería en las afueras de Londres. Fuimos entonces a Moorfield.

¡Moorfield! No puedo recordar ese nombre sin sentir pavor… Un barrio plagado de tabernas, burdeles y casas de juego más allá de las antiguas murallas de la ciudad. Allí nos condujeron, nos confinaron en un tugurio que nos parecía una prisión, de donde no podíamos salir pues estábamos continuamente vigiladas. Recuerdo el olor a cerveza, a verdura cocida, a salchichas guisadas; el ambiente oscuro, opresivo, sórdido. Yo me sentía ahogada; era una niña inquieta que necesitaba correr y jugar, pero allí siempre estaba lloviendo y no me dejaban salir más que al pequeño cercado posterior a la casa. No consigo olvidar el constante caer del agua, el cielo permanentemente cubierto, el frío húmedo del invierno que nos ahogaba, a nosotras, que proveníamos del cielo sin nubes de España. Mi madre comenzó a toser; una respiración asmática la asfixiaba.

En la casa había mujeres extrañas, muy pintarrajeadas; me daban miedo sus caricias. Se oían gritos y frases obscenas. Mi madre lloraba con frecuencia pero nadie la compadecía, no entendían su lengua y, al no comprender lo que decía, la consideraban una mujer de pocas luces.

Nos habían dado un cuarto diminuto destartalado, con el techo abuhardillado, en el último piso de la casa. Recuerdo que, al poco de llegar, una noche se escucharon pasos recios de hombre, botas claveteadas chocando con el suelo de madera que subían los escalones y se dirigían hacia donde nos alojábamos ambas. Entonces ella me hizo meter en el arcón y, después de pedirme que por nada del mundo delatara mi presencia, bajó la tapa. Me quedé muy quieta, y sus gemidos ahogados se me han grabado en el fondo del alma, nunca se apagarán. Escuché muchas otras veces cómo abusaban de ella, sus súplicas y sollozos, sin poder salir del arcón, sin poder ayudarla ni hacer nada. Desde entonces me aterrorizan los lugares cerrados; es quizá por eso por lo que mostraba tanta aversión a la celda donde nos amenazaban con castigarnos en Oak Park.

En la taberna de Moorfield se servía la cerveza que se fabricaba en la misma casa. Una mujer mayor, con cicatrices de viruela en el rostro y cierta compasión en la mirada, se ocupaba de ello. Recuerdo que se llamaba Martha. Mi madre se brindó para ayudarla y poco a poco fue ganándose su simpatía, de modo que cuando le pidió que me cuidase, Martha se hizo cargo de mí y me ocultaba en la cocina de la casa de lenocinio, alejándome del cruel tormento de mi madre, evitando que los viciosos clientes de aquel lugar pudieran fijarse en una niña de apenas nueve años. Fue con ella con quien aprendí a hablar la lengua de aquel país, que llegó a ser el mío.

La cervecería era un lugar al que llegaban continuamente noticias, entre ellas las incesantes revueltas en el centro de Londres. Oíamos que eran en contra de los impuestos excesivos y de la trama papista que había envuelto al rey inglés. Mi madre decía que, en aquel país, ser católico era peor que ser judío en el nuestro, y rezaba aún más, pidiendo un milagro para poder salir de aquel antro inmundo. Sin embargo, lo que se estaba produciendo en el exterior del burdel de Moorfield, las insurrecciones y saqueos, no parecía alterar aquella vida indigna a la que nuestras desgracias nos habían conducido.

Pocos meses después de nuestra llegada, mi madre cayó gravemente enferma. Recuerdo la respiración sibilante, sofocada, y los labios azulados. No puedo olvidar sus dedos largos y blancos con las uñas de color violáceo. Al verla tan enferma, el amo de la taberna la dejó tranquila, porque debido a su aspecto maciliento y su jadeo estertoroso los clientes la rechazaban, temiendo que les pudiese contagiar algo. Entonces Martha, que percibió la gravedad de su estado, le permitió acostarse en un camastro en la cocina, donde podría estar más caliente.

Mi madre, cada vez más grave, sin amparo, susurraba y murmuraba oraciones. E intentaba explicarme cosas del pasado: cómo durante años su tía la había apartado y ninguneado en nuestra casa en el monte Ulía; cómo se le había impedido ponerse en contacto con mi abuelo, siempre fuera navegando. Me acariciaba el cabello rubio y me decía que era como el de mi padre. Todo lo que habló en aquel tiempo era inconexo y yo solamente entendía una parte de sus palabras.

Pienso que mi madre, en aquellos días de desolación, sólo se preocupaba por una cosa: verse cada vez más enferma y saber que quizá moriría, abandonándome. Le angustiaba pensar que, en caso de fallecer, yo me iba a quedar sola en un lugar de horror, un prostíbulo en las afueras de Londres. No parecía que hubiese esperanza alguna para nosotras.

No quería que me apartase ni un momento de ella, pero yo, muy niña aún, estaba llena de vitalidad. La cocina de la casa de Moorfield se abría por una puerta trasera a la calle, a la que me escapaba a jugar bajo un tejadillo que me protegía de la perenne lluvia de Londres. Recuerdo que mi única diversión era un perrito que vagabundeaba famélico por las calles; le llevaba las escasas sobras de la comida y se convirtió en mi único amigo.

Nunca olvidaré aquel día en el que dejó de llover y mi madre me permitió salir, pidiéndome con su voz fatigosa que no me alejase demasiado. Me parece ver la calle enfangada por la lluvia de los últimos días. Feliz por mi libertad, corrí detrás del can al que finalmente atrapé; le tiraba de las orejas y le acariciaba mientras el animal ladraba contento. De repente, junto a mí vi las botas de un hombre, llenas de barro. Me asusté; si se trataba del amo del burdel sabía que me iba a castigar, y si era uno de los clientes… ni quería pensar en lo que podría pasar. Sin embargo, cuando miré hacia arriba vi a un hombre anciano pero fuerte, con el pelo enteramente blanco, que me sonreía con rostro amable. Se agachó a acariciar al perrito, mientras con voz muy baja, en el idioma de mi madre, me preguntaba cuál era mi nombre y si mi madre era Isabel. Con timidez le respondí en el inglés que ya chapurreaba que me llamaba Kathleen, como hacía Martha y como habían hecho en la casa de Holborn; no le quise decir el nombre de mi madre porque deseaba protegerla, que ningún otro hombre malvado le hiciese más daño. Él me tranquilizó, me aseguró que quería ayudarnos y, cogiéndome de la mano, entramos juntos en la taberna.

Mi madre se emocionó al verle, se incorporó en el lecho y luego se dejó caer de nuevo; después, un acceso de tos le impidió hablar. Cuando logró serenarse se dirigió a él llamándole «tío Andrés». Entonces recordé haberlo visto cuando yo era muy pequeña en la casa del monte Ulía. En Inglaterra, el tío Andrés se llamaba Andrew Leigh. Un hombre alto de ojos claros, compasivos, que vestía con una gran capa, bajo la cual asomaban unos amplios pantalones metidos en las botas y una camisa de largas gorgueras blancas.

Llorando, mi madre le dijo que era indigna, que estaba manchada. Él la miró con una inmensa ternura y le pidió perdón por no haber logrado encontrarla antes como le habían pedido.

—¿Quién os envía?

—Vuestro padre, el almirante don Antonio Oquendo.

—¡Mi padre! —Ella palideció—. Mi padre no quiere saber nada de mí… le he escrito varias veces, pero no he recibido nunca respuesta.

El tío Andrés la miró con conmiseración.

—Finalmente una de vuestras cartas le llegó. ¿No habéis sabido nada de él?

—No, no sé nada.

Él calló unos instantes, como si no supiera cómo comunicar una mala noticia.

—Vuestro padre se enfrentó a la escuadra holandesa hace casi un año, en el canal de la Mancha —dijo finalmente—. Se entabló un combate que duró tres días, al cabo de los cuales la escuadra española se refugió en la costa inglesa para reparar los barcos.

—Mi padre, ¿en estas costas?

—Cuando su nave recaló en el sur de Inglaterra para aprovisionarse, en la región de las Dunas, en Kent, consiguió hacer llegar un mensaje a la casa de mi familia, en Essex, pidiéndole a mi sobrino que me avisase. Le había llegado vuestra carta.

Al oír aquello, el rostro de mi madre se transformó por la esperanza y la alegría; pero la excitación no la convenía, con lo que comenzó a respirar más deprisa y su jadeo se tornó agitado. Adoraba a mi abuelo, su mayor dolor había sido creer que él la había repudiado y que no quería saber nada más de ella.

—Entonces, ¿mi padre me ha perdonado?

—Hablé con él. Le expliqué todo lo ocurrido, deshice los bulos y maledicencias que le habían llegado. Él entendió bien que vuestra hija no es una bastarda. Después, fue él quien me rogó que viniese a buscaros. Desde entonces he estado indagando sobre vuestro paradero. Poco podía imaginar que os habían conducido a un lugar tan indigno… Fui a la casa de Holborn. Los dueños negaron haberos secuestrado y que hubieseis estado allí. Era como si no hubierais existido. Traté de ponerme en contacto con el embajador del rey Felipe, pero antes de que pudiera verle tuve que marchar del país. ¡Unos valiosos meses perdidos!

»Regresé hace poco, y esta vez sí conseguí hablar con don Antonio Sancho Dávila, quien me confirmó que habíais estado en Holborn. De nuevo me encaminé a casa de vuestros captores, de nuevo no les saqué nada. Al fin, sobornando a la servidumbre, logré enterarme del lugar al que os habían conducido.

La emoción que le causaron estas noticias hizo que mi madre se incorporase otra vez; con la respiración entrecortada, apenas logró articular unas palabras:

—¿Me llevaréis con mi padre?

El rostro del tío Andrés se entristeció.

—Al cabo de un mes de entrevistarme con él vuestro padre salió de nuevo a la mar y entabló combate en las Dunas. Los españoles estaban en inferioridad de condiciones y los holandeses les bloquearon la salida. El resultado fue la derrota de la flota española, pero vuestro padre consiguió cumplir su misión, que era llevar refuerzos y dinero al ejército de Flandes.

Mi madre sólo podía pensar que su padre no se hallaba muy lejos de ella, que la había perdonado y que podría reunirse con él. La realidad era muy otra. Al ver el rostro dolorido del tío Andrés, comenzó a intuir lo que había pasado; vi que empeoraba, su respiración se tornó sibilante y ansiosa.

—Pero ¿está cerca?

Él se apiadó aún más de aquella mujer joven que todavía no sabía cuánto había perdido y de aquella niña que le miraba con ojos asustados.

—Tras la batalla, la salud de vuestro padre quedó profundamente quebrantada. No pudo recuperarse por completo.

Ella, al fin, entendió.

—Mi padre… ha muerto.

—Me han llegado noticias de que el almirante Oquendo falleció hace dos semanas, al regresar a España, en el puerto de La Coruña.

—Mi padre ha muerto… —repitió mi madre, con la voz velada por el ahogo—. Yo voy a morir… ¿Quién cuidará aquí de mi hijita?

—¡Calmaos! Toda excitación es fatal para vos.

La respiración de mi madre se transformó en agónica. Andrew Leigh intentó sosegarla.

—Os llevaré a la casa de mi familia, os cuidaremos a ambas… —Pero al ver su mirada de angustia, añadió con determinación—: Nos haremos cargo de vuestra hija. ¡Os lo juro!

—¿Cómo… podré… agradecéroslo?

Entonces Andrew Leigh dijo algo que no entendí:

—Sabéis bien que el padre de esta niña es el hombre más noble que he conocido jamás. —Se emocionó—. Le debo... todo.

Al oír hablar de mi padre, ella se excitó aún más, se puso muy nerviosa, se ahogaba presa de la angustia, el aire no le entraba en el pecho.

—¡No puedo más! Me muero... —logró articular.

Tío Andrés llamó a la tabernera, que se había apartado discretamente. Cuando Martha se acercó, le pidió que me llevase fuera mientras hablaba con mi madre a solas. Muchas veces he pensado que quizá quiso ahorrarme que presenciase su angustiosa muerte.

Salí a la calle con la buena mujer. El cielo de Londres estaba gris, plúmbeo; mi amigo, el perrito, vino a lamerme la mano.

Unos minutos después, tío Andrés nos hizo entrar. Vi a mi madre muy pálida, como si fuese una figura cérea, con los ojos cerrados pero el rostro en paz.

Entonces Andrew Leigh me abrazó y comenzó a hablarme en voz queda con palabras de cariño y consuelo. Me colgó del cuello una medalla de estaño, vieja y desgastada, que siempre había llevado mi madre consigo y que le había dado mi padre, y me susurró que no me la quitase nunca, que me protegería. También me dijo que no se la enseñase a nadie, que era peligroso en aquel país. La besé y me la metí bajo la ropa. Esa medalla de estaño era la única herencia que me dejó mi madre. Ahora, en mi destierro en tierras caribeñas, la echo en falta... No quiero recordar cómo dejó de estar en mi poder, y cómo después se perdió para siempre, porque me duele tanto que parece que se me va a romper el alma.

Nunca le agradeceré bastante a Andrew Leigh lo que hizo por nosotras. Se encargó del sepelio de mi madre, la enterró en el oscuro cementerio de Moorfield, y después pagó el dinero, entonces ya más escaso, que aquellos comerciantes de vidas humanas exigían por mi liberación. Finalmente me condujo a Essex, donde me acogieron los Leigh. Con la inconsciencia de los niños, fui olvidando casi por completo a mi madre y me crié como una más de la familia, hasta el punto de que los recuerdos dolorosos de Moorfield se me fueron desvaneciendo en la mente. Sólo me quedaron la aprensión a los lugares oscuros y cerrados, y una pequeña medalla de estaño. Tampoco pensaba en regresar a la tierra de mis mayores, donde nadie me reclamaba ya, ni en contactar con mi padre, don Pedro de Montemayor, al que no recordaba y que estaba tan, tan lejos de allí. Mi hogar pasó a ser Oak Park, la residencia de lord Edward y lady Niamh Leigh, y aún hoy lo sigue siendo. Del infierno de Moorfield llegué al paraíso de la Casa del Roble; del hambre y la miseria, a la abundancia y el esplendor; de la vergüenza y el miedo, a la inocencia y la alegría confiada.

4

La playa

Oak Park... Un lugar hermoso, rodeado de bosques cubiertos por la nieve en invierno y llenos del alboroto de los pájaros en verano. Sí, unas suaves colinas cerradas por arboledas espesas al noroeste y abiertas hacia el este al mar, sobre acantilados pardos que descendían bruscamente hacia la playa de arenas doradas.

Piers y yo sentíamos una atracción irresistible por la costa. Andando desde la casa tardábamos una media hora, entre praderas verdes parcheadas de manchas blancas, ovejas de pelo espeso, y campos de cebada y alfalfa. Al llegar casi al borde del acantilado, nos deteníamos a contemplar aquel océano gris, brillando plata por los rayos de sol que se colaban entre las nubes. Podíamos pasarnos horas allí, desafiando todo castigo a la vuelta, mirando las caprichosas formas que tomaban las nubes o el vuelo de las gaviotas, oteando el horizonte, hacia la mar abierta; el océano tenía para nosotros un poder fascinador.

Aquella tarde de primavera, reptamos y gateamos sobre el musgo y los yerbajos hasta asomar la cabeza por el borde del acantilado. Nuestros oídos se llenaron de la sonoridad de las olas rompiendo contra la ensenada, y sobre nosotros, de la algarabía de mil pájaros. Estábamos rodeados de aves marinas, con sus graznidos repetitivos, agudos y continuos. Gaviotas y cormoranes se entrecruzaban describiendo giros, arcos, cabriolas y volteretas en el cielo claro. Algunos ascendían veloces y majestuosos para luego invertir el vuelo, dejarse caer bruscamente hacia el mar y capturar un pez. El olor a salitre era intenso y se mezclaba con el acre de los nidos. Los rayos de sol nos tostaban la piel y la brisa nos despeinaba. Durante unos minutos, que tuvieron el sabor de lo eterno, nos dejamos embriagar por el paisaje y nuestras almas rebosaron de plenitud por la grandeza del océano que se extendía ante nosotros. Una mar abierta, infinita e inabarcable.

Piers, de pronto, se puso en pie y abrió los brazos dejándose empapar de la húmeda brisa marina. Le vi como en trance; la luz de aquel día brillante le envolvía a él y también a mí, y nos unía. Nos conducía a colmarnos de aquella extensión plateada hacia el horizonte y más grisácea en la costa. Después volvió en sí, tornando a ser el de siempre. Corrió saltando cerca del borde y yo le seguí, aunque tenía miedo; la brisa era fuerte y podía tirarme desde la roca hacia la ensenada.

Bajamos por una estrecha senda que se bifurcaba. A la izquierda, llevaba a una cueva horadada en la roca de la que salía un pequeño tablado de madera, como un embarcadero, y a la derecha acababa en la playa. En el arenal, cercado por acantilados rocosos que hundían sus raíces en el mar, nos descalzamos y jugamos a saltar entre algas y barro, a huir de las olas que rompían con estruendo en la orilla. En ocasiones anteriores, tras días encerrados en casa por la lluvia, oyendo sin cesar el ruido del viento sobre los tejados, habíamos descubierto las huellas de algún naufragio —tablas, restos de barricas o trozos de vela y jarcias— y nos habíamos preguntado quién navegaría en el barco hundido o dañado por la tormenta, por qué se habría aventurado tan cerca de los peligrosos bajíos que rodeaban Oak Park.

La propiedad en donde pasé mi infancia se situaba en la península del Naze, un estrado de tierra que se alzaba sobre el mar. Cada año el oleaje se comía un trozo de los acantilados, y la costa había cambiado a través de los siglos. En medio del Naze se abría una bahía cerrada por los acantilados terrosos, y en ella existía como un islote, un conjunto de rocas que sólo se divisaban bien en marea baja. A lo lejos, semejaba la figura de un caballo de ajedrez, por eso la ensenada se denominaba Horse Head Bay, la bahía de la Cabeza del Caballo. Durante la marea baja, aquel peñón enhiesto y fiero dificultaba que los barcos se acercasen. En cambio, cuando la Cabeza del Caballo quedaba sumergida durante la marea viva, incluso a navíos grandes les era posible acceder y anclar allí, muy cerca del embarcadero de la cueva. Aunque, si se demoraban, no podían retornar a alta mar hasta que no subiese nuevamente la marea.

—¡Mira! —me dijo Piers cuando, cansados de jugar, nos sentamos en la arena—. No se ve el Caballo, ahora podrían entrar naves de gran tonelaje a la ensenada.

—Y eso, ¿por qué es así?

—Por la luna.

Y señaló al horizonte, donde asomaba una gran luna blanca, abalonada, traslúcida.

—Cuando está tan llena, la marea es viva. Eso hace que el agua inunde la ensenada. Las mareas se producen con la luna llena y la luna nueva, el astro de la noche atrae hacia sí el agua del mar.

—¿Cómo sabes tanto? —le pregunté.

—Me lo explicó el señor Reynolds. Los marinos tenemos que saber estas cosas —se ufanó Piers—. Tenemos que conocer el cielo para poder llegar a lugares lejanos. Nos orientamos por el sol y las estrellas.

El pelo castaño se le movía por la brisa del mar. Yo le observaba con admiración, me parecía que era sabio.

—¿Todo te lo ha enseñado Reynolds?

—He leído los libros que mi señor padre ha traído de sus viajes, en ellos he podido ver los mapas del Nuevo Mundo. Son mapas españoles, como tú, Len. La gente de tu país ha descubierto las tierras allende el mar. La mar Océana, la mar abierta…

—Yo he estado en esa mar abierta que tú dices. Días y días viajando. El barco sube, baja, se ladea a un lado y a otro. —Acompañé mis palabras de gestos; mis manos se unían y se balanceaban en el aire—. El mar nunca está quieto. Te mareas y tienes ganas de vomitar todo el tiempo. No me gusta.

—Me he acostumbrado al balanceo del barco —me contestó, de nuevo mirándome con superioridad—. Aunque cuando regresas a tierra casi no puedes andar por el suelo firme —admitió. Se quedó callado y luego prosiguió—: Desde la proa se ve un horizonte que no tiene fin... Notas una sensación de infinito: agua y más agua por todas partes, que brilla por la luz del sol. —Ante mi mirada de extrañeza, dijo—: El año pasado acompañé a mi padre en uno de sus viajes hasta las costas vascas, al puerto de Pasajes. Llevamos un cargamento de telas finas.

—De allí era mi madre...

—Lo sé.

—¿Lo sabes?

—Sí. Cuando fuimos, acababas de llegar y mi padre les contó que estabas con nosotros, pero los Oquendo no quisieron creer que estuvieses viva.

Me quedé helada, creo que incluso palidecí. Al ver mi expresión, se arrepintió de haber hablado.

—Mi padre me dijo que no te contase nada.

—¿No me quieren? —exclamé tristemente.

—Mejor así —dijo Piers para animarme—. Gracias a eso, vives con nosotros.

Ante aquella frase, me tranquilicé y pensé que me daba igual, que no solía acordarme ya de esa familia mía que vivía en las tierras vascas. Sí, prefería vivir con ellos, con los Leigh, con él y con las chicas, y con Thomas, que aparecía cuando sus estudios en Oxford se lo permitían. Así se lo dije a Piers, que no me hizo mucho caso; sus pensamientos, una vez desencadenados, rondaban su futura vida de marino. Prosiguió hablando, esperanzado por un porvenir que creía no muy lejano:

—Seré un marino, sí. Quiero entrar en un barco de la Armada, cruzar los mares, llegar a ser capitán de navío. Y luego, cuando mi padre ya se haya hecho muy mayor, me haré cargo de sus mercantes y seguiré navegando.

—¿Y Thomas? ¿No querrá para él esos barcos de tu padre? Es el heredero.

—No, a Thomas no le gusta el mar. Me ha dicho que puedo quedarme con todos los barcos que quiera. Además, ya sabes, es corto de vista, a veces tiene que usar anteojos para ver de lejos. No se puede ser marino sin tener una visión aguda. Cuando Thomas acabe sus estudios en Oxford, se irá a Londres y representará a nuestro padre en el Parlamento. Será miembro de la Cámara de los Lores, así lo ha dispuesto mi padre. ¡Mi padre es un gran hombre! Un hombre recto, digno de llevar el título de señor de Oak Park.

Siempre que Piers mencionaba a lord Leigh, lo hacía con devoción. Le admiraba mucho y era al único de la Casa del Roble a quien realmente obedecía. Un reproche suyo le encerraba en sí mismo; una alabanza le hacía rebosar de gozo. Afortunadamente para Piers, lord Edward se comportaba siempre con decoro y mesura, era muy poco dado a la adulación o al desprecio.

El sol empezaba a caer en el horizonte y la brisa se tornó fresca. Nos pusimos de pie. Al ser domingo, no habíamos tenido clase en todo el día; por la mañana habíamos acudido al pueblo a los oficios religiosos. El pastor había balbuceado frases piadosas de modo premioso y lento. Recuerdo que Piers se había impacientado, cruzaba y descruzaba las piernas, se atusaba el rebelde cabello, hasta que una mirada de su padre le hizo estarse quieto. Lady Niamh Leigh, como siempre, había seguido la celebración con expresión seria, aunque algo ausente. Margaret y Ann, de cuando en cuando, no habían podido evitar echar un vistazo de reojo a los vestidos de otras jóvenes. Mademoiselle Maynard había pasado las páginas del librito de oraciones y repetido las plegarias con gran devoción, mientras que el señor Reynolds, un hombre entrado en carnes, ante la larga prédica se dormía, llegando a veces a oírse su ronquido.

Después de los oficios, obligados por ley tanto para nosotros como para los criados y la gente del pueblo, lord y lady Leigh se habían despedido de sus hijos y de mí hasta la hora de la cena, y se habían quedado en el pueblo visitando a sus arrendatarios. Los jóvenes habíamos retornado a la mansión fortaleza, donde nos esperaba un almuerzo ligero. Después de comer, Piers y yo habíamos salido a pasear e, inevitablemente, habíamos acabado en la playa, donde el tiempo había pasado sin casi sentirlo. Se nos había hecho tarde, el sol se inclinaba ya sobre el mar, no podíamos retrasarnos en la cena so pena de ser castigados.

La senda, estrecha y escarpada, tenía curvas que acortamos trepando entre las rocas, aunque eso nos hacía resbalar por la piedra mojada. Piers me ayudó a subir, yendo por delante y dándome la mano.

Al llegar arriba, al camino real, pasó un jinete; parecía tener prisa y tuvimos que apartarnos para cederle el paso. Lo miramos con curiosidad, pero no lo logramos reconocer.

—¿Quién será?

—Parece un mensajero, seguramente traerá noticias de Londres. El otro día llegó una carta de Thomas refiriendo que en la ciudad había de nuevo revueltas y protestas.

—¿Contra quién?

—Parece ser que los Comunes se oponen a pagar más impuestos al rey para dominar una rebelión que hay en Escocia.

—¿Por qué se han rebelado los escoceses?

—El rey les quiere imponer la religión anglicana y un libro de oraciones común para todos. Ellos son protestantes presbiterianos; no les gustan las reformas del rey, las consideran papistas.

—Pero, el rey, ¿es papista?

Me miró enfadado.

—¿Cómo demonios va a ser papista el rey de Inglaterra? No, nosotros los ingleses no tenemos la misma religión que Roma, estamos separados del Papa. Pero no somos herejes; somos cristianos que no obedecen al Papa y nos llamamos anglicanos. ¡No somos papistas! El señor Reynolds nos lo explicó a Thomas y a mí. Nosotros los ingleses hemos superado la vieja religión romana sin caer en los excesos de los calvinistas y los luteranos.

Me quedé callada, pensé que mi madre había sido papista. En Oak Park no se hablaba demasiado de religión, era un tema vetado. Seguí caminando pensativa, pero enseguida comenzamos a andar más deprisa porque no llegábamos a la cena. El camino serpeaba bordeado por las flores de una primavera temprana. En los últimos días había llovido sin cesar y por las cunetas corrían riachuelos de agua clara que saltábamos, riendo contentos. Cuando nos acercamos a la casa, nos fijamos de nuevo en la luna que parecía señalar a Oak Park: semejaba desde lejos una fortaleza con almenas y terrados. El astro de la noche brillaba aún tenuemente pero más en lo alto. De pronto, Piers se detuvo y me confesó con tono de misterio:

—Creo que es cierto que en Oak Park hay fantasmas.

—¿Por qué lo dices?

—Hace unas semanas me despertó un relámpago. No podía dormirme y bajé a las cocinas para tomar algo. Entonces los oí, ruidos extraños… Abajo, en las mazmorras. —Llamábamos así a los sótanos que había bajo las cocinas.

Creo que palidecí y me puse muy nerviosa. Por una vez traté de ser valiente.

—Aunque los hubiera, no habría que tenerles miedo. Mi madre me decía siempre que hay que temer a los vivos, no a los muertos.

—A estos difuntos sí hay que temerlos —dijo él, y añadió con una burlesca voz tenebrosa—: Son los espíritus de los monjes asesinados en las mazmorras en tiempos de la reina Isabel.

—¡Estás loco!

—¡No lo estoy!

Pero yo sabía que él también tenía miedo. Para disiparlo, se echó a reír y me empujó imitando a un fantasma. Me caí en la cuneta sobre el barro. La falda del vestido se me ensució de fango por detrás. Piers puso cara de circunstancias; no me pidió perdón y echó a correr hacia la casa. Al poco comenzó a caer una lluvia fina de primavera. Parecía que casi no estaba lloviendo, pero pronto quedamos empapados. Mademoiselle Maynard me iba a reñir mucho.

Se lo dije a Piers.

—No lo creo. No estará en la cena. Mademoiselle Maynard tiene jaquecas las noches de luna llena. Hoy la hay.

—¡Debe ser otra de los fantasmas! —me burlé.

Al oír esto, él soltó una carcajada y comenzó a imitar a mademoiselle Maynard como si fuera un fantasma mientras corría. Me quedé rezagada porque iba mucho más deprisa que yo. De vez en cuando se detenía y hacía aspavientos; cuando yo me acercaba, él echaba a correr de nuevo. Este juego nos hacía reír mucho a los dos.

Tras una revuelta del camino, de nuevo divisamos Oak Park, ahora ya muy cerca. Yo empecé a caminar más despacio, fatigada de tanta carrera.

En la escalera de entrada nos aguardaba Margaret, impaciente. Nos gritó que nos diésemos prisa, que nos estaban esperando. Piers llegó primero, y yo detrás, temerosa por la tardanza. La cena del domingo era más solemne que la de otros días, y toda la familia, a menudo en compañía de algunos invitados de la zona, se reunía en el gran comedor de la casa; no se debía llegar tarde bajo ningún concepto.

Margaret subió delante de mí, hablando sin cesar, muy contenta y nerviosa. En un primer momento pensé que su excitación se debía a nuestro retraso, pero no era así: el mensajero había traído noticias de Londres. No se trataba de cuestiones políticas o de revueltas contra el rey como nos suponíamos. Margaret me dijo que la semana siguiente llegaría Elizabeth, la mayor de los Leigh, y que posiblemente con ella vendrían otras damas de la corte, entre ellas la condesa de Carlisle. Le pregunté quién era y me contestó, dándose importancia, que «una de las damas más curiosas, atrayentes y enigmáticas que he conocido en mi vida». En realidad la vida de Margaret no había sido muy larga, ni tampoco frecuentaba la corte, así que no me quedó claro si la dama en cuestión era importante o no, aunque debía de serlo por la animación que mostraba la hermana de Piers.

Cuando las dos entramos en el comedor, todos estaban ya sentados, incluido Piers, que se nos había adelantado y ponía cara de buen chico. Margaret se dirigió a su lugar en la mesa, y yo me encaminé al mío. Todas las miradas se concentraron en mí y, de ellas, la más fría y dura era la de mademoiselle Maynard. Me examinó lentamente de arriba abajo y sus ojos gélidos se detuvieron en mi vestido manchado de barro. De pronto recordé la caída y que estaba vestida de modo inapropiado para la cena, además de sucia. Me eché a temblar. Ella se levantó, me agarró con fuerza de la mano y me arrastró fuera del comedor ante la mirada compungida de Piers y Margaret, que intentó decir algo para defenderme, pero la institutriz no la oyó o no quiso escucharla. Ya en la escalera, me regañó muy enfadada.

—¡Esto es indecoroso! ¡Me avergonzáis, señorita Kathleen! ¿Cómo es posible que os comportéis tan mal? Habéis dado un disgusto a los señores y a todo el mundo. ¡Sois malvada! Echáis por tierra mi reputación. Habéis destrozado un vestido de finísima calidad.

—¡Me caí! —me excusé, lloriqueando.

De pronto, la ira me embargó. Se atrevía conmigo porque no era de la casa, porque estaba acogida como forastera. Me revolví contra ella, y fue peor.

—¡Estáis castigada hasta mañana! No cenaréis. Así aprenderéis buenos modales.

Eso me dolió. Me encantaban los platos primorosos que se

preparaban los domingos en la Casa del Roble, todo tipo de delicias se apilaban sobre la mesa: asados, guisos, tartaletas y pasteles. En especial me gustaban los bollos y dulces de miel. En aquel tiempo, yo era muy golosa; ahora nada me sabe bien.

Le dieron igual mis gritos y protestas. Me encerró en mi alcoba, pero con el enfado y el portazo final olvidó echar la llave. Antes de irse, me espetó de modo hiriente:

—Encerrada en vuestro cuarto para que reflexionéis sobre el mal camino al que os conduce el pecado en el que habéis sido engendrada.

La frase me pareció horrible. Yo no había sido engendrada en ningún pecado, o eso creía. Sin embargo, esas palabras trajeron a mi mente Moorfield, donde había pecado, dolor, crímenes... Me sentí culpable de todo ello y llorando me arrojé sobre la cama, donde tardé muy poco en dormirme.

No habían pasado muchas horas cuando me desperté. Algo se me movía dentro, en el estómago; un ruido de tripas vacías provocado por un apetito feroz. Me había pasado la tarde correteando con Piers y no había comido nada desde el parco almuerzo a media mañana. Tenía mucha hambre, debía ir a buscar algo de comer. Entonces me levanté de la cama sigilosamente. Abrí la puerta de la habitación que chirrió de modo alarmante, asustándome mucho, y me detuve en el umbral. Afuera, la luz del plenilunio iluminaba el pasillo y la escalera. A lo lejos se escuchó el aullido de un lobo. Me estremecí, pero el hambre que me devoraba fue superior a cualquier miedo. Sin calzarme para no hacer ruido, bajé lentamente los escalones de madera desde el tercer piso hasta el vestíbulo, donde me sobresalté de nuevo al parecerme ver una silueta en las sombras. Intenté tranquilizarme diciéndome que se trataba sólo de las antiguas armaduras o las cornamentas de ciervo que, iluminadas por la luz de la luna, mostraban un aspecto fantasmagórico.

A un lado, una enorme puerta cerrada daba paso al gran comedor de donde aquella noche había sido expulsada tan deshonrosamente. Entré por si habían dejado algo de la cena.

Todo estaba recogido y en su sitio. Ni rastro de comida. Salí de allí y me encaminé hacia las cocinas.

Muy despacito, fui bajando los peldaños de madera, que crujieron. Me introduje por el corredor que acababa en los dominios de Matt. Las tripas me seguían sonando y tenía cada vez más apetito. Un resplandor rojizo salía por las fauces del horno, perpetuamente encendido. A un lado, sobre una mesa y tapadas con un paño, había varias tartaletas rellenas de carne, aún tibias. Me lancé sobre una y comencé a devorarla con avidez. Según se saciaba mi apetito me iba tranquilizando, me cambió el humor y me puse contenta.

Entonces los oí.

Sonidos tenues de pasos arrastrándose, de cánticos en latín.

Me quedé tiesa del terror y se me atragantó un bocado. Me pegué a la pared, temblando. Las ánimas de los monjes de los que me había hablado Piers se paseaban más abajo de las cocinas, por la parte más profunda de la Casa del Roble. Noté que el vello se me erizaba y me pegué aún más a la pared, aguzando el oído. Transcurrieron los minutos y los cánticos proseguían. De pronto todo quedó en silencio. Solamente se escuchaba una voz lúgubre a lo lejos, como dirigiendo la reunión de fantasmas.

Me dejé caer hasta que acabé sentada en el suelo, con la cabeza entre las rodillas. Los ruidos rebotaban en mi cabeza. Al fin se hizo de nuevo el silencio. Pasó un tiempo largo, oí una campana y otra vez nada.

Posiblemente los espectros reposaban una vez más en sus tumbas. Decidí escapar de allí ahora que todo se hallaba quieto.

Salí de la habitación del horno a la oscuridad tenebrosa del corredor y caminé deprisa pero sin hacer ruido. Entonces noté una presencia tras de mí. Unas pisadas de alguien que se acercaba, alguien grande que… me perseguía. Pronto escuché además el jadeo de una respiración profunda. El miedo me hizo echar a correr como un gamo. Llegué al vestíbulo y entonces me di cuenta de que el fantasma todavía me seguía, aunque ahora avanzaba algo más despacio, como con más cuidado.

Subí de tres en tres los peldaños y al fin entré en mi alcoba. Cerré la puerta sin darme tiempo a echar el pestillo, en unas pocas zancadas llegué hasta la cama y me arrebujé bajo los cobertores, llorando de miedo. Me pareció oír el ruido de la puerta que se abría, sentí que el fantasma se hallaba dentro del cuarto, mirando. Pasaron unos instantes angustiosos. Contuve la respiración. Al cabo de un rato se cerró la puerta, pero no sabía si el fantasma estaba fuera o dentro de la habitación, así que seguí sin moverme, en la misma postura, largo tiempo.

Me dormí soñando con espectros. A la mañana siguiente, me desperté al oír a una doncella fuera y asomé con cuidado la cabeza de debajo de las mantas. Por la ventana penetraba una luz tibia, velada por su paso entre las nubes de un día de lluvia. En la habitación no había nadie.

Mientras me vestía, sólo pensaba en hablar con Piers de lo ocurrido por la noche. Al llegar a clase, Ann, que tanto me quería, se fijó en mi cara macilenta, con ojeras y signos de no haber descansado. Pensó que era por el disgusto de la cena, por el castigo.

—No te preocupes. Ni padre ni madre están enfadados contigo, pero tienes que tener más cuidado con mademoiselle Maynard. Ella debe enseñarnos a comportarnos adecuadamente y tu conducta de anoche no lo fue.

Sonreí, en aquel momento lo que menos me preocupaba era la falta de educación de la noche anterior. Ann me apretó el hombro cariñosamente. En ese momento apareció la institutriz, quien de nuevo me regañó.

Al fin, después del almuerzo, pude hablar con Piers. Como seguía lloviendo y no nos dejaron salir, nos habíamos sentado en dos silletas bajas delante de un ventanal, haciendo que leíamos. En cuanto los profesores se distrajeron, comencé a contarle lo sucedido. Me escuchó con atención creyendo todo cuanto le decía; sólo se permitió un gesto de superioridad que parecía indicar: «Te lo dije. Hay fantasmas».

5

El unicornio

Cesan los recuerdos. Sigo en mi sillón frailero, intentando no dormirme; cuando lo hago, a menudo los sueños se transforman en pesadillas, una tras otra, que me aterrorizan. Finalmente doy una cabezada. Durante unos segundos de inconsciencia aparece ante mí un unicornio, un hermoso cuadrúpedo blanco con cuerno y crines doradas.

Después me despierto. Josefina aún no ha regresado. Dentro de mí está todavía la imagen del unicornio, pero ya no lo veo con claridad. Me acerco a la ventana abierta. Afuera, sobre el río, se levanta la bruma caribeña, cálida y húmeda. Flotando en la niebla, aparece de nuevo ante mí el recuerdo del unicornio.

Vuelve a mi pensamiento el día que, desde la sala de estudio, escuchamos ruido abajo, gritos de alegría, bullicio. Sin hacer caso a mademoiselle Maynard nos asomamos a las ventanas. Una gran litera estaba entrando en la rotonda de césped verde frente a la entrada principal de Oak Park. El vehículo, un armazón cerrado con dos varas largas, avanzaba despacio conducido por una pareja de mulas, una situada en la parte delantera de la caja y otra detrás. Cuando estuvo más cerca, Margaret y Ann exclamaron que mostraba las insignias de la casa real. Alguien de la corte había llegado a Oak Park. Insistentemente le rogaron a la institutriz que nos dejase bajar.

Tras alguna discusión, se nos permitió interrumpir el estudio y bajamos al gran patio de piedra corriendo. Cuando llegamos, la litera acababa de detenerse. Fue entonces cuando lo vi. En las portezuelas campaba una gran insignia, el blasón de armas de los Estuardo: un escudo cuartelado en cruz, flanqueado por dos figuras rampantes, el león inglés y el unicornio con crines doradas escocés. Me quedé absorta mirando aquel ser mitológico del que quizá había oído hablar en algún cuento.

A través de las ventanillas veladas con telas finas se vislumbraba el interior, forrado con damascos bordados con franjas de nácar y oro que reflejaban la opulencia de la monarquía británica. En medio de aquel lujo, entreví una silueta. Mis compañeras de estudio gritaron un nombre: «¡Elizabeth!».

En el patio de piedra se había juntado una pequeña multitud: los jóvenes Leigh, lacayos, asistentes, jardineros y muchos otros. Yo, niña aún, detrás de todos ellos, observé a la joven dama con admiración. Me parece verla aún, descendiendo de modo grácil y elegante, sin apoyarse en el brazo del lacayo, con una mano blanca sujetando el sombrero de ala ancha que protegía su tez delicada del sol primaveral. El vestido, de tonos claros y vivos, se estremecía bajo la brisa; unos ricillos castaños se le escapaban del tocado, dándole un aire de mundo, un aspecto coqueto. Me pareció que un ser celestial emergía de un carruaje mágico, flanqueada por el león y el unicornio; el hada de uno de aquellos cuentos con los que Martha solía entretenerme en Moorfield. Elizabeth se parecía a Piers, el mismo color oscuro en el cabello, los mismos ojos de color claro, verde avellana, pero lo que en ella eran rasgos finos y delicados, en Piers eran trazos firmes y viriles.

Mientras Ann y Margaret la abrazaban deshaciéndose en cumplidos, Piers se quedó detrás, quizá algo intimidado. Ella nos sonreía con un coqueto mohín de los labios, pero no con los ojos. Me di cuenta de que las dos jóvenes se sentían provincianas a su lado con sus sencillos vestidos sin adornos. Intentaron presentarme, pero Elizabeth no se dignó saludarme. Para ella, yo siempre fui y seré una extranjera de origen español, acogida gracias a la benevolencia de los Leigh.

Piers se acercó entonces a Elizabeth, que se entretuvo un instante alisándole el cabello mientras le regañaba porque no se había peinado y el pelo le caía en desorden por la frente. Cuando la joven dama se volvió a saludar a lord y lady Leigh, que llegaban en ese momento, me divirtió comprobar que mi amigo, con un gruñido, levantaba resoplando el largo mechón que le caía delante de la nariz.

Ya era casi la hora de comer, y Elizabeth subió a sus habitaciones a cambiarse la ropa de viaje. Poco después se reunía con todos nosotros en el gran comedor.

Elizabeth Leigh, la mayor de la familia, poseía una distinción natural. Hija de un matrimonio anterior de lord Edward Leigh con una dama de la opulenta familia Percy, señores de Northumberland, había sido educada por su abuela materna. Cuando se hizo adulta, los Percy la enviaron a la corte.

Su llegada cambió algunas de nuestras costumbres, como si los niños hubiésemos crecido y nos incorporásemos a una vida de adultos: se nos permitió compartir con los mayores la comida de mediodía en el gran comedor e incluso las veladas nocturnas, que se prolongaban hasta más tarde de lo habitual.

No me sentía a gusto con Elizabeth. En el tiempo en que permaneció en Oak Park, mi conversación se redujo a monosílabos. Cuando lord y lady Leigh se hallaban presentes, yo no solía hablar mucho porque me causaban un temor reverente. Sin embargo, cuando los jóvenes estábamos solos, siempre me había explayado con confianza en nuestras tertulias. Todo eso cambió con la llegada de Elizabeth, porque yo me sentía despreciada. La mayor de los Leigh no permitía que yo pudiese pronunciar palabra; me obviaba con indiferencia, simplemente lo que yo decía no tenía interés, por lo que no me escuchaba. Mi vocecilla infantil desaparecía ante su impetuosidad verborreica; la menor opinión suya era siempre más importante que lo que una niña pudiera decir. Alguna vez me desahogué con Piers, diciéndole que Elizabeth me despreciaba, pero él no lo veía así; confiaba en su hermana mayor y la admiraba tanto que no podía encontrarle defectos.

A pesar del rechazo que me producía, lo cierto era que Elizabeth poseía un encanto natural que la hacía el centro de todas las conversaciones y alegraba la casa. Dicharachera y animada, amenizaba las comidas y las veladas con anécdotas y chismes londinenses. Contaba mil historias del palacio de Whitehall y de la reina Enriqueta María. Aunque se mostraba sarcástica con casi todo, le gustaban las costumbres que la reina francesa había impuesto. A través de sus palabras descubrimos la moda de la corte, una moda francesa llena de lazos, flores, puntillas y encajes que contrastaba con la vestimenta negra de grandes cuellos blancos de los puritanos. Gracias a la reina, el atuendo de cortesanos, damas y demás petimetres tendía a lo pomposo y artificial en un ambiente barroco y claramente afrancesado. Quince años atrás, en su ajuar, la esposa de Carlos I había traído a Inglaterra de la ostentosa corte parisina una gran cantidad de valiosas pertenencias: diamantes, perlas, anillos, vestidos de satén y terciopelo, capas bordadas, faldas, capillas, lámparas de araña con mil luces, cuadros, libros, vestiduras y ropa de cama para ella y sus damas de compañía. Lo que más había sorprendido a los ingleses fueron los sacerdotes católicos que la acompañaban con sus pajes. En un país rabiosamente anticatólico, el papismo de la reina se toleraba con una gran desconfianza y la hacía impopular. Finalmente, éste fue uno de los muchos motivos de la caída del rey.

Enriqueta María derrochaba oro a manos llenas; había adquirido varios enanos de corte. Elizabeth Leigh nos contaba las gracias del enano Jeffrey Hudson y de la enana Sara. A la reina le gustaba lo exótico y poseía una colección de animales salvajes, perros, monos y pájaros. Elizabeth también nos describió, con todo lujo de detalles, las representaciones de la corte: mascaradas en las que se ensalzaba la monarquía absolutista de los Estuardo. El teatro escandalizaba a la ciudad de Londres, imbuida de una celosa rigidez puritana, pero todavía más el tipo de representaciones que se hacían en Whitehall, en las que la mismísima reina actuaba.

Recuerdo el gesto divertido de Elizabeth cuando nos relató que el rey Carlos había malgastado sus rentas comprando maravillosas pinturas, que ahora debía liquidar a precio de saldo para sufragar los gastos de la guerra contra los rebeldes escoceses. Me acordé entonces del hermoso cuadro representando a una dama desnuda que había visto cambiar de manos en la embajada española, cuando mi madre aún vivía.

En uno de los almuerzos, nos describió la capilla católica que la reina se había hecho construir y casi nadie había visto: un templo con altar, candelabros y retablo como no se veía desde antes de la Reforma. Los planos habían sido diseñados por Inigo Jones, que se había negado a terminarla porque era un puritano convencido.

—Al final tuvo que acabarla. La reina siempre lo consigue todo —se rió Elizabeth.

—¿Y cómo es? —le preguntó con curiosidad Margaret.

—Por fuera simple, pero dentro muestra toda la fastuosidad del barroco italiano. Hay relicarios de oro y de plata, pinturas, estatuas y un retablo magnífico pintado por un holandés, un tal Rubens.

—¿Un retablo? ¿Reliquias?

—Sí, pero de todo ello lo que originó la ira de los puritanos fue un ostensorio labrado en oro.

—¡Eso está prohibido desde los tiempos de los Tudor! —dijo Margaret.

—Es un escándalo —se burló Elizabeth—. Los puritanos están horrorizados, consideran que el culto a Dios no puede llevar consigo tanto lujo. Quieren un trato sobrio y directo con el Altísimo, pero ¿qué queréis? A algunos nos gusta el lujo…

—¿Qué es un ostensorio? —preguntó Ann.

—Creo que sirve para mostrar el pan de las misas católicas... Una bella joya de oro.

Ante todas aquellas frases expresadas con tanta ligereza, de algún modo percibí que los adultos mostraban desasosiego. Los comentarios de la joven resultaban inadecuados en Oak Park, donde nunca se hablaba de religión ni de las creencias de cada uno, y aún menos delante de los criados. Con Elizabeth se rompieron todos los miedos y precauciones de lord y lady Leigh. Movida por la moda y la frivolidad, consideraba que, dado que la reina Enriqueta había impuesto lo católico en la corte, ya no había ningún peligro. Lady Niamh intentó detener su parloteo indiscreto:

—Habláis con demasiada libertad. En las horcas de Tyburn hace poco se balanceaban los católicos.

Tyburn. Recordé que ya había oído antes ese nombre. En boca de una anciana con arrugas de sufrimiento, llorosa, vestida de negro, mientras mi madre le sujetaba con cariño las manos temblorosas en la antesala del embajador español. Pero no osé preguntar.

—La reina ha puesto de moda el catolicismo. Ha ido a rezar a Tyburn. Dice que los descuartizados de Tyburn son mártires de la fe.

De pronto lord Leigh terció en la conversación.

—Te ruego, Elizabeth, que ceses de realizar comentarios tan insustanciales. La persecución no ha amainado —rugió—. Se sigue deteniendo y ejecutando a católicos casi como en los primeros tiempos de la Reforma. ¡No tolero que en esta casa se falte al decoro de esta manera!

Elizabeth bajó los ojos ante la reconvención de su padre, pero su actitud no era conciliadora.

—Debes recordar —prosiguió lord Leigh— que nuestra familia fue acusada, tiempo atrás, de haber participado en el complot de la pólvora liderado por católicos. Aunque finalmente pudimos demostrar nuestra absoluta inocencia, tu abuelo dio con los huesos en la Torre de Londres. Desde entonces, los Leigh hemos sido llevados al ostracismo por sospechas de no ser trigo limpio. Nos acusan de ser papistas y en este país no hay una acusación peor.

Tras aquellas palabras, cesó la vana locuacidad de Elizabeth. Al recordar todo aquello, ahora me doy cuenta de que la hermana mayor de Piers era hermosa y superficial, pero en aquel tiempo, aunque me sentía cohibida ante ella y me causaba un cierto rechazo, también la admiraba. ¡Me gustaban tanto su conversación animada y las historias de la corte! A todos nos ocurría lo mismo. Elizabeth Leigh había roto la monotonía de nuestros días de estudio.

Desde que su padre le cortó las alas, Elizabeth, estando lord y lady Leigh presentes, no se atrevió a hablar con tanta libertad pero, en su ausencia, era frecuente que pronunciase palabras del estilo:

—Me agrada el culto que la reina impone, pero también me gusta ser adorada por jóvenes puritanos, que me ven como la imagen del mal… aunque una adorable imagen del mal.

Se reía después de decir esto. Entonces, Margaret la miraba con admiración.

—¿Me llevarás contigo a Londres?

—Nuestro padre no te dejará. De hecho es a mi abuela Percy a quien debo todo lo que soy en la corte. —Hablaba como si fuese la camarera mayor de la reina—. Ella sabe de mundo, no como estos aburridos Leigh, que están mal vistos en Londres.

—¿Por qué? —pregunté.

—Porque…

Thomas, que había venido de Oxford para estar esos días con su hermana mayor, la cortó:

—Ya está bien, Elizabeth.

Ella se volvió hacia Margaret, dándome la espalda.

—Haré algo mejor, querida Meg —le dijo de modo condescendiente—. Le pediré a padre que organice un baile aquí, en

Oak Park, para presentaros a ti y a Ann en sociedad. Conseguiré que venga lo más florido de la corte.

Margaret se puso a dar palmas de alegría, mientras que Ann, más tímida, adoptaba una expresión de susto.

Fue a partir de aquel baile cuando todo comenzó a cambiar.

6

El baile

Lord Edward se mostró reticente, pero lady Niamh deseaba dar a la presentación de sus hijas una gran prestancia y, estando Elizabeth en Oak Park, con sus distinguidos contactos, era fácil conseguir que, además de las mejores familias del condado, viniesen nobles de la corte, lo que facilitaría el ascenso social de las jóvenes.

El día del baile la excitación recorría la mansión de los Leigh. Ya habían llegado los primeros invitados de Londres, que se alojaban en la Casa del Roble. Por la tarde, Elizabeth ordenó que nos vistieran a Piers y a mí de fiesta; lady Niamh le dejó hacer. Sin embargo, cuando comenzaron a bajar los huéspedes, no nos permitió que fuésemos a los salones. Quizá la joven dama, nerviosa al recibir a tanta gente importante, no se fiaba de unos niños demasiado inquietos y bulliciosos. En aquel tiempo yo había cumplido los diez años y Piers ya tenía trece. Comenzaba en él la pubertad, por lo que su voz sonaba de cuando en cuando estridente, y era incapaz de estarse quieto.

Recuerdo aquella velada: las luces de mil candelabros iluminaron la Casa del Roble. En la rotonda, frente a la puerta principal, se detenían carruajes de diverso tipo, literas y sillas de manos. Piers y yo, desde las ventanas, veíamos descender de ellos a elegantes damas y caballeros pertenecientes a la nobleza del condado. Cuando muchos ya habían entrado, buscamos un lugar en el interior de la casa que nos permitiese seguir espiando, y nos situamos en lo alto de la escalera en el primer piso, escondidos tras la baranda. A través de los barrotes, entreveíamos las sedas, los terciopelos y las joyas de los invitados que llenaban el vestíbulo y los iluminados salones de Oak Park.

Me sentía muy nerviosa, por lo que me colocaba una y otra vez el vestido de seda y encaje que había heredado de Ann para la ocasión mientras miraba a Piers que, por una vez en su vida, se había peinado y su oscuro cabello, castaño y alisado, le caía sobre los hombros. Por primera vez me pareció guapo, con su casaca de seda y su cara de pilluelo. Susurrábamos para que no nos descubriesen, mientras nos reíamos del aspecto de unos y otros.

—¡Qué gorda! Parece que se ha comido una vaca.

—Con el ternero dentro.

Entonces nos fijamos en las señoritas Leigh; estaban en la entrada del vestíbulo, recibiendo a los invitados.

—Mira a Margaret y a Ann, están muy guapas —le dije a Piers.

Él asintió y le noté orgulloso de ellas, quería mucho a sus hermanas mayores. Si hubiera conocido su destino, se le habría partido el corazón; pero nunca lo sabrá. Yo sentí lástima de las dos jóvenes, no sé bien por qué. Quizá se debió a que las veía asustadas ante tanto ruido, tímidas al ser el centro de una presentación en sociedad y como fuera de lugar porque, aunque la fiesta se celebraba para ellas, todas las miradas convergían en Elizabeth Leigh. La mayor de la familia dominaba la situación con su elegancia y aire de mundo, mientras conversaba animadamente con una dama imponente, ataviada con un vestido satinado de color turquesa de amplio escote, donde brillaban piedras valiosas. Se tocaba con un pequeño manto de seda blanca que movía con gestos elegantes al hablar. Era imposible no fijarse en ella.

—Esa —susurró Piers, señalándola—, la que está junto a Elizabeth, debe de ser la condesa de Carlisle que esperábamos.

—Sabíamos que había llegado la noche anterior muy tarde, cuando ya nos habíamos acostado, pero en todo el día no habíamos tenido la oportunidad de verla—. Se llama Lucy Hay, es la esposa de sir James Hay y una de las mujeres más peligrosas e intrigantes de la corte. De soltera se llamaba Lucy Percy y es prima en segundo grado de Elizabeth, pero con nosotros, los Leigh, no guarda ningún parentesco.

La dama se inclinó, hablando con gesto protector a Elizabeth, quien se dejaba cuidar encantada. Piers prosiguió:

—Se dice que es una espía…

—¿A quién espía? ¿De quién?

—Unas veces favorece los intereses del rey y otras va en contra.

La observé de nuevo. Lucy Hay hablaba en un tono de voz suave a la vez que expresivo; alrededor de ella se habían congregado varias damas y caballeros, que parecían muy divertidos con su buen humor. Elizabeth aparentaba escuchar lo que la condesa decía pero, en realidad, estaba más pendiente de los caballeros. Al cabo, un distinguido joven de cabello rojo se dirigió hacia la hermana de Piers. Llevaba una vestimenta oscura, muy sobria, que contrastaba con el colorido de los atuendos de los demás hombres de la fiesta. Con gran circunspección y una reverencia formal solicitó un baile, lo que era realmente sorprendente. Ella sonrió con coquetería y simulando cierto alegre desconcierto, pero aceptó.

—¿Quién es ese hombre vestido de oscuro?

—Es un escocés, se llama William Ruthven. Creo que llegó ayer acompañando a lady Carlisle.

—Está muy pendiente de Elizabeth…

El rostro de Piers se ensombreció.

—A padre no le gusta ese individuo, un presbiteriano escocés, pero ya sabes que últimamente transige con todo; no quiere crearse enemistades.

En aquel momento, las opiniones políticas de lord Leigh no eran objeto de mi interés, en cambio me fascinaban Elizabeth y su acompañante, que danzaban con elegancia, conducidos por la música. Seguimos observando a lady Carlisle, que se estaba riendo a carcajadas, pero tapándose la boca coquetamente con el abanico.

—Se ríe mucho —dije.

—No sé por qué está tan alegre. Ayer me contó Thomas que no hace mucho han ejecutado a su amante, lord Strafford.

—¿Amante…?

Piers me miró como si yo fuese tonta y pacientemente, como burlándose de mí, me explicó que era alguien que no era tu esposo pero que actuaba como tal. Aparentando inocencia, le pregunté si eso agradaba al verdadero esposo. Se echó a reír como un loco. Al oír nuestras risas, algunas cabezas se volvieron hacia arriba, lo que hizo que nos descubriese el ama de llaves, quien nos expulsó de nuestro puesto de observación. Nos condujo al piso donde estaban nuestras habitaciones, insistiendo en que no volviésemos por la fiesta. Dijimos que sí con la cabeza, con la mejor de las sonrisas, pero en cuanto se fue nos escapamos de nuevo. Yo quería regresar a ver el baile, pero Piers se negó, alegando que nos iban a pillar otra vez; a cambio, me propuso ir a la sala Este. En nuestras correrías habíamos descubierto la manera de acceder sin ser vistos. Por un pasillo interno que sólo usaban los criados, llegábamos a la parte de atrás del gabinete, donde había una puerta, oculta en la estancia por un tapiz. En el vano cabían perfectamente dos personillas de nuestro tamaño, y de lo que sucedía en la sala Este sólo nos separaba aquella gruesa tela llena de nudos.

Corrimos hacia allá. Efectivamente, varios hombres, entre los que se encontraba lord Leigh, se habían reunido allí a fumar, beber y conversar. En aquella noche de primavera, sólo había un tema: la ejecución, hacía dos semanas, de Thomas Wentworth, conde de Strafford. El amante de lady Carlisle.

—Fue una bajeza por parte del rey firmar el acta de ejecución —dijo alguien.

—No le quedaba otra posibilidad. —Era la voz comedida de lord Leigh.

—Carlos lo pagará caro. Strafford le era realmente fiel. Es

una infamia que, bajo la presión del Parlamento, el rey claudicase y aprobase su sentencia de muerte.

—Demos gracias al Altísimo por habernos librado de Strafford...

La voz que pronunció esas últimas palabras tenía un fuerte acento escocés. Le contestó una elegante voz inglesa:

—Vosotros, los parlamentarios miembros de la Junta, sabíais perfectamente que sólo había dos posibilidades: que Strafford fuese ejecutado por traidor o que vosotros lo fueseis.

—¿Qué queréis decir con eso?

—Habéis estado negociando con los escoceses la invasión de Inglaterra para presionar a Carlos.

—No sé a qué os referís.

Piers cerró los puños y me dijo en voz baja, muy enfadado: «¿Que no lo sabe? ¿Será hipócrita?». Pero, en ese momento, oímos pasos que parecían dirigirse hacia nuestro escondite y huimos de allí. Nos alejamos rápidamente, recorriendo varios pasillos interiores. Después subimos muy deprisa por una escalera de servicio. Por fin nos detuvimos en un rellano amplio de la escalera principal. Recuerdo que en aquel lugar había, por un lado, un ventanuco entreabierto por donde penetraba la música del baile y, por el opuesto, un gran ventanal de vidrio emplomado que se abría al parque, iluminado en ese instante por la luz de la luna. A lo lejos, la claridad del plenilunio permitía que se divisase la silueta del roble centenario que daba nombre a la finca.

Nos sentamos allí, Piers en un peldaño inferior al mío, de tal modo que nos quedamos a la misma altura con las cabezas muy cerca. Ahora podíamos hablar con libertad, sin bisbisear para que no nos descubrieran. Aunque su aspecto siguiese siendo el de un mozalbete, Piers era bastante maduro; solía hablar de muchos temas políticos con su hermano Thomas cuando venía a casa, y poseía una cabeza de adulto. A mí me encantaba que me explicase ese tipo de cosas, por eso le pregunté quién era Strafford.

—Lideró al ejército en Irlanda y ahora venía hacia Londres

para proteger al rey de los parlamentarios. Estos consiguieron que Carlos lo acusase de traición y lo condenase a muerte.

—¿Cómo se puede ser fiel al rey y traidor?

—Yo también me pregunto lo mismo. Hay muchas cosas que no entiendo en estos días. No entiendo que los parlamentarios protestantes nieguen que estén negociando con los escoceses para invadirnos, al tiempo que acusan de traición a Strafford por lo mismo que ellos están haciendo. No entiendo que el rey firme la sentencia de muerte de su único defensor, quien se dirigía a Londres para protegerlo.

Al pronunciar aquellas palabras, Piers mostró una expresión de enfado; sus cejas se habían juntado y un pliegue le cruzaba el entrecejo. Siempre he pensado que mi amigo tenía un espíritu justo. Desde muy pequeño, no soportaba la hipocresía. Le parecía impensable jugar en dos bandos. Quizá, cuando uno es niño, el bien y el mal están más definidos; no existen los colores suaves, todo adopta una tonalidad o su contraria, no han aparecido aún los matices intermedios.

Intenté animarle:

—Quizá cuando crezcamos lo entenderemos.

—Lo dudo mucho —me respondió con un humor sombrío.

Miramos hacia el exterior. A lo lejos divisamos la sombra de un ciervo de gran cornamenta que paseaba por el parque. Yo me encontraba muy bien allí, sentada junto a Piers, aunque él no parecía contento. Me puse a pensar en aquella mujer tan sofisticada, que además era una espía.

—¿Qué piensas de lady Carlisle? ¿No te parece que es muy elegante, muy hermosa?

Piers me contestó:

—Esa mujer no tiene principios. Fue amante del duque de Buckingham, que era el más firme apoyo del rey, y después de Strafford, otro absolutista. Ahora se rumorea que acaba de hacerse amante de…

—¡No entiendo nada! —lo corté—. ¿No son todos ellos protestantes?

Suspiró, para él todo era muy simple.

—Pues claro, pero es que hay distintos tipos de protestantes. Vamos a ver, ya te lo he explicado otras veces, pero no te enteras. Los primeros protestantes aparecieron en el continente. No querían que el Papa de Roma ni los obispos ni nadie les impusiese nada en materia de religión, querían hablar directamente con Dios a través de la lectura de la Biblia. Luego, aquí, Enrique VIII también se separó de la Iglesia católica y fundó una nueva religión, la anglicana, donde el rey es quien manda.

Me acordé del caballero pelirrojo que había solicitado bailar a Elizabeth; Piers había mencionado que era presbiteriano. Y ya sabía que mademoiselle Maynard era puritana, aunque nunca había indagado qué significaba. Tantas religiones distintas me superaban, así que le pregunté:

—¿Qué son los presbiterianos?

—Están en Escocia. Como todos los protestantes piensan que sólo llegas al Cielo si crees muy, muy fuerte en Dios. Por eso también piensan que no son las cosas buenas que tú haces, ni las ceremonias religiosas ni los santos los que te llevan al Cielo, sino únicamente la fe. No les gustan nada las imágenes.

Asustada, me llevé la mano disimuladamente al pecho para notar la medalla que llevaba escondida. Piers, que ni se había dado cuenta de mi gesto, prosiguió:

—Creen que o estás predestinado a la salvación o te vas a condenar, y que respecto a eso se puede hacer muy poco.

Nos quedamos un momento en silencio.

—Mademoiselle Maynard dice que estoy condenada, que he sido engendrada en pecado...

Piers se rió.

—¿Te ha dicho eso? ¡Cómo se excede en sus afirmaciones! ¡Es una fanática!

—¿Por qué me lo dice?

—Me imagino que porque sabe que vienes de una familia católica y ella es una puritana convencida que cree en la predestinación.

Sentí alivio, había llegado a pensar que mis padres habían hecho algo malo. Pero seguía sin entender.

—¿Y qué son exactamente los puritanos?

—Los puritanos —empezó— son más nuestros, más ingleses...

—Pero ¡mademoiselle Maynard es francesa!

—En realidad no; es inglesa, como yo. Ha nacido aquí. Pero hace muchos, muchos años su familia tuvo que huir de Francia. Eran protestantes que se llamaban hugonotes. A un montón de ellos los mataron los católicos en la noche de San Bartolomé...

—¡Pobres! —exclamé.

Me miró como si fuera idiota; le encantaba explicar estas cosas y no le gustaba que le interrumpieran. Sin hacer ningún comentario, continuó como si tal cosa:

—Así que los hugonotes vinieron a Inglaterra y se unieron a los protestantes ingleses, que son puritanos.

—Y no me has explicado qué son.

—¡Es que no me dejas acabar! Para los puritanos, el hombre tiene que tener una relación pura con Dios, en la que no se puede meter nadie, y mucho menos el rey. Pues bien, Carlos I Estuardo, que es un rey que quiere dominar a todo el mundo, aplicó normas religiosas parecidas a las católicas a todos los anglicanos ingleses. Como muchos de ellos tenían ideas puritanas, no les sentó nada bien. Así que están en contra de él, y muchos son miembros del Parlamento. A la par, impuso el libro de oraciones anglicano a los escoceses, quienes se le enfrentaron y perdió. Para combatir a los escoceses, necesitaba dinero; el dinero le viene de los impuestos...

—Y de vender cuadros.

Me miró enfadadísimo porque le estaba cortando su brillante discurso con lo que él creía que era una tontería de niña.

—Perdón. —Y poniendo mi voz más dulce, añadí—: Sigue y cuéntame qué pasó.

—¿No me interrumpirás más?

—Te lo prometo.

—Para obtener más impuestos el rey Carlos debía convocar al Parlamento. Llevaba sin reunirlo once años. Cuando lo hizo, los parlamentarios, que no habían podido quejarse de sus medidas arbitrarias durante todo ese tiempo y que estaban furiosos con él por lo de las normas religiosas nuevas, se le echaron encima. Al rey sólo le defendió lord Strafford. Ya sabes, el que ha sido ejecutado.

—Sí. El que me has contado que era amante de lady Carlisle.

—Y ahora, me dijo ayer Thomas, se rumorea que ella está con John Pym, que es el líder de los parlamentarios opuestos al rey. Es decir, ha compartido su cama con un noble enemigo de la reina, con un militar fiel al rey y con el enemigo de ambos —se burló.

Cuando él dijo «ha compartido cama» recordé el horror de Moorfield y me estremecí.

Piers siguió hablando:

—Esa dama baila con el que más le ofrece.

Hasta nuestro rincón llegó el son de una pavana, unos aires lentos y solemnes. Le miré, me puse de pie y bajé hasta el escalón donde él estaba.

—Me gustaría bailar…

Me miró, desconcertado al verme así, haciendo una reverencia como las damas de la corte. Luego exclamó con una sonrisa:

—¡De acuerdo!

Me tomó de la mano, subimos dos escalones hasta el descansillo, nos pusimos frente a frente y repetimos una reverencia; después, con solemnidad, comenzamos a cruzarnos al son de la música que entraba por el ventanuco. Afuera, a través del ventanal, veíamos el parque iluminado por la luz de la luna en una noche sin nubes.

No hablamos, concentrados en los pasos de baile. Cuando la música finalizó, aplaudimos divertidos sin hacer mucho ruido y, en cuanto sonó de nuevo, seguimos bailando al ritmo de las distintas melodías que llegaban desde abajo.

Al cabo de bastante tiempo, cansados de dar vueltas, volvimos a sentarnos en la escalera.

—Me he dado cuenta —le dije— de que tu hermana Elizabeth ha bailado repetidamente con el caballero pelirrojo, ese William Ru… No me acuerdo de cómo se llamaba.

—Ruthven. Lord William Ruthven. El que no le gusta a mi padre.

—¿Por qué?

—Porque le ha llegado que desde hace algún tiempo corteja a Elizabeth, supongo. Creo que le parece alguien demasiado… extremo para ella.

—¿A qué te refieres?

—Es un protestante acérrimo. Fanático. Oí que decían que su odio por los católicos le ha llevado a perseguir y enviar a varios sacerdotes a las horcas de Tyburn.

Esa vez sí pregunté.

—¿Tyburn?

—Está cerca de Londres. Allí ejecutan a todos los criminales.

—Los católicos, ¿son criminales?

Pensé en mi madre. Esa vez no me atreví a tocar la medalla.

—Para William Ruthven, sí. Y para la gran mayoría.

—¿Y para ti?

—Padre dice que no hay que condenar a nadie por sus creencias. Que eso nos hace peores que los condenados.

—Entonces —decidí yo—, si William Ruthven envía a los sacerdotes a la horca, es malo.

—No, es alguien convencido de sus ideas. De todas formas, Thomas dice que es un hombre de contrastes, por un lado protestante y furiosamente presbiteriano y por otro partidario del rey.

—¿No me has dicho que los presbiterianos detestan al rey, que les impone la religión anglicana?

—Sí. Pero creo que en Escocia todo depende de los clanes, y muchos están enfrentados entre sí. Por ejemplo, los Gordon están enfrentados a los Graham. Si los Gordon optan por una idea, el clan rival optará por la contraria. Así que nuestro amigo el pelirrojo, que profesa la fe presbiteriana, apoya al rey, que es un anglicano convencido, porque su clan lo hace para oponerse a otro clan enemigo. Un lío...

No me aclaré mucho, pero para mí lo importante era lo que estaba sucediendo entre aquel hombre y la hermana de mi amigo.

—¿Y se casará con Elizabeth?

—No sé... Espero que no. Elizabeth es un buen partido, posee una enorme fortuna que heredó de su madre. William es ambicioso, le interesará conseguir su dote.

—¿Y ella?

—A Elizabeth le gusta figurar, ser recibida en la corte. Él posee el título de conde de Gowrie. Seguramente a ella le interesará ser condesa. Además, está deslumbrada por lady Carlisle, que es una mujer muy poderosa, capaz de cambiar el mundo a su antojo. Se dice que lady Carlisle, que aparenta ser amiga de los Estuardo, se divierte pasándoles información a los líderes parlamentarios. Es decir, cuando el rey quiere atacar a sus enemigos, éstos ya conocen previamente sus planes; así Carlos Estuardo siempre hace un mal papel. La condesa no es de fiar, Thomas dice que es una fulana.

Me acordé una vez más de Moorfield.

—Yo conozco prostitutas —susurré.

—¿Tú qué vas a conocer?

—Sí, las he visto. Iban muy pintarrajeadas y ella no va así. No puede ser una meretriz.

—Sí que lo es. Se trata de una fulana de alto copete, pero ¡una ramera!

Nunca le había oído hablar así de nadie, con tal desprecio y odio. Él prosiguió:

—Sólo quiere su propio interés.

—Entonces, si sólo quiere su interés, ¿por qué protege tanto a tu hermana Elizabeth? ¿Por qué la ayuda tanto?

—La utiliza, estoy seguro. Quizá quiera compensar por algún servicio a William Ruthven, amigo de su esposo, sir James Hay, también escocés, con un buen partido como es Elizabeth.

—Pero ella es anglicana, como todos vosotros, ¿querrá casarse con un presbiteriano?

—Mi hermana no se da cuenta de que está jugando con fuego. Quiere triunfar en la corte y ser otra intrigante lady Carlisle. Se merece a alguien mejor que ese estirado sin fortuna.

Tras escuchar las palabras de Piers, comencé a detestar un poco a William Ruthven y a preocuparme por Elizabeth, aunque ésta nunca se hubiera interesado por mí. Le conté a Piers lo que estaba pensando y él sonrió ante mi ingenuidad; después me puso la mano en el hombro con gesto protector. Estábamos tan bien allí… en lo alto de la escalera, mirando por la ventana la luna de primavera, intentando entender el mundo que nos rodeaba, mientras el tiempo transcurría rápidamente.

Al cabo, apoyé mi rubia cabecita sobre su hombro y juntamos nuestras manos. Estábamos tan cansados que nos quedamos dormidos en la escalera. De madrugada, alguien nos encontró. Me envolvió el olor a cocina y a sudor de un hombre, unos recios brazos me levantaron y me dejé llevar hasta mi cuarto; por el camino escuché una nana en la lengua de mi madre. Creo que Piers nos siguió medio sonámbulo. Nos acostamos cada uno en nuestro cuarto. Dormimos profundamente, quizá soñando el uno con el otro y los dos con un mundo más en paz y más justo.

7

El enfado de lord Leigh

No sé cuánto le costó a Piers despertarse aquella mañana, pero recuerdo que a mí se me pegaron las sábanas y que no me hubiese levantado nunca. Finalmente, después de que nos llamasen en repetidas ocasiones y mucho más tarde que cualquier otro día, acudimos al gran comedor, donde la servidumbre había preparado algo intermedio entre un desayuno tradicional y una comida; platos dulces y salados se acumulaban en el centro de la mesa. Éramos los primeros, ni el resto de la familia ni los invitados alojados en Oak Park habían bajado aún. Las siguientes que entraron fueron Margaret y Ann; estaban tan excitadas por lo ocurrido la noche anterior que no paraban de hablar: con quién habían bailado, los tocados de las damas, la apostura de los caballeros... Después fueron llegando lord y lady Leigh, Elizabeth y los huéspedes, aunque no todos.

Por el ventanal que se abría a una terraza almenada, entreví a William Ruthven y lady Carlisle, que conversaban fuera animadamente. Debían de estar hablando de algo confidencial porque, cuando un criado se acercó a llevarles unos pastelillos, se callaron.

Más tarde entraron en el comedor. Lady Carlisle parecía serena, frente al escocés que se mostraba un tanto nervioso. El almuerzo transcurrió sin incidencias, hasta que casi al final la dama y William Ruthven solicitaron una entrevista con el dueño de la casa a solas. Elizabeth se sonrojó.

Muy serio, quizá entristecido al sospechar lo que iba a ocurrir, lord Leigh accedió a ello en cuanto se hubiese despedido de los demás invitados, que se disponían a partir hacia Londres tan pronto finalizase el almuerzo. Siguió departiendo con todos, pero una arruga profunda le surcaba la frente.

Todavía la tenía cuando los hizo pasar a la sala Este. Lady Niamh había subido a sus aposentos a descansar, pero los demás nos fuimos al salón, desde el que veíamos la puerta cerrada del gabinete. Elizabeth, de forma poco habitual en ella, permanecía muy callada. Sus hermanas la observaban con miradas inquisitivas. Todos sospechábamos lo que estaba sucediendo.

Al cabo de un tiempo se abrió la puerta. El rostro disgustado de lord Leigh mostraba una coloración grisácea. Llamó al mayordomo y anunció:

—Estos señores abandonarán inmediatamente Oak Park.

Elizabeth palideció, se levantó y salió del salón para reunirse con lady Carlisle y William Ruthven que, sin pronunciar palabra, esperaban ante la puerta de entrada la llegada de su cochero. Una mirada helada de lord Leigh la detuvo.

Cuando Ruthven y lady Carlisle se hubieron marchado, todos seguimos guardando silencio, quizá provocado por el semblante pesaroso del dueño de la casa. Entonces, lord Leigh le indicó a Elizabeth que deseaba hablar con ella a solas y se dirigió a la sala Este seguido por su hija.

Los demás nos quedamos esperando en el salón, atentos por si podíamos escuchar algo. De la sala Este nos llegaban voces apagadas que no lográbamos entender, pero de repente oímos abrirse la puerta, la voz aguda de Elizabeth Leigh e inmediatamente, a lo lejos, como un trueno, sonaron las palabras firmes y enfadadas de lord Leigh:

—Los presbiterianos escoceses no son protestantes sin más, son calvinistas acérrimos. Sus líderes son fanáticos, y los obedecen ciegamente. No razonan, para ellos la fe es la Escritura, ajena a toda fundamentación, a toda razón.

—¿Para qué queremos razonar? —exclamó Elizabeth—.

Sólo importa el corazón. Sir William me ama... hará lo que yo quiera.

—¡Hija mía! Ese hombre y tú estáis en diferente bando, son tiempos revueltos. Si contraes matrimonio con él, no estarás con tu familia.

—¡Necedades! Debo obedecer a la reina Enriqueta María, ella domina a su marido anglicano como yo dominaré al mío presbiteriano. Los Leigh estaremos en todas partes.

—¡Elizabeth! Te ruego que no tomes una decisión que va a ser equivocada para ti y para todos.

—¡Padre! —gritó Elizabeth—. Tengo veintidós años. ¡No consentiré que los Leigh me convirtáis en una vieja solterona! Habéis rechazado ya otras uniones, y no me importó demasiado porque los pretendientes no eran adecuados. Sin embargo, ahora es el momento. Los Percy están de acuerdo. Lord Ruthven posee un título antiguo, es conde de Gowrie, es una buena elección...

—Pero yo soy tu padre y debo autorizar esa boda.

—No, si la casa real la autoriza. ¡Ya habéis oído a lady Carlisle! Es la misma reina la que desea el enlace... ¡Son órdenes de la reina!

Padre e hija se hallaban ahora mucho más cerca, en el gran vestíbulo de entrada. Desde donde estábamos con la puerta abierta, se veía la faz enrojecida de lord Leigh mostrando su ira y descontento. Delante de él, avanzaba una orgullosa Elizabeth Leigh, que no se sometía a su padre. Sabía que aquel último argumento había hecho que triunfase. Si Enriqueta María estaba a favor de la boda, el señor de Oak Park, monárquico obligado, nunca se iba a oponer a la voluntad real; no sólo por obediencia a los Estuardo, sino porque los Leigh, gentes bajo sospecha tras el complot de la pólvora, en cualquier momento podían ser denunciados como traidores y aquel crimen, la traición, conllevaba la pérdida de todo el patrimonio e incluso la horca. Los Leigh necesitarían siempre el beneplácito de quien estuviese en el poder.

En los días siguientes, Elizabeth no dio su brazo a torcer y poco tiempo después la gran litera con las armas de la casa Estuardo se detuvo frente a la entrada. De nuevo, me fijé en las portezuelas del vehículo, pero ahora el hermoso unicornio del escudo me pareció de algún modo amenazador. Lentamente, la litera abandonó el patio de piedra y la rotonda de las flores. En ella partía Elizabeth Leigh, futura condesa de Gowrie, que se había despedido muy fríamente de su padre. Piers me susurró que su hermana mayor se dirigía a tierras de los Percy.

Pronto llegaron noticias de que, en la mansión de la familia materna, todos ellos parlamentarios convencidos y protestantes fervientes, Elizabeth Leigh había contraído matrimonio con William Ruthven, conde de Gowrie. A la boda había asistido la camarera mayor de la reina, Lucy Hay, condesa de Carlisle, y había sido oficiada por el obispo Williams, uno de los más conspicuos representantes de la fe anglicana. Fue un acto de gran relevancia social que congregó a multitud de personalidades de la corte. La novia, decían los pasquines, estaba bellísima.

Nadie de la familia Leigh acudió, lo que causó un gran escándalo, más si cabe porque la reina había hecho acto de presencia a través de su camarera. Yo no sabía nada de todo aquello, pero un día Piers me reveló que, desde la ausencia de la familia Leigh en la boda de Elizabeth, el rechazo social hacia ellos había aumentado. Las chicas Leigh perdían la posibilidad de realizar un buen enlace y las opciones de Piers para entrar en la Armada menguaban.

8

Un otoño

Oak Park, otoño de 1641

Para gran alivio mío, la vida en Oak Park había tornado a su rutina habitual en cuanto Elizabeth se hubo ido. Sus hermanas la echaron de menos, pero no se hablaba mucho de ella. Todos nos habíamos dado cuenta de que su boda había supuesto un gran disgusto para el señor de Oak Park.

Al cabo de algunas semanas había llegado una carta de Elizabeth para lord Leigh. Nunca supimos qué le decía, pero a partir aquel momento pudo volver a mencionarse su nombre y se restableció la correspondencia. En sus misivas la nueva condesa de Gowrie se jactaba de sus relaciones en la corte y de su triunfo social, mayor incluso que antes de casarse. Los jóvenes de Oak Park las devorábamos con curiosidad, pero lord Leigh se mostraba decepcionado y su ceño se fruncía al oírnos leerlas en voz alta. Así que, cuando él entraba, deteníamos la lectura.

Pasado un tiempo prudencial, Elizabeth había escrito para invitar a sus hermanas al lujoso palacete donde moraba con su esposo, en el Strand, no muy lejos de la residencia real de Whitehall. Una mansión con jardines que bajaban hasta el río, con su propio embarcadero. Aseguraba que su esposo estaba encantado con que fuesen y prometía introducirlas en la sociedad londinense y en la corte. Desde ese momento, el único tema de conversación entre Margaret y Ann había sido cómo conseguir el oportuno permiso de sus padres. Por aquel entonces, la situación en Londres era preocupante. La capital reflejaba en motines y revueltas constantes la gran inestabilidad política que atravesaba el país. Por todo ello, lord Edward y lady Niamh se habían mostrado inicialmente reacios a aceptar la invitación.

Recuerdo que las dos trazaron un plan de batalla, y cuando unas jovencitas decididas toman una determinación es imposible detenerlas. Al fin, y tras mucho insistir a sus padres, Ann y Margaret lograron el deseado permiso para viajar a Londres, a la mansión de lord y lady Ruthven. Los días anteriores a la partida sólo hablaban de vestidos, joyas, tocados y equipajes. Piers y yo nos alejábamos de su compañía.

Una mañana de mediados de otoño las vimos partir en una silla de manos a la que seguía un gran carromato, hasta arriba de baúles con ropas y demás objetos personales, que constituirían sus armas de mujer en las muchas fiestas a las que pensaban asistir. En la rotonda de Oak Park, lady Niamh y lord Edward los seguían con la mirada; me fijé en que la expresión de ambos dejaba traslucir una muy clara preocupación.

Por primera vez, Piers y yo nos quedamos solos en la Casa del Roble. Thomas, que al final del verano había decidido abandonar sus estudios de leyes en Oxford, estaba también en Londres. A pesar de su juventud y de que apenas había empezado su instrucción universitaria, ya representaba a su padre en la Cámara de los Lores. El joven heredero de Oak Park se mostraba totalmente convencido de que la autoridad real procedía del Altísimo y era partidario del poder absoluto de Carlos I Estuardo. Consideraba que Dios protegería al rey y lo libraría, antes o después, de sus enemigos.

Posiblemente lord Edward hubiera querido sostener las convicciones de su hijo, pero no se sentía cercano al absolutismo del rey, aunque tampoco compartía, ni mucho menos, las ideas de los parlamentarios intransigentes, protestantes fanáticos, en las que subyacía una intolerancia excluyente de todo otro pensamiento. El señor de Oak Park tenía los pies en la realidad y veía el futuro del monarca en términos cada vez más oscuros. Ahora, pasados los años, pienso que el padre de Piers poseía una visión acertada de la época; era un comerciante que negociaba con el continente. Se percataba, con su agudo discernimiento, de que la actitud del rey, cada vez más absolutista, le estaba conduciendo a su propia desgracia. Por otro lado, percibía con toda claridad el cariz sectario y partidista que iba tomando la política parlamentaria, lo que le preocupaba mucho.

Por aquel entonces, la Cámara de los Comunes, dirigida por John Pym con una mayoría puritana, mostraba una actitud rabiosamente antipapista; consideraban a los católicos culpables de todos los males del reino. Los anglicanos de tendencia puritana no podían soportar los cambios que el rey había impuesto en la Iglesia de Inglaterra, unos cambios que la situaban mucho más próxima al catolicismo que a la Reforma luterana y calvinista. La Cámara de los Lores, dirigida por Robert Rich, conde de Warwick, mantenía una postura más moderada pero también contraria al pomposo anglicanismo de los Estuardo.

En noviembre, la Cámara de los Comunes presentó una lista de agravios, la Gran Amonestación, en la que se resumía, en doscientas cuatro objeciones, la oposición a la política exterior, a las finanzas y a la postura religiosa del rey. A finales de mes, después de un debate enconado, la Gran Amonestación fue aprobada por el Parlamento por un estrecho margen. Thomas se había puesto activamente en contra y, con él, muchos nobles que consideraban excesivas las exigencias parlamentarias. La Gran Amonestación se entregó al rey Carlos a principios de diciembre. En espera de su respuesta, cesaron los debates en el Parlamento y Thomas regresó a Oak Park.

Su vuelta supuso que yo perdiese de nuevo a Piers, que seguía a su hermano mayor como una sombra. Ambos continuaban muy unidos y salían juntos a cabalgar cuando dejaba de caer la nieve, o hablaban horas y horas en la biblioteca de la sala Este. Thomas le contaba los sucesos en los que se había visto envuelto en los últimos meses.

Se acercaba la Navidad y no parecía que Ann y Margaret fuesen a regresar de Londres. Habían escrito diciendo que pronto serían presentadas en sociedad. Su ausencia favorecía que mademoiselle Maynard se esforzase con más ahínco en mi formación, tratando de convertirme en una damita, pero yo, a mis diez años, no apreciaba sus esfuerzos; me habría gustado ser un chico como Piers.

La institutriz había decidido que lo más importante en mi vida iba a ser la costura. Nunca he estado dotada para este arte, los trapos se volvían negros en mis manos y no conseguía realizar los finos trabajos en los que ella era ducha. Por la ventana, veía a los dos jóvenes Leigh regresar cansados, hambrientos y felices tras haber cazado patos en el lago helado o jabalíes en los bosques nevados. A veces escuchaba sus gritos cuando se deslizaban en el trineo por la nieve que ahora cubría los campos. Yo les miraba con envidia, y me volví huraña y desobediente, provocando la ira de mademoiselle Maynard, que me castigaba aún más: a no salir de casa, a escribir mil veces una necedad o a realizar largos dictados en francés. Quizá porque al no salir apenas hacía menos ejercicio y dormía peor, algunas noches me despertaba soñando con espectros y fantasmas.

Para escapar de su control, me refugiaba en compañía de lady Niamh. Qué bien la recuerdo: una dama alta, de pelo rojizo que comenzaba a encanecer, con una piel nacarada que mostraba leves arrugas en las comisuras de los ojos y la boca; su mirada era límpida y amable, aunque a veces podía volverse dura e imperativa. Alguna vez la oí cantar, con una voz dulce y de elevado tono, canciones en gaélico, el antiguo idioma irlandés, una lengua que yo desconocía. Procedía de Limerick y era hija de un irlandés rebelde, sir John Burke de Brittas. Poseía la distinción de los nobles ingleses, pero era más afable y alegre, y estaba muy unida a su esposo, a quien adoraba. Gozaba de una elegancia natural, y yo la respetaba mucho.

Cuando estaba en presencia de la señora de Oak Park, la institutriz se comportaba mejor. Así que en mi tiempo libre solía sentarme a coser mi inacabable dechado junto a ella. Y la oía suspirar.

El motivo de su melancolía eran sus hijas. Las echaba de menos y le dolía tenerlas tan lejos. Creo que a la madre de Piers le consumía la preocupación por la radicalización del país; recuerdo que levantaba y bajaba la aguja del tejido sin apenas hablar. La nieve que caía tras los cristales hacía que el ambiente se volviese más melancólico aún. Intuyo que la dama presentía lo que iba a destrozar su país, a la par que su propia familia.

9

Navidad

Oak Park, Navidad de 1641

Cuando todas las hojas del otoño hubieron caído y la nieve había cubierto los campos, llegó la Navidad, una festividad que en Oak Park me parecía mágica. Era la segunda vez que la vivía allí.

El día anterior me había sentado a intentar coser mi dechado junto al gran ventanal de la sala de estudio. Finos copos de nieve caían blandamente tras los cristales esmerilados, y a lo lejos divisé a los dos jóvenes Leigh arrastrando el cuerpo muerto de un jabalí, que dejaba un rastro de sangre en la nieve. A sus gritos acudieron casi todos los habitantes de la casa. Resonando sobre la quietud de la nevada, se escuchaban sus voces y exclamaciones alegres; el animal, convenientemente despellejado y destripado, se cocinaría para la fiesta. Sólo yo, castigada una vez más por mi aborrecida institutriz, lo observaba todo por la ventana, consumiéndome de ganas de participar en el contento general. Entonces, lady Niamh abrió la puerta de mi cuarto y me comunicó que podía salir, que no habría ya más castigo. Me dijo que mademoiselle Maynard, de modo repentino, había solicitado permiso para pasar las fiestas con unos familiares.

Bajé dando brincos por la gran escalinata ante la mirada divertida de lady Leigh. Mientras saltaba por los escalones, me pregunté qué tipo de celebración realizaría mademoiselle Maynard, quien desde tiempo atrás protestaba diciendo que las fiestas navideñas no eran nada más que paganismo y un gran peligro para la moral. Me pasé casi todo el día con lady Niamh, acabando de adornar la casa con acebo, romero, ramas de hiedra y laurel, y participando de los preparativos en el gran vestíbulo, donde tendría lugar la cena navideña.

Al día siguiente me desperté presa de gran excitación y bajé corriendo la escalera de madera. Por los cristales distinguí, abajo en el patio, a Matt, el cochero y los pinches, que acarreaban leña hacia las cocinas, donde el horno estaría dorando las carnes y cociendo panes y dulces.

Piers y Thomas estaban juntos en el gran vestíbulo de entrada. Había llegado un correo y Thomas abría en ese momento una carta. Oí que le decía a su hermano: «El rey, como tiene que ser, ha rechazado los términos de la inicua amonestación que le presentó el Parlamento». Después se alejaron. Me sentí sola, y eché de menos a Margaret y Ann.

Bajé a las cocinas, donde todo el mundo estaba muy atareado, y como en otras ocasiones busqué a Matt. Cuando el hornero me vio con la carita triste, en vez de regañarme y echarme de allí, comenzó a enseñarme lo que se preparaba para la velada: asados de ternera, oca y cordero, pasteles de carne con especias, pasas, higos secos y grosellas. En su zona se amontonaban las tartas de crema y manzana, el pan blanco y los pastelillos de mazapán. Se mostraba orgulloso de todo lo que se había horneado para la ocasión. Al poco, lo llamaron y, en su ausencia, mientras nadie miraba, aproveché para atiborrarme de todo lo que quise. Cuando regresó a mi lado y vio lo que había comido, me dijo que me iba a poner enferma y, riéndose, me echó de sus dominios.

Subí lentamente por la escalera y al llegar al vestíbulo me dirigí hacia la sala Este; pensé que los jóvenes Leigh estarían hablando de la carta de Londres con su padre.

Efectivamente, y por lo que pude escuchar a través de la

puerta entreabierta lord Leigh no estaba de acuerdo con la postura asumida por el rey. En un momento dado, le oí decir que Carlos Estuardo se estaba cavando su propia tumba. Thomas protestó defendiendo la actitud del monarca. Después, alguien cerró la puerta y me fue imposible escuchar nada más.

Como nadie me hacía caso, me fui junto a lady Niamh, pero la señora de la casa estaba muy ocupada dando instrucciones al ama de llaves. Mi presencia no era oportuna, así que regresé de nuevo a mi pequeño cuarto. Estaba empachada por todo lo que había comido y no tenía demasiadas ganas de hacer nada, pero por matar el tiempo me puse a leer y dejé que pasasen las horas, hasta que sonó la campana que convocaba a todos para la cena. Era el primer toque, al cuarto todos debíamos ocupar nuestro lugar. Una doncella me vistió con un traje de seda que había pertenecido a Ann; después bajé hasta el vestíbulo, en cuya gran chimenea ardía el enorme tronco de Navidad. Allí los señores compartirían viandas con los arrendatarios, asalariados y criados de Oak Park.

Lord Leigh presidía la celebración a la cabecera de una larga mesa y a su lado se sentaban su esposa e hijos; a mí me situaron con ellos, junto a Piers. En diversas mesas en el centro de la estancia, se apilaban los manjares que Matt me había mostrado en las cocinas. En bancos de madera pegados a las paredes o de pie, se apiñaban los invitados, vestidos con sus mejores galas. Comenzó a sonar la música, canciones de Navidad al son de la cítara y la viola, mientras todos saboreábamos los deliciosos platos; para la gran mayoría, no eran habituales en sus casas. En Oak Park, el día de Navidad era tiempo de alegría.

La expresión de lord y lady Leigh era de contento y satisfacción al ver disfrutar a la gente. Quizá en los azules ojos de lady Niamh se podía adivinar un punto de añoranza al faltarle sus hijas.

Cuando estábamos terminando de cenar, un hombre semiembozado, oculto entre las sombras al fondo de la estancia, llamó mi atención. Me miraba con una expresión amable. De pronto, lo reconocí y mi corazón dio un vuelco de alegría. Iba a gritar: «¡Tío Andrew!», pero en ese momento Thomas me cogió de la mano y, raro en él, dado que no solía tomarse confianzas conmigo, me solicitó que bailásemos. Lord y lady Leigh ya se dirigían al centro del gran vestíbulo para abrir el baile. El año anterior, Thomas había sacado a Margaret pero, con sus hermanas fuera, el heredero de los Leigh me eligió a mí. Vi que Piers fruncía el ceño y pensé que estaba celoso. Durante los meses pasados, me había considerado algo suyo y ahora su hermano me había invitado antes que él para el primer baile.

Me olvidé del tío Andrew; la música siempre me ha subyugado, en mi sangre hay algo rítmico que quizá procede de las tierras del sur. Thomas, a quien habitualmente consideraba algo estirado, se mostraba amable. Me sentía feliz. Era muy alto y yo le llegaba a la altura del pecho. Cuando el primer movimiento nos acercó, se inclinó hacia mí.

—No hables con tío Andrew —susurró.

—¿Por qué? —le pregunté.

—Es mejor que no lo hagas aquí, en público, delante de tantos extraños. —Su rostro reflejaba un claro desasosiego.

La danza finalizó y entonces Piers se situó a mi lado para la siguiente. Estaba enfadado. De modo brusco me dijo:

—¿De qué hablabais Thomas y tú tan al oído?

No sé por qué, me pareció mejor no contestarle para que se pusiese aún más celoso. Le sonreí con coquetería. Él repitió la pregunta, pero yo me obstiné en callar, como si no le hubiese oído. Me dijo que no le importaban nuestros secretillos. Comenzaron a sonar las notas de la misma pavana que habíamos bailado unos meses atrás en el rellano de la escalera. Me olvidé de todo y, como en un sueño, giré cruzándome y entrecruzándome con mi compañero de juegos, que de nuevo estaba contento y se olvidó de sus celos. Las mejillas me ardían cada vez más, mientras a una danza seguía otra.

Al final la música se detuvo. Iba a dar comienzo el momento que más me agradaba de esa celebración, porque después del baile se contaban historias: la de Hereward, el proscrito, un sajón que se enfrentó a la conquista normanda; la de Robin Hood, que robaba a los ricos para dárselo a los pobres, o la de Tom Thumb, el Pulgarcito.

Me dirigía a la mesa presidencial para escuchar bien aquellos relatos que tanto me gustaban, cuando sentí una mano en el hombro. Al mirar hacia arriba vi a Andrew Leigh, que me sonreía. Se llevó el índice a los labios y, con un gesto, me condujo a una sala distante. Nadie se dio cuenta de nuestra marcha, porque todos estaban atentos a las historias.

Cuando estuvimos solos, me preguntó afectuosamente:

—¿Cómo estás, pequeña?

—Bien, tío Andrew. ¿Dónde habéis estado? Desde que me trajisteis aquí no os he vuelto a ver.

—Tengo muchas ocupaciones. —Me acarició el pelo—. ¿Estás contenta aquí, con mi familia?

—¡Sí, sí!

—¿Echas de menos a tu madre?

Estuve a punto de decirle que no. Me había acostumbrado tanto a la casa y a sus gentes que sólo me acordaba de ella de cuando en cuando, pero al oírsela mencionar algo se me removió dentro; el rostro bello y torturado de mi madre regresó a mi cabeza. No le contesté, pero él lo adivinó todo por la expresión de mi semblante.

—¿Tienes la medalla que te di cuando murió?

—Sí.

La saqué de mi pecho y él la besó.

—Te protegerá, perteneció al mejor hombre que he conocido en mi vida: tu padre.

—Mi madre me hablaba de él, me dijo que estaba más allá del mar. ¿Algún día lo veré?

Tío Andrew no contestó, pero a sus ojos asomó una expresión de agradecimiento y añoranza que no comprendí. No me dijo nada más y se fue en silencio.

Regresé a la sala, donde todos esperaban ya el momento

culminante: repartir la tarta hecha con harina, mantequilla, huevos, miel, jengibre y pimienta. Al que le tocase el trozo en el que se escondía un haba, sería el rey de la fiesta. La primera Navidad que viví en Oak Park, el afortunado había sido Matt, que dispuso que los vecinos pobres accedieran a las cocinas y comiesen lo que quisieran, nos dio dulces a los niños y ordenó cánticos y danzas.

Sin embargo, aquel año le tocó a Roberts, el cochero, un hombre de mediana edad que, recuerdo, vestía siempre de negro. Su puesto conllevaba cierta responsabilidad y tenía ascendiente sobre toda la servidumbre. Noté que lord Leigh se inquietó cuando vio que el premio le había correspondido.

Roberts alzó la voz, algo temblorosa por la bebida:

—Ahora soy el rey, puedo hacer lo que quiera. Tenéis que obedecer al rey. Repetid todo lo que yo diga.

—Te obedeceremos, rey —respondieron todos.

Entonces Robert gritó:

—¡Viva el Parlamento!

Todos exclamaron a coro: «¡Viva!».

—¡Mueran los traidores!

Los concurrentes repitieron la frase.

—¡Mueran los papistas!

Lo corearon.

Lady Leigh palideció. Lord Leigh desapareció de la sala, le habían llamado. La palidez de lady Niamh se acentuó. Hizo venir a una doncella y le dijo que me condujese a la cama. Yo me resistí interiormente porque Piers se quedaba, pero con lady Niamh no era capaz de negarme a nada, así que seguí a la criada.

Cuando puse el pie en el primer peldaño de la escalera, escuché que Roberts gritaba:

—¡Muera la Navidad!

Nadie le contestó, y se hizo un silencio tenso. De pronto se escuchó la voz de uno de los sirvientes: «Roberts, estás borracho. ¿Cómo puedes decir tantas majaderías?». Estalló una discusión. Un hombre vociferó que la Navidad era el tiempo de la condescendencia, en el que los nobles mostraban su poderío a los pobres, aludiendo veladamente a los Leigh. Otro le replicó: «¿Qué estás diciendo? Los señores siempre han sido buenos con nosotros». Me detuve, me giré y entonces oí a alguien que, en un tono bajo pero audible, decía: «Lady Niamh es una bruja, una bruja irlandesa».

Quise salir a defenderla, pero no sabía de dónde procedía la voz. La doncella me agarró fuerte de la mano y tiró de mí, de modo que tuve que seguirla mientras abajo, en el gran vestíbulo, se gritaban esas cosas, pero la tristeza por lady Leigh me llenó el corazón. Ya en mi cuarto, continuaban llegándome sus voces. Finalmente, me dormí.

Hacia la medianoche me desperté debido a un intenso malestar. Había comido demasiado, el estómago me ardía y sentía náuseas, que aumentaron cuando me incorporé. Me levanté a beber agua de una jofaina. Inmediatamente, retorné a la cama, deseosa de meterme entre los cobertores; fuera de ellos, el frío me hacía temblar. Despierta por el dolor, oía ruidos en el bosque, y también dentro de la casa… crujidos y rumor de pasos. Me arrebujé bajo las mantas, con miedo, y al cabo de poco me quedé dormida de nuevo.

A la mañana siguiente estaba deseando hablar con Piers, quería que me contase cómo había terminado la fiesta, que me explicase por qué Roberts había dicho esas cosas tan extrañas. Por último, tenía que decirle que me había parecido escuchar ruidos. Sin embargo, él se mostró esquivo, sólo me dijo que había habido una pelea y que el cochero había sido despedido, y de lo otro sólo comentó que la Navidad era el tiempo de los fantasmas.

10

Walton-on-the-Naze

Oak Park, invierno de 1642

L os días siguientes hizo mucho frío, la nieve se congeló y los
criados pasaron horas y horas intentando abrir los caminos. Cuando al fin lo consiguieron, nos llegaron noticias de
Londres.

Tras la decisión del rey de rechazar la Gran Amonestación,
los motines se habían sucedido. El 4 de enero, el rey había acudido al Parlamento a detener a los que consideraba lideraban
la oposición a su poder absoluto para dar un escarmiento. De
modo sorprendente, los cinco hombres a los que el rey iba a
apresar no estaban en la Cámara de los Comunes. Carlos había
sido burlado, y se rumoreaba que quien había avisado a los
sediciosos fugados era lady Carlisle.

Thomas decidió ir a la capital para defender al rey y ponerse a su servicio.

Mademoiselle Maynard regresó. Había cambiado. Me di
cuenta de que se quedaba a menudo distraída y de vez en cuando esbozaba una sonrisa; parecía estar ausente, pensando en
sus cosas. Por otro lado, se había vuelto más religiosa si cabe y,
cuando no estaba acosándome con las clases, leía un librito de
salmos y sermones en el que se abstraía. Sólo la sacaba de la
nube de sus ensueños la llegada del correo; en cuanto escuchaba los cascos del mensajero en el patio de piedra, bajaba la es-

calera precipitadamente para preguntar si había llegado alguna carta para ella. Regresaba eufórica con una misiva o melancólica por no haber tenido noticias. De algún modo, me dejó más libre.

Aunque la siguiente luna llena Piers y yo creímos volver a escuchar ruidos extraños en la casa y en la finca, por aquel entonces los sucesos políticos nos preocupaban más que los fantasmas de los sótanos de Oak Park. Finalmente había llegado una carta de Thomas dirigida a su padre y con saludos para todos, que luego Piers me leyó. En ella contaba que el rey, en parte para proteger a su esposa Enriqueta María de las iras de la plebe, que la consideraban una católica intrigante, y sobre todo para alejarse de la presión de un Parlamento ya incontrolable, se había desplazado de Londres a Hampton Court, el antiguo palacio de Enrique VIII, al oeste sobre el río Támesis. El mayor de los Leigh le había seguido.

—Thomas dice, y yo estoy de acuerdo, que marchándose de Londres el rey ha perdido todo prestigio. Carlos Estuardo no se ha dado cuenta —me explicó Piers— de que abandona gran parte del ejército, las armas, las municiones y sobre todo la Torre, el mayor polvorín del reino, en manos del Parlamento, que es totalmente contrario a los intereses de la Corona.

—Si no hay rey, no hay corte, y si no hay corte, ¿qué hacen tus hermanas en Londres?

—Dicen que quieren acompañar a Elizabeth, que las necesita. Me gustaría que volviesen ya. Parece ser que Ruthven, que quiere ascender a toda costa, es ahora un fanático parlamentario. Lo que es mucho más congruente con sus creencias protestantes. La situación política es compleja, al parecer en Londres hay revueltas.

—Y ¿tú qué piensas de la situación política? No sé en qué va a parar todo esto.

—Yo tampoco lo sé y me gustaría saberlo. —Piers comenzó a desordenarse el cabello con un gesto muy típico en él—. Podemos averiguarlo —me dijo de repente.

—¿Cómo?

—Tu mademoiselle Maynard vuelve a tener jaqueca y mi señor Reynolds me ha dado la tarde libre. Podríamos ir al pueblo, a Walton, y escuchar lo que se rumorea.

Me entusiasmé con la idea. Me encantaba pasear con Piers y era casi una hora de camino. Recorrimos el sendero ondulado, entre bosques de árboles aún sin hojas, que rodeaba Oak Park. El suelo embarrado mostraba rastros de nieve, el cielo cubierto por nubes oscuras se abría de cuando en cuando y dejaba pasar los rayos del sol.

En un cruce de caminos antes de llegar a Walton-on-the-Naze se alzaba una cruz medieval de piedra, con un Cristo sencillo. Al llegar allí, comprobamos que estaba tirada y rota en varios pedazos. Piers soltó una imprecación y se agachó para observar el destrozo.

—¿Qué ocurre?

—¿No lo ves? Los puritanos han destruido este crucero que lleva años y años aquí. Consideran blasfemo e idólatra representar a Cristo.

Tanteó entre los trozos de piedra y por fin encontró lo que buscaba; se lo metió en el bolsillo. Era la cabeza del Cristo. Me di cuenta de que a Piers le daba pena que estuviese rodando por el suelo, como si fuese la cabeza de un ejecutado.

La península del Naze, donde se situaba Oak Park, y la pequeña villa estaban separadas por un río no muy caudaloso. Cruzamos un puente de madera y nos recibió el cementerio, una explanada de hierba con lápidas antiguas. Un poco después, llegamos a las primeras casas, pasamos por delante de la iglesia y subimos una cuesta poco empinada hacia el centro del pueblo. Como había mercado, fuimos de puesto en puesto, curioseando, y compramos algún dulce. Un chico pasó gritando: «Últimas noticias: el Parlamento prohíbe el teatro y las fiestas». Piers sacó una moneda de bolsillo y le pagó la hoja volandera.

Comprobamos que algunos aplaudían esta noticia, mientras otros sacudían la cabeza en desacuerdo. Oímos a unos que decían que se aproximaba una guerra en contra del Anticristo, para eliminar todo papismo del reino; a otros, que había que proteger a la Iglesia y al Estado con una rebelión contra la legítima autoridad; muchos hablaban de una mera cuestión de honor, y aún otros debatían que había que moderar los excesos de poder del rey y sus últimos consejeros. La guerra todavía no se había iniciado, pero incluso en aquel lugar alejado de la corte y del Parlamento, las gentes ya definían su postura.

De pronto, en un corrillo oímos una voz conocida que llevaba la voz cantante.

—Sepan vuestras mercedes que es una bruja. Sí, lo es; parece un ángel pero es una bruja. En esa casa ocurren cosas muy extrañas, sí; el demonio la ha poseído. Y nadie hace nada.

Era Roberts.

—Me alegro, ¡sí, os lo digo con toda confianza!, me alegro mucho de que me hayan despedido. Oak Park está encantado.

Alguien que reconoció a Piers cuando nos acercamos le dio un codazo. Roberts no se arredró y le dijo:

—Sí, ¡tú, muchacho! ¡Ándate con cuidado! Os digo a todos que algún día esa casa saldrá por los aires. Sí, os digo que en las noches de luna hay ruidos extraños. Será la bruja que hace sus aquelarres...

Tiré de Piers porque apretaba los puños con ganas de golpear a aquel hombre y él no era más que un muchacho. El antiguo cochero se alejó riendo. Entonces, Piers se metió la mano en el bolsillo, sacó algo y se lo lanzó. El golpe no le dio a Roberts de plano, pero le rozó la cabeza, hiriéndole levemente.

—¡Me las pagarás, mocoso! ¡Me vengaré de ti y de tu casta! —gritó mientras se alejaba.

Se hizo el vacío alrededor nuestro, todos fingían comprar algo para darnos la espalda. Nadie hablaba. Cuando Roberts hubo desaparecido, Piers caminó hacia lugar donde había caído el proyectil que había salido de su bolsillo. La cabeza del Cristo, todavía más rota que cuando la habíamos encontrado, nos miraba en medio de la calzada.

Entonces un carro de los muchos que circulaban por la vía, cargado hasta los topes, la aplastó. Me pareció oír que la piedra se deshacía en arenisca. Se escuchó un grito. Era Piers. Después, musitó para sí:

—Todo lo que quiero proteger acaba destruido...

Le cogí del brazo y le arrastré de allí, nos fuimos de Walton-on-the-Naze con una sensación extraña. En el camino de vuelta, Piers no habló, tenso y preocupado.

11

La expropiación de los barcos

Oak Park, verano de 1642

Transcurrió el tiempo entre clases de latín con el señor Reynolds y enfrentamientos más o menos velados con mademoiselle Maynard. Piers y yo seguíamos escapándonos alguna vez a Walton y, aún más a menudo, a la costa. Desde lo ocurrido en el pueblo, más que nunca, él deseaba embarcarse; corrían vientos de guerra y necesitaba acción, luchar contra alguien, se consumía encerrado en la enorme propiedad de su padre.

Tras el deshielo y una primavera lluviosa, al fin llegó el verano, aunque no lo parecía. Una tarde de ese estío desacostumbrado, en el que hizo frío y siguió lloviendo, escuchamos cascos de caballos que resonaban sobre las piedras de la entrada de la casa. Mademoiselle Maynard y yo nos asomamos a la ventana y vimos a unos hombres que desmontaban. Luego la institutriz me comunicó que se trataba de invitados importantes, que representaban al Parlamento, «a quien Dios proteja», me advirtió que debía comportarme con decoro y me ayudó a arreglarme. Cuando bajamos, los recién llegados, vestidos con tonos oscuros y cuellos blancos, y con un negro sombrero de ala ancha, conversaban con lady Niamh mientras accedían al comedor grande.

No recuerdo bien qué se sirvió en la cena, sólo que se habló sin cesar de la situación política. Los caballeros londinenses tenían tanta prisa en convencer a lord Leigh de algún tema político que parecían no darse cuenta de que había niños delante ni de que aquélla era una comida familiar. Eran tiempos convulsos. A la memoria me vienen algunas frases dichas durante la velada.

—Como seguramente sabréis, hace unos meses lord John Hotham no permitió la entrada del rey en la guarnición de Hull.

—Una insubordinación sin precedentes —afirmó lord Leigh.

—Hotham no hizo más que obedecer las órdenes del Parlamento —declaró su interlocutor, un hombre de mirada aguda y rostro severo—. Hull posee un enorme polvorín, y el Parlamento no deseaba que el rey se hiciese con el control de las municiones del reino.

Conociendo el sentido de autoridad del señor de Oak Park, supe que consideraba una desvergüenza que un militar, y de la nobleza, hubiese desacatado la máxima autoridad de aquel país. Sin mostrar excesivamente sus ideas, preguntó:

—Entonces, ¿es ahora el Parlamento quien controla los suministros de pólvora?

—No es sólo eso. Desde julio, la Armada se halla al mando de Robert Rich, conde de Warwick.

Piers me susurró: «Warwick es contrario al rey».

—He oído que han destituido a todos los capitanes de la Armada monárquicos —ratificó otro de los visitantes.

—¡Eso es muy grave! —exclamó inquieto lord Leigh.

—El rey se lo ha buscado —fue la respuesta que recibió.

Desde el momento en que se había mencionado la palabra «Armada», Piers se había estirado en su asiento y en sus ojos se apreciaba un brillo de gran interés. Adiviné su pensamiento: si la Armada se había vuelto parlamentaria, el Almirantazgo estaría controlado por la mayoría puritana, con la cual los Leigh prácticamente no se relacionaban. Sería difícil que un barco parlamentario aceptase como guardiamarina a alguien de una familia con ideas políticas opuestas.

Por debajo de la mesa, rocé el muslo de Piers con la mano para darle ánimo; él me miró furioso, no le gustaba para nada mi compasión. La conmiseración era para seres débiles, como las chicas, y él iba a ser un valiente marino.

Mientras nos levantábamos de la mesa me susurró: «No importa, seré capitán de uno de los mercantes de mi padre». Pero yo sabía que a él le gustaban los barcos de guerra, porque muchas veces me había hablado de cañones y culebrinas, de la trayectoria de las balas y de cómo mejorar el tiro. Nos quedamos un tanto atrás, mientras lady Leigh y mademoiselle Maynard se retiraban a la sala de las damas y los caballeros se quedaban a fumar y a hablar de cosas de hombres. Antes de que nos echasen del comedor, uno de los caballeros de Londres le susurró algo a lord Leigh y éste, crispado, exclamó:

—No puede ser, ¡si hacen eso hundirán el comercio!

Cuando los visitantes se fueron, lord Leigh parecía haber envejecido varios años y al día siguiente partió. Estuvo ausente varias semanas y, cuando regresó, durante un tiempo iba y volvía de la capital como si sus negocios se hubiesen multiplicado. Fue Piers quien finalmente me explicó que, en realidad, peligraban: aquellos caballeros de Londres habían venido a informar de que requisaban gran parte de los barcos mercantes del señor de Oak Park. También me contó que, por algún motivo que él desconocía, sus hermanas estaban siendo retenidas por Ruthven.

Recuerdo que cada vez que lord Leigh retornaba, su cara expresaba una mayor inquietud. Había protestado verbalmente y por escrito ante el Almirantazgo, necesitaba sus barcos para el comercio, pero en Londres no se le consideraba una persona de confianza y se los negaron. Además, adujeron, serían necesarios para la guerra que sin duda se avecinaba.

Las posibilidades de Piers de hacerse marino se estrechaban cada vez más. No me decía nada ni se quejaba, pero yo lo notaba muy contrariado.

Un día me dijo:

—El señor Reynolds me ha hecho traducir una frase latina que me ha hecho pensar: «Nihil difficile volenti». Significa algo así como que «Nada es difícil para el que quiere». Me ha dicho que está escrita en lo alto de un edificio en Roma. Yo quiero ser marino y sé que lo voy a conseguir, sea como sea.

12

La celda

Recuerdo aún el final de aquel verano en el que requisaron los barcos de lord Leigh. De repente llegó el calor, si bien, pensándolo ahora, era suave en comparación con el calor húmedo que me empapa constantemente en este Caribe. Y la temperatura subió, aunque no sólo por los cielos sin nubes y la fuerza del sol, sino también porque en Nottingham el rey alzó su estandarte. Aquel símbolo tan medieval y trasnochado daría inicio a la primera guerra civil inglesa, una guerra que cambió para siempre nuestras vidas; pero nosotros, niños todavía, no podíamos intuir nada de lo que iba a suceder.

Mientras el mundo se volvía loco, Piers y yo campábamos a nuestras anchas por las tierras de Oak Park. Aunque al poco de llegar me habían enseñado a montar a caballo, a diferencia de todos los Leigh todavía no lo hacía con soltura porque no contaba con una montura propia. En aquellos días, como Ann seguía en Londres, me cedieron la suya temporalmente y comencé a cabalgar mejor.

Piers me desafiaba echando carreras, unas veces hasta la Torre de los Normandos, el punto más elevado de la propiedad, no muy lejos del litoral. Atábamos los caballos en algún matojo en la pradera que rodeaba el antiguo torreón vigía y, por una estrecha y desgastada escalera de piedra, subíamos hasta lo más alto, a la cima almenada, ante la cual se extendía la mar abierta.

Otras veces nos llegábamos hasta el borde del acantilado, desde donde divisábamos la playa o, más allá, el oleaje chocando contra las rocas en la pequeña cala, donde algunos botes se balanceaban atados a argollas en el embarcadero de la cueva. Protegida de las corrientes del mar del Norte, la ensenada era un buen puerto natural para el que lo conociese, usado desde tiempos de los sajones. Allí habíamos visto naves de pequeño calado, quizá de contrabandistas, alguna balandra de un solo mástil e incluso, en una ocasión, un bergantín de dos palos, lo que no había extrañado a Piers, pues había oído que, mucho tiempo atrás, hasta un galeón español, el barco más grande de la época, había varado en la bahía de la Cabeza del Caballo.

Nos quedábamos sentados en nuestras monturas, oteando el horizonte con un viejo catalejo que mi amigo había conseguido; luego, invariablemente, comenzaba a hablar de lo que más le gustaba en el mundo, del antiguo arte de la navegación, y yo me asombraba de que supiese tantas cosas. Se conocía el tonelaje, el armamento y las banderas de los barcos de la Armada inglesa y de los países amigos y enemigos. Piers amaba los barcos tanto como yo le quería a él. Insistía en que un día sería marino, que de alguna manera se enrolaría en un barco de la Armada Real y llegaría a ser capitán. Yo le contestaba que aquello era imposible, que ya no había Armada Real sino sólo Armada, porque los barcos eran ya todos del Parlamento. Se ponía furioso. Me decía que su padre le había prometido que sería marino y que lord Leigh siempre cumplía sus promesas.

Entonces, yo le proponía que algún día me iría con él, pero Piers se burlaba de mí: «Te caerías por la borda y al segundo movimiento del barco estarías mareada», mientras movía su indomable cabello castaño y liso que, con el agua del mar, se volvía fosco.

Recuerdo un día luminoso y radiante. A galope tendido habíamos alcanzado el borde del acantilado, donde como siempre frenamos. Teníamos prohibido descender hasta la ensenada a caballo, porque el empinado camino era peligroso. Lo habíamos cumplido, hasta ese momento.

Piers contó «Uno», «Dos» y, al grito de «Tres», espoleamos nuestras monturas senda abajo. Aquella galopada tenía algo de salvaje, competíamos por quién de los dos llegaría antes. Yo cabalgaba detrás de él, que había enfilado el primero la bajada. Justo antes de llegar al final, en la bifurcación, el sendero se ensanchaba; sólo en aquel lugar era posible adelantar a un contrincante. Azucé a la yegua y la hice saltar, pero el animal pisó mal y vinimos las dos al suelo. Por un instante perdí el conocimiento. Volví en mí al escuchar a Piers, que vociferaba mi nombre, zarandeándome por los hombros. Todo me daba vueltas y estaba confusa, me dolía la cabeza, pero al fin pude levantarme; afortunadamente no me había roto nada. Piers se enfadó y comenzamos a pelearnos. Dejamos de hacerlo cuando escuchamos el relincho de la yegua de Ann. Se había fracturado una pata y estaba malherida.

Tras examinarla, nos miramos horrorizados; sabíamos lo que eso suponía. El hermoso animal tendría que ser sacrificado. Nos esperaba un buen escarmiento. Como así ocurrió.

Nos castigaron a los dos.

Lord Leigh determinó que Piers fuese azotado. El castigo lo aplicó él mismo con la fusta que usaba para los caballos y quiso que lo presenciáramos la institutriz, el tutor y yo, que había sido también culpable. Me moría de la pena al ver que le temblaba la mano al ir descargando los fustazos sobre la espalda de su hijo, que se mordía los labios para no gritar. Supuse que a Piers no le gustaría nada mi cara de compasión; era orgulloso, le dolía más haber fallado a su padre que los golpes que estaba recibiendo.

Mi castigo fue todavía más duro. Lord Leigh ni me miró, simplemente le recordó a mademoiselle Maynard que ella era la encargada de mi educación, que me había convertido en una jovencita desobediente y que a aquello había que ponerle remedio. «Algo que realmente le duela.» Palidecí ante la mirada dura de la institutriz.

—A esta niña sólo le dan miedo los lugares cerrados. ¡Pasarás una noche en la celda!

Grité de miedo diciendo: «¡No! ¡No lo hagáis!», y casi simultáneamente oí:

—Por favor, mademoiselle Maynard, os ruego compasión…

Lady Niamh, que acababa de llegar, había salido en mi defensa.

—El señor me ha dicho que proceda en consecuencia… y lo haré.

—Pero esta noche…

La institutriz miró fijamente a lady Niamh, como preguntándole qué pasaba aquella noche. La esposa de lord Leigh se calló súbitamente, como asustada.

Bajé a los sótanos llorando. Hubiera dado cualquier cosa por haber compartido el castigo de Piers. La institutriz me agarraba de una mano, arrastrándome escalera abajo. Dejamos atrás las cocinas y seguimos descendiendo, recorrimos un largo pasadizo lóbrego, al final del cual abrió una puerta y me hizo entrar dentro de la temida celda. Era una dependencia estrecha y gélida, con una cama chirriante y una mesita. Sobre ella, había un crucifijo de un palmo de altura, con una calavera en su base. Una calavera muy pequeña, ridícula quizá a ojos de un adulto, pero a mí aquel cráneo pelado y aquellas cuencas vacías me aterrorizaron. Grité que no lo hiciese, que no me dejase allí. Mademoiselle Maynard no tuvo compasión. Volví a gritar una y otra vez, pero la severa institutriz fue insensible a mis ruegos. Escuché cómo cerraba la puerta dándole dos vueltas a la llave.

Cubrí el crucifijo con la almohada para no ver la calavera que me asustaba tanto, y me refugié en una esquina del cuarto. En la pared, casi en el techo, había una mínima abertura para dejar entrar el aire; por ese resquicio penetraba aún un tenue rayo de luz diurna que fue debilitándose a medida que anochecía. Sobre la mesa, la institutriz me había dejado una palmatoria. La llama proyectaba su fulgor mortecino sobre la pared hasta que, poco a poco, la vela se consumió y todo quedó a oscuras.

Me introduje vestida bajo las sábanas. No podía dormir, el corazón me latía con fuerza. Me acordé de mi madre y me eché a llorar otra vez. Al cabo de un rato, el sueño me venció. A eso de la medianoche, me desperté; por el respiradero entraba un rayo de luz de luna, de luna llena, y se oían ruidos. Los fantasmas, pensé. Escuché un rumor de pasos delante de mi puerta y un murmullo de voces que rezaban algo en latín. A través de la rendija de la puerta se colaba un resplandor suave.

Fuera había espectros. Ahogué mis gritos y sollozos bajo las mantas, no quería que me oyesen y entrasen en la celda. En un momento dado, se me escapó un gemido algo más fuerte. Me pareció que intentaban abrir la puerta y me escondí aún más bajo los cobertores.

Al cabo de un rato, los susurros y los pasos fueron perdiéndose en la distancia. Escuché, muy quedos, la salmodia y el sonido de un órgano. En la reunión de fantasmas todos callaron; sólo se oía, como de muy lejos, una voz masculina con un tono que me pareció gutural y terrible. No entendía lo que decía. De pronto, todo quedó en silencio, un silencio expectante, y entonces escuché el sonido de una campana. Enmudeció y luego volvió a sonar. Al fin, al unísono, me llegó la voz fuerte de todos los fantasmas.

Estaba encogida, acurrucada bajo los cobertores ansiando desaparecer; por un momento pensé que a lo mejor entre los fantasmas estaría mi madre y que no debía tener miedo, pero no conseguí calmarme. Transcurrió un tiempo. Otra vez se había hecho el silencio y, de repente, volví a notar pasos por delante de la puerta; los fantasmas se iban. De nuevo, me pareció que intentaban forzar el acceso a la celda. Ahogué un grito y me incorporé en la cama. Por debajo de la puerta, se colaba la luz.

Al fin, todo se quedó en silencio, y sólo mucho más tarde, agotada por las emociones, me dormí. En mi sueño se sucedieron las pesadillas más aterradoras.

La luz que comenzaba a entrar por el respiradero me despertó. Oí ruido en el pasadizo. La puerta se abrió y aparecieron lord Leigh, su esposa y Piers, que me miraba ansiosamente, preocupado. Mostraba en su semblante la huella de no haber dormido y, al andar o girarse, su expresión reflejaba un rictus de dolor. Me arrojé a los brazos de lady Leigh sollozando y hablando entrecortadamente de fantasmas.

—No hay fantasmas, niña —me susurró, intentando tranquilizarme.

Su esposo se agachó hasta poner su rostro a la altura del mío, muy serio y algo cariacontecido al verme tan llorosa.

—Debes obedecer a lo que se te dice, Len —dijo—. Estamos en tiempos difíciles, fuera de esta propiedad hay una guerra y mucha gente fanática. Espero que hayas aprendido la lección. Si se te prohíbe algo, tienes que aceptarlo; saltártelo, podría conducirte a la muerte. Sí, a ti y a muchas otras personas.

13

Las sombras en la noche

Después de aquel castigo, tan duro para ambos, se nos prohibió salir de la casa y, bajo la supervisión del señor Reynolds por la mañana y de mademoiselle Maynard por la tarde, pasábamos todo el día encerrados en la sala de estudio. Recuerdo los interminables dictados, las traducciones latinas, las largas restas y sumas; nos palmeaban las manos si caía una sola gota de tinta sobre el papel. El cielo se nubló a la par que nuestro estado de ánimo.

Cuando nuestros carceleros nos dejaban un momento solos o el señor Reynolds se dormía, lo que era frecuente, Piers sacaba el libro de navegación que tanto nos gustaba de debajo de la mesa, donde lo tenía escondido. Me había confiado que los mejores libros de navegación de la época eran los de la Escuela de Cartógrafos de Sevilla y que su padre había conseguido aquél pagando una fortuna. Lo leíamos juntos. Yo era capaz de comprender las palabras en la lengua de mi madre, pero no lo que significaban los términos náuticos; entonces él me explicaba qué era navegar en facha o adrizar, qué era barlovento y sotavento.

En cuanto pude, le hablé de los fantasmas de aquella noche terrible: el resplandor que asomaba bajo la puerta, el rumor de pasos que se hundían en las profundidades de Oak Park. Él no se rió de mí, sino que permaneció callado. Luego me sorprendió.

—No quise decírtelo, pero en los últimos meses, cuando me despertaba en mitad de la noche, bajaba hasta las cocinas para comprobar si oía ruidos extraños de nuevo. La mayoría de las veces no, pero alguna sí. ¿Quieres que bajemos en la próxima luna llena?

Me puse pálida, me echaba a temblar sólo de pensarlo, pero deseaba estar a su altura, no quería que pensase que yo era una cobarde. Así que finalmente le prometí, disimulando mi miedo, que le acompañaría.

Lo estuvimos planeando las siguientes semanas, y decidimos que quizá lo mejor sería escondernos en el cuarto de la calavera. Los fantasmas pasarían por aquel pasadizo oscuro. Los espiaríamos desde allí.

Mirábamos, atardecer tras atardecer, al firmamento esperando el cambio de luna. Piers me asustaba contándome historias de hombres que se convertían en lobos y de muertos que se aparecían cuando estaba llena. Le gustaba ver la cara de susto que yo ponía.

Al fin, llegó el plenilunio, aunque no se veía porque el cielo estaba cubierto de nubes. La madera de la escalera principal crujía cuando nos dirigimos aquella noche hacia los sótanos. Aunque Piers se hacía el valiente, estaba tan asustado como yo. Dejando a un lado las cocinas, seguimos bajando hasta llegar al pasadizo al final del cual estaba la celda de castigo.

Allí se abría otra escalera, angosta, con los peldaños de piedra muy desgastados y resbaladizos. A la luz del candil que sostenía Piers, descendimos despacio, pisando con cuidado; si nos hubiéramos escurrido nos habríamos matado o, por lo menos, dado un buen golpe. Abajo empezaba otro oscuro y silencioso pasadizo. La llama de la vela proyectaba sombras fantasmagóricas en la pared y, mientras avanzábamos cautelosos, iluminó tenuemente la entrada a otros corredores, túneles que se dirigían quién sabe dónde, y extraños huecos labrados en la piedra. Piers me susurró que debían de ser las mazmorras de tiempos de los Plantagenet. Recordé las historias con que nos asustaban

Thomas y las chicas, y me recorrió un escalofrío. Por un momento creí oír ruido de cadenas y el lamento de los presos.

Al final del largo pasadizo encontramos una gran puerta de roble; intentamos abrirla, pero fue en vano. Palpamos la enorme cerradura, a la que correspondía una llave igualmente grande que no teníamos.

Le susurré:

—Yo creo que es aquí donde se reúnen los fantasmas. No está tan lejos de la celda donde me castigaron, yo oía los cánticos como muy velados.

—Bueno, pues ahora no podemos entrar. Si hay cerradura y llave no deben ser tales fantasmas. He pensado que debemos volver y escondernos en donde te encerraron.

Deshicimos lo andado y llegamos a la celda. Empujamos la puerta y estaba abierta; entramos dentro y la entornamos, para poder espiar. Piers apagó el candil de un soplido y se hizo la oscuridad. A mi espalda estaba el pequeño crucifijo con la calavera que tanto temía. Sin embargo, junto a Piers no me sentía tan acobardada.

Transcurrió lentamente el tiempo. Como nos cansamos de esperar, nos sentamos en el suelo. Al principio, nos latía el corazón porque estábamos aterrorizados; al cabo de un rato nos acostumbramos a estar allí. Oíamos a las ratas corriendo por el pasadizo, por el respiradero nos llegaba de cuando en cuando el ulular de un búho. A medianoche, escuchamos un caballo que se detenía ante la puerta principal y alguien que desmontaba, pero no bajó a los sótanos.

Nos dormimos. Quizá era ya de madrugada cuando Piers me despertó de un codazo; por el resquicio de la puerta entraba un débil resplandor y se escuchaban pasos. El andar cansado de un hombre grande. Piers se puso de pie: «Voy a salir», susurró. Yo negué con la cabeza, no era capaz de seguirle. Sin hacerme caso, abrió la puerta.

Se escuchó una imprecación.

—¿Qué hacéis aquí?

—¿Y vos?

—Voy a empezar a amasar, vengo a buscar harina.

Al darme cuenta de que era Matt, salí de mi escondite.

—¡Si está también la pequeña Catalina! ¿Qué ocurre con los jóvenes amos de esta casa? ¿No duermen?

Entonces le hablé yo, porque Piers estaba confuso.

—El mes pasado, cuando me castigaron en la celda… —Me callé un momento—. ¡Vi fantasmas!

Él se rió con su boca desdentada.

—¿Así que estáis buscando fantasmas? No está mal.

Entonces terció Piers:

—Desde hace tiempo, cuando hay cambio de luna, oigo ruidos aquí abajo; uní eso a lo que me contó Len. Vos trabajáis aquí abajo, estoy seguro de que habréis escuchado algo.

—No me corresponde a mí hablar de los secretos de Oak Park.

—Entonces ¿hay secretos?

Matt se puso a silbar, retrocedió unos pasos y nosotros le seguimos; sus palabras habían picado nuestra curiosidad. Abrió otra de las puertas del pasadizo; un almacén de grano. Cargó un gran saco sobre sus cansadas espaldas y subió a las cocinas, donde comenzó a preparar la masa. Piers rompió finalmente el silencio.

—¿Cuándo llegasteis a Oak Park?

—Hace muchos, muchos años.

—Dicen que naufragasteis.

—No exactamente. Mi barco fondeó en la ensenada de la Cabeza del Caballo.

—Vos sois español…

—Vasco de Donostia.

—Da igual.

—No, no es lo mismo. Los vascos, sobre todo los guipuzcoanos de la costa, estamos unidos a la mar. Nuestra patria no es el continente, sino la mar abierta. Hace muchos, muchos años —repitió— me enrolé en una gran empresa. Seríamos ricos, haríamos grandes cosas por Dios. Sólo sé que sufrí penas sin cuento y que después de que las naves españolas fueran dispersadas hacia el norte, a una de ellas no le quedó más remedio que refugiarse en los acantilados. Así llegué aquí y mi vida cambió para siempre.

Después, comenzó a reírse al tiempo que lloraba, como si estuviese loco, y dijo:

—Si en los sótanos hay algún fantasma es el de mi Rosita; ella está enterrada allí abajo. Algunas veces, cuando bajo por harina, pienso que se me va a aparecer. Pero no. Ahora, a quien veo es a mi querida señorita Catalina, con esa carita tan determinada que me recuerda a la de... su bisabuelo, el almirante. Aunque su cabello es rubio como el de mi Rosita.

—¿Está enterrada abajo? Contadnos algo de eso.

—No voy a contaros nada, señorito Piers. Ahora los dos volverán a la cama y se olvidarán de las historias de fantasmas que no existen. ¿De acuerdo?

Sus palabras eran amables, su tono regañón, pero en sus ojos se vislumbraba la sombra de una preocupación que nosotros no podíamos, en aquel tiempo, entender.

14

La marea

Oak Park, otoño de 1642

Comenzaban a caer las hojas de los árboles cuando Margaret y Ann regresaron. Un año había transcurrido desde su partida de Oak Park. En las comidas, no se hablaba para nada de su estancia en Londres ni de Elizabeth. Un día le pregunté a Ann. Sonrió tristemente y me respondió, de modo misterioso, que su hermana había cometido un gran error al casarse con lord Ruthven, quien no la respetaba. Cuando mostré curiosidad por saber cómo era la corte, ella me contó que no habían ido nunca. Ni habían sido presentadas a los conocidos de Ruthven, que se avergonzaba de ellas. Tampoco me quiso responder sobre el motivo. Entonces le pregunté por qué, si no estaban a gusto, no habían regresado antes. Ella me dijo que no estaban tan mal, y que Elizabeth las necesitaba. No me explicó cuál era la razón de esto.

Las había acompañado de regreso lord Leigh, que entonces andaba preocupado por su hijo mayor. Thomas se había convertido en un ferviente partidario de Carlos I Estuardo, en un realista: uno de aquellos caballeros de noble cuna y buena familia que se habían comprometido por su conciencia y por su honor con su rey; *cavaliers* los llamaron despectivamente los parlamentarios por sus atuendos extravagantes. Lord Edward los consideraba unos botarates refinados, llenos de idealismos que no conducían a nada. Thomas había participado en la batalla de Edgehill como uno de estos *cavaliers* dirigidos por el príncipe Ruperto del Rin, el apuesto sobrino del rey Carlos y comandante de la caballería realista. Había sido herido levemente, y en la carta que envió a sus padres, fechada en Oxford, les describió la batalla de la siguiente manera: «Cabalgamos con gran dignidad, manteniendo las espadas en alto para recibir la carga del enemigo, sin disparar pistola ni carabina». Esta táctica caballerosa y digna, pero poco práctica, había determinado que el ejército realista se llevase la peor parte. Lady Niamh se alegró de que su hijo hubiera salido sin graves heridas, pero al igual que su esposo temía por él.

Desde que me había enterado de que las hermanas de Piers iban a volver a Oak Park, sólo me había preocupado un asunto: qué iba a decir Ann cuando se enterase de lo que le había sucedido a su yegua. Me sorprendió mucho que no se quejase. Poco después, para complacerla, su padre le trajo de una feria un caballo joven y manso. Ahora eran Margaret y Ann las que cabalgaban por la finca, y yo me habría tenido que quedar en casa, pero Piers me permitió montar en la grupa.

Solíamos dejarlas atrás porque iban más despacio y nosotros nos entregábamos al placer de cabalgar a toda la velocidad. A veces me asustaba mucho, porque Piers actuaba como si el ligero peso —es decir, yo misma— que se sentaba detrás de él no existiese. En más de una ocasión estuve a punto de caerme.

Una tarde, galopamos hasta la parte baja de la colina, donde había un campo de manzanos cruzado por un regato. Nos detuvimos debajo de las ramas para hacer nuestra cosecha de manzanas, que nos metimos en los bolsillos. El caballo de Piers bajó la cabeza y comenzó a mordisquear la fruta del suelo. Mi amigo le tiró de las riendas y nos alejamos de allí, hacia la pradera junto al molino de agua; nos gustaba mucho aquel lugar, con el ruido de la corriente y el molino dando vueltas sobre su gozne. El caballo se acercó al agua a abrevar y nosotros nos tiramos sobre la hierba mojada por el relente del atardecer.

—¿Sabes qué les ha sucedido exactamente a Ann y a Margaret? ¿Por qué han tardado tanto en volver? ¿Por qué no nos cuentan nada?

—Creo que al fin sé lo ocurrido —me contestó en tono misterioso.

—Dime.

—Londres es un hervidero de intrigas políticas...

—A tus hermanas no les gusta la política —le interrumpí.

—A mis hermanas les gusta el baile y la vida social. No creo que el mejor sitio sea la casa de un presbiteriano calvinista como es Ruthven. En su casa no se baila.

—Pero Elizabeth...

—Al parecer al principio, cuando aún estaba la corte, puso muchas excusas para presentarlas en sociedad.

—¡Qué miserable! Margaret estaba tan ilusionada... Ann siempre ha sido buena, no se ha enfadado por lo que pasó con la yegua.

Piers me miró y sonrió.

—Debe de estar preocupada por otras cosas.

Yo seguí hablando:

—De todas formas, no entiendo por qué no han vuelto antes si en Londres estaban tan mal.

—Ruthven las retenía. Es un malnacido.

—Pero ¿por qué?

Piers me reveló lo que había descubierto en conversaciones espiadas a sus padres y sus hermanas. En ese año de silencio William Ruthven había mostrado su verdadero ser: un presbiteriano convencido y fanático, un individuo ambicioso y avariento. Elizabeth no lo controlaba en absoluto; él la maltrataba y ella le tenía miedo. Al principio de su matrimonio la había utilizado para obtener información de la corte e intentar ascender, pero cuando el rey y la reina se marcharon de Londres y después, cuando empezó la guerra entre realistas y parlamentarios, dejó de necesitarla porque cambió de bando. Había invertido todo el dinero de la dote de Elizabeth para comprar la hermosa casa del Strand. En aquel hogar no se celebraban fiestas ni nada que se le pareciese. William Ruthven no sólo no permitió que las jóvenes asistiesen a ningún baile, sino que las obligó a participar en los oficios presbiterianos y, para gran disgusto de Margaret, se les prohibió todo adorno, todo color vivo.

Lord Leigh había ido en varias ocasiones a llevárselas, pero Elizabeth le rogaba, llorando, que las dejase con ella, así se sentía acompañada. Juraba a Ann y a Margaret que las presentaría en sociedad y alguna vez, en ausencia de su marido, había organizado una velada a la que habían acudido unos jóvenes. Las chicas, esperanzadas por volver a verles y apenadas por la situación de su hermana, aparentaban ante su padre estar contentas allí, en aquella enorme y silenciosa mansión.

Hacía unos meses el conde de Gowrie, comido por las deudas, había decidido sacar tajada de la presencia de sus cuñadas. En una visita de lord Leigh, le había exigido una gran cantidad de dinero. No las dejaría marchar hasta recibirlo, y si se negaba lo acusaría de traidor ante el Parlamento. Aquello era algo muy grave, toda la familia podría ser conducida a prisión.

—El muy ruin de Ruthven —se encendió Piers— quién sabe con qué calumnias ha extorsionado a mi padre. Además, lo hizo este verano, cuando mi padre no tenía liquidez porque sus barcos habían sido confiscados.

Por eso la expresión grave y preocupada de lord Leigh, sus constantes idas y venidas de Londres: no sólo para intentar rehacer sus negocios, sino también buscando fondos para el miserable esposo de Elizabeth.

Me pareció terrible lo ocurrido. Nos quedamos callados tumbados en la hierba fresca, mirando al cielo; sobre nuestras cabezas se elevaba esa luna casi transparente del crepúsculo, cuando aún hay luz del sol; discurrían nubes de formas caprichosas, empujadas por una brisa cambiante. Jugamos a adivinar sus formas. «¡Una oveja!», exclamaba yo. «No, ¡es un caracol!» «¡El gorro de Matt!» Nos reíamos mucho. De pronto apareció una nube grisácea muy grande, se aproximaba a la luna e iba a taparla. Yo grité: «¡Un barco!». «¡No!», Piers se incorporó excitado: «¡Es un galeón!». Entonces pareció caer en la cuenta de algo y, levantándose de un salto, dijo:

—¿Y si no fuesen fantasmas lo que viste?

—¿Qué si no?

—Oíste pasos, ruidos y campanas. Todo eso parece muy real. Alguno de los criados habla de los ruidos cuando hay luna llena, yo también los he escuchado… Cuando hay marea viva los barcos pueden entrar en la ensenada, Matt dijo que un galeón español se acercó a la costa.

—No te entiendo…

Él me gritó:

—¡Vámonos! Hoy hay luna llena. ¡Vámonos a la Cabeza del Caballo! Hay que aclarar el misterio.

Corrió hasta el caballo y montó de un salto. Yo le seguí más despacio, pero él me apremió; me dio la mano para alzarme y, en un instante, estaba sentada detrás de él.

Espoleó al caballo y cuando llegamos al acantilado los últimos resplandores del ocaso iluminaban el horizonte. Desmontamos en un lugar desde donde se divisaban la cueva del embarcadero y el talud de la costa introduciéndose en el mar. Hacía fresco, la brisa del mar movía mis cabellos y la capa de Piers. En el cielo brillaba ahora con fuerza el plenilunio, la luz de la luna formaba estelas en el mar. Las olas rompían contra el acantilado. Piers me dijo que nunca había visto la marea tan alta.

Atamos a un árbol el caballo y nos sentamos en el borde con los pies colgando sobre el abismo. Piers había sacado el catalejo de la silla de montar y oteaba el horizonte. De pronto, gritó. Me pasó el catalejo. En la lejanía, se divisaban unas velas que se fueron haciendo más grandes, venían hacia nosotros.

—¿Un barco fantasma? —pregunté.

—No. Es un barco real. Creo que se trata de una carraca portuguesa con aparejo de cruz —precisó—. Vamos a descubrir el enigma.

Al poco tiempo, desde nuestra atalaya distinguíamos ya los

faroles de la nao y hombres corriendo por la cubierta. La nave se acercó más a la costa, y entonces arriaron un bote. Los remeros se dirigieron hacia el embarcadero, donde un hombre cubierto por una capa oscura bajó de la barquichuela. Alguien le esperaba en la cueva, y vi que se abrazaban.

—¡Te lo dije! —exclamó eufórico Piers, que miraba atentamente a través del catalejo—. No son fantasmas, en Oak Park hay reuniones secretas.

—¡Tenemos que decírselo a tu padre!

El hombre de oscuro y el que le esperaba habían montado en dos caballos e iniciaban el ascenso por la senda. Piers, que seguía su avance, de repente soltó una exclamación de sorpresa, bajó el catalejo y me miró, con el asombro reflejado en su cara.

—Mejor que no.

—¿Por qué?

—Creo que el hombre que ha venido a buscar al del barco es... mi padre.

—¡No es posible!

—¡Volvamos a casa!

Montamos y galopamos hacia Oak Park, con el camino iluminado por la luna y unas estrellas cuyos nombres conocía gracias a Piers, que nunca perdía ocasión de señalármelas: Aldebarán, Centauro y, sobre todo, la estrella polar en la constelación de la Osa con la que se guiaban los navegantes.

Al llegar, nos esperaba una desagradable sorpresa. Con la emoción de nuestros descubrimientos, habíamos faltado a la cena. Lord y lady Leigh se habían retirado ya. Nos enviaron a la cama sin cenar, y cerraron con llave nuestros cuartos.

Me despertó un ruido, alguien llamaba a mi ventana y susurraba mi nombre. No me asusté, sabía quién era. Salí al exterior donde me esperaba Piers con la cara llena de excitación y el pelo más despeinado que nunca. «Vamos, vamos», me apremió. «Antes de que lleguen.» Encontramos un ventanal mal cerrado por donde volvimos a entrar en lo alto del torreón y bajamos los tres pisos lo más aprisa que pudimos, intentando hacer el menor ruido posible.

La celda de la calavera me pareció tan macabra como las veces anteriores, pero no tenía miedo porque Piers estaba conmigo. Nos sentamos en la cama y nos dormimos pegados el uno al otro.

Hacia la medianoche nos despertamos. Por el respiradero entraba un rayo de luna; oíamos pasos y susurros en latín, y asomaba un resplandor bajo la puerta. No nos atrevíamos a salir mientras pasaba toda aquella gente, que no sabíamos si eran vivos o difuntos.

Entonces alguien se detuvo y rozó la puerta. Nos levantamos de un salto, nos escondimos debajo de la cama y miramos. El tirador se movió. El vello se me erizó y retrocedimos hasta tocar la pared. Escuché que la puerta empezaba a abrirse y poco después el fantasma la cerró.

Cuando los sonidos se fueron perdiendo en la distancia, Piers me dijo que teníamos que salir, ya no había nadie en el pasillo y podríamos espiarles. Yo me negué muerta de miedo. Me amenazó con dejarme sola en la celda, así que preferí seguirle. Bajamos a oscuras por la escalera resbaladiza y avanzamos a tientas por el largo pasadizo; cada vez, algo más nítida, nos llegaba una voz grave de hombre. Llegamos a la gran puerta de roble; por abajo y por la cerradura salía luz. Empujamos, y esa vez cedió suavemente, sin hacer ruido alguno.

Nos recibió la luz de mil velas encendidas. Al fondo vimos un hermoso retablo de alabastro; una Virgen, sombreada por un dosel labrado en la misma piedra, sostenía un Niño en brazos y, con una suave sonrisa, parecía mirarnos. Delante había un altar y, rodeándolo, ni muertos ni fantasmas. Una pequeña multitud abarrotaba la estancia: hombres y mujeres, muchos de ellos con la cabeza y el rostro cubiertos, todos de rodillas y con las cabezas gachas. Reconocimos a lord y lady Leigh, a Margaret y a Ann. También a alguno de los criados de la casa y a uno o dos vecinos del pueblo. A los demás era imposible identificarlos, pero por sus ropas nos dimos cuenta de que algunos eran gentes humildes y otros de buena posición. Junto a la puerta estaba Matt, sentado en una banqueta, como haciendo guardia. Aunque se había quedado dormido.

Lo que más nos asombró fue que, de pie ante el altar, de espaldas a nosotros, un hombre con una amplia casulla de color rojo alzaba las manos hacia el cielo mientras salmodiaba una plegaria en latín. Después calló y se arrodilló ceremoniosamente. Tras unos instantes en los que un silencio admirativo cruzó el ambiente, el hombre de las vestiduras talares se levantó y se giró. Llevaba una pequeña forma blanca en las manos. Al verle la cara lo reconocimos enseguida: el tío Andrew. Él alzó los ojos y nos vio, y en su rostro se dibujó una sonrisa.

Antes de que nos descubriese alguien más, nos escabullimos.

15

Los mártires

Así fue como descubrimos por qué Oak Park, las noches de luna llena, se volvía tan misteriosa.

Los fantasmas que tanto me asustaban eran los dueños de la casa, algunos de la servidumbre y gentes de los contornos que se metían secretamente en los pasadizos para acudir al sacrificio prohibido desde el tiempo de la reina Isabel. Los cánticos en latín, el sonido de la campana en medio de un silencio expectante...; volvían a mi memoria retazos de la liturgia de la misa cuando yo era pequeña, en las tierras de mi madre, y todo cobraba sentido entonces. La Navidad anterior, tío Andrew había estado en Oak Park y a medianoche yo había escuchado ruidos en los bosques y crujidos en la casa. Y la noche en que me castigaron sin cenar y bajé a las cocinas, debió de ser Matt a quien oí y me siguió; seguramente hacía la guardia, vigilando que nadie sorprendiera a los católicos fieles que se reunían en las profundidades de la mansión.

Tras averiguar el secreto, regresamos al torreón y le pedí a Piers que no me dejase sola. Nos sentamos en el suelo de mi cuarto, con la espalda apoyada en la cama, una mano en la otra, mirando por la ventana las estrellas. Al principio no comentamos nada, porque mi amigo, como siempre que estaba preocupado y nervioso, se había encerrado en sí mismo. Pasado un tiempo de silencio, en el que nuestras respiraciones fueron acompasándose, le pregunté en voz muy baja si alguna vez había sospechado lo que ocurría. Él salió de su ensimismamiento y me dijo que había llegado a pensar que había reuniones secretas en la casa, pero nunca imaginó que fueran ceremonias católicas. Entonces no lo sabíamos, pero en aquellos tiempos de persecución, a los niños no se les revelaba la orientación religiosa de la familia, para protegerlos y porque fácilmente podían cometer una indiscreción.

Piers calló y de nuevo guardamos silencio. Al cabo, él se levantó y se fue. Yo me metí en la cama y finalmente caí en un plácido y profundo sueño.

Me despertaron unos pasos fuertes que subían por la escalera. Abrí los ojos; era muy temprano, acababa de amanecer y fuera había niebla. Una luz mortecina entraba en mi cuarto. Vino a mi mente todo lo que había sucedido la noche pasada. Tras haber descubierto el secreto peligroso que se ocultaba bajo los muros de Oak Park, sólo me preocupaba un asunto: de nuevo habíamos desobedecido y, si tío Andrew le había contado algo a lord y lady Leigh, íbamos a tener problemas.

Los pasos se detuvieron ante mi habitación, y fue Matt quien abrió la puerta. Me extrañó verle a él en lugar de a mademoiselle Maynard, y a aquella hora. Me dijo que los señores querían hablar conmigo y con Piers. Me sentí nerviosa, porque creí que me iban a castigar, llegué incluso a pensar que me podían expulsar de la casa. Al ver mi carita de susto, Matt me sonrió y me condujo hasta abajo sin decirme nada más, pero con una expresión amable en su rostro normalmente adusto. Al llegar al comedor, me encontré con que Piers ya estaba allí, con una expresión grave a la vez que expectante. Unos instantes después se incorporaron lord Leigh y su esposa, que nos indicaron que nos sentásemos a la mesa. Un criado que había visto la noche anterior terminó de dejar las fuentes del desayuno sobre el aparador y, tras una seña de lady Niamh, se fue.

Entonces lord Leigh se levantó y cerró la puerta con pestillo. Lady Niamh sonrió suavemente, se acercó a nosotros y, poniendo sus largas manos blancas sobre nuestros hombros, hizo que nos pusiésemos en pie. De unas zancadas, el padre de Piers cruzó la estancia y alzó uno de los tapices; detrás había un portillo. Lo abrió y, alargando el cuello, vimos que daba a una escalera oscura por la que desapareció lord Edward. Poco después, a lo lejos, le oímos bisbisear llamando a alguien. Luego escuchamos pasos que subían y una voz conocida que decía que quería quedarse a solas con nosotros. En el portillo apareció tío Andrew seguido de lord Leigh.

El rostro de Andrew Leigh mostraba su habitual expresión bondadosa, pero sus ojos estaban rodeados por ojeras y arrugas de preocupación. Me pareció encontrarme con alguien de mi familia, alguien que de algún modo me pertenecía, y como cada vez que le veía, me vino al pensamiento el dulce rostro de mi madre. Dijo algo así como que los espías tendrían hambre, nos sentamos de nuevo y bromeó con nosotros durante el desayuno. Cuando acabó, los señores de Oak Park nos dejaron solos. Tras cerrar de nuevo con pestillo, tío Andrew regresó a la mesa. Nos dimos cuenta de que tenía algo importante que decirnos.

—Ayer —empezó— estuvisteis en la misa que celebré en la antigua cripta de los sajones. En tiempos de la reina Isabel ajusticiaron ahí a los monjes de la abadía cuyas ruinas todavía hoy podéis ver junto a esta casa. Ahora es una capilla, y ése deberá ser nuestro secreto. No toda la servidumbre es fiel, recordad lo que pasó con Roberts el cochero, algunos sospechan algo. Si lo que ocurre en Oak Park llegase a ciertos oídos, si se supiese que en este momento aquí se alberga un jesuita, y que hay misas, mi vida, la de vuestros padres e incluso la vuestra correrían peligro. Éste es el único lugar en muchas, muchas millas a la redonda donde todavía se celebran los antiguos ritos.

—¿Sois jesuita? —le preguntó Piers.

—Desde hace más de cuarenta años.

Le miramos con otros ojos. Mademoiselle Maynard nos había aterrorizado con cuentos de jesuitas que se comían niños, que atentaban contra el rey, que querían quemar el Parlamento, y allí estaba uno cuyo rostro denotaba una gran bondad. Guardamos silencio unos instantes hasta que Piers, que hervía de curiosidad, le preguntó:

—¿Por qué os hicisteis jesuita?

Tío Andrew se acodó en la mesa y se inclinó hacia delante.

—Hubo muchos motivos que me indujeron a seguir ese camino.

—Os jugáis la vida —dijo Piers—. Si os atrapan, os ejecutarán.

—Lo sé. Otros murieron antes que yo, les debo algo.

—¿Qué les debéis? Los jesuitas son peligrosos, y espías de los enemigos de Inglaterra. ¿Qué relación tienen esos traidores con nuestra familia?

—Querido Piers, los Leigh siempre hemos sido católicos, la antigua religión de este país. —Mi amigo pareció desconcertado pero no dijo nada. Tío Andrew prosiguió—: En tiempos de la reina María Tudor alcanzamos cierta influencia en la corte, que se volvió en contra nuestra con la llegada de Isabel. Sufrimos el ostracismo político y nos dedicamos al comercio, lo que enriqueció a la familia. Durante años, hemos vivido nuestra religión en la clandestinidad. Han sido tiempos muy difíciles para un católico en este país, como bien sabes. Nosotros, los «papistas», sobre todo si celebrábamos nuestros ritos sagrados u ocultábamos sacerdotes, podíamos ser arrestados, perder todo nuestro patrimonio e incluso acabar en la horca. La persecución anticatólica, aunque no amainó tampoco con los Estuardo, fue realmente sanguinaria en tiempos de Isabel I. Por aquel entonces mi padre, que no quería que olvidase la fe de mis mayores, me llevó a presenciar las ejecuciones de los mártires católicos en Tyburn. Asistí al juicio y después al martirio en la horca de tres brazos tanto de Edmund Campion como de sus compañeros jesuitas. Fue lo más doloroso que yo haya visto en mi vida.

Se detuvo conmovido, luego continuó:

—Nunca le agradeceré bastante a mi padre... tu bisabuelo,

Piers, que me permitiese verlos morir tan valerosamente. ¿Sabéis la historia de Campion?

Ambos negamos con la cabeza y tío Andrew cerró los ojos como recordando un pasado doloroso y cruel.

—Como tu hermano Thomas, Edmund Campion se educó en Oxford, en Saint John's College. Inicialmente había aceptado la fe anglicana, pero después de un arduo proceso de conversión huyó a Francia, donde cursó teología en la Universidad de Douai y se ordenó sacerdote jesuita. Recorrió toda Europa y finalmente fue enviado a la Misión de Inglaterra. Con otros compañeros, Campion se introdujo en nuestro país disfrazado de comerciante de joyas para ayudar y consolar a los católicos perseguidos. Durante más de un año predicó en secreto. Celebraba los sacramentos y la santa misa. Yo le conocí aquí, en la capilla de los sajones donde ayer celebramos la misa. Nunca lo olvidaré… Desde entonces he revivido aquella ceremonia sagrada en mi interior. Recuerdo su unción, la profunda concentración con la que celebraba los ritos que, de ser descubierto, le hubieran costado la vida.

En aquel momento, un gran cariño hacia él llenó mi corazón, de modo que me levanté y le besé la mano. Se enterneció ante aquel sencillo gesto y sobre todo cuando le dije:

—Yo tampoco olvidaré la misa de anoche.

—¡Os llevasteis un buen susto! —comentó sonriendo.

—Sí, pero me alegré tanto de veros, tío Andrew. Para mí, vos sois lo único que me liga a mi madre y a mi país.

Piers, que quería oír cómo acababa todo aquello, se impacientó.

—¡Len! Déjate de historias y no le interrumpas.

Enrojecí algo avergonzada. Tío Andrew me sonrió, pasándome la mano por el pelo. Quizá quería darme ánimos por lo que iba a contar.

—Los cazadores de curas, los *priest hunters*, le buscaron por todas partes. Finalmente le atraparon en Berkshire y le condujeron, atado y con un cartel en el que se leía: «Campion, el jesuita sedicioso», a la Torre de Londres. Allí fue torturado durante más de dos meses. Se dijo que había apostatado, pero nunca lo hizo.

»Entonces tuvo lugar el proceso. Fue un proceso abierto y mi padre me llevó a verlo. Le juzgaron junto con otros dos predicadores de la Misión de Inglaterra. Recuerdo que cuando les condenaron a muerte, entonaron un *Te Deum*. Seguidamente, pude escuchar las palabras de Campion: "Al condenarnos, condenáis a vuestros antepasados, a todos los antiguos obispos y reyes, a todo lo que una vez fue la Gloria de Inglaterra, la isla de los santos, la más devota hija de la Sede de Pedro".

»Después, les condujeron a Tyburn. Mi padre y yo les seguimos. Edmund subió a la carreta instalada bajo la horca y él mismo se puso la soga alrededor del cuello. Recuerdo que pidió utilizar el derecho que le otorga la ley, decir unas palabras, y exclamó en voz alta: "Soy inocente de las traiciones de las que se me acusa. Soy católico y sacerdote de la Compañía de Jesús. En esta fe he vivido y en ella quiero morir". De inmediato dieron orden de retirar la carreta que estaba bajo sus pies. Se quedó colgando, comenzó a ahogarse. Le abrieron en canal y le arrancaron, aún vivo, las vísceras. Le emascularon... Fue —tío Andrew temblaba— una carnicería horrible. Yo lo presencié, y no sólo eso, algo de su sangre saltó sobre mis ropas. He guardado ese trozo de tela manchada como una reliquia. Nunca lo he olvidado.

Su amable rostro se tornó exangüe. Me cubrí los ojos con las manos al escuchar tamaña atrocidad. Piers estaba pálido.

—Desde que oí esas palabras —prosiguió—, decidí ser uno de ellos. Pero en aquel tiempo era un niño, aún no de la edad que tiene Piers ahora. Vivía aquí, en Oak Park, siempre acuciado por las dudas y el deseo de seguir el ejemplo de los mártires. Fueron pasando los años. Mi padre y yo colaboramos con los espías del rey Felipe en el infausto episodio de la Armada, porque para los católicos de Inglaterra, el rey de España era la única esperanza de volver a la fe de nuestros mayores. La Armada fracasó, pero un galeón español se acercó a nuestras costas. Mi padre, tu bisabuelo, le ayudó porque quería derrocar a la reina Isabel.

—¿Era un traidor a la reina? —se sulfuró mi amigo.

—Mi padre, Piers, era fiel a la antigua religión de Inglaterra, la misma que los Tudor habían traicionado.

Piers se quedó callado. Me di cuenta de que aquello le había afectado mucho; amaba a su país y el rechazo de la invasión española, casi cincuenta años atrás, era para él un episodio glorioso en la historia de Inglaterra. Cualquiera que hubiese ayudado a aquella invasión era un traidor.

—Sigamos con la historia. Aquí entra la familia de Len...

Yo me estiré en mi asiento, orgullosa pero sorprendida.

—Mi padre, lord Percival Leigh, y don Miguel de Oquendo, tu bisabuelo, habían comerciado durante años. Nuestras dos familias no sólo compartían la misma fe —dijo clavando sus ojos risueños en mí—. Del puerto de Dover salían barcos hacia Pasajes. Las mercaderías inglesas se almacenaban un tiempo en la casa de don Miguel en el monte Ulía, de donde salían para participar del lucrativo negocio de la carrera de Indias. Los Leigh y los Oquendo obtuvimos muy buenos beneficios, quizá mejores que los barcos corsarios que atacaban las naves españolas. —Tío Andrew sonrió irónicamente—. En fin, en los años anteriores al ataque de la Armada, el trato comercial con los Oquendo se interrumpió a través de los puertos oficiales porque se prohibió todo negocio entre ambos países. Sin embargo, continuó a través de la bahía de la Cabeza del Caballo en las noches de luna llena. Con las mercancías, también llegaban libros y, de cuando en cuando, sacerdotes católicos. Cuando se proyectó la Empresa de Inglaterra, la mal llamada Armada Invencible, tu bisabuelo fue nombrado comandante de la flota española. Tras la derrota, la tormenta arrastró las naves hacia las costas inglesas y la suya se refugió en la ensenada. Él sabía cómo entrar, pues había venido muchas veces hasta aquí.

Se detuvo, quizá recordando el pasado.

—Querida Len, cuando tu bisabuelo ancló su galeón en la ensenada, yo tendría unos dieciocho años y las palabras de Edmund Campion aún seguían resonando en el fondo de mi conciencia. Era el heredero de esta noble casa, si me hacía sacerdote tendría que abandonarlo todo: mi familia, la posibilidad de una esposa, influir directamente en la política de este reino. Sin embargo, había algo que me llamaba a ser sacerdote, y sacerdote jesuita. Para ello necesitaba cursar los estudios. Pequeña mía, tu bisabuelo me llevó con él a España y, antes de su muerte, me dio cartas que me avalaron como alguien de confianza para cursar los estudios eclesiásticos. Nunca se lo agradeceré bastante.

»Así fue como yo, un joven inglés que apenas sabía hablar español entonces, llegué a la casa del monte Ulía. El llamado Andrew Leigh en las tierras inglesas se convirtió en don Andrés Leal en las tierras vascas. Fui muy bien acogido, tu bisabuela me agradecía que mi padre hubiese ayudado a don Miguel en la desgraciada Jornada de la Invencible. Desde la costa donostiarra partí hacia el sur, hacia las llanuras castellanas, donde realicé mis estudios en Valladolid, en el Colegio de San Albano, la escuela de los ingleses de donde salían formados sacerdotes cuyo objetivo era devolver el pueblo inglés a la comunión con Roma.

Piers se revolvía en su asiento y con tono brusco —me parecía estar escuchando a Thomas— preguntó:

—El jefe de la Iglesia de Inglaterra es el rey. Lo que me estáis contando, tío Andrew, se considera alta traición.

—Lo sé. Hay algo que debes recordar, Piers. Para mí, la obediencia a mi propio deber, a mi conciencia, está por encima de cualquier lealtad al rey. En español me llamaron Leal, eso significa fiel; soy fiel a mi conciencia, a lo que pienso que debo hacer. Dejé el mayorazgo de esta familia a mi hermano menor, el padre de tu padre. Él murió pronto, y tu padre me ha considerado siempre como un segundo padre; vosotros, tú y tus hermanos, sois lo que más quiero en este mundo. Siempre he seguido en la sombra a la familia, intento que persevere en la fe de nuestros mayores. Esta casa, que por herencia me correspondía, es en realidad un punto de luz en la oscuridad de este país, por ello debéis ayudarme a protegerla.

Mi compañero de juegos no parecía totalmente convencido; sin embargo, me di cuenta de que sus ojos brillaban con admiración ante el sentido del honor de tío Andrew. Éste insistió:

—Ayer descubristeis el secreto que ocultan las profundidades de esta antigua mansión. Os ruego que no pronunciéis ni una palabra que pueda revelar lo que está ocurriendo dentro de estos muros. Debéis permanecer callados.

Ambos asentimos. Entonces le dije inocentemente:

—¿Podremos asistir a las reuniones?

—Lo hablaré con el padre de Piers. En cualquier caso, lord y lady Leigh desean que los dos conozcáis su religión.

—¿Thomas es católico? —preguntó Piers.

—Tu hermano conoce nuestro secreto, pero es partidario acérrimo del rey Carlos, ha sido formado en Oxford, considera que la única religión posible es la de la Iglesia de Inglaterra y piensa que la única forma de proteger la heredad de sus mayores es siendo anglicano. Margaret y Ann se han unido a nosotros recientemente; antes no sabían nada, lo descubrieron en Londres. En realidad, fueron retenidas porque Elizabeth, que sí estaba enterada, se lo había revelado a su marido. William Ruthven utilizó esa información para extorsionar a tu padre. Asqueadas de su actitud, decidieron que si las habían acusado de ser católicas injustamente, a partir de entonces lo serían de verdad. Participaron ayer por primera vez en la misa.

Piers le miró. Me di cuenta de que estaba pensando, como analizando la situación y sus preferencias. Tío Andrew le devolvió la mirada, en la que se expresaba respeto a cualquier cosa que su sobrino decidiese.

—Tío Andrew —dijo con solemnidad—, no sé si quiero ser católico como vos. Para mí siempre han sido unos traidores. Sólo sé que os respeto por vuestro valor.

—¿Te gustaría conocer la religión a la que he dado mi vida?

—Creo que sí, y cuando la conozca decidiré cuál es el camino correcto.

—A mí me gustará mucho enseñártela.

Tío Andrew decidió quedarse escondido en los sótanos hasta la siguiente luna llena, en la que un barco vendría a buscarlo. Durante aquellas semanas en Oak Park se suspendieron las clases. Enviaron a Oxford al señor Edwards para que acompañase a Thomas, aún convaleciente de la batalla de Edgehill, y a mademoiselle Maynard, mucho más peligrosa por su fe protestante de procedencia hugonote, se le concedió un mes de asueto para visitar a su familia. Se sorprendió mucho pero no hizo comentarios. Incluso la vi feliz, y me pregunté si no estaría relacionado con las misteriosas cartas que, de cuando en cuando, le seguían llegando.

Ann y Margaret se unieron a nosotros en unas jornadas que nunca olvidaré. Parece que nos estoy viendo, junto al gran ventanal de la sala de estudio, por donde se veían caer melancólicamente las hojas del otoño: el tío Andrew apoltronado en un gran sillón con patas y brazos labrados en madera de roble; yo a sus pies, sentada sobre la alfombra; Ann y Margaret en dos sillas con la espalda muy recta y escuchando con atención, mientras que en la cercana mesa de estudio colgaban las piernas de Piers. Andrew Leigh utilizaba el Catecismo Tridentino para explicarnos la doctrina de sus mayores, y leía la Sagrada Escritura desde el punto de vista católico, contándonosla como si de un cuento se tratase. Después hacía una especie de concurso de preguntas y respuestas para ver si habíamos entendido su explicación. Piers parecía distraído unas veces, otras confuso, cuando el tío Andrew iba exponiendo, pero cuando le preguntaba solía acertar en las respuestas.

Aún ahora que ha pasado tanto tiempo, recuerdo aquellas clases y me parece ver en todo aquello una luz clara, algo consoladora y suave. Nos habló del cielo como de algo palpable, algo a lo que todos tendíamos en lo más profundo de nuestra alma. Nos contó cuentos tiernos, como el nacimiento de Jesús entre un buey y una mula, e incluso algo picante como la historia de Judá y Tamar, momento en que Piers me guiñó un ojo.

Cuando la luna llegó de nuevo a su cenit, a medianoche celebró la última misa antes de partir. La recuerdo como si fuese hoy, y lo que antes nos había parecido algo tenebroso y fantasmagórico, lo vivimos con luz nueva. Aquella noche, de lugares cercanos y aun lejanos, llegaron fieles que vivían su fe en secreto y llevaban la cara cubierta para evitar que, de producirse una traición, hubiera delaciones.

Ahora en este país extraño en el que vivo, tan alejado del lugar de mi infancia, las oraciones y las palabras del tío Andrew regresan a mí y me consuelan y, en la luz del pasado, recuerdo aquellas reuniones secretas como algo sobrenatural, fuera de cualquier tiempo o espacio.

16

La Española

L a bruma se deshace por una lluvia cálida y la suave brisa, ahora más fresca, me hace retornar a la realidad de la vida caribeña. Toso, el clima húmedo y caliente de esta isla no me sienta bien; parece que el aire no se introduce en los pulmones, que el pecho me oprime. Josefina ha regresado y me sonríe. Dice que debo arreglarme, mi señor tío espera. De un baúl saca un vestido de brocado y lo extiende sobre la cama, animándome a que me levante, lo que hago remoloneando. Josefina me pone primero la camisa de largas mangas con encaje y, sobre ella, me ciñe el corsé, tirando con fuerza de las cintas; después desliza sobre él las enaguas. Antes de acabar, hace que me siente. Con un fino peine de concha me va desenredando el pelo con cuidado. Me dejo hacer. La negra canturrea y al final me muestra mi imagen en un espejo. Mi rostro se adivina en la turbidez del cristal: unas suaves ojeras y una piel que se ha tornado pálida tras tanto tiempo de encierro, sin haber tomado el aire. Josefina, con habilidad, me ha recogido el cabello en un moño bajo, dejándome libres unos mechones en la frente y sobre las orejas que ha rizado con unas tenacillas calientes.

—Debéis estar contenta, señorita Catalina —dice—. Vais a una fiesta. No pongáis esa cara, que disgustará a don Juan Francisco. Él se preocupa mucho por vos, es un buen hombre.

Fijo mi mirada en ella, como idiotizada. «Sí, don Juan Francisco de Montemayor es un buen hombre», pienso. Me parece escuchar aún al embajador español, quien consiguió que me liberaran de la prisión porque me había reclamado un tío mío, un oidor en la Audiencia de Santo Domingo, un funcionario leal a la Corona española, de una integridad probada.

Recuerdo bien nuestro primer encuentro. Al bajar del ligero patache en el que había navegado con la flota de Indias, un caballero, desconocido para mí, se acercó y a unos pasos pronunció mi nombre: «¿Catalina?». Escruté sus rasgos con timidez: calvo, muy alto y delgado, con la cara alargada y una nariz prominente y aguileña. Iba vestido de negro riguroso, aliviado por una anticuada lechuguilla blanca al cuello. Serio, rígido y algo estirado. Era un hombre joven, pero a mí me pareció mayor por la gravedad de su semblante y por su ropa descolorida y pasada de moda.

La familia española con la que había viajado me acompañó hasta él. También se dirigían a las Indias y eran conocidos del embajador Cárdenas. Me habían recogido en el puerto de Sevilla y estuvieron conmigo en la larga espera hasta que la flota salió y después durante todo el trayecto. Me trataron bien, se desvivieron incluso, porque se compadecían de aquella mujer joven, maltratada por la vida. La madre susurró algo al oído de mi tío, quizá le contó que había perdido la cordura, que tuviese cuidado conmigo.

Me incliné ante él doblando ligeramente la rodilla. Él me tomó de los hombros, me obligó a alzarme y me miró a los ojos; después, mostró su bienvenida besándome en la frente y abrazándome sin fuerza.

Don Juan Francisco de Montemayor es hombre de pocas palabras, pero desde que llegué a isla Española me ha cuidado con una solicitud casi paternal a la que soy incapaz de corresponder. Quiere que hable, que me comporte con decoro y urbanidad con las visitas que con frecuencia acuden a nuestra casa. No quiero disgustarle, pero hay demasiado horror en mi pasado. Desde hace mucho, mucho tiempo vivo encerrada en mí misma.

Josefina siempre intenta sacarme de mi melancolía. Al oírme un ligero gemido me dice:

—No suspiréis, mi señora. El palacio del gobernador es la mejor casa de la isla, os gustará.

La negra me pellizca las mejillas para que enrojezcan. Hay algo de cariño en aquel gesto, que me hace mirarla agradecida. Después me ayuda a ponerme el vestido de brocado y a calzarme unos borceguíes con tacón y una pequeña plataforma, no se me deben ver los pies bajo la falda. Me levanto con algo de esfuerzo; el vestido pesa, el corsé me ciñe demasiado y no estoy acostumbrada a caminar sobre unos zapatos tan altos.

Apenas hemos acabado cuando llama a la puerta Vicente Garcés, el criado que vino con mi señor tío a la isla y actúa como mayordomo en la casa. Avisa que debo bajar ya, don Juan Francisco me está esperando. Josefina me conduce a la puerta y salimos a la gran galería en la planta alta que da al patio con arquerías de piedra. Abajo, en el centro del patio, de una fuente mana el agua con una cadencia burbujeante. Unos criados mulatos giran la cabeza hacia arriba al verme; para ellos soy un ser curioso, una mujer blanca y joven que casi no sale. Les sonrío tímidamente.

De la mano de Josefina desciendo por la escalinata de mármol travertino, sin pulir y desgastado. Junto a la fuente me espera don Juan Francisco. Se ha cubierto con una capa oscura, que le da una cierta dignidad, y en las manos sostiene un sombrero de ala ancha.

Con dificultad por los tacones, doblo ligeramente la rodilla ante él y digo suavemente: «Buenos días, tío, sea vuestra merced con Dios». Al oír mi voz, tan rara siempre, se muestra complacido. Me besa en la frente y exclama:

—¡Qué bella estáis hoy! Me alegro de que se vaya alejando de vos vuestra melancolía. Iremos andando, el aire fresco os hará bien y el palacio de Colón apenas dista unas pocas cuadras.

Josefina me ayuda a colocarme el sombrero porque no quiere que el sol me tiña la piel.

Salimos a la calle y nos alejamos de la fachada de piedra con ventanas y puertas apuntadas de la residencia del oidor mayor, la antigua residencia de don Nicolás de Ovando, el fundador de la ciudad. Después de dejar atrás la casa de doña Luisa Dávila, pasamos por delante de la ermita de los Remedios, donde mi tío se asoma a la puerta y se persigna delante de la imagen. Yo no lo hago; me quedo rígida, parada, los años pasados en Inglaterra, en donde cualquier culto a una imagen podía significar una condena, han producido en mí ese rechazo. Don Juan Francisco no dice nada al entrever tal actitud.

Me apoyo con fuerza en su brazo, estoy débil por el calor, como si me fuese a caer en cualquier momento. La enagua, el corsé, el vestido: todo me aprisiona. Caminamos hasta los lienzos de la muralla que aíslan la ciudad del Ozama, un río más caudaloso que el Guadalquivir, pero no tanto como el que atravesaba la ciudad de Londres. La muralla está construyéndose; al vernos, un capataz se acerca a don Juan Francisco, quien le pregunta por los trabajos de fortificación.

—Queda mucho por hacer en la parte del interior, pero esta zona, la del río, casi está.

—Es la más importante. ¿Cuánto tardaréis en acabarla?

—Unas semanas.

—Antes, tiene que ser antes —le apremia mi tío.

—Se hará lo que se pueda, cuanto esté en nuestra mano, mi señor —responde el capataz con la tranquila voz caribeña en la que nunca hay prisa para nada.

A lo lejos, hacia el interior, no se ha cerrado la muralla; sólo hay limoneros, arbustos y zanjas que limitan la ciudad colonial. Santo Domingo no es más grande que la villa vasca de donde procedía mi madre.

De la calle de las Damas salimos a la gran plaza donde se asienta el palacio del gobernador de la isla. Atrás y a la izquierda queda la mole de la Real Audiencia, un edificio cuadrangular de piedra, donde trabaja mi tío. Más allá, a lo lejos, oímos las campanas de las múltiples iglesias de la capital tocando el ángelus.

El nuevo gobernador, recién llegado a La Española, da una recepción en la antigua residencia del virrey don Diego Colón para conocer a los miembros más distinguidos de la colonia.

En la puerta del palacio, bajo las arcadas de entrada, unos soldados se cuadran ante mi señor tío. Desde que el gobernador anterior, don Andrés Pérez Franco, falleció, y hasta la llegada del nuevo, se ha hecho cargo del gobierno de la isla el oidor más antiguo en la Audiencia, es decir, mi tío, don Juan Francisco de Montemayor. Sin embargo, no ha cumplido aún los cuarenta años. Miro su alta figura, su barba casi sin canas, su rostro alargado con alguna arruga y me doy cuenta de que no es un hombre anciano, quizá esté envejecido por los trabajos y problemas a los que la vida le ha conducido.

A la derecha, una escalinata conduce al primer piso, a un largo corredor con arcos abiertos a la plaza. Las puertas de la estancia donde recibe el gobernador, casi un salón del trono, están abiertas. Dentro se han juntado los criollos, los funcionarios llegados a América, la buena sociedad local.

Las damas me observan con expectación mientras mi tío me conduce al lugar donde doña Luisa Dávila espera, impaciente, la entrada del nuevo gobernador.

—Don Juan Francisco, hoy vuestra sobrina está muy hermosa. ¿A quién se parece? —pregunta.

Me doy cuenta de que mi tío estima la pregunta un tanto impertinente, por lo que no le contesta de manera directa.

—Os ruego que acompañéis a Catalina en todo momento. Ya sabéis que desde que llegó prácticamente no ha salido de casa ni ha participado en actos sociales.

Doña Luisa me presenta a sus tres hijas, unas jóvenes expansivas que no dejan de parlotear; una de ellas muestra un avanzado estado de gestación. Mientras tanto, don Juan Francisco se dirige al centro de la sala, donde un sitial vacío, al que se accede por unos escalones de madera, aguarda la llegada del gobernador.

Se escucha el sonido de un instrumento musical y se abren unas puertas laterales. Un hombre entra en la sala saludando a los presentes. Es relativamente joven, de unos treinta años, perteneciente a la alta nobleza española y protegido de don Luis de Haro, el valido del rey Felipe IV. Los heraldos lo anuncian: don Bernardino de Meneses Bracamonte y Zapata, conde de Peñalba. El nuevo gobernador.

Después mi tío, en calidad de oidor decano de la Real Audiencia, da lectura al nombramiento oficial del conde, en el que se recitan todos sus títulos y su experiencia. Cuando concluye, señala que dada la situación de peligro ante un posible ataque a la isla por parte de los ingleses, se verán retrasados muchos juicios y todos deberán cooperar en la defensa. Se acercan tiempos de privaciones.

Un murmullo de preocupación recorre la sala. Los más ancianos habían oído los relatos del saqueo de la ciudad por el pirata Drake, ocurrido setenta años atrás. Muchos de los presentes tienen algún antepasado que fue asesinado o murió durante la invasión del corsario inglés. En las casas y, sobre todo, en los edificios religiosos, todavía hay huellas del ataque.

Sin embargo, las damas a mi lado no se encuentran especialmente preocupadas por la llegada de los ingleses sino por la suspensión o demora de los procesos judiciales. Doña Beatriz, la mayor de las hijas de doña Luisa, la que muestra signos de embarazo, exclama:

—De ese modo, a don Rodrigo Pimentel nunca lo detendrá nadie.

Por la expresión de mi cara, deduce que no lo conozco, así que prosigue informándome:

—Don Juan, mi esposo, no lo soporta. Dice que el mayor sinvergüenza que nunca ha existido en esta isla es don Rodrigo.

Detrás de ella se escuchan las risas de sus hermanas, doña Berta y doña Amalia, que la secundan:

—En Santo Domingo no hay más ley que don Rodrigo Pimentel.

Su madre las mira inquisitivamente y las dos jóvenes tratan de contener la risa.

—Mira al visitador Bonilla —doña Berta da un codazo a doña Amalia—, está demudado. Si se paralizan los juicios, don Rodrigo se le escapa.

Doña Luisa se enfada con ellas.

—¿Queréis callaros?

Sin inmutarse, una de ellas protesta:

—¡Madre! No lo decimos nosotras, está pintado en la pared de la Audiencia. Alguien ha escrito allí lo que todos pensamos.

—¡Unos truhanes! —afirma doña Luisa.

Doña Beatriz con gesto pícaro me explica:

—Hace unos años don Rodrigo fue elegido regidor de la ciudad. No ha cometido más que desafueros. Ha violado todas las leyes que se pueden saltar en la colonia.

—Lo peor es lo de Inés de Ledesma... —tercia de nuevo doña Beatriz.

La madre se vuelve aún más enfadada. La gente está mirando, pero ellas sólo bajan un poco el tono.

—Miradlo, está allí... —Doña Beatriz me señala enfrente y a su izquierda.

Dirijo la mirada en aquella dirección, donde un hombre fornido, más bien grueso, y de semblante adusto se muestra obsequioso con el gobernador.

—Seguro que hace con el conde de Peñalba como hizo con don Juan Bitrián de Biamonte, el gobernador anterior a don Andrés Pérez Franco. Le regaló una cama de ricas colgaduras y jícaras de plata llenas de monedas de oro —me aclara doña Beatriz—. A cambio se le permitió organizar corsarios, que extorsionan la costa.

—Don Juan Francisco de Montemayor ha querido encausarle varias veces, pero ahora que iba a juzgarle... es curioso que se interrumpan los juicios por un supuesto ataque —se rió doña Amalia—. ¿Qué le habrá regalado al oidor?

—A mi señor tío —las interrumpo en voz no muy alta pero con firmeza— no creo que se le pueda comprar.

Violentas, ellas se callan; pensaban que no las estaba entendiendo, porque han oído la fama que me precede. Desde mi llegada, dos años atrás, se ha corrido el rumor por la colonia de que estaba muda porque había enloquecido en Inglaterra. Al escuchar mi voz, doña Luisa Dávila gira la cabeza y fija los ojos en mí con cierto asombro.

Está teniendo lugar el ceremonial de la presentación. Por el centro de la sala, frente al sitial que la preside, van pasando los criollos y gentes de la localidad en una especie de besamanos ante el gobernador. Mi señor tío le presenta a las distintas familias locales: los Caballero, los Dávila, los de la casa de Bastida. Observo que su cara se ensombrece cuando le llega el turno a don Rodrigo Pimentel. Intuyo que ese hombre le desagrada, y uno ese dato con lo que he oído en la conversación de las damas.

El besamanos finaliza.

La gente se distribuye por la sala en animada conversación. Las hijas de doña Luisa prosiguen contándome chismes a la vez que intentan averiguar algo sobre mí; para ellas soy una novedad, es la primera vez que he salido de los gruesos muros de la casa del oidor, quizá desean saber si estoy tan loca como se dice. Me siento dolorida ante tanta gente extraña que me mira con curiosidad. Sin embargo, la actitud de las jóvenes es realmente afectuosa, quieren agradar y ayudarme.

—¿Os gusta la música? —me pregunta doña Berta.

—Sí.

—Yo toco la vihuela y mi hermana Amalia tiene un laúd. Quizá podríais visitarnos. Sois vecina.

—Sí —repito.

—Mañana os esperamos en casa, por la tarde, cuando comience a bajar el sol.

—Le diremos a Josefina que os traiga, dice madre que es la única que tiene influencia sobre vos.

Me dejo ganar por su alegría de mujeres jóvenes que no han sufrido, preocupadas únicamente por buscar un buen partido para casarse; me recuerdan a las Leigh antes de la guerra. En cambio, yo... ¿Cómo podré seguir viviendo con todo lo que guarda mi mente, la historia que constantemente me tortura?

17

La sala Este

Santo Domingo, abril de 1655
Oak Park, verano de 1643

Al finalizar la recepción salgo con las Dávila de la sala; mi tío me ha hecho un gesto de que no lo espere y me vaya con ellas, quizá deba de quedarse para tratar asuntos con el nuevo gobernador. Bajamos lentamente la escalinata de mármol travertino, pero al llegar al soportal de piedra de la entrada del palacio no podemos salir porque una densa lluvia tropical nubla la explanada. Nos unimos a los otros invitados que aguardan bajo la arcada algún medio de transporte cubierto.

En el tumulto que se ha formado, mis vecinas aprovechan para seguir chismorreando sobre algunos caballeros. Quizá han visto alguno que les agrade, porque insisten a su madre para que me acompañe en la silla de manos; ellas se quedarán allí hasta que el vehículo retorne.

La silla de manos es un lugar estrecho, donde voy enfrente de doña Luisa. Avanzamos despacio por la calle de las Damas hasta mi casa y siento alivio al llegar, afortunadamente no hemos tardado mucho. En el trayecto la buena señora no ha parado de platicar, sometiéndome a una tormenta de admoniciones y consejos.

Del portón de entrada sale un lacayo con una sombrilla

para protegerme del aguacero. Con un gesto de la cabeza le agradezco su atención y su rostro oscuro se ilumina con una blanca sonrisa. Subo por la escalera apoyándome en la baranda; me duelen los pies por los zapatos y estoy deseando llegar a la alcoba para descalzarme. Josefina no está en mi aposento ni en la casa; la echo de menos, porque me siento sola. Lentamente, me despojo de la ropa que tanto me pesa y me quedo sólo con una enagua blanca. Me suben algo de cenar y lo pruebo con desgana, sin apetito.

Luego, a través del ventanal, veo que ha dejado de llover y se han abierto las nubes; el sol se está ocultando en el mar, la luz disminuye, el plenilunio ilumina débilmente la ciudad. Me abstraigo y pasan las horas hasta que oigo la voz de mi tío que regresa y pregunta por mí. Alguien le responde que ya me he acostado. Sé que va a subir a darme las buenas noches. No quiero hablar con él. No quiero que me pregunte cómo lo he pasado en la recepción o cómo me encuentro, por eso me meto en la cama con dosel y cierro las mosquiteras. Enseguida le oigo abrir la puerta y en la habitación penetra la débil luz de los candiles del patio. Cierro los ojos y me hago la dormida. Don Juan Francisco se acerca hasta la cama, pero no separa la mosquitera; se queda mirándome un rato largo, un leve suspiro de cansancio sale por su boca. Después se va.

No consigo dormirme. La tristeza retorna y me mantiene despierta. Lejos, en la catedral, las campanas doblan un toque tras otro; cuento doce campanadas. No dejo de dar vueltas en la cama y finalmente me levanto.

Salgo a la galería porticada. La casa entera duerme, sólo un perro corretea entre las arcadas del espacioso patio. Bajo y, rodeando el abrevadero para los animales, me dirijo hasta el muro trasero de la casa, que asoma al Ozama. Me siento en la tapia que está pegada a la gruesa muralla de la ciudad, desde allí se ve el camino que bordea el río. El caudal fluye mansamente. Enfrente hay un galeón fondeado; la luz de un candil ilumina la cubierta, pero todo está en silencio.

En Oak Park también era así. En la noche, todo parecía muerto pero no lo estaba. Con cada plenilunio llegaban, si no tío Andrew, otros sacerdotes. Los dos pequeños nos sumábamos a la celebración aunque, mientras que a mí la ceremonia me conmovía, a Piers no le ocurría lo mismo. Le vi frecuentemente distraído, e incluso a veces se adivinaba en él una expresión adusta, como si hubiera algo que no terminara de convencerle de la religión de sus mayores. Sin embargo, no era esa su principal preocupación entonces.

De nuevo estábamos en verano, había pasado casi un año desde que descubrimos el secreto de la Casa del Roble. Yo seguía siendo casi una niña, él ya era un adolescente que se creía adulto. Me lo hacía notar hablándome de política como si fuera un miembro del Parlamento y de la guerra como un soldado experimentado. Conseguía por medio de los criados todo tipo de pasquines y prensa escrita. A través del señor Reynolds le llegaba secretamente el *Mercurius Aulicus*, editado en Oxford y de tendencia realista, mientras que gracias a Jack, el nuevo cochero, leía el *Mercurius Britannicus*, publicado en Londres y, por lo tanto, parlamentario. Mi compañero de juegos seguía con fervor todo lo que sucedía fuera de nuestro pequeño mundo, sobre todo en la Armada.

El señor Reynolds se ausentaba con frecuencia para reunirse con Thomas y, libre de su preceptor, Piers me arrastraba con él a la costa, obligándome con ello a desafiar a mademoiselle Maynard, que cada vez estaba más convencida de que yo era ingobernable y que realmente estaba predestinada al infierno. Con su catalejo, mi amigo oteaba el horizonte, observando el paso de barcos de distintos tonelajes y velamen. Le comía la impaciencia y deseaba a toda costa cumplir su sueño: hacerse marino y navegar. Había hablado con su padre en infinitas ocasiones de ello. Como en aquel tiempo sus barcos seguían estando requisados por los parlamentarios, lord Leigh nada podía hacer; tampoco tenía influencia alguna en la Armada del Parlamento, un bando que lo miraba con prevención por la sospecha de ser papista. Por eso, lo único que podía hacer mi joven amigo era leer la prensa para determinar la progresión de la guerra y acercarse a la costa para navegar en un pequeño barco de pesca de un lado a otro de la bahía, mientras yo le contemplaba sentada pacíficamente en lo alto del acantilado.

Los días para él, que era un muchacho nervioso y enérgico, deseoso de acción, se sucedían impregnados de intranquilidad. Una fuente de entretenimiento la constituían las reuniones de lord Leigh, que tenían lugar por las noches en la sala Este. Allí acudían lo que nosotros considerábamos conspiradores y espías. Cuando presentía que iba a haber una, Piers merodeaba por aquel lado de la casa; no podía librarse de mí, que le seguía como un perrillo a todas partes.

Recuerdo cuando Thomas regresó secretamente de Oxford, donde en aquel momento se hallaba el cuartel de mando de los realistas, acompañado de otros dos caballeros. Los cascos de sus caballos resonaron en el gran patio tras haber anochecido y poco después Piers llamaba a mi puerta. Reconocí al instante su manera de llamar, salté de la cama y me cubrí con una ligera bata. Salí al corredor en penumbra, donde me esperaba sonriendo alegremente a la vez que excitado. Por las ventanas del fondo del pasillo entraban la luz de las estrellas y la brisa fresca de agosto. Bajamos muy despacio, sin hacer ruido, descalzos, y atravesando los pasillos que sólo usaba la servidumbre llegamos a nuestro escondrijo en la sala Este, el hueco trapezoidal cubierto por el tapiz. A través de los nudos de la tela, me llegó un fuerte olor a tabaco que estuvo a punto de hacerme toser.

—… y necesitamos vuestra ayuda en la causa del rey, sabemos que mantenéis buenas relaciones con los españoles y que conocéis al embajador del rey Felipe —decía uno de los recién llegados.

—Mantenía. La mayoría de mis barcos fueron requisados y ya no puedo negociar con ellos.

La voz de lord Leigh se coló a través del tapiz; una voz fuerte, ronca por el tabaco, que transmitía una sensación de dominio y seguridad. Agarré la mano de Piers, que me la apretó para transmitirme confianza. Ambos respetábamos reverencialmente al señor de Oak Park, nos aterrorizaba siquiera pensar que pudiera pillarnos allí, escondidos.

El otro noble realista exclamó:

—¡Una acción inicua! ¡Requisar los barcos! No hay derecho. ¡Esos rebeldes parlamentarios! Debéis ayudarnos si queréis continuar con vuestro comercio.

—No puedo enfrentarme al Parlamento. Mis tierras están aquí, en el este de Inglaterra, así pues se hallan controladas por el gobierno de Londres, parlamentario. Hoy, Thomas —lord Edward se dirigió entonces a su hijo mayor—, tú y estos caballeros os habéis arriesgado mucho, no quiero pensar lo que habría pasado si os hubiesen reconocido.

—Pero no ha sido así, padre, no os preocupéis. Los parlamentarios...

—No puedo alzarme en contra de ellos. Caballeros, cuando finalice la guerra, gane uno u otro bando, los barcos me serán devueltos, y mientras tanto prefiero no decantarme a favor de nadie. Debería buscarse una solución pacífica.

—Entiendo, no queréis implicaros. —Volvía a ser la voz del que hablaba cuando habíamos llegado—. Pero llega un momento en el que el compromiso se hace ineludible.

—A nosotros los Leigh sólo nos interesa comerciar, no las guerras que destrozan países y arruinan reinos.

—Entonces, ¿disentís de la guerra que enfrenta al rey y al Parlamento?

—Muchas veces he pensado que el rey Carlos Estuardo podría haber llegado a un compromiso, el camino que ha tomado no le conducirá a ningún sitio. —En aquel momento, la fuerte voz de lord Leigh sonó algo más suave y conciliadora.

Su interlocutor, enfadado ante su postura, en tono rudo le replicó:

—Los parlamentarios no son más que miserables traidores. Puritanos calvinistas, tan peligrosos como los papistas.

Al escuchar el exabrupto, lord Leigh le respondió con una contención irónica:

—¡Mi muy estimado sir John Mennes! No os gustan los papistas y, sin embargo, habéis venido a pedirme que interceda ante su católica majestad...

Piers, excitado al reconocer ese nombre, me susurró: «¡Está John Mennes! Es un famoso capitán, el año pasado fue capaz de atravesar el bloqueo naval parlamentario con su barco y llevó a la reina Enriqueta María a Holanda». Después añadió: «Es un buen marino». Me puse el índice sobre la boca y escuchamos la respuesta de Mennes.

—Ahora el rey necesita todas las alianzas posibles. Sabemos que vos seguís manteniendo buenas relaciones con Alonso de Cárdenas, el actual embajador español; no lo neguéis. Necesitamos que España se muestre firme en el apoyo a Carlos Estuardo.

—No sé si lo hará. Cárdenas es inteligente, un hombre que defiende los intereses de su imperio.

—¿No me diréis que la católica España —terció el otro caballero— va a estar más cercana a las tropas puritanas del Parlamento que al rey Carlos, un hombre devoto, casado con una católica?

La respuesta del padre de Piers sonó de nuevo calmada.

—Creo que ya hace tiempo que los diplomáticos de la Corona española han dejado atrás sus preferencias religiosas en aras de garantizar la integridad de los territorios de un imperio que declina. Os hablaré en confianza...

Se detuvo un instante como para resaltar que la información que les daba era confidencial.

—... el embajador Cárdenas no está para nada seguro de que la causa del rey vaya a resultar triunfadora. El pasado año Carlos perdió la Armada, y un monarca que no posee barcos no puede ser en absoluto rey de Inglaterra. He de deciros que, de hecho, yo tampoco confío para nada en él, ni mucho menos en sus colaboradores.

El silencio cruzó el ambiente ante unas palabras tan duras para los conspiradores monárquicos. Uno de ellos saltó, mostrando un cierto enfado.

—Antes o después, vuestra familia deberá decantarse por un partido u otro.

A continuación, se escuchó la voz algo nerviosa de Thomas:

—Padre, no podéis apoyar a los puritanos, esa chusma... Debemos defender al rey, somos hombres de honor, somos caballeros.

Su padre le contestó con cierta exasperación:

—Veo que los realistas te han metido muchos pájaros en la cabeza, hijo mío. Nuestra familia no es partidaria del rey ni del Parlamento. Desde tiempos de la reina Isabel, los Leigh nos defendemos para no ser exterminados.

—Entonces, ¿es cierto lo que se ha sospechado en algún momento? ¿Sois católicos?

—Actualmente —dijo lord Leigh con prudencia—, no se puede ser de otra religión que la del poder que impere.

—Si eso es así, si sois papistas, de ganar la guerra los protestantes afines al Parlamento sufriréis las represalias de ellos mucho más que si venciese el rey.

—No creo que el rey nos proteja indefinidamente. Por mucho que su esposa sea católica, él no lo es. Es un hombre religioso, le complacen la pompa y el boato de la Iglesia católica, pero en el anglicanismo no hay más cabeza que el rey, no hay autoridad superior a la suya, y eso le gusta más. No me agrada la tiranía de Carlos Estuardo.

—¿No estaréis de parte de vuestra hija Elizabeth?

—Que ella haya contraído matrimonio con un noble presbiteriano de origen escocés no significa nada.

—¡Es un fanático que apoya al Parlamento y sólo desea medrar políticamente! Vuestra hija fue educada por los Percy, que son protestantes convencidos y como tales partidarios de los rebeldes. Quizá lord Ruthven os esté influyendo.

Piers y yo nos miramos en la penumbra, pensando en Elizabeth, maltratada por aquel sectario. Desde que regresaron Ann y Margaret no habíamos sabido nada de ella.

—Cortamos hace meses toda relación con mi hija y con su esposo. —La voz de lord Leigh ahora sonaba gélida—. Sólo sé que deseo mantenerme neutral y que debo guardarme las espaldas por si un día venciese el Parlamento.

—¡No puedo creer que mostréis simpatía a la causa parlamentaria!

—No lo hago —se apresuró a rectificar lord Leigh—, pero recordad que yo mismo soy miembro de la Cámara de los Lores.

—En la cual no habéis participado durante los últimos años porque pesa sobre vos una sospecha de papismo. Acordaos que el año pasado, por estas fechas, las casas de varios nobles católicos fueron saqueadas por hordas protestantes.

—Oak Park podrá defenderse.

—Actualmente no es un lugar seguro.

—Lo sé. —La voz de lord Leigh tembló ligeramente y su tono se hizo casi inaudible para nosotros. Piers se pegó aún más al tapiz para poder entender lo que su padre decía—. Por suerte, Oak Park cuenta con una posición estratégica. Por el este está defendida por los acantilados a los que muy pocos podrían acceder y por el norte se halla rodeada de bosques espesos. Sólo se puede entrar en la finca a través de un estrecho camino al oeste, el que conduce al pueblo, que es relativamente fácil de defender.

—Eso sucedía siglos atrás, ahora cualquier batallón armado con culebrinas y mosquetes podría poneros en peligro.

—Sí, son tiempos revueltos. Cualquier día alguien nos acusará de papistas.

—Entonces, ¿sois o no sois fieles al rey?

—Hasta cierto punto —dijo lord Leigh—. Aunque por mi

parte he procurado mantenerme al margen, veis que mi hijo Thomas es un ferviente monárquico. Nos ha representado bien y su lealtad nunca ha suscitado dudas. Sin embargo, me preocupa que pierda el tiempo en una aventura que no le conduzca a nada y que haya abandonado las tradiciones de sus mayores.

Pensé que a Thomas no le habían agradado las frías palabras de su padre cuando se escuchó su voz dolorida diciendo:

—¡Padre! ¡Eso no es así! Defiendo las tradiciones de mis antepasados.

Lord Edward hizo caso omiso y prosiguió:

—No. No tienes la culpa, eres hijo de este tiempo. Me refiero a que sólo te importan esas ideas trasnochadas de nobles caballeros que luchan por su rey. Te has unido a los *cavaliers* del príncipe Ruperto, unos holgazanes que se toman la guerra como si fuese una aventura de petimetres adinerados, en lugar de implicarte en los negocios de la familia, que ya pesan demasiado sobre mis hombros.

Siguió un silencio tenso. Piers me susurró: «Mi padre considera a mi hermano Thomas un idealista poco práctico. Nosotros hemos estado al margen de las intrigas políticas y hemos sobrevivido dedicándonos al comercio. Thomas ha roto con la tradición de la familia». Al otro lado del tapiz lord Edward continuaba hablando:

—Durante generaciones, el mar siempre ha protegido Oak Park. Toda nuestra fortuna se debe al comercio transoceánico. Los Leigh hemos sido marinos desde hace siglos. Siempre he deseado que uno de mis hijos lo fuese. A mi hijo mayor no le gusta la mar ni tiene condiciones para ello. Piers, mi hijo menor, desea serlo: sin embargo, tras la caída de la Armada en manos parlamentarias, todas sus esperanzas se han visto frustradas.

—No lo creo así. —Era la voz de sir John Mennes—. En los últimos tiempos la guerra está tomando otro cariz. Hace apenas una semana se ha recuperado Bristol, la segunda ciudad del reino. Su riqueza, sus armas y su comercio han pasado a manos del rey. Con ella, se han recuperado ocho barcos, entre ellos el *Fellowship* y el *Hart*. Esto podría constituir el inicio de la nueva Armada Real. Se le ha dado el mando de la pequeña flota a sir John Pennington.

—¡Buenas nuevas para la causa realista! —se alegró Thomas.

Su padre se mantuvo en silencio, mientras sir John Mennes proseguía:

—Conozco bien a John Burley, a quien Pennington ha dado el mando del *Fellowship*. Un buen barco. Sí, veintiocho cañones... —Parecía estar viéndolo.

Piers me apretó el hombro, me hacía daño. Susurró bajito cerca de mi oído: «¡El *Fellowship*, ya sé cuál es! De cuarta clase». Yo le agarré del brazo y le ordené callar. Él siguió haciendo gestos, ahora sin hablar.

—Cualquier hombre estaría a gusto sirviendo en un barco así —concluyó sir John Mennes. Calló un momento y entonces dijo—: Si... si vos habláis a favor de nuestra causa a don Alonso de Cárdenas...

—Sé que don Alonso —lo interrumpió lord Leigh— no está convencido de que el rey vaya a ganar la guerra y no quiere indisponerse con el Parlamento, pero trataré de ayudaros en todo lo posible.

—En ese caso vuestro hijo menor podría entrar en la Armada.

Aquí, Piers se revolvió excitado; me pareció adivinar en la oscuridad sus claros ojos brillando de excitación.

—Sí —continuó sir John—. El *Fellowship* podría contar con un nuevo guardiamarina.

Detrás de la cortina, Piers se había levantado y alzaba los brazos de contento, en un gesto de victoria. Me di cuenta de que aquellos manotazos movieron el tapiz.

Se hizo un silencio en la estancia y se escucharon los recios pasos de lord Leigh cruzando la sala. De un manotazo brusco, levantó el tapiz que nos ocultaba y nos descubrió. Puso su mano fuerte en el hombro de Piers, pero por la comisura de los labios se le escapaba una sonrisa, quizá al ver mi rostro totalmente encarnado por la vergüenza de haber sido sorprendida allí.

Thomas reprimió una carcajada cuando fuimos introducidos en la sala. Los dos nobles realistas mostraban caras de asombro mientras lord Leigh decía:

—Mi hijo y la señorita Len son dos diablillos que recorren a sus anchas la casa. Piers, sobre todo, tiene mucho interés por la política, y por lo que veo participan en las reuniones a las que no han sido invitados. Pero ya que hablábamos de él, quizá sea apropiado que nos diga lo que piensa.

A Piers, la voz le salió excitada y temblorosa, pero decidida.

—Quiero ser marino, padre.

—Aunque algunos barcos han pasado a manos del rey, no estoy seguro de que consigan controlarlos durante mucho tiempo.

Sir John Mennes protestó, pero lord Edward hizo caso omiso y continuó:

—Si ese barco cayese en manos del Parlamento, podrías encontrarte a las órdenes de alguien que quisiera asesinar a tu familia o conducirla a presidio.

—Quiero ser marino —repitió Piers—. Nunca estaré en un bando opuesto a los Leigh. Os defenderé siempre.

Lord Leigh movió la cabeza, como pensativo.

—Bien, bien, habrá de ser de esta manera. Mi hijo Thomas se unió a los *cavaliers* del príncipe Ruperto y Piers, con quince años, estará en un barco. Tendré a un hijo en el ejército y a otro en la marina. El rey se salvará gracias a mis hijos.

Sus palabras sonaban de modo irónico, pero en ellas latía el dolor de tener que separarse de lo que consideraba el motivo central de su existencia; constituían la flemática aceptación de un hombre que nunca se había comprometido a nada en un tiempo en el que iba a ser muy difícil mantenerse neutral.

Entonces se dirigió a Piers. Me di cuenta de que, aunque

había otra gente en la habitación, le hablaba como si estuviesen solos.

—Júrame, hijo mío, que pase lo que pase te mantendrás fiel a la fe de tus mayores.

—Padre, lo juro.

—Júrame que te comportarás siempre, pase lo que pase, como un hombre de honor.

—Padre, lo juro.

—Júrame que nunca usarás la violencia para enriquecerte.

—Lo juro.

A pesar de su habitual flema y serenidad, al escuchar la juvenil voz de su hijo menor lord Edward se emocionó. Para disimularlo nos ordenó:

—Es hora de que vosotros dos regreséis a vuestros aposentos.

Hice una pequeña reverencia, doblando la rodilla ante aquellos caballeros. Piers inclinó la cabeza y juntó los talones, en un saludo militar hacia sir John Mennes; se consideraba ya un guardiamarina. Después, salimos de la sala Este. Él iba saltando, yo cabizbaja.

—Me voy a la Armada, me voy a la mar.

Yo estaba triste.

—¿No te alegras?

—No quiero que te vayas. Me moriré de aburrimiento.

—Volveré.

—Me disfrazaré de hombre y me iré contigo.

—¿Estás loca? ¡No puedes hacer eso!

Me miró, yo estaba haciendo pucheros. Me cogió por los hombros y me besó en la frente.

—Te prometo que cuando sea capitán, un día embarcaremos en el mismo barco y recorreremos el mundo.

No me quedé conforme.

—Mi abuelo fue marino —le dije para hacerle cambiar de opinión.

—Y eso, ¿qué importa? Una mujer no puede pertenecer a la Armada.

Me acompañó hasta mi cuarto, cercano al suyo. Cuando me quedé sola, me acosté presa de una gran congoja. No podía dormir. No quería que Piers se fuese, era mi mejor amigo. Ann y Margaret no compartían los paseos a caballo, las subidas a la Torre de los Normandos, nuestras escapadas al mar o al pueblo. A él le había hecho las más íntimas confidencias, era un hermano, mi compañero de juegos y del alma. Juntos habíamos descubierto el secreto de Oak Park en las noches de luna llena. Además, yo también amaba el mar que se divisaba desde los acantilados.

18

Invencible

Aquella noche se sucedieron las horas sin que yo pudiese conciliar el sueño. Recuerdo que daba vueltas en la cama, deseaba con todas mis fuerzas irme con Piers a esa mar abierta que tanto le atraía. Al final me levanté y, apoyándome en el quicio de la ventana, miré a través de los cristales esmerilados. Todo estaba oscuro, pero cuando en el horizonte apareció la estrella del alba, en las cocinas se encendieron luces. Me sentí hambrienta y pensé que Matt estaría trabajando, quizá podría bajar a pedirle algún delicioso bollito recién horneado. A menudo solía ir a sentarme a su lado mientras él hacía masa quebrada o pincelaba con huevo los bizcochos, siempre me escuchaba cuando estaba triste o pesarosa por algo y se reía conmigo cuando le contaba mis pequeñas alegrías.

Me vestí, sigilosamente bajé los tres pisos de la amplia escalera de la casa señorial y después crucé el pasillo que conducía hasta la zona de los fogones. Me llegaba la voz de Matt, que canturreaba una canción en vasco. Me detuve junto a la entrada y le observé: la luz del fuego alumbraba la cara curtida del antiguo marinero, que estaba cargando más leña en el horno; se le veía mayor, pronto necesitaría un ayudante. Sobre la mesa de trabajo reposaban varias masas de hogazas bajo sendos paños y sólo una placa de horno con bollitos sin cocer. Pero no sólo el ansia de un dulce me había llevado hasta allí; durante la noche se me había ocurrido que quizá él podría contarme algo más de mi bisabuelo marino. Necesitaba averiguar algo con lo que impresionar a Piers de aquel almirante Oquendo que Matt había conocido y a quien tío Andrew había mencionado.

Al verme no mostró sorpresa, yo siempre estaba rondando por allí. Me sonrió afectuosamente mientras su rostro ajado se iluminaba con una expresión amable.

Entonces le pregunté por mi bisabuelo. Al principio él no respondió; se quedó ensimismado mirando el resplandor rojizo que salía por la puerta de metal del horno. Me senté junto a él en una banqueta. Pasó un tiempo durante el cual él siguió abstraído; al cabo, se levantó, sacó una hornada de bollitos, me guiñó un ojo y me dio uno. Quemaba tanto que me lo pasaba de una mano a otra sin dejar de soplar. Metió la otra placa de horno con bollos más pequeños; mientras se tostaban, se sentó de nuevo y comenzó a hablar del pasado.

—Mi padre conoció a don Miguel Oquendo, vuestro bisabuelo, en el arenal de la Zurriola, bajo el monte Ulía, cuando ambos eran unos chavales que competían alzando pesos. Jugaban juntos como vos y el señorito Piers. A los catorce años se embarcaron en el puerto de Pasajes, en un navío que zarpaba hacia Sevilla. Sin linaje ni caudales, su única esperanza era la mar. Miguel era hijo de un pobre cordelero que por su propia mano hilaba cáñamo para hacer cuerdas, cables y maromas; le apodaban «Antón Traxaka». La familia vivía en una modesta casa en la ladera del monte, cerca de la playa de la Zurriola.

La misma casona donde yo viví hasta los siete años, hasta que mi madre y yo emprendimos el largo camino hacia el sur para tomar aquel galeón que iba a llevarnos a América.

—Matt, yo viví allí, pero casi ya no me acuerdo. ¿Era de piedra, cuadrada, grande, con un gran escudo en la fachada?

—Sí. Yo también la conocí de niño, y la recuerdo bien. Pasábamos hambre en aquel tiempo, y allí a los pobres del vecindario nos daban panes calientes; quizá por eso me he hecho panadero.

—No tan buenos como los que vos preparáis —le dije.

Matt me sonrió y pasó su mano por mi cabello. Después, como le pedí que siguiera contando, prosiguió:

—Desde Sevilla, vuestro bisabuelo don Miguel y mi padre embarcaron en uno de los muchos barcos que zarpaban hacia las Indias. A su edad, sólo era posible hacerlo como grumetes. Hicieron juntos varias travesías en un barco negrero que primero recorría las costas de África. Les pagaban bien, pero asqueados de aquel negocio cruel, llegó un día en que lo dejaron y se enrolaron como marineros calafateadores en un galeón de la Armada.

—Me alegro.

Él sonrió, estaba contento de contarme todo aquello que le recordaba a su familia, el pasado.

—No todo lo que mi padre y vuestro bisabuelo hicieron fue limpio. Se enriquecieron. Pasaban de contrabando mercaderías y plata. Les denunciaron a los oidores y mi padre, menos espabilado que don Miguel de Oquendo, fue a presidio. En cambio, vuestro bisabuelo salió adelante e invirtió todo el dinero obtenido del contrabando en la construcción naval y en la exportación. Al puerto de Pasajes llegaban comerciantes ingleses y comenzó a negociar con ellos; obtenía materias manufacturadas de las islas Británicas y las transportaba a las Indias, donde los mercaderes ingleses no podían acceder. Fue en esa misma época cuando empezó su relación con esta casa, con Oak Park. Uno de los proveedores de don Miguel era lord Percival Leigh, el abuelo de lord Edward. En Nueva España y los territorios del Caribe, los colonos compraban todo lo que se les ofrecía a un precio que se multiplicaba por diez y por veinte; tanto la fortuna de don Miguel como la de lord Percival se fueron incrementando. Vuestro bisabuelo pronto contó con varios barcos de su propiedad que cruzaban el Atlántico en la carrera de Indias…

—¿Qué os ocurre?

Matt se había detenido, fatigado o quizá conmovido por el pasado.

—Nada, niña. Me cuesta creer que yo le cuente esta historia a... a la bisnieta de don Miguel. ¡Cuántas vueltas da la vida!

—Sí, Matt. ¿No es curioso que los dos, que hemos nacido en Donostia, vivamos aquí? ¿En la casa de los Leigh?

Matt rió, creo que por mi ingenuidad, pero le brillaban los ojos.

—Seguid con la historia de mi bisabuelo, mañana se la contaré a Piers. ¡A ver si así me respeta algo! ¿Cómo llegó a ser almirante?

—Don Miguel consiguió tener muchos barcos, una gran escuadra, y el rey Felipe necesitaba esos barcos. Se los expropió.

—¿Cómo a lord Edward los parlamentarios?

—Algo parecido. Sin embargo, a lord Edward se los han quitado, no le han pagado nada y además le miran con sospecha, porque dicen que no es un buen parlamentario, mientras que a vuestro bisabuelo, a cambio de la confiscación de los barcos, le concedieron una importante merced del rey: le nombraron capitán general de la escuadra de Guipúzcoa. Se convirtió en marino de guerra y luchó capitaneando sus propios barcos.

Sí, todo aquello tenía que contárselo a Piers. Yo no era una huérfana sin importancia, era la bisnieta de un capitán general, de un hombre valeroso.

De repente Matt olisqueó, se levantó rápido y abrió la puerta del horno. Sacó la siguiente hornada de bollitos, que dejó sobre la mesa. «Por suerte no se han quemado —le oí musitar—. Te estás haciendo viejo, Mateo.» Retiró los paños que cubrían las hogazas, que habían doblado su tamaño. Practicó unos cortes en la superficie, puso dos en una pala y las introdujo en el horno. Luego regresó a mi lado.

—¿Por dónde iba? Ah, sí. Mientras don Miguel medraba, mi padre falleció de una enfermedad que contrajo en presidio; los míos, arruinados, vivían en la miseria y no tenían qué llevarse a la boca. Para ayudarnos, vuestro bisabuelo me colocó como grumete en uno de sus barcos, pasando dinero a mi familia. Yo no era más que un chaval de pocos años. Siempre le estaré agradecido por ello. Desde entonces, mi vida estuvo ligada a la de don Miguel. En la época en la que me embarqué, sus naves habían sido levadas para la Gran Armada, que comenzó a prepararse para atacar a Inglaterra.

A Matt, como al tío Andrew, la vida le había cambiado con la Armada; su voz se llenó ahora de melancolía. Sus recuerdos arrancaban en el tiempo que la flota pasó en Lisboa, donde se fueron alargando los preparativos para la marcha consumiendo la paciencia de todos. Me contó que allí la Armada, a punto de salir hacia Inglaterra, sufrió una epidemia de tabardillo a bordo. Mucha gente enfermó y murió.

—Me acuerdo —me dijo Matt— que don Miguel se quedó en los barcos con los marineros, para que nadie pudiese decir que en la enfermedad les dejaba. ¡Era un gran hombre! Lo peor de todo fue que don Álvaro de Bazán, un experimentado marino y jefe de toda la expedición, murió. Para reemplazarle, Felipe II designó al duque de Medina Sidonia, que no tenía experiencia marinera, aunque era un noble de alto linaje. Vuestro bisabuelo, junto a Martínez de Recalde, fue nombrado teniente de la Gran Armada para complementar los pocos conocimientos marineros del de Medina Sidonia.

—Así que, ¿en esa Armada que atacó Inglaterra mi bisabuelo fue el segundo más importante?

Él sonrió, moviendo la cabeza, como diciendo «más o menos».

—¡Niña! Estáis llena de ansias de grandeza. Debéis consideraros por lo que sois ahora, no por lo que alguien un día en vuestra familia logró.

Enrojecí. Me estaba comportando como Elizabeth Leigh, que presumía constantemente de conocer a gente importante y de pertenecer a una familia noble.

—Matt, me interesa lo que estáis contando porque sé muy pocas cosas del pasado. Mi madre murió. Nunca me hablaba de su familia y muy poco de mi padre.

—Sí, Catalina, sé que vuestra madre murió.

—Y mi padre está muy lejos, en las Indias. Se embarcó cuando yo era una niña.

Él agachó la cabeza y calló un instante. Luego dijo:

—Los marinos dicen que hay tres clases de seres humanos: los vivos, los muertos y los que se hacen a la mar. Vuestro padre se hizo a la mar.

—¿Algún día le volveré a ver?

—No sé —suspiró él—. Yo ya no sé nada de vuestro padre. Pero todo esto que os estoy contando forma parte de vuestro pasado.

Algo raro le estaba sucediendo. Se llevó la mano a los ojos, calló un largo rato y se levantó para comprobar las hogazas. Las sacó, colocó una nueva hornada y regresó, trayéndome un bollito. Hacía rato que me había comido el primero. Le di las gracias y le pregunté:

—Mi bisabuelo, ¿venció a los ingleses?

—No. La suerte nos fue esquiva desde el primer momento, pero he de deciros, señorita Catalina, que sin don Miguel todo hubiera sido aún peor. Era un hombre dotado para el mando y un buen marino.

Matt se detuvo, todo aquello le dolía. En sus ojos brillaban las lágrimas al recordar a tantos hombres muertos, amigos que ya no volvería a ver. Quizá también le dolía el destierro para siempre de las tierras que le vieron nacer. Pero continuó:

—Salimos de Lisboa con gran retraso y muy pocas provisiones. Una gran tormenta deshizo la formación y nos condujo a las costas de Galicia. Allí esperamos para recibir provisiones, el tiempo se alargaba. Hubo un momento en que parecía que todo iba a suspenderse y la flota regresaría; sin embargo, órdenes directas del rey Felipe nos obligaron a reanudar la empresa. La moral de marinería estaba baja. Para levantarla, nos dejaron bajar a tierra; no a las costas gallegas, donde previsiblemente muchos desertarían, sino a la isla de San Antón, en la bahía de La Coruña. Allí nos confesamos y recibimos la bendición; también se nos entregó una medalla. La conservé muchos años y cuando mi hijo comenzó a navegar, se la di para que lo protegiera.

Le miré con lástima.

—No quiero pensar en las penas que sufrimos en la Jornada de Inglaterra donde la desgracia se cebó, de manera especial, en las naves de vuestro bisabuelo. Los ingleses no se atrevían a atacar frontalmente a la Gran Armada que se acercaba a sus costas. Recuerdo que, cuando estábamos entrando en el canal de la Mancha, me tocó turno de vigía en el palo mayor de la *Santa Ana*. Desde allí contemplé los más de ciento veinte barcos de la Felicísima y Grande Armada, como la llamábamos.

Sonrió como si todavía pudiera verlo.

—Era una visión impresionante. Una gran media luna de varias millas náuticas de diámetro, integrada por todo tipo de bajeles, se extendía en perfecta formación. Los ingleses, intimidados, nos vigilaban en la distancia, atacando únicamente a la retaguardia. Era una caza, en la que arrancaban las plumas del ave sin atreverse a embestir directamente a la pieza.

»Pero la Armada avanzaba muy despacio, lo que provocó una gran escasez de víveres: no había comida fresca sino agusanada, el agua era insalubre. Al llegar frente a Plymouth, donde la flota inglesa se hallaba refugiada, algunos de los mandos, entre ellos don Miguel, quisieron trabar combate, pero se nos ordenó proseguir hacia el norte de aquella extraña manera. Nosotros, los marineros rasos, no entendíamos por qué una flota tan poderosa no atacaba de una maldita vez ni por qué no navegábamos más deprisa. No sabíamos entonces que el objetivo de la Armada no era invadir Inglaterra, sino llegar a las costas de Flandes para recoger a los Tercios y trazar una cabeza de puente entre los Países Bajos e Inglaterra.

Meneó la cabeza. Yo no me atreví a decir nada, esperaba que continuase.

—Ése era realmente el plan: conducir al mejor ejército de

Europa, los invictos Tercios de Flandes, a la Gran Bretaña y así conquistar el país para destronar a su reina. En todo el orbe católico, Isabel Tudor era considerada como una bestia salvaje, una víbora que había ejecutado a su prima María, reina de Escocia, y que perseguía continuamente a católicos ingleses e irlandeses. El designio de la Armada era destruir a Isabel I, Isabel la Sanguinaria, y coronar a otro rey afín a los Habsburgo y al catolicismo. Si lo hubiéramos conseguido, todo habría sido diferente en estas tierras, pero nada se logró; en parte, por la impericia de Medina Sidonia, y en parte, por el mal tiempo. O quizá, ¡Dios lo quiso así! —Se encogió de hombros—. Acosados por los ingleses, intentamos fondear en la isla de Wight, pero un escuadrón costero comenzó a cañonearnos, por lo que se nos ordenó continuar por el canal, rumbo a Calais. Confiábamos en que el duque de Parma, que capitaneaba los Tercios, nos estuviese esperando.

»Pero cuando estuvimos frente a las costas de Flandes se nos avisó de que aún no había logrado reunir a los soldados. En realidad, la Armada, a pesar de su lentitud, había llegado demasiado pronto y los Tercios no estaban preparados. La situación se hizo insostenible: por un lado, los ingleses hostigándonos y, por otro, los bajíos arenosos de Flandes, donde los pesados galeones corrían un grave riesgo de naufragio. Los Tercios no aparecieron nunca.

»Recuerdo que la moral estaba muy baja, pasábamos hambre y había muchos hombres enfermos en las tripulaciones. El principio del fin comenzó cuando una noche se incendió el cielo: los ingleses habían lanzado contra nosotros barcos vacíos de hombres pero cargados de combustible a los que prendieron fuego. El inexperto Medina Sidonia dio la orden de cortar los cables de las anclas y dispersarse para evitar chocar con las naves incendiadas. ¡Cómo se equivocó! Cuando después se intentó reagrupar la flota para rechazar el ataque, ya habíamos perdido la poderosa formación en media luna que era nuestra máxima protección.

»Entonces comenzó la batalla, un enfrentamiento feroz y muy confuso. Tratábamos de conservar la alineación mientras los ingleses hacían cuanto podían por aislar los barcos a barlovento, forzando el resto, a sotavento, contra los bajíos flamencos. El viento nos ponía cada vez en mayor desventaja. De pronto, el tiempo empeoró: había mar gruesa y la visibilidad era escasa. El combate comenzó a decaer. Los ingleses, ya sin municiones, se retiraron a sus puertos, mientras que la Gran Armada se introducía en las desconocidas aguas del mar del Norte en unas condiciones meteorológicas adversas. Medina Sidonia ordenó el regresó bordeando todas las islas Británicas, Escocia e Irlanda; el mayor error marinero que nunca pudo haberse pensado: internarse con mal tiempo en las tempestuosas aguas del mar del Norte. Fue un gran desastre. Afortunadamente, en esa larga travesía yo ya no estaba en el barco...

Me contó entonces que la nave capitana de la escuadra del Cantábrico, la *Santa Ana*, al mando de mi bisabuelo, había sido abierta a cañonazos, de suerte que de día y de noche tenían que bombear el agua, y no hubo más remedio que dirigirse hacia las costas inglesas para evitar el naufragio.

—El almirante sabía bien lo que hacía cuando ancló su galeón en una ensenada circundada por acantilados pardos que pertenecían a las tierras de la Casa del Roble, donde vivía un noble con el que había comerciado, fiel a la antigua religión romana y que no nos delataría: el bisabuelo del señorito Piers. Niña, la relación entre don Miguel y lord Percival no había sido únicamente comercial, ambos querían el regreso de Inglaterra a la religión católica romana. Por eso nos ayudó.

Matt suspiró y exclamó:

—Aquello cambió mi vida para siempre. Lo que os he contado es el tiempo en el que navegué con vuestro bisabuelo; le estaré siempre agradecido. Bueno, pero quizá mi vida no os interesa a vos, señorita Catalina.

Cálidamente le dije que todo lo que me estaba contando me

interesaba en gran medida, que quería conocer su vida y cómo había llegado a la casa de los Leigh.

—Cuando fondeamos en la bahía de la Cabeza del Caballo, yo estaba malherido. Uno de los proyectiles del enemigo había impactado en el trinquete, destrozándolo. Las astillas, que salieron volando, se me incrustaron en la pierna; por eso ahora aún cojeo. Vuestro bisabuelo, que siempre me había tratado como a un hijo, se compadeció de mí y dispuso que descendiese con él a tierra para que me curasen en la casa. Cuando el galeón estuvo algo reparado, don Miguel de Oquendo partió de estas costas y Dios sabe cómo alcanzó las tierras de sus mayores. Con él fue el señorito Andrew, el mayor de los Leigh. Yo me quedé.

Se detuvo un instante y después noté que se entristecía porque estaba contando algo muy doloroso para él.

—Sí, los Leigh me acogieron. En la Casa del Roble hube de guardar cama muchos meses con fiebres muy altas, llegué a temer que tuvieran que cortarme la pierna. Me cuidó mi pobre Rose, una joven sirvienta que trabajaba en las cocinas y que después fue mi esposa.

Al mencionar a su mujer ya muerta, el tono de Matt cambió. Fijó sus ojos llenos de agua en mí y, con una ternura impropia en un hombre tan grande y que habitualmente era hosco, comenzó a decir:

—La quise tanto… ¡Y nuestro chico era tan buen muchacho! Señorita Catalina, deberíais haberlo conocido, pero ¡no pudo ser! Fue justo a la entrada de la bahía. Recuerdo que durante toda la tarde y toda la noche sopló la galerna. Yo la oía desde mi cama, ¡cuánto ululaba el viento! Por eso aún hoy detesto su sonido.

»Por la mañana lo supimos. El barco del señor Leigh que venía de Donostia, con el padre y mi chico de capitán, se estrelló contra la roca de la Cabeza del Caballo. Comenzó a entrar agua y finalmente las olas lo arrastraron a altamar donde se hundió. Mi Jon logró salvar a la tripulación, pero no había botes suficientes y él se hundió con el barco. El padre me dijo que le había rogado que se salvase ocupando su sitio en el bote, pero mi Jon no quiso, le respondió que llegaría nadando. El cura se salvó; sería que Dios lo protegía... Mi hijo murió, y me quedé solo. ¡Ojalá me hubiera muerto yo!

Gruesas lágrimas caían ya por la endurecida cara del marinero. Se escuchó un ruido y entró Ethan, uno de los pinches, a recoger los bollos calientes para el desayuno de la casa. Matt introdujo la pala de hierro en el horno para sacar el pan recién cocido, de tal modo que no se viese que estaba llorando.

Me quedé con él un largo rato, en silencio. Sentía que mi compañía le hacía bien y la suya también a mí. Estuvo trajinando de aquí para allá, y sólo cuando le vi más sereno le pregunté si sabía algo más de mi bisabuelo. Se sentó de nuevo a mi lado y me acarició el pelo con ternura.

—Supe que el almirante llegó en un estado de gran abatimiento a España, estaba incubando la enfermedad que le causó la muerte poco después. Se le declaró de nuevo «el tabardillo». Don Miguel no murió en el mar, como tantas veces él había deseado, sino en un puerto de su tierra como consecuencia del tifus. Dejaba viuda y cinco hijos, uno de ellos el padre de vuestra madre, vuestro abuelo materno, el que sería el futuro almirante don Antonio de Oquendo.

Recordé que mi madre se había sentido siempre tan orgullosa de ser su hija como dolida por no haber conseguido su bendición para su matrimonio.

—Desde aquí, desde la casa de los Leigh, he seguido tanto como he podido todo lo que ha ocurrido estos años en vuestra familia. Los Oquendo son ahora una estirpe orgullosa, muy distintos a don Miguel. No quieren recordar que proceden de un modesto cordelero. Fue por eso por lo que no perdonaron a vuestra madre que tuviera una hija con un hombre sin fortuna.

Calló, abismado en sus pensamientos. Me di cuenta de que se había puesto triste y no quería hablar más.

Cuando me levanté para marcharme, salió de su ensimismamiento y me dijo unas palabras misteriosas: «En vuestra familia, señorita Catalina, todos son gentes de mar. Hace muchos años, la madre de don Miguel faenaba buscando conchas en la costa, en el arenal de la Zurriola. Todos sus descendientes han sido marinos. A vos también se os llevará lejos el mar. Cruzaréis la mar Océana...».

Sus ojos brillaban por los recuerdos. Le besé en la mejilla; él sonrió y se abstrajo de nuevo.

Han pasado muchos años y la profecía de Matt se ha cumplido. He cruzado la mar Océana, estoy al otro lado del Atlántico, y aquí, en estas costas caribeñas, dejo vagar la mirada por el horizonte. Más cerca, en el muelle, un galeón se balancea sobre las aguas del Ozama y muy a lo lejos las primeras luces del alba incendian el cielo y el río.

19

La reunión con el gobernador Meneses

Santo Domingo, abril de 1655

El mar inmenso y cambiante me subyuga, me calma la angustia que provoca un pensamiento, doloroso y tenaz, larvado siempre en el fondo de mi ser: él, Piers, se hundió para siempre en el fondo de este océano que contemplo ante mí. Estoy sucia, manchada por el pecado. Quizá sea bueno que él haya muerto, así no sabrá lo que me sucedió aquel día aciago. Y de algún modo siento que las aguas del mar que nos unen, lavan mi inmundicia.

Se escucha la voz de Josefina. No sé por qué me quiere tanto, por qué me cuida con un desvelo tan desmedido. Quizá hay algo en común entre ella, que todo lo ha perdido, y yo misma, que huí de una guerra y estoy llena de remordimiento y de culpa. Me anima para que me arregle, el gobernador ha invitado a comer a mi tío y a algunos altos funcionarios de la colonia con sus esposas. Debo acompañarles. Me resigno a ir, aunque nada me apetece sino estar sola.

Ya en el palacio de Diego Colón, nos conducen hasta el comedor con balconada, por la cual penetra la luz de un sol en su cénit y una brisa suave que mueve los cortinajes. Han preparado una larga mesa adornada con frutas tropicales y flores. Me siento al lado de don Juan Francisco y permanezco callada. Nos sirven el guiso típico, el sancocho, pero soy incapaz de tragar la carne y con una cuchara voy tomando algo del caldo. A veces, mientras intento comer, escucho retazos de conversaciones inconexas. Por todas partes hay ruido, alegría. Más a lo lejos, proveniente de la explanada frente al palacio, se escucha el alboroto de gritos, música y danzas. Son las fiestas que se suceden en la ciudad por la llegada de la flota de Indias que ha traído al gobernador don Bernardino de Meneses, conde de Peñalba. Hay un mercado en la plaza, lleno de puestos en los que se venden los productos traídos de la metrópoli.

Tras la comida, las damas se sientan en silletas bajas que permiten extender sus amplias polleras, se abanican y no cesan de charlar sobre la nueva moda de la corte de Madrid y las noticias de ultramar. No han venido las Dávila, las primeras jóvenes de la isla a las que he conocido; me da miedo hablar con desconocidos, y estas mujeres de aquí no paran de conversar y criticar, me aturden con su verborrea. Me quedo de pie pegada a la pared, observando. Ellas no saben qué pensar de mí, por lo que a veces susurran en voz queda tratando de evitar que las oiga. Puedo escuchar lo que comentan: «Es la sobrina de don Juan Francisco de Montemayor, está loca o poseída». Creen que no las entiendo, pero comprendo perfectamente lo que están diciendo, por lo que me alejo de ellas. Callan durante un instante al darse cuenta.

Me acerco a donde está mi señor tío, sitúo discretamente junto a la pared mi silleta y me apoyo en ella. Sé que no es correcto, las damas deben respetar la sobremesa de los hombres. Él me observa de reojo pero no me dice nada. Sigue narrando al gobernador la conquista de Tortuga, que hace poco más de un año fue recuperada para la Corona. Don Bernardino le escucha atentamente mientras gira la copa de un vino añejo traído de la metrópoli, oliendo su aroma. Cuando mi tío termina, le felicita por la expulsión de bucaneros y filibusteros de la pequeña isla.

—Muy a tiempo. Aunque un gran peligro se cierne sobre

La Española. Ése es el motivo por el cual su majestad el rey don Felipe me ha enviado con refuerzos a estas costas.

Mi tío protesta:

—Nunca hemos estado más seguros aquí que ahora, que hemos tomado ese nido de piratas. La conquista de Tortuga es algo que debió haberse realizado hace muchos años —afirma con vehemencia.

—Mi estimado don Juan Francisco, creo que os equivocáis, los ingleses nos atacarán.

—Me han llegado noticias de ello, pero afortunadamente Inglaterra aún no ha declarado la guerra.

—Debemos estar preparados. Los ingleses atacarán con o sin declaración de guerra.

—¡Atacar sin una declaración de guerra es un acto vil!

—Esta guerra no va a ser una cuestión de honor, sino de intereses pecuniarios. A los ingleses les interesa el comercio con las Indias y frenar el rico caudal que llega a España con la flota de los galeones.

Mi tío responde de modo reflexivo:

—Nunca hubiera creído que Inglaterra se pudiese recuperar de la guerra civil en la que se ha visto envuelta. —Se detiene y, mirando hacia el lugar donde yo estoy sentada, concluye—: De allí vino mi sobrina.

Meneses me observa compadecido. Posiblemente ya le ha llegado la historia de la joven pariente de Montemayor, una pobre loca llegada de las islas Británicas, donde fue torturada. Después, sin hacerme más caso, sigue hablando del enemigo que se avecina:

—La fortuna está de parte de los ingleses. No sólo se han recuperado de la guerra, sino que han salido fortalecidos tras la revolución que derrocó y ejecutó al rey. Ahora poseen un ejército disciplinado y una Armada poderosa. Además, el país está dirigido por un hombre fuerte, Oliverio Cromwell, que tras rechazar la corona se ha nombrado a sí mismo Lord Protector.

Cuando pronuncia ese nombre, Cromwell, yo me sobresalto y la expresión de mi cara se torna tensa, angustiada. Mi tío se da cuenta de ello, pero aparenta no advertirlo y de hecho pregunta por él.

—¿Cómo es ese Cromwell?

—Un iluminado que se siente llamado por el Altísimo para imponer un estado protestante en todo el orbe. Ahora que ha finalizado su guerra, Cromwell quiere seguir luchando por Dios y va en contra de la principal potencia católica en Europa, es decir, los reinos de su sacra majestad católica, el rey don Felipe IV. Como os he dicho, quiere debilitar los intereses españoles y para ello lo primero es evitar que el oro de América llegue a España... y, a poder ser, hacerse con ese oro. Empezarán por aquí. —El gobernador Meneses toma un sorbo de vino.

Mi tío menea la cabeza, hay algo que aún no le convence.

—A través de mi sobrina, recibí cartas del actual embajador en Londres, don Alonso de Cárdenas, advirtiéndome de un posible ataque inglés; por eso asaltamos Tortuga y la despoblamos. Era un peligro para nosotros, ya no. Los ingleses se equivocan si piensan que van a poder conquistar La Española sin una retaguardia en Tortuga.

—Pero ¿cuánto tiempo vamos a poder mantener nuestras fuerzas en la isla?

—No lo sé.

—Si nos atacan los ingleses —insiste el gobernador—, haríamos bien en concentrar nuestras fuerzas en la capital y no dispersarnos.

Don Juan Francisco desea concretar el peligro:

—¿Sabéis cuántos son los barcos que ha enviado Cromwell?

—Un espía conocido de don Juan de Morfa nos ha informado de que en las islas Barbadas han fondeado casi sesenta navíos que transportan unos ocho mil hombres bajo el mando de sir Robert Venables. Los barcos están capitaneados por sir William Penn.

De algún modo, aquel nombre, William Penn, me resulta

familiar. De pronto recuerdo que Piers me había hablado de él. Mi tío palidece y exclama:

—¡Una gran Armada!

—Por eso debemos concentrar las fuerzas en Santo Domingo, so pena de sufrir un saqueo como el que Francis Drake causó hace setenta años. Mi idea es que deberíamos abandonar de momento la Tortuga a su suerte. Son tierras asoladas, no creo que nadie sea capaz de ir allí y retornar las tropas a la capital.

—No conocéis todavía bien el Caribe ni a los corsarios —dice mi tío amargamente—. Están deseando que desprotejamos algún punto para ocuparlo. Si abandonamos Tortuga, la perderemos para siempre. Dentro de nada volverá a ser un nido de piratas. ¡No os imagináis cuánto esfuerzo costó conquistarla!

—Lo que se acerca ahora, nada tiene que ver con unos cuantos filibusteros que se dedican a despojar barcos aislados —afirmó muy serio el gobernador—. Lo que viene no son cuatro o cinco barcos que buscan fortuna asaltando infelices. Lo que pronto llegará a La Española va a ser la mayor flota que se ha visto en estas aguas. Cromwell quiere conquistar algún territorio que les sirva de base de operaciones. Ya os he dicho que nos han llegado noticias a través de un hombre de confianza, un irlandés. Don Juan de Morfa me dio buenos informes de él, tal vez debiera autorizarle que sea corsario de la Corona española.

Mi tío se sulfura. Trata de contenerse por respeto hacia su superior, pero finalmente estalla.

—¡Es un error consentir corsarios en la Corona española! Como bien sabéis, don Juan Bitrián de Biamonte, uno de los gobernadores que me precedió, autorizó a don Rodrigo Pimentel a que armase corsarios, y lo único que hemos conseguido es que ese hombre controle todo lo que llega a La Española. Los corsarios no protegen más que sus propios intereses.

—No todos son así. Vos mismo autorizasteis que don Juan

de Morfa interviniese en la conquista de Tortuga, y Morfa es un corsario irlandés. Ahora es maestre de campo por sus buenas prendas. En Nueva España se está haciendo así y también en Nueva Granada. Necesitamos estas gentes experimentadas en la mar para poder resistir no sólo los ataques de ingleses, sino también los de franceses y holandeses.

Mi tío mueve la cabeza con disgusto.

—No me agrada el tal Morfa —replica—, ni creo que sea honorable tratar con ningún pirata. No me quedó más remedio que consentir que nos ayudase en la conquista de Tortuga, pero —se enoja— ahora ya no nos es necesario. Ni él ni los de su calaña.

Al oidor le desagrada tener que hablar de los corsarios, le parece contrario a las leyes de Dios y las de la guerra sostener a esos ladrones de mar que tanto mal han hecho en el Caribe.

—Mi señor conde —insiste—, deberíais fiaros más de la experiencia de este vuestro servidor, que ha trabajado mucho por conseguir una cierta seguridad en la isla. Los corsarios ingleses y franceses han asolado nuestras costas, no han respetado ningún tratado, son crueles asesinos ¿Veis a esa joven? Cuando era niña un barco corsario asaltó el galeón que la conducía junto a su madre hacia aquí. Ella no cuenta nada, y el embajador Cárdenas sólo me escribió que ha sufrido muchas humillaciones en las tierras inglesas. Prácticamente ha perdido el seso… No, no debemos tener tratos con corsarios ni con piratas. Debemos defender la Tortuga con los medios de que disponemos: los criollos, los esclavos y los matadores de vacas. Toda esta gente es honrada. En cambio vos me habláis de otro pirata extranjero que quiere servir al imperio. ¡Reniego de la gente de esa calaña!

—Debéis confiar en el hombre del que os hablo. —El gobernador Meneses no pierde la calma—. Es un noble que odia todo lo que tenga que ver con Oliverio Cromwell. Al parecer, mataron a su familia y debió huir de su tierra, adonde no puede regresar, y se refugió en las islas Barbadas. Actúa como agente doble.

—¿Un filibustero? —Mi tío está cada vez más furioso—. Un hombre sin honor...

—Sí, actúa como un filibustero, pero sus intereses son contrarios al actual gobierno del Lord Protector.

—¿Qué os ha revelado?

—La escuadra inglesa se ha unido en las Barbadas a los filibusteros expulsados de la Tortuga. Gracias a él, sabemos que Penn y Venables, los dos hombres al mando, se pelean constantemente. Esa desunión puede favorecernos. ¿Qué protección tenemos frente a las Barbadas?

—Ninguna. En las islas de Sotavento no hay guarnición española, es imposible controlar todas las islas del Caribe —se lamenta mi tío—. Allí, ingleses y franceses reparan los barcos después de su paso por el Atlántico y recalan para rellenar sus bodegas de agua. Si es verdad lo que me estáis contando, los tendremos aquí en un par de semanas todo lo más.

—Os lo digo, corremos un gran peligro. El objetivo de esas tropas, al parecer, es tomar La Española.

—¡Malditos ingleses! —exclama mi tío amargamente—. ¡Nunca nos dejarán en paz!

Me observa con una expresión indescifrable y yo bajo los ojos de nuevo. Nos hemos aislado un tanto del resto de la reunión, una de las damas toca al clavicordio una melodía dulce y melancólica.

—¿Por qué tenéis tanta prevención contra los corsarios? —le pregunta don Bernardino de Meneses.

—Los corsarios ingleses y holandeses han destrozado la paz del Caribe, son mercenarios a sueldo, ladrones. Nosotros, los españoles, siempre los hemos rechazado por una cuestión de honor. Para mí, el honor lo es todo; siempre cumplo mi palabra. Con los corsarios no sabremos a qué atenernos.

—Vuestra rectitud es encomiable. La fama de hombre honesto os precede; cuando recibí este destino, me advirtieron de vuestras buenas prendas. Me han dicho incluso que no habéis contraído matrimonio para que nadie pueda presionaros...

Mi tío le interrumpe inmediatamente.

—Es lo que debieran hacer todos, lo que indican las ordenanzas. Además, yo me debo a la hija de mi hermano Pedro.

Don Bernardino me observa detenidamente; se inclina hacia delante y acerca la cara a don Juan Francisco, tratando que yo no escuche sus palabras.

—Es muy bella. ¿Qué le ha ocurrido?

—Ha sufrido mucho.

—Pero ¿qué le sucedió?

—Os contaré su historia, y comprenderéis por qué tengo tanta prevención contra corsarios y piratas. —Mi señor tío no susurra ni baja la voz; lo que va a relatar, quiere que yo también lo oiga—. Pero tendré que retroceder a muchos años atrás.

»Mi padre se casó dos veces. De su primer matrimonio nació mi hermano Pedro, que era catorce años mayor que yo, y al poco enviudó. Años después, contrajo matrimonio con mi madre, y nacimos yo y más tarde mi hermano Ambrosio. Cuando nuestro padre murió, Pedro se ocupó en la medida que pudo de nosotros. Se dedicó a la carrera militar y con su magro sueldo contribuyó a pagarme los estudios, primero en el colegio de los padres jesuitas y después en la facultad de leyes de la Universidad de Huesca. Le recuerdo con veneración: alto, moreno y fuerte. Cariñoso, de risa fácil y con coraje.

»Apenas hablaba de su vida, hasta el día en que vino a despedirse de mí. Tiempo ha había solicitado un destino en Indias y por fin se lo habían concedido, en la guarnición de Santo Domingo. Se dirigía a Sevilla para embarcar lo antes posible. Pero no era ésa la única sorpresa. Dejaba atrás una esposa y una niña pequeña que, en cuanto pudieran, se reunirían con él. Entonces me contó cómo había conocido a doña Isabel de Oquendo.

Mi tío me mira de reojo. Yo estoy pendiente de sus palabras. Por fin podré conocer la historia de mis padres.

—El primer destino de Pedro —prosigue— había sido la guarnición del monte Urgull, en San Sebastián. Cuando llegó allí, con apenas dieciséis años, el que después fuera el almirante don Antonio de Oquendo estaba preso por desacato a la autoridad real en el monasterio de San Telmo, muy cerca de donde mi hermano prestaba servicio. La prisión de don Antonio era una libertad vigilada; se le permitía acercarse a su casa, un palacete en el centro de San Sebastián, y revisar sus barcos. Pedro era uno de los dos soldados que debían custodiarle cuando salía de San Telmo.

»Se enamoró perdidamente de la hermosa hija de don Antonio, una jovencita de casi su edad, desde que la vio, y creyó que ella le correspondía. Pero no se atrevió a confesarle su amor ni aún menos a pedir su mano. Eran demasiado jóvenes los dos, Pedro un soldado sin fortuna e Isabel, la hija mayor del riquísimo Oquendo. Otro destino militar los separó poco después. Pasaron los años, y no la olvidaba. Así que, durante un permiso, regresó a San Sebastián. Volvió a verla y se dio cuenta de que era la única mujer que le importaba en la vida. Se le declaró pero fue rechazado.

»Herido y sin esperanza, solicitó un destino en Indias, donde podría medrar y, quién sabe, si la fortuna le sonreía, conseguir las riquezas suficientes para ganarse el corazón de Isabel. Transcurrieron los meses, un año, dos, ya sabéis cómo es la burocracia, hasta que le concedieron el puesto. Al conocer que se iba, Pedro acudió a despedirse de su amada. La voluntad de Isabel de Oquendo había cambiado, y mi hermano logró casarse con ella.

»Después del día que me contó todo eso, perdí el contacto con mi hermano mayor. Acabé mis estudios de leyes, desempeñé diversas misiones en diferentes destinos y finalmente conseguí ser destinado a Santo Domingo como oidor. Aquí me reencontré con él. Pedro había contraído unas fiebres tercianas, estaba muy enfermo. Me contó que había llegado a la isla lleno de esperanza, buscando un futuro mejor para Isabel y Catalina. En cuanto hubo reunido el dinero de los pasajes, se lo envió a su esposa. Años después de separarse de él las dos embarcaban en Sevilla, pero la flota de Indias en la que mi hermano las esperaba llegó sin el galeón donde viajaban. Durante mucho tiempo, Pedro no consiguió saber nada de su paradero. Al fin llegaron rumores de que los ingleses habían puesto a los pasajeros de aquel galeón en botes y que éstos se habían hundido en el mar; él creyó que las había perdido para siempre. Sin embargo, más tarde, a mi hermano le llegó una carta de Isabel fechada en Londres. Tardó en reunir la enorme suma que pedían por la liberación de ambas y la envió, pero no tuvo más noticias.

»Creo que la preocupación por no saber qué había sido de ellas contribuyó a su enfermedad. En su lecho de muerte me hizo jurar solemnemente que lo averiguaría y, si estaban vivas, cuidaría de las dos. Siempre me pregunté cómo sería Isabel para que Pedro la amara tanto.

»Tras su fallecimiento, trabajé sin descanso para cumplir mi promesa. No era fácil la comunicación con un país que había estado en guerra y, además, enemigo. Fue gracias a las Dávila, que son parientes de don Antonio Sancho Dávila, que había sido embajador emérito en la corte inglesa, como pude entrar en contacto con el representante actual de la Corona española, don Alonso de Cárdenas. Hizo gestiones y me informó de que Isabel había muerto y Catalina estaba en una prisión para mujeres. Le envié los caudales necesarios para rescatar a mi sobrina y para sus pasajes, primero a España y luego hasta aquí. El embajador se encargó de todo y, finalmente, hace unos dos años llegó a Santo Domingo.

Mi tío calla y da un sorbo de agua. El gobernador Meneses va a preguntarle algo, pero él le detiene alzando la palma de la mano.

—Disculpad, aún no he terminado. Mi sobrina, aunque ahora parece estar recuperándose, ha pasado todo este tiempo llena de melancolía. Ha padecido tanto que casi no habla; pienso que desconfía incluso de mí, todo la asusta. Aunque no sé muy bien lo que le sucedió, debió de ser muy doloroso.

»El origen de sus males fueron aquellos corsarios que las apresaron. Sin esa acción inicua, quizá la madre de mi sobrina aún estaría viva y mi hermano no habría pasado por las penas y preocupaciones que agravaron su estado y propiciaron su muerte. ¿Entendéis ahora por qué detesto de tal manera a piratas y corsarios? No son más que traficantes de vidas humanas, gentes sin conciencia y sin honor. Espero que algún día Catalina mejore y me llegue a contar todo lo ocurrido. Mientras tanto, yo estoy dedicado a ella y a mi profesión de jurista.

Cuando don Juan Francisco acaba de hablar, me doy cuenta de que don Bernardino de Meneses se halla confuso. Hay personas que no quieren oír hablar del sufrimiento de otras, y eso le sucede a él, que no desea involucrarse ante tal cúmulo de calamidades ni es capaz de dar ningún consuelo a mi tío ni a mí. El gobernador es un político que quiere medrar, un hombre que ha sido enviado a América para una misión concreta: defender las Indias ante el próximo ataque de los ingleses. Del buen resultado de ese encargo van a depender su ascenso militar y su carrera como funcionario. No tiene la prevención de mi tío frente a los corsarios, sólo desea hacer un buen papel ante la corte de Madrid. Por ello, haciendo gala de sus artes políticas, elogia a mi tío:

—Realmente sois un hombre de honor, y vuestra sobrina es una joven afortunada por teneros a su lado. Espero que algún día su salud mejore.

Tras conversar un poco más, se levanta y abraza a mi tío, enfáticamente. Después se dirige a otras personas de la sala, departe con unos y con otros, y al fin sale de la estancia. Me quedo con don Juan Francisco, mi señor tío, a quien observo calladamente. En la expresión de su rostro capto su desasosiego y el cariño que en estos dos años me ha tomado. Es un hombre recto, que se debe a sus obligaciones y al juramento que le hizo a mi padre. Aunque en un principio no sabía cómo comportarse con una mujer joven y enferma, ni creo que me tuviese aprecio, ahora me trata con un afecto sobrio, pero en el que se nota que hay una larvada ternura.

Mi tío no se mueve ni me dice nada. No sabe cómo iniciar

la conversación. Recordar la historia de mis padres le ha conmovido, aunque siento que hay algo más que no quiere contar. En mí, la dolorosa historia ha desencadenado un huracán de recuerdos: del padre al que no conocí, de la madre a quien yo adoraba, pero también de aquellos tiempos en el monte Ulía que casi no recuerdo y de nuestra salida de Sevilla. Sin embargo, mi tío no sabe nada de lo que ocurrió después. Desconoce lo de Moorfield, los sufrimientos de mi madre allí; ignora lo de la terrible noche en la Torre de los Normandos; nunca sabrá del horror de la prisión de Bridewell. No, mi tío desconoce totalmente lo que ocurrió en Inglaterra, y yo, de ese pasado, me siento culpable.

20

La medalla

Cuando termina la recepción regresamos a casa. Camino sumida en el peso de los recuerdos. Nada me calma. Una vez más los remordimientos me torturan. ¿No habrá algo que me sosiegue?

Oigo la voz de don Juan Francisco que murmura: «Catalina, he tratado de contaros esta historia para que algo se remueva en vos, pero veo que no escucháis…». No le contesto; he escuchado todo, y quizá por ello mi mente se ha bloqueado de nuevo.

Josefina me está esperando en la puerta de la casa, juntas atravesamos el gran patio interior y me ayuda a subir por la escalera que conduce a la primera planta. Por la galería que asoma al patio llegamos a mi habitación. Al entrar, veo que las ventanas están entornadas para impedir que entre el calor, pero la luz caribeña que refleja el río Ozama se cuela por las contras. Me siento en la cama y la negra, al ver lo mal que me encuentro, se conmueve y me abraza.

Me ayuda a desvestirme y me acuesta, me arropa con suavidad, se sienta junto a mí y canta una canción cadenciosa con el ritmo de su tierra. Las lágrimas manan suavemente por mi rostro y no las detengo. Sigo llorando largo tiempo, y poco a poco parece que algo se va abriendo en mi interior y que el dolor guardado en mi espíritu da paso a una calma triste. Me parece ser culpable de todo lo ocurrido: de la muerte que asoló el hogar de los Leigh, del incendio de la casa y del parque. Josefina deja de cantar en su extraño idioma y comienza a hablar; sus palabras son claras y firmes, me transmiten serenidad y sosiego. Me doy cuenta de que ella adivina lo que me ocurre y oigo su voz:

—Señorita Catalina, vos no habéis hecho nada, no sois culpable de nada. Os han hecho sufrir y habéis perdido lo que amabais. Perdonad y olvidad. Perdonaos a vos misma. Perdonad a quien os hizo tanto daño. Yo perdoné, ahora estoy en paz.

Pienso entonces que, más que curandera, ella en realidad es una bruja que ha adivinado lo que me atormenta. Perdonar sería la liberación del horror del pasado y de las angustias que me acechan en la noche; perdonar es asumir que lo ocurrido tiempo atrás no va a cambiar mi futuro porque ya no me afecta. Pero no soy capaz de olvidar ni de borrar el pasado; sobre todo no soy capaz de perdonarme a mí misma. No soy capaz de perdonar mi cobardía, la cobardía que hizo que alguien a quien yo amaba y a quien le debía la vida muriese.

No duermo apenas durante la noche y me levanto al alba, angustiada. La casa se halla casi en silencio, sólo un criado barre los patios con una larga escoba de ramas, un ruido monótono y persistente. La brisa fresca de la mañana me despeja algo. Cruzando los patios llego hasta la parte posterior de la casa, a la muralla, y desde allí veo cómo una fina línea roja se extiende tras el cauce del río. La línea se va ampliando durante largo tiempo, hasta que un sol intensamente rojo asoma; amanece. Me siento con las piernas colgando sobre la muralla y apoyo las manos en el pretil del muro.

Desde lo alto miro al agua, comienzo a pensar que si me tiro dejaré de sufrir. No puedo más. No soy capaz de seguir adelante. Yo… me siento totalmente culpable. Por mi negligencia murió el hombre que me había salvado la vida, Andrew Leigh, del modo más espantoso que pensarse pueda, y fue por mi culpa. Estoy sucia y marcada. No puedo más. Un segundo, sólo un segundo y saltar a la negrura infinita. Todo acabaría ya, los remordimientos y mi tortura.

Me pongo en pie para tirarme al río, pero entonces me doy cuenta de que la luz ilumina con fuerza el horizonte, al estuario van saliendo veleros de pequeño porte, el galeón que días atrás trajo al gobernador oscila sobre la corriente fluvial. El sol se eleva y la luz todo lo llena. La hermosa visión me subyuga y dejo por un instante de pensar en el pasado. Transcurre el tiempo, no puedo decir cuánto, quizá horas —sé que aquí no me buscarán—, mientras miro al mar que brilla iridiscente como si fuera un diamante de luz pleno de oro; se trata de una luminosidad absoluta, que salpica resplandores dorados en la superficie calmada.

Se escucha un redoble a rebato, que proviene del lado más occidental de la costa, quizá de la fortaleza. Algo está ocurriendo y no sé qué es. Oteo el horizonte, hacia donde viene el redoble del tambor. Poco a poco se vislumbran unos puntos en la superficie del mar que van creciendo hasta convertirse en grandes velas; una multitud de barcos, la mayoría de gran calado. Me pongo muy nerviosa y no dejo de mirar a lo lejos: quizá esas velas tengan algo que ver con el redoble de la fortaleza.

No pasa mucho tiempo cuando Josefina llega corriendo hasta donde estoy, ella también está intranquila.

—¡Señorita! Debéis venir conmigo… ¡Ha llegado la invasión!

Mi expresión asustada le pregunta que quién va a atacar la isla.

—¡Ay, mi señora doña Catalina! Los ingleses, como en el tiempo del pirata Drake.

Intenta arrastrarme lejos de allí, pero yo me resisto. Frente a mí, cerca del horizonte, hay hombres que comparten conmigo una lengua, que quizá combatieron con Piers, que quizá asaltaron Oak Park.

Sin saber por qué, en lugar de angustiarme, aquella visión de asedio y guerra me da nuevas fuerzas. No puedo seguir así, sintiendo constantemente pena de mí misma. Una idea me ayuda: Piers no querría verme así. Un día, en el pasado, me dijo que todo es posible para el que quiere. Yo quiero... ¿Qué quiero? No lo sé, pero pronto habrá un ataque y yo no puedo, no debo estar en la retaguardia. Deberé ayudar. De algún modo, deberé defender a las gentes de esta isla del enemigo que nos cerca, como ocurrió tanto tiempo atrás en Oak Park.

Finalmente Josefina me obliga a alejarme de allí, quizá tiene miedo de que la visión de esas velas me afecte, que dañe aún más mi mente perturbada. Sólo yo sé que no va a ser así.

Me prepara una jícara de chocolate, dice que me va a animar. Quiere distraerme y me señala el sillón frailero, en el que ha dejado unas sábanas viejas de hilo; dice que habrá que convertirlas en vendas, que pronto habrá heridos. Me siento y comienzo a rasgar tiras. Se queda conmigo, pero no ha pasado mucho rato cuando un criado la avisa de que la llaman del hospital de San Nicolás.

Me deja haciendo tiras. La tarea me absorbe, pero a media tarde y, tras la noche de desvelo, tras tantas penas y recuerdos me invade el sopor. Me duermo profundamente.

Cuando despierto, casi ha anochecido y ella, la negra Josefina, ha regresado. Me sonríe. Desliza en mis manos un paquete de color pardo donde pone mi nombre —«Catalina de Montemayor y Oquendo»— con unas letras difíciles de descifrar por lo gastadas, pero que conozco bien, muy bien.

Lo abro febrilmente y doy un grito al dejar caer en la palma de mi mano su contenido. Una medalla de estaño con una Virgen y un Cristo. Le doy una vuelta tras otra. Después levanto la cabeza y observo inquisitiva los ojos de Josefina, chispeantes y alegres.

—Uno de los enfermos del hospital de San Nicolás. Llegó unos dos días atrás renqueando, con fiebres, muy débil. Hoy estaba inconsciente y cuando le desvistieron se encontró este paquete para vos.

—¡Quiero verle!

—Hay toque de queda. No dejan salir a nadie.

—Me da igual, ¡debo verle!

Llaman a la puerta. Sobresaltada, cierro el puño; un inesperado pudor me llena, no quiero que nadie conozca mi pasado y esta medalla es el lazo con el pasado. Me dirijo hacia el pequeño tocador que hay en la alcoba. Busco un cordón de cuero, lo extiendo y paso rápidamente la medalla; la beso, ato el cordón y me la cuelgo del cuello, después me la introduzco por el escote.

Cuando me giro, Josefina se ha ido ya y alguien está entrando en el aposento.

21

El enemigo

Es Vicente Garcés, que me comunica que mi tío desea verme. Ahora que la medalla cuelga sobre mi corazón, la vida parece haber retornado a mi ser. Deseo hablar con Josefina, pero no está en casa. El bueno del mayordomo me dice que la negra regresará mañana temprano.

Me conduce al pequeño despacho, atestado de pliegos, pergaminos y fajos donde mi señor tío suele escribir los informes que periódicamente ha de enviar al Consejo de Indias, las sentencias y resoluciones del tribunal.

Me espera allí nervioso, muy preocupado; ha estado todo el día en la Audiencia. Su rostro tenso, sin apenas arrugas, es extremadamente delgado; los huesos malares se le dibujan bajo la piel, la nariz aguileña es más prominente. Le veo desmejorado por la tensión y el cansancio.

—Catalina, sois lo único que me ha dejado mi hermano, a quien tanto debo. Desde que llegasteis a la isla, os he tomado un gran afecto. Los ingleses, esos herejes que os torturaron, ahora atacan la isla. ¿Seréis capaz de resistirlo? Os puedo enviar lejos de aquí. A Higüey o a cualquier otro lugar del interior, lejos de la invasión. Sin embargo, no debería hacerlo —dice casi para sí—, porque mañana solicitaré que las mujeres no salgan de la ciudad. No debería ser injusto…

Noto la medalla de mi madre junto al pecho; es una señal que alguien me envía, alguien a quien amo más que a nada en el mundo. Alguien que podría estar cerca. No debo irme de Santo Domingo.

—No, mi señor tío —le digo con coraje—. Quiero estar junto a vos. Os ruego que me dejéis aquí, en la capital.

Le chocan mis palabras, la vehemencia con la que defiendo permanecer en la ciudad. Hasta este momento, yo había sido un ser pasivo. Nunca había pedido nada. Deambulaba por la casa como una sombra. Ahora me siento animosa, quizá algo exaltada.

—Bien, Catalina, me complace que me habléis.

—Yo... Yo puedo ayudar. En otro tiempo... ¡en otro tiempo lo hice!

Noto que se pasma aún más porque yo nunca había hablado del pasado y ahora lo estoy haciendo.

—Bien, el enemigo tardará aún en desembarcar. Pasarán unos días, y si lo hacen no creo que sea aquí. El peligro no es inminente. Pero si más adelante yo viera que os conviene salir de la ciudad, no dudéis de que os sacaré.

Después comienza a caminar por el aposento como pensando qué hacer conmigo para evitar que la guerra que se avecina dañe una mente que parece empezar a sanar.

Se enternece de nuevo.

—Yo soy un hombre maduro, no sé cómo tratar a una doncella que es ya una mujer. Catalina, sois para mí como una hija a la que no he visto crecer. Desde que llegasteis no he estado demasiado tiempo con vos. No he sido capaz de cuidaros como debiera y algún día rendiré cuentas por ello ante Dios. Le hice a mi hermano Pedro el juramento de que cuidaría de lo que para él era lo más amado de su corazón. Mis horas son escasas, me abruma el trabajo y hay enemigos que persiguen mi ruina. Quieren que obre la injusticia, pero yo nunca traicionaré a mi conciencia.

No sé qué contestarle. Pienso que él no quiere una respuesta, quiere excusarse porque es un hombre de bien, comprometido con la palabra dada a su hermano. No es cariñoso ni tierno, pero es íntegro y honesto; y de algún modo me ha tomado afecto. Se siente obligado a explicarme el porqué de su existencia y se desahoga:

—Desde hace muchos años sirvo como oidor en esta Audiencia. Mi oficio son las leyes. Las leyes de Indias fueron hechas para proteger a todos los vasallos de su majestad de la injusticia. Unas veces se cumplen y otras no, todo depende de la hombría de bien de los jueces. Yo quiero ser justo, porque responderé ante el Altísimo de mis acciones. ¡Nunca he burlado las leyes!

Le miro sin chistar; él está imbuido de unos altos ideales, en su mirada hay algo de iluminado, de celoso servidor de un muy alto Señor.

De repente parece recordar dónde está.

—Estaréis cansada, sobrina. Ha sido un día largo. Yo tengo que volver a la Audiencia, hay mucho que preparar, pero vos id a descansar. Regresaré más tarde.

Se me acerca y me besa la frente. Después se pone la capa y el sombrero y sale. Me quedo sola en el amplio despacho de mi tío, lleno de legajos y papeles. Subo más ágilmente por la escalera, me siento como si hubiese recuperado todas mis fuerzas, eufórica; podría volar. Sé que esta noche podré dormir y mañana, mañana iré al hospital de San Nicolás, con o sin Josefina.

22

El hospital de San Nicolás

Entrada la mañana, Josefina aparece. Yo aún no me he vestido, sólo llevo la ropa de noche, por lo que me anima a que me arregle. Sobre la camisola y las enaguas desliza un traje de seda fina de color claro y se me cae la medalla. Intento que me diga quién la tenía, pero no responde. Le digo que quiero verle, que debo verle. Esta vez, asiente con la cabeza; sólo me pide que no le comente nada a don Juan Francisco. Después me explica que tendremos que ir con cuidado. A causa del ataque inglés, se ha prohibido a las mujeres que salgan a la calle. Por ello atravesamos los huertos que dan al Ozama, cerca de la muralla, hasta llegar donde terminan las casas; allí salimos a las calles tomando precauciones para que no nos vean. Recorremos una rúa poco transitada que nos aleja de las fortificaciones; no hay casi nadie por esa zona, todos están en los fuertes de la costa. Avanzamos un trecho por la calle de las Damas, después giramos a la derecha a la del Conde y llegamos a la plaza de Colón, donde está la catedral con su torre desmochada y su amplia cúpula.

En la plaza, los perros vagabundos no ladran, deambulan famélicos de un lado a otro esperando conseguir algún resto de comida de los figones. En una de las esquinas, un ciego con una pierna herida pide limosna. Dispuestos desordenadamente en el centro, restos de puestos de frutas exhalan un olor acre. La plaza está hoy vacía. Nadie nos ve. En la esquina frente al

Cabildo, un colmado muestra sus productos sobre los que sobrevuelan las moscas. Nadie compra, nadie vende. Torcemos hacia la derecha y, una cuadra más allá, nos encontramos con una calle que nos conduce hacia un edificio de piedra y ladrillo, mezcla de iglesia y de convento. El hospital de San Nicolás de Bari.

En el patio, un frailecillo mulato vestido con el hábito pardo de la orden franciscana barre con parsimonia.

—¿Está el hermano Alonso? —le pregunta Josefina.

El fraile alza la vista y, al ver que la negra acompaña a una joven dama, sólo dice:

—Voy por él...

Suelta la escoba y sale corriendo. Al cabo de poco, otro fraile más maduro, de rostro redondo y risueño, saluda alegremente a Josefina. Se nota que se conocen mucho y que está contento de verla.

—¡Buenos días tenga vuestra merced! —me dice inmediatamente—. Sé que sois la pariente de don Juan Francisco de Montemayor, la que llegó hace dos años y no sale a la calle. Hija mía, ¿cómo estáis?

Ante su expresión bondadosa y amable no puedo eludir dar una respuesta y le contesto con un tímido «Bien». Cruzamos la puerta de entrada y observo el interior con aprensión; el techo es muy oscuro, como ahumado. Se da cuenta.

—¿Os llama la atención? Es natural. Fue saqueado y quemado durante la invasión del pirata Drake —me explica—. Destruyó los archivos de este lugar y robó muchas joyas y bienes de la iglesia.

El suelo es también oscuro; entre la suciedad se distingue el brillo azul de algún azulejo. Josefina le habla en voz baja, en un susurro que no comprendo; él asiente.

—Pasad, mi señora. Quizá vuestro sufrimiento se alivie al contemplar el de los otros.

Nos hace un gesto para que le acompañemos. Le seguimos por el claustro hasta llegar a una sala. Voy a entrar y me detengo en la puerta, sosteniéndome en el dintel; el olor es nauseabundo.

Mientras yo permanezco en el umbral, tapándome la nariz con el dorso de la mano, ambos avanzan hasta el interior y los veo detenerse frente a un camastro, donde un hombre se queja. El fraile le pide a Josefina que le examine, está muy mal y no sabe qué hacer con él.

Josefina se inclina sobre el enfermo, al tiempo que el hábito pardo del hermano Alonso se aleja, adentrándose en las sombras. Sus ropajes oscuros se van desdibujando mientras se agacha para interesarse por uno y otro. Les limpia las heridas. Los acaricia. En la oscuridad del fondo de la sala, desaparece.

Josefina se yergue, con una seña me anima a acercarme a ella y luego vuelve a atender al hombre doliente. Yo me tambaleo, pero doy unos pasos, como hipnotizada. Quizá allí, entre todos esos enfermos en ese universo de dolor, está Piers. ¡Quizá no ha muerto! Pero ¡verle entre tantos que agonizan…! Temo que sea para perderle otra vez.

Con sus grandes manos negras, la esclava acaricia a aquel hombre joven; después le da de beber un líquido oscuro. Cuando nota que estoy cerca, se gira y, con su voz suave y calmada, me dice que son fiebres tercianas; está muy grave. A mi pregunta, responde:

—Se llaman tercianas porque las calenturas vienen cada tres días. Lleva dos días inconsciente; cuando les sube la fiebre no pueden articular palabra, deliran. Es posible que mañana recupere el sentido y pueda volver a hablar con cordura.

Doy los dos últimos pasos, me arrodillo junto a él y le observo detenidamente. Es un hombre joven, de ojos verde aceituna, de buena presencia; el rostro, enrojecido por la fiebre, brilla. La camisa entreabierta deja ver el vello del torso. ¡No! No es él. Siento desilusión a la vez que alivio al pensar que no está allí, casi moribundo.

—Ayer el hermano Alonso se ocupó de él, le quitó la ropa

para lavarlo y encontró el pequeño paquete en el que ponía vuestro nombre. No responde, sólo desvaría diciendo frases que no entendemos.

Tomo suavemente su mano y me siento junto al jergón. Sigue delirando. Paso un tiempo con él. Josefina regresa con agua fresca y un paño; lo moja y le refresca las sienes. Después me indica que siga yo. La esclava se levanta y me observa mientras prosigo con la operación. Luego se va a atender a un herido que se queja gritando improperios y palabras malsonantes.

De repente el hombre al que cuido parece salir algo de su delirio y fija los ojos en mí. Articula débilmente una palabra.

—¿Inés…?

Tuerzo la cabeza hacia atrás, pensando que quizá está viendo a otra mujer tras de mí. No hay nadie. Repite ese nombre otra vez. Me doy cuenta de que me confunde con alguien. Después él sonríe y me dice:

—He vuelto…

Cae de nuevo en la inconsciencia del delirio, se agita y murmura. De cuando en cuando, torna a gritar: «¡Inés! ¡Inés!». En un momento dado se incorpora del jergón y exclama: «No. No le hagáis nada, ¡no hagáis nada a mi Inés!».

Josefina está a mi lado. Levanto la cabeza y le pregunto:

—¿De quién habla?

Muy seria, con un tono confidencial, responde:

—De doña Inés de Ledesma.

La observo con una expresión interrogante y ella responde a mi muda pregunta:

—Es el capitán Rojas. En Santo Domingo se pensaba que había muerto, que don Rodrigo Pimentel lo había asesinado o mandado asesinar. Escuchad, niña mía —me habla con su voz zumbona—, esto debe ser un secreto entre la señorita Catalina y yo.

—¿No deberíamos decírselo a mi señor tío don Juan Francisco? Es el oidor decano, las cuestiones de justicia le incumben.

—No, hasta que el capitán pueda explicarse. En esta ciudad hay muchas formas de hacer morir: una almohada por la noche, una daga y —baja el tono— está el vudú.

Había oído hablar de esto último y me estremezco.

—¡No es bueno que se sepa que está vivo e indefenso un hombre con tantos enemigos! ¿Me entendéis?

Me fijo en el enfermo al que cuido, escudriño su rostro; la nariz recta, las facciones clásicas, infunden confianza, son los rasgos de un hombre de honor.

—Haremos que se recupere y después, cuando hable y sepamos lo que ocurrió, traeremos a vuestro señor tío. Él es un hombre justo.

—¿Hay algo más que esté en mi mano hacer?

—Es un mal momento. Con el ataque inglés no podemos movernos por la ciudad. Habría que ir a las Claras, a ver a doña Inés de Ledesma para explicarle que don Gabriel de Rojas está vivo.

Señalo lo que nos rodea: los gritos, los ayes, la poca iluminación, el ambiente espeso.

—¿Estará bien aquí? ¿No podríamos trasladarlo a otro sitio?

—Estará bien, el hermano Alonso conoce de heridas y enfermedades. De momento, aquí está a salvo de muchas cosas. No creo que nadie pueda reconocer al elegante capitán Rojas en este pobre hombre. De todos modos, le pediré que lo trasladen a un lugar más tranquilo, a una celda de las de los monjes, donde esté más seguro y cómodo, donde nadie pueda escuchar las frases que pronuncia en su desvarío.

La voz de la negra es maternal y delicada. Ahora el enfermo duerme; él guarda un secreto que yo deseo a toda costa desvelar.

—¿Dijo algo de cómo llegó a sus manos el paquete?

—No le entendemos. Ayer deliraba continuamente y hoy sigue igual.

—¿Se curará?

—No lo sé; pero cuando pase el período de fiebre terciana, recuperará el juicio y hablará.

Anhelo que pueda ponerse bien y saber cómo ha llegado hasta La Española la medalla que un día le di a Piers. ¡Dios mío! Necesito hablar con este hombre. Necesito saber cómo llegó hasta él el único objeto que nos unía.

23

Oak Park sin Piers

Santo Domingo, abril de 1655
Oak Park, verano de 1643

A la vuelta del hospital de San Nicolás pasamos frente a las
puertas de la Audiencia donde entran y salen correos,
soldados, oficiales. La ciudad se está preparando para el inminente ataque. En la entrada, la negra pregunta por mi tío para
saber si va a venir a comer a casa pero él no sale, nos manda
recado de que almorzará allí mismo porque está muy ocupado.
De camino a casa un alguacil nos para y nos dice que no podemos andar por la calle, que las mujeres deben estar recogidas
en su domicilio. Josefina le dice que se meta en sus asuntos,
que es la sobrina del oidor decano que ha ido a buscar a su tío.
Él, por toda respuesta, se encoge de hombros.

Al llegar, Josefina se empeña en que almuerce y lo hago en
silencio; ella permanece a mi lado, sentada en una silleta baja,
y me observa con los brazos cruzados sobre su amplio pecho.
Está nerviosa, sé que lo está porque mueve continuamente un
pie, como si zapatease.

—¿Qué harán los frailes con los heridos? Ahora que nos
atacan esos extranjeros…

No dejo de pensar en la medalla que me quema el pecho; la
pregunta de Josefina me ha hecho recordar la sala del hospital,
el sufrimiento que hemos visto. El hombre que llevaba el pa-

quete podría morir, necesito saber cómo llegó hasta él; este escapulario de estaño, algo tan burdo, lo ha cambiado todo y una esperanza delirante me llena el corazón... Es imposible, pero si él no hubiese muerto, todo cambiaría en mi vida. Si él estuviese vivo, no todo habría desaparecido en mi pasado, y si no ha muerto mi pasado yo estoy viva y, sobre todo, deseo vivir.

Quiero hacer algo, regresar a San Nicolás, ir a las Claras o con las Dávila. Josefina me insiste en que me relaje en la siesta; habrá que esperar a que la ciudad descanse para volver a salir. Entorna las contraventanas de mi alcoba y me deja reposando en el lecho, pero no puedo dormirme. Más que nunca, me acuerdo de Piers. La medalla ha hecho que él vuelva a mí.

En la penumbra, me parece vislumbrar retazos de aquel tiempo en Oak Park en el que Piers no estaba. Pocos días después de la conversación de la sala Este, subió a bordo de una falúa en la ensenada para ir hasta Bristol, donde se agrupaba la incipiente Armada de su majestad, y embarcarse en el *Fellowship*, el barco comandado por el capitán realista Burley. Le acompañamos hasta el acantilado, donde esperamos a que acabase de subir la marea y la roca del Caballo quedase cubierta por las olas.

En un momento dado, lord Edward se apartó con su hijo de los demás. No pude escuchar las palabras que le dirigía, pero hablaba con él muy seriamente, como si aquellos consejos fuesen algo vital para Piers y para toda la familia Leigh. Yo sentía una opresión en el pecho. Mientras me esforzaba por no llorar, les miraba sin disimulo.

Al fin, la roca del Caballo quedó sumergida y, desde el embarcadero, un marinero gritó que todo estaba listo. Entonces Piers se acercó a nosotros y se abrazó a su madre y a sus hermanas. Parecía que lady Niamh no iba a desprenderse de su hijo menor, pero al cabo de unos instantes él se separó de ella, se arrodilló y le besó la mano. Después besó en la mejilla a sus hermanas. Al llegar junto a mí, sus ojos estaban brillantes y los míos llenos de lágrimas. Me acarició la mejilla mojada y dijo: «No llores... Pronto crecerás y te embarcarás conmigo». Sonreí entre lágrimas y él se fue. Le vi descender por la senda, saltando junto al capitán Mennes.

Desde el acantilado, divisamos a Piers que, como si fuese un marinero más, largaba velas bajo las órdenes de Mennes. Alguien de la tripulación levó el ancla y la pequeña falúa puso rumbo a la mar abierta. Cuando iba difuminándose en el horizonte, me eché a llorar desconsoladamente. Para mí, Piers Leigh lo era todo. Lady Niamh me estrechó contra ella y yo apoyé la cabeza en su pecho; después elevé la mirada hacia su hermoso rostro: sus ojos estaban húmedos al ver alejarse a su hijo menor, un jovencito de quince años, pero para ella todavía un niño.

En las siguientes semanas no llegaron cartas ni supimos nada de él. Supuse que estaría contento en el barco. Para mí, en la quietud de Oak Park, la guerra no era más que un juego lejano. Imaginé que él disfrutaría aprendiendo el antiguo arte de navegar, que se sentiría a gusto en el ambiente de camaradería militar que siempre había buscado. Pensé que no se acordaría de mí tanto como yo de él. En todas esas suposiciones, yo me equivocaba en parte y en parte acertaba.

Dos meses después, por el *Mercurius Britannicus*, la hoja semanal editada en Londres, supimos que tanto el *Fellowship* como el *Hart* habían caído en poder del Parlamento. Piers estaba ahora en el bando contrario a la familia Leigh y las previsiones de lord Edward se habían cumplido.

Entretanto había comenzado una nueva época para mí: la época de Oak Park sin Piers. Me uní más a Margaret y a Ann. Fui creciendo junto a ellas al tiempo que la guerra civil se desenvolvía un tanto ajena a nuestras tierras. Las Leigh eran ya unas jóvenes damas que acompañaban a su madre y no tenían muchas obligaciones, pero tampoco grandes distracciones aparte de montar a caballo, tocar música, leer o bordar. Sólo compartían conmigo alguna clase de dibujo o de música. Yo seguía con mademoiselle Maynard, que me exigía que me aplicase al estudio de lenguas, matemáticas e historia.

Aun así, la institutriz era menos rígida, y sin duda se lo debía a aquellas cartas misteriosas que, intermitentemente, continuaba recibiendo. Había comprobado que se volvía más comprensiva si el correo le traía una, pero cuando tardaban se tornaba más intransigente y volcaba sus frustraciones en mí. Como cuando llegué a Oak Park, me acusaba de ser una extraña, una extranjera papista, recogida por la caridad de los Leigh y predestinada al fuego del infierno. Sus palabras me herían, me asustaban y me hacían sufrir, y ya no tenía a Piers para consolarme o quitarle importancia.

Su ausencia hizo que todo se volviese algo más gris y frío. Además, en aquel otoño, la nieve llegó antes que nunca, a principios de noviembre, el sol no brilló ningún día y, cuando nos acercábamos a la Navidad, el gobierno parlamentario la prohibió, porque la alegría era nefanda, una ocasión para pecar y alejarse de la pureza de la fe calvinista; asimismo, las pascuas alteraban el orden social.

Por ello no se celebró en Oak Park. En los días anteriores no se produjo un enorme trajín en las cocinas, ni se prepararon regalos y adornos, ni se oían risas ni gritos de gozo como había ocurrido otros años. Todo eso era ahora peligroso y más para una familia sospechosa de papismo como eran los Leigh. El año anterior habían tenido lugar varios saqueos en casas de nobles católicos.

Acudimos por obligación a los oficios religiosos de Walton-on-the-Naze. Recuerdo que el pastor, en su sermón, afirmó que en el tiempo de Navidad se cometían más maldades y pecados que el resto del año; el desenfreno navideño incitaba al robo, a la fornicación y el asesinato. Las celebraciones conducían al deshonor de Dios y al empobrecimiento del Estado, no eran más que el remanente de antiguas fiestas paganas.

Escuchándole, Ann, Margaret y yo nos miramos discretamente, una sonrisa de burla asomó a nuestros labios y Margaret musitó:

—¡Cuántos pecados!

Mademoiselle Maynard puso cara de ofendida ante el comentario. Ann le dio un leve codazo a su hermana y la hizo callar. Los parroquianos nos observaban con prevención, no carente de cierta sospecha.

A la salida no estaba nevando y la temperatura había subido un poco, por lo que solicitamos a lady Leigh que nos permitiera regresar andando, mientras la institutriz y ella volvían en el carruaje. Lady Niamh nos pidió que no nos demorásemos mucho. Se rumoreaba que en Londres se iban a producir revueltas de aprendices, grupos de ellos atacaban las tiendas abiertas por orden del Parlamento en el día de fiesta, y en Walton podría ocurrir lo mismo. La Navidad desde siempre había sido un día de asueto para ellos, y la mayoría de esos jóvenes artesanos discrepaban de las rígidas ideas puritanas.

Al atravesar las calles comprobamos que, efectivamente, las tiendas estaban abiertas y se mascaba una calma tensa. Allí no hubo revueltas, pero al entrar en un horno de pan los dependientes nos contestaron de malos modos.

Regresamos deprisa a Oak Park y recuerdo que cenamos casi en silencio mademoiselle Maynard, las dos chicas, lady Niamh y yo. Todo elemento masculino de la familia Leigh estaba lejos. Los chicos en la guerra, y lord Edward intentando mantener sus negocios a flote. No estaba dispuesto a arruinarse, por lo que había decidido que, si el Parlamento le confiscaba los barcos de más calado, comerciaría con chalupas y falúas, incluso con barcos de pesca. Era peligroso, tanto por el bloqueo parlamentario en el Canal como porque aquellas embarcaciones resultaban muy inseguras; algunas naufragaron y se perdió el cargamento, con el subsiguiente descalabro económico. Desde principios de otoño, se hallaba casi continuamente embarcado.

A la mañana siguiente, Ann y yo nos acercamos cabalgando al acantilado, atravesando campos y bosques teñidos de blanco, por un camino embarrado con rastros de nieve sucia. Un sol de invierno asomaba con dificultad entre nubes espesas, iluminando débilmente la ensenada. La esperanza de que alguien llegase nos había guiado hasta allí, pero la Cabeza del Caballo afloraba sobre un mar bravío. Ningún barco se hubiera atrevido a acercarse a la costa por la marea baja y la amenaza de temporal.

Miramos al horizonte, y Ann me dijo que en algún lugar sobre las aguas que divisábamos extendiéndose a lo lejos, en algún barco, su hermano Piers y su padre quizá estarían jugándose la vida. A Thomas, un *cavalier* que luchaba en las filas realistas, no habíamos vuelto a verle desde su intempestiva visita del verano anterior. Ann se sentía como abandonada sin la protección de los varones de la familia. Tímidamente, le pregunté si le había llegado alguna noticia de Piers y me confió que sólo sabía que, según una gaceta naval llegada de Londres, el *Fellowship* tenía un nuevo capitán, un parlamentario, un tal sir William Penn; bajo las órdenes de aquel hombre navegaría su hermano.

24

Años de penuria

Pasaron dos años en los que me fui convirtiendo en mujer, mi cuerpo se desarrolló, mi humor era cambiante y extraño. Chocaba constantemente con mademoiselle Maynard; en aquel tiempo me importaba más que me tratase como una niña, que me acusase de papista.

La casa se fue despoblando; muchos de entre la servidumbre se marcharon, alistándose en uno u otro bando. El señor Reynolds, el tutor, combatía en el ejército realista junto a Thomas, su antiguo preceptuado; varios pinches de cocina, con gran disgusto de Matt, se unieron a los parlamentarios. En la Casa del Roble sólo quedamos las mujeres y los más ancianos. Recuerdo que algunos de los que se habían marchado poseían firmes convicciones políticas o religiosas, pero la mayoría se iban únicamente deseando enriquecerse en el río revuelto de la guerra.

Thomas, que ocupaba un cargo importante en el ejército de caballeros partidarios del rey, aparecía de cuando en cuando. Me acuerdo de él, galopando con su cabello largo al viento, la capa extendida a su espalda y un perro corriendo junto a las patas del caballo; un auténtico *cavalier* de la caballería del príncipe Ruperto. Con el transcurso de la guerra, él y sus ca-

maradas, que al principio habían sido vistos como unos petimetres de vestimenta elegante, con lazos y sedas, grandes sombreros de ala ancha y el pelo largo y suavemente ondulado
cayendo sobre los hombros, se hicieron temer por sus enemigos. Thomas hablaba siempre con la seguridad de quien piensa
que la gracia divina está de su lado y consideraba a sus adversarios como unos rebeldes sin escrúpulos y unos patanes por
sus vestimentas más sencillas.

Sus padres, en cambio, seguían sin tomar partido; posiblemente se hallaran cada vez más cerca de las convicciones de su
hijo mayor, pero lord Leigh todavía no se fiaba de los realistas
y dudó siempre de que fuesen a ganar la guerra. Era un hombre
ecuánime y pragmático, culto e informado por sus negocios en
ultramar, que deseaba ante todo mantener el patrimonio familiar y preservar su fe a salvo.

Los domingos acudíamos invariablemente a los oficios religiosos en Walton. Entonces ya entendía el aire como ausente
de lady Niamh; imagino que le parecía una traición a su verdadera fe, pero debía asistir aparentando devoción. Su esposo
había sido terminante en este aspecto, estábamos en territorio
parlamentario y había que comportarse como ciudadanos fieles al Parlamento, cumpliendo las leyes. Era imperativo que los
Leigh no levantasen sospechas para que las noches de luna llena se pudiese seguir celebrando la liturgia sagrada en la capilla
de los sajones. Oak Park era el único lugar en todo el condado
donde aún se celebraban los antiguos ritos, por aquel entonces
más que nunca no sólo prohibidos, sino condenados con la
pena capital.

Con la guerra y el bloqueo parlamentario, el acceso de los
barcos a la bahía de la Cabeza del Caballo era más difícil. No
siempre sabíamos en qué plenilunio llegarían el tío Andrew u
otro sacerdote, casi siempre jesuita, desafiando el peligro.
Cuando lo conseguían, el reclamo de un ave en el bosque era la
señal para avisar de que íbamos a tener reunión nocturna. Horas después, a través de los campos y las arboledas, e introdu-

ciéndose por túneles hasta llegar al pasadizo de la capilla, iban llegando los fieles de muy lejos. Recuerdo el ambiente, espiritual y algo mágico, de aquellas celebraciones en tiempos de persecución, aún más deseadas por ser escasas. El susurro del sacerdote vuelto hacia el altar, las palabras latinas que se oían en los momentos culmen, recibir la comunión en un silencio tenso; todo ello nos parecía algo insólito, sobrenatural, milagroso...

Cada misa era una sorpresa y un regalo del que salíamos reconfortados. No he vuelto a vivir nada igual. Cuando ahora, en la cristianísima ciudad de Santo Domingo, me doy cuenta de que tanta gente acude por costumbre, cuando veo a las nobles señoras que recorren el paseo de las Damas luciendo su figura rumbo a la catedral, recuerdo aquel tiempo en el que un peligro de muerte se cernía sobre nuestras cabezas al oficiar los mismos ritos que ahora, para los de esta isla, constituyen una rutina.

Si el ministro sagrado era el tío Andrew, todos dábamos gracias a Dios por que no le habían detenido todavía. Se iba haciendo mayor, estaba más delgado y demacrado; cojeaba y sus movimientos eran muy torpes. Le costaba mucho descender a la antigua capilla de los sajones y, a menudo, debía ayudarle, convirtiéndome en su lazarillo. Me decía que yo era su ángel.

Rezábamos para que la guerra finalizase pronto, pero no parecía que fuera a ser así. En los primeros años de la contienda, la suerte había estado de parte de los ejércitos realistas, pero la fortuna de los partidarios de Carlos Estuardo comenzó a cambiar casi un año después de la partida de Piers, de quien no teníamos noticias. En la batalla de Marston Moor el rey fue derrotado por el ejército parlamentario, cuya victoria no alteró definitivamente el curso de la guerra porque también se encontraba exhausto.

Pocos meses después supimos de otra derrota realista cerca de Newbury. Nos llegó una carta de Thomas diciendo que la situación era muy difícil, que les faltaban hombres y municiones, si bien se mostraba confiado en que Dios estaría de parte de Carlos Estuardo, su elegido. Mientras tanto, el país se iba tornando más y más puritano y protestante.

Las siguientes Navidades fueron de nuevo unas fechas tristes para nosotras, las mujeres de Oak Park. Lord Edward se había ido un mes atrás al continente, la comida escaseaba, y sin hombres fuertes en la casa no había forma de conseguir los enormes troncos que solían crepitar en la chimenea del comedor y las salas de la Casa del Roble. Lady Niamh, las chicas y yo nos ocupamos de muchas de las tareas domésticas dado que faltaba gran parte de la servidumbre. Mademoiselle Maynard sólo protestaba, consideraba que no era su obligación realizar tareas que encontraba serviles para una persona de su rango y posición.

Durante aquellos días pareció que la guerra se hubiese estabilizado y que no iba a acabar nunca, pero recién entrado el año nos llegó la noticia de que el Parlamento había creado un nuevo ejército, un ejército de hombres de Dios que servirían al Altísimo para derrotar a los que no se sometían a las leyes divinas, dictadas, eso sí, por el Parlamento. Un ejército profesional, de tal modo que los oficiales eran nombrados según sus méritos militares y no según su estirpe nobiliaria, como era costumbre: el Nuevo Ejército Modelo al mando de sir Thomas Fairfax, que acababa de ser designado Lord General por el Parlamento, y que tenía a Oliver Cromwell como segundo. Los realistas les denominaron «Cabezas Redondas» porque llevaban el cabello corto para distinguirse de ellos y sus largas guedejas. Medio año más tarde, ese ejército bien adiestrado y disciplinado, pagado con los impuestos de los ciudadanos londinenses y que iba a defender la pureza de la fe frente a las corrupciones que habían introducido los obispos y Carlos Estuardo, derrotó a los realistas en la batalla de Naseby, decantando por primera vez la balanza. Murieron más de quinientos soldados y cinco mil hombres fueron hechos prisioneros. Lo más importante fue que unos documentos del rey cayeron en manos de los parlamentarios; probaban que se había aliado con los enemigos del país para mantener su tiranía y sirvieron después para procesarle como traidor.

Vivíamos, sin embargo, ajenas a todos esos acontecimientos. Yo me había convertido plenamente en una mujer y me sentía especialmente sensible, lloraba y reía por cualquier asunto nimio. Aquel verano salía con frecuencia a montar a caballo, sobre todo con Ann. Recuerdo un día en el que fuimos a cabalgar por los caminos de la heredad y me contó que en Londres Elizabeth le había presentado una vez a un joven a escondidas de su marido, quien, en cuanto se enteró, le negó la entrada a la mansión del Strand por no considerarle suficientemente interesante desde el punto de vista de sus relaciones sociales. Ann nunca le volvió a ver y sentía por él un amor platónico; en aquel mundo cerrado en donde vivíamos le había idealizado. En los últimos meses, yo recordaba constantemente a Piers y, con mi mentalidad de adolescente, le veía de un modo diferente a cuando era niña. Quizá Ann me había contagiado su romanticismo. Margaret se reía de nosotras al descubrir que, si tocaba determinadas piezas con el clavicordio, Ann y yo suspirábamos poniendo los ojos en blanco.

Cuando me cansaba de la melancolía de Ann o de las bromas de Margaret, seguía bajando a las cocinas y, como antaño, me sentaba cerca de Matt, que se había quedado a cargo de las mismas junto con un par de criadas que le ayudaban. Con el adusto marino me sentía segura; representaba el pasado, la ligazón con mi tierra natal, con mi bisabuelo el valiente almirante, con el mundo de mi madre... Me relataba historias marineras en su extraño lenguaje. A veces cantaba y después me traducía sus palabras. Me miraba con afecto, a través de unos ojos oscuros, sin pestañas, que a veces se llenaban de agua. Recuerdo un día que me dijo:

—Cuando pasan los años, ves que las historias que se abrieron un día en tu juventud se cierran en tu vejez. —Mientras me acariciaba el cabello, prosiguió—: Eso es hermoso y te llena de agradecimiento.

No supe a qué se refería. Después me dio un bollo de pan recién horneado, de harina oscura por la falta de provisiones. Lo comí a su lado, en silencio, mientras él continuaba con sus tareas. Sólo se oía la pala de Matt echando leña al horno y, a media voz, la conversación en la puerta de servicio de una de las criadas con un hombre del pueblo que había venido a traer una caja con unas pocas manzanas con las que podríamos preparar confitura.

Por lo que decían, me di cuenta de que el peligro se cernía sobre los Leigh.

—… botarates adinerados, muy elegantes pero que no saben combatir, ya te lo digo yo, Jane.

—¿Te refieres al señorito Thomas?

—Sí. A ése y a otros como él. Quieren imponernos su tiranía afrancesada, pero en el fondo no son más que papistas disfrazados.

—No sé qué decirte, Samuel.

—Y ese Thomas sale a la madre, que disimula en los oficios de los domingos en Walton, vaya si me he fijado, pero es una irlandesa papista… Una papista y una bruja, ya nos lo avisó en el pueblo Roberts.

—Chis, habla más bajo, que van a oírte. ¿Cómo puedes soltar algo así? Si el señor se enterase…

—El viejo no está, en Walton lo sabemos, así que no me vengas con ésas. Estará negociando con los enemigos del Parlamento y del país. Otro que no es de fiar, seguro que su esposa le ha sorbido el seso con sus ideas y con su fe…

Matt palideció, dejó de alimentar el horno y salió de la pieza tan rápido como se lo permitía su cojera; yo le seguí, preocupada por lo que iba a hacer, pero procurando que no me descubriesen.

—¡Calla, malnacido, y largo de esta casa! ¡No vuelvas nunca por aquí!

El otro se le enfrentó.

—Proteges a la bruja papista, ¿no lo serás tú también?

Matt ni le contestó. Sus puños se cerraron, levantó el brazo y descargó un golpe que lo tiró al suelo. Cuando logró ponerse en pie, dijo:

—Ahora no quiero enfrentarme a ti, viejo, pero juro que algún día saldaremos cuentas.

Se marchó murmurando por lo bajo.

Cuando me quedé de nuevo a solas con Matt le pregunté:

—¿Cómo pueden hablar así de lady Niamh? Ella siempre tan amable, tan pendiente de todos...

—Supongo que sospechan algo. Si se llegase a saber lo que es... nos matarían. En el pueblo hay muchos fanáticos, y Roberts se pasó tiempo escupiendo su veneno a quien quisiera escucharle. —Meneó la cabeza, apesadumbrado. Luego suspiró—. Lo último que he sabido de él es que se había alistado en los Cabezas Redondas.

—¿Nos matarían? ¿Tanto nos odian a los católicos?

—Ahora más que nunca. Por todo el país corren historias sobre maquinaciones e insidias papistas. Ya llevamos tres años en esta guerra, hay cansancio y sobre todo hambre, y los politicastros de Londres necesitan un chivo expiatorio. Hablan hasta de un complot católico para acaparar la comida... Se han producido saqueos en Walton.

—Lo he oído.

—Los campesinos están desesperados, cazan furtivamente ciervos y jabalíes en las tierras de los nobles. También roban en los bosques leña para calentarse, este invierno está siendo muy frío. Cada vez son más atrevidos... ¡Algún día atacarán Oak Park!

—¿Nadie se lo va a impedir?

—Estamos desprotegidos. Yo no soy más que un viejo, al igual que Jack, el cochero.

—¿Por qué no hace nada lord Leigh?

—¿A quién contratar de quien pueda fiarse? Cuando está

aquí, todo es distinto, pero no puede dejar los negocios... A lady Leigh no la respetan en el pueblo. El peligro ronda esta finca: los que ahora nos roban la caza y la leña algún día asaltarán la casa —repitió.

Matt tenía razón: cuando lord Leigh estaba en Oak Park, su presencia, junto a la de algunos marineros fornidos, nos proporcionaba a todos seguridad, pero se ausentaba con frecuencia y desembarcaba en la bahía de la Cabeza del Caballo cuando menos nos lo esperábamos. Sí, cuando él no estaba, pasábamos miedo, porque las gentes del cercano Walton se radicalizaron.

25

Tras los Estuardo

Oak Park, primavera de 1646

Seguía lloviendo y haciendo frío pero los árboles ya habían echado los primeros brotes cuando el rey abandonó Oxford y se encaminó hacia Escocia, al destierro. La guerra daba sus últimos coletazos.

Aquel año, el de la victoria parlamentaria, fue el año de mi libertad. Al fin supimos quién era el misterioso corresponsal de mademoiselle Maynard: un pastor calvinista. Durante esos años, por sus ideas contrarias a la jerarquía anglicana, partidaria del rey, había sido alejado de un curato capaz de proporcionarle ingresos para mantener a una familia. Su lealtad al Parlamento se vio recompensada entonces con una rica parroquia. El pastor precisaba una esposa para su ministerio y le propuso matrimonio a mi detestada institutriz.

El tormento de mi niñez acabó cuando ella, radiante de felicidad, se fue de Oak Park en una carreta tirada por dos viejos mulos. Lady Niamh le regaló el ajuar, un libro de cocina y muchos útiles para su nuevo hogar. En la Casa del Roble hubo paz para las antiguas alumnas de mademoiselle Maynard, aunque el hambre empezó a dejarse sentir incluso en las tierras de Oak Park. Las cosechas fueron pobres, faltaban brazos para recoger el escaso producto de la tierra y lo recolectado se confiscó para el Nuevo Ejército Modelo. Matt refunfuñaba más que nunca, y decía: «Es la primera vez que he visto el horno de la casa apagado», pero lo cierto era que no había suficiente combustible ni grano para hacer el pan. Además, la escasez de comida era aún más notoria porque, en los sótanos de la Casa del Roble, a escondidas, se refugiaban realistas, muchos de ellos heridos, a los que había que alimentar y cuidar mientras esperaban que un barco los recogiese en la bahía de la Cabeza del Caballo una noche de luna llena para emprender una nueva vida en el continente. Para los que no conocían sus secretos, la casa se volvió aún más misteriosa y alguna de las criadas se fue.

Era lady Niamh, ducha en el arte de curar, quien se encargaba de los heridos, y yo la ayudaba. En aquel tiempo, demostró la entereza de su carácter ocupándose de la organización de todo. La recuerdo como una mujer notable, valiente, animosa. Su infancia y juventud en la castigada Irlanda le había preparado para ello. Provenía de una familia irlandesa que había pasado muchas calamidades con la persecución religiosa. Era la pequeña de nueve hermanos y su padre había sido ajusticiado por ser católico; los bienes de la familia les habían sido confiscados y entregados al mismo que le había denunciado. La familia de lady Niamh estaba en la miseria cuando lord Edward la conoció, pero ella conservaba la elegancia de su noble estirpe. Sabía cocinar las gachas de avena y el potaje con los que entonces mal llenábamos el estómago, esperando tiempos mejores.

Pasaron los meses y, cuando empezó el nuevo año, Carlos Estuardo fue entregado por los escoceses al Parlamento. Aparentemente, la guerra había acabado y se instauró una paz inestable. Los presbiterianos que dominaban las dos cámaras parlamentarias propusieron licenciar a gran parte del ejército. Se produjeron revueltas entre los militares, a los que querían enviar a casa sin más paga que unos bonos dudosamente canjeables.

Fue entonces cuando Piers regresó. Había crecido, el muchacho que había partido con ilusión hacia el mar era ahora un hombre. Frisaba los diecinueve años. Alto y musculoso, sus espaldas se habían desarrollado y en sus mejillas asomaba la sombra de una barba incipiente. Reconocí en él sus ojos chispeantes, los que me hacían reír con sus bromas. La blanca piel de niño se le había tostado por la vida en el barco. El pelo se le había vuelto como estopa, aclarado por el salitre del mar y el sol. No le caía ya por delante de la frente; se lo había cortado en un casquete y vestía de negro como los puritanos, con un gran cuello blanco, una casaca larga y un sombrero de ala ancha. Olía a mar.

Nos miramos como dos desconocidos. Me examinó de arriba abajo y preguntó a su madre:

—¿Len...?

Lady Niamh, divertida, afirmó con la cabeza. Entonces se me acercó, me tomó por la cintura y me alzó como si yo fuese una pluma.

—¡Déjame! —le grité riendo.

—¿No querías navegar? —se burló—. Ahora vas a navegar por todo lo alto.

Después de mantenerme en vilo durante unos instantes, mirándome con admiración, me depositó suavemente en el suelo. Sus hermanas se reían.

A Piers le dolió encontrar la casa con un aspecto tan deplorable. Sin embargo, era su hogar, donde se sentía acogido y querido. Y eso, como un día me contó, lo valoraba mucho. Además, aunque no se nadase en la abundancia de otros tiempos, había algo de comida y cualquier alimento era bueno para el joven marino, que devoraba con hambre de meses todo lo que le servían. Estaba famélico, los barcos de la Armada inglesa habían sufrido penalidades infinitas.

—Aunque parezca que el Parlamento ha salido victorioso, estoy convencido de que, en realidad, el conflicto aún no ha terminado. En la Armada —nos confesó—, se ha pasado demasiada hambre. Llevan meses sin recibir las soldadas. Muchos miran a Carlos Estuardo, preso por los parlamentarios. Piensan que aunque no eran buenos los tiempos del rey, peores son los del Parlamento. Cualquier chispa podría hacer que se inicie una revuelta y que la Armada, que durante toda la guerra ha sido parlamentaria, cambie de bando.

—Y tú, ¿qué harías si hay revueltas? —le preguntó Ann.

—No lo sé —respondió Piers, como confuso y con una evasiva—. No soporto a los puritanos —musitó.

—Entonces —le dije esperanzada—, ¿te quedarás aquí con nosotras?

—No. Quiero volver. He solicitado un nuevo de destino. No tardará mucho, espero… No puedo vivir sin el mar, y en un par de años podría ser teniente —se jactó.

Todas estábamos contentas con su regreso. Ayudaba en casa como un criado más, cortando leña y realizando las tareas más duras, en los establos e incluso en la herrería. Yo le seguía como su sombra.

—¿Cómo se lo tomó lord Leigh? Me refiero a que estuvieses combatiendo del lado de los parlamentarios.

—Tan sólo me encontré con él una vez en Plymouth. Me repitió lo de siempre, que debo mantenerme fiel a mi conciencia.

—Eso mismo te diría tío Andrew.

—¿Le has visto?

—Sí.

—¿Las noches de luna llena?

Me reí.

—Sí. Las noches de los fantasmas. Ahora yo soy uno de ellos.

Entonces fue él quien se rió.

Habíamos retomado algunas de las costumbres de cuando éramos niños, los largos paseos y las lecturas juntos. Sin embargo, todo era distinto. Me buscaba y deseaba estar cerca de mí, me miraba de un modo extraño, se fijaba en mis curvas de mujer, pero en cuanto yo me daba cuenta de ello, retiraba la mirada, algo azorado. Era como si intentase recuperar a su compañera de juegos, casi una camarada para él, pero yo no era la Len de cuando partió, ahora era una joven de dieciséis años, y él se encontraba turbado por ello. Por eso, a veces bromeaba como si no hubiera pasado el tiempo, pero otras veces se mostraba tímido o me trataba como a una dama, con un cierto respeto. Yo era feliz a su lado y todo lo que él decía me parecía maravilloso.

Volvimos a galopar por las praderas de Oak Park. Solos. Ann y Margaret no conseguían seguirnos. Aquellos días, competimos en largas carreras en las que él liberaba toda la furia que llevaba dentro. Sin embargo, tras varios años de estar embarcado, ya no era tan buen jinete como yo amazona. En su ausencia, Margaret, Ann y yo habíamos montado a caballo una y otra vez. Por eso alguna vez conseguía ganarle terreno; sin embargo, no le fastidiaba tanto como antes. Le complacía ver mis progresos en el arte de la equitación.

Recuerdo un día de verano en el que el calor apretaba y, tras una larga galopada, nos tiramos medio vestidos al pequeño lago cercano a la casa, donde nadamos para refrescarnos; me imagino que la ropa mojada se me ciñó al cuerpo. Se quedó quieto con los ojos abiertos, después sacó una manta de la montura del caballo y me tapó con ella. Me confesó que para los marinos sólo había dos tipos de mujeres: las fulanas y las damas. Afortunadamente, al parecer, para él yo era de las segundas. Su mirada me causó una cierta vergüenza, acompañada de un íntimo placer. Me ruboricé cuando me cubrió con la manta, y noté que al ponérmela sus grandes manos me estrecharon en un abrazo que nada tenía de fraternal. No me importó, pero él, súbitamente, se alejó de mí como asustado.

Unos días más tarde, me propuso explorar los túneles que se abrían en las profundidades de la casa. Seguía sin estar convencido de que la guerra hubiese acabado; pese a que el rey continuaba preso sabía, y aquí su voz sonó misteriosa, que había gente que no estaba a favor de todos los cambios religiosos y políticos que habían impuesto los parlamentarios. Pronto se levantarían de nuevo y habría otra vez guerra. Aquella casa con sus túneles podría ser la salvación de muchos. Así que una tarde, en la que los pocos habitantes de la casa descansaban después del almuerzo, iniciamos el descenso a los sótanos. Dejamos atrás las cocinas, luego la celda de la calavera que tanto me había asustado de niña, y bajamos por la escalera desgastada de piedra que daba al pasadizo al final del cual estaba la capilla de los sajones. A la luz del candil que sostenía Piers vislumbramos los huecos en la pared, las antiguas mazmorras, con paja en el suelo; allí lady Leigh había ocultado a los realistas los últimos días de la guerra. Todo olía a podredumbre y a humedad.

Nos dirigimos hasta la puerta de la antigua cripta y Piers la abrió con una gran llave de hierro. En los últimos meses no habían desembarcado sacerdotes en las noches de luna llena ni habíamos celebrado misa; era la primera vez que la visitaba desde que él había llegado. En el centro, sobre el altar, estaba la Virgen. Enfrente seguían los bancos que se llenaban de gente embozada y en el pasillo central había una gran lápida que, con letras en latín, señalaba el lugar donde se había enterrado a los monjes de la antigua abadía cuando nuestra capilla era su cripta. Con el candil alumbramos las paredes, donde estaban los nichos en los que, a lo largo de generaciones, habían sido sepultados los antepasados de la familia Leigh y sus servidores. En uno de ellos estaba Rose, la Rosita de Matt. Guardando un silencio respetuoso, volvimos a cerrar la puerta y recorrimos de nuevo el pasadizo. Allí se abrían tres estrechos túneles que, en los días siguientes, fuimos explorando. Con Piers a mi lado no sentía miedo en aquellos largos paseos en la oscuridad; me gustaba sentir su mano en la mía, percibir su decisión y audacia.

El primer túnel acababa en el bosque, con la boca de entrada oculta entre ramas y arbustos y dirigida hacia el norte. En el largo trayecto bajo tierra y sobre todo en el ascenso, nos habíamos fatigado, así que nos sentamos con la espalda apoyada en un roble y miramos al cielo; las luces del atardecer atravesaban las ramas. Nos miramos sonrientes y Piers repasó suavemente mi perfil con un dedo que, al pasar por mi boca, yo intenté morder. Se rió y me hizo una caricia en el cuello. Me levanté turbada y me puse a correr, y él me siguió riendo a carcajadas.

El segundo túnel era bastante más largo. Esa vez, a la salida, divisamos, a unos cientos de yardas, los gruesos muros de la Torre de los Normandos, desde donde era fácil el acceso al acantilado y al embarcadero de la cueva. Nos acercamos entonces hasta la costa. Lentamente el sol bajaba hacia el horizonte a lo lejos, sacando brillos claros a aquel océano que por un instante dejó de ser gris plata y se transformó en un azul intenso. Piers me ciñó por la cintura y así, abrazados, nos quedamos mirando hacia esa mar abierta, el océano de nuestra niñez y ahora de nuestra juventud, cómo llegaba el ocaso.

Regresamos caminando despacio, aún cogidos por la cintura. Me latía deprisa el corazón al notar el roce de la fuerte y áspera mano de Piers. Llegamos sucios y llenos de polvo, pero ya no estaban mademoiselle Maynard ni el señor Reynolds para regañarnos. Lady Niamh, que sabía lo que estábamos haciendo, nos dejaba actuar. Piers le había explicado que conocer bien los túneles podría salvarnos algún día la vida.

Dejamos para el final un túnel que discurría hacia el oeste; la primera vez que habíamos intentado explorarlo nos habíamos dado cuenta de que era muy largo, un auténtico laberinto. El pasadizo serpeaba y se dividía en otros pequeños pasajes con diversas salidas laterales, muchas de ellas cegadas. A medio camino había una celda con una cierta ventilación, que se notaba que había estado habitada porque sobre la mesilla que había al lado del austero camastro descansaban un par de libros; luego nos revelaron que allí era donde se escondían el tío Andrew o los sacerdotes que venían a celebrar misa. Acababa muy cerca del pueblo; posiblemente, por allí llegaban la mayoría de los fieles de la comarca a las celebraciones de los días de luna llena.

Una vez inspeccionados los túneles, reanudamos nuestras largas galopadas, a veces fuera de las propiedades de los Leigh, pero también, como antaño, hasta la Torre de los Normandos, el molino y los bosques. Sin embargo, lo más frecuente era que nuestro destino fuese la costa, ya que los años de navegación habían acentuado la atracción que Piers sentía hacia el mar. Cada día que pasaba deseaba más y más estar navegando, se consumía de impaciencia en tierra. Sólo encontraba cierto sosiego mirando al horizonte, hacia la mar abierta, pero en sus ojos había algo amargo, recuerdos que le hacían daño.

—La guerra saca de nosotros lo peor —me dijo una vez—. A veces he disfrutado disparando, sin darme cuenta de que al otro lado había vidas humanas, gente que tendría una familia, como la nuestra, que estaría esperando.

—En la guerra obedeces órdenes, combates en un bando del que quizá no puedes huir. —Me detuve un instante y añadí dubitativa—: Defiendes unas ideas...

Sin embargo, en ese momento recordé que él nunca había sido parlamentario de corazón.

—¿Lo haces? —me preguntó con un deje de ironía en la voz.

Calló un instante.

—Mis ideas, no sé bien cuáles son... No son las de un *cavalier* como Thomas, aunque desde luego tampoco las de los puritanos del Parlamento. Podría haber huido cuando el *Fellowship*, aquel primer barco en el que me hice a la mar, fue capturado, pero no lo hice y juré lealtad a un Parlamento en el que no creo ni respeto.

—La guerra es así, cruel. —Yo afirmaba una obviedad, sin saber cómo calmar su zozobra—. Posiblemente, si no matases tú te matarían a ti.

—Lo sé.

Estaba muy angustiado, durante tres años había combatido por una causa contraria a la tradición de su familia.

—Hay algo más, ¿verdad? —Le conocía tan bien que podía adivinar que algo le pasaba.

Miró al océano, que por las nubes brillaba en un color plata.

—No le he dicho nada a madre para que no se preocupe, ni tampoco a mis hermanas, pero a ti, Len, te lo tengo que contar.

Le miré con los ojos muy abiertos, deseosa de que se desahogase conmigo.

—En realidad, me expulsaron de la Armada. Me uní a un grupo de oficiales jóvenes, tramábamos el regreso del rey cuando estaba en Escocia. Sí, me expulsaron hace meses, luego estuve dando vueltas en casa de un amigo y finalmente me decidí a regresar aquí. Mi vida es el mar, quiero volver. Mi vuelta a la Armada depende de que este movimiento secreto triunfe.

—¿Tú crees que lo hará?

—Son muchos los descontentos. Los rebeldes están planeando sustituir al actual vicealmirante por otro con tendencias realistas. Si esto ocurre, regresaré.

—¿Tanto echas de menos el mar? —Sus palabras me dolían, aunque lo disimulase.

—No te imaginas cuánto, esta vida ociosa me enerva. Si no fuera por ti —me sonrió—, los paseos y los libros…

Habíamos atado los caballos a un roble y permanecíamos sentados en el acantilado. A lo lejos, se escuchaba el rumor del oleaje, todo era pacífico y suave.

—¿No te agrada estar en paz?

Él tardó en contestar; cuando lo hizo, su expresión era de dolor.

—La guerra terminó sobre el papel pero la paz aún no ha llegado, y en la quietud de estas tierras, en esta vida tan tranquila, vuelven recuerdos sombríos a mi mente.

—¿Cuáles?

—Mi querida Len… Los saqueos de algunas ciudades han sido terribles, los oficiales no podíamos controlar a los hombres. Yo hice lo que pude.

—¡Estoy segura! —Le toqué el brazo. No rechazó mi contacto ni se sintió humillado como le ocurría cuando éramos niños.

De repente se volvió hacia mí y me dio un beso furtivo en la mejilla. Enrojecí de placer, pero me aparté, presa de una turbación inesperada. Me sentía feliz, notando su calor cercano; él me daba seguridad y sosiego a mi alma. Mi corazón se encontraba henchido de felicidad, y recordé aquellos días pasados cuando me volvía melancólica con Ann y pensaba tanto en él. Y ahora estaba conmigo… No sabía bien qué decirle y susurré:

—Te echamos en falta tanto esos años… —Callé un momento—. Pasamos miedo, sobre todo al final, antes de tu regreso. Las gentes de Walton, Matt temía que nos asaltasen.

Él me miró y dijo con tono áspero, enfadado porque algo malo me pudiese suceder, algo que él no pudiese evitar:

—¡Jamás lo harán! ¡Os protegeré! Aunque no siempre se puede…

—¿Qué quieres decir?

—Incluso peor que los hombres descontrolados, tras meses sin comer y sin soldadas… —Se detuvo y luego prosiguió—: Lo peor de las guerras son los fanáticos, aquellos que, so capa de religión o de política, ven en los demás a individuos que no son personas sino seres indignos de vivir.

Me di cuenta de que hablaba de algo real, algo que le había sucedido en el largo tiempo que había permanecido embarcado.

—¿A qué te refieres?

Tardó unos instantes en contestar. Miró hacia el mar, era como si esperase mis palabras de perdón. Pero la vida era dura, ¿qué tenía yo que perdonar?

—A un tal Swanley. Habíamos salido de Gales rumbo a las Dunas, y apresamos un barco corsario que operaba de parte del rey. En aquel patache había ciento cincuenta soldados realistas. Pues bien, setenta de ellos eran irlandeses. El capitán Swanley ordenó que los atásemos espalda contra espalda y los tirásemos al mar. Sus palabras fueron que debían «lavar la sangre de los protestantes con la que estaban manchados». Aún me parece oír los gritos de aquellos hombres.

—¿No pudiste hacer nada?

—Muy poco… Sólo recuerdo a uno de ellos que me miró, era un hombre joven, más o menos de mi edad, cuando estábamos procediendo a aquella acción de salvaje brutalidad. Me acordé de mi madre, católica e irlandesa; la hubieran torturado y asesinado de igual modo. Me sentí tan asqueado por lo que estábamos haciendo que me acerqué a él y, sin que nadie se diese cuenta, saqué el cuchillo del cinto y corté las cuerdas que le ataban contra su compañero. Vi en sus ojos el miedo, pensando que le iba a matar, y cuando le liberé, un profundo agradecimiento. ¡Quiera Dios que se salvase!

—Seguro que sí.

—No lo sé. Sólo espero que supiese nadar.

En el horizonte asomaron unas velas que se iban acercando a la bahía de la Cabeza del Caballo. Piers sacó su viejo catalejo y enfocó aquel barco. Al cabo de un rato escuché una exclamación de alegre sorpresa.

—¿Qué ocurre?

—¡Mi padre!

Bajamos corriendo por la senda hasta el embarcadero. Una falúa sobrepasaba la Cabeza del Caballo, prácticamente cubierta por las olas. Fondeó y desembarcó lord Leigh. Padre e hijo se fundieron en un abrazo. Al verme, el señor de Oak Park me saludó afectuosamente.

Con el brazo apoyado sobre los hombros de su hijo, lord Edward subió la cuesta. Yo caminaba detrás de ellos. Hablaban de lo ocurrido los últimos meses. Escuché retazos de conversación que de algún modo continuaban lo que habíamos estado hablando.

—Hijo mío, eres un militar, cumples con tu deber…

No escuché la respuesta de Piers, pero sí lo que lord Leigh le contestó:

—Tampoco los del otro bando son mejores, yo he podido comprobarlo.

—Por eso te mantienes neutral —oí que Piers le decía.

—Sí, aunque no del todo. Ayudamos a los perseguidos por el Parlamento, pero procuro que Oak Park parezca neutral.

—Yo tomé partido sin desearlo. Mi única ilusión era ser marino.

Habíamos llegado arriba de la cuesta, donde nos esperaban las cabalgaduras. Piers le cedió el caballo a su padre, montó en el mío y me ayudó después a subir delante de él. Me senté a mujeriegas y emprendimos un suave galope. Me rodeaba la cintura con el brazo y apoyé la espalda contra él, su mano me apretaba con fuerza. Me susurró al oído:

—Mi padre no me reprocha nada… Acepta y entiende mi postura.

Su voz era alegre y conmovida.

—¿Le has dicho que estás fuera de la Armada?

Él dudó y su voz se entristeció.

—Se lo diré…

—Deberías hacerlo.

—Se lo diré… más adelante.

Me besó tras de la oreja y sentí un inesperado placer cuando me susurró:

—Sólo confío en ti.

Giré la cabeza, nos miramos subrepticiamente sin decirnos nada, llenos el uno del otro mientras nuestra cabalgadura aminoraba el paso al no sentirse espoleada. Lord Leigh se había adelantado. En pocos minutos llegamos a la casa. Vimos a lady Niamh asomada a una ventana, haciendo aspavientos de bienvenida con las manos. Después se apartó y salió a recibir a su esposo, seguida de Ann y Margaret.

Nos sentamos en el gran salón junto a la entrada y lord Leigh nos confió que durante aquellos primeros meses de paz había logrado salvar gran parte de sus negocios y, aunque su situación seguía siendo precaria, ya no tendría que estar alejado tanto tiempo. Lo importante era que estaban todos juntos.

—¿Todos? Falta Thomas —exclamó lady Niamh, dolida.

—Regresará.

—No hay noticias de él desde hace más de dos años —siguió la madre de Piers—, ¿y si hubiera muerto? —Le tembló la voz.

—Es posible que se halle escondido. No os preocupéis, señora, nuestro hijo regresará.

Se contrató a unos pocos nuevos criados y alguno de los marineros de lord Leigh también se quedó con él. La casa volvió a poblarse y a recuperar parte de su dignidad de antaño; las chimeneas crepitaron de nuevo. Lord Edward se encerraba en la sala Este, que utilizaba como gabinete privado; allí escribía constantemente cartas. Había paz en la casa. Sólo nos faltaba el retorno del heredero de Oak Park.

26

Naseby

Oak Park, otoño de 1647

No mucho tiempo después del regreso de lord Edward, el señor Reynolds, vestido al modo de los caballeros realistas, reapareció por Oak Park. Nada quedaba en él del orondo profesor que se dormía en las prédicas de los domingos; su piel pendía flácida de las mejillas y su figura se había vuelto más delgada por las privaciones.

Piers, que salió al patio a recibirlo, se alegró mucho de verlo, pero algo en la expresión de su antiguo tutor le hizo enmudecer. Dijo que deseaba hablar con todos y nos reunimos en el gran salón. Entró caminando despacio, apoyándose en Piers, que le condujo cerca del fuego de la chimenea, donde se reclinó en un gran sillón. Comenzó a hablar. Su rostro era gris; estaba cariacontecido y serio. Nos dio la terrible noticia: Thomas había caído casi dos años atrás en la batalla de Naseby.

El señor Reynolds nos relató los hechos:

—Hace ya más de un año, nuestro batallón fue destinado a las Midlands. El estado del ejército de su majestad era caótico, estábamos tan escasos de provisiones que algunos hombres desertaron por el hambre y, entre los que se quedaron, la indisciplina era llamativa. Tanto los soldados como los desertores saqueaban las casas y poblaciones vecinas. A la falta de provisiones se sumaba un ambiente generalizado de desesperanza;

nos habían llegado noticias de que el Parlamento había levado más tropas y había creado el Nuevo Ejército Modelo. Los oficiales buscábamos desprestigiarlo entre la tropa, y nos reíamos de aquel nuevo intento del Parlamento de ganar la guerra; recuerdo que incluso le pusimos un mote: «El nuevo ejército fideo». Thomas no estaba de acuerdo con aquellas chanzas, afirmaba que nuestro mayor peligro no era el enemigo sino la falta de disciplina. De algún modo, intuía que aquel nuevo ejército profesional tendría más unidad y cohesión que el nuestro. Nos decía que nuestra tarea, en tanto que oficiales, era mantener la autoridad, y pese a las dificultades conseguimos reagrupar las tropas. Nos llegaron noticias de que aquel ejército parlamentario poseía unos trece mil hombres, a los que debía sumarse la caballería que comandaba Cromwell. Viendo la inferioridad de condiciones, el mando ordenó la retirada, pero comenzaron a perseguirnos. Se convocó un consejo de guerra en el que varios oficiales afirmaron que por honor no podíamos huir. Thomas fue uno de ellos.

—Era muy valiente —dijo Margaret, y se llevó la punta del pañuelo a los ojos para secarse una lágrima.

—O quizá estaba ciego —se lamentó el señor Reynolds.

Yo miré a lord Edward. Recordé todo lo que le había dicho a su hijo varios años atrás, en la sala Este, cuando vino con sir John Mennes y otro noble realista para convencer a su padre de que les ayudara en su causa. Le había prevenido acerca de su idealismo, y se había enfrentado a él. Lord Edward sabía que la causa realista era una empresa perdida, y que aquellos jóvenes que luchaban por un rey que no les merecía acabarían mal. El haber visto con tanta claridad el futuro de su hijo y no haberlo podido detener, pienso que era lo que más le dolía.

El antiguo preceptor suspiró, su rostro mostró aún más las huellas de la desolación y la congoja.

—Nos detuvimos cerca de Northampton, en los llanos de Naseby, y descansamos durante la noche. La jornada amaneció con una niebla muy espesa; sabíamos que el enemigo se hallaba tras ella, pero no lo veíamos. Sobre las diez de la mañana el avance de la caballería realista, en la que Thomas y yo nos encontrábamos, comenzó, lento y pesado; los oficiales vestían terciopelo y tafetán, con sedas de colores volando en torno a ellos. Cuando contemplé a nuestro ejército, avanzando tan elegantemente, y lo comparé con los pobres diablos que formaban las filas enemigas, uniformados con una rojiza tela basta, no dudé de que la victoria iba a ser nuestra. ¡Craso error! El adversario estaba bien dirigido y obedecía a sus mandos. Nuestras tropas se hallaban mal adiestradas y eran indisciplinadas.

Al oír hablar de insubordinación, Piers apretó los puños, que se le pusieron blancos. Muchas veces me había contado la disciplina férrea de la Armada, donde no se permitía la menor desobediencia.

—Habría que haberlos azotado.

—Señor Piers, el ejército no es como la Armada.

—Seguid, os lo ruego —pidió llorosa lady Leigh—. Quiero saber qué le ocurrió a mi querido hijo.

Era la voz de una madre angustiada, sonaba como el lamento de una leona a la que han arrebatado sus crías.

El tutor prosiguió:

—Tras un seto nos disparaba un batallón de dragones, que causaban una gran mortandad entre nuestras filas. Se nos ordenó atacar, espoleamos los caballos y realizamos una carga contra ellos. Recuerdo que Thomas hincó las espuelas en el lomo de su caballo para saltar el seto, yo iba inmediatamente detrás de él. Pude presenciar cómo un cabeza redonda con una pica le atravesaba la ingle a Thomas, quien cayó al suelo. Malherido, perdiendo sangre profusamente, continuó luchando mientras se retiraba del fragor de la batalla. Los demás jinetes de nuestra compañía se dispersaron. Tan pronto la lucha se alejó de nosotros, desmonté y me acerqué a Thomas, que comenzaba a mostrar la palidez de la muerte.

Margaret y Ann lloraban, había un brillo acuoso en los ojos de lord Leigh y su esposa se tapaba la cara con un pañuelo. Yo tenía el corazón oprimido por la pena. Me acerqué a Piers y le toqué suavemente en el brazo como para confortarle; se escuchó una imprecación que salió de sus labios. El señor Reynolds se volvió hacia él y yo retiré mi mano.

El antiguo tutor continuó relatando la historia dirigiéndose al más joven de los Leigh.

—A unos cuantos pasos más allá de donde Thomas agonizaba nuestra infantería entró en combate, luchando con tanto denuedo que parecía que la victoria se iba a decantar a nuestro favor. Pero entonces llegó la caballería enemiga capitaneada por Cromwell. Nuestros hombres, cansados, muchos de ellos heridos, poco podían hacer contra el escuadrón de refresco de Cromwell. Esperábamos que la caballería realista nos apoyase, pero, como en tantas otras ocasiones, los jinetes se habían dispersado, alardeando de haber vencido a los dragones. Para cuando su comandante, el príncipe Ruperto, logró reunirlos para retomar el orden de combate, ya era demasiado tarde. También lo era para Thomas. Vuestro hermano, Piers, actuó con toda honorabilidad y disciplina, siguió dando órdenes desde el suelo a las tropas. Ocupó su puesto hasta... hasta el final.

—Era un hombre de honor. —En la voz de Piers latía el orgullo de alguien que conoce cuál es el deber de un militar.

—¿Su... sufrió mucho? —La voz de lady Niamh sonó temblorosa y profundamente afligida.

—Su muerte no fue dolorosa, mi señora. Lentamente se apagó, yo estaba junto a él. Era imposible contener la sangre que manaba de la herida en la ingle. Antes de morir, se introdujo la mano en la casaca y me dio esta carta para despedirse de lo que más amaba en el mundo, su familia.

Lord Edward, con la voz ronca, le dijo:

—Os ruego que nos la leáis en alta voz. Creo que yo no podría hacerlo.

Entonces el señor Reynolds leyó lo último que había escrito Thomas:

Seguramente hoy entraremos en combate. No sé cuál será el resultado, pero un mal presagio me acompaña. Tras esa niebla oscura los casacas rojas del Nuevo Ejército Modelo quieren cambiar el mundo y alterar el orden que siempre he defendido. Si muero es por mi Dios y por mi rey, por las tradiciones de mis mayores, por la Iglesia de Inglaterra.

Quiero que esta carta llegue a mi padre y a mi único hermano. Querido Piers, nos vimos en Bristol. Me juraste que serías fiel al rey. No has cumplido tu promesa, sirves al Parlamento. Confío que, si muero, mi muerte al menos sirva para que renueves tu fidelidad a la causa justa, la causa del rey. Luchamos por él y por la verdadera religión de este país frente al salvajismo y la rebeldía de las tropas puritanas.

Querida madre, reza por mí al Altísimo, para que si muero en el combate alcance la gloria imperecedera. A mi padre, le pido su bendición y su perdón. A mis queridas hermanas, que siempre han estado en mi corazón, todo mi afecto.

Vuestro, para siempre,

THOMAS LEIGH

Permanecimos callados. De alguna manera todos llorábamos, las mujeres sin disimulo, los hombres ocultándolo. Era el final que su madre y, en realidad, todos nosotros temíamos desde tiempo atrás al no recibir noticias suyas. Presentíamos que Thomas no estaba ya entre nosotros. Pero sólo el testimonio del señor Reynolds y aquella carta nos destaparon la dura realidad.

El señor Reynolds estaba demudado, y no sólo por la muerte de Thomas.

—Lo peor no fue la batalla —prosiguió—. Lo peor llegó después. El Nuevo Ejército Modelo se ensañó con las mujeres que seguían a los realistas, abusó de ellas, tratándolas como meretrices, y las mató de un modo salvaje. Mi señor —dijo dirigiéndose a lord Leigh—, siento daros tan malas noticias. Cuidad de los vuestros. Yo... yo no quiero seguir viviendo en este país.

—¿Qué haréis? —le preguntó lord Leigh.

—Me uniré a los realistas en Holanda.

—Mi familia... está destrozada. Todo ha cambiado para nosotros. Hace tiempo que conocía que ése iba a ser el destino de mi hijo, pero no puedo creer que nunca más lo tengamos entre nosotros. A pesar de todo, fue coherente hasta el final y murió por sus ideas. Eso le honra. Lo que me habéis contado tras la batalla indica lo bajo que pueden llegar esas bestias parlamentarias.

Lord Leigh estaba pálido. La muerte de su hijo mayor lo había trastornado profundamente. Yo, que le conocía, me di cuenta de que no sólo había perdido a su primogénito, sino también su confianza en que una política de compromiso y tolerancia fuera a proteger a los suyos. Piers mostraba una furia contenida, todos sus músculos estaban tensos y sus ojos llenos de agua. Ahora una carga más había caído sobre él: era el heredero de los Leigh.

Pocos meses después de recibir estas tremendas noticias, Piers y su padre se reunían más a menudo en la sala Este. Por todo el país había levantamientos a favor del rey; de nuevo iba a comenzar otra guerra, aún peor que la anterior.

27

Coleridge

Oak Park, primavera de 1648

Un caballo se detuvo en el gran patio de piedra de Oak Park y de él desmontó un joven con el capote encerado de los hombres de mar. Lo recuerdo bien; un joven pelirrojo, con ojos discretamente achinados de color castaño y sonrisa simpática. Preguntó por Piers. Cuando éste salió, ambos se palmearon las espaldas, embromándose al modo que hacen los militares jóvenes. Me sentí desplazada.

Piers lo presentó a la familia como su subordinado, un guardiamarina de buena familia algo más joven que él; habían estado juntos en los últimos meses que Piers pasó en la Armada. Se llamaba Richard Coleridge y no venía en visita de cumplido. Solicitó hablar en privado con lord Leigh. Los tres hombres se encerraron en la sala Este y pasaron largas horas en conversación confidencial. Nadie se atrevió a interrumpirles. A mediodía, Coleridge comió con todos, fue muy atento con las hermanas de Piers y especialmente conmigo. Por la tarde se fue.

Después de cenar, cuando cayó la noche, oí el ruido de una piedrecilla en la ventana de mi cuarto. Al otro lado me aguardaba Piers y salí a la terraza, la misma por la que nos fugábamos de niños. Recuerdo que era una noche de primavera, iluminada por el brillo de mil estrellas y por la luz tenue de las ventanas de la mansión. Me contó lo que su compañero le había revelado: pocos días antes, la Armada se había partido en dos; unos barcos se habían decantado a favor del rey y otros habían permanecido fieles al Parlamento.

Coleridge se encontraba entre los primeros y había viajado a Oak Park para proponerle que se hiciese a la mar en su mismo barco, el *Thomas*, comandado por un viejo conocido de Piers, el capitán Barnaby Burley del *Fellowship*. Piers, lleno de rabia y odio hacia los que habían matado a su hermano y deseoso de hacerse a la mar, no anhelaba otra cosa que embarcarse.

—¿Te irás? —le dije llena de zozobra.

—Querida Len, tú me conoces, soy oficial de la Armada de su majestad, el mar me llama desde niño. No deseo otra cosa que navegar de nuevo. Te llevaré en mi corazón y pronto regresaré.

—¡No! ¡Me dejarás! Lo sé. La vida cuando estás lejos se me hace gris y oscura. Creo que sin ti perdería la razón, ¡me moriría!

—Tranquilízate, no estaremos tan lejos. Tendré que venir a menudo a Oak Park. Te veré.

Me explicó entonces que Coleridge también había traído una petición. Los barcos realistas, sin provisiones de ningún género, navegaban no muy lejos de allí, en la costa de Essex. Se conocía la fama de lord Leigh de buen comerciante y venía a solicitar que les consiguiese avituallamiento.

—¿Lord Leigh ha cambiado entonces su postura? —inquirí—. Hace años, cuando Thomas le pidió que armase tropas para ayudar al rey, no quiso.

—En aquella época, la situación no se había endurecido tanto como ahora. Creo que ya antes de la muerte de Thomas mi padre había tomado partido. Ahora ha aceptado hacerse cargo de la intendencia de los navíos realistas que van a anclar en la ensenada en la próxima marea viva.

—¿Será entonces en la noche de los fantasmas cuando te vayas?

La luna había salido y estaba cercana al horizonte, nos iluminaba con su luz blanca, ahora en cuarto creciente. Cuando estuviese llena, Piers se iría de nuevo. Me sobrepuse a la congoja y de algún modo pronuncié palabras de aliento, pero en mis ojos había rastros de agua. Él se dio cuenta y me abrazó para consolarme. Después nos quedamos en silencio. En la penumbra se entreveían los espesos bosques, las praderas y más allá el mar, imposible de distinguir desde donde nos encontrábamos sentados, pero omnipresente en aquellas tierras.

Se volvió hacia mí, me acarició el rostro y noté el roce de la barba incipiente cuando me besó, suavemente al principio, con fiereza y más atrevimiento después.

—En mis noches en el barco, muchas veces soñé con una mujer. Nunca hubiera pensado que esa mujer ibas a ser tú.

Al sentir la pasión en sus labios, mi alma se colmó de felicidad; me embargó un gozo íntimo al saberle, de alguna manera, mío.

—No soporto pensar que te vas a ir de nuevo —dije finalmente—. Yo sí soñé contigo, eres lo único importante de mi vida.

Entonces separé ligeramente su cara de la mía, introduje mis manos en su cabello y permanecimos unos segundos mirándonos a los ojos. Aquel instante fue para mí como estar en el paraíso, no necesitaba nada más en este mundo sino seguir así, abrazada a él, reflejándome en sus ojos claros. Piers era todo para mí, más que un amigo o un hermano, mi otro yo, el hombre al que siempre había amado, amo y amaré.

Se escuchó el ulular de un búho, una brisa suave con olor a bosque en primavera nos envolvió. Permanecimos juntos hasta casi el amanecer, unas veces en silencio, otras hablando palabras de amor o susurrando en voz queda. ¡Cuánto le quería! Ahora todo había cambiado entre nosotros.

En los días siguientes, Matt, un marino que había venido con lord Leigh y un criado fiel fueron trasladando bultos de los sótanos a la ensenada dirigidos por lord Edward y Piers, mientras lady Leigh, Margaret, Ann y yo repasábamos antiguos trajes de los chicos y remendábamos mantas viejas, que podrían servir a bordo de los barcos. Todos ayudábamos porque sabíamos que estábamos apoyando a los realistas, y nos parecía que aquella cooperación era como un homenaje a los ideales que Thomas había sostenido en vida. En la cueva del embarcadero se apilaron pronto cajas y cestos con diversos tipos de alimentos y ropas, así como botellas, barricas con ron y otras bebidas. Para la escasa servidumbre de la casa y para los vecinos del pueblo de Walton, el trasiego obedecía solamente a un nuevo negocio de lord Leigh.

Entre tanto barullo, no veía a Piers todo lo que hubiera querido, pero le sentía cerca. Cuando pasaba a mi lado me sonreía, se detenía para preguntarme qué estaba haciendo o se burlaba cariñosamente de mí al ver mis esfuerzos en el arte de la costura, don que nunca he tenido. Miles de hormigas me recorrían entonces la piel; él, a su vez, me miraba de una manera distinta.

Más tarde, en aquellas noches claras de una primavera suave, sin lluvia, nos encontrábamos en la gran terraza superior de la casa. A veces Piers me dejaba su casaca de marino, que olía a mar, para que me protegiese del relente nocturno. Yo miraba a la luna en el cielo, temiendo que llegase el momento en que él tendría que irse. Nos volvimos a besar muchas veces, y en nuestro amor cada vez más intenso encontrábamos fuerzas y consuelo ante aquellos tiempos que nada bueno presagiaban. Sí, nos amábamos profundamente, pero en nuestra pasión de hombre y mujer persistía aquella camaradería que nos había unido desde la infancia. Juntos éramos felices; hablábamos del pasado y el presente, o discutíamos la situación política del país. Desde la noticia de la muerte de Thomas, Piers se mostraba enteramente partidario del rey. Afirmaba que todos los excesos en los que había caído el Parlamento se corregirían con el retorno de la monarquía. Además pensaba que Carlos Estuardo, tras una guerra sangrienta, habría aprendido la lección y se mostraría más tolerante, más abierto hacia la libertad religiosa.

No sé por qué, pero ya entonces me daba cuenta de que las esperanzas de Piers eran vanas. Aun así deseaba que lo que él anhelaba se hiciese realidad, regresar a los tiempos pacíficos y que él no tuviese que luchar ya más. En realidad, ansiaba poder volver a aquella infancia feliz que había compartido con él. Pero no era posible. Ahora sé bien que la vida no vuelve atrás, no se puede retornar al pasado.

Cuando al fin llegó la marea alta, nos despedimos de él. Desde el acantilado, le vimos hacer varios viajes en una pequeña balandra, llevando todo lo que habíamos dejado en la cueva hasta el *Thomas*, el navío de veinticuatro cañones comandado por Barnaby Burley al que estaba destinado, que aguardaba en medio de la bahía de la Cabeza del Caballo. Piers no era un marinero más en la pequeña balandra; llevaba el mando y sabía muy bien lo que debía hacerse en cada momento. Le admiré, al tiempo que sentía una gran opresión en el pecho al darme cuenta de que lo que yo más quería en el mundo se adentraba de nuevo en la mar abierta.

28

Colchester

Poco tiempo después de que Piers se uniese a la Armada, la mayor parte del condado de Essex y prácticamente todo Kent se levantó a favor del rey; luego Cornualles y las regiones tradicionalmente monárquicas se les unieron y, al parecer, en Escocia se estaba formando un ejército que pronto atacaría Inglaterra. De algún modo, la población se había cansado de la tiranía parlamentaria, cada vez más controlada por Cromwell y Fairfax, los dirigentes del Nuevo Ejército Modelo. Fue entonces cuando comenzó otra vez la guerra, la segunda guerra civil inglesa, y las tierras de nuestro hogar, situadas al este de Inglaterra, área libre hasta entonces de batallas, se incendiaron en la terrible revolución que rompería para siempre nuestras vidas.

La sala Este se convirtió en un nido de intrigas. Sir Charles Lucas y George Goring, primer conde de Norwich, así como otros caballeros se entrevistaron con lord Leigh. El hecho de que hubiese avituallado a los barcos leales a Carlos Estuardo había trascendido entre los dirigentes realistas, que aprovecharon la oportunidad para reclutarle aún más completamente para su causa.

A Margaret, Ann, lady Niamh y a mí misma no se nos permitió asistir a las veladas, que se producían con el máximo secreto. Las puertas del gabinete se cerraban de nuevo por las noches, pero yo había crecido de tal modo que ya no podía ocultarme en el hueco tras el tapiz. No había forma de enterarnos de lo que estaba ocurriendo.

Durante el día, lord Leigh solía estar ausente o recibiendo a unos y a otros. Recuerdo que cosíamos, en silencio, en el gran salón ahora destartalado, porque los cuadros y gran parte del mobiliario se habían vendido para sufragar los gastos de la guerra. Nos sentíamos solas a pesar de que la casa se hallaba más llena que en los últimos tiempos. Nos mirábamos unas a otras con preocupación, sin hablar de lo que ocurría, temiendo que aquel giro de los acontecimientos pudiese precipitarnos al abismo, como así sucedió.

Al fin, lord Edward nos reunió para comunicarnos abiertamente que había decidido unirse al conde de Norwich y al levantamiento realista. Pronto se iría de Oak Park, posiblemente para una larga temporada. No regresaría hasta que el rey no recobrase de nuevo el poder. Parece que se me han grabado en la mente sus palabras de despedida:

—Llega un momento en la vida de un hombre... —Se paró un instante, como pensando lo que iba a decir—... en el que no se puede seguir siendo indiferente a lo que sucede en el propio país. Han prohibido todo lo que amamos, la fe de nuestros mayores, incluso las manifestaciones externas de esa fe. Han matado a mi hijo, han cometido atrocidades inimaginables para cualquier hombre de honor, sacrilegios y horrores sin cuento. Lo más grave de todo es que ahora Cromwell y Fairfax poseen un ejército de fanáticos con el que podrán alcanzar un poder absoluto, sin ningún tipo de cortapisas, superior al que antes ostentaba el rey. Pronto no habrá ni siquiera un control parlamentario sobre sus acciones, la tiranía del Nuevo Ejército Modelo nos dominará. Es mi deber enfrentarme a esos buitres, esas bestias salvajes.

Lady Niamh se opuso con fuerza.

—Esta guerra va a ser aún más dura que la anterior, los realistas vencidos dieron su palabra de no luchar en contra del Parlamento —dijo—. Cualquiera que empuñe de nuevo las armas, será considerado un traidor. No habrá clemencia para él.

—No puedo permanecer ocioso, con los ojos cerrados a la barbarie. Temo por vos, querida mía, sois irlandesa y católica. Si no obrase así, no podría protegeros. Odian visceralmente todo lo irlandés. Piers me contó algo que ocurrió en su barco. Asesinaron sin piedad y de la forma más cruel a un grupo de irlandeses sólo por el hecho de serlo. El señor Reynolds nos relató lo que sucedió en Naseby, en la misma batalla en la que murió nuestro hijo, cómo asesinaron y violaron a las mujeres que los seguían. No son caballeros, son fieras humanas. Mi amada esposa, es mi obligación cuidar de vos.

Lady Niamh le insistió una y otra vez para que no se uniese a una guerra de la que siempre se había mantenido al margen. Pero lord Edward, desolado y enfurecido, había perdido aquella estabilidad de ánimo que tanto le había caracterizado. Quizá en el pasado se había dominado para salvaguardar a los suyos, esperando que todo cambiase pacíficamente. Ahora que se había convencido de que no había nada que hacer, dejaba salir la ira que almacenaba en su corazón.

Al día siguiente, al frente de una tropa de unos doscientos hombres, muchos de ellos marineros de los barcos mercantes de los Leigh, arrendatarios y algún criado de Oak Park, se unió al ejército de sir Charles Lucas, que avanzaba hacia Londres.

Nos quedamos de nuevo solas en la Casa del Roble, acompañadas de Matt y unas pocas criadas. Empezaron los robos en la finca y en los graneros, por las noches escuchábamos sonidos extraños en el parque que nos intranquilizaban. Se sucedieron los últimos días de la primavera y los primeros de un verano sin luz, unas jornadas húmedas, lluviosas y grises que acentuaban la sensación de temor que se respiraba.

Por las hojas volanderas supimos que, en el camino a la capital, una parte de la tropa monárquica había desertado cuando llegaron noticias de que Fairfax había tomado uno de los enclaves realistas más firmes, Maidstone. A pesar de las defecciones, el resto del ejército partidario del rey había seguido adelante; pensaban que la ciudad estaría cansada de los abusos de los parlamentarios y que se rendiría casi sin luchar o se revolvería contra el Parlamento. No fue así. Cuando al fin se encontraron ante las puertas de Londres, éstas se hallaban cerradas y los londinenses opusieron resistencia. La tropa realista finalmente hubo de retroceder, perseguida por los Cabezas Redondas.

Huyeron a la cercana ciudad de Colchester, no muy lejos de Oak Park. Ante sus puertas se produjo una batalla encarnizada, sin un vencedor claro; los restos de las tropas partidarias de Carlos Estuardo, entre los que se encontraban lord Leigh, sir Charles Lucas y lord Goring, se refugiaron dentro. Durante la primera guerra civil, la villa había sido partidaria del Parlamento; ahora estaba ocupada por su tradicional enemigo, el ejército realista, y asediada por los de su propio bando, el ejército de los Cabezas Redondas.

El sitio de Colchester fue inhumano. Resistieron dos meses y medio en aquel verano inclemente, en el que incesantes lluvias lavaron los campos, hubo tormentas e inundaciones y el tiempo se volvió tremendamente frío y húmedo para la estación. Pronto empezaron a faltar víveres. Se comía carne de perro y de caballo. Se racionaron los escasos bastimentos. Supimos que llegó un momento en el que no quedaba nada que llevarse a la boca y los sitiados comenzaron a morirse de hambre.

Desde Oak Park, también a nuestra manera cercadas, sin atrevernos a salir solas de la casa, seguíamos con inquietud las noticias sobre el sitio de Colchester propaladas por los parlamentarios sabiendo que lord Edward se hallaba luchando tras sus murallas. Pasaron las semanas y la balanza no se decantó hacia unos u otros.

Una tarde lluviosa llegó un hombre, uno de los marineros que había acompañado a lord Leigh. Recuerdo que se llamaba Ethan, y antes de marino había sido pinche de cocina con Matt. Venía huyendo y estaba malherido.

—El asedio está siendo despiadado —empezó a contarnos en cuanto lo entramos en las cocinas—. Sir Charles Lucas, el alcaide de la ciudad, cree que los escoceses les van a liberar. No se rinde porque sabe bien que la rendición conllevaría para él la pena capital, por traidor. Antes de que me escapase, la situación ya era desesperada, se habían comido hasta las ratas. Entre las gentes de la ciudad se produjeron revueltas contra los realistas que se sofocaron cruelmente, sin compasión. Al fin, unas cuantas mujeres hambrientas solicitaron a sir Charles Lucas que las dejase salir para reclamar comida para sus hijos. Las vimos salir con la desesperación pintada en sus caras. Al acercarse al campo parlamentario, se les negó todo amparo. Comenzaron a disparar alrededor de ellas, después las apresaron y las devolvieron desnudas a la ciudad. Los hombres de Lucas se negaron a readmitirlas. Las mujeres permanecían delante de las murallas, temblando, sin que nadie las socorriese. Todavía me parece ver a lord Edward, contemplando disgustado aquella conducta inhumana, tanto por parte de un ejército como por el otro, desde las fortificaciones de la ciudad.

Lady Niamh sollozó mientras afirmaba:

—Salió a auxiliarlas, lo sé.

—Sí, mi señora, lord Edward gritó que si no había ningún valiente, que si no había nadie capaz de actuar como un caballero. Varios nos unimos a él, sobre todo los que procedíamos de Oak Park y le conocíamos. No fue valor... estábamos tan hambrientos que preferíamos morir en combate a permanecer más tiempo en aquella ratonera donde sólo nos aguardaba una muerte lenta.

Ethan calló un instante. Lady Niamh, con la mirada llena de lágrimas, le animó a proseguir.

—Cuando salimos a rescatarlas, los Cabezas Redondas nos dispararon y se lanzaron sobre nosotros como hienas. Murieron muchos de los nuestros y el resto fuimos heridos y hechos prisioneros. Cuando le capturaron, lord Edward estaba herido. Le llevaron al campamento enemigo. Allí le registraron y... entre sus ropas encontraron un crucifijo. Al verlo, le dispararon a quemarropa y después le cortaron la cabeza, que clavaron en una pica frente a las murallas de Colchester para ejemplo de los traidores. Yo pude escapar, pero me persiguen. Necesito vuestra ayuda, mi señora.

El hermoso rostro de lady Niamh se había tornado de un color céreo y su expresión se volvió ausente, como en un trance, incapaz de asimilar que aquel a quien tanto amaba hubiese muerto.

Escondimos a Ethan en los sótanos de la Casa del Roble, que tras la muerte de lord Leigh nunca más iba a ser la misma. Así, de un modo salvaje y cruel, partió de entre nosotros el hombre que me acogió en su casa y me trató casi como a una hija más. Nunca le lloraré lo bastante.

Aquello fue el inicio del fin.

29

La despedida frente al mar

Pocos días después de la noticia de la muerte de lord Leigh, antes de que Colchester hubiese claudicado, un bote dejó a Piers en la costa, junto a los acantilados. Sólo los más cercanos supimos de su regreso. Las paredes hablaban.

Se había convertido en un fuerte y decidido teniente de marina. La Armada se hallaba dirigida ahora por el príncipe de Gales y por sus primos, los sobrinos del rey, los príncipes Ruperto del Rin y Mauricio del Palatinado. Piers navegaba en el *Antelope*, un navío que patrullaba por las cercanas costas de Essex. La Armada necesitaba mantener contacto con los restos realistas en el país y provisiones, y Piers, como segundo de a bordo de uno de aquellos barcos, le propuso a su capitán anclar frente a la ensenada de Oak Park.

No conocía la muerte de su padre. La adivinó en el rostro dolorido y ausente de lady Niamh, en la expresión aterrorizada de sus hermanas, en mi rostro pálido casi exangüe. Habló con Ethan, quien le contó todo lo ocurrido y le pidió que se lo llevase con él pues le perseguían. Piers aceptó.

No mostró sus sentimientos delante de su madre y sus hermanas ni de la servidumbre, sino que permaneció adusto y callado. Sin embargo, cuando nos quedamos a solas, en el bosque tras la casa, liberó toda su angustia y dolor. No puedo olvidar su reacción ante la tragedia. En él no cabía la melancolía, sino la ira. El dolor estalló en un acceso de cólera como yo nunca hubiese imaginado, su rabia almacenada se desbordó. Como una fiera herida, como un caballo desbocado, con un cuchillo que llevaba al cinto golpeó el tronco de un árbol como si hiriese a uno de aquellos cabezas redondas que habían matado y descuartizado a su padre, hasta que destrozó la corteza y la madera del árbol saltó herida por los golpes. Aún resuena en mi cabeza aquel sonido rítmico. Me acerqué a él para calmarle, pero no me dejó. Me apartó de él y caí al suelo de rodillas, sollozando desconsoladamente mientras le pedía que se serenase. Al verme así, el amor que me tenía le hizo reaccionar y, realizando un titánico esfuerzo, guardó el puñal en el cinto, se recobró algo y me pasó la mano por los cabellos, como pidiéndome perdón. Luego huyó de mí. Entendí todo lo que le ocurría y me llené de tristeza.

No fui tras él. Le conocía muy bien y sabía que cuando se enfadaba de aquel modo, había que dejarle a solas para que poco a poco se recompusiera y cesase su ira. Caminé despacio bajo las ramas de los árboles, que dejaban caer gotas de una llovizna muy fina. La naturaleza lloraba, como mi corazón.

Los días siguientes le vi... ¡tan cambiado! Mucho más maduro, superando con una voluntad férrea su dolor, sin pensar en sí mismo ni en lo que le estaba pasando. Todo en él era actividad y decisión, serenidad y firmeza, como si le hubiese sido traspasado el espíritu ecuánime y emprendedor de lord Leigh. Organizó el aprovisionamiento del barco. Dispuso la defensa de la casa. Nos dio instrucciones por si no regresaba. Esto último me conmovió de tal manera que me dejó paralizada. Sabía bien que no podría vivir sin él. A toda esa actividad, nosotras le ayudábamos en lo que podíamos.

Poco antes de irse para siempre, Piers y yo bajamos una vez más la estrecha senda del acantilado que habíamos recorrido tantas veces de niños y nos llegamos hasta la cueva.

Atamos los caballos a las argollas de hierro oxidado donde

se solían sujetar las barcas. Miramos de frente al mar, un mar borrascoso de una tarde sin sol. El ruido atronador de las olas, que restallaban contra las rocas, dificultaba que nos entendiésemos. El *Antelope* se balanceaba a lo lejos. Después de un tiempo, noté la mano fría de Piers que agarraba suavemente la mía. Me giré hacia él y le vi serio a la vez que absolutamente conmovido. Acercó los labios a mi oído.

—Es un barco de tercera clase, con treinta y seis cañones. Nunca he combatido en uno igual. Es hermoso…

—Para mí no lo es, te va a llevar lejos de aquí.

Entonces me dijo algo que no entendí por el ruido del mar.

—¿Qué? —pregunté.

—Te quiero —le escuché al fin.

Yo no podía hablar, un nudo me cerraba la garganta. Sentía que le perdía, y para mí la vida sin él sólo era un pozo de oscuridad. Me parecía que mi corazón detenía sus latidos por la pena. Al verme de aquella manera, para hacerme reaccionar, me abrazó con fuerza y me besó intensamente; sentí el sabor a salitre y a una cierta amargura en mi boca. En su abrazo, furioso, en su beso, hambriento, latía el amor devorador hacia mí y la rabia hacia todo lo que nos desunía por una guerra cruel. Se separó, gritando algo que, con el viento más fuerte, no fui capaz de entender. Entonces, entramos en la cueva para poder oírnos, guareciéndonos de la galerna que soplaba fuera. Allí, en la oscuridad, recorrió con sus manos todo mi cuerpo; le dejé hacer. Me colmó el deseo. Permanecimos de pie, intensamente unidos por aquel arrebato que era como una locura, hasta que por la boca de la cueva penetró un viento gélido que de algún modo nos calmó, devolviéndonos a la realidad. Me embargó un extraño pudor y me aparté ligeramente de Piers. ¡Ojalá no me hubiera alejado de él! ¡Ojalá hubiera sido suya en aquel momento! Ahora nunca será así. No perteneceré a nadie. Ahora estoy rota.

Recuerdo que, sorprendido por mi extraño rechazo, me atrajo con fuerza hacia él, estrechándome de nuevo en un abrazo tem-

239

bloroso. Entonces me di cuenta de que temblaba porque estaba llorando. Nunca le había visto sollozar así. Rodaban gruesas lágrimas por sus mejillas. Mi boca se abrió para consolarle.

—Amor mío, no llores...

Con sus manos fuertes y varoniles se limpió las lágrimas, avergonzado, y me dijo:

—Lloro porque pienso que voy a perderte. Lloro porque esta guerra es absurda, por dejar todo aquí, por mi padre... Él era mi modelo, el hombre recto, el que nunca fallaba. ¿Me entiendes, Len?

—Sí, él era así.

—¡Oh! ¡Dios! —gritó mirando hacia el mar bravío, hacia aquel cielo cubierto de nubes—. ¿Por qué consentiste su muerte?

Abrazándole de nuevo, intenté darle alguna explicación; torpemente quería calmar el dolor que zahería el alma de aquel a quien más quería en este mundo.

—¡Mi querido Piers, querido, querido mío! Tu padre decidió su destino. Para él no había otra causa que vosotros, sus hijos. Tras la muerte de tu hermano, no podía seguir siendo impasible y neutral. Eso iba en contra de su carácter, de su forma de ser.

—Yo también lo creo así. Al abrazar una causa que consideraba perdida, mi padre sabía que tendría que ir hasta el final, aunque el final fuese la muerte. No era hombre de medias tintas.

Tiritaba de frío, la brisa del mar era heladora, pero también de pena. Piers tenía los labios azulados. Se los besé con ansia. Finalmente, me refugié en su pecho y él me dijo:

—Mi padre ha muerto. —Su voz vibró de nuevo al pronunciar estas palabras—. Ahora yo soy el señor de Oak Park. No sé si volveré, pero si algún día lo hago quiero que seas mi esposa, que seas la señora de la Casa del Roble. De alguna manera te pertenece. Para mí Oak Park es tu presencia.

Asentí, después oí sus palabras entrecortadas.

—No concibo la vida sin ti... Desde niños... Desde siempre y para siempre.

Entonces me desprendí de lo único que tenía en el mundo: la medalla de estaño que mi padre le había dado a mi madre. Se la colgué al cuello y le dije que le protegería.

La medalla de estaño ha vuelto ahora a mí, en este lejano lugar, en Santo Domingo. La miro una y mil veces, a menudo la beso. No sé cómo ha llegado, pero con ella me parece recuperar las fuerzas y que la cordura retorna a mi mente herida. De algún modo siento que Piers está vivo. Me despierto temblando, y pienso una y otra vez que si él vive, no todos los Leigh han muerto y yo no me siento tan culpable.

Luego dudo. La última vez que tuve noticias de Piers fue a través del embajador Cárdenas. Poco antes de partir, don Alonso me relató que un joven oficial de la Armada Real, Piers Leigh, hijo del fallecido lord Leigh, había acudido a Holborn, a la legación española, solicitando ayuda para su familia y había implorado mi rescate. Cuando le pregunté dónde se hallaba aquel marino, movió negativamente la cabeza.

—Supongo que habrá muerto. Me llegó una carta de él desde Irlanda, escrita a bordo del *Defiance*; se había unido a los barcos del príncipe Ruperto. Hace poco se leyó en los pasquines que ese barco, capitaneado por Mauricio del Palatinado, se hundió en una terrible tempestad y que no había habido supervivientes.

Creí volverme loca del horror. Fue ahí cuando comenzó mi mutismo y desvarío. Había sufrido tanto… y había aguantado, pero aquellas frases —«Supongo que habrá muerto», «Ese barco se hundió»— comenzaron a repetirse en mi interior de tal modo que no podía pensar en nada más. Dejé de hablar, no lloraba, estaba fuera de mí misma, totalmente perturbada. Era como si en el fondo prefiriese que Piers se hubiera hundido en el mar para no tener que enfrentarme a él, para no tener que explicarle el final de Oak Park, el final de su familia, lo que habían hecho conmigo.

Ahora, sin embargo, al ver la medalla, repito una y otra vez las palabras de don Alonso de Cárdenas, que cobran un significado distinto: él me había dicho que el *Defiance* se había hundido, pero que un barco se haya hundido no significa que todos los hombres hayan muerto. Como una luz, la cordura penetra en mi mente y una ciega esperanza colma mi corazón. Piers, mi Piers, era fuerte y decidido. Está vivo y volverá.

Otras veces pienso que la medalla ha aparecido en un cadáver y que algún buen amigo de Piers me la ha traído. Pero eso no es posible. No concibo la vida sin él. Él me lo dijo, su amor y el mío eran para siempre.

30

La casa de las Dávila

Santo Domingo, abril de 1655

«Para siempre... siempre.» Josefina me despierta mientras yo sigo escuchando las palabras de Piers en mi sueño.

—Cae la tarde. Es a esta hora que las Dávila suelen recibir visitas, podríamos acercarnos a verlas.

Me levanto deprisa y por primera vez en mucho tiempo mi boca se curva en una tímida sonrisa, que complace a Josefina. Estoy nerviosa porque quiero saber algo más del hombre enfermo en el hospital de San Nicolás, quizá las Dávila me ayuden. La negra me viste y al poco salimos a la calle. No tardamos más de un minuto en llegar a la casa contigua a la nuestra. Nadie nos ha parado por la calle.

Las Dávila se muestran expansivas. Tenían el café y unos dulces preparados en el estrado. Nos sentamos apoyadas sobre blandos cojines en el suelo.

Al principio no sé qué decir, porque llevo mucho tiempo encerrada en casa y no conozco las costumbres del visiteo, algo que, me ha contado Josefina, tan común es en la ciudad. Las damas nobles pasan la mañana en sus devociones y en el paseo, comen pronto, duermen una siesta y por la tarde mantienen estas reuniones en las que aprovechan para comentar chismes de la villa.

La necesidad de conocer algo más sobre Gabriel de Rojas

me empuja finalmente a preguntarles sobre el que parece ser su mayor enemigo.

—En el palacio del gobernador, hablasteis de don Rodrigo Pimentel…

—Un sinvergüenza —afirma doña Beatriz, que también ha venido de visita a casa de su madre.

Beatriz es la más hermosa de las tres Dávila. Un rostro alargado, con unos ojos grandes y negros, los labios rojos y gruesos, y el pelo largo recogido a los lados con unas pequeñas pinzas rojas que le dan un aire exótico. Por sus venas corre sangre india, el bello resultado del mestizaje de los españoles desde su llegada a la isla. El embarazo la favorece.

Sus otras hermanas, doña Berta y doña Amalia, muestran una fisonomía más europea, pero son menos hermosas que Beatriz, quien quizá no se enorgullezca de sus rasgos mestizos.

—No hay más ley ni más rey que don Rodrigo Pimentel —añade una de ellas. Es lo mismo que dijeron en la recepción.

—Ha jugado con los precios lo que ha querido —prosigue doña Beatriz—. Acapara los productos que llegan de ultramar y después especula con ellos.

No me interesa nada de eso así que, como quiero que la conversación derive a doña Inés de Ledesma, les pregunto tímidamente:

—Pero ¿no ha reparado un convento para las clarisas?

Ríen.

—A cambio las buenas monjitas han acogido a doña Inés —dice con picardía doña Amalia.

—Ha mancillado su honor —me informa doña Beatriz.

—¿Qué decís?

—Inés de Ledesma es pariente lejana suya, heredera de una gran fortuna —responde doña Berta—. Es amiga nuestra. Don Rodrigo es su tutor y parece ser que la rondaba porque es muy hermosa. Intentó abusar de ella.

—Acudió al capitán del fuerte, don Gabriel de Rojas, que se enamoró perdidamente de ella —prosigue doña Amalia—.

244

No sé si tanto ella de él, digamos que Inés se dejó cortejar. Don Gabriel es un hombre de prestigio en toda la isla, amenazó a Pimentel. El regidor, eso lo sé de buena tinta, la dejó en paz. Gabriel pidió su mano, pero antes de que se comprometieran, hace cosa de un año y medio, Rojas desapareció de la ciudad.

—Don Rodrigo aprovechó la circunstancia, e intentó forzarla y obligarla a casarse con él... —continúa doña Beatriz.

—Lo que va contra todo derecho —doña Amalia no la ha dejado terminar—, pues él es casi un viejo y ella una bella joven. Nosotras la ayudamos a escapar de Pimentel y la llevamos a las Claras, donde ha profesado como novicia. Don Rodrigo es muy pío y está relacionado con el clero de la ciudad, por lo que hubo de aceptar que su sobrina se le escapase para meterse a monja; pero si le pusiera la mano encima, no sé si Inés lograría de nuevo huir de él.

—¿Del capitán no se ha vuelto a saber nada? —les pregunto inocentemente.

—Rojas dirigió la toma de Tortuga, pero después de eso no regresó.

—¡Ay! ¡Si volviera don Gabriel! Quizá podría ayudarla... Es una desgracia que Inés de Ledesma tome los hábitos sólo por escapar de Pimentel.

—El capitán Rojas es todo un caballero. Mi esposo le conocía mucho, combatieron juntos en la conquista de Tortuga.

—¿Vuestro esposo es militar?

—En el mar. Es... marino.

Sus dos hermanas la miran.

—Corsario —apunta doña Berta, con cierto sarcasmo.

—El esposo de mi hermana es un hombre valiente —dice doña Amalia como excusándole—. El año pasado fue nombrado maestre de campo.

—A mi madre no le hace mucha gracia don Juan de Morfa —explica doña Berta, que parece ser la más cercana a la madre—, porque es extranjero y se ha dedicado al corso. Sin embargo, le tolera porque es rico.

Es evidente que a Berta no le gusta nada el esposo de doña Beatriz, mientras que Amalia lo acepta. El ambiente se ha enrarecido y para suavizar la tensión pregunto a doña Beatriz, mirando a su abultado abdomen:

—¿Para cuándo?

—Quizá hacia final de mes, aunque Josefina dice que podría adelantarse.

Las jóvenes damas me sirven un dulce de yema y azúcar. Lo tomo con agrado.

—Es de las Claras —me dice doña Berta.

—Me gustaría ir allí —les digo apocadamente.

—Con el toque de queda, me parece difícil.

—¿No tenéis miedo de permanecer en la ciudad? —me pregunta Amalia, amablemente.

—Mi señor tío ha prohibido las salidas.

—En cambio, don Rodrigo Pimentel quiere evacuar de la ciudad a las mujeres.

—¿Os iréis? —me intereso con cierta preocupación. No me gustaría que se fuesen ahora que he empezado a tratarlas; son alegres y animan mi melancolía.

—Mis hermanas harán lo que quieran —afirma doña Beatriz—, pero yo esperaré en mi casa a mi esposo.

Sus dos hermanas han comenzado a hablar entre sí, cuchicheando, y ella me pregunta con curiosidad:

—¿Por qué queréis ir a las Claras?

—Me agradaría conocer a doña Inés.

—Podría acompañaros, pero no sé cómo vamos a llegar porque hay patrullas por las calles. Antes solía ir a menudo a verla. Mi esposo, don Juan de Morfa, me pidió que la cuidase. Tendremos que esperar. Aunque no entiendo vuestro interés en conocerla…

No le contesto. En realidad no tengo interés en ver a doña Inés, la mujer con la que aquel hombre me confundió. En realidad necesito hablar nuevamente con él.

31

Gabriel de Rojas

No salimos a la calle para evitar el toque de queda. Josefina y yo volvemos de casa de las Dávila por las huertas de detrás de ambas casas, cercanas a la muralla. Desde allí, nos envuelve la brisa marina. Palmeras y edificaciones blancas rodean las riberas del Ozama. Sobre las fortificaciones, oteando el horizonte, la luz del ardoroso sol caribeño me calienta la piel. Me protejo con mi sombrero de amplias alas. Junto a mí está Josefina, que sostiene una sombrilla blanca.

No nos detenemos en la residencia de mi tío. Paseando entre huertas y muros bajos, nos encaminamos discretamente al hospital de San Nicolás. Nos recibe fray Alonso, que nos adelanta que al enfermo le ha bajado un poco la fiebre, ha dejado de delirar y está consciente. Nos acompaña a la celda a la que lo han trasladado. El capitán Gabriel de Rojas parece dormido. Me entretengo a su lado, le acaricio la frente perlada por gotas de sudor. La cama todavía está empapada por la calentura. Él entreabre los ojos, me observa con unos ojos grandes y oscuros, rodeados de profundas ojeras.

—¿Quién sois? —le pregunto para cerciorarme.

—No quisiera revelaros mi nombre —responde con voz ronca.

Entonces le habla Josefina:

—Vuestra mercé anda seguro aquí. No tema que digamos nada.

—En sueños mentabais a una mujer llamada doña Inés de Ledesma —continúo yo.

Él se incorpora al oír el nombre.

—¿Cómo está? —pregunta exaltado. Ha alzado la voz.

—Callad, don Gabriel —le insta la esclava mientras le ayuda a tenderse de nuevo y le refresca los labios con un poco de agua—. No os delatéis. Sólo la señorita, fray Alonso y yo conocemos vuestra identidad. Todo el mundo os busca. Lleváis mucho tiempo fuera de la ciudad, se decía que habíais muerto. ¿Qué os pasó?

—Cuando regresaba hacia Santo Domingo naufragué al norte de la isla… —Se fatiga al hablar—. Malherido me recogieron unos bucaneros, que me curaron pero que me retuvieron varios meses sin dejarme regresar. Cuando pude escapar, enfermo y agotado emprendí el camino hasta aquí, os ahorro las penurias que pasé. No sé cómo he podido llegar. —Se para un momento recordando aquella carga que tanto le pesa en el corazón—. ¿Cómo está doña Inés?

—Se refugió en las Claras —dice Josefina.

—¡Gracias a Dios!

—Ha profesado como novicia.

Gabriel de Rojas se enfada.

—Ese miserable —dice sacando fuerzas de flaqueza— no va a conseguir que se meta monja. ¡Tengo que verla!

Esta vez se sienta y con esfuerzo se levanta antes de que podamos impedírselo, pero está tan débil que no puede sostenerse de pie más que unos instantes.

—La fiebre me está matando —se lamenta poco después, de nuevo tumbado en la cama—. Tengo tan pocas fuerzas que no podría defenderme. No estoy seguro en esta ciudad.

—No temáis de nosotras —lo tranquiliza Josefina, y añade—: Con quinina mejoraréis.

—Quizá ya sea tarde. Hace tiempo que debía haberla tomado, de poca ayuda me será ahora.

Mis ojos le observan con piedad. Está realmente débil, pero

es el único que puede ayudarme a encontrar al que quiero con toda mi alma… si todavía vive.

—¿Dónde conseguisteis esto?

Le muestro la medalla de estaño.

—No sé qué es…

—Estaba en un paquete con mi nombre.

—¿Sois Catalina de Montemayor y Oquendo?

—Sí.

—Len os llamaba él.

Conmovida, asiento. Él prosigue:

—El pasado año atacamos Tortuga. Un… marino extranjero nos ayudó. Gracias a él fue posible la victoria. —Me habla con lentitud mezclando ideas—. Tras el ataque a la isla, nos separamos. Yo debía regresar a Santo Domingo para liberar a doña Inés. Cuando nos despedimos, me dio ese paquete, debía preguntar por una dama. Por vos.

El rostro de Gabriel de Rojas muestra cansancio; está volviendo a subirle la fiebre. Le seco la frente, para aliviarle. Después le pregunto lo que más me preocupa.

—Ese hombre, el extranjero que os dio el paquete, ¿os dijo algo más?

—Que buscaría a la dama…

—¿Dónde está ese hombre?

—En la mar. Era el capitán del navío que… asaltó el barco donde don Rodrigo Pimentel me encerró.

«Un asalto…» De pronto me embarga una gran intranquilidad y le pregunto:

—¿Cuál es su nombre?

—Pedro… Don Pedro Leal.

Callo unos instantes, ese nombre me llena de esperanza. Leal era el apellido que tío Andrés utilizaba en España. Alguna vez habíamos hablado de que el nombre de Piers en castellano habría sido Pedro. Noto que Gabriel de Rojas me mira de arriba abajo, confuso, como si hiciera tiempo que no ve a una dama. Una luz se abre en mi mente y le pregunto:

—¿Es un pirata?

—Ya no lo es...

—¿Lo ha sido?

No contesta, pero ese silencio es una acusación. Piers, mi Piers, ¿qué te ha ocurrido que has roto todas tus promesas?

—Quiero verle —le digo.

—Debe de estar muy cerca de vos.

32

El secreto

Santo Domingo, abril de 1655
Oak Park, verano de 1648

Verle, ¿para qué? ¿Cómo confesarle el horror?

Hace dos días que me llegó la medalla. Al principio me desbordó la alegría, una alegría exaltada; mi mente se abrió, yo todo lo podía. Ahora el miedo me acongoja y he vuelto a enfermar. El horror a que él lo sepa, a que conozca lo que ocurrió. Con mi querida Josefina, regreso del hospital caminando entre los arbustos florecidos de una vegetación tropical exuberante. Ayer me hubieran parecido hermosos, hoy ya no. Cada vez me atenaza más el miedo de volver a verle. Josefina me observa preocupada al percatarse de mi semblante otra vez desencajado, como fuera de mí. No quiero que se preocupe… Tuerzo la cabeza fijándome en los arenales entremezclados con las rocas y el río a lo lejos; comienza a caer una lluvia cálida, fina y constante. La naturaleza llora como mi alma, que llora desesperadamente por todo lo perdido, por haber hecho el mal, por estar mancillada, impura… Casi no puedo caminar y me apoyo en la negra. Me torturo pensando una y otra vez: ¿qué le diría si lo volviese a ver? ¿Qué le explicaría? ¿Cómo podría contarle lo que ocurrió aquella noche terrible?

Ya en mi habitación a solas, me acerco a la ventana. Anochece. Sobre el mar se balancea una luna llena y traslúcida, una luna llena como la de aquella noche aterradora. La última en Oak Park.

Días atrás en el bosque, adonde había acompañado a Matt que iba a cortar leña, habíamos descubierto a un hombre espiando la casa. Le reconocimos: Roberts, el antiguo cochero a quien lord Leigh había despedido la mañana siguiente a la fiesta de Navidad, hacía ya varios años. Vestía al modo de los Cabezas Redondas. Matt se encolerizó cuando se topó con él. Nunca le había visto tan enfadado; con su voz cascada le gritó que se fuera, que no tenía nada que hacer en aquellas tierras, y le apuntó con un viejo trabuco.

Roberts se burló.

—Así que aquí anda el santón de Matt, el que canta en una lengua ininteligible. Eres el único hombre en la casa, ¿no es así?

—No. Están los marinos de lord Leigh.

Era evidente que Matt mentía. Roberts se alejó con una mueca de desprecio.

Ya habíamos visto antes a otros hombres rondando por la finca. Muchos eran furtivos que buscaban caza, pero yo presentía que había algo más: que nos estaban vigilando, acechando.

No dijimos nada en la Casa del Roble para no intranquilizar a las Leigh. Pero desde ese momento yo vivía en la zozobra, intuía que algo horrible iba a suceder. No podía desahogarme con lady Niamh, quien tras la muerte de lord Leigh se movía por Oak Park como un espectro, inconsolable. La casa se volvió triste, más oscura, plagada de fantasmas vivos y muertos, y sólo deseaba que Piers regresase pronto.

Cuando la desesperación y el miedo se volvieron intolerables, cuando un terror cerval se apoderaba ya de nosotras, tío Andrew llegó en un carro con los restos descuartizados de su sobrino, lord Edward. No supimos de qué manera los había conseguido. Mostraba una profunda aflicción. Cuando él y

Matt descargaban la pequeña caja, le oí musitar: «Los hijos no han de morir antes que los padres. Tú eras como un hijo para mí».

Sólo él fue capaz de calmar la profunda pena que afligía a lady Niamh. Durante largas horas habló con ella y después le propuso que aquella noche se despidiesen de lord Leigh. Le enterrarían en la capilla de los sajones y celebrarían un funeral en su memoria. Hacía muchas lunas que no se oficiaban los ritos antiguos en los sótanos. Como siempre, Matt se iba a encargar de avisar a los fieles, a todos aquellos que durante años habían compartido con la familia Leigh la misma fe, imitando el reclamo de un ave. Sí, Matt era el que convocaba a la misa y el que la vigilaba, por eso hacía años, cuando yo era niña, al ir a cerciorarse de que la persona que había bajado hasta las cocinas no era alguien que pudiese traicionarles, me había descubierto y me había seguido hasta mi habitación.

Cuando se acercaba la medianoche, Ann llamó a mi puerta; quería que bajásemos juntas. Yo también estaba atemorizada y fuimos a buscar a Margaret y a lady Niamh. Esta última parecía serena, Margaret no; temblaba de miedo. Todas vestíamos de negro para el oficio de difuntos.

Al descender hacia las antiguas mazmorras, por la ventana abierta de la escalera escuché el grito de aquel extraño pájaro, y me resultó raro oírlo entonces. La luz de la luna se colaba por el ventanal, el mismo bajo el cual Piers y yo, siendo niños, habíamos bailado una pavana.

Otra vez me llegó el grito del pájaro.

Me encontraba aterrada.

No había sentido tanto miedo desde el día aquel en el que, encerrada en la celda de la calavera, oía pasar a los fantasmas. Unos espectros que, ahora lo sabíamos bien, no existían, pero el peligro sí, cada vez era mayor. Bajamos temblando la escalera resbaladiza de piedra; Ann y yo nos apoyábamos la una en la otra, lady Niamh arrastraba los pies agarrada al brazo de Margaret.

Entramos en la capilla. Matt, ayudado por un desconocido, había retirado la losa de uno de los nichos en el suelo e inmediatamente se enterraron allí los restos de lord Leigh, porque hedían. Después, taparon la tumba. Lady Niamh se agachó y besó la losa. Tío Andrew, revestido con traje talar, la bendijo y la roció con agua bendita, rezando un responso. Luego se quedó un rato meditando sobre la tumba de su sobrino.

El silencio y el recogimiento de todos sólo se vio interrumpido por la llegada de los fieles a la celebración. Varias personas encapuchadas, no muchas; gentes que, una vez más, desafiaban al peligro. Mientras Matt encendía los hachones de cera a los lados del altar, se agruparon en los bancos con el rostro oculto por velos o sombreros de ala ancha. Todos vestían de negro. Pensé que en aquella guerra terrible quién no había perdido a alguien. Eran muy pocos en comparación con ocasiones anteriores. Quizá el miedo había hecho que los demás desistiesen.

El tío Andrew recorrió el pasillo central desde la tumba de lord Edward hasta el altar y todos nos levantamos. Se situó de espaldas a nosotros y, cuando alzó los brazos para comenzar las oraciones, pareció oírse algún ruido lejano sobre nuestras cabezas. Todos temblábamos por dentro.

—¡No pasa nada! ¡No pasa nada! —susurró lady Niamh.

Me di cuenta de que no era así. Algo ominoso se iba a producir y nadie podría detenerlo. La liturgia sagrada prosiguió, aunque algunos ya estaban abandonando la capilla para ir a los túneles. Ann me apretó la mano. Margaret tiritaba, pero no era de frío.

Entonces un enorme estruendo, como un trueno, velado por los muros de la casa pero acentuado por el silencio de la noche, se escuchó. Nos miramos los unos a los otros.

Tío Andrew se volvió exclamando:

—¡Han volado la puerta de entrada, están atacando Oak Park! ¡Huid!

Los pocos fieles que quedaban corrieron hacia los túneles.

Tío Andrew se quedó un momento en silencio, susurró que debía terminar, que la cena sagrada no podía quedar inconclusa, y siguió celebrando el oficio divino. Lady Niamh no se arredró y nos dijo con voz firme:

—Nos quedamos, es lo único que podemos hacer ya por lord Edward. No creo que podamos huir.

Comenzaron a caerle las lágrimas por las mejillas. Margaret estaba tan pálida que parecía que la sangre no le circulaba por las venas. Ann me puso el brazo sobre los hombros, se tambaleaba, quizá a punto de caer al suelo. Ninguna nos movimos.

Al fin, acabó la ceremonia. Inmediatamente salimos detrás de Matt, que se dirigía al pasadizo. Al llegar a uno de los túneles, se detuvo. Esperamos a tío Andrew, que no podía caminar deprisa; no podría seguirnos.

—Le ocultaremos —decidió el viejo marino—. Ayudadle, Catalina.

Mientras yo me acercaba al sacerdote, Matt le habló a lady Niamh:

—Mi señora, por este corredor se sale lejos de Oak Park, cerca de la Torre de los Normandos. Desde ahí es fácil llegar a la costa. Podremos huir en una de las barcas.

—¿Qué haréis con el padre Andrew?

—Le ocultaremos en un lugar donde sea imposible que le encuentren. Necesito a la señorita Catalina, ella conoce muy bien los túneles. —Me miró—. ¿Acompañaréis al padre?

Asentí con la cabeza.

—Conducidle a la celda que él suele ocupar, la que está en el pasadizo que conduce al pueblo. Cerrad la puerta con llave y después, señorita Catalina, huid hasta la Torre de los Normandos. Volveremos por él cuando no haya amenaza.

—¡Es peligroso para Len! —le dijo el tío Andrew.

—Es la única solución. Confiad, saldrá bien.

Matt se fue con las dos hermanas Leigh y con lady Niamh. Me quedé sola con el tío Andrew. Se apoyó en mi hombro, y muy despacio avanzamos por el túnel que conducía al pueblo hasta la pequeña celda donde solía esconderse. Mientras caminábamos, el tío Andrew me susurró unas palabras extrañas, que aún hoy no sé lo que quieren decir exactamente.

—El destino otra vez. Me estás salvando la vida… Hay algo oculto en tu pasado, algún día lo conocerás. Está ligado a la medalla de estaño que tenía tu madre. ¿La tienes?

—La tiene Piers.

—Con él está bien.

Habíamos llegado a la antigua celda. En la puerta, que solamente se abría desde fuera, había una gruesa llave de hierro. Tío Andrew me pidió que la cerrase, tal como había dicho Matt; así sería más difícil que entrase ningún cabeza redonda. Después el anciano jesuita, a quien conocía desde que era niña, el hombre que nos había salvado del horror de Moorfield, aquel que me había conducido a la fe, que era como un padre para mí, me pidió que me fuera, me abrazó y se despidió. Para siempre.

Escuchamos a lo lejos ruidos de botas chocando sobre la piedra, estaban entrando por el exterior. Con una vuelta, cerré la puerta y me metí la llave en el bolsillo de la falda.

Después hui. Entonces se escucharon más cargas de pólvora. El techo tembló y una viga cayó levantando una gran polvareda. Asustada, seguí corriendo. En mi cabeza sólo me repetía a mí misma que tío Andrew estaba atrapado, nunca iba a poder salir de aquel lugar; pero yo tenía miedo y seguí hacia delante, aunque me embargó el remordimiento, sentía que le abandonaba.

Tras de mí, me llegó el ruido de pasos a la carrera, quizá me habían oído y me perseguían. Supe lo que tenía que hacer. Salí al pasadizo y me metí en el túnel que conducía hacia la torre y el mar.

En el exterior brillaba la luna y el relente levantó mis ropas. Muy cerca divisé la Torre de los Normandos, donde ya estarían esperándome las Leigh. De pronto se iluminó la noche; habían incendiado Oak Park y las llamas se elevaban hacia lo alto.

Corrí por el camino que terminaba en el antiguo torreón.

Al llegar, me lancé a los brazos de lady Leigh y comencé a gritar de miedo y de horror, con un ataque de angustia que nunca antes había sufrido. Me taparon la boca para que no se me oyera; finalmente, Matt me dio un manotazo seco en la mejilla. Me quedé sin respiración y me callé.

Nos desplomamos sobre el suelo y nos recostamos contra la pared. Matt nos dijo que debíamos permanecer allí hasta que cesase el asalto de Oak Park, hasta que los Cabezas Redondas, pues eran ellos, se fuesen. Transcurrieron las horas de la noche y finalmente, presa del agotamiento, caí dormida. Matt montó guardia en la puerta.

Antes de que llegase el alba, nos despertó.

—Está todo tranquilo, es posible que ya se hayan marchado.

Salimos. Desde la loma donde se alzaba la torre normanda divisamos la Casa del Roble, que aún ardía.

—Debemos irnos, es posible que regresen.

—¿Adónde?

—A la costa, hay una falúa en la cueva que yo puedo dirigir.

Entonces una idea pasó por mi mente.

—¡No podemos dejar a tío Andrew en la celda! ¡Está encerrado! Va a morir...

—¡El Señor le ayudará! —exclamó serenamente Matt—. No se puede hacer otra cosa.

—No —dije—. Voy a buscarle.

—Señorita Catalina, no lo hagáis.

—¡No vayas, Len! —rogó lady Niamh.

Pero yo la desobedecí. ¡Qué error! ¡Qué terrible equivocación!

Salí corriendo. Escuché un nuevo grito de lady Niamh pidiéndome que volviese. Yo sólo pensaba en tío Andrew, así que recorrí el camino a la casa escondiéndome entre los árboles y alumbrada por las llamas del incendio.

Entré de nuevo en Oak Park por una puerta disimulada entre las hiedras. Los muebles del gran vestíbulo ardían, pero por la zona de las cocinas parecía que el fuego no había prendido. Atravesé los hornos, donde tanto había hablado con Matt, ahora apagados. Todo olía a humo.

Bajé por la escalera de nuevo hasta alcanzar el pasillo de los túneles. Vi que la puerta de la antigua capilla de los sajones estaba rota y corrí a mirar. Allí todo estaba destrozado: la bella Virgen descabezada, el tabernáculo abierto y desmantelado. Me daba la vuelta para volver al pasillo y tomar el túnel donde se hallaba encerrado tío Andrew, cuando oí un ruido detrás de mí y un cabeza redonda me atrapó. Grité desaforadamente. Era Roberts, el cochero, acompañado de otros más.

—Sí. Te he encontrado. Es la hebra que desentrañará el ovillo. Aquí está la jovencita, la pequeña extranjera. Si tú estás viva, la señora Leigh y las chicas también. ¡Condúcenos a la bruja! Hay que quemar a la bruja papista, a la irlandesa.

Me debatí como pude. Él me preguntó:

—¿Dónde han ido?

No dije nada.

Me cogió una mano y comenzó a arrancarme una uña. Sentí un dolor terrible y mis alaridos se extendieron por todas partes.

—Sé dónde están —dijo de repente—. Irán al embarcadero. ¿Cómo no haberlo pensado antes?

—No… no… Allí, no.

Al instante me di cuenta de que la ingenuidad de mi exclamación las había descubierto. Mis protestas reafirmaban la verdad.

Entonces Roberts envió a varios de sus hombres a caballo hasta la ensenada. Me llevó con él.

Atraparon a las Leigh cuando descendían por la senda. Les vi matar a Matt, que se atrevió a defenderlas. Se me quedó grabado cómo le clavaban una pica en el abdomen, del que manó un surtidor de sangre. El viejo criado que me cantaba nanas en vasco, que me daba de comer bollos, que me había relatado la historia de mi bisabuelo, el marino, el que gruñendo unas veces y malhumorado otras me demostró en infinitas ocasiones su cariño. El que siempre estaba en la sombra, vigilándome y cuidándome. Murió defendiéndonos.

Después, nos condujeron a las cuatro de vuelta a la Torre de los Normandos. Recuerdo cómo nos miraban. Con lujuria. Los ojos muy abiertos. Había algo animalesco en aquellos hombres medio borrachos. Ataron a lady Niamh para que lo presenciase todo.

Primero Roberts se acercó a Margaret.

—¡Sois muy bonita! Siempre soñé con vos. Ahora os tengo en mi poder.

Margaret, aterrorizada, comenzó a gritar.

—¡A ésta la quiero para mí! ¡Las otras son vuestras! —rugió Roberts—. Os gustaba coquetear conmigo, ¿verdad? Ahora no vais a hacerlo más. Yo mando aquí.

La abrazó, pero Margaret se defendió con todas sus fuerzas. Roberts la tiró contra el suelo y ella comenzó a darle patadas. Entonces el antiguo cochero, ya encima de ella, le golpeó la cabeza contra el pavimento de piedra. Margaret seguía resistiéndose, pero cada vez los golpes de su agresor eran más fuertes. Nosotras hubiéramos querido auxiliarla, pero nada podíamos hacer, los otros nos estaban sujetando. De pronto, tras un manotazo brutal, se escuchó cómo el cráneo de Margaret se partía. Sus ojos miraron hacia el frente, hizo un espasmo con todo el cuerpo y… dejó de existir.

Mientras tanto, los otros energúmenos se emplearon a fondo con Ann. Dos la sujetaban y el tercero… ¡oh! No lo quiero recordar. La violaron uno tras otro, delante de su madre, y se reían. Roberts, medio borracho, se unió a ellos; parecía no importarle haber asesinado a una mujer pocos minutos atrás, estaba encallecido por la guerra.

A mí… me trataron igual. Muchas noches, en mi mente se me representa lo que me hicieron y, en esos momentos, sólo deseo morir.

Nos habrían matado a las tres, pero yo pude gritar. En su desenfreno lascivo habían perdido toda precaución y mis gritos atrajeron la atención de los oficiales que estaban registrando la propiedad.

Alguien disparó un único tiro de mosquete y exclamó:

—¡Hijos de la condenación!

Era una voz que me resultaba familiar... La había escuchado antes, hacía mucho tiempo. De repente oí musitar a Ann: «Ruthven...». William Ruthven era el capitán del escuadrón que había dirigido el asalto. Pensé que nos salvaría, que castigaría que hubiesen hecho semejante barbarie a las hermanas de su esposa.

—¡Hijos de la condenación! —repitió—. ¿Es así cómo obedecéis las órdenes?

—¡Las hemos atrapado celebrando las ceremonias papistas! —se defendió Roberts.

Ruthven se fijó en el cadáver de Margaret.

—¿Qué habéis hecho? Habría que haberlas ajusticiado públicamente ¡a todas! Para escarmiento de los papistas.

—Son unas meretrices, las tratamos como se merecen. Y ella... —Roberts señaló a lady Niamh—, ella es una bruja irlandesa.

—¡Serán juzgadas y condenadas! Sus bienes serán expropiados...

Entonces Roberts, que quizá no estaba tan borracho, dijo:

—Y se los quedará un buen servidor del Parlamento como sois vos, ¿no es así, lord Ruthven?

—Soy el legítimo dueño de estas tierras. Mi esposa y yo hemos denunciado las iniquidades que se producen en esta casa de perdición. Estas tierras le pertenecen a mi esposa. Sólo son de ella, y...

Oyéndole hablar lo entendí todo. No venía a salvarnos, él nos había condenado. Codicioso, nos había espiado durante meses. Cuando estuvo seguro de que había una misa católica, nos denunció y él mismo se puso al frente del escuadrón que asaltó la casa. La quemó porque consideraba que estaba impura. Le grité a la cara lo que pensaba de él y me abofeteó.

Primero nos condujeron a un calabozo a Walton. De allí lord Ruthven se encargó de que nos enviasen a Londres, donde fuimos encerradas en la prisión de mujeres de Bridewell.

Ann, tan delicada, no pudo resistir y murió en la cárcel por las heridas de la salvaje violación. Lady Niamh fue condenada, como bruja, a ser quemada viva. Pedimos auxilio a Elizabeth, pero ya no tenía ningún poder sobre lord Ruthven.

Cuando lady Niamh fue ajusticiada, me quedé sola en la prisión, como una muerta en vida, un tiempo que se me ha borrado de la memoria, un tiempo de desprecios, privaciones y una acerba tristeza. Un tiempo en el que los días se me hacían eternos, y sólo algo me confortaba, algo me sostenía para no perder la cabeza: saber que Piers estaba vivo y que un día le encontraría.

El embajador español me salvó, pero yo no encontraba consuelo. Habían muerto aquellos a quienes amaba, la familia con la que había crecido y me había criado. Además, sabía que allí, en los sótanos de Oak Park, había un secreto, un hombre enterrado en vida, el hombre que me había salvado, una de las personas a las que más quería en el mundo, aquel que me había conducido a los Leigh. Sin embargo, yo aún aguantaba, mi mente llena de tristeza no se había roto. Sólo cuando Alonso de Cárdenas me reveló que el amor de mi vida, aquel al que le había entregado mi corazón, se había hundido en el mar, mi mente al fin no resistió más y se quebró. No podía sufrir más, no quería hablar ni que nadie me hablase, me encerré en mí misma y en mi pena. No puedo recordar casi nada del largo periplo hasta La Española. Afortunadamente el embajador encontró aquella familia con la que viajé. De Londres fuimos a Pasajes, desde allí hasta Sevilla donde, como cuando vivía mi madre, nos demoramos varios meses; por fin, emprendimos la travesía a las Indias. Yo sólo miraba a las aguas siempre cambiantes de la mar Océana, unas aguas unas veces calmadas, otras tempestuosas, y pensaba una y otra vez que bajo ellas yacía el único ser que de verdad me importaba en el mundo. Mi dueño, mi amante, mi adorado Piers.

SEGUNDA PARTE

Piers

33

La isla desierta

Mar del Caribe, septiembre de 1653

Exhausto tras la larga noche en vela, me apoyo en la amura de babor, mirando hacia la isla donde las palmeras sombrean la playa y la arena brilla bajo un sol cenital. Corre una brisa fresca. La tormenta amainó. En medio de la cala, la balandra se balancea ligeramente escorada, rozando el fondo arenoso. La tempestad nos ha conducido al bajío, haciendo trizas un velamen que ondea en jirones, sin posibilidad alguna de amarre a los palos. Hemos alcanzado uno de los múltiples atolones de este mar Caribe, un endiablado laberinto de islas por el que yo, capitán de un barco pirata, navego desde... ¿Cuánto tiempo? ¿Casi año y medio ya?

Me retiro de la amura y examino desalentado la cubierta; de proa a popa hay un barullo de trastos y bultos, la borrasca ha causado el caos, los cañones se han deslizado de sus cureñas, el trinquete se balancea a punto de caer. Varios hombres enfermos yacen sin fuerzas, con aspecto macilento y famélico. Me dirijo entonces hacia Rodrigo de Alcalá, el cirujano de a bordo, que se inclina cerca del palo dañado. No oye los gritos y exclamaciones del carpintero, Esteban Centeno, ni de sus ayudantes que discuten cómo iniciar la reparación; está concentrado curando una herida de mal aspecto en la negra pelambre del portugués, Antonio Da Silva.

Alcalá rezonga zahiriéndome, mientras aplica el vendaje:

—¡Así los diablos os ganen! ¡Así perpetuo tormento consigáis! ¡Maldito inglés!

Sigue blasfemando mientras actúa tal como acostumbra, un maldito cascarrabias que protesta por todo. Me revientan sus reproches. Nadie de la tripulación se atrevería a refunfuñar así. Por mucho menos he mandado azotar a un hombre hasta verle bañado en sangre, hasta que pierde el sentido por el dolor. Me respetan o quizá me tienen miedo, no pretendo otra cosa. Un barco sin disciplina se torna ingobernable, además de peligroso; me precede la fama de iracundo y violento, pero no soy injusto, por eso me respetan. Todos menos Rodrigo de Alcalá, quien sabe que me es necesario. En un barco es imprescindible alguien que se ocupe de los heridos y él lo hace bien. Sin embargo, no es más que un sacamuelas que salvamos de la horca en las Bermudas. Años atrás tomó el pomposo apellido «de Alcalá» para darse postín, pero seguramente nunca ha pisado ninguna universidad, y mucho menos la de Alcalá. Lo poco que sabe lo aprendió en las barberías de los múltiples puertos a los que le ha conducido la vida. Posee la sagacidad suficiente para reconocer la enfermedad, para sajar y amputar, para dar pócimas y tisanas; la tripulación le aprecia pese a sus malas pulgas.

—¿Qué estáis murmurando, miserable? —le gruño.

—¿Cuándo pensáis desembarcar? Mirad esta herida. Como no lo hagáis pronto, no doy un maravedí por nadie… Torpe cosa es esta úlcera. —Me señala una brecha en la cabeza del portugués—. Y todos tienen hambre. Dejar al malnacido de Kennedy el mejor barco y ponerse a perseguir ese patache en este… ¡este cascarón! Os he repetido mil veces que hay que desembarcar. Los humores nefandos se acumulan en el cuerpo cuando no se respira el aire de tierra… ¡Que así me lleve el diablo el haberme subido a bordo con vos!

Ante semejantes reproches, me sube a la cabeza un estallido de cólera. No tantos días atrás mi segundo de a bordo se largó con la última presa, y Alcalá me lo echa en cara. Estrangularía al físico por lo que ha dicho. Pero no me merece la pena, por lo que me limito a maldecirle, contestándole en su mismo tono:

—¡Maldito seáis, Piers! ¡Si no os hubierais venido conmigo estaríais ahora en el infierno! ¡Y qué burradas me decís! ¿Dónde queréis tomar tierra…? ¿En La Española, debajo del palacio del gobernador?

El de Alcalá simplemente me señala la vegetación de la isla frente a nosotros.

—Parece poco propicia —le digo porque no quiero darle la razón—. No sabemos si hay fuentes de agua.

—Os repito que no queda más remedio que desembarcar si no queréis perder a media tripulación.

Posiblemente esté en lo cierto; no solamente hay que dejar descansar a los heridos y reponer provisiones, sino también reparar el barco, que está dañado. Hay que componerlo, carenarlo y revisar el calafateado, pero me molesta el tono que ha empleado el insolente de Alcalá, así que hago como si no diera mi brazo a torcer. El físico, que me conoce bien, me asegura:

—Uno de los prisioneros dice que ha estado allí. Que en el interior hay un manantial de agua clara con la que podremos llenar las barricas.

—¿Quién es?

—Un tal Gabriel de Rojas, el hombre al que encontramos maniatado en las bodegas cuando apresamos esta balandra.

—¿Es de fiar?

Rodrigo de Alcalá duda; nadie lo es totalmente, han puesto precio a nuestra cabeza y cualquiera nos podría conducir a una emboscada o a la horca.

—Sí —responde al final—. Nos tendría que estar agradecido, le liberamos de los que le apresaron y me he pasado varios días cuidándole las heridas. No creo que nos engañe.

—Bajará con vos, respondéis por él —le intimido.

Se encoge de hombros, mis amenazas no le inquietan en absoluto.

Llamo a mi segundo, mi viejo amigo Coleridge, que ha dado órdenes al carpintero y sus ayudantes para que arreglen el desastre; veo que ya están talando a hachazos el trinquete medio caído.

Está de acuerdo en desembarcar y, ante un gesto mío, grita:

—¡Arriad los botes!

Se escuchan exclamaciones de contento, imprecaciones y blasfemias entre los marineros, que ocupan rápidamente sus puestos junto a los botes.

—¡Ya era hora! —rezonga el físico—. ¡Tanta demora no es buena!

Lentamente los botes van descendiendo por las cuadernas hacia el agua que lame el barco, después avanzan perezosamente por la cala hasta la playa. Desde la embarcación que encabeza la marcha observo la costa que se va acercando. Todo parece tranquilo en la playa.

A mi lado, Coleridge me pregunta:

—¿Piensas que podemos confiar en ese Gabriel de Rojas?

—No lo sé —le respondo—. No puedo asegurarlo. El físico dice que sí.

—Ha intentado huir varias veces. Los hombres rumorean que lo echaron de La Española.

Observo las facciones del tal Rojas en el bote que avanza paralelo al nuestro: un hombre de nariz recta y barba oscura, hay algo recio a la vez que sincero en él. Me divierte ver que Rodrigo de Alcalá no le quita el ojo de encima, más preocupado por mis amenazas de lo que le gustaría admitir.

La barca choca contra la arena. Al pisar suelo firme, noto la extraña sensación que suele producirse tras haber estado tantos días en alta mar. Resulta raro que el suelo no se mueva ya a mis pies.

La vegetación que rodea la playa es espesa y hay oscuridad, pero en la orilla refulge el sol sobre la arena y una larga palmera arquea el tronco, dejando caer los cocos que recogemos en un saco. Siguiendo a Gabriel de Rojas, que dice conocer el camino hasta las fuentes de agua potable, nos adentramos en el islote. Conforme ascendemos, nos damos cuenta de que no es más que una formación volcánica que emerge sobre el mar; hay un elevado acantilado en su costa norte y playas arenosas en el lugar donde hemos desembarcado.

Al subir por el roquedo un tanto escarpado, los hombres jadean; los tórridos rayos del sol de mediodía nos achicharran. Por suerte, Rojas nos introduce en la sombra de un exuberante bosque tropical y se alivia un poco el calor. Avanzamos a machetazos entre la espesa vegetación hasta llegar a un manantial formado por agua de las perennes lluvias tropicales. Seguimos su curso y desemboca en una cascada que, a través de un acantilado, se hunde en el mar. Desde arriba, grito a los de la playa; los marineros vienen con toneles que llenan de agua junto a la cascada.

Me quedo a un lado, con Gabriel de Rojas, observando a los hombres que recogen el agua mientras vigilo el horizonte. Ambos miramos al mar inmenso, liso pero interrumpido por algunas rocas e islotes.

—¿Cómo conocéis esta isla? —le pregunto al español.

—Conozco todo el Caribe.

—Eso es imposible.

—Bueno, casi todo. —Sonríe moviendo dubitativamente el oscuro cabello—. Llevo en estas costas desde que era un muchacho. —Después me pregunta a su vez—: ¿Cómo vos, un inglés, os expresáis tan bien en mi lengua? Nadie diría que sois extranjero.

—Tuve una educación esmerada. Mi familia negociaba con los países de las Indias españolas a través de vascos y castellanos. Conocer la lengua nos facilitó mucho el comercio.

—No lo hacéis mal.

—Practiqué de niño.

En un destello vuelve el pasado; me parece ver Oak Park

aún enhiesta, un cabello rubio, una suave sonrisa, la luz de unos ojos claros tornan a mi memoria. «Don-na Catalina», la llamé, y ella corrigió mi pobre castellano. Siento como si la dorada luz tropical se ensombreciese y guardo silencio.

Tras llenar los toneles de agua, regresamos con ellos a la playa. Allí, Rodrigo de Alcalá escruta la espesa vegetación que circunda la costa buscando plataneras y frutos para llevar al barco.

—Hay que cazar monos —anuncia—. Los hombres se comieron ya todas las ratas del barco.

Esbozo una mueca resignada; dudo que podamos encontrar otra carne en este lugar.

Escuchamos gritos tras de nosotros y, al girarnos, vemos a algunos de los hombres disparando contra algo que se mueve en el mar; las balas rebotan contra una superficie negra. Nos dirigimos corriendo hacia allí. Han encontrado una tortuga, lo que es una gran noticia. El cocinero podrá preparar sopa, un manjar mucho mejor que la carne de cualquier mono.

Ante el ruido y los tiros, el animal se ha escondido dentro del caparazón, pero los hombres la rodean y finalmente la trasladan hasta la playa. Allí, el cocinero se hace cargo de ella entre exclamaciones de júbilo. Domingo Rincón es un patán gordo, blasfemador y putero que conoce bien su oficio, sé lo que hará por ocasiones anteriores: le cortará la cabeza, la pondrá a hervir entera y, sólo cuando haya pasado un tiempo, separará la piel de alrededor de la concha con un cuchillo afilado para extraer la carne. Luego, sacará pimienta y otras especias de su mugrienta talega y, tras dejarlo cocer lentamente durante unas horas, un sabroso aroma empezará a salir del guiso.

Más allá, unos marineros se han alejado remando de la playa para pescar. Dos de ellos se han tirado al agua y bucean intentando capturar peces con un arpón; aguzo la mirada y los reconozco: George Kerrigan, un buen artillero, y el grumete Valentín de Torres, casi un niño. Les observo desde la orilla porque me divierte verlos así, como jugando con el mar, en una costa de aguas mansas. De pronto se escucha un alarido y veo una mancha roja en la cala. Oigo a los marineros que gritan a voces:

—¡Una barracuda!

El voraz animal tira de Kerrigan hacia el fondo; está herido, es su sangre la que tiñe el agua. Los marineros del bote les lanzan un cabo y consiguen izar al muchacho, que es más ágil, pero Kerrigan sigue en el agua enganchado por la barracuda; se debate contra ella y está a punto de hundirse, su cabeza desaparece y emerge una vez y otra. Al fin, consigue asir la cuerda. Los hombres tiran de él y comienzan a alzarlo hasta el bote. De pronto la maroma, tal vez demasiado desgastada y vieja, se rompe. Kerrigan se hunde mientras los marineros contemplan la escena horrorizados desde el bote.

No lo pienso y me lanzó de cabeza al agua. Me pongo a nadar tan deprisa como puedo, con la faca entre los dientes. En pocos instantes llego donde estaba el artillero y me sumerjo. Veo un enorme pez de varios palmos de largo que ha clavado sus afilados dientes en el muslo del marinero y no lo suelta. Lo agarro por la cola y le clavo una y otra vez la faca en la piel viscosa hasta que la barracuda malherida libera a su presa, que se hunde. El bicho muere y yo buceo hasta el fondo donde Kerrigan se está ahogando. Le agarro con un brazo e intento arrastrarlo hacia la superficie, pero él, asustado, se debate y su peso me hunde a mí también. Entonces noto a alguien a mi lado que nos ayuda; aferra a Kerrigan, liberándome a mí, y lo conduce a la superficie. Cuando emergemos boqueando, veo que es Gabriel de Rojas.

Los marineros izan al artillero y le trasladan hasta la playa; al bajar del bote se deja caer en la arena. Rojas y yo hemos llegado nadando hasta la playa. Salgo tambaleándome y escupiendo el agua que he tragado. Doy unos pasos hasta llegar donde Kerrigan está tirado sangrando. Me inclino sobre él y le examino; la barracuda le ha mordido el muslo pero también en el abdomen. Llamo a Rodrigo de Alcalá, que se dirige con presteza hacia la víctima del ataque. El físico examina atentamente la herida que la barracuda le ha producido en la pierna, poniendo cara de preocupación.

—¡Oh, Dios! ¡Qué pestilencia! ¡En mala hora vine acá, si me faltan mis instrumentos! ¡Capitán, hay que trasladarlo al barco!

Richard Coleridge me dice en inglés:

—Tendrá que quedarse aquí. Hay que escorar más la balandra para poder carenarla, no puede haber gente ahí.

Afirmo con la cabeza, dándole la razón. Así es más fácil repararla. Además, le conviene una limpieza. Llevamos largo tiempo navegando, en las cuadernas del barco se han acumulado moluscos y otros productos de mar que lo lastran y dañan el casco.

Rodrigo no ha entendido las palabras de Coleridge, pero se le hace evidente que le niega el traslado del herido al barco.

—¡Maldito sea el inglés! No puedo operar a este hombre en la playa, debo hacerlo en el barco.

El marinero se está desangrando en la arena. ¡Qué desastre! Kerrigan me es muy necesario, un artillero que sepa manejar cañones es imprescindible en un barco pirata y nosotros sólo tenemos a dos. A él lo conozco desde tiempos de la Armada, un buen tipo al que la vida le ha llevado a tan malos derroteros como a los demás. Para aplacar a Coleridge, que quiere comenzar cuanto antes la maniobra de carenar la balandra, le digo en inglés:

—¡Por Dios, Richard! A todo hay tiempo. Antes de carenar el barco, se podría componer el trinquete. No se puede escorar la balandra en la situación que está. ¡Maldito sea el matasanos! Al final se hará lo que dice… —Me vuelvo hacia Alcalá y le digo en español—: Trasladad el herido al barco. Vos le podréis operar y, cuando acabéis, el señor Coleridge podrá carenar el barco. Nos quedaremos en la isla.

A Coleridge no le agrada demasiado la decisión, deberíamos salir cuanto antes hacia un puerto para conseguir la madera necesaria que sustituya al trinquete, así como brea y estopa para calafatear el barco. Sin embargo, también pienso en la tripulación; la marinería y yo mismo estamos deseando pasar al menos una noche en tierra firme, en un lugar que parece seguro. Haremos un arreglo provisional y después buscaremos un puerto en donde realizar el definitivo.

De pronto, me giro y veo a Rojas sentado en la arena; también sangra por una herida superficial y se la está limpiando. Pienso que se ha jugado la vida para salvarme. ¿Quién es este hombre?

34

Bajo las estrellas

Por la noche encendemos una hoguera y asamos la carne del mono. No es el mejor manjar, pero llena el estómago y da fuerzas. Domingo ha conseguido ablandarla y, al menos, está comestible. En un gran perol borbotea la sopa de tortuga. Los hombres comen hasta reventar y se acompañan del ron que han bajado del barco, no paran de beber hasta emborracharse; Richard Coleridge está como una cuba. Me preocupa que beba tanto. Antes no era así, pero no soporta el trópico y el calor; le atormenta el pasado, es un caballero realista, un hombre elegante que no aguanta haber sido derrotado en la guerra. El vino y el ron le alivian tanto la sed como la tortura por la posición social que ha perdido.

El tal Rojas no se embriaga como los otros; se ha alejado de los demás y se ha sentado en la blanda arena de la playa, junto a la orilla. La luna llena se refleja en la cala. Está lanzando piedras planas que rebotan sobre el agua en calma.

No me gusta el ambiente de jarana que hay junto a la hoguera. Yo nunca me emborracho, gran parte del prestigio que tengo ante mis hombres radica en que siempre me han visto sobrio. Me uno al español agarrando también una piedra plana y haciéndola saltar sobre la superficie, lisa como un espejo, del agua. Gabriel de Rojas me observa de reojo divertido, se levanta y comenzamos a competir hasta acalorarnos. Finalmente nos dejamos caer sobre la arena, mirando el cielo. A lo lejos se escuchan los gritos de la bacanal.

—Os agradezco la acción de esta mañana, lo estaba pasando mal con ese bruto de Kerrigan. Por su culpa, casi nos ahogamos los dos.

—Deberá agradeceros toda la vida que le salvaseis. No es fácil lidiar con una barracuda.

No sé por qué, me molesta que me hable de lo que he hecho, por eso cambio de tercio y le pregunto:

—¿No bebéis?

—No hasta emborracharme. Me parece indigno de un caballero.

—¿Sois noble? —le pregunto con simpatía.

—Sí, lo soy.

—No hay muchos caballeros en mi barco. Sólo Juan de Beltrán, Coleridge y yo somos de noble cuna.

—¿Para qué vale una estirpe distinguida si no hay un caudal que la acompañe? En Castilla yo era don Gabriel de Rojas del Valle y Figueroa, noble por los cuatro costados. Pero mi aristocrática familia se arruinó. Los usureros se hicieron con nuestro patrimonio. De resultas de todo ello, mi padre enfermó y murió. Como mi rancio apellido no me permitía ganarme la vida de ninguna manera, muy joven debí embarcar hacia América. He recorrido gran parte de las guarniciones de estas islas. Finalmente fui nombrado capitán del fuerte de La Española.

—¿Y qué hacía el capitán del fuerte prisionero en el patache que apresé?

Los rasgos de Gabriel de Rojas evidencian una gran amargura.

—Uno de los regidores de la ciudad, don Rodrigo Pimentel, tramó que me echasen de la isla.

—¿Le odiáis?

—No sabéis cuánto.

—¿Qué ocurrió?

—Una historia compleja. Tengo una cuenta pendiente con él. Por eso, os aviso, intentaré fugarme.

—Y yo, os aviso, mandaré azotaros por ello.

—No me importa. Sólo quiero alcanzar la ciudad de Santo Domingo, lo lograré.

—No vamos a La Española. Nuestro destino es las Bermudas.

—¿Estáis seguro de querer ir allí?

Su expresión es amigable.

—¿Qué tiene de malo? —le pregunto sorprendido.

—Entre los hombres se rumorea que os habéis ido de Inglaterra huyendo de la revolución de Cromwell porque erais partidario del finado rey Carlos Estuardo. No os aconsejo ir a la isla. El gobernador Trimingham ha caído, ahora las Bermudas están controladas por hombres leales al Lord Protector. Podéis acabar en la horca por pirata y por traidor. Oficialmente os condenarán por lo primero, aunque en realidad a los ingleses les dan igual los piratas. Lo que de ningún modo quieren son realistas partidarios de los Estuardo merodeando por las aguas del Caribe. ¡Bastante tuvieron con el príncipe Ruperto!

—Llegué al Caribe con él. Yo —intento aparentar indiferencia, pero lo digo con un cierto orgullo— he sido teniente en la Armada de su majestad. ¿Y si no puedo ir a las Bermudas…?

—Id a Tortuga. Allí los bucaneros os acogerán bien. La isla actualmente es casi independiente. Hay un gobernador francés, Fontenay, que sólo quiere oro y que deja que los bucaneros y piratas se gobiernen a sí mismos.

—Debo reparar el barco, tenemos que conseguir provisiones. No creo que en ese nido de piratas haya bastimento suficiente y mucho menos madera para arreglar el trinquete.

—¡Os equivocáis! Tortuga es un lugar tan bueno como cualquier otro puerto del Caribe; hay comercio, hay provisiones, nadie pregunta nada…

Intuyo la causa por la que Rojas me aconseja con tanto afán ir a Tortuga y echo pestes.

—¡Maldito seáis! ¡Voto al diablo! Y mucho más cercano a Santo Domingo, adonde vos queréis llegar a toda costa.

Él no lo niega. Con serenidad y mirando al frente, a las olas, me dice:

—Quizá sea así, pero si vais a Tortuga, yo podría ayudaros de algún modo. Conozco bien a los bucaneros. Cuando era capitán del fuerte de La Española llegué a un acuerdo con ellos y dejaron de atacar nuestros barcos durante un tiempo. —Rojas habla con tal serenidad y dominio de sí que me sorprende, parece tener muy claro lo que desea hacer—. Después os ruego que me permitáis regresar a la ciudad de Santo Domingo. Tengo una deuda de honor pendiente.

Al oír las palabras «deuda de honor» pienso que es un hombre de bien y siento una punzada de envidia. Posiblemente este caballero no habría manchado sus manos con el baldón del robo y el pillaje; no sería un ladrón y un asesino como lo soy yo. Las facciones angulosas, los ojos de mirar directo de Gabriel de Rojas me inspiran confianza. Quizá esté en lo cierto. Cuando recalamos en las Bermudas con los príncipes Ruperto y Mauricio, la isla era aún realista, pero desde aquello ha pasado más de un año, es muy posible que las tornas hayan cambiado y que el gobierno de Cromwell se haya hecho cargo de los asuntos de la colonia, una punta de lanza para los ingleses en el Caribe. Los últimos meses hemos navegado por las costas cercanas a Venezuela, lejos de las Antillas. En realidad, todo podría haberse alterado, y el consejo de Gabriel de Rojas me parece pertinente. Tortuga y la parte oriental de La Española son una zona sin prácticamente ningún control por parte de los países europeos. Ahora que no soy más que un apátrida, perseguido por todos, necesito un lugar así.

—Creí que los bucaneros y los españoles erais enemigos naturales, pero veo que vos los conocéis bien.

—Sabéis bien que el gobierno de su majestad el rey Felipe considera que el Caribe es un mar cerrado, propiedad del Imperio. No permite el comercio extranjero en estas costas.

Lo interrumpo:

—El mar debe estar abierto, es un espacio libre en donde no hay caminos, postas ni fronteras. Fue por eso por lo que hace muchos años me hice marino. Un capitán de barco es la máxima autoridad a bordo y domina no sólo su nave, sino miles de millas marinas. La mar debe ser libre y abierta. En eso estoy de acuerdo con los bucaneros.

—Los bucaneros —dice él con calma—, en algún sentido me admiran. En casi todos, me resultan despreciables. Se consideran libres, independientes de cualquier gobierno, pero no son más que criminales, sólo dignos de colgar en la horca.

Al oírle mencionar la horca pienso que ése es el castigo que me aguarda, tanto si caigo en manos de españoles como de ingleses. No me asusta: unos minutos en el aire y dejar de sufrir. Desde hace tiempo no me preocupa la muerte, porque soy un condenado en vida.

Se hace el silencio un rato, roto únicamente por el suave rumor de las olas batiendo en la playa. Rojas parece abrumado y le pregunto:

—¿Por qué os echaron de Santo Domingo?

Da un suspiro cansado.

—Os he hablado de don Rodrigo Pimentel. Un hombre indigno, compró el cargo de regidor de la ciudad. Un malnacido que acapara las mercaderías que llegan en la flota de Indias de tal modo que después las vende a precio abusivo. Además, provoca arribadas forzosas de navíos extranjeros para apoderarse del género y ejerce un control ilegal sobre el comercio de la isla. Hace años, con dádivas se ganó el favor del gobernador Britián de Viamonte y éste le autorizó para que armase corsarios. Don Rodrigo controla una flotilla… con la que hace lo que le viene en gana.

—No sabía que hubiese corsarios en la Armada española.

—Sí, los hay, aunque oficialmente no están permitidos porque actúan como contrabandistas, lo que no agrada a la Corona. Sin embargo, muchos gobernadores, en distintos puntos del Caribe y aun en Tierra Firme, lo han autorizado porque es la única forma de enfrentarse a los ataques de ingleses, franceses y holandeses. De todos modos, hay corsarios y corsarios; los que obedecen a don Rodrigo son una banda de criminales. El actual gobernador de La Española me ordenó la detención de algunos de los que protege Pimentel. Está en contra de los corsarios, a los que considera nada más que unos piratas. Yo le apoyo en todo.

Yo fui un corsario, ahora soy un pirata; Rojas desprecia tanto a unos como a otros. Después de tanto tiempo de navegar entre forajidos, la forma de expresarse del capitán español me recuerda un mundo en el que yo viví, en el que existían la decencia y el honor.

—Una noche —continúa Rojas, que no se ha dado cuenta de mi ensimismamiento— me rodearon unos encapuchados y me dieron una paliza. Malherido, me embarcaron en esta balandra donde me habéis encontrado. Escuché que tenían la idea de arrojarme por la borda cuando estuviesen mar adentro para no dejar huella del crimen.

—Veo que queréis vengaros.

—No es solamente eso. Hay otro asunto, que es para mí el realmente grave y que creo que fue el detonante de todo. Don Rodrigo estaba al cargo de una ahijada, doña Inés de Ledesma, una mujer muy bella, acaudalada, culta, que nunca había querido casarse. Un día acudió a mí y me pidió protección, porque la estaban obligando a firmar unos documentos para dejar toda la herencia y su administración a nombre de Pimentel. Me... me enamoré de ella. Como ya sospechaba ciertos manejos turbios por parte del regidor, fui a verle y le amenacé diciendo que como no dejase en paz a su sobrina, le denunciaría a los oidores y daría con sus huesos en la cárcel. Él fingió que se arrepentía de su mal obrar, incluso me dejó cortejarla. Me recibía en su casa aparentando afabilidad. Finalmente logré que doña Inés me aceptase. —En este momento a don Gabriel le tiembla ligeramente la voz, pero sigue hablando—: Ahora que no estoy yo, podría sucederle cualquier cosa, incluso que la obligase a casarse con él.

Se detiene, como avergonzado de desvelar sus sentimientos a un extraño, y me dice:

—Es lo que más amo en este mundo.

Al oír aquello guardo silencio. Las olas del mar rompen suavemente contra la playa y la luna ilumina el ribete de espuma que forman en la orilla. Yo también amé, pero ella murió. Aparto su recuerdo de mi mente para que no me haga sufrir. Rojas sigue hablando:

—Don Rodrigo me dejó cortejarla, pero sólo fingía. ¡Menudo santurrón! ¡Un ser despreciable! En cuanto pudo me quitó de en medio. Poco antes de que me secuestraran, la Audiencia de Santo Domingo me había propuesto una misión que, de tener éxito, me habría proporcionado los caudales suficientes para poder contraer matrimonio con ella. Lleno de esperanza, se lo conté todo a don Rodrigo. Entonces, ese… ese maldito me echó de la isla, casi me asesina y me arrebató lo que más amo.

Después de tantos meses lejos de un ambiente educado, la confesión de Rojas me recuerda que no sólo hay guerra, presas, salvajismo: la vida de un pirata. Existen la decencia, el honor, una mujer a la que amar.

—Yo también lo perdí todo. La casa donde me crié, mi fortuna, mi familia, el amor que llenaba mi vida… y por último mi propia dignidad.

La frente del capitán Rojas se arruga, habrá oído rumores entre los hombres.

—¿La guerra inglesa?

—Sí. La guerra, la perfidia… y un destino aciago que me lleva hacia la condenación.

—Nadie se condena si no quiere —me anima—. ¡Salvasteis a Kerrigan de la barracuda!

Me avergüenza que diga eso y le replico airadamente:

—¡Salvé a un buen artillero!

—No creo que fuera sólo esto. Ningún capitán sin escrúpulos se hubiera arriesgado por un marinero. Tuvisteis suerte de que aquella barracuda fuese sola, cuando se acercan a la costa suelen hacerlo en grupo. Es difícil sobrevivir a sus ataques.

—Lo sé. Nada me importa ya...

—No lo creo. Vi a los marineros cuando os tirasteis al mar. Gritaban espantados. Cuando volvisteis, os miraban con orgullo. Los hombres confían en vos y os admiran. Y a vos os importan más de lo que pensáis.

—Sí... —le digo algo dubitativo—. Me importan. Es lo único que me queda.

Tras pronunciar estas palabras, me doy cuenta de que es así, que en los últimos tiempos me importan mucho los hombres que navegan conmigo. A pesar de que les grito, les maldigo y si lo merecen les aplico castigos que pueden ser extremadamente duros, me siento responsable de su suerte.

—Los que vienen en la balandra me han sido fieles. Hace un tiempo, huyeron unos cuantos. Ahora navegan conmigo los mejores. Me importan porque vamos en el mismo barco y tenemos un destino común. —Me detengo y después hablo en voz baja—: Nuestro destino es la horca y la condenación eterna.

—Os equivocáis, eso lo piensan los herejes. Nadie se condena si no quiere.

—Pues a mí, todo me empuja a ello. Cuando me enrolé en la Armada, mi padre me hizo jurarle que sería un hombre de honor, todo lo que no soy ahora.

Al recordar aquellos juramentos, me parece sentir un profundo dolor en mi corazón.

—No, no he cumplido ninguno de los juramentos que le hice.

Rojas me observa con piedad.

—Sin embargo, aún os importa todo lo que vuestro padre os inculcó.

—He perdido toda esperanza de salvación, vivo en una pesadilla, en un sueño que a menudo me aterra...

Los ojos de don Gabriel de Rojas se fijan comprensivos en mí; de pronto, habla como si recitase algo:

—Antes de embarcar, escuché una obrilla de un autor castellano en la que se decía que toda la vida es sueño y que los sueños, sueños son. Quizá debáis olvidar el pasado, como un sueño que ya no es.

—Quizá, pero no —me enfado—. El pasado no es un sueño, es algo siempre presente que me tortura día a día.

No puedo aguantar más. Todo lo que me ha empujado al Caribe regresa a mí, de tal modo que, al evocarlo, me lacera, después va doliendo más y más profundamente. En esta noche de estrellas, el pasado estalla en mil palabras. Como un huracán, de mi alma sale todo; a veces hablo suavemente, otras creo que llego a gritar. No sé por qué ni cómo le cuento a Gabriel de Rojas sucesos que ni siquiera le he revelado a Coleridge. Quizá algo digno y noble emana del capitán español, y me hace rememorar cómo un destino ciego me ha conducido hasta aquí, en gran medida sin yo desearlo. Así, durante las oscuras horas de la noche, le relato mi vida, sin excusarme por ello, contando sucintamente los hechos, confesando lo ocurrido en los últimos años desde que todo mi mundo se destruyó y, al irle explicando lo sucedido, me parece de algún modo volver a revivirlo en mi interior.

35

El pasado

Mar del Caribe, septiembre de 1653
Oak Park, verano de 1648

—Señor Rojas, provengo de una familia noble… que siempre se relacionó con vuestro país porque conservó la antigua fe de Inglaterra —comienzo.

Le hablo de nuestra historia, de nuestra casa, de mis padres y mis hermanos, de mi hermanastra. Recuerdo los felices años de nuestra niñez, la guerra que lo cambió todo, la noticia de la muerte de Thomas y luego la de mi padre. Impregnándolo todo, revive en mi mente la imagen de ella, la única mujer a la que realmente he amado en la vida.

—La necesitaba, aún la sigo necesitando, pero Len murió. —Me detengo un instante—. No sé por qué os cuento estas cosas.

Gabriel de Rojas me ha dejado hablar sin interrumpirme. La sombra oscura del español sentado en la arena se dibuja a la luz del plenilunio. No puedo ver su expresión, pero siento que entiende lo ocurrido en aquellos tiempos, incluso mejor de lo que yo lo hago. Su mirada, me recuerda la de Len. Es una mirada llena de lealtad y nobleza. Don Gabriel susurra mirando el reflejo de la luna sobre el océano:

—Los barcos se carenan para perder lastre; vos lleváis un peso muy gravoso, la carga de lo perdido. Debéis liberaros de ello.

Pienso que tiene razón. No quiero que observe la profunda turbación que me invade y agacho la cabeza de tal modo que cae colgando la medalla que siempre llevo conmigo. Al notarla, aún más vivo retorna a mí el pasado.

—Sólo me queda de Len esta pequeña medalla de estaño. Pienso que es lo único que me liga con la cordura, cuando tantas veces he estado a punto de volverme loco. Recuerdo el día en que me la dio en el embarcadero de la propiedad de mi familia. El mar rugía, a lo lejos se balanceaba mi barco, el *Antelope*. Allí le pedí que fuese mi esposa y la señora de Oak Park. Ya no será posible.

Don Gabriel fija con compasión sus ojos en mí, incitándome en silencio a que siga liberándome del peso que tanto me oprime. La luz de la luna forma una estela sobre el mar en calma; la brisa marina fresca y suave me anima y prosigo:

—Poco después abandoné la Casa del Roble. Nunca nada volvería a ser igual. A Len no la volví a ver más.

Me detengo de nuevo. Gabriel de Rojas permanece callado. Al cabo de un rato retomo la historia:

—Tras despedirme de Len en el embarcadero de la cueva, regresé al *Antelope* con los bastimentos. Me encontré con una situación inesperada: había una división de opiniones sobre el curso que nuestra Armada debería seguir en la guerra. Unos deseaban dirigirse a Holanda para aprovisionarse; otros, conducir los barcos de su majestad a Escocia, donde parecía existir un mayor apoyo para nuestra causa. Coleridge me dijo que él y gran parte de los marinos pensaban que lo mejor era bloquear el Támesis y atacar la Armada de los parlamentarios. Yo me mostré de acuerdo con esta última postura. Y eso fue lo que al final se hizo.

»Podríamos haber vencido de no haber sido por la indecisión de los comandantes de la flota y porque el viento nos fue adverso. Nos mantuvimos largo tiempo, horas que nos parecieron eternas tanto a la marinería como a los propios oficiales, frente a la desembocadura del Támesis. Desde la amura veíamos las velas del enemigo en el río, a lo lejos.

»Recuerdo una interminable partida de cartas en el camarote de oficiales: a Coleridge, le conocéis bien, que pese a su flema habitual lanzaba venablos por su boca; al capitán del barco, que mostraba desconcierto y no se explicaba por qué no atacábamos ya de una maldita vez; a mí mismo, haciendo saltar astillas a un palo de madera con un cuchillo.

»Harto de la inactividad, le hice una seña a Coleridge, dejamos la partida y salimos a cubierta. Soplaba una brisa fresca que hinchaba las velas en la dirección adecuada, pero los barcos no se movían, anclados en el fondo del estuario. Las nubes pasaban sobre nuestras cabezas, empujadas por aquel hálito vespertino, en dirección a Londres, al lugar a donde debíamos ir… y no íbamos.

»—¿Qué demonios estamos esperando? —grité—. Ahora el viento es propicio para remontar el río y atacar al enemigo.

»—No lo sé. ¡Voto al diablo! ¡Es absurdo! Si derrotásemos ahora a esos condenados, tendríamos alguna posibilidad de vencer al Parlamento. Si lo retrasamos, la victoria se hará imposible y ese malnacido de Cromwell se perpetuará en el poder. ¡Oh, Dios! Piers, ¡cuánto les odio a él y a toda la sarta de gentuza puritana que le rodea! Utilizan el nombre de Dios en vano, considerándose los elegidos del Altísimo. No son más que crueles asesinos, sin principios.

»—Los nuestros no son mejores —exclamé desilusionado—. Unos botarates, lechuguinos, petimetres de salón.

»—¡Al menos son nobles! —los defendió él—. Pero quizá tengas razón… ahora parecen un hatajo de cobardes.

»—¿No se dan cuenta de que necesitamos una victoria rápida? Las provisiones escasean, la moral de los hombres es baja.

»Coleridge, entonces, con impasibilidad, pronunció en voz alta lo que yo mismo pensaba, lo que no debíamos expresar delante de ningún oficial.

»—A los mandos les faltan agallas. El almirante Batten es un incompetente, un cobarde que no se atreve a atacar a los hombres que antes estaban bajo su mando.

»—Se rumorea que ha salido de Portsmouth un escuadrón parlamentario que está ya en el canal. Podría llegar aquí, al estuario del Támesis, dentro de poco. Richard, como no ataquemos pronto nos quedaremos atrapados entre dos fuegos.

»—Sí. Los barcos que defienden nuestra causa son a todas luces insuficientes para someter a los parlamentarios, sobre todo si llegasen hasta aquí los refuerzos.

»Mientras hablábamos, notamos que bruscamente el tiempo cambiaba. Comenzó a soplar un viento en nuestra contra que nos apartaba de la desembocadura del Támesis y nos empujaba hacia la mar abierta, separándonos de la Armada enemiga. Nadie dio orden de evitarlo.

»Coleridge y yo contemplamos cómo el sol se ponía tierra adentro, iluminando las aguas del río. Nos alejábamos del lugar donde se suponía que teníamos que ir. Se hizo completamente de noche. A lo lejos vimos algunas luces de barcos, y en un principio pensamos que eran mercantes. Enviamos una embarcación pequeña, un queche, para averiguar a qué tipo de naves nos enfrentábamos. La noche se hizo más oscura por la niebla y el queche no pudo encontrar las luces.

»Transcurrieron las horas, en las que Coleridge y yo permanecimos en el puente de mando intentando ver algo en medio de la bruma. De pronto, la niebla se levantó; en el horizonte, la estrella de la mañana iluminó débilmente el cielo, pero todavía era de noche. Fue entonces cuando descubrimos que nuestra flota, la flota realista, se hallaba en medio del escuadrón enemigo, de los barcos que días atrás habían salido de Portsmouth. Hubo un momento de duda. Yo pensé que debíamos atacar, pero todavía no había amanecido por completo y en medio de la noche la maniobra era difícil, podíamos disparar a nuestros propios barcos. Se optó por no poner en peligro al príncipe de Gales, que navegaba con nosotros, y nos alejamos. Allí se decidió la guerra, con una huida cobarde de unos marinos que no se atrevieron a luchar.

»La escuadra realista se dividió: una parte de los barcos

regresó a Holanda, donde el príncipe de Gales, el almirante Batten y gran parte de los marinos abandonaron la Armada. Por otro lado, el príncipe Ruperto del Rin, su hermano Mauricio y algunos más permanecieron embarcados y se dedicaron a realizar piratería por el canal.

»El *Antelope*, en el que navegábamos, no tomó ninguno de estos dos caminos porque los hombres se nos amotinaron. Cuando se les ordenó ir rumbo a las costas holandesas, siguiendo al príncipe de Gales, la tripulación se rebeló. No les culpo, aunque yo permanecí fiel a la orden dada por mis superiores, a lo que me parecía que era mi deber, y me resistí al motín. Los sediciosos se hicieron con la nave y se dirigieron hacia las cercanas costas de Inglaterra, donde pensaban pasarse a la Armada parlamentaria. A los que nos negamos, muchos de los oficiales y algunos marineros, nos hicieron subir a los botes y nos arriaron en altamar, no lejos de las costas de Essex.

»Tomé el mando del mío. Me di cuenta de que la costa cercana a Oak Park se hallaba relativamente próxima, allí podríamos conseguir la ayuda de mi familia. Nunca pude imaginar lo que en realidad iba a encontrarme, la más terrible de las desgracias. La devastación de la heredad de mi familia, el fin de la Casa del Roble.

Callo. Gabriel ha seguido mi explicación de los sucesos de la guerra con gran interés, pero ahora está en tensión y pregunta:

—¿Qué ocurrió?

36

Las cenizas de Oak Park

—La mar era recia y picada, soplaba un viento del este que nos empujaba hacia donde quería dirigirme, pero la navegación era lenta porque el bote no tenía velas y avanzábamos a fuerza de remos. Menos mal que a bordo de la barquichuela estaba Ethan, un hombre muy fuerte y que conocía bien la costa.

»En medio de las luces rosadas del amanecer, la barca en la que navegaba Coleridge y la mía se separaron. Divisé su figura alta y firme de pie, dirigiendo la maniobra tal como si estuviera en el puente del *Antelope*, nuestro antiguo barco. Desaparecieron entre las olas de aquel mar picado y pensé que nunca más le volvería a ver. Afortunadamente eso no ha sido así.

Me detengo pensando en Richard Coleridge. Actualmente, él es la única ligazón con mi pasado de marino en la Armada de su majestad. Es un hombre valiente y generoso, pero flemático y de pocas palabras. Nunca solemos comentar los sucesos de aquella época, porque no es costumbre entre nosotros desahogarnos ni hablar de lo que consideramos íntimo y privado.

—¿Qué ocurrió luego? —oigo que me pregunta el capitán Rojas.

—Pasamos mucho tiempo en altamar, no puedo recordar cuánto. Al fin, a lo lejos, divisé los pardos acantilados del litoral de Essex, la península del Naze. Ordené que costeásemos el litoral, hacia donde suponía que estaban las propiedades de mi familia, el lugar de mi infancia.

»Atardecía cuando, en la distancia, distinguí los arrecifes que daban entrada a la bahía. Cuando nos acercamos, la Cabeza del Caballo descollaba sobre las olas. La marea estaba demasiado baja para poder entrar en la ensenada, incluso para una chalupa pequeña como era la nuestra, así que debimos echar el ancla para no estrellarnos contra las rocas.

»Anocheció por completo. Pasó el tiempo y, de repente, en medio de la negrura, una gran luminaria se alzó en el interior de la península del Naze, en el lugar donde siempre había estado Oak Park. Al ver el fuego, adiviné que habían atacado la casa de mis mayores. Intenté acercar la chalupa a tierra, pero la mar bravía nos impedía maniobrar, corríamos el riesgo de naufragar. Recuerdo con horror que, entre juramentos e imprecaciones, les gritaba a los marineros que se acercasen a la costa, pero no me podían obedecer. A través de aquel viento que bramaba con fuerza, del ruido del oleaje, ni yo mismo podía escuchar mi propia voz.

»Nos pasamos la noche bregando contra las olas, mientras el viento nos empujaba hacia el acantilado. Amaneció un día gris. De pronto, poco después del amanecer, en el lugar donde se hallaba la Torre de los Normandos unos cuervos alzaron el vuelo y me pareció ver unas antorchas. No sabía qué estaba sucediendo, pero sospeché que algo terrible ocurría. En aquel momento, el viento cambió y la tormenta nos alejó aún más del fondeadero. Al fin, muy entrada la mañana conseguimos atracar en una playa arenosa mucho más al norte de Oak Park, cerca de Harwich.

»Antes de despedirme de los componentes de la pequeña tripulación del bote, les ordené dispersarse en diferentes direcciones. Un grupo de hombres con aspecto de marineros llamarían la atención en la zona. Les indiqué dónde nos encontrábamos y cuáles eran las poblaciones más cercanas. Nos dijimos adiós con un abrazo, palmeándonos las espaldas. Era gente leal y honesta, marineros capaces, resultado de la disciplina de la marina inglesa. Cuando se iban, me dijeron que desearían volver a servir a mis órdenes.

»Ethan y yo emprendimos el camino hacia Oak Park. Calculé que estaríamos unas diez millas al nordeste de la casa de mis mayores, tardaríamos algún tiempo en llegar.

»Tras varias horas de marcha, cuando nos acercábamos a la península del Naze, ya desde lejos pudimos divisar el humo sobre los bosques que rodeaban Oak Park. No le dije nada a Ethan, que me observaba muy preocupado, sin hablarme. Decidí proceder con cautela. Los parlamentarios me podían reconocer y detenerme acusándome de traidor, de modo que avanzamos extremando las precauciones, saliendo del camino y ocultándonos entre los árboles.

Nunca he podido olvidar aquel día gris y doloroso. Hasta esta noche, jamás había hablado con nadie de él.

—Desde la colina divisé la casa, aún humeante, los graneros y los establos arrasados. Olvidando la cautela eché a correr, seguido de Ethan. Recorrimos las ruinas de lo que, durante cientos de años, había sido la heredad de mi familia; de cuando en cuando se oía el chasquido de madera quemada. En ninguna parte encontré a nadie, todos habrían huido o quizá habían sido presos. Pensé que acaso mi madre, Len y mis hermanas podían haberse escondido en los sótanos. Bajé a la antigua capilla católica, ahora destruida por la furia iconoclasta de las hordas puritanas, enfebrecidas de odio, fanatizadas. El sagrario abierto había sido profanado, las figuras de los santos mutiladas, los bancos rotos. Revolví a patadas todo aquel destrozo, buscando algún rastro de mis seres queridos. No encontré nada. Salimos de allí.

»Seguimos inspeccionando la hacienda de mi familia: el estanque de aguas ahora sombrías, el palomar, el patio con el pozo. No había nadie por ninguna parte. Sólo se oía el ulular del viento mientras caía una llovizna tan fina que no lograba empaparnos. Le dije a Ethan que revisase tan bien como pudiera la casa y la zona de las cocinas. Yo me dirigí a la Torre de los Normandos donde había visto luces al alba.

»El lúgubre graznido de los cuervos parecía estarme llamando, como si me atrajera hacia el antiguo torreón de vigilancia. Supe que me iba a encontrar allí algo terrible. La torre se erguía impasible, aparentemente no había sufrido daño ni había sido asaltada. El portón de entrada, ligeramente entreabierto, rechinó cuando lo empujé.

»Me recibieron la penumbra y un hilo de luz que se filtraba por el filo de una barbacana que me permitió entrever un bulto en el suelo, el cadáver de lo que parecía una mujer. Di unos pasos vacilantes y me arrodillé para verle el rostro. Entonces descubrí los rasgos inertes de una de mis hermanas, Margaret. Su hermoso cabello oscuro mostraba un gran río de sangre coagulada, el cráneo estaba partido por un golpe brutal, pero no había otros signos de violencia. Su cadáver estaba ya completamente frío, su rostro céreo y exangüe. Allí, arrodillado, grité sobre sus restos. Nadie me oyó en la soledad de la torre vacía. Permanecí largo tiempo junto a ella. ¡Oh, Dios! ¿Qué habría ocurrido? Margaret era la alegría, la confianza desenfadada, ¿cómo podían haberle hecho esto? Le acaricié el cabello. Sus ojos estaban cerrados, como si no hubiera querido ver a quien así la trataba. Después la besé en el rostro y la así con cuidado, levantándola.

»Con el cadáver de mi hermana en los brazos, salí de la torre. Caía la tarde y había descendido la niebla. Me costaba cargar con el cuerpo ya rígido y caminé tambaleándome por la pesada carga, angustiado. Un paso tras otro, sin permitirme pensar ni fijarme en nada de lo que me rodeaba, anduve entre la bruma hacia el altozano coronado por un roble. Quería enterrarla allí. Al llegar, deposité bajo el árbol el cuerpo frío de Margaret. Cuando recuperé el resuello, escuché algo que se balanceaba sobre mí, como el péndulo de un viejo reloj.

»Alcé la cabeza y no pude menos que gritar. En el viejo roble junto al cual Len y yo jugábamos de niños, pendía ahorcado el cadáver de mi tío Andrew, un anciano sacerdote jesuita.

»A mis gritos, acudió Ethan. Sólo balbuceaba: "¡Dios mío! ¡Dios mío! ¡Cuánto dolor! ¡Cuánta maldad!". Con el cuchillo que llevaba al cinto, corté la soga y descendí su cuerpo. Se me ha quedado grabado su rostro amoratado, la lengua negruzca hacia fuera. Lo deposité suavemente en el suelo, junto al cadáver de Margaret.

»Ethan se fue a buscar unas palas. Cuando regresó, me encontró todavía arrodillado sobre los cadáveres de mis seres queridos, tapándome la cara con las manos para ocultar mi dolor, doblado sobre mí mismo. Me tocó en el hombro, y me pareció que despertaba de un sueño. Enterramos a mi hermana y a mi tío bajo el roble. En el esfuerzo de cavar la tumba descargué la furia que llevaba dentro. Me mantenía en pie una única esperanza, que mi madre, Ann y Len estuviesen aún vivas. Debía encontrar lo que quedase de mi familia e intentar salvarla a toda costa.

»Como Ethan no era muy conocido en Walton, le envíe para que averiguase qué había sucedido. Le esperé en la parte de la servidumbre de la casa, sentado en el suelo, apoyado en uno de los árboles que rodeaban la casa por detrás. De repente escuché los cascos de unos caballos. Me escondí, pensando que quizá los asesinos habían vuelto. No era así, algunos de los caballos que nos habían pertenecido habían podido escapar y, espantados por el fuego, habían galopado desbocados por la finca. Ahora que todo estaba en silencio dos de ellos regresaban hacia el establo y se detuvieron frente a mí para abrevar en el estanque. Eran los mismos que Len y yo habíamos montado hacía unos años. Los llamé con un silbido y se me acercaron. Me hice con ellos. Nos vendrían bien más adelante.

»Cuando regresó Ethan me contó que en la taberna del pueblo sólo se hablaba de lo ocurrido en Oak Park. "¡Quién se iba a imaginar! —murmuraba la gente—. ¿Quién iba a sospechar que tras los elegantes muros de la mansión de los Leigh se ocultase una horrible trama papista?" Por Walton corrían todo tipo de habladurías y exageraciones sobre mi familia. Sin embargo, lo que realmente me interesó de las noticias que me traía Ethan era que mi cuñado, William Ruthven, había estado allí. Quizá él podría darme noticias del paradero de mi madre, de mi hermana y de mi Len. ¡Oh, Dios! No podían haber muerto. ¡Tenían que estar vivas!

37

Lady Elizabeth Ruthven

Londres, verano de 1648

—En el atardecer de aquel día neblinoso emprendimos la marcha hacia Londres. Rodeamos Walton-on-the-Naze, evitando cruzarlo, cualquiera podría reconocerme en el pequeño pueblo. Pero pasadas las casas de la población también seguimos ocultándonos en los bosques. Nuestro aspecto era sospechoso: dos hombres en mangas de camisa, con ropa de marinos, montando unos caballos sin ensillar... No teníamos dinero ni el tan necesario salvoconducto para viajar en aquellos tiempos conflictivos.

»Durante el camino, fui cavilando quién podría interceder por lo que quedaba de mi familia. Los amigos realistas de mi padre habían sido ejecutados o estaban en el exilio; el resto ni se atrevería a defender a unas católicas. Sólo me quedaba una opción: quizá mi hermana Elizabeth podría ayudarnos, ella y sobre todo su marido tenían amistades en el Parlamento. Ahí centré mis esperanzas. ¡Qué equivocado estaba!

»Llegamos a Londres dos días después e intentamos acceder por Aldgate, pero acababa de anochecer por lo que la puerta estaba cerrada y no pudimos pasar. Circundamos la parte este de la muralla hacia un arrabal extramuros, sobrepasamos las tapias de la antigua abadía de Santa Clara hasta llegar a Tower Hill, desde donde divisamos la lóbrega noche londinense, iluminada por el resplandor brumoso de las ventanas de las casas y las farolas en las esquinas, y junto a las brumas del río la sombría mole de la Torre. Todo semejaba cerrado para nosotros.

»Sólo podríamos entrar en la ciudad por el Támesis. Con precaución, cabalgamos lentamente hacia el embarcadero al lado del antiguo hospital de Santa Catalina. Dejamos a los caballos encerrados en un almacén vacío y fuimos andando hasta el muelle, desierto por lo tardío de la hora y quizá por el frío, pero lleno de embarcaciones. Encontramos un bote pequeño amarrado, lo desatamos y nos introdujimos en las oscuras aguas, remando con fuerza contracorriente, río arriba hacia el oeste. Todo era niebla. Sobrepasamos el puente de Londres, la mole de la catedral de San Pablo y la muralla oeste; más adelante, dejamos atrás las torres octogonales de la puerta de Whitehall.

»Antes de llegar a Westminster, el río lamía los jardines de varios hermosos palacetes. En uno de ellos moraban mi hermanastra y su esposo. Entre la niebla, distinguí su embarcadero, nos detuvimos y subimos hacia la mansión de los Ruthven. En la primera planta había algunas luces encendidas. Abrimos la cancela de una valla y nos dirigimos hacia la zona de servicio, donde nos escondimos tras un carro cercano a la puerta. Pensé que lo mejor sería que hablase con mi hermana a solas y le pedí a Ethan que se acercase a las cocinas y que averiguase si los amos estaban o tenían invitados. Asintió y dio un paso, pero le detuve: "No, mejor aguarda a que alguien salga", le dije. Al cabo de más de media hora, se abrió la puerta y se asomó una criada a tirar el agua sucia afuera, que dio un respingo asustada cuando Ethan la abordó, e intentó meterse dentro de la casa de nuevo. El marinero puso un pie en el umbral, impidiéndole cerrar la puerta.

»—No grites, no te haré nada. Tengo hambre. ¿Tienes algo de comer?

»—¿Por qué tendría que darte?

»—He luchado con tu amo contra los realistas. Estoy seguro de que ayudaría a alguien como yo.

»—Mi amo no está.

»Al oír que Ruthven no estaba, Ethan cambió su actitud.

»—Déjame entonces hablar con tu ama. Hay alguien que quiere verla a solas.

»Pero yo ya había salido de las sombras y la criada me distinguió en la claridad de la puerta entreabierta.

»—¡Señorito Piers! —exclamó—. Sabemos lo que les han hecho a su madre y a su familia. Mi señora está desolada.

»La reconocí entonces, Mary O'Neal, una joven irlandesa que había sido doncella de mis hermanas y trabajaba ahora para mi hermanastra.

»—¿Va a volver pronto lord Ruthven?

»—Pienso que sí, no suele demorarse mucho.

»—Debo ver a mi hermana….

»—¡Subid rápido!

»Nos abrió la puerta y yo entré en la casa. Ethan se quedó esperando, mientras Mary, que no hacía más que parlotear, horrorizada por lo ocurrido en Oak Park, me conducía por un oscuro corredor y una escalera hasta llegar al vestíbulo principal de la casa. Allí me indicó cómo llegar hasta el cuarto de mi hermana.

»Elizabeth estaba escribiendo a la luz de un candil. No me pareció tan hermosa como cuando éramos niños. Parte del encanto de mi hermana había sido su alegría; nada quedaba de eso, su boca y sus ojos destilaban amargura. Al verme gritó por la sorpresa, e inmediatamente se echó a llorar.

»—Ruthven regresó hace dos días, jactándose de haber descubierto una horrible trama papista. Me dijo que mi familia había recibido su merecido.

Después, entrecortadamente, fue revelándome cosas:

—Cuando me casé, le conté a mi esposo que padre y lady Niamh eran papistas, que los Leigh siempre lo habían sido. Lo sé, Piers, no me mires así, ¿cómo pude cometer tal error? Estaba furiosa con padre por su negativa a mi boda. Ruthven pareció no inmutarse por ello. Entonces aún no le conocía bien, estaba enamorada, halagada incluso de ser su centro de interés, luego descubrí que él nunca expresa sus sentimientos. Es frío, calculador, avariento. Y siempre ha odiado a los papistas. Esperó a utilizar esa información cuando más le convino: cuando necesitó dinero, y Margaret y Ann estaban en esta casa.

»Sí, lo recordaba. Cuánto nos dolió a Len y a mí cuando nos lo contó el tío Andrew.

»—Mi esposo es tan ambicioso, Piers. Sólo quiere medrar, a mí me utilizó para tratar de ascender en la corte. Ahora sólo desea ganar crédito ante quienes le interesan, los secuaces de Fairfax y Cromwell. Hace unos meses le hizo falta dinero para sufragar la multitud de gastos que le ocasiona la guerra y pensó en chantajear de nuevo a padre, pero ya se hallaba en Colchester y luego murió. Creí que acabaría pidiéndoselo a lady Niamh, y me daba igual, pero nunca imaginé que fuese a llegar tan lejos…

»Apreté los puños cuando mencionó a mi madre, me dominó la ira pero no le dije nada. Ella siguió:

»—Hace un tiempo, llegó un nuevo pastor a la iglesia a la que solemos ir los domingos. Para mi sorpresa, su esposa era mademoiselle Maynard, la que fue institutriz de Margaret y Ann en Oak Park. Ruthven les invitó en repetidas ocasiones a ambos a comer, y siempre le hacía hablar a ella de sus tiempos con los Leigh. Un día vuestra mademoiselle Maynard le mencionó las historias de fantasmas que se propalaban entre algunos del servicio y por Walton en relación a la Casa del Roble. Le quitó importancia, dijo que eran necedades de gente sin cultura y de niños espantadizos. Pero mi esposo empezó a indagar y comenzó a atar cabos.

»Ella tomó aliento y, con amargura, prosiguió:

»—Puso espías que vigilaron Oak Park, sobornó a antiguos criados y, al fin, descubrió el misterio: las misas clandestinas. En cuanto se enteró de que se iba a celebrar una, partió rápido; ya lo tenía todo organizado. Ruthven sabía bien que, si demostraba que los Leigh protegían a los papistas y tenían lugar las ceremonias prohibidas bajo su techo, serían expropiados y ese patrimonio, las tierras y la casa, pasaría a engrosar mi fortuna, que era tanto como decir la propia. Sin dudarlo, dirigió a los Cabezas Redondas a Oak Park.

»Estaba ciego de ira pero me contuve, quería que Elizabeth prosiguiese la historia, saber dónde estaban mi madre, Ann y Len.

»—Me ha contado —dijo con voz debilitada— que Margaret murió, pero no cómo y no he querido preguntárselo, y que lady Leigh, Ann y la pequeña española han sido conducidas a la prisión de Bridewell. Me ha amenazado con que si no le obedezco en todo, acabaré igual que ellas. Se enorgullece de haber librado al país de más escoria papista y de haber ampliado nuestra fortuna. Sus amigos le han felicitado.

»Elizabeth temblaba, destrozada; se sentía culpable de lo ocurrido. Casi la compadecí, pero entonces me dijo:

»—Me da exactamente igual lo que suceda con la bruja irlandesa, pero te ruego que, si puedes, hagas algo por Ann.

»Al oír que llamaba a mi madre bruja irlandesa, la hubiera ahogado, pero no valía la pena. Elizabeth no era más que una pobre mujer que había jugado cartas equivocadas, buscando únicamente su propio beneficio, y todo le había fallado. ¡Cómo pude haberla admirado tanto! ¡Cómo pude confiar en que me ayudaría! En aquel momento, recordé a Len, a quien mi hermana solía minusvalorar. Por su parte, a Len, Elizabeth nunca le había gustado.

»Afuera se oyó el ruido de las ruedas de un carruaje que frenaba ante la puerta. Elizabeth se asomó al gran ventanal y palideció.

»—Vuelve Ruthven, debes irte.

»Corrió hacia su escritorio y, de un cajoncillo oculto, sacó una bolsa con algunas monedas. Me las dio, advirtiéndome que era lo único que podía hacer por mí. Por último, abrió una portezuela que daba a una escalera de servicio; bajé por allí hasta las cocinas, donde me esperaba Ethan. Estaba hablando con Mary. La criada nos entregó algo de comida y nos acompañó hasta el embarcadero. Río abajo, pasamos por delante de Bridewell, la prisión de mujeres que encerraba a mi hermana, a mi madre y a Len. Detuve el bote, pero era imposible acceder a semejante lugar. Regresamos a los muelles de Santa Catalina, donde desembarcamos. Lloviznaba.

»En el almacén, los caballos parecían esperar nuestro regreso y relincharon suavemente al vernos. El lugar albergaba aparejos de pesca y velas; comimos lo que la criada nos había dado y nos acostamos sobre unas redes, tapados por los capotes de marino. Aquella noche no pude dormir. Len, Ann y mi madre no estaban tan lejos, sólo a unas cuantas millas río arriba. Una y otra vez me repetía a mí mismo que no podía permitir que muriesen.

»Al alba, oímos los ruidos de los estibadores que venían a cargar los barcos que partirían al subir la marea. Rápidamente nos levantamos. Agarramos las riendas de los caballos, que mansamente nos siguieron. A la salida del muelle nos encontramos con la muralla, la seguimos y acabamos en Tower Hill. Desde la colina se podía ver el interior de la Torre de Londres: soldados haciendo guardia, alguna fogata… Amanecía y algunos aprendices y obreros manuales se dirigían al trabajo en los muelles, cubiertos con sombreros. En una talabartería fuera de los muros de la ciudad compramos arneses y sillas para los caballos. En un puesto de ropa vieja, capotes y ropa de abrigo seca, pues la nuestra estaba húmeda.

»Dudaba qué hacer. Sabía que podían detenerme en cualquier momento. Ethan me suplicaba que nos fuésemos. Me sugirió que nos dirigiésemos al puerto, buscásemos un barco y huyésemos de allí, pero malhumorado le dije que no podía dejar a mi madre, a Len y a mi hermana. Me debatía pensando adónde ir. ¿A quién podría solicitar ayuda? De pronto, me vino a la mente el embajador español. Yo sabía que había mantenido una relación de amistad con mi padre, quizá él pudiera ayudarnos. Además, la legación española no se hallaba lejos: en

Holborn, fuera de la muralla, junto a la vieja iglesia de Santa Etheldreda. Me despedí de Ethan a la entrada de Ely Place y quedamos en que me esperaría con los caballos en el muelle de Santa Catalina.

»El embajador se mostró muy cauto. No era para menos; desde que Cromwell y sus Cabezas Redondas habían vencido, su postura se había vuelto aún más inestable y difícil, porque Cromwell detestaba todo aquello que fuese católico y, al fin y al cabo, don Alonso de Cárdenas era el embajador de su católica majestad el rey don Felipe IV, firme adalid del Papado. Reclamé su ayuda con obstinación, casi de modo impertinente.

»Don Alonso me escuchó con calma pero con atención. Me aseguró que no podía hacer nada. Después, me prometió sin ningún tipo de convencimiento que intentaría ayudar a mi familia. Por último, me rogó que me fuese porque le comprometía. Antes de salir, le supliqué que, al menos, hiciese algo por Len, ya que era súbdita española. Él repitió su nombre: Catalina de Montemayor y Oquendo. Observé que se quedaba pensativo. Me dijo que había oído hablar al anterior embajador Dávila del cautiverio de Isabel de Oquendo y de su hija, de la fuerte suma exigida para liberarlas. Ahora, en Bridewell, todo era más complicado si cabe. Intentaría hacer algo pero no me prometía nada. Me alejé de la embajada sin ninguna esperanza, enteramente desanimado.

»En Fleet, pagué a un barquero para que me condujese hacia donde me estaría esperando Ethan. Desde la barca, de nuevo, pasé por delante de la prisión. Bajo la luz de aquel día nublado, miré detenidamente los recios muros que encerraban todo cuanto me quedaba en la vida. Poco a poco, muy lentamente, quedaron atrás. El barquero, un hombre sombrío y malhumorado, bogaba sin prisas a través del Támesis. Desembarqué confiadamente en Santa Catalina, pero cuando me dirigía al almacén donde tenía que encontrarme con Ethan, me sentí observado. Dos hombres embozados me estaban siguiendo. Apreté el paso con objeto de despistarles. Vi a lo lejos a

Ethan, le hice una seña y en aquel momento me atacaron. Me batí con los embozados y, en el enfrentamiento, uno cayó al suelo malherido, la capa se abrió y reconocí en sus ropas el escudo de la casa de los condes de Gowrie, la librea de Ruthven. Aprovechando mi sorpresa, el otro me golpeó y perdí el conocimiento.

»Cuando lo recobré, noté el cabeceo de una nave y oí el ruido del mar. Ethan había logrado librarse de nuestros atacantes y conseguido encontrar un barco que se dirigía a Irlanda. Empeñó todo el dinero que nos quedaba y vendió los caballos para conseguir el pasaje. Me contó después que el capitán del barco no quería comprometerse llevando a dos hombres, uno de ellos herido. Sospechaba que éramos realistas que escapábamos de la ciudad. El viaje a Irlanda fue accidentado; bajo un cielo inclemente, las olas se alzaban de tal forma que pensé que naufragaríamos, pero la tormenta de aquel viaje no era mayor que la que se libraba en mi interior. Sabía que dejaba atrás a mi madre, a Ann, a mi adorada Len... sin haber podido hacer nada por ellas. Sentí que las había fallado.

»Llegamos a Dublín, controlado entonces por el gobernador Jones, hombre leal al Parlamento. Sin recursos, sin ningún sitio al que ir, tardé varios días en recuperarme de la paliza que me habían propinado los hombres de Ruthven. Estaba desolado por lo ocurrido. Deseaba con todas mis fuerzas regresar, pero el bloqueo naval lo impedía. No teníamos ni una moneda y comenzamos a pasar hambre. Me empleé como estibador en el puerto.

38

De nuevo un marino

Irlanda, invierno de 1649

—Aquel invierno en Irlanda fue más lluvioso que ninguno y sumamente helador. No siempre teníamos trabajo, porque a menudo no había barcos que descargar. Dormíamos en algún establo hasta que nos descubrían y nos echaban; otras veces, bajo el pórtico de alguna iglesia devastada por la persecución inglesa; la mayor parte del tiempo en las calles. Cuando conseguíamos alguna moneda, nos dirigíamos siempre a las mismas tabernas del puerto. Temíamos que nos interrogasen los hombres del gobernador e intentábamos pasar desapercibidos. En aquellos tugurios se escuchaban todo tipo de conversaciones y rumores. De cuando en cuando, alguien llegaba de Londres y yo intentaba recabar noticias sobre mi familia, pero no conseguía alcanzar mi propósito.

»Hasta que un día, en una mesa, encontré una hoja de noticias que había quedado abandonada. Allí, en el *Mercurius Britannicus*, leí que las tierras de los Leigh habían sido confiscadas y entregadas a la condesa de Gowrie tras la muerte de los últimos miembros de su familia. Según el periódico, «la esposa era una bruja irlandesa», y seguía diciendo algo así como que alabado fuera Dios, que había librado a sus elegidos de tres demonios papistas. En el *Mercurius* no concretaban los nombres, pero así supe que mi madre, Len y mi hermana Ann habían sido ajusticiadas.

»Entonces mi desesperación se hizo infinita. Me hice un hombre especialmente violento y agresivo. Con el trabajo físico, había desarrollado una gran fuerza. Me convertí en un matón, de tal modo que todos me llegaron a temer en aquel puerto. El bueno de Ethan recelaba que me detuviesen en alguna reyerta y me reconociesen como un oficial realista.

»—Mi señor, debéis calmaros, os estáis matando...

»—¿Y qué quieres que haga, condenado? Soy un oficial de la marina, no un cerdo estibador. ¡Quisiera matar a todos los hombres de Cromwell! ¡No dejar un cabeza redonda vivo!

»A pesar de mi estado, Ethan no me abandonó nunca. Logró enterarse de que el príncipe Ruperto, con lo que quedaba de la Armada realista, había anclado en la costa suroeste de Irlanda, donde estaba bloqueado. Mendigando, cruzamos el sur de la isla, desde Dublín hacia el puerto más occidental de Kinsale, buscando a nuestros antiguos compañeros de combate. La travesía por la isla nos reveló el horror causado por las tropas de Cromwell en Irlanda: pueblos devastados, iglesias profanadas, antiguos monasterios derruidos hasta sus cimientos, cosechas perdidas, hambre, dolor por doquier...

»En Kinsale, me reuní con lo que quedaba de la Armada de su majestad, ahora el joven rey Carlos II, pues su padre había sido decapitado recientemente. Me pareció recuperar algo de la dignidad perdida cuando me dieron destino en el *Defiance*, el barco del príncipe Mauricio, hermano de Ruperto del Rin, y me reencontré con mi antiguo amigo Richard Coleridge. Nos alegramos mucho al volvernos a ver; él pensaba que me habrían atrapado los parlamentarios y que estaría muerto. Me preguntó por mi familia y por Oak Park. No fui capaz de decirle nada de lo ocurrido con los míos, preferí no contestar a sus preguntas. Richard no insistió, pero posiblemente adivinó la tragedia.

»Durante algunos meses, permanecimos bloqueados en el puerto irlandés por los barcos del almirante Robert Blake. Mientras tanto, en las tierras de Irlanda, las fuerzas de Cromwell vencieron a la confederación católica; cada vez corríamos más peligro. La crueldad de Cromwell para con la población fue inimaginable, de un fanatismo brutal que, algún día, la historia juzgará. Si mi amigo Coleridge odiaba al Parlamento, después de lo ocurrido en Irlanda lo hizo aún más ya que las noticias de lo que estaba sucediendo llegaban a Kinsale. Nos reconcomíamos en el puerto, sin poder luchar en tierra contra los Cabezas Redondas y sin poder hacernos a la mar por el bloqueo. Afortunadamente, hacia mediados de octubre, algunas tormentas hicieron que los barcos de Blake se retirasen, y en medio de vientos huracanados pudimos escapar y poner rumbo a la mar abierta.

39

Después un corsario...

—Tras realizar durante dos años una actividad corsaria por aguas del Mediterráneo, acosados por las naves leales al Parlamento del almirante Blake, debimos abandonar las costas europeas y recalamos en las Azores y Mauritania. Después de muchas penalidades, cruzamos el Atlántico y nos adentramos en los mares del Caribe, ardientes por el tórrido sol del trópico, por la guerra y por la piratería.

»Llegamos a las costas caribeñas y tomamos tierra en Santa Lucía. Conseguimos provisiones, agua, reparamos las velas y después pusimos rumbo a las Bermudas, que había sido la primera colonia en reconocer a Carlos II Estuardo. Los realistas habían expulsado al gobernador de la isla y elegido a un jefecillo local, un tal John Trimingham, como nuevo gobernador. Trimingham acogió a las tropas dirigidas por los príncipes Ruperto y Mauricio efusivamente, proporcionándonos las armas y las provisiones necesarias para operar, así como una patente de corso que nos permitía atacar a las naves parlamentarias y nos obligaba a rendir un tributo a la Corona. Coleridge y yo, junto con algunos de la tripulación del *Defiance*, si bien a mi fiel Ethan no se le permitió acompañarnos, nos habíamos trasladado a un bergantín apresado recientemente, el *Charles*. Animado por la ilusión de un buen botín y por la solidez del barco, el capitán Robert Allen aceptaba hombres de distintas nacionalidades e intereses para completar la dotación.

»Fue en las Bermudas donde Rodrigo de Alcalá, quien os ha curado, se unió a nosotros. A Richard se le había inflamado la cara con un fuerte dolor de muelas. En una taberna del puerto, un barbero de origen español se la arrancó tras emborracharle para aminorar el dolor. Al día siguiente, fuimos a pagarle la deuda contraída, pero nos encontramos con que los hombres del gobernador querían detenerle por espía de los españoles. Le habrían ahorcado de no haber mediado nuestra intervención. El barbero nos había resultado simpático y mi amigo Coleridge le estaba agradecido. Le ocultamos y le embarcamos con nosotros.

»Nos dedicamos a la actividad corsaria por el Caribe, aunque al principio la búsqueda de presas no fue muy fructífera. Entonces un temporal dispersó la escuadra.

»Aún recuerdo aquella terrible tormenta. Los vientos huracanados levantaban olas más altas que las torres de la abadía de Westminster, llevando las naves hasta el cielo y después hundiéndolas en el abismo. Sir Robert Allen, nuestro capitán, un déspota aficionado al ron y al látigo, estaba borracho y fui yo, un joven oficial de veintidós años, quien gobernó el *Charles* de acuerdo a lo que el sentido común me dictaba. Navegábamos detrás del *Defiance*, mi antiguo barco, al mando de Mauricio del Palatinado. Lo vimos alzarse sobre la cresta de aquella ola gigantesca... y luego desaparecer. Para siempre. No fue el único barco que se perdió.

»Ese temporal me hizo romper los lazos que aún me unían a la causa realista. Hasta aquel momento yo todavía me había sentido un hombre de honor. Era el primer teniente de un bergantín de la Armada Real; asaltábamos barcos, sí, pero no por cuenta propia sino al servicio de la Corona. Nos considerábamos, ahora me resulta absurdo recordar aquel sentimiento, "honrados" corsarios. Pero la actitud del capitán Allen, un marino inexperto, otro de los muchos petimetres adinerados que habían combatido en una guerra donde, en uno de los bandos, el realista, se imponía no el más preparado sino el de más abolengo nobiliario, cambió mi modo de ver las cosas.

»Tras horas terribles, en las que creímos que todos íbamos a morir, cesaron el viento y la lluvia y amainaron las olas. El sol brilló de nuevo sobre la mar Océana, y los barcos de la escuadra nos reagrupamos. Ya antes de la tormenta, el esforzado príncipe Ruperto había confiado a los capitanes de la flota que deseaba regresar a Europa a apoyar los intereses del nuevo pretendiente a la Corona inglesa, su primo Carlos II. Al comprobar que el *Defiance* no se unía a nosotros, que su hermano Mauricio seguramente había muerto, decidió partir.

»Nosotros no acompañamos a la escuadra. Con la excusa de que el *Charles* estaba muy dañado y había que repararlo, pusimos rumbo a poniente. Allen había querido seguir a Ruperto, y nos enfrentamos. Coleridge y la mayoría de la tripulación me apoyaron. El capitán me acusó de insubordinación y me amenazó con un consejo de guerra. No me importó demasiado; en un ejército de vencidos, no ha lugar a demasiada disciplina.

»Quizá Allen tenía razón, deberíamos haber seguido a la escuadra, pero mi lealtad hacia la causa Estuardo flaqueaba y era yo el que tenía el control del barco, así que forcé la situación. Los motivos para abandonar eran múltiples. El más vulgar era que realmente había que reparar el barco antes de pensar siquiera en retornar a Europa.

»Pero, por otro lado, no deseaba volver a Inglaterra, donde todos los míos habían muerto y se me negaría la entrada. Además, yo nunca había sido un ferviente realista, sólo tras la muerte de Thomas había decidido compartir sus mismas ideas por honrar la memoria de mi hermano muerto y para vengar la inicua ejecución de mi padre. Sabía que Coleridge hubiera deseado seguir a los barcos del príncipe Ruperto, pero él siempre ha sido un amigo fiel y me lo demostró en aquella ocasión una vez más. Nunca se lo agradeceré bastante, en Richard sé que puedo confiar ciegamente, aunque sea un hombre parco en palabras.

»Desde que salimos de Kinsale, casi dos años atrás, lo habíamos compartido todo, confraternizando en una vida más o menos decente, pero cuando desertamos de la escuadra realista no sabíamos que esa decisión iba a conducirnos a un infierno de excesos, crímenes y horror. De este modo, comenzó la peor etapa de nuestras vidas.

40

Por último, un pirata

Mar del Caribe, octubre de 1652

—Puse rumbo a las Bermudas mientras sir Robert Allen, encolerizado, se refugiaba en su camarote a seguir bebiendo y maldiciéndome. Los vientos nos condujeron más allá de las islas de Barlovento, hacia la costa cercana a Maracaibo, donde nos asaltó un barco pirata. No podían dejar escapar una presa tan apetitosa: aunque estuviera dañado, el *Charles* era un hermoso bergantín de dos palos y velas cuadradas, armado con dieciocho cañones. En el asalto, rápido, certero, murió gran parte de nuestra tripulación, entre ellos el capitán.

»Cuando los piratas ocuparon nuestro barco, a los supervivientes nos ofrecieron elegir entre la muerte o unirnos a su tripulación; todos aceptamos lo segundo.

»A Richard y a mí, en un principio, la vida de los piratas nos causó una gran aversión; sólo pensábamos en escapar. Acostumbrados a la disciplina y el orden de la marina inglesa, la anarquía, la inmundicia, la crueldad y la impiedad de aquellos hombres nos repugnaban. Empezó una vida de brutalidad inimaginable, de atrocidades que no os quiero contar, de barbarie, y comencé a disfrutar con ella. Abordábamos naves, pasábamos a todos a sangre y fuego, nos íbamos a puertos pequeños a perdernos en tabernas de mala muerte y en los brazos de mujeres cuyos rostros luego ni recordábamos. Fue entonces cuando Coleridge comenzó a beber cada vez más, hasta llegar a alcoholizarse. En cambio yo descubrí algo que había probado en Dublín: que la violencia me liberaba del peso doloroso del pasado, me producía una borrachera similar a la que Richard se provocaba con el ron. Fui ganándome fama de más duro que nadie, a la vez que de reflexivo y experto marino. Tras una tormenta, el viejo barco pirata se hundió y sólo quedó nuestro bergantín. Entonces, todos los supervivientes me eligieron como su nuevo jefe.

»Seguíamos siendo un barco pirata, pero impuse una disciplina férrea. No toleré la menor insubordinación, organicé la jerarquía de mando con la estricta severidad de la marina inglesa. George Kennedy, uno de los viejos piratas, se convirtió en mi primer oficial; Coleridge era el segundo de a bordo; Juan de Beltrán, un hidalgo segundón de buena familia, experto en las cartas náuticas y con formación en la escuela de pilotos de Sevilla, en el piloto; a Hernando de Montoro, un criollo dominicano, se le nombró segundo oficial. A Montoro, al igual que yo, las circunstancias habían hecho que de ser un buen hombre pasase a ser un ladrón de mar. No tenía experiencia marinera pero sí capacidad de mando, además de un carácter explosivo y leal. En el fondo de su alma, era un plantador que deseaba por todos los medios retornar a la tierra y a una vida honrada con su familia.

»En cuanto al resto de la tripulación, estaba formada por gentes de toda clase y condición, cada uno con su historia. Había ingleses de la dotación original del barco de Allen, piratas de toda raza, nacionalidad y religión; hombres que, al igual que a mí, se les había propuesto unirse de modo forzoso a la piratería; esclavos huidos y algunos hombres levados voluntariamente en distintos puertos del Caribe, la mayoría de origen español y portugués, y unos cuantos irlandeses desterrados por el gobierno parlamentario al Caribe.

»Cuando acepté ser su capitán, hace poco más de un año, les exigí obediencia ciega. La dotación del *Charles* se transformó en un equipo tan compacto como puede serlo el formado por una banda de criminales. Sabéis bien que las tripulaciones de los barcos son mundos cerrados en los que las relaciones humanas juegan un papel decisivo; conseguir la cohesión entre todos, en aras de un destino común, debe ser la habilidad fundamental de quien las gobierna.

»Y lo conseguí. Aquellos piratas, gentes ajenas a toda autoridad, me respetaron porque vieron la eficacia de mis métodos; en poco tiempo logramos una gran cantidad de presas. Abordábamos navíos tanto ingleses como españoles, holandeses cargados de sal, portugueses con especias y naves con la flor de lis de Francia. La fama del pirata Leigh, el Inglés, ha recorrido el Caribe, y actualmente todas las potencias que operan en el Caribe han puesto precio a mi cabeza.

Guardo silencio. Cojo un puñado de arena fina y lo dejo resbalar lentamente entre mis dedos. Ya no se oyen los cantos y los gritos de mis hombres, que duermen a pierna suelta a unas yardas de donde estamos nosotros. Gabriel de Rojas se pasa una mano por los cabellos y me pregunta:

—¿Cómo un noble caballero de exquisita educación llega a convertirse en lo que sois vos ahora?

—Nada llega de repente —le respondo—. Tras una guerra espantosa, tras la muerte de los míos, tras la pérdida de aquella a quien amaba y era mi promesa de futuro, algo se rompió dentro de mí. El destino me fue conduciendo gradualmente hacia esta vida: primero fui un soldado fiel a una bandera, aunque asqueado por la crueldad de la contienda; después, un corsario aún leal al rey de Inglaterra, un hombre que todavía esperaba restaurar un orden perdido, y finalmente traspasé el delgado límite que me separaba de una vida de deshonor. ¿Qué más da una guerra brutal o el robo organizado de la piratería? ¿Dónde hay más iniquidad, en los elegantes y tiránicos ejércitos realistas o en esta vida errante de ladrón de mar?

»Sabéis bien que en un servicio naval honrado la comida suele ser insuficiente, los oficiales de mayor rango tratan injustamente a los de menor graduación, los sueldos son bajos o nunca llegan. Aquí el mar es del que lo navega; se es auténticamente libre. El más capaz es el que manda. A mis hombres solamente les importa que su capitán los dirija bien para alcanzar la riqueza y después derrocharla sin escrúpulos, en la taberna o en el burdel de cualquier lugar de mala muerte.

»Os confieso, sin embargo, que en el fondo de mi ser late aún hoy una idea distinta a la del lucro y el afán de riquezas que los mueve a ellos. Resuenan aún los tres juramentos que un día le hice a mi padre: que no usaría la violencia para enriquecerme, que me comportaría como un hombre de honor y que me mantendría fiel a la hombría de bien de mis mayores.

Levanto la cabeza y dejo vagar la mirada en el horizonte de nocturna negrura, roto por la estela plateada de la luna, que llega hasta la orilla.

—Sé que, por mis crímenes, soy un condenado al infierno, pero a veces una pequeña luz, una esperanza se abre y en los atardeceres luminosos surgen en mi memoria los rostros del pasado. Los dorados cabellos de mi hermana Ann, volcada sobre un libro. La suave voz de Margaret cantando una balada sobre el clavicordio. Mi padre honorable y autoritario; mi madre virtuosa y siempre amable. Mi tío Andrew, que murió martirizado. Sobre todo, el rostro adorable de Len, ¡mi Len! Ella era la inocencia, la alegría; no conocía las sombras del rencor ni del odio. Su espíritu sencillo, sin recovecos, no había hecho nada, no pertenecía a nuestro país ni a nuestra gente. ¿Por qué la mataron? Todos los míos murieron, nadie se salvó de la brutalidad y el fanatismo de los puritanos de Cromwell, pero ella ni siquiera pertenecía a mi país...

»Cuando miro este mar inmenso, siempre cambiante, inabordable, siento que hay Alguien más allá de mí mismo, un Ser misericordioso que quizá algún día se compadecerá de mí, llevando mi nave a buen puerto.

Una vez más, se hace el silencio entre nosotros. Finalmente lo rompe Gabriel de Rojas.

—No podéis acusaros de todo —dice pensativo—. Vos no sois culpable de lo ocurrido a vuestra familia. No pudisteis hacer nada por ellos.

—El hecho de haber hablado con vos, señor Rojas, me ha recordado las sombras lejanas de una vida feliz y luminosa, los años de mi infancia y primera juventud, las alegrías de una vida honorable, los días de ventura y serenidad en Oak Park. A Len, a mis padres y hermanos nunca los volveré a ver. ¿Por qué yo he sobrevivido y ellos, infinitamente mejores que yo, no lo han hecho? Me reconozco culpable de sus muertes. Quizá es por ello por lo que me siento como un condenado, un ser maldito. Quizá es por ello por lo que estoy lleno de rabia. Quizá es por ello por lo que no tengo escrúpulos. Los he ido perdiendo uno a uno. Sólo me debo a los hombres que tiempo atrás me eligieron como capitán, aunque tampoco confío totalmente en ellos, sólo en algunos, y no siempre. Mi trayectoria ha sido complicada, el sendero por el cual el destino me conduce, enrevesado.

—Sí, el destino de los hombres es enmarañado a menudo, las líneas de las vidas de unos y otros se entrecruzan. Vos y yo nos hemos encontrado y hemos compartido recuerdos del pasado en esta playa; quizá la providencia o el destino nos ha conducido a ello. Al capturar el barco en el que estaba preso me salvasteis la vida.

»Decidme, tengo curiosidad, ¿cómo capturasteis la balandra en la que yo iba encerrado? ¿Cómo perdisteis vuestro bergantín, el *Charles*?

41

La traición de Kennedy

Mar del Caribe, septiembre de 1653

—Tras unas semanas baldías en las que no habíamos apresado ninguna captura de importancia, en aguas de Pernambuco divisamos a lo lejos un convoy de naves de gran calado. Pereira, uno de los marineros de la antigua tripulación pirata y de origen portugués, me informó de que posiblemente eran barcos procedentes de Brasil que se iban a unir a la flota de Indias. Llevarían riquezas a bordo. Ocultamos los cañones e hice bajar a la mayoría de los hombres bajo cubierta para hacernos pasar por un mercante. Cuando una de las naves portuguesas se rezagó, la atacamos. En sus bodegas encontramos azúcar, pieles, tabaco y, lo más importante, cuarenta mil doblones de oro, cadenas y alhajas por un valor considerable. Trasladamos la carga al *Charles* y huimos cuando el resto del convoy se dio cuenta, retrocedió y comenzó a dispararnos.

»Poco tiempo después, más al norte, no muy lejos de La Española, me apoderé de la balandra en donde vos estabais encadenado. Mientras rebuscaba en la bodega, el vigía avistó un patache en el horizonte. Animado por la buena suerte decidí salir en pos de él en la balandra mientras Kennedy, ¡maldito sea!, se quedaba al mando del bergantín *Charles*.

»Fue una locura, pero yo había enloquecido; necesitaba, aún lo preciso, estar siempre en activo. Saltar de un abordaje a otro, empuñar la espada, disparar el mosquete, golpear, sajar, matar... Es posible que tras todas esas victorias me hubiera emborrachado del ansia por la batalla y partí sin verificar que la balandra tuviese las suficientes provisiones y sin imaginar que Kennedy no fuera de fiar. Al caer la noche perdimos el patache al que perseguíamos y, a la mañana siguiente, se desencadenó aquella primera tormenta que recordaréis. Kennedy aprovechó ese momento para huir con el tesoro apresado a los portugueses. ¡Así le ahorquen! Algún día recibirá su merecido. Estas dos últimas semanas, luchando contra corrientes adversas y un temporal, han sido fatigosas.

Tomo aliento y digo:

—Mi señor Rojas, me dijisteis que la vida es un sueño. Para mí, tras la muerte de mi familia, de Len, la vida no es un sueño sino una pesadilla angustiosa en la que no sé si me he muerto ya o sigo vivo porque el pirata que soy hoy nada tiene que ver con el hombre que fui. Sin embargo, de cuando en cuando viene a mí el dulce rostro de la joven de la que os he estado hablando, y entonces siento que aún vivo. Me parece verla en la cueva del embarcadero el día que me dio esta medalla de estaño. Entonces me agarro a ella con fuerza, hasta que me duele la mano. Es lo único que me alivia la angustia, la ira y el dolor. Me recuerda que Len existió y también que hubo un tiempo en el que yo era un hombre de honor.

Mi voz se apaga y me quedo mirando el firmamento. Las estrellas han girado suavemente en el cielo. Don Gabriel de Rojas me observa; en su expresión se dibuja la compasión, no el menosprecio. ¿Por qué le he revelado esta noche todo mi pasado? No sé, algo en él me inspira confianza.

De repente me habla con firmeza y suavidad:

—Señor Ley —él no sabe pronunciar mi apellido—, algún día os ayudaré, juro que lo haré. Me habéis salvado de una muerte segura y, a pesar de adonde os ha conducido la vida, sé que sois un hombre de bien.

Me sorprende que, con todo lo que le he contado, me siga

considerando un hombre de honor. En su voz late la caballero-sidad de alguien que posee un corazón honrado. Pienso que me da igual ir a Tortuga o a cualquier otro lugar del Caribe, y qui-zá la isla de los piratas sea un refugio más seguro para un hom-bre como yo, al que buscan en todos los puertos.

—De acuerdo —le digo—, puede ser que vayamos a Tortu-ga y, si me ayudáis, seréis libre de dirigiros a donde os plazca.

—No me refiero solamente a eso, ¡podéis contar con ello! Juro que un día os ayudaré a salir del infierno en donde os halláis.

Una brisa nocturna sopla suavemente desde el mar. Gabriel de Rojas apoya la cabeza sobre las rodillas y al cabo de un tiempo largo escucho su respiración pausada y rítmica. Se ha dormido. Yo me dejo caer hacia atrás, con la espalda sobre la arena. Las mil estrellas de una noche en la que la luna, con su brillo blanco y plateado, se ha ocultado bajo una oscura nube, me iluminan.

Algo en la placidez de la noche me conforta y me da espe-ranza.

42

El abordaje

Mar del Caribe, octubre de 1653

Volvemos a estar en la mar abierta y un horizonte inmenso, sin leyes, prohibiciones ni órdenes aparte de las mías, se extiende ante nosotros. Cuando me desperté tras esa noche en que me había desahogado con el capitán español, mis hombres aún dormían la borrachera. Los levanté a puntapiés, grité blasfemias e imprecaciones, y en poco tiempo se pusieron a trabajar. Se carenó el barco, repararon como pudieron los destrozos y trasladaron el agua, la carne y las frutas que habíamos conseguido en la isla, mientras yo discutía nuestro nuevo rumbo con Coleridge:

—Al parecer, las Bermudas están controladas ahora por hombres de Cromwell —le expliqué—. Rojas me ha propuesto que nos dirijamos a Tortuga.

—¿Crees que el español es de fiar? Te dijo que quiere llegar a toda costa a La Española.

—Me parece un caballero, no tenemos nada que perder y quizá sí algo que ganar.

—De acuerdo. Cuando hayamos salido de aquí, sondearemos sus intenciones y si intenta engañarnos… —Richard hizo un expresivo gesto pasándose un dedo por el cuello como si fuera un arma blanca.

En el castillo de proa, contemplo el avance rápido de la

balandra, en la que brilla un nombre que puede darnos suerte: *La Indomable*. El trinquete ha perdido su altura original, pero de nuevo está enhiesto; Esteban Centeno, el carpintero, y sus ayudantes han realizado un trabajo casi milagroso. Un viento cálido y suave hincha las velas, remendadas en cierta medida, y nos impulsa hacia nuestro destino. Una bandada de gaviotas nos sigue junto a la amura de estribor. Por encima del ruido de las olas se escucha el sonido intermitente de las jarcias, una música alegre que parece reírse de nosotros. Hay algo luminoso y feliz en esta cálida mañana que justo empieza.

Coleridge y yo cruzamos una mirada. Le hago un gesto y, sin mediar palabra, nos ponemos a trepar por el palo mayor. Los marineros que nos conocen ni se inmutan, nos lo han visto hacer en multitud de ocasiones, y siguen con interés la competición. Hoy, llego yo primero a la cofa del vigía. Desde la altura señalo el horizonte y Richard me grita: «¡Sí, rumbo a Tortuga!». Reímos. El mundo a nuestros pies, como cuando éramos guardiamarinas; ya han pasado diez años desde entonces. De pronto, todo remordimiento se me va de la mente. Pienso que la nuestra podría ser una manera de vivir como otra cualquiera, avanzando siempre por el mar libre, perpetuamente abierto ante nosotros.

Desde la cofa se ve bien el barco de proa a popa. Hay orden en el navío pirata, la cubierta reluce, casi parece un navío de la Armada. Coleridge no tolera la menor indisciplina, y ambos estamos orgullosos de cómo funciona la tripulación. En poco tiempo se ha convertido en una cuadrilla compacta. A lo lejos y rodeándonos por todas partes, agua sin fin, un universo plano, azul reluciente, casi plata, brillando a nuestros pies. Permanecemos un tiempo allí y después descendemos deslizándonos desde la verga más alta del palo mayor, sudorosos.

—¡Voto a…! Richard, otra vez te he ganado.

Nos damos cuenta de que algunos marineros están parados, observándonos boquiabiertos. La seriedad vuelve a nosotros y Coleridge grita:

—Cosme, ¿qué hacéis? No quiero ver a nadie remoloneando.

El contramaestre empieza a dar órdenes. En silencio, sigo atento lo que todos hacen. Al cabo le digo a Richard:

—Si no fuera por la cantidad de oro que se llevó, ¡maldito sea!, casi me alegro de que el rufián de Kennedy se largase.

Los ojos algo achinados de Coleridge sonríen, me entiende perfectamente. El viento mueve en desorden el poco pelo que le queda; se ha ido quedando calvo.

—Sí, se quedó con lo peor de la tripulación. Por suerte, cuando abordamos *La Indomable* lo hicimos con los mejores.

Además de Hernando de Montoro, Rodrigo de Alcalá, George Kerrigan y Cosme de Azúa, siguen con nosotros otros marineros del *Charles*, entre ellos el timonel Blas de Alcolea y el piloto Juan de Beltrán, un tipo raro. Los demás tripulantes son los que quedaron vivos de *La Indomable* cuando la abordamos, gente que no está resabiada ni ha cometido las atrocidades que yo he presenciado y ordenado en los últimos tiempos. Poco a poco voy conociéndoles, como a Valentín de Torres y Esteban Centeno. Han aceptado su destino y confían en mí como su capitán.

Al cabo de un rato de buena navegación con un viento constante de popa, el vigía da un grito de alerta: «¡Vela a la vista!». Recorro rápidamente la cubierta hacia el castillo de proa y, ya en el bauprés, Juan de Beltrán me pasa el catalejo.

—¿Cómo se conduce? —le pregunto—. ¿Hacia barlovento o a sotavento? ¡Situádmela según la brújula!

—¡Va a barlovento!

Las velas en el horizonte se van haciendo más visibles.

—¡Proa a barlovento! —ordeno.

Durante unos instantes observo la posible presa, el mismo patache al que perdimos de vista hace unos días. Nos vamos acercando, pero esta vez no me alegro tanto como en ocasiones anteriores. Quizá la conversación con Rojas hizo mella y algo tiembla en mi interior: ¿los restos de la decencia? Otro asalto; habrá muerte, dolor. De nuevo me siento un condenado al infierno, pienso que el mal se ha adueñado de mí y me conduce a la perdición. Después de ésta habrá más, muchas veces más en las que seguiré destruyendo, matando y saqueando. De pronto una evasiva me cruza la mente y grito para que lo oigan todos:

—¡Señor Coleridge! ¿Creéis que podremos alcanzarla, que el barco aguantará?

—Descuidad, capitán —me responde él desde el castillo de popa—, todavía no está aparejada del todo, pero nuestra *Indomable* navega bien y le dará caza.

Noto las miradas de los hombres sobre mí. Quieren que ataquemos, quizá en ese barco que se acerca está la fortuna que se nos ha escapado de las manos con la fuga de Kennedy, ese bellaco. No puedo defraudarlos.

Vuelvo a mirar por el catalejo. Ya puedo distinguir las banderas blancas con la cruz aspada del patache, que muestran su pertenencia al Imperio español. Ordeno que Rojas sea llevado bajo cubierta; no me fío de que permanezca neutral cuando ataquemos a un barco de los suyos. Protesta, pero estoy seguro de que mi decisión es correcta. Coleridge asiente.

Durante las siguientes horas un viento que sopla con fuerza nos impulsa sobre las aguas centelleantes. Cuando nos separan unas trescientas brazas de la presa, izamos la bandera pirata, dos alfanjes negros sobre fondo rojo, y oímos los gritos de su tripulación. Me giro y veo que Kerrigan está esperando mis órdenes.

—¡Apuntad con las culebrinas de proa, vamos a hacer un disparo de advertencia!

El artillero se dirige cojeando donde le indico, le brillan los ojos de emoción, ni debe acordarse del ataque de la barracuda. Él y otros marineros apoyan las horquillas, apuntan las culebrinas en dirección hacia el patache y ajustan el ángulo.

—¡Preparado, capitán!

—¡Aguardad un poco! —le indico.

En ese momento el viento cae casi por completo. Los dos barcos se mecen en las aguas, las tripulaciones de uno y otro miran atentas las velas, esperando esa racha que las hinche de nuevo y dé a alguno la ventaja. Nosotros somos los afortunados. Cuando lo tenemos suficientemente cerca, pienso: «Ahora o nunca», e inmediatamente grito:

—¡Fuego!

Se escucha el estruendo del primer cañonazo, la cubierta se llena de humo. Le hemos dado; la cangreja cerca del palo de mesana salta astillada. El patache enlentece su marcha y se pone aún más a tiro.

—¡Fuego con los cañones de estribor! —ordeno esta vez.

Damos en el palo de mesana, en la cubierta, en el casco. Debemos de haber ocasionado una gran mortandad.

—¡Se han rendido, capitán! ¡Están arriando la bandera!

Es la voz aguda de Valentín de Torres, que está encaramado casi al extremo del bauprés. El cabello castaño del grumete revolotea al viento.

—Cosme, preparad los botes para el abordaje —ordeno entonces al contramaestre. Mientras obedece mis instrucciones, y bien alto, para que me oigan todos, digo—: Coleridge, vos os quedáis aquí, al mando de la balandra.

Richard asiente, no nos volverá a pasar como con Kennedy y el *Charles*.

Apoyo la mano en el borde de un bote y, de un salto, me subo. En vez de sentarme en la bancada de popa, junto al timonel, me dirijo a la proa, dando la espalda a los remeros. Quiero ver bien el patache cuando nos acerquemos y no deseo que los hombres descubran en mi rostro la renuencia al ataque final.

Oigo la voz de Coleridge desde el castillo de proa.

—¡Arriad los botes!

Se izan los dos botes, que descienden suavemente por la cuaderna de estribor. Me doy la vuelta y advierto que los remeros, hombres de la tripulación original de *La Indomable*, tienen una mirada trémula.

—¡A bogar con alma! ¡Nos espera un buen botín!

Al oír la posibilidad de una recompensa, arrancan a remar

321

con fuerza; el otro bote nos sigue. Cuando ya estamos cerca de uno de los costados del patache, nos recibe una salva de mosquetes. Oigo un grito detrás de mí; una bala ha debido de alcanzar a un remero. ¡Malditos! ¿No se habían rendido?

Apunto a un hombre cerca de la empavesada; cae al mar precipitándose desde la amura de babor, a poco más de unas yardas de distancia. Oigo el estruendo de un cañonazo. Al darse cuenta de lo ocurrido, desde nuestra balandra ya están disparando al barco español. ¡Menos mal! El bote choca contra el casco del patache, entonces lanzamos los garfios de abordaje y comenzamos a trepar por las cuadernas.

Al saltar a la empavesada, enarbolando el alfanje, me encuentro con varios españoles que se disponen a defenderse. De un golpe hiero profundamente en el cuello al primero que se me enfrenta; otro me atraviesa la casaca. A unos pasos de mí, Esteban Centeno dispara el mosquete. Un hombre cae muerto sobre la cubierta. El carpintero besa la medalla de la Virgen que le cuelga del cuello al tiempo que suelta una blasfemia.

Las descargas de mosquetes van cediendo paso al entrechocar del acero, entre gruñidos y maldiciones. Mis piratas se comportan valientemente percibiendo la presa ya en sus manos, pero también los del mercante se defienden con gallardía, aunque se hace evidente que son marinos, no soldados. Al fin, los españoles se rinden. Han muerto bastantes de los suyos, la cubierta está teñida de sangre. Odio esas muertes, que no se habrían producido si su capitán hubiera respetado la rendición. Sin embargo, ¿qué derecho tengo a asesinar a unos marineros que defienden su carga?

Me recobro y comienzo a vociferar órdenes a mis hombres. Nosotros también nos hemos llevado lo nuestro; varios están heridos, alguno ha acabado su carrera de pirata. Pido a Blas que compruebe el timón. A menudo los atacados lo destrozan para que el barco no pueda ser manejable, pero el timonel me informa rápido de que no ha sido así en esta ocasión.

—No está mal el cargamento, capitán —añade con una

sonrisa—. Caoba, brocados y telas, vajilla de Talavera para Veracruz. Podremos sacar algo en Tortuga.

Por lo visto, uno de los marineros españoles al que Centeno ha puesto a arreglar el caos está hablando.

—No gritéis albricias muy alto. Este barco no podía estar muy lejos de la flota, es posible que salgan a apoyarlo.

—No lo creo, ese tipo dice que su capitán quería llegar pronto a Tierra Firme por algún motivo. Parece ser que este patache llegó hace un par de meses de Sevilla con la flota de Indias. Hizo escala en Santo Domingo, donde desembarcó a la mayoría de los pasajeros y embarcó a otros con destino a Nueva España. La caoba era para las construcciones de allí.

Me alegro al oír estas noticias, no estamos en situación de enfrentarnos a la poderosa flota española. Pongo toda mi atención en lo que sucede a mi alrededor. Hay un desorden atroz, hemos causado un buen destrozo con nuestros cañonazos. Se oyen gritos. Está entrando agua en la cubierta inferior, y nos precipitamos por una escotilla hacia abajo. Mientras taponan la brecha y achican, recorro las bodegas.

Allí se hacinan los pocos pasajeros del mercante, algunas familias con aspecto de labriegos que han venido al Nuevo Mundo en busca de fortuna y, sin embargo, casi encuentran la muerte. Me observan atemorizados, pero en su mirada late el odio hacia alguien que consideran un forajido digno de desprecio. Decido que me da igual; he hecho una buena presa, eso es lo que importa.

Después me dirijo hacia el camarote del capitán, que murió en la refriega. Normalmente los capitanes españoles llevan consigo oro y plata de contrabando, y sus cartas náuticas, copias del Padrón General de la Escuela de Cartógrafos de Sevilla, constituyen un instrumento imprescindible en estas latitudes. Sobre mi cabeza, la cubierta vibra con golpes y carreras, pero aquí hay cierto orden y sosiego para mi mente atribulada. La luz entra por los ventanales de popa, iluminando los pliegos y memoriales que se acumulan sobre la mesa castellana clavada al suelo. Mientras rebusco, encuentro la relación del pasaje a bordo. Ninguno de los que he visto en la bodega parecía de alcurnia, pero prefiero verificarlo; se podría pedir un rescate.

Me siento en una jamuga, apoyo los codos en el tablero y leo atentamente la enumeración de los que un día embarcaron. Los funcionarios de la Corona española son estrictos y metódicos, obligan a registrarlo todo; otra cosa, supongo, son los ciudadanos, que procuran eludir el cumplimiento de las leyes. Vienen los nombres, condición y destino de todos desde que partieron de Sevilla. No hay títulos nobiliarios ni autoridades eclesiásticas.

Y de pronto un nombre salta y me hiere.

43

En el camarote del capitán español

«De Montemayor y Oquendo, Catalina. Huérfana, va a encontrarse con su tío, uno de los oidores de Santo Domingo.» ¡Vive Dios! Una y otra vez, leo y releo el nombre. Es imposible, ¿será otra persona? ¡Ella murió! ¡No puede ser! Dudo… Me viene a la memoria aquel día junto al estanque de Oak Park: «Se sabe mi nombre completo, Catalina de Montemayor y Oquendo». Cómo me había reído del largo nombre de Len, que me pareció pomposo. Era la primera vez que se lo oía mencionar; hacía poco que el tío Andrew la había traído, y ella apenas había hablado de su pasado, como si quisiera borrarlo. ¡Montemayor y Oquendo! Es demasiada casualidad… ¡Tiene que ser ella!

Me abstraigo recordándola. Todos estos años pensé que había muerto, la coloqué en un cielo y me condené al infierno. Sin embargo, si esta lista de pasajeros dice la verdad, si no puede ser otra con su mismo nombre y sus mismos apellidos, Len está en estas tierras, no muy lejos de mí… Abro la puerta y subo tambaleándome por la escalerilla mientras me repito mil veces de modo obsesivo: «¡Len! ¡Len! ¡Len!».

Afuera, hay sangre, muertos y heridos, bultos movidos de sitio, una verga de la mesana tiembla en el aire, a punto de caer sobre la cubierta. «¡Len! ¡Len! ¡Len!» Mi pensamiento se desdobla: por un lado, sus rasgos y su recuerdo me dominan la mente; por otro, me concentro en lo que sucede a bordo. Doy órdenes a unos y otros, y dispongo que se coloquen las velas en facha. Coleridge efectúa la misma maniobra y los dos navíos se sitúan en paralelo. «¡Len! ¡Len! ¡Len!» Le indico a Richard que nos mande a Rodrigo, va a tener trabajo. Reviso con Centeno el palo de mesana, que ha recibido uno de nuestros impactos. «¡Len! ¡Len! ¡Len!» Por fortuna, el daño no es grave; la descarga ha ido más al aparejo que al mástil. Con tablonaje de las bodegas el carpintero y unos marineros comienzan a reforzarlo. Mientras voy organizando todo, sólo una palabra se repite en mi mente, una y otra vez: «¡Len!». Estoy aturdido, como si todo lo que me circunda fuese irreal, ofuscado por la impresión.

Llega Rodrigo de Alcalá y comienza a examinar a los heridos. Me acerco hasta él. Como siempre, está rezongando mientras cura a un herido:

—¡Maldita sea mi suerte!

—¿Cómo está?

—¿No lo veis? ¿Estáis ciego? Casi con las tripas fuera... Las heridas de mosquete son las peores. Poco hemos tenido para la cantidad de pólvora que se ha gastado. Ahora, que Rodrigo de Alcalá lo apañe, como siempre. Y Rodrigo de Alcalá está harto, pero que muy harto.

El marinero, de pie apoyado en el palo mayor, se tambalea del dolor; en su abdomen se abre una herida que tiene mal aspecto. El matasanos la está curando como puede.

—Afortunadamente, es superficial —le digo en una voz que casi no me sale.

Me tambaleo yo también, como si me diese un vahído, y no es sólo por la visión de la herida. Me apoyo en el físico, que niega con la cabeza, como diciendo que por qué hablo si no entiendo nada. Entonces alza su rostro hacia mí. Creo que aunque está acostumbrado a todo, se sorprende de mi aspecto. A pesar de sus muchos gruñidos es un hombre experimentado, conoce bien la naturaleza humana. Me aprecia, por mucho que refunfuñe a veces.

—¡Voto a bríos! ¿Qué os ocurre? —me pregunta preocupado—. ¿Estáis herido? Os veo pálido.

—No… no me pasa nada.

—Tenéis mal aspecto.

—No, no me ocurre nada.

Finalmente, sin poderme contener le pregunto:

—¿Habéis estado en La Española?

—Sí, muchas veces.

—¿Conocéis a los oidores de Santo Domingo?

—¡Más me valiera no haberlos conocido! —rezonga con un bufido.

—¿Sabes si uno de ellos se apellida Montemayor?

—Sí, es conocido.

—¿Tiene familia?

—No lo sé. Vivía solo. Siempre ha vestido de negro, pero ya sabéis que a los españoles nos gusta el negro… A los oidores y otros jueces de Indias se les recomienda permanecer sin esposa. ¡No sé mucho más de él! Quizá Gabriel de Rojas pueda informaros, él ha sido capitán en el fuerte.

Es verdad, pienso, quizá Rojas me pueda dar razón de aquel hombre, Montemayor, cuyo nombre me retrotrae al pasado. Sigo organizando el desbarajuste de la nave apresada mientras no puedo parar del desasosiego. Cuando las tareas están encauzadas y la algarabía ha cedido, cruzo en un bote el estrecho trozo de mar que separa los dos barcos. Al subir a la balandra, me doy cuenta de que ni siquiera Coleridge se atreve a dirigirme la palabra cuando me ve de aquel modo.

No quiero estar con nadie y me refugio en mi camarote, un lugar donde suelo encontrar algo de paz. Saco otra vez la lista de pasajeros y leo y releo su nombre. Como una fiera doy vueltas de un lado a otro. Al cabo de unos momentos abro la puerta y llamó a uno de los hombres para que libere a Gabriel de Rojas y lo traiga a mi cámara.

Me pierdo en mis pensamientos, repasando esta vida que llevo. Cuando mato, como ha ocurrido hoy mismo, parece que me libero de la carga de odio y culpa. Cuando alguien muere atravesado por mi espada, me vengo, sí, pero eso ¿de qué me ha servido? He asesinado a un hombre que no hacía más que defender lo que era suyo. Esa muerte y tantas otras, ¿a qué me han conducido? A un remordimiento casi continuo, a odiarme a mí mismo, a una desazón que me quema el alma. «Quisieras que no hubiese ocurrido, no haber movido la espada, no haber disparado el mosquete, no haber destruido tu hombría de bien, tu posibilidad de una vida recta. Los sueños horribles te atormentan por la noche. Crees que perdido en la acción continua alcanzarás el equilibrio, que llegará la paz, pero no es así. Con esta violencia, con esta vida de pirata, al que más daño haces es a ti mismo.»

—¡Oh, Len! ¡Len, vuelve a mí! ¡Torna conmigo a aquel tiempo en el que todo era limpio e inocente!

44

Cambio de rumbo

Tan ensimismado estoy en mis pensamientos que tardo en percatarme de que están aporreando la puerta.

—Adelante.

La expresión de don Gabriel de Rojas denota asombro, tal vez motivado por la perturbación que trasluce mi rostro, pero él tan sólo me pregunta:

—¿Me llamabais, señor?

—¿Conocéis a un juez en Santo Domingo apellidado Montemayor?

—Por supuesto, conozco bien a don Juan Francisco de Montemayor, es mi jefe superior. —Calla, y con un gesto le indico que cuente algo más—. Llegó hará cosa de tres años y, desde la muerte del gobernador don Andrés Pérez Franco, es el gobernador interino de La Española. Os hablé de él días atrás, fue quien me encargó la detención de algunos de los corsarios que protege Pimentel. Es un hombre de honor.

—¡Que me ahorcaría si me atrapase! —vocifero—. ¡Maldito sea!

No me responde, pero por la expresión de sus ojos parece darme la razón. Me calmo y sigo interrogándole:

—¿Vive con él una sobrina?

—Recuerdo que esperaba a una sobrina que llegó con la flota de Indias. Poco antes de «irme» yo —agrega con ironía.

—¿La llegasteis a conocer?

—No.

—Podéis retiraros.

Rojas dobla la cabeza y sale. Me quedo solo, y de nuevo me atormentan los pensamientos. Si es ella, ¿qué puedo ahora ofrecerle a la sobrina del principal funcionario de Santo Domingo? Yo, un pirata, un hombre al que ahorcarían en cualquier puerto en el que anclase su barco. ¿Cómo podría acercarme? ¿Qué le diría sobre lo ocurrido en los últimos años? ¿Podría ella, tan pura, amar a un ladrón, a un asesino? ¿Podría yo mirarla a los ojos? ¿No sería mejor olvidarla? Que rehaga su vida en estas tierras, con una familia nueva, quizá un nuevo amor. Yo seguiré mar adentro hacia un destino sin posibilidad de retorno, un sino aciago que me conduce a la perdición y a la horca.

Aparto esta idea de mi cabeza, saco del pecho la medalla de estaño que ella un día me dio y la beso. Porque en el fondo de mi alma siento que Len está cerca y que algo sobrenatural nos protege.

Cae la tarde. A través del ventanal de popa diviso el sol hundiéndose en un ocaso resplandeciente. Pasa el tiempo, se encienden luces en el barco y oigo ruidos sobre cubierta; gritos, después un estruendo.

Al poco, llaman al capitán.

Hay una pelea a bordo. A la luz de las estrellas y los escasos candiles, sólo aprecio que dos marineros se enfrentan con las navajas abiertas, mientras los otros les rodean. Doy un grito y se detiene la riña. Hernando de Montoro se acerca hasta mí y me explica:

—Han robado un barril de jerez del barco español. Están borrachos y se han peleado por una golilla.

Alzo la voz para que me oigan todos:

—Lo sabéis bien. No se permiten peleas en el barco, y el robo del botín antes de haber sido repartido está castigado con ser abandonado a su suerte.

Coleridge me agarra del brazo.

—Piers —me susurra en inglés—, uno es Duckey, ha navegado con nosotros desde Kinsale, y el otro Lope de Villarreal, un marinero de primera de *La Indomable*.

Dos hombres valiosos, pero no puedo volverme atrás si quiero mantener la disciplina. Aunque quizá bastará con que sean azotados. Indico la cuantía de los azotes que se les aplicarán al mediodía de la mañana siguiente; bastantes, pero no un número desorbitado. Luego me dirijo a los culpables:

—¡Dad gracias que andemos escasos de tripulación!

Son conducidos a la bodega. Nadie ha rechistado. Todos saben bien que en el barco hay una ley y ésta se cumple, siempre.

De inmediato ordeno que se reparta el rancho, que se ha retrasado por la pelea. De un perol humeante sale un tufillo agradable; por una vez la cena parece tener sustancia porque las bodegas del barco español estaban bien surtidas.

Coleridge, Hernando de Montoro, Juan de Beltrán y yo bajamos a cenar al camarote de oficiales, en la segunda cubierta. Por primera vez, he invitado a Gabriel de Rojas a que se nos una. Sé que Montoro y Coleridge no se fían enteramente del capitán español; pues bien, podrán sonsacarle sus intenciones para conducirnos a Tortuga entre vaso y vaso de ron.

Mientras esperamos la cena, se descorcha la primera botella. Todos beben, yo no. Estoy de un humor sombrío y me lo notan. No me gusta mandar azotar a los hombres y menos a Duckey, que lleva tantos años navegando conmigo. Juan de Beltrán importunamente comienza a perorar:

—Los castigos corporales van en contra de la ley de Dios.

Me saca de quicio este santurrón, un hombre de facciones poco agradables, pelo grisáceo colgándole en greñas y siempre con aspecto desaliñado. Es un buen piloto, que lo dejó para hacerse fraile. Tuvo que colgar el hábito cuando la Santa Inquisición empezó a perseguirle porque sus originales ideas rozaban la herejía. Me molesta que trate de intranquilizarme la conciencia con falsos escrúpulos sobre la flagelación de marineros rebeldes. ¡Bastante me molesta a mí tener que castigar a mis hombres!

—¿Queréis acaso que los ahorque?

—No, mi capitán, pero si los hombres se comportasen de acuerdo a la ley de Dios...

—¡No me habléis más de Dios! —rujo—. ¡Estamos en el infierno, somos condenados!

—El capitán ha salvado a esos dos de la muerte. Según las leyes de a bordo, deberían ser abandonados en un bote en alta mar —dice calmosamente Coleridge.

Hernando de Montoro, gritando, también me apoya.

—¡Voto a bríos, Beltrán, siempre tan puntilloso! ¡Que no estamos en una casa de putas! ¡Aquí hay orden! ¡El capitán tiene razón!

Me resulta simpático, un individuo musculoso y colérico, inteligente y eficaz, aunque a veces de difícil convivencia. Es partidario del castigo corporal y del orden.

Comparo a mis compañeros de mesa: Montoro, con el semblante enrojecido por el enfado; Beltrán con expresión de iluminado; Gabriel de Rojas, mudo e impasible. Richard permanece inalterable, como siempre. Al contrario que a todos los demás, la bebida le da serenidad. Ya se ha trincado varios vasos de ron. Y aunque hable español con un terrible acento, se entera de todo.

Detengo mi mirada en él. Dejando a un lado la cada vez más pronunciada calvicie y las incipientes arrugas en torno a los ojos, su cara es la misma de años atrás: rasgos rectos, ojos achinados oscuros, piel muy blanca. Para mi viejo amigo, obviamente, la decisión que he tomado ha sido la correcta.

Mientras tanto, Montoro y Beltrán se han enzarzado en una discusión airada. Richard interviene de nuevo:

—Tras el látigo, Duckey dejará de robar. Dudo que Villarreal lo haga. Es español...

Los otros dos se sulfuran; Rojas se limita a enarcar las cejas. Hernando de Montoro se lleva la mano a la empuñadura de la espada.

—¿A qué os referís? —replica—. ¿Queréis medir en mi espada lo que los criollos y los españoles podemos y no podemos hacer?

Coleridge no le da importancia al reto.

—Estos años he conocido a los españoles; gente sobria, fuerte, audaz, resistente y belicosa. Son muy individualistas y poco disciplinados. No soportan el castigo corporal. Villarreal hará lo que quiera, independientemente de que le castiguen o no.

—Eso es lo que yo postulo, mi capitán, nuestros hombres no se corregirán mediante castigos corporales y...

Juan de Beltrán ha aprovechado las palabras de Coleridge para abundar en su postura, ridícula en un barco pirata como el nuestro. Desde hace mucho tiempo me he dado cuenta de que, de algún modo, el raro carácter del piloto se siente atraído por la forma de ser flemática y amable de Coleridge; le tiene en gran estima, acepta todo lo que él diga.

Montoro le interrumpe, un tanto fastidiado. Los dos discuten a gritos. Aquí, en el camarote de oficiales, les he dejado hablar; en la cubierta, no habría permitido que nadie cuestionase el castigo. Pero ya estoy harto, así que les freno en seco:

—¡Basta ya, malditos!

Todos callan, me temen cuando me enfado. Durante unos minutos un silencio tenso cruza el ambiente. Después, Coleridge se vuelve hacia Rojas y le pregunta lo que a todos interesa:

—Creo que vos sabéis cómo están las cosas en Tortuga. Contadnos, por favor, no sé nada de esa isla.

—Tras la devastación de Osorio.... —empieza el capitán español.

—¡Una medida inicua! —Hernando de Montoro ha saltado de nuevo, encolerizado—. Mi familia se rebeló frente a ella.

Ante mi pregunta, me explican que muchos años atrás, en tiempos de un tal gobernador Osorio, para evitar el contrabando con Tortuga se obligó a los residentes de la parte occidental de La Española a trasladarse al otro lado de la isla, cerca de la capital de Santo Domingo. La familia de Montoro había sido una de las perjudicadas; les expropiaron sus tierras, que poseían desde la Conquista.

—Sí, hubo muchas revueltas y levantamientos —prosigue al cabo Rojas—. La orden era sin duda injusta, pero a las autoridades les pareció lo más conveniente para protegerse de la piratería. Muchos de los expropiados se unieron a los bucaneros.

—¿Qué son bucaneros? —pregunta Coleridge con su inequívoco acento inglés.

—En su mayoría, forajidos que ganan sus caudales traficando con pieles de vacas y su carne ahumada, el bucán, que venden a piratas, corsarios y gentes de mal vivir de Tortuga. Están perseguidos por las autoridades españolas, que saben bien que aquéllos desaparecerían del Caribe sin la ayuda de estos contrabandistas. Aunque tengo que añadir que hay bucaneros que no tienen tratos con los piratas; los llamamos «matadores de vacas». Son pocos, pero ésos están en buena relación con la Audiencia.

Rojas observa a Montoro, cuyo semblante se ha entristecido. A veces creo que el criollo está cansado de ser un pirata, me pregunto qué oculta su pasado. Se produce un silencio tenso, hosco, que nuevamente rompe el capitán español.

—Durante un tiempo, el gobierno de Santo Domingo intentó erradicar a los piratas de Tortuga, pero ellos se unieron para defenderse. Así nació la Cofradía de los Hermanos de la Costa, compuesta por hombres de muy diverso origen y nacionalidad. Son los filibusteros. Se organizan a través de un gobierno que nadie puede controlar desde fuera...

Montoro le interrumpe:

—¿Gobierno? No son más que una banda de criminales. ¡Acosaron a mi padre! Era un hombre enteramente honesto que intentó rehacer su hacienda en unas tierras cercanas a la bahía de Samaná tras haber «perdido» sus propiedades con la devastación de Osorio. Al fin, murió comido por las desdichas. Nunca pudo acusársele de nada que no fuese honorable. Yo traté de aguantar unos años trabajando honradamente como él, pero me obligaron a colaborar con sus sucios negocios. ¡Me chantajearon con asesinar a mi familia si no lo hacía! Cometí robos y crímenes, y el gobierno de Santo Domingo puso precio a mi cabeza. Tuve que abandonar mi propiedad en Samaná, a mi esposa y a mis hijos. Me convertí en un miserable y me enrolé en el barco pirata donde nos conocimos, mi capitán.

»Los Hermanos de la Costa —murmura—. ¡Unos bribones! Te acercas a ellos y ya no puedes salir. Son despreciables, sus leyes inicuas, su gobierno perverso...

Enmudece y menea la cabeza apesadumbrado. Luego apura su vaso de ron y Coleridge le sirve más antes de rellenarse el suyo propio.

—Un gobierno autárquico y atípico —retoma Rojas—. Poseen algunas leyes, pero no escritas, es un acuerdo general al que todos se someten para protegerse. Están ligados por la conciencia de su hermandad. No cuentan con jueces ni tribunales, únicamente con una asamblea formada por los filibusteros más antiguos. Tienen costumbres curiosas, como el malotaje, por el cual un filibustero sin familia nombra a otro su heredero. Reparten los botines apresados de forma equitativa y reservan algo para los heridos.

—Un gobierno común, preocupación por la justicia, asegurar a sus heridos... Tal como lo estáis contando parece hasta cierto punto razonable —declaro.

Montoro me lanza una mirada furiosa de reojo. Rojas prosigue hablando de la situación actual en Tortuga. Sigue controlada por los Hermanos de la Costa, pero tiene un gobernador francés, Timoléon Hotman de Fontenay, que aunque debe plegarse a los filibusteros ha logrado que se decanten a favor de Francia.

Esa isla es nuestro mejor destino en este momento. Pienso además lo cerca que está de Santo Domingo. Parece como si la Providencia o el destino me fuese guiando hacia Len. ¡Cuánto deseo verla! Pero ¿cómo ir a La Española, custodiada por los oidores, sin acabar en la horca?

—Tortuga es un buen lugar para reparar nuestro barco y vender la presa —afirma presuntuosamente Juan de Beltrán en ese momento—. Nadie te pregunta nada.

—¿Habéis estado allí? —le gruñe Montoro.

Beltrán calla, pero se nota claramente que no.

—Yo sí —le espeta Montoro—. Es lo más parecido al infierno que existe en este mundo.

—Pienso que no os va a quedar otro remedio que ir allí —me dice el capitán español.

—Ya veremos —le replico hoscamente—. Señor Rojas, una última pregunta. Francia y España están enfrentadas. ¿Cómo es posible que vos, capitán del fuerte de La Española, os hayáis relacionado con esos piratas?

—Llevo muchos años en estas islas. Algunos de los Hermanos de la Costa no acabaron en la horca gracias a mis buenos oficios y han sido espías para mí. ¡Es bueno tener amigos hasta en el infierno, y eso es Tortuga, como bien dice don Hernando! Sin embargo, he de deciros que mis relaciones no son buenas con el gobernador actual, monsieur de Fontenay. Señor Ley, yo me arriesgo yendo a Tortuga. Lo hago con un único fin, que me dejéis regresar con los míos. Si lo hacéis, si puedo volver a La Española, os doy mi palabra de caballero, nunca os delataré y os estaré por siempre agradecido.

—Ya veremos, todo depende de vuestros servicios. Recordad que aquí la deslealtad se paga con la vida. Pero ahora comamos.

Domingo Rincón, el cocinero, y otro marinero han entrado hace un momento y nos están sirviendo un manjar. Al parecer, había una jaula con gallinas en las bodegas del barco español y en nuestros platos tenemos el resultado. Huele bien. Mientras Domingo me sirve un dedo más de ron en el vaso que ni he tocado, me susurra en un tono de voz fácilmente audible:

—Capitán, ¿hay damas en esa isla?

Todos soltamos la risotada. Tiene fama de putero; la vida

en alta mar se le hace penosa. Gabriel de Rojas, que no le conoce como nosotros, le contesta:

—Están prohibidas las mujeres blancas.

El semblante del cocinero muestra decepción.

—Los Hermanos de la Costa consideran que las mujeres blancas son fuente de conflicto porque hay peleas, pero... —Rojas observa al cocinero, divertido—. ¡Hay mulatas! Y negras.

Todos nos reímos a carcajadas. Comienza un parloteo obsceno sobre mujeres; cada uno cuenta su propia batalla y artes amatorias. A diferencia de todos estos últimos años, no me uno a sus voces. Desde que leí la lista de pasajeros en el camarote del capitán español, he borrado de mi pensamiento todas esas ocasiones en las que me perdí en el cuerpo de una mujer buscando un placer animal y el olvido. Sólo entreveo un dulce rostro y continuamente oigo una voz que me susurra un nombre: «Len».

45

La Tortuga

La Tortuga, noviembre de 1653

El sol está en su cenit cuando la balandra y el patache enfilan la isla, un montículo de no muy elevada altura sobre el mar, semejante a la joroba de un gigantesco galápago. En la parte norte, un gran acantilado impide el acceso a la isla; en la meridional, separada de La Española por un canal, hay una cala que sirve de puerto. A ese fondeadero es adonde se dirigen mis dos barcos tras varios días de navegación. Desde la amura de babor, contemplo el paisaje con sentimientos encontrados: a estribor quedan las costas de la tierra donde ahora vive Len; a babor, el infierno donde, según Montoro, se dan cita todos los demonios.

La balandra introduce suavemente su proa en la cala, que ofrece un buen anclaje en un fondo de arena fina. Mástiles de naves de diverso tipo se balancean sobre el agua: grandes chalupas, falúas, pequeñas balandras, una urca portuguesa, dos pinazas, un filibote posiblemente holandés, algún jabeque. Ordeno que se eche el ancla y se arríe un bote donde nos acomodamos Gabriel de Rojas, el timonel Blas de Alcolea, Domingo Rincón, Hernando de Montoro y yo mismo. Nos aproximamos lentamente a tierra. Nos sigue otro bote, que se lanzó desde el patache, donde van Richard, Cosme de Azúa, Esteban Centeno y Juan Beltrán.

El promontorio que domina el embarcadero se va acercando a nosotros. En la cima, en un escarpado peñón de unos treinta pies de alto, se alza un fortín con una santabárbara y una batería de dos cañones.

—La Aguilera. Lo mandó construir Levasseur, un hombre brutal y paranoico que fue asesinado hace un año por dos de sus secuaces, Martin y Thibault. Se pelearon por una mujer. Ahora es el «palacio» del actual «gobernador» Fontenay —me informa Rojas con ironía. Luego se pone serio y lo estudia con mayor atención—. Está algo cambiado desde la última vez que vine, lo han ampliado y amurallado.

El muelle de madera nos conduce a unas casas que forman una especie de plazoleta abierta por su frente al mar. Desde ahí, se distingue un camino que sube hacia la colina, en cuyas laderas se ven más casas desperdigadas. En los tugurios que rodean el embarcadero se aglomeran gentes de la más curiosa y rara catadura: hombres vestidos a la española, a la francesa o semidesnudos. Algunos llevan collares o atuendos de mujer, incluso los hay que llevan los trajes talares de los clérigos, adornados con plumas y colgantes.

Se aproximan hasta nosotros dos individuos armados que se desenvuelven como si fueran la guardia del puerto. Uno viste una camisa que algún día fue blanca, abierta y dejando ver la pelambrera del pecho; encima, una casaca de corte francés sin mangas. El otro lleva unos pantalones de tela burda, camisa por fuera, tan ennegrecida que parece alquitranada, ceñida por un cinturón de cuero crudo del que cuelgan cuatro o cinco cuchillos grandes y una bolsa para la pólvora y el plomo. Es un bucanero, me confía al oído Montoro; apesta a humo.

—¿Quiénes sois? —pregunta el primero.

—Gilbert, ¿no me reconoces? —exclama Rojas.

El de la casaca sonríe con una boca de escasos dientes renegridos.

—¡Cuánta decencia por esta isla!

—¿Quiénes son estos tipos? —le pregunta el bucanero.

—Gente de bien —se adelanta Rojas.

—¿De bien? Aquí no hay gente de bien. —Gilbert vuelve a reír.

—Escucha, estos amigos han venido a comprar provisiones y a reparar los barcos. Éste es Piers Leigh. —Lo pronuncia Pirs Ley—. Le llaman el Inglés.

El bucanero me examina con admiración, escrutándome con una mirada feroz que parece atravesarme.

—El Inglés aquí, en Tortuga. —Deja escapar un silbido—. Hemos oído hablar de vos. ¡Todo un pirata! Aunque por aquí pasó alguien que os jugó una mala pasada.

—¿Está aquí Kennedy? —le pregunto.

—Tengo malas nuevas para vos —se burla—. Al amigo Kennedy, que no comparte su oro —ha juntado pulgar e índice haciendo el gesto del dinero— con nadie, le detuvieron los españoles y le ahorcaron por pirata. Vos lo habríais hecho por traidor.

Pienso que no tuvo mucho tiempo de disfrutar de su traición. Y que mi destino podría ser semejante al suyo.

Rojas se ha apartado a un lado para hablar con Gilbert. No oímos bien lo que dicen, pero debe de estar interrogándole sobre la situación de la isla. El bucanero se acerca hasta ellos mientras yo distribuyo las tareas a mis hombres. Juan Beltrán, con el contramaestre Cosme de Azúa y el carpintero Esteban Centeno, buscará madera para arreglar los desperfectos de los barcos. Montoro, que conoce la isla, y el cocinero se dirigirán a una abacería para mercadear aceite, vinagre, legumbres secas y bacalao en salazón. A Blas le tocará vigilar los botes. Todos desaparecen, seguidos por la mirada atenta del bucanero.

Me quedo con Richard. Hace unos días le propuse que se hiciera cargo del patache con rango de capitán y que continuáramos navegando juntos, haciendo buenas presas. Aceptó. Ahora va a intentar completar la dotación —¿qué mejor lugar que éste?— y ver si encuentra algún cañón de segunda mano, ya que el patache es un mercante, no un navío de guerra. Encamina sus pasos hacia una de las tabernas.

Cuando Rojas acaba de hablar con Gilbert, me hace una seña y tomamos la cuesta que conduce a la fortaleza; arriba vive el comerciante francés con quien, según el capitán español, debemos negociar la venta de la carga de nuestra presa. A medio camino, nos detenemos y observamos el enclave desde lo alto. La población se dispone en torno a la cala en agrupamientos de casas, que no pueden llamarse barrios por ser demasiado pequeños. Cercanos a la costa se hallan las tabernas, los burdeles y las casas de juego. Más alejados de la actividad tumultuosa del litoral, se distribuyen los almacenes y los tenduchos.

Reanudamos el camino jadeando por el calor. De cuando en cuando veo niños sucios y semidesnudos que juguetean en el barro de las últimas lluvias, los más mayores se enfrentan entre ellos con palos jugando a ser piratas. Al fin, alcanzamos la casa del comerciante, un chamizo un poco más grande que los demás. Nos recibe un hombre de figura gruesa, grandes bigotes y casaca sucia que se presenta como monsieur François Emmanuel Renard.

Es un ratero, un tramposo. La transacción se demora con duros regateos. Finalmente acepta darnos una buena cantidad por el contenido de la presa. Además, habla de financiar los cañones de Coleridge a cambio de un porcentaje de las presas que hagamos en el futuro. Nos acompaña de regreso a la cala donde están los barcos. Hace calor, estamos los tres sedientos; a un lado del camino se abre una tabernucha y no nos lo pensamos dos veces.

Entramos primero Renard y yo, mientras Rojas se va a aliviar cerca. El contraste entre la luz intensa del exterior y la oscuridad que reina allí nos impide vislumbrar apenas nada, pero se escuchan conversaciones.

—… un engreído, eso es lo que es este Fontenay haciéndose llamar «real gobernador de Tortuga y de la costa de Santo Domingo». Respeta las leyes de la cofradía, no os diré que no, pero no sé si es mejor que Martin y Thibault.

—Y un cerdo papista, que dice ser *catholique*. ¡Bah! Un necio al que de cuando en cuando le entran delirios religiosos. Unas veces se llena de fervor místico, se golpea el pecho y grita que es un pecador, mientras que otras se convierte en un sádico fanático y...

El comerciante francés les interrumpe:

—Monsieur de Fontenay protege el comercio. No está tan loco como les parece a vuestras mercedes, es una bendición para esta isla.

Se ríen de él. Se oye otra voz:

—En realidad, para Fontenay la plata es el verdadero Dios.

Ya nos hemos acostumbrado a la penumbra y distingo a quien lo ha dicho. Un hombre pelirrojo. Tiene un acento extranjero que me resulta conocido.

—¿Sois inglés? —le pregunto. Nos sentamos a la mesa contigua. Renard levanta la mano y pide a un mozo que traiga ron.

—¡No lo quiera Dios! Irlandés de Galway.

—¿Cómo os llamáis?

—John Murphy.

Gabriel de Rojas, que en ese momento entra en la tabernucha, al oír el nombre grita:

—¡Don Juan de Morfa!

—Así me llaman en Santo Domingo. —Se levanta riendo y abraza al capitán español—. Gabriel, por fin. Lo último que sabía de vos es que os ibais a dirigir a Tortuga. Esperaba encontraros aquí y me sorprendió que no fuera así. Llegué a creer que habíais muerto.

—Y yo esperaba encontrarme con alguien que me ayudase a regresar a Santo Domingo y me alegro mucho de que seáis vos. No va a resultar tan fácil liquidarme.

—¿Qué os ocurrió?

—«Alguien», os imagináis quién, ordenó que me diesen una paliza y que tirasen mi cadáver al mar, pero los asesinos no concluyeron su tarea y me embarcaron en una balandra. Este señor —me señala— digamos que me rescató. Morfa, permitid que os presente al señor Pirs Ley, oficial de la Armada de su majestad, el rey Carlos II Estuardo.

—Piers Leigh… Me suena ese nombre.

Murphy fija su mirada en mí, examinándome de arriba abajo. De pronto, palidece intensamente.

—Vos, ¿servisteis en la Armada con el capitán Swanley?

—Sí.

El irlandés está muy turbado.

—Me salvasteis la vida. —En su rostro se dibuja el mayor agradecimiento que yo haya visto jamás.

—¿Yo?

—Durante la guerra. Mi barco fue apresado por aquel criminal, ese puritano hereje, el tal Swanley. Nos ató a los irlandeses espalda con espalda y nos arrojó al mar. Todos mis compañeros murieron ahogados, excepto yo y con el que me habían atado porque un oficial inglés nos cortó las ataduras. Gracias a eso aún estoy vivo.

No he olvidado ese episodio que un día, con angustia, le relaté a Len. Aquel acto inhumano hizo que comenzara a perder la fe en la causa del Parlamento.

—¿Por qué lo hicisteis? —pregunta emocionado Morfa.

—Mi madre era irlandesa y católica. Lo que os hicieron fue una felonía, un acto de barbarie sin justificación en las leyes de la guerra. Pero decidme, ¿cómo habéis llegado aquí?

Se sienta a nuestra mesa. Ya nos han traído el ron y relleno los vasos. Morfa bebe del suyo, se limpia la boca con el dorso de la mano y me cuenta:

—Cuando me liberasteis de aquella muerte horrible, hace ya diez años, conseguí llegar a las costas de mi país. Participé en las revueltas de la confederación irlandesa y finalmente me capturaron de nuevo los ingleses. A muchos de nosotros nos enviaron como esclavos a Barbados. Con un grupo de compatriotas, pude escaparme. Asaltamos uno de los barcos del puerto y navegamos hasta Nueva Granada, donde aceptaron nuestro barco como parte de la Armada de Barlovento, una flotilla de apoyo a la Armada española. Tras varias acciones de guerra, he ido ascendiendo y, pese a que algunos de los oidores de Santo Domingo aún me miran con recelo, he llegado a maestre de campo.

—¡Me alegro de haberos encontrado de nuevó! —le digo—. ¿Y a qué habéis venido a esta isla?

—Preparo… —Se detiene—. Preparo un… un asunto para el que voy a necesitar a este antiguo camarada, el capitán Rojas. ¡Ha sido providencial encontrarle aquí! —Se dirige a él—. Debo contaros muchas noveda…

Don Gabriel le corta.

—¿Cómo habéis llegado hasta aquí?

—En una falúa que está anclada en la cala.

—Debo regresar a Santo Domingo. ¡Es imperativo que lo haga! —exclama el capitán español, clavándome la mirada.

Ha cumplido con su palabra, así que le digo:

—Os devuelvo la libertad. A cambio os pido que repatriéis a Santo Domingo a los prisioneros del patache.

Rojas mira a Juan de Morfa, que no entiende muy bien de qué estamos hablado.

—No habrá inconveniente —me responde.

Mientras conversábamos, Renard se rebullía inquieto en el asiento. Ahora me indica que se hace tarde y que debe bajar hasta el puerto para hablar con los del filibote holandés a los que piensa revender la carga de la presa.

Dejo a Gabriel de Rojas hablando con Morfa y le acompaño. Cuando llegamos al puerto, me encuentro a Coleridge, bebido pero todavía en pie. Ha conseguido algún tripulante. Le informo de lo que haremos con los pasajeros del patache y siento una punzada de envidia. Ellos volverán a La Española, yo ni siquiera puedo acercarme. Sin embargo, es lo que más deseo en este mundo.

Tiene que haber algún modo.

46

La propuesta

—Soy como ellos, un miserable criminal...

Al oír mis palabras, que destilan amargura, los amigables ojos de Gabriel de Rojas muestran compasión.

Llevamos cuatro días en Tortuga reparando los barcos y consiguiendo bastimentos. Hemos presenciado borracheras continuas, orgías, crueldad, sadismo y obscenidades de todo tipo. Fontenay mandó ahorcar a unos hombres por un motivo nimio y han muerto varios piratas por riñas con arma blanca, peleas de borrachos. Pero lo que más me ha conmocionado ha sido la misa blasfema. Por eso estoy con Rojas hablando delante del vaso que una vez más he vaciado de un trago.

Al poco de llegar nosotros, arribó un barco pirata que había capturado una carraca portuguesa. Se repartieron el botín y en poco tiempo se lo bebieron. Luego empezaron las peleas y murieron varios. Entonces Fontenay bajó de la Aguilera templado de alcohol y dispuesto a poner orden. Habló a los piratas como si fuera un cura conminándoles a la conversión, mezclando blasfemias con imprecaciones religiosas.

En la carraca apresada viajaba un sacerdote. Tras el sermón de Fontenay, el capitán de los piratas arrastró al cura hasta el puerto, comenzó a gritar y a llorar, clamando de un modo histriónico. Aullaba confesándose un pecador, un condenado al infierno. Obviamente estaba como una cuba. A continuación, se puso de rodillas delante del cura pidiendo confesión y perdón. Otros borrachos como él le imitaron. El padre intentó apartarse de ellos, asustado, pero se lo impidieron.

El capitán reclamó a voces que trajesen pan y vino. Después se organizó una especie de procesión hasta una antigua capilla semiderruida, al frente de la cual obligaron a marchar al sacerdote. Pidió que lo dejasen en paz, que aquello era blasfemo, pero uno de los piratas le apuntó con el mosquete a la cabeza y no le quedó más remedio que seguirles la corriente. Le revistieron con una casulla robada de alguna de sus correrías, él sacó tembloroso un pequeño misal del bolsillo de su desvaída sotana y se inició la liturgia. En el momento central de la misa, su voz se oía cada vez más trémula, más asustada. El capitán pirata dio orden de que todos se pusiesen de rodillas. Uno de ellos masculló una blasfemia y permaneció de pie; le descerrajó un tiro en la sien con el pistolón. Al escucharlo, el sacerdote se volvió y detuvo la celebración, pero el capitán le dijo que continuase.

Yo les había seguido. En ese momento, a pesar de tantos años de combate y asaltos, después de haber pasado una guerra cruel, me sentí tan asqueado que me entraron ganas de vomitar. Recordé el semblante amoratado de tío Andrew cuando le liberé de la cuerda que le oprimía, y todo lo que me había enseñado del valor de la liturgia romana, de respeto a lo sagrado, de la hombría de bien.

A mi lado estaba Gabriel de Rojas, que había llegado justo a tiempo de contemplar la escena. La expresión de su rostro traslucía también la repulsa. Intercambió una mirada conmigo. Yo no moví ni un músculo, pero mi expresión debió de ser terrible. Antes de acabar la ceremonia, discretamente me retiré. Bajé hasta el muelle, donde me apoyé en una balaustrada de madera y miré al mar.

Eso era la piratería, un mundo de perturbados, disolutos, blasfemos, alcoholizados. De criminales, y yo, el noble Piers Leigh, me había convertido en uno de ellos.

Mi amor, mi Len... Estaba tan cerca, y me sentía totalmente indigno de ella.

Permanecí mirando el agua llena de suciedad que golpeaba contra el muelle hasta que Rojas llegó. Comenzamos a hablar allí y hemos seguido durante horas en esta taberna del puerto, junto a una botella de un alcohol de caña de sabor indescifrable.

Estamos aún sobrios, justo en el punto anterior a perder el control sobre nuestras acciones.

—Soy un miserable criminal —le repito.

—No lo sois. Me salvasteis la vida, sois un caballero, un capitán de hombres. Juan de Morfa también lo piensa así. En medio de la barbarie de la guerra inglesa le liberasteis de una muerte tremenda.

También soy un hombre orgulloso, aborrezco despertar piedad.

—Fui oficial de la Armada inglesa, pero ahora soy un pirata, un asesino, un ladrón. Mi padre fue un hombre noble, quizá un mártir. He traicionado todos los principios que él me inculcó.

—No sois realmente un pirata.

—Lo soy: hablo como ellos, maldigo como ellos, he robado, he matado...

—Sí, pero la gran diferencia es que vos tenéis conciencia. Atended. —Baja la voz, algo innecesario porque los que nos rodean están tan borrachos que ni pueden escucharnos—. Morfa y yo estamos preparando un ataque inminente a Tortuga. La Audiencia de Santo Domingo no puede permitir que, tan cerca de sus costas, prolifere un refugio de malhechores que bloquea el paso desde La Española hasta Cuba. Todos los años los pichilingues y piratas de esta isla capturan miles de barcos. Si nos ayudáis, os ofrezco convertiros en guardacostas de la Corona española.

—Es tarde.

—¡No lo es! Realmente puedo ayudaros —me anima de nuevo—. Cuando fui apresado por los hombres de don Rodrigo Pimentel estábamos preparando este asalto. Yo iba a dirigir la expedición capitaneando a los soldados de tierra, Morfa mandaría los barcos. Don Juan me ha confirmado que se mantienen los planes. Saldrá una flotilla de Santo Domingo, pero teme que no sean suficientes navíos, necesitaremos más. Barcos corsarios, mal que le pese al oidor decano Montemayor. Yo estoy facultado para autorizarlos. Podéis sumaros a nosotros con toda vuestra tripulación. De ser hombres perseguidos pasaríais a ser súbditos de la Corona española. Todos los puertos de las Indias hispanas os acogerían.

—Aunque yo quisiera… mis hombres no aceptarán.

—Tenéis prestigio ante vuestra tripulación. He visto que hay hombres que os seguirían hasta la muerte.

—No sé…

—Si colaboráis en el ataque a Tortuga, os prometo el perdón y una vida distinta. Os reconoceremos como un súbdito del rey Felipe IV. Vos sois cristiano viejo, eso se aprecia en nuestra tierra.

Las palabras de don Gabriel me resultan cada vez más convincentes, pero veo todas las dificultades que una propuesta de aquel tipo lleva consigo.

—Muy bien, señor Rojas —le digo—. Vos conocéis mi pasado. Cuento con vuestra amistad y agradecimiento. ¡Eso me honra! Sin embargo, ¿vos creéis…? ¿Podéis siquiera imaginar que el gobernador interino de La Española se mostrase de acuerdo en que reclutéis a un pirata?

—Os aseguro que yo os podré avalar ante el oidor decano. Sé que sois un hombre de honor.

Permanezco callado. No me siento en absoluto un hombre de honor. Además, los españoles han sido los tradicionales enemigos de mi país de origen, aunque mi familia hubiera estado siempre ligada, por una misma fe y los mismos negocios, a España.

Pero esta vida de apátrida, sin honor y sin credo, que llevo ahora me asquea. Y la esperanza de poder reunirme con Len tira de mí con fuerza. Lo que Rojas me ha propuesto es mi salvación. Me doy cuenta de que aquel momento ha llegado y no debo desaprovecharlo. Pienso en mis hombres, ¿cómo decirles que mi intención es abandonar? ¿Cuántos querrán seguirme?

Choco la mano con Rojas. Nos miramos a los ojos, un pacto de lealtad surge entre ambos. Ahora debo enfrentarme a la tripulación.

47

Los preparativos para la marcha

Por el camino embarrado regreso a la ensenada que hace de
puerto. Allí me encuentro a Coleridge, que está sobrio,
parece haber perdido su flema habitual y me recibe algo nervioso.

—¿Dónde has estado?

—Hablando con Rojas.

—¿Sabes que ese Fontenay casi nos juega una muy mala
pasada? ¡El muy ladino ha intentado llevarse casi toda nuestra
carga! —me cuenta.

—¿Cuándo?

—Ayer por la noche. Unos botes se acercaron al patache,
menos mal que el hombre que estaba de guardia notó que ocurría algo extraño, alertó y pudieron rechazarlos.

—¿Cómo sabes que fue Fontenay?

—¿Quién iba a ser si no? Además, la gallina cantó.

—¿La gallina…?

—Sí. Juan de Beltrán sabe cómo hacer cantar a los hombres.

—¿No dice que está en contra de los castigos corporales?

—Pero torturar a la gente parece que sí es de su agrado —se
burla Coleridge—. Vamos, acompáñame a una taberna y cuéntame dónde te habías metido —añade.

—Debemos hablar —le digo.

Ya ha dado un paso y se detiene; me mira extrañado.

—¿Y no podemos hacerlo mientras bebemos?

—No, aquí.

Miro a derecha e izquierda, estamos solos en el muelle de madera. Richard, divertido, piensa que le voy a gastar algún tipo de broma. Después se percata por la expresión de mi semblante de que voy en serio.

Le relato la conversación con Rojas. Mientras me escucha enrojece, un tanto enfadado. Al fin, prevalece su natural imperturbabilidad y me explica con calma:

—Soy inglés, leal a la Corona inglesa. No me gusta España. No entiendo sus costumbres ni mucho menos su forma de ser, tan poco comedida. Además quiero labrarme una fortuna en el mar. No me considero un pirata, sino un oficial realista.

—¿Estás seguro, Richard? Desde que llegamos al Caribe, y sobre todo desde que nos apresó el barco pirata, abusas de la bebida. Dime, ¿por qué bebes? ¿No buscas acallar la conciencia?

—No. —Por una vez en su vida, se sincera—. Bebo porque los cerdos parlamentarios me alejaron de una carrera en la Armada. Bebo porque se me confiscaron todos mis bienes y perdí a mi familia. Ahora vence el Parlamento, pero quizá un día Inglaterra se hartará de ese puritano hipócrita, de ese Cromwell, de esa bestia negra que asesinó al legítimo rey para ponerse él en su lugar.

—¿Que se restaure la monarquía? Eso me parece, hoy por hoy, algo imposible.

—Yo no lo creo así. En Europa se están moviendo los hilos, existen hombres leales al nuevo rey.

Me muestro en desacuerdo y le digo:

—El aristocrático Carlos II, ¿aceptará a un pirata?

—Aceptará a un buen marino.

Nos miramos a los ojos. Le sonrío. Me doy cuenta de que le voy a echar en falta tras tantos años navegando juntos.

—Tendremos que separarnos.

—¿Qué propones?

—Los que quieran seguirán contigo en el patache, yo tomaré otro rumbo en la balandra.

—Ese Rojas ha sabido convencerte.

—¿Recuerdas a mi padre? —Él asiente con la cabeza, pero no le doy tiempo a que me conteste—. Su sombra de algún modo me persigue.

No puedo continuar hablando, pero él lo entiende mejor que si se lo hubiese explicado con palabras.

—¿Qué vais a hacer, lord Leigh? —me dice con amabilidad, como recordándome mi posición y mi familia aristocrática.

—Hablaré con la tripulación.

—¡Podrían traicionarte!

—No lo creo. Confío en ellos. Les ofreceré una salida honorable y un botín.

Horas después, reunimos a los hombres en la playa. A lo lejos, en la cala, se balancean el patache y la balandra. Les hablo con claridad.

—Algunos habéis estado conmigo desde hace mucho tiempo, otros menos. Hemos navegado juntos, hemos hecho excelentes presas. Ahora ha surgido una buena oportunidad para todos.

Me detengo a propósito. Se produce un silencio expectante. Sus ojos están fijos en mí. Los miro uno a uno, y me parece saber ya antes de hablar lo que decidirán.

—Me han ofrecido la protección de la Corona española, con ella podremos realizar nuestra faena sin acabar en la horca. Participaremos en una empresa de la cual se derivará un buen botín. Pero ya no seremos hombres libres, sino aliados de los españoles. Se me ha prometido que se olvidará cualquier delito que hayamos cometido.

Se escuchan algunos rumores de desacuerdo; en cambio, hay quienes me observan muy interesados.

—Dividiremos a la tripulación —digo—. Habrá dos barcos y dos capitanes. El que desee seguirme navegará en un navío corsario de la Corona española y actuará como súbdito español. Los que no quieran hacerlo, pueden embarcar con Richard Coleridge y proseguir en este antiguo oficio de la piratería. A un lado tenéis la vida que habéis llevado siempre, en el otro la posibilidad de volver a ser honrados y escapar de la horca.

Los marineros cruzan las miradas. Coleridge da un paso al frente y exclama:

—Los que quieran seguir en la mar abierta, en un océano libre de trabas y barreras, que se agrupen conmigo.

—Aquellos que quieran regresar a una vida de honor —hablo yo—, los que deseen otra cosa que no sea el robo y el pillaje, que den un paso al frente.

Lentamente los hombres se van decantando por un bando u otro.

Hernando de Montoro, el criollo que procede del occidente de La Española, da un paso y me dice: «Quiero retornar a una vida de honor...». Rodrigo de Alcalá exclama: «¡Voto a bríos! Capitán, cómo voy a dejaros solo, ¡no sabríais qué hacer sin mí!». Cosme de Azúa, el timonel Blas de Alcolea y muchos otros españoles se ponen a mi lado, pero me llama la atención que también lo hacen algunos ingleses del viejo *Charles*, como Kerrigan, a quien salvé de la barracuda, o el amigo Duckey, al que mandé azotar por robar y beber. En cambio, el marinero con quien se peleó, Lope de Villarreal, se sitúa con Coleridge. El piloto Juan de Beltrán tampoco quiere retornar a una vida honrada, o quizá sabe que la Inquisición no perdonará fácilmente sus muchas herejías y prefiere continuar con su vida libertaria.

Hay algo doloroso en esta separación. Sabemos que nos divide algo más profundo que la lealtad a una corona. Todos hemos elegido. En realidad, en la vida se producen pocas elecciones, la mayoría de las veces es la Providencia o el destino lo que nos va conduciendo hacia un lugar u otro sin que lo deseemos y el hecho de decidir produce vértigo, porque duele más lo que se abandona que da alegría lo que se escoge.

Se hace silencio en la playa, interrumpido únicamente por el ruido del mar. Con un fuerte abrazo, palmeándonos las espaldas, Coleridge y yo nos despedimos. Entonces, el resto de los hombres también se dicen adiós unos a otros. Los ingleses que han decidido quedarse con Richard me rodean; alguno de ellos intenta convencerme, sugiriéndome que los españoles no son de fiar, que no puedo unirme a los papistas. Pero ¿qué saben ellos de mi pasado? Coleridge no me ha dicho nada porque me conoce demasiado bien. Dejo atrás a un hermano.

Subimos a los botes y regresamos a las naves. Cuando sube la marea, el patache sale de la ensenada rumbo a mar abierta. Las velas se van achicando en la distancia, y yo no dejo de mirarlas hasta que se pierden en el horizonte.

48

Nuevo rumbo

La Tortuga, diciembre de 1653

*L*a Indomable sale del puerto de la Tortuga empujada por una suave brisa. Nos hemos demorado unos días para terminar los arreglos de la balandra y buscar algo más de tripulación. Sólo cuando estamos en mar abierta, Rojas y yo nos reunimos en mi camarote, donde me desvela los planes y el destino, que transmito rápidamente al nuevo piloto, un vizcaíno llamado Íñigo Zudaire. El capitán y yo nos abismamos en una conversación en la que también hablamos del futuro. Me sugiere que debo cambiar de nombre para olvidar los años dedicados al pillaje y al robo, como si nunca hubiesen existido. Nadie debe saber que yo he sido el Inglés, el temido pirata. No sólo he de cambiar de nombre, sino también de nacionalidad. Un nuevo nombre, una nueva vida. En honor a tío Andrew adopto el apellido Leal.

Desde ese momento, soy don Pedro Leal, marino de origen irlandés, que capitanea un barco mercante con licencia de la Corona española. En tiempo de paz seré guardacostas, velando por la seguridad del Imperio. En tiempo de guerra, un corsario. Gabriel de Rojas, capitán del fuerte de La Española, tiene jurisdicción suficiente para hacerme su aliado. Redacta un documento en el que se firman las condiciones del contrato.

Mi doble personalidad no llegará a ser conocida más que

por Coleridge, Morfa y Rojas, así como por los hombres que navegan o han navegado conmigo.

Al acabar, subimos a cubierta. Rojas se admira del orden y disciplina que hay en el barco. Además, los hombres están contentos, la empavesada reluce. Las velas tensadas se hinchan al viento. En la verga del palo mayor está subido el pequeño Valentín de Torres; no se sabe de dónde ha sacado un catalejo. Posiblemente lo afanó del camarote de oficiales. Sonrío para mis adentros, pero le ordeno con voz aparentemente enfadada que baje de inmediato y devuelva lo que no es suyo.

Bordeamos La Española. Se nos ofrece un paisaje esplendoroso bajo el sol cenital: playas de arena blanca rodeadas de palmeras. El mar brilla en un azul especialmente intenso. Dejamos al norte unos islotes deshabitados y vamos costeando a través de Puerto Plata, Monte Cristi, Bayajá y La Yaguana. Se divisan restos de poblados abandonados tras la devastación de Osorio. El rostro de Montoro se enfurece cuando señala un lugar más allá de Monte Cristi.

—Allí se hallaban las tierras de mi familia. Nos obligaron a abandonarlas.

Le aprieto el hombro. Montoro muestra una expresión cariacontecida y triste.

—Mi señor Leal, mi familia llegó a esta isla con los primeros viajes de Colón. Uno de mis antepasados se casó con una hija del cacique Guarionex y colonizó todas esas tierras que veis y que fueron devastadas. Soy dominicano hasta los tuétanos. En mi familia se hablaba ciguayo, la lengua de los taínos del norte. Los españoles nos jugaron una mala pasada al destruir nuestras tierras.

—¿No os sentís súbdito del rey Felipe? ¿No os sentís parte del Imperio?

—Parte de mí mismo lo es y parte de mí mismo, no. Quizá sea la sangre del cacique.

—¿Por qué no os fuisteis con Coleridge si os sentís ajeno a los de vuestra patria?

—Confío en vos. Además, me estoy haciendo viejo. No puedo estar siempre huyendo. Alguna vez he logrado desembarcar en la isla, cerca de la hacienda familiar, y he visto a mi esposa. Ha ido sacando adelante a la familia, pero siempre me pedía que dejase la vida de pirata y regresase. En aquel tiempo era imposible, pero vos y don Gabriel me habéis dado una oportunidad. Deseo rehabilitarme y retomar una vida decente. No quiero que mis nietos hablen de un abuelo asesino y criminal, sino de un hombre que tras un pasado azaroso tornó a ser honrado.

Le entiendo. También yo llegaría a Len costeando la isla, pero aún no; me estoy rehabilitando. Cuando un día la tenga delante de mí, la miraré a los ojos y ella sabrá que está ante un hombre que, al menos ahora, quiere ser honrado.

Montoro y yo callamos. A lo lejos, el azul se extiende por todas partes; delante de nosotros está la costa dominicana, bordeada por marjales y vegetación espesa. Bordeamos una gran península y nos introducimos en la bahía de Samaná. Allí nos espera Juan de Morfa en su falúa; partió de Tortuga hace unos días para dejar a los pasajeros del patache en Santo Domingo y regresar.

Los dos barcos enfilan una ensenada más pequeña, oculta a la vista por espesos bosques tropicales.

Hay cinco navíos españoles de guerra de gran tonelaje. Dentro se agolpan soldados con cascos metálicos y aspecto parecido a los tercios. Cuando nos aproximamos, don Gabriel les saluda desde la cubierta haciendo aspavientos con los brazos. Los soldados, al reconocer a su capitán, estallan en gritos de júbilo.

Rojas no cabe en sí de alegría.

—Esos hombres han estado bajo mis órdenes muchos años. Me creían muerto. ¡Cuánto os debo, señor Leal!

—Más os debo yo a vos —me sincero.

Desde la falúa, Morfa nos hace señales para que vayamos a la nave más grande de la flotilla. Echamos el ancla y nos dirigimos allí en bote; poco después llegan otros de los distintos barcos, los capitanes acompañados por algunos hombres de confianza, para celebrar un consejo de guerra. Se alegran mucho cuando se encuentran con Rojas y le abrazan como a un compañero perdido al que dudaban volver a ver. Pero en la sala de oficiales del barco, el ambiente se vuelve tenso. Uno de los capitanes le echa en cara a Morfa que llevan tiempo esperándole y les empiezan a faltar provisiones. Propone regresar a Santo Domingo para abastecerse. Otro le apoya diciendo que pronto dará inicio la época de tormentas, y que sería más prudente retrasar el asalto a Tortuga.

Sin embargo, Gabriel de Rojas les replica que el ataque debe ser cuanto antes; Gilbert, uno de sus espías en la isla, le informó de que Fontenay no acaba de ser aceptado y que hay desunión y motines entre los piratas. Estamos en el momento más adecuado para atacar. Le repiten que no hay bastimentos suficientes.

Montoro tercia en la discusión y nos propone que todos desembarquemos en Samaná; no muy lejos está el ingenio de azúcar donde mora su familia. Podrían proporcionarnos bucán, agua y fruta. Es una buena solución. Gabriel de Rojas acepta y Morfa le dice que se le pagarán los víveres con el botín de guerra, a lo que él se muestra conforme.

Los cuatro, acompañados de varios marineros, bajamos a la inmensa playa blanca rodeada de bosques de palmeras y empezamos a abrirnos paso con machetones a través de una espesa vegetación siguiendo a Montoro. Unas millas más al sur están sus tierras. Nos recibe su esposa, una mujer madura y gruesa, de rasgos mulatos, que debió de ser hermosa en su juventud. Con grandes aspavientos, muestra la alegría por el regreso de su esposo, que se siente confuso ante tales muestras públicas de afecto.

En la plantación de don Hernando podemos descansar varias noches al tiempo que se avituallan los barcos. Mientras se está procediendo a esta tarea, el cielo se cubre de nubes y comienza un viento huracanado. Uno de los barcos enviados desde Santo Domingo encalla y otro queda gravemente averiado. La balandra, gracias a la pericia de mis hombres, ha quedado ilesa.

Rojas dispone que parte de la dotación de los barcos averiados pase a mi *Indomable*, que todavía andaba escasa de efectivos. Y cuando el tiempo mejora, tres de los barcos procedentes de Santo Domingo y la balandra ponen rumbo a Tortuga.

49

Asalto a Tortuga

La Tortuga, enero de 1654

El plan de ataque ya había sido diseñado antes de partir de Samaná y *La Indomable*, barco pirata hasta hacía poco y ya conocido en Tortuga, desempeñaría un papel primordial. En cuanto sobrepasásemos la punta oriental de La Española, la mayoría de las tropas de a pie subirían a la balandra con Rojas al frente. Se las desembarcaría en el acantilado que cierra la isla por detrás para que ascendiesen por la escarpada pared hasta llegar a lo más alto de la isla, y de ahí bajarían a la Aguilera, la antigua fortaleza de Levasseur donde moraba Fontenay. Yo iría con ellos. Mientras, *La Indomable* regresaría con los otros barcos, y los cuatro tenían que situarse frente a la ensenada de Tortuga, desde donde cañonearían por mar la guarida de los piratas. La idea era rodearles entre dos fuegos. La sorpresa era crucial.

Me costó escalar la pared boscosa, ya que subimos por una ladera llena de maleza, sin encender las luces, guiados únicamente por la luz mortecina de la luna. Cargábamos a nuestras espaldas una máquina de guerra y, al llegar arriba, montamos calladamente los troncos de una catapulta. Transcurrieron horas en las que, escondidos tras unos arbustos, esperamos en silencio la aparición de los barcos de Morfa.

Todo sucedió como habíamos previsto. En cuanto empezamos a escuchar los cañones de los barcos y la batería de la fortaleza en respuesta, atacamos por detrás la Aguilera, lanzando piedras y proyectiles. Sus muros se iban desmoronando y logramos acallar la batería. Al fin, los hombres de Juan de Morfa desembarcaron en la rada mientras nosotros perseguíamos a los piratas, que habían huido de la fortaleza en dirección a la ensenada.

El combate más duro se mantuvo en las casas que rodeaban al muelle. Allí, Morfa se vio cercado, su pistolón no disparaba, quizá se hubiera quedado sin carga o la pólvora estuviese mojada. Le rodearon varios alfanjes piratas, uno contra cinco, y corrí a ayudarle. Recibí un golpe en un brazo que aún me duele. La lucha fue encarnizada: palmo a palmo, casa a casa; finalmente, se rindieron.

Timoléon Hotman de Fontenay negoció las condiciones de paz con Rojas, quien se mostró tan caballeroso como es natural en él. Le perdonó la vida y el «gobernador» abandonó la isla. Como las órdenes de Montemayor eran limpiar la guarida de los piratas, la escasa población civil —mujeres, comerciantes y niños— también se embarcó. En la acción de guerra, se habían apresado en el castillo bastimentos para más de un mes, armas, pólvora, balas, cuerda y otros pertrechos, así como cuarenta y seis piezas de artillería, once embarcaciones menores y tres bajeles en el puerto, de los que se hizo entrega de dos a los franceses para que se trasladasen a sus posesiones en el Caribe.

El señor Renard compró el botín de guerra, que se repartió, tras reservar el quinto real, entre los participantes en la campaña. Los escribanos de la Real Audiencia de Santo Domingo participaron en la distribución; me sorprendieron su orden, diligencia y eficacia. Rojas me explicó que todo ello se debía a don Juan Francisco de Montemayor, quien al parecer siempre actúa como un hombre meticuloso y cabal, más aún en asuntos que tienen que ver con la economía. Se envió un correo a la capital dominicana para dar cuenta de la victoria.

Me alegré cuando se adjudicó el botín a la marinería y los

soldados de tierra. Para mis hombres, aquel dinero, que no era fruto del horror y la rapiña sino del combate esforzado, constituyó una recompensa aún mayor. No cabían en sí de gozo, pero me di cuenta de que esa vez no lo malgastaban en las putas del puerto de Tortuga ni en borracheras. Se les abría una vida por delante y lo necesitarían para encauzar el nuevo rumbo de su existencia.

Han pasado unas semanas. Rojas, Morfa y yo debemos separarnos. Juan de Morfa se dirige hacia las Bahamas con los tres barcos de la Armada española para proteger la llegada de la flota de Indias. Se espera al nuevo gobernador que sustituirá a Montemayor, el gobernador interino.

A mí se me ha ordenado que vaya a Barbados para espiar los movimientos de los ingleses. Hace poco empezaron a correr rumores en Tortuga y Santo Domingo del posible ataque de una flota inglesa a La Española. Mi cometido será averiguar cuántos barcos van a aparecer en el Caribe y cuáles son sus planes.

Gabriel de Rojas regresará a Santo Domingo con los heridos en combate y algunos prisioneros de Tortuga que debe entregar a los oidores de la Real Audiencia por considerárseles traidores; entre ellos, se encuentra monsieur Renard. Además, el capitán español no desea otra cosa que enfrentarse a don Rodrigo Pimentel y liberar a doña Inés de Ledesma de la tiranía de su tutor.

En el puerto de Tortuga, me despido de él. Los meses transcurridos juntos han labrado una firme amistad. Ambos tenemos en común una educación esmerada, un pasado doloroso y la esperanza de llegar a recuperar a la mujer que nos ha arrebatado el destino. Nos abrazamos y él me agradece haberle salvado la vida, pero pienso que la única vida que realmente ha sido rescatada de un destino terrible es la mía; una nueva existencia se abre ante mí.

Antes de partir, en un pequeño bulto, le doy la medalla de estaño que he llevado largo tiempo cercana a mi corazón. La destinataria es la única persona que me ata en este mundo a la cordura y a la hombría de bien. Le digo su nombre a don Gabriel, doña Catalina de Montemayor y Oquendo, y lo escribo en el envoltorio.

De nuevo mar adentro, hacia Barbados, las aguas del Atlántico se abren con fuerza ante el impulso de *La Indomable*. En la isla de Tortuga ha quedado una guarnición a cargo de los capitanes de los otros tres navíos que participaron en la campaña. Mis hombres están contentos, han tenido su paga en la primera acción militar desde que somos aliados de la Corona española.

Poco después estalla una tremenda tormenta, un huracán caribeño. Estamos a punto de naufragar, pero ahora conozco estos mares. Después de tres días de brega, el temporal amaina; confío en que Rojas y Morfa hayan podido superarlo también. Pero la balandra ha quedado muy dañada, obligándonos a recalar en las costas de Nueva Granada, y mi misión se demora.

Hasta cumplirla, no puedo pensar siquiera en pisar La Española. Ni en verla a ella. Espero que Gabriel de Rojas le hable de mí y me espere.

50

Mar abierta

Mar del Caribe, marzo de 1655

No hay ya gaviotas. Lejos de cualquier costa, el mar es únicamente mío. Mar libre, mar abierta, sin un principio y sin un fin, sin leyes ni dueños. Ante mí, se curva el horizonte en una órbita inmensa, imposible de abarcar en un único vistazo. Me siento redimido, vuelvo a ser un marino al mando de un barco que navega para la Corona española y como espía a su servicio. Desde que salí de Tortuga hace poco más de un año he realizado un largo periplo por el Caribe, que culminó con mi encuentro en las Barbados con el Western Design, el Designio Occidental: la enorme Armada que Oliver Cromwell ha enviado para usurpar a España su imperio en las Indias Occidentales. Pretende así apropiarse de sus grandes riquezas y al mismo tiempo defender la causa del protestantismo frente al catolicismo representado por la Corona española. Por fin puedo llevar noticias a Santo Domingo.

El viento sopla ahora cada vez con más fuerza, hincha las velas de la vieja balandra *Indomable* y me conduce hacia Len. En las noches imagino a la mujer en que se habrá convertido, sueño con ella. La impaciencia me aturde un poco, me parece como si el barco aún no navegara lo suficientemente rápido.

La tripulación se afana en las tareas matutinas de limpieza y acondicionamiento diario de la nave. La vida en el barco, aunque sometida a disciplina, se ha vuelto menos recia desde que ya no somos piratas. Una nueva fraternidad ha surgido entre nosotros, entre los que un día eligieron una vida de honor combatiendo con los españoles.

Bajo a la cabina del piloto y revisamos el derrotero. Le pregunto:

—¿Cuándo llegaremos?

Íñigo Zudaire, un hombre seco aunque amigable, me contesta:

—Dos días lo más tardar. Buen viento, buen rumbo.

—¿Conocéis Santo Domingo?

—Me crié allí, señor don Pedro.

Sí, ahora soy para todos don Pedro Leal.

—Una hermosa ciudad, muy fortificada —prosigue el piloto—. Los ingleses difícilmente la conquistarán.

—Ya lo hicieron —les defiendo—. Sir Francis Drake la arrasó.

—Pero ahora están los fuertes. Además, en la boca del puerto hay una enorme cadena que puede ser levada para evitar la entrada del enemigo.

—Sí —convengo—. Ahora no lo van a tener tan fácil como en tiempos de Drake. La isla está mucho más guarnecida y nosotros les llevamos a los dominicanos una información valiosa.

Montoro, que nos ha estado escuchando, interviene bruscamente:

—¡Se lo debemos al señor Coleridge! —nos dice sonriendo.

Asiento con la cabeza. Realmente lo que hemos conseguido saber se lo debemos a Richard, con quien tuve la alegría de reencontrarme hace unas semanas en Bridgetown, capital de la isla de Barbados.

El rumor de un posible ataque inglés había corrido de puerto en puerto, de isla en isla, de atolón en atolón; luego se supo por doquier de la llegada a Bridgetown de más de treinta barcos. En la hermosa bahía de Barbados pataches, filibotes, galeones y todo tipo de navíos se balanceaban con las grandes velas plegadas, esperando la orden para abrirse y ser empujados por el viento hacia el botín y la gloria. Muchos aventureros se iban sumando al ejército inglés, ya que la flota enviada por Cromwell precisaba de apoyos locales para el ataque a las posesiones españolas.

Se aceptaba a cualquier hombre capaz de empuñar un arma. Por ello, después de un tiempo de vagabundeo en busca de presas, Coleridge había decidido aprovechar la ocasión de regresar a su medio natural, la Armada inglesa. Si los mandos recelaron de su pasado pirata, prefirieron obviarlo; los ingleses somos prácticos y, entre tanto esclavo fugado, hombres de raza amerindia y españoles pasados al enemigo, Richard, inglés de modales dignos, les pareció mucho más de fiar. Si en algún momento sospecharon de sus antecedentes realistas, ante el inminente ataque a las posesiones españolas y la necesidad perentoria de brazos y barcos decidieron quitarle importancia.

Sin embargo, pasados los primeros días de reencuentro con la Armada, Richard se sintió ajeno a los oficiales, individuos eufóricos, muchos de ellos fanáticos presbiterianos o puritanos exaltados, fruto tardío de la guerra civil inglesa que deseaban debilitar al enemigo papista y, de paso, conseguir gloria y fortuna. Mi viejo amigo, que todavía se sentía un oficial realista con un punto de *cavalier*, rechazó en su fuero interno aquel estado de cosas. Cuando nos tropezamos en Bridgetown y le pedí que me ayudase como espía de los españoles, aceptó complacido.

—¡Voto al diablo! ¡Que se condene el Lord Protector! —exclamó mientras en sus ojos brillaba algo entre divertido y maligno—. ¡Vamos a darle en las narices! Ya que no lo conseguimos aquella vez en el estuario del Támesis, le derrotaremos aquí. Los colonos de La Española les propinarán una buena paliza y les bajarán los humos a estos parlamentarios.

Mostraba esa alegría eufórica que proporciona el ron; en sus ojos había un punto de ictericia y su aliento olía a alcohol.

—Han reunido una gran cantidad de barcos y hombres. —Intenté devolverle a la cruda realidad—. Dudo que los españoles puedan vencerlos.

Pero Richard, a pesar de estar algo achispado, tenía la cabeza clara en cuanto a estrategia militar y situación naval se refería.

—¡Bah! Más que muchos hombres, lo que hay aquí son muchas bocas que alimentar. Los barcos de aprovisionamiento quedaron retenidos por una tormenta en Irlanda, tardarán semanas en llegar. ¡No tenían brandy! Tú sabes lo que eso significa para un marino. Sólo bebieron agua putrefacta a lo largo del viaje y muchos enfermaron. Además, a las tropas de nuestro amado y estimado Lord Protector les faltan armas y munición.

—¿Quién está al mando?

—El viejo William Penn. ¿Te acuerdas de él?

Sí, perfectamente, había sido mi capitán en el *Fellowship*, en la flotilla al mando de aquel Richard Swanley por el que casi había muerto John Murphy. Era un oficial experimentado y había participado en diversas batallas navales.

—No era mal marino.

—¡Viene con su esposa! ¿Dónde diablos se ha visto que un marino embarque para una misión de guerra con su esposa?

—¿Quién más está?

—Un tal Robert Venables al frente del ejército de tierra.

—Me suena su nombre.

—Participó en la guerra, creo que es un parlamentario convencido.

Recordé entonces. Aquel hombre había tomado parte activa en la cruel invasión militar de Irlanda por las fuerzas de Oliver Cromwell; en el puerto de Dublín, cuando trabajaba como estibador, oí mucho de él y nada bueno. Me quedé pensando: un doble mando en una campaña militar y con personalidades contrapuestas, porque en nada se parecía el ejército de tierra a la marina. No auguraba nada bueno.

—¿Cómo están actuando aquí?

—Todavía no se sabe qué van a hacer. Pero hay algo que es interesante y que te puedo revelar porque lo conozco de primera mano: los que se encuentran justo por debajo de ellos están desunidos y son ineficaces. ¡Te presentaré a Butler! Un claro ejemplo de lo que no debe ser un oficial.

Coleridge, con su flema y su humor británicos, se había ganado a uno de los cargos más importantes de la Armada, el comisionado Gregory Butler, hombre inseguro y piadoso, que se guiaba más por la Biblia que por las leyes de navegación y que se fiaba totalmente de él.

—¡Mea versículos de la Biblia! —se burló Richard—. ¡Por Dios! Para Butler todo es Providencia divina. ¡No sé por qué, me ha tomado como un enviado del Altísimo para guiarle por las sendas tenebrosas del Caribe! —Rió—. Y yo no he hecho nada para merecer tal honor.

El fanático puritanismo de Butler le divertía a la vez que le producía un cierto rechazo. Me presentó al comisionado como si yo fuese un lejano pariente de lord Ruthven que, perseguido por sus convicciones calvinistas, había llegado al Caribe años atrás, en tiempos de los Estuardo. Le mintió diciéndole que yo conocía bien La Española. Inmediatamente Butler simpatizó conmigo porque me vio como un mártir de la fe protestante a manos de los realistas. Además, precisaba a alguien que conociese la isla de primera mano y distinguirse así ante los otros mandos como un hombre avispado que sabía de quién rodearse.

Por mi parte, me acomodé a sus expectativas. Le expliqué que había sido filibustero en Tortuga, uno de los Hermanos de la Costa, y que en mi barco había españoles renegados como Montoro y Zudaire, buenos guías para el posible asalto a Santo Domingo. Me preguntó acerca de la toma de la pequeña isla por los españoles, tenía interés porque podría ser la cabeza de puente para conquistar La Española. Le relaté la derrota de los filibusteros como si hubiese luchado con ellos, le hablé de mi ansia de vengarme de los que habían convertido el mar en algo cerrado, en un monopolio de los intereses comerciales del Imperio español. También dejé caer que había una guarnición española, por lo que no sería fácil atacarla. Butler, cada vez más interesado, me presentó a sir William Penn, el almirante de la Armada, y a Venables, el general de tierra que dirigiría las tropas en el desembarco.

Aunque sir William no me reconoció —nadie se lo recriminaría, ¿qué parecido podía encontrar entre el curtido hombre de mar en que me había convertido y el guardiamarina barbilampiño que había servido a sus órdenes en la primera guerra civil?—, algo en mí le resultó dudoso y trató de advertir a Venables. Ambos hombres se hallaban tan enfrentados por las rencillas y suspicacias derivadas de un mando compartido que todo lo que a uno le parecía bien, el otro lo rechazaba. Así, Venables me convirtió también en su hombre de confianza.

Finalmente, gracias a la habilidad de Coleridge, se nos convocó a ambos al importante consejo de guerra en el que se iba a discutir el plan de ataque a La Española y, lo que era crucial, el lugar del desembarco. Estaban Penn y Venables, asistidos por tres comisionados: sir Edward Winslow, un hombre de mala salud, más deteriorada si cabe por el clima del Caribe, y que no abrió la boca; sir Daniel Searle, el gobernador de Barbados que no nos acompañaría en la expedición, y nuestro mentor, Gregory Butler. Solamente el gobernador de Barbados poseía alguna experiencia en las Indias.

—La sabia mano del buen Dios nos ha salvado preservándonos de las tempestades y trayéndonos a estas costas —empezó Venables.

—¡Dios sea loado! —le interrumpió Butler. Después, cruzando las manos y poniendo los ojos en blanco, dijo, al tiempo que nos señalaba a Richard y a mí—: Nos ha mandado a dos enviados del cielo que nos guiarán en el camino a la victoria.

Venables asintió, pero deseaba ante todo puntualizar lo que realmente era el mayor problema en aquel momento.

—El Altísimo desea que destruyamos al enemigo, pero hay diablos entre los que deberían aprovisionar a las tropas. —Al pronunciar esas frases con acento amenazador, Venables señalaba al gobernador Searle—. Las promesas de hombres, armas y provisiones no son más que eso... promesas.

Sir Daniel se defendió de la acusación.

—No tenemos tantas vituallas como necesitáis. Además, los plantadores no quieren prescindir de la alimentación de sus esclavos para traer víveres al puerto, están en la época de la recogida de la caña de azúcar y los negros necesitan comer o no trabajarán. No puedo forzar a los plantadores. No tengo más provisiones que las que os he adjudicado. Creo que mantener tantos hombres aquí, tanto tiempo, sólo empeora las cosas. La Armada debería partir ya hacia La Española.

—¿Sin que hayan llegado los barcos con víveres?

—La Española es rica en ganado y plantaciones. Allí podréis conseguir las provisiones que necesitéis.

—¡Una vez que la hayamos conquistado! —gritó Penn—. ¡No es tan sencillo! Hay hambre en mis barcos...

—Es imprescindible que partáis ya —insistió Searle—. Os habéis demorado demasiado aquí. Las tropas se desmandan por el puerto y tengo quejas de los colonos.

Penn y Venables, por una vez, se pusieron de acuerdo y acusaron al gobernador de no ayudarles y de obstruir el designio del Lord Protector. Indignado, el gobernador les culpó de cobardía. El tono de la discusión se elevaba. Butler, con su voz meliflua, terció intentando calmar los ánimos:

—Señores, dejemos ya de discutir. Preparemos el plan de ataque. Como ya os he dicho, he conseguido que nos ayuden estos dos caballeros. Pueden indicarnos cómo están las cosas en La Española.

—Es una isla en la que, según mis informes —dijo Penn—, hay multitud de lugares apropiados para el desembarco.

—La flota debería acercarnos lo más posible a la ciudad de Santo Domingo —contraatacó Venables—. Eso nos ahorraría pérdidas humanas y las fatigas de un largo trayecto por un terreno hostil que no conocemos bien.

—¿Estáis loco? —exclamó Penn—. ¿Queréis poner toda la flota a tiro de los españoles?

Los dos altos mandos comenzaron a porfiar a gritos. Me puse de lado del almirante.

—Mi piloto y mi segundo son de origen español, me han confiado que Santo Domingo está fuertemente defendida.

Desplegué un mapa sobre la mesa, que había estudiado previamente con Zudaire y Montoro. En él, se veía la ciudad sobre la desembocadura del Ozama y los fuertes que la protegían.

—Hacia el oeste, en la costa, está el fuerte de San Jerónimo. Nos han llegado noticias de que ha sido recientemente reparado y dispone de municiones. Más cerca de la ciudad, está el de San Gil, cuyos cañones cubren la entrada por el río. Y aún más allá, el de Santo Domingo, directamente sobre la desembocadura del Ozama. —Había ido apuntando con el dedo cada uno de esos sitios—. Todos esos fuertes impiden desembarcar directamente en la capital de la isla. Además, nos han dicho que en el puerto hay una cadena que puede ser levada para impedir el acceso del enemigo. Lo adecuado sería tomar tierra más hacia el oeste, en la desembocadura del río Haina, donde lo hizo Drake. Aunque —fruncí el ceño, en un gesto preocupado— es posible que en ese lugar exista ahora alguna guarnición.

Les propuse adelantarme para explorar el terreno y decidir el punto adecuado desde el que iniciar la invasión; después regresaría para comunicarles la situación. Penn se mostró reticente en dejar a un casi desconocido la importante decisión del desembarco de las tropas en La Española, pero Butler y Venables no sólo no desconfiaron de mí, sino que me urgieron que partiese cuanto antes.

Por eso navego ahora rumbo a Santo Domingo. Sin embargo, en vez de pensar en la misión, no puedo quitarme de la cabeza a Len. Necesito verla, su perdón, recordar con ella el pasado, tal vez planear un futuro. No sé si le llegó la medalla, no he vuelto a tener noticias del capitán español. No sé cómo he podido aguantar más de un año sin verla sabiendo que está tan cercana a mí. Quiero ver sus ojos, besar sus labios, escuchar sus risas, estrecharla entre mis brazos. Ya queda menos, pero se me está haciendo una eternidad.

51

Llegada a Santo Domingo

Santo Domingo, abril de 1655

L a desembocadura del río Ozama se abre ante nosotros y con el estuario, el puerto. La bandera de la Corona española, aspas rojas sobre fondo blanco, ondea en lo alto del fuerte que custodia la llegada de los barcos. El rumor del ataque de una flota inglesa a las posesiones españolas en el Caribe ha hecho que se extremen las precauciones. En cuanto hemos echado el ancla, la guardia portuaria ha subido a la balandra. Ahora están inspeccionándola.

Dirige la tropa un cabo mal encarado, menudo y lleno de autoridad. Recela de este barco con pabellón español, marineros de distintas procedencias y un capitán que afirma ser irlandés. Le digo que estoy bajo las órdenes de Gabriel de Rojas y me mira como si estuviese hablándole de un fantasma. Farfulla algo, y logro entender que no saben nada del capitán del fuerte desde el ataque a Tortuga. Le enseño el aval que me dio, pero el cabo ni se digna a echarle un vistazo. Dudo de que ese hombre sepa leer.

La noticia de la desaparición de Rojas me inquieta. Aún más a Hernando de Montoro, que está a punto de perder los estribos. Por fin, tras una larga discusión con el cabo que consigue agotarme, un nombre nos salva. He solicitado hablar con don Juan de Morfa. Tras unos instantes de duda, el oficial envía a buscarlo, pero sigue sin dejarnos bajar a tierra y sus soldados nos encañonan con los mosquetones.

Al poco, por el muelle veo avanzar una figura cubierta por una capa oscura y un sombrero de ala ancha, bajo el cual se escapa un cabello pajizo. Al acercarse, reconozco los rasgos del irlandés. Nos avala delante del cabo y, gracias a sus explicaciones, la guardia portuaria, que no se fía del extranjero recién llegado pero que obedece a un maestre de campo, acepta que desembarquemos.

Es el mismo Morfa quien me conduce al palacio del gobernador con mi segundo, Montoro, quien por lo bajo maldice a sus propios compatriotas. Como le conozco bien, sé que se enfada porque está algo asustado; no confía en que, tras años de vida errante, le vayan a respetar. Sin embargo, a pesar de sus juramentos e imprecaciones, percibo que se alegra de haber regresado con los suyos; camina como pavoneándose, mostrando con su actitud que la hermosa isla es su patria natal.

Recorremos la alegre ciudad de Santo Domingo, con sus calles empedradas, casas de poca altura enlucidas en blanco y rejas negras con flores en las ventanas. Cruzamos por delante de algunos recios portalones de piedra con escudos nobiliarios. Entre las cuadras de casas, se divisa a lo lejos el mar Caribe.

Por el camino, le preguntó a Morfa:

—¿Qué ha pasado con Rojas?

—No se sabe nada. Parece ser que los últimos que le vimos fuimos nosotros, y de eso hace más de un año.

Montoro y yo intercambiamos miradas de desasosiego. Sin el testimonio del capitán del fuerte, los oidores y regidores de la ciudad podrían investigar nuestro pasado, lo que significaría nuestra perdición.

Alcanzamos al fin una plaza de grandes dimensiones que antecede al palacio de Colón. Bajo la arquería de entrada, los soldados que montan guardia se cuadran ante don Juan de Morfa. Subimos por una escalinata de piedra, amplia, con balaustrada de granito. Se nos conduce a una sala con una profunda ventana que, a pesar de su grosor, es incapaz de impedir del todo el paso de la luz del sol de mediodía.

Morfa nos deja para advertir de nuestra llegada al gobernador. Hernando y yo aguardamos intranquilos; mi segundo no para de revolverse de un lado a otro y al final estalla.

—Ese tal Rojas… Buenas palabras, pero ahora nos deja en la estacada —dice con acritud y suspicacia—. ¡Voto al diablo! ¡Cómo nos traicione lo va a pagar caro!

Me crispa la voz airada con la que profiere estas frases, como echándonos a mí y al capitán la culpa de lo que está ocurriendo.

—¡Basta ya!

Guardamos un silencio malhumorado hasta que, poco tiempo más tarde, reaparece Morfa.

—El gobernador se halla deseoso de conoceros. Ya le he dicho que son muy importantes las noticias que traéis de Barbados. ¡Tened cuidado! Es posible que os interrogue. No debéis hablar del pasado, decid únicamente que sois un noble realista, irlandés, que los ingleses confían en vos pero que en verdad sólo servís a Dios Nuestro Señor y a su Benditísima Madre. Esto último os abrirá las puertas, mucho más que cualquier otra cosa.

Nos guía hasta una sala de techo no muy alto con vigas oscuras; todo huele a humedad, a madera decrépita y a legajos antiguos. Allí nos está esperando un hombre de unos treinta años, vestido con bombachos de seda acuchillados y una elegante golilla, que nos es presentado como don Bernardino de Meneses Bracamonte y Zapata, conde de Peñalba, caballero del hábito de Santiago, presidente de la Real Cancillería de la Ciudad, gobernador y capitán general de la isla; un noble de rancio abolengo. Junto a él, hay un hombre de aspecto militar y gran mostacho. Don Álvaro de Aguilar es el capitán que dirige el baluarte de San Jerónimo y las fortificaciones de la isla desde que falta don Gabriel de Rojas.

Después de cruzar los saludos pertinentes me sondean brevemente sobre mi origen y ocupación de los últimos años; abrevian el interrogatorio sobre mi persona porque se hallan ávidos de conocer la situación de los atacantes y porque se fían de don Juan de Morfa.

La luz, que entra a raudales por las ventanas, ilumina un gran mapa desplegado sobre una mesa de roble con patas curvadas de forja. Les señalo la parte oeste de la isla de Barbados, donde se acuartelan las tropas invasoras. Les digo que son cinco regimientos levados en las islas Británicas, junto con otro más alistado en el Caribe. Me preguntan cuál es el número concreto de hombres. Cuando respondo que en torno a ocho mil y que poseen morteros y cañones, a don Bernardino le cambia el color. Muy inquieto, se dirige a don Juan de Morfa:

—¿Sabéis que no contamos más que con unos seis mil hombres válidos para empuñar un arma en toda la isla?

—No son muchos. ¿Estáis seguro de que no hay más?

—Es la cifra de los que podríamos disponer si vinieran todos. Para ello Montemayor ha ordenado revisar el censo y ha enviado bandos al norte.

Me pongo en tensión al oír aquel nombre.

—Esos hombres, ¿están bien armados? —pregunto.

—Poseen lanzas, algún mosquete y los aperos de labranza. —El gobernador Meneses titubea y al final añade—: Pero no son aguerridos.

—Los hombres de la costa norte son temidos en todo el Caribe. Son matadores de vacas que manejan la lanza con destreza ya que con ella dominan a los bovinos y cimarrones. Además —presume Montoro con mal disimulado orgullo patrio—, los nuestros defienden a su gente. Eso nos da valor y fuerza ante el ataque.

Aguilar le replica:

—Los matadores de vacas tardarán algunos días en llegar.

—Yo podría traer gentes de mis tierras. Algunos de ellos han sido bucaneros, pero si les aseguráis el perdón, estarían dispuestos a combatir al lado de los españoles.

—¡Podéis contar con ello! —le garantiza el gobernador Meneses—. Se concederá también la libertad a los esclavos que luchen con nosotros.

—Esperemos que se retrase el desembarco del enemigo para poder prepararles mejor —murmura el capitán Aguilar meneando la cabeza.

—¡Hay que organizar las defensas! —exclama Morfa—. La mejor salvaguarda de la ciudad son los fortines.

—Ya sabéis bien que Montemayor se ha encargado estos años —señala con suavidad y firmeza el gobernador Meneses—. Los fuertes disponen de pólvora y municiones. —Me mira y pregunta—: ¿Cuántos barcos habéis visto en Barbados?

Tardo unos segundos en contestar; cada vez que oigo ese apellido, Montemayor, todo mi ser se conmueve y un nudo me cierra el estómago.

—La flota que llegará frente a vuestras costas son cincuenta y seis bajeles, algunos de gran tamaño —informo cuando reacciono.

Se queda paralizado. Durante toda la conversación he notado su enorme preocupación por el inminente ataque, que ha debido de ponerle en una situación muy comprometida. Morfa me ha dicho que Meneses acaba de llegar a la isla. Ésta es una de sus primeras misiones de Estado y desea desempeñarla bien, necesita mostrar sus dotes de mando para conseguir futuros ascensos. El asalto de la flota inglesa podría ser la oportunidad para descollar o para hundir su carrera política.

—¿Sabéis dónde van a desembarcar?

—Todavía lo están dudando. El general Venables desearía desembarcar directamente en Santo Domingo.

—¡Una locura! —se apesadumbra Aguilar—. Los cañonearíamos desde las fortalezas de la costa, perderían barcos, pero si llegasen a desembarcar estaríamos totalmente perdidos.

Me muestro de acuerdo, pero añado:

—Afortunadamente, el almirante de la flota, sir William Penn, se ha negado.

—Me alegro —suspira aliviado Morfa—. Sería algo muy peligroso para nosotros.

—Buscan un lugar seguro para desembarcar. Me han enviado para encontrarlo.

—Intentad conducirlos lejos de la ciudad —se apresura a decir Aguilar—. Así, cuando se dirigieran hacia aquí, podríamos atacarles mediante emboscadas. Conocemos el terreno, lo que nos puede dar una cierta ventaja.

—Se habló de los Bajos de Haina —les revelo—. Donde desembarcó Drake.

—Para ellos sería un buen lugar, queda a poco más de dos leguas de la capital. —Aguilar reflexiona en voz alta, acariciándose el mostacho—. Pero para nosotros sería el peor porque está demasiado cerca, en poco tiempo los tendríamos aquí y la parte norte de la ciudad casi no tiene defensas. Afortunadamente, en esta época del año, las crecidas del río Haina van a dificultarles que puedan desembarcar y las corrientes les empujarán hacia Nizao.

»Sí... —Pasea sus ojos brillantes por todos los presentes y finalmente los clava en mí—. Intentad que desembarquen en las playas de Nizao, eso sería muy conveniente para nosotros. En los Bajos de Haina hay agua, pero en Nizao no. Apenas hay arroyos para aprovisionarse de agua por culpa de la sequía.

Recuerdo algo que me comentó Coleridge.

—No tienen cantimploras.

—Más a nuestro favor. —Aguilar da una fuerte palmada sobre la mesa—. Y es muy importante que la totalidad de las tropas inglesas desembarquen en el mismo lugar, porque así podremos concentrar las defensas en el sur y abandonar el norte —añade—. Contaríamos con los refuerzos de la región de Puerto Plata, Monte Cristi y Santiago de los Caballeros.

—¿Vos aconsejáis que dejemos desguarnecido el norte? —me pregunta el gobernador.

—Sí. Por lo que escuché en el consejo de guerra, Venables no tiene intención de dividir sus efectivos. Yo se lo aconsejaré así. El ataque se concentrará en el sur. Pierdan vuestras mercedes cuidado, convenceré a mis... —Me detengo pensando en mis antiguos compatriotas—. Aconsejaré a los ingleses que desembarquen en las playas de Nizao en lugar de en la Haina.

—Bien, pues ¡todo está decidido! Debéis regresar lo antes posible, antes de que emprendan el ataque y nos encuentren desprevenidos. Es capital que no os demoréis. Salid con la primera marea.

Miro a Aguilar con un punto de desesperación. He aguardado tanto el momento de llegar a Santo Domingo y ahora, ¿debo irme sin haber visto a Len o al menos sin saber cómo está? Al darse cuenta de mi silencio todos se extrañan, y el capitán del fuerte me pregunta bruscamente:

—¿Pasa algo?

—No —le respondo de inmediato—. Tenéis razón, la flota inglesa está a punto de partir. Me iré con la marea.

Salgo de la sala de juntas con los hombros encogidos, caminando con paso poco firme, quizá tambaleante. Morfa nos acompaña hasta el puerto. Las calles de Santo Domingo rebosan animación. Aunque hay rumores de una invasión, los lugareños no esperan el ataque tan pronto.

Mientras me voy cruzando con las gentes dominicanas, busco un rostro de mujer pero no lo encuentro. Cuando pienso en ella, la luz del Caribe parece perder su brillo. Procuro no pensar en nada que me distraiga y concentrarme en la importante misión que se avecina. Tiempo llegará, tras la victoria, de estar junto a ella.

52

De nuevo en Barbados

Barbados, abril de 1655

En cuanto llegamos al barco dispuse levar anclas de inmediato; la marea estaba subiendo ya. Nos recibieron alegres, con nuestra tardanza habían temido que los españoles nos hubieran apresado. En nuestra ausencia habían hecho ya acopio de agua y provisiones. Nuestro destino era unirnos de nuevo a los atacantes, a mis antiguos compatriotas, a los hombres de Cromwell. Si llegase a conocerse mi doble juego, acabaría en la horca. Di gracias en mi fuero interno de que la tripulación de mi barco me fuera absolutamente leal, porque muchos de ellos sabían bien que el éxito de esta misión nos proporcionaría la posibilidad de una vida digna, de dejar de huir y, para muchos de ellos, de recuperar a sus familias. La travesía discurrió sin problemas y una brisa constante hinchó las velas haciéndonos llegar en muy pocos días a Barbados.

Mientras la balandra entra lentamente en el puerto de Bridgetown, veo desde la amura de babor que en la escuadra inglesa se están cargando provisiones y se tensan las jarcias. Algunas naves se han desplazado hacia la boca de la bahía, pero el grueso no ha zarpado aún.

Nada más fondear, me dirijo rápidamente al patache de Coleridge, que sigue anclado en el mismo lugar. Al subir por la escala me encuentro a Juan de Beltrán. Su rostro me resulta tan antipático como siempre. ¡Cuánto me alegro de que, al separar las tripulaciones, se quedase con Richard! Mi antiguo piloto me saluda con cierta frialdad no exenta de desprecio; en cambio, al encontrarme con mi viejo amigo nos saludamos efusivamente con un fuerte abrazo. Al ver cómo le palmeo la espalda, Beltrán esboza un casi imperceptible gesto de desagrado que me hace entender el porqué de la antipatía del piloto. Es el gesto de alguien resentido y lleno de envidia, alguien que se ha molestado al advertir nuestra antigua amistad. Richard no se da cuenta, yo decido no hacerle caso a Beltrán.

Con un buen vaso de ron en la mano, Richard me cuenta lo que ha ocurrido en mi ausencia. Tanto en el puerto como en los barcos se suceden las peleas entre marineros y soldados, que reflejan la tensión entre el general y el almirante.

Al parecer, todo había empezado cuando Robert Venables apremió de nuevo a sir William Penn para que desembarcasen cuanto antes en la misma ciudad de Santo Domingo, pero éste se siguió negando porque no deseaba poner los barcos a tiro de los cañones del fuerte. El general protestó porque sus tropas tendrían que realizar una larga marcha antes de llegar a la capital. Con una sonrisa torcida, el almirante le tachó de pusilánime por no querer atacar al enemigo frente a frente. Tras estas acusaciones, la discusión fue subiendo de tono. Venables increpó a su colega diciéndole que se escudaba tras las faldas de su esposa. El almirante, rojo de furia, lo rebatió manifestando que la misión que se les había encomendado además de conquista, era de colonización, y que el Lord Protector no sólo había querido que su esposa le acompañara, sino que también lo hiciesen otras muchas mujeres de marinos, pues podían ser óptimas enfermeras en tiempos de guerra. Agriamente, Venables objetó que él también tenía esposa y que la había dejado en Inglaterra, porque un soldado en campaña no podía estar entretenido por ninguna dama y menos aún por la propia esposa, que la actitud del almirante sólo podía explicarse porque era un cobarde.

—Sir William se sintió tan ofendido por las acusaciones de

Venables que le despidió fríamente de su camarote. Desde entonces, apenas se dirigen la palabra. —Coleridge se carcajea de ambos; ha estado imitando la voz de uno y de otro. Luego añade—: Los españoles, en una tasca, hablan a gritos pero se entienden… Estos distinguidos compatriotas nuestros se escuchan aparentando gran atención, pero cuando se separan, ninguno sabe lo que le ha dicho el otro. Así están Penn y Venables desde que se acusaron mutuamente de cobardía. Cuando se reúnen, aparentan prestarse atención muy cortésmente, pero no hay comunicación entre ellos. Lo peor de todo es que la discusión ha transcendido entre las tripulaciones y las tropas de tierra. Los marinos se han puesto de parte de William Penn; en cambio los soldados de tierra, que no desean realizar una marcha larga por un país desconocido, han apoyado a su general.

Se bebe un vaso de ron de un trago y se sirve otro. Divertido, les sigue criticando con sorna:

—Actúan como dos gallos de corral, cacareando pero sin decidirse de una vez por todas a atacar. Eso les perjudica mucho, estamos consumiendo provisiones y perdiendo un tiempo precioso que estarán aprovechando en La Española para preparar las defensas. No te imaginas el descontento de la tropa.

—Debo verles —le digo.

—Hablaré con Butler. Le avisaré de que has llegado y de que tienes información valiosa.

Gracias a Richard, no sólo me recibe Butler, sino que nos convocan a ambos al consejo de guerra en la capitana. La Armada va a zarpar en pocas horas y las decisiones que se tomen allí serán cruciales para el desarrollo de la campaña.

Me interrogan y les doy una versión real pero un tanto exagerada de la situación en la isla. Les digo que los isleños no están preparados para el ataque de las tropas por tierra, que la campaña podría ser un paseo triunfal. En cambio, les advierto que no deben desembarcar en Santo Domingo porque el fuerte de San Jerónimo posee cañones de largo alcance —lo que es verdad— que podrían destruir la flota entera. Sugiero la posibilidad de tomar tierra más hacia el oeste. Penn acepta. Venables duda pero, como se fía enteramente de mí, termina por mostrarse de acuerdo. Al fin y al cabo, se siente orgulloso de haber descubierto un correligionario, fiel a la fe puritana. Finalmente, con el apoyo del comisionado Butler, se decide que el asalto a la isla se iniciará en los Bajos de Haina, donde antaño desembarcó Drake.

Zarpamos al día siguiente. Desde el castillo de popa contemplo las velas de incontables navíos de guerra que nos rodean y cubren el horizonte. Me doy cuenta de que la flota de Cromwell, el Western Design del Lord Protector, constituye una fuerza irresistible, muy amenazadora.

Tras unos días de navegación, cuando el sol está en lo alto, avistamos las costas de La Española. La Armada se va situando en línea frente a la desembocadura del Ozama. Imagino la confusión en la ciudad al ver tan poderoso ejército invasor. Me abismo contemplando las rojizas murallas bajo el sol del mediodía, los fuertes y, a lo lejos, la espesa vegetación. En algún lugar ahí está ella, quizá mirando a los barcos que van a atacar la ciudad en la que vive. Rodrigo de Alcalá, a mi lado, me señala dónde están el palacio del gobernador, las Casas Reales y la catedral. No le escucho, sólo pienso en Len. Avanzamos lentamente, desplegando los barcos lejos de los cañones de San Jerónimo, San Gil y la fortaleza. Pasan las horas y cae la noche en un crepúsculo rojizo. En la costa, se encienden las luces de las casas.

No permanecemos demasiado tiempo delante de las murallas. En cuanto amanece, levamos anclas y nos dirigimos más hacia el este; bordeamos las costas rocosas y ponemos rumbo a los Bajos de Haina. Por fin llegamos al sitio donde deberíamos tomar tierra, unas playas sombreadas de palmeras. Sin embargo, tal como me explicaron en Santo Domingo, en esta época del año las corrientes no nos dejan desembarcar y nos conducen más hacia el oeste. Desde la amura de babor, diviso más playas, manglares, zonas boscosas y acantilados. Hernando de Montoro me va diciendo los nombres de los lugares por los que vamos pasando: los Norios, Palenque y, al fin, una bahía con una gran playa de arena grisácea bordeada de palmeras, Nizao. Mediante señales con banderas, le indico a la nave capitana de sir William Penn que estamos llegando a un lugar adecuado para anclar las naves. De un barco a otro, se extiende la orden de desembarcar.

Poco antes de tomar tierra, en el camarote de oficiales del patache nos reunimos Hernando de Montoro, Íñigo Zudaire, Cosme de Azúa y Rodrigo de Alcalá.

—Montoro y yo guiaremos a las tropas inglesas hacia la capital —les informo—. Cuando alcancemos las líneas dominicanas, me entregaré a los españoles y Montoro retornará.

—¡Es peligroso ese doble juego! —exclama intranquilo Rodrigo de Alcalá.

Le observo conmovido, pensando en cuánto afecto hay en el viejo matasanos. Sin embargo, no debo distraerme, comienza la parte más comprometida de la campaña.

—Sí —afirmo con gesto grave y preocupado—. Es peligroso, pero no sólo para mí y para Montoro. Lo es para todos. Es importante que no permanezcáis con los ingleses mucho tiempo. Antes o después sospecharán algo. En cuanto regrese Montoro y os sea posible, deberéis conducir *La Indomable* más allá de la ciudad de Santo Domingo; al norte, a Samaná. Según cómo vayan las cosas, nos encontraremos en la capital o en la hacienda de Montoro.

Nos abrazamos; todos sabemos que puede que no nos veamos más, estamos en un punto muy delicado porque, si todo sale bien, ellos volverán a ser súbditos de la Corona española de pleno derecho y yo me acogeré a su bandera, dejando de ser un proscrito; ya no tendré que huir, quizá recuperaré a Len. Si todo se torciese, podríamos acabar siendo ahorcados tanto por los ingleses, por traidores, como por los españoles, por enemigos.

No nos da tiempo de concretar nada más. Ha aparecido

uno de los marineros. Una falúa nos espera a Montoro y a mí para que nos unamos a las tropas inglesas que están a punto de desembarcar.

Azúa queda al mando de *La Indomable*. Montoro y yo embarcamos en la falúa, donde se agolpan combatientes ingleses al mando de un oficial escocés. Avanzamos a golpe de remo hacia la orilla hasta que rozamos el fondo de arena. A nuestro alrededor, una nube de botes, falúas, queches y otras embarcaciones pequeñas van y vienen de la costa a los navíos de la Armada. Transportan armas, tropas, bastimentos e incluso caballos que tan necesarios serán para avanzar por aquellas tierras. Los bultos se apilan en la playa y después serán transportados algo más hacia el interior a un improvisado campamento.

Pronto se hacen presentes dos enemigos inesperados: el calor tórrido y los mosquitos. Se corre entre los hombres que Robert Venables quiere atacar cuanto antes, pero sir William y el comisionado Butler han sugerido que sería mejor construir una trinchera. Aunque Venables no está de acuerdo porque considera que los soldados no pueden demorarse demasiado en este lugar sin agua, se cava al fin la trinchera. Entonces, de nuevo, los dos mandos se enfrentan: el almirante ha decidido regresar a la comodidad del camarote de su barco, junto a su bella esposa, dejando allí a las tropas con el general al mando.

Al día siguiente, domingo, los pastores puritanos arengan al ejército. Cantan los salmos de Israel, en los que se dice que Dios está con ellos y arrasarán al enemigo. Coleridge y yo, con la cabeza descubierta y el sombrero entre las manos, intercambiamos miradas en las que hay un brillo entre burlón y sarcástico.

Al acabar plegarias y cánticos, Venables dispone que un regimiento de soldados parta hacia la ciudad para explorar el terreno, y me ordena que Montoro y yo los guiemos.

El criollo, un capitán del regimiento y yo montamos a caballo, delante de un batallón a pie. Tras varias horas de marcha por caminos polvorientos, los hombres, desanimados por el calor y los mosquitos, empiezan a quejarse continuamente y se rezagan. Sólo nosotros tres, en nuestras monturas, llegamos a una explanada de hierba alta.

Nos sale al paso una partida de dominicanos que, conociendo bien por dónde iba a venir el enemigo, ha montado guardia en el camino de la Haina. Los soldados ingleses están demasiado lejos para poder ayudarnos. Entablamos combate. A tiros de mosquete matan al capitán del regimiento e hieren a Montoro en el hombro. A mí me derriban del caballo y me hacen prisionero. Me dejo atar, y cuando veo que Montoro trata de acudir a socorrerme, le ordeno que huya. No le queda más remedio que escapar y pedir ayuda al regimiento de infantería inglés. Yo me alejo, prisionero de los españoles.

Éste no era el plan previsto, sino que yo debía entregarme a los españoles para mostrar mi buena voluntad. Hablo a mis captores por el camino, les digo que avisen a Morfa o al gobernador, que les conozco. La tropilla me mira sorprendida, pero no hacen ningún caso de mis palabras. Luego escapamos del batallón enemigo, que nos persigue.

Me meten prisa, y cuando se cruzan con alguien les oigo decir que llevan una buena presa: un prisionero al que van a interrogar en Santo Domingo.

53

El interrogatorio en el palacio de Colón

Santo Domingo, abril de 1655

Preso, llego a una ciudad donde hay trasiego de hombres y mercancías. Las calles están atestadas de gentes, carromatos con ropas, camas y muebles. Todo se halla impregnado de polvo y ruido. Los vecinos huyen de la capital. Se ven casas cerradas a cal y canto, mientras que en otras, por las ventanas entreabiertas, los habitantes curiosean al cautivo, el primer enemigo que entra en la población.

La tropa me conduce a las Casas Reales, Audiencia y prisión de Santo Domingo, donde me encierran en un calabozo. Allí al menos estoy fresco, a salvo del húmedo calor tropical. Me dejo caer en el suelo y apoyo la espalda contra la pared, cierro los ojos, intentando descansar. No puedo pensar en nada. Pocas horas más tarde me vienen a buscar para llevarme ante el oidor decano, quien, al parecer, me va a interrogar.

Me espera en un despacho amplio, sentado tras una mesa oscura, iluminado por una ventana profunda a sus espaldas. El aposento se abre contiguo a una sala en donde se puede ver un estrado para los juicios. El juez es un hombre de cara marcadamente huesuda e inexpresiva, con una calvicie prominente que le alarga aún más los rasgos del rostro. Va vestido rigurosamente de negro, con un cuello anticuado, la lechuguilla, una larga capa negra y la espada a la cintura. Un ujier le anuncia como don Juan Francisco de Montemayor y Córdoba de Cuenca, oidor decano. Intento distinguir en él alguno de los rasgos de Len, pero no encuentro el más mínimo parecido, a no ser en los profundos ojos, comunes a prácticamente todos los españoles. Pero lo que en él es mirada reservada y fría, de un color castaño oscuro, era dulzura y luz en los claros ojos de Len. No hay ninguna muestra de confianza cuando le digo que conozco a don Juan de Morfa. De hecho, percibo que Montemayor recela de todo lo extranjero. También le digo que conozco al gobernador Meneses. Montemayor se escama, piensa que me burlo de él, y con sarcasmo me pregunta si conozco al marqués de Haro, el valido del rey.

Me interroga sobre cómo he llegado al Caribe. Al decirle que soy un noble católico huido de Irlanda, no se conforma con eso y me interroga repetidamente sobre las circunstancias y condición de mi familia intentando encontrar en el relato de mis cuitas alguna contradicción. Le cuento una versión enmascarada de mi pasado, obviando los dos últimos años en los que mi actividad principal era incompatible con la rectitud y el espíritu inflexible que el oidor irradia. Me doy cuenta de que no consigo convencerle de la bondad de mis intenciones. Claramente, desconfía de mí.

Me devuelven al calabozo. Cae la noche y mi sueño es intranquilo, me despierto pensando en Len, que está tan cerca. Su tío no me ha creído. Ahora él tiene todo el poder sobre mi Len. ¿Permitirá siquiera que me acerque a ella? Tras dar mil vueltas en el camastro, caigo dormido profundamente hasta el alba, cuando me despierta el canto del gallo. A las pocas horas me hacen llamar de nuevo, pero esta vez me conducen al palacio de Colón. Se trata ahora de un consejo de guerra en el que van a estar presentes don Bernardino de Meneses, gobernador de la isla; Álvaro de Aguilar, sustituto de don Gabriel de Rojas; don Juan de Morfa y Montemayor. Al verme, Morfa se alegra y solicita que me liberen de las ataduras, diciendo que soy de confianza. Meneses y Aguilar le apoyan. Montemayor se niega categóricamente. Si bien el gobernador interviene a mi favor, don Juan Francisco no se fía de alguien cuyo primer valedor ha sido un corsario. El gobernador no insiste; de algún modo, percibo que se siente intimidado ante Montemayor, que aunque no tiene mucha más edad que él parece un hombre experimentado, buen jurista y le ha precedido como gobernador interino en la isla.

Enseguida, mi posible liberación pasa a un segundo plano porque todos están muy angustiados por la llegada del enemigo. El terror por la invasión se ha difundido por calles y casas de tal modo que ha embargado a oidores, militares y demás autoridades de la ciudad. Parece que aún está vivo el recuerdo del terrible saqueo que sufrió Santo Domingo por sir Francis Drake. Me acosan a preguntas y me interrogan exhaustivamente estando todavía maniatado sobre las fuerzas con las que cuenta el enemigo, cuántos hombres hay ya en tierra, cuáles son sus planes. Rápidamente les resumo la situación. Se miran entre sí, preocupados.

—Tenemos que resistir —afirma Aguilar— hasta que lleguen los refuerzos del norte.

—Es posible que los ingleses tarden en avanzar, creo que todavía estarán cavando trincheras y organizándose en las playas de Nizao —les revelo.

—¿Han desembarcado todos? —insiste Aguilar.

—Sí. Excepto la marinería a cargo de los barcos, todos los demás están en tierra. Andaban acribillados por los mosquitos y muy molestos por el calor.

—Ésa es nuestra ventaja —dice Montemayor, y después manifiesta con sarcasmo—: ¡No han podido desembarcar en peor sitio!

Entonces interviene don Bernardino de nuevo a mi favor, con más insistencia:

—Eso se lo debemos agradecer al capitán don Pedro Leal. Se ha arriesgado mucho jugando un papel muy comprometido. Ha conseguido que desembarquen donde le pedimos.

—Os ruego, señor gobernador, que le dejéis en libertad —solicita otra vez Morfa.

Meneses está a punto de ordenar que me quiten las cadenas, cuando Montemayor exclama:

—¡Habría que juzgarlo antes! Estamos en guerra. No podemos dejar que un extranjero ande libre.

—Sus hechos son suficiente juicio —le indica Meneses.

—Es corsario de la Armada española —afirma Morfa.

—¿Quién lo ha nombrado? —pregunta con desconfianza el oidor—. Un corsario debe tener una patente de corso de la Corona.

—Don Gabriel de Rojas le alistó para el ataque a Tortuga —le explica Morfa—. En su barco hay un aval firmado por el capitán, quien tenía potestad para hacerlo. Sin el señor Pedro Leal, la isla de los piratas nunca hubiera caído.

—Pero no supimos más de Gabriel de Rojas y yo no tengo garantía de que todo esto sea cierto. El único valedor del prisionero, hasta el momento, sois vos. Y vuestro testimonio no tiene valor, sois extranjero.

Don Juan de Morfa se indigna.

—Soy maestre de campo del ejército de su majestad el rey católico.

Don Juan Francisco de Montemayor no se rinde ante esos títulos.

—No. Irá al calabozo. Si don Gabriel de Rojas apareciese y corroborase la historia, le dejaríamos en libertad.

—No me parece adecuado lo que estáis diciendo, señor Montemayor, tiene que existir otra solución —se opone don Bernardino de Meneses—. El capitán Rojas puede tardar en aparecer meses. O haber muerto.

El rostro del oidor decano se contrae por el pesar e inmediatamente recupera el control. Le tenía aprecio a don Gabriel, seguramente también él tema que ya no esté entre los vivos. Pero no dice palabra.

—Podría venir a mi casa, yo daría fe de él —se ofrece de repente Morfa.

Don Juan Francisco protesta, pero no tiene más remedio que ceder cuando el gobernador Meneses le ordena con firmeza y autoridad:

—Es mi voluntad que el caballero don Pedro Leal sea puesto en libertad, sin ningún tipo de cargos.

—No estoy de acuerdo, mi señor conde, no sabemos quién es realmente este hombre.

—¡Os ordeno que obedezcáis!

—En ese caso —Montemayor se expresa de modo iracundo—, caiga sobre vos toda responsabilidad. No se debería permitir que los extranjeros campen por sus respetos en esta isla sin haber sido convenientemente investigados.

—Este extranjero —tercia Morfa muy enfadado con el oidor— será acogido en mi casa.

Don Juan Francisco me sostiene la mirada.

—Seréis entonces mi vecino. —Su expresión sigue siendo poco amigable y en su voz subyace cierta ironía.

Meneses intenta romper la tensión que se ha producido entre los asistentes y, en tono conciliador, los convoca:

—Mi esposa se siente preocupada por el estado en que se halla la colonia. Ha organizado una reunión para las gentes de alcurnia que permanecen aún en la ciudad. Será mañana, me complacería mucho contar con la presencia de vuestras mercedes.

Mira primero a Aguilar, cuya perplejidad me da a entender que le parece absurda una reunión festiva en semejante momento de crisis, pero acepta con una inclinación de cabeza. Entonces Meneses se dirige a Montemayor, más en confianza, aunque puedo oír lo que están hablando.

—A mi esposa le gustaría mucho que vuestra sobrina Catalina viniese con vos al almuerzo.

—Mi sobrina lleva unos días en los que ha recaído.

Me sobresalto, ¿está enferma? Con disimulo, presto más atención.

—¿Qué le ocurre? —le pregunta don Bernardino.

—Está presa de nuevo de una gran melancolía, dice que alguien va a venir y está inquieta.

«Me espera, ella me espera», pienso. Sabe que voy a venir, quizá lo intuye. Las voces me llegan como en un eco, oigo como lejos la conversación entre el gobernador y el tío de Len.

—Quizá esa joven está muy sola.

—Siempre la acompaña... —La voz del oidor es casi inaudible.

—Os lo aseguro, mi esposa estaría encantada de recibirla. Quizá con más gente se anime.

—No sé. Lo intentaré.

Estoy confundido. Debí haber venido antes. Llevo año y medio intentando llegar a ella, redimiéndome para ella, pero quizá Len no necesita un hombre redimido, me necesita a mí.

Meneses se ha vuelto hacia donde se halla Juan de Morfa y le dice:

—Señor de Morfa, me alegraría contar con vuestra presencia y la de vuestra encantadora esposa, si su condición lo permite. —Mi nuevo valedor se lo agradece y confirma que asistirán. Entonces oigo—: Señor Leal, ¡vos también! Me encantará presentaros a los miembros de esta colonia.

Pienso que Meneses es un petimetre de salón, que no sabe lo que se le viene encima. Prosigue la vida social como si estuviese en la corte de Madrid. Ocho mil hombres han desembarcado a unas decenas de millas y él sólo piensa en banquetes y fiestas. La ciudad pronto será cercada, muchos están huyendo... Quizá quiera dar una impresión de normalidad. No sé si es lo más apropiado, pero inclino la cabeza y asiento.

—Iré.

54

Beatriz Dávila

Salgo con Morfa a la gran explanada ante el palacio de Colón, llena de luz. Me dice que su casa no queda muy lejos. Atravesamos la plaza y pasamos por delante de las Casas Reales, donde no ha muchas horas me hallaba preso. Luego me conduce a través de la hermosa calle de las Damas, con casas encaladas y portones nobiliarios. Allí vive lo mejor de la ciudad, por eso está adoquinada. Hace calor y la humedad es intensa. Hay regueros de agua en el suelo por las últimas lluvias.

Como se ha publicado un bando por el que las mujeres no deben salir de casa mientras el enemigo esté tan cerca, sólo nos cruzamos con algunos soldados del fuerte y funcionarios de traje oscuro. Saludan a don Juan de Morfa como a alguien bienquisto, ya asentado en la población; alguno incluso se detiene para preguntarle qué piensa del enemigo.

—Veo que sois estimado en la ciudad —le digo.

—Llevo varios años en esta isla. Tiempo atrás adquirí con el fruto de mis ganancias como guardacostas una antigua encomienda, un ingenio de azúcar cercano a Nizao, el lugar donde han desembarcado vuestros compatriotas. Durante algún tiempo residí allí, pero mi vida es el mar. Gracias a las buenas cosechas de azúcar, conseguí armar varios barcos con los que continué combatiendo como corsario para la Corona española. Ahora pertenezco a la Armada de Barlovento, e incluso me

393

nombraron maestre de campo y caballero de la Orden de Santiago. Mi posición en la ciudad es segura.

—Eso habrá hecho que os respeten.

Morfa mueve la cabeza con escepticismo y finalmente me contesta:

—No estoy tan seguro. Montemayor y algunos oidores no se fían totalmente de mí. Me siguen considerando un advenedizo.

—Pero el título de maestre...

—Es más honorífico que real. En España indicaría que mando un Tercio, pero aquí no hay Tercios. El gobernador anterior, don Andrés Pérez Franco, me lo concedió cuando empezó a planearse el ataque a Tortuga. Le ofrecí los barcos y, para darme un respaldo ante las tropas, me designó así, maestre de campo. Desde que Pérez Franco falleció en circunstancias extrañas, mi situación se ha vuelto algo más insegura, porque Montemayor no se fía de los extranjeros.

—Me he dado cuenta de ello.

—Más que por el título, en la ciudad se me respeta porque mi esposa, doña Beatriz Dávila, es una criolla de una familia reconocida desde la Conquista. Sin embargo, en algunos ámbitos siguen considerándome como un intruso. Ahora, como mi mujer espera nuestro primer hijo, hemos regresado de Nizao y nos hemos asentado cerca de su madre. —Morfa se muestra orgulloso de su situación actual—. He podido adquirir una casa con solera en lo mejor de la ciudad, en esta calle de las Damas, que se llama así porque era por donde paseaba doña María de Toledo, la esposa del primer gobernador, Diego Colón, con su corte de señoras de alcurnia.

Pasamos por delante de una iglesia barroca. Me comenta que pertenece a la Compañía de Jesús, y me viene a la memoria el recuerdo de tío Andrew. Lo borro cuando, unos metros más adelante, Juan de Morfa me señala una vivienda con una portalada de piedra y un escudo en la fachada.

—Ésta es la casa de don Juan Francisco de Montemayor.

¡Aquí reside ella! Pero su tío... me preocupa.

—Parece un hombre muy estricto, no creyó nada de lo que le dije cuando me interrogó.

—Es exageradamente solícito con lo que considera que es su deber. Además, es un hombre laborioso que actúa con firmeza y resolución. Ha regido con mano dura la colonia en ausencia del gobernador y ha conseguido poner orden. Como os dije, don Andrés Pérez Franco, el gobernador que le precedió, había organizado el asalto a Tortuga; cuando murió, todos pensábamos que se detendría, pero don Juan Francisco prosiguió lo iniciado y ha conquistado la isla de los piratas. Montemayor confiaba en don Gabriel de Rojas, que fue su mano derecha. —Da un suspiro—. Si ha muerto, sería tremendo para todos.

—También para mí. Pierdo un amigo y el único que podía explicar mi historia al oidor, que desconfía de mí.

—No sólo de vos, no se fía de ningún extranjero. Hace unos años, un tal Richard Hackett quiso hacerse pasar como aliado de la Corona frente a los ingleses, pero finalmente se descubrió que era un agente doble. Hackett intentó sobornar a Montemayor, que es un hombre intachable. Éste no sólo no se dejó corromper, sino que le expulsó de la isla. Como en un principio había confiado en él, se sintió comprometido en su honra. Desde entonces, pone mucho cuidado a la hora de contar con alguien si no ofrece suficientes garantías. Sobre todo, rechaza a los extranjeros con alguna relación con Inglaterra. Vos y yo somos juzgados por el mismo rasero que Hackett.

—Sin embargo, vos no debéis temer nada. Yo sí, puedo estar en peligro. Vos no habéis sido... —Voy a decir «pirata», pero me detiene el propio Morfa.

—Debéis olvidar el pasado. El capitán Rojas y yo confiamos plenamente en vos. Y, ¡maldita sea!, don Gabriel tiene que aparecer en algún momento. ¡No os preocupéis!

Entonces le manifiesto lo que me intranquiliza más:

—No es sólo por mí. Temo por la dotación de la balandra. Si caigo, mis hombres lo harán conmigo; mi tripulación ha abandonado una vida que les era lucrativa porque confían plenamente en mí. Les debo que se cumpla lo que un día se les prometió en Tortuga, y no sé si Montemayor lo hará.

Pienso que ese hombre —un juez insobornable, extraordinariamente frío y severo— posee la llave de mi futuro desde todos los puntos de vista, y el más importante es Len. ¿La conocerá Morfa? Miro esa puerta que es lo único que ahora nos separa.

—Una bonita residencia. Escuché que tiene una sobrina. ¿Vive con él?

—Sí, doña Catalina de Montemayor y Oquendo. Llegó hace un tiempo. Una hermosa joven de cabellos rubios, pero jamás sale de casa. Todos dicen que perdió el seso, que no está cuerda, por...

El corazón se me ha encogido. Son varios años los que nos han separado, desde que la dejé en la terrible prisión de Bridewell. ¿Qué le habrá ocurrido todo este tiempo? ¿Por qué penas habrá pasado? Mientras en un instante por mi mente pasan todos estos pensamientos, Morfa sigue hablando:

—... culpa de haber vivido demasiados años en un país herético como el vuestro. No les quito la razón. —Se da cuenta de que mi expresión se ha alterado—. No os ofendáis, señor Leig... Leal.

—Hace años... —Mi cabeza sigue en un torbellino de imágenes y pensamientos, hablo sin pensar—: Hace años estaba llena de vida y alegría, siempre reía. Un día le prometí que navegaríamos juntos.

—¿La conocéis?

Está muy sorprendido. Nos hemos detenido frente a la que supongo que es su casa.

—Es lo único que me queda de los míos. Toda mi familia murió en la guerra.

Me detengo. Morfa me mira con curiosidad y compasión al mismo tiempo. Reacciona.

—No nos quedemos aquí fuera, pasad a mi casa y me contaréis.

Empuja el enorme portalón y entramos en el zaguán. Una mujer de cabellos casi negros pero de piel clara sale a recibirnos. Me la presenta con orgullo:

—Doña Beatriz, mi esposa. —Y me introduce—: Don Pedro Leal. Hace muchos años me salvó la vida.

Me inclino descubriéndome la cabeza ante ella, con una reverencia. Ella, a su vez, también se inclina.

—Mi esposo me ha hablado de vos.

Cuando él le explica la razón de mi presencia allí, ella responde:

—Le alojaremos en el aposento de los invitados que da al Ozama. Os encontraréis cómodo —me asegura. La mirada de doña Beatriz es hermosa; sus facciones, redondeadas por la maternidad, rebosan dulzura.

Le agradezco con un gesto su gentileza.

Llaman a un criado, quien me acompaña hasta una cámara amplia y bien dispuesta, con suelos de madera oscura y relucientes paredes encaladas; en el centro, una cama con dosel y mosquitera. A un lado hay una palangana y una jofaina con agua. Mientras me aseo oigo un golpe en la puerta. Me traen ropa limpia, posiblemente del mismo don Juan de Morfa. Me cambio y bajo a almorzar, me están esperando.

En la mesa conversamos de diversos asuntos, doña Beatriz es una mujer alegre y dicharachera. Con alegre ironía, se lamenta de que la ciudad deba ser sitiada para que su esposo pase unos días en casa. Morfa se ríe con su vitalidad y gracia.

Después de una siesta en la que he dormido sin sobresaltos, se ofrece a enseñarme su casa. Con orgullo de propietaria, me va hablando del estado en que la compraron y las mejoras que han introducido; su esposo nos acompaña con una sonrisa en los labios y sólo de cuando en cuando añade alguna observación. Compruebo que el hogar de los Morfa es de muy buena fábrica. En lo alto tiene siete piezas grandes, cubiertas de vigas y alfajías con solería de madera que acaban en una amplia azotea, en la que un mirador cuadrado con arcos y pilares cubiertos de teja doblada se abre a la bahía. En la planta baja se sitúan la cocina, las caballerizas y la cochera, que se prolongan en un patio amplio con un aljibe en él. Me señala el sótano, donde me explica que hay cuartos bajos para bodega. Después salimos al huerto; a las espaldas de la casa hay una parcela con una noria muy capaz, que riega un huerto donde hay frutales y hortalizas. Está limitada por el murallón que se abre al Ozama y comunicada con las huertas de las casas vecinas. La de la derecha, me la señala, es la de don Juan Francisco de Montemayor.

—Tal vez más tarde pase a visitar a doña Catalina, a ver cómo se encuentra hoy —le dice a su esposo; luego se dirige a mí para explicarme—: Es la sobri...

Don Juan, con dulzura, la interrumpe:

—Ya sabe quién es.

Se hace un silencio. Doña Beatriz nos observa extrañada.

—Amigo mío, ¿por qué no pasamos dentro? Podremos hablar con calma.

Asiento; confío en él, sé que no me traicionará. Cuando me doy cuenta de que su esposa discretamente da un paso para dejarnos solos, le pido que nos acompañe. Lo que voy a contar también puede oírlo ella. Y necesito que me ayude.

En una sala espaciosa, las horas pasan mientras les hablo de Len, de nuestros años en Oak Park, de la cueva del embarcadero. Cuando termino, miro a doña Beatriz.

—Necesito un favor, mi señora.

Ella me anima con su sonrisa blanca y de sus ojos pardos salen chispas de luz.

—Debo hablar con ella.

—Quizá deba decírselo a Josefina —susurra doña Beatriz como hablando para sí—. La esclava podrá indicarme si es buen momento.

—Os ruego una extremada discreción, que no reveléis a

nadie que la conozco. ¡Me va en ello la vida! También el honor de vuestro esposo.

Asiente muy seria y se queda pensativa. Al cabo se levanta y, antes de salir de la estancia, me dice:

—Aguardad aquí. Intentaré traerla junto a vos.

55

En el patio enrejado

Las luces doradas del atardecer se posan sobre el estuario
del Ozama. Inquieto, paseo entre plantas y hortalizas
mientras oigo un gallo que cacarea. En la casa vecina, mora
ella. Doña Beatriz me ha prometido que Len vendrá; la espero
impaciente, en tensión y nervioso. El tiempo se me hace interminable mientras las paredes blancas se van tornando ligeramente cárdenas con la luz del ocaso. En alguna ventana se ha
encendido la llama de un candil. El sol desciende sobre un océano en cuyo horizonte no hay velas. La guerra está más allá, en
una playa lejana. Aquí hay paz, sólo interrumpida por el grito
agudo de las gaviotas.

El chirrido de unos goznes herrumbrosos hace que me so-
bresalte y me gire. Se ha abierto uno de los portillos de la casa
contigua y veo que una sombra se acerca.

Se dirige hacia mí y susurra:

—¿Piers?

Distingo en la penumbra a una mujer de piel muy oscura,
de pechos enormes y grandes caderas. Me sorprende oír un
nombre que nadie debería conocer en boca de una extraña.

—¿Sabes cómo me llamo?

—Desde que llegó a la isla, mi señorita sueña por las noches
y grita: «¡Piers, Piers!».

—Ella... Me dicen... —Se me ahogan las palabras en la garganta—. Me dicen que ha perdido la cordura. ¿Es eso cierto?

—¡Ah! Tendríais que haber venido antes. —La negra menea la cabeza—. ¡Pero por fin estáis aquí! Sí, oré, le pedí al buen Dios que vinieseis. Yo quiero a mi señorita, ¡mucho, mucho! Sólo vos podéis ayudarla.

—Es lo único que deseo. Quisiera verla. Pero dime, ¿cómo está?

—Hace unos días empezaba a estar contenta, quizá demasiado, señor Piers. Pero de nuevo está melancólica, encerrada en sí misma. ¡Ay! A veces pienso que nunca se va a curar del todo. Yo lo sé bien. Cuando te hieren, y a mí como a la señorita me han herido, siempre se está algo desquiciado. Yo lo sé, lo sé bien, vaya si...

La interrumpo. Se expresa a trompicones, no me está diciendo lo que quiero saber.

—¿Cómo está?

—Ya lo veréis. Cuando empecé a cuidarla, callaba todo el tiempo. Sólo lloraba, a veces desvariaba. No ha mucho tiempo comenzó a escuchar lo que yo le decía, y poco a poco a hablar. Tuvo que pasar mucho sufrimiento, ¡mucho, mucho sufrimiento! Ella os lo tiene que contar a vos, pero no sé si será capaz. Señor Piers, os ruego que tengáis paciencia, que seáis comedido, ¡que la escuchéis, que le contéis vuestras penas! Ella recobra el ánimo cuando sale de sí misma. ¡No os impacientéis! Os ama, pero tiene heridas. Sí, muchas heridas en su alma. Dice que es culpable...

—¿De qué?

—Hay demonios. —Me mira con ojos espantados—. Hay demonios de tristeza. Espíritus malignos que se meten en el alma y no nos dejan vivir. Sólo el amor cura. Vos podéis curarla. Sí, señor Piers, vos podéis sanar a mi señorita.

Me extraña escuchar esas palabras en boca de una mujer tan sencilla, tan grande, tan basta. La esclava sigue hablando:

—Cuando estamos tristes, sólo vemos culpas. No hay piedad para nosotros mismos. Hay que perdonarse y mi señorita Catalina no tiene perdón para con ella.

Calla y me sonríe con bondad. Ha querido prevenirme.

—La señorita Catalina dice que no tiene a nadie, pero ahora va a teneros a vos. Os necesita. Deberéis hablar con don Juan Francisco, es un buen hombre, muy justo.

Niego con la cabeza.

—Debo verla a ella primero, sin testigos. Somos de países contrarios, tengo que avisarla de que no alerte de mi presencia.

Se queda pensativa y al final asiente.

—Iré a buscarla. ¡Ay, señor! —Oigo que murmura mientras da el primer paso—. ¿Cómo le digo que estáis aquí sin que se me muera? —Entonces se detiene, como si se lo hubiera pensado mejor, y me advierte—: Aquí no.

Me lleva de la mano hasta los patios en la casa del oidor. Sé por qué lo hace: en los huertos cualquiera de los vecinos podría vernos. De repente me suelta el brazo y, con un gesto, me indica que aguarde. Antes de que yo pueda decir nada, la esclava, una sombra delante de mí, ha desaparecido, no sé muy bien por dónde.

Estoy en tensión, más nervioso e intranquilo que cuando me enfrentaba al más duro de los abordajes. Desde que en el camarote de un capitán español leí su nombre, me he llenado de dudas, temiendo y ansiando este momento. ¿Me seguirá queriendo? ¿Me aceptará cuando conozca mi pasado? Está enferma, y temo haber llegado tarde. Pero ¿cómo haber venido antes? Al menos ahora soy un hombre honrado, se abre ante mí un futuro que puedo ofrecerle.

El lugar a donde Josefina me ha conducido es un patio cerca de la cuadra limitado por cuatro arcadas blancas enrejadas; en una de ellas hay una cancela que permite el paso a la casa. Unas enredaderas cubren parcialmente las rejas y las paredes encaladas, donde grandes flores tropicales exhalan un olor dulce y aromático. Me acerco a la verja y me doy cuenta de que no está cerrada, alguien la ha abierto. Espero allí, perdido en los recuerdos. El tiempo se me hace eterno.

Y no la oigo llegar.

De pronto está ante mí, no como una sombra, no como un fantasma de otra época y lugar, sino alguien real. No es la joven que dejé en Inglaterra, sino una mujer muy pálida, con ojos colmados por un dolor pasado y, al mismo tiempo, por una intensa ansiedad presente. Para mí, está más hermosa que nunca. Al verme se queda quieta, mirándome sin apenas pestañear.

—¿Quién sois?

—¡Len, soy yo! —le digo en voz alta y clara a la vez que suavemente.

—¿Piers?

—Soy yo —le repito.

Doy un paso adelante. Quiero tomarle las manos, quiero estrecharla contra mi pecho, quiero besarla. Pero algo en su expresión hace que me detenga. Su rostro se ha tornado aún más pálido, casi blanco, y me observa rígida, sin reaccionar; sólo el agua que corre por sus mejillas revela su intensa emoción. No soy capaz de hablar y, al cabo de unos segundos, que se me hacen interminables, articula unas palabras:

—Piers, ¿dónde has estado?

—Embarcado en la mar.

—Te creí muerto.

—Y yo a ti.

—¡El *Defiance* se hundió! —susurra.

Hablamos en el idioma en el que había transcurrido nuestra infancia.

—Pero yo no iba en ese barco —le contesto con suavidad.

—No tuve más noticias de ti.

—Pensé que estabas muerta. En una hoja volandera en Dublín leí que mi madre y todas vosotras habíais sido ejecutadas.

—¿Ejecutadas? —se extraña. Niega con la cabeza—. No, sólo murió así lady Niamh, con tus hermanas fue de otra manera… Aunque todas murieron por mi culpa. Sí, por mi culpa —repite para sí, bajando los ojos.

—No, Len. —Trato de alzarle la barbilla; ella, sin embargo, vuelve la cara y da un paso atrás. Me quedo quieto e insisto—:

No tuviste culpa alguna. Yo soy el culpable, el que debía haberos protegido, y no lo hice.

—¿Tú? ¡No! —exclama—. ¡Tú me salvaste! El embajador español me dijo que un joven marino había hablado con él.

Recuerdo ese día, y me embarga una leve sensación de consuelo. Si no a mi madre y a Ann, al menos pude ayudar a Len.

—No estaba seguro, Cárdenas me dijo que no podía hacer nada —digo casi para mí.

—Pues lo hizo… aunque tarde. Pasé mucho tiempo en Bridewell, un tiempo que se me ha borrado de la mente.

Len me mira con esos ojos claros, enormes, traslúcidos, que pensé que nunca iba a volver a ver. Qué hermosa está, con una belleza más madura y espiritual. ¡Cuánto desearía abrazarla! Sin embargo, se ha puesto a caminar inquieta de un lado a otro. Me doy cuenta de que me tiene que decir algo y le cuesta enormemente encontrar las palabras. Al fin susurra:

—Piers, estás vivo pero… pero no te merezco.

Me acerco y levanto suavemente una mano para acariciarle el rostro, pero ella se aparta y se apoya en la reja. Me mira con dulzura a la vez que con prevención.

—Se lo diré a mi tío. Le diré que estás aquí.

Al oír aquello, me asusto.

—Escúchame, Len, no puedes decirle que estoy aquí. Debes actuar como si no me conocieses.

—¿Por qué?

—Yo también tengo algo que me avergüenza. Algo que me ha alejado de ti.

—¿Qué es? —Sus ojos se han abierto con horror.

—Ahora ya no es así —la tranquilizo—. Pero estos últimos años, mi vida… ha ido por otros derroteros.

—¿Cuáles? —me pregunta nerviosamente.

—Por los caminos del mal, del robo, del deshonor. Fui un corsario, y luego… —No puedo completar la frase.

—Lo sé… un pirata —finaliza Len.

Al oírlo en sus labios, esta vez soy yo quien me alejo de ella.

—No soy digno de ti.

De repente la tengo ante mí. Acerca una mano temblorosa, la yema de su dedo índice roza mi frente y empieza a descender por mi nariz, como queriendo cerciorarse por primera vez desde que estamos hablando de que soy real. Su expresión está llena de turbación, pero también en su actitud hay algo de ternura escondida.

—Sí lo eres. Eres mi Piers de siempre.

Su dedo ha llegado a mi boca y trato de sujetarle la muñeca.

—No, Len, ya no. Soy un asesino, un ladrón, un pirata. He actuado en contra de todo lo que se me enseñó en mi infancia. Merecería morir...

Libera su mano y exclama:

—¡No! ¡No puedes morir! Ahora que estás aquí, no...

Calla. De nuevo se distancia unos pasos de mí. Mira a las luces del otro lado del río, a las estrellas que han empezado a titilar en el cielo. Después, como hablando para sí, dice:

—Hubo un tiempo en el que yo también quise morir. Estuve a punto de tirarme al mar, de hundirme para siempre y dejar de sufrir. Yo soy la asesina, la culpable.

—¿Cómo puedes decir eso? Tú sólo fuiste víctima de...

—¡No! —me interrumpe—. Fui cobarde, desobedecí. Por mi cobardía y mi desobediencia murió tío Andrew de la peor de las maneras posibles.

—No te entiendo.

—Los Cabezas Redondas cercaron Oak Park una noche de luna llena. Tío Andrew había llegado aquella noche. Alguien nos traicionó...

—Ruthven fue quien lo organizó todo, él es el culpable.

—¡No, la culpa fue mía!

—Len, ¿cómo puedes decir semejante cosa?

—Porque es la verdad. Piers, déjame hablar, te lo ruego.

Las lágrimas le bañan las mejillas mientras se acusa de que tío Andrew murió atrapado en los sótanos por su culpa. De repente lo entiendo todo y me doy cuenta de que debería haberla encontrado antes, mucho antes, para ayudarla a liberarse de este peso, como intento hacer ahora.

—… corté la cuerda y le enterré con estas manos. ¡No fuiste tú! ¡Fueron ellos, los fanáticos! No llores, Len. Ése era su destino, desde niño quería morir como lo hicieron Edmund Campion y los otros mártires. Fue un martirio en medio de una guerra cruel y tú no debes castigarte por ello.

—¡Eso no es todo! Piers, ¡nos atraparon porque desobedecí! Tu padre decía que mi desobediencia podría conducir a la muerte, a vosotros, a mí y a otras personas. No quise escuchar a lady Niamh… y ellas murieron.

—¡No digas eso!

—Sí, sé que me odiarás, pero por mi culpa murieron tu madre, Margaret y Ann. ¡Lo que te quedaba de tu familia!

Intento abrazarla para calmar tanto dolor, pero no me lo permite. No sé qué hacer. Se dirige al huerto junto al Ozama, se acerca al pretil de la muralla y se apoya en él con la vista perdida en la desembocadura del río, aunque todo está oscuro. Me sitúo a su lado, sin rozarla, y espero. Al final rompe el silencio.

—¡Perdóname, Piers!

—¡No perdono a Ruthven! ¡No perdono a las hordas desatadas! Pero a ti, Len, no tengo nada que perdonarte. En realidad, perdóname tú a mí por haberos dejado en aquella prisión, por no haber regresado antes junto a ti.

Cuánto me duele ahora este largo tiempo en que sabía que estaba tan cerca y no acudí.

—Piers, a veces quisiera morir.

—Tenemos que seguir adelante. ¡Juntos, tú y yo!

Noto que la he conmovido. Hasta ahora no había querido enfrentarse a mi mirada; se gira, se sienta en la muralla, de espaldas al mar, y me observa.

—¡Olvidaremos el pasado! —le digo.

—No sé si podré…

—¡Te ayudaré!

Niega con la cabeza, se baja de la muralla y se encamina hacia la casa. La sigo.

—Dices que quieres ayudarme, ¿cómo vas a hacerlo? ¡No puedes quitarme los recuerdos de la mente!

—No, no puedo. —Me acuerdo de lo que me dijo Josefina—. Entonces sólo te pido una cosa, que me ayudes tú a mí.

Se vuelve sorprendida.

—¿Cómo?

—Hazlo como cuando me expulsaron de la Armada y regresé a casa. Hazlo como cuando asesinaron a mi padre.

—¡No hice nada!

—No fue necesario. Presenciaste mi arrebato de ira. Me envolviste con esos ojos tuyos, llenos de dulzura, y lloraste. Eso me sosegó. Si estás a mi lado podré ser un hombre de bien. Sin ti me hundiría en la violencia y el deshonor.

Ella me mira con piedad, la expresión de su rostro me recuerda a la de antes de separarnos.

—Eso puedo hacerlo. —Y por primera vez esboza un amago de sonrisa—. Puedo llorar, es lo único que he hecho los últimos años.

Se oye un ruido, la vegetación se mueve y nos alejamos el uno del otro. Entre las plantas aparece un rostro oscuro. La esclava habla bajo, con voz amable:

—Debéis regresar a casa, mi señora. Vuestro tío pregunta por vos. Creo que mañana habrá una velada en el palacio del señor gobernador y quiere preguntaros si estaríais dispuesta a ir.

—Yo estaré allí —la animo—. Podremos volver a vernos.

Len no me contesta, Josefina ya tira de ella para llevársela. Sólo me dirige una última mirada; en sus ojos hay un profundo amor a la vez que una pena muy intensa. Me encamino hacia la casa de Juan de Morfa. Mi corazón y todo mi ser rebosan una dicha agridulce. Siento felicidad por haberla visto y por haber podido hablar con ella, pero tristeza por el pasado, amargura por todo lo que le han hecho y preocupación por su melancolía. No es la joven alegre de la que me enamoré, sino un ser torturado por los recuerdos, y me doy cuenta de que la amo incluso más que antes. Una mujer que un día me quiso, pero a quien ahora no puedo abrazar ni besar porque me rechaza. Alguien a quien debo volver a conquistar.

56

En el palacio de Colón

Saludo con un golpe de sombrero a doña Alberta Josefa de Mendoza, esposa del gobernador Meneses, una briosa dama, digno resultado de las ásperas tierras castellanas de donde procede. Gruesa y bigotuda, no me resulta agradable, pero he de reconocer su fortaleza. A pesar del toque de queda, a pesar de que pocas millas más allá el horizonte está cubierto por velas del enemigo, doña Josefa no ha dudado en reunir en un festejo a lo que queda de la colonia. La resuelta dama trata de apoyar a su esposo, en un gesto de confraternización y aliento hacia los hombres y mujeres que desean defender la ciudad de Santo Domingo.

Al recibir mi saludo, me sonríe con su dentadura mellada. El volumen de la amplia pollera, de exagerado vuelo sobre un miriñaque, ridículamente abultado por un tontillo guardainfante, casi ocupa el ancho de la escalinata de acceso al salón de recepciones del palacio de Colón. Si no estuviese tan nervioso por Len, me divertiría examinar tan excesivo atuendo, propio de la corte española.

La dama nos indica con imperio que vayamos subiendo. Un criado nos precede, escalera arriba, a don Juan de Morfa, a su muy embarazada esposa y a mí mismo. Recorremos la balconada renacentista; doña Beatriz avanza despacio, apoyándose en el brazo de su esposo.

El salón no está excesivamente lleno. Los invitados pasean y se asoman a los ventanales que dan al Ozama, quizá inquietos.

—A pesar de la propuesta de Pimentel, hay bastante gente —me comenta Morfa.

—¿Qué propuso ese individuo? —le pregunto.

—Sacar a las mujeres —explica doña Beatriz—. Don Juan Francisco se negó a que la gente de postín, y sobre todo las mujeres, se fuesen de la capital. Alegó que si ellas se iban, los esposos las seguirían y la ciudad quedaría desguarnecida.

—Pero don Bernardino ha sido más condescendiente. —En la voz de Morfa late un punto de crítica ante la actitud del gobernador—. Ha tolerado que gran parte de la población adinerada huya de la capital.

—Si mis... —Me paro un instante porque iba a decir «mis compatriotas»—. Si el enemigo toma la capital, la isla será suya y dará igual dónde esas buenas gentes se escondan. ¡Sarta de cobardes! ¡Debieran colaborar en la defensa!

—Eso mismo pienso yo, por eso mi esposa no se ha ido de Santo Domingo.

Beatriz se agarra con una mano al brazo de don Juan, mientras que con la otra se toca el vientre al tiempo que afirma:

—Tampoco me atrevería a ponerme tan embarazada en camino hacia Nizao por esas sendas polvorientas llenas de baches y de barro.

Mientras seguimos esperando el inicio de la cena, Morfa me habla en voz baja de uno y de otro, explicándome quiénes son. Conoce a toda la colonia.

Oigo que alguien se está lamentando de que falta lo más galano de la sociedad local. Morfa, con un suspiro, me aclara que la quejicosa señora es su suegra, doña Luisa Dávila. Con ella están dos jóvenes risueñas, que se acercan a saludar efusivamente a doña Beatriz. Son sus hermanas.

En todos los presentes se aprecia la intranquilidad que les ocasiona el ataque de los ingleses, hablan en voz exageradamente alta. Yo también estoy tenso, pero no por el mismo motivo. Temo enfrentarme de nuevo a Len tanto como lo deseo.

No pasa mucho tiempo cuando oigo a mi lado que alguien dice:

—Llega Montemayor.

—Sí —respondo sin apartar la vista de Len.

Tengo la sensación de que el salón se ha oscurecido y es ella quien lo ilumina todo. Estoy como aturdido; anoche la vi a la luz de las estrellas, ahora la contemplo en una estancia en la que penetran los rayos de la tarde y su belleza y su fragilidad me conmueven. Me doy cuenta de cuánto ha cambiado.

—¡Vamos! —me dice doña Beatriz.

Me indica que la siga. Un ujier ha invitado a Montemayor a que ocupe un lugar preferente, cerca del gobernador, por lo que ha ido a dejar a su sobrina al cuidado de doña Luisa Dávila. Doña Beatriz maniobra, se acerca a su madre y hace las presentaciones. Len actúa como si nunca nos hubiésemos visto, ni siquiera me mira. No entiendo lo que le sucede, por qué está tan seria y pálida. Su pecho sube y baja con una respiración rápida, llena de ansiedad. No habla. Mientras Montemayor se va alejando, me doy cuenta de que me observa con prevención y desprecio; como si se preguntase cómo es posible que yo, un aventurero, comparta mesa y fiesta con gente respetable.

Los invitados se van acomodando en la larga mesa con vajilla de Talavera. Doña Beatriz se sienta al lado de Len, que está junto a su madre. Su esposo y yo nos situamos frente a ellas. Mientras se sirven los platos y el bullicio reina en la estancia, no ceso de contemplar a Len. Respondo sin prestar atención a lo que me preguntan Morfa o mi otro vecino de mesa, pero casi siempre permanezco en silencio. De cuando en cuando, Len alza la vista del plato y sus ojos brillan con angustia al mirarme. Tiene las pupilas dilatadas, está tensa. No charla con nadie, a los que le hablan les contesta con monosílabos. Yo soy feliz sólo con verla. ¿Qué más necesito sino haberla reencontrado? Pero es preciso que vuelva a hablar con ella, ayer mucho de lo que nos dijimos quedó inconcluso.

Cuando finaliza la cena, se escucha el rasgueo de una guitarra y de un laúd. Don Álvaro de Aguilar se inclina ante una de las jóvenes Dávila, no me acuerdo de su nombre. Algunas parejas comienzan a bailar. Me acerco a Len con una reverencia que me recuerda aquel lejano baile en la escalera de Oak Park. Ella se ruboriza, realiza una pequeña inclinación y da un paso al frente. Don Juan Francisco gira la cabeza en este preciso instante y observa sorprendido la turbación en el rostro de su sobrina.

La música es muy distinta de aquella pavana que, siendo niños, bailamos a la luz de la luna bajo los ventanales de la Casa del Roble. La danza hace que nos crucemos una y otra vez, y en un momento dado mi mano se apoya en su cintura. Len se pone rígida, como si de mi mano saliese una misteriosa fuerza que le produjese rechazo. La miro, un sudor perla su frente. ¿Qué le ocurre? ¡Mi adorada Len! Al alejarnos, ella se repone, pero en el siguiente movimiento que me obliga a tocarla, a rozarla apenas, de nuevo se azora.

Cuando acaba la danza, Len regresa con las damas. Don Juan Francisco se le acerca un momento y le dice algo muy serio. No ceso de mirarla, ni ella a mí. Se ha convertido en una mujer muy hermosa, aunque su belleza de algún modo la protege; ningún otro caballero se decide a solicitarle un baile. Quizá les da miedo esta joven enmudecida de ojos enormes y a la que consideran perturbada.

Cuando la dama que está sentada a su lado se levanta para bailar, me acerco y ocupo la silla vacía.

—Mi tío me ha advertido con respecto a ti, Piers —me dice en inglés.

Yo le respondo en castellano:

—Háblame en tu idioma. Y no digas mi nombre, no puedo permitir que nadie me reconozca.

Se turba, quizá los dos estamos asustados de malograr lo único que nos importa ahora en la vida: permanecer juntos.

—¿No volverás a separarte de mí? ¡Temo perderte! Y aun así... —Se detiene.

—¿Qué?

—No sé. —Sus ojos se tornan vidriosos, pero logra contener las lágrimas—. A veces tienes un sueño de felicidad, y el mío eras tú. Ahora estás aquí pero, no sé qué me ocurre, me alegro a la par que me entristezco y, de algún modo, te temo.

—¡Len! —protesto—. Yo sólo quiero hacerte feliz.

—Lo sé —afirma ella, y más apasionadamente—: Yo también a ti. Cuando me llegó la medalla, creo que nunca hubo en mi vida tanta dicha.

—¿Te llegó?

Se lleva la mano al cuello y me la muestra.

—¿Quién te la dio?

—Don Gabriel de Rojas.

—¡Voto a...! —No puedo ocultar mi asombro—. ¿Dónde está?

—Enfermo de tercianas en el hospital de San Nicolás. Pero no debes contárselo a nadie.

—¡Dios mío! —exclamo, impaciente—. Tengo que ir a verlo, de él depende todo.

—Está muy grave, podría morir.

En ese momento se escucha una explosión muy a lo lejos. Se detiene el baile. Algunos salen a la balconada del palacio de Colón. Nos quedamos atrás, el uno junto al otro, sin movernos, y oímos:

—¡Los ingleses atacan la ciudad!

Eso parece. Por las ventanas llega la confusión que inunda la ciudad.

Len se asusta, me agarra de la mano y seguimos a la gente hacia la gran terraza que da al Ozama y al mar. Se escucha una nueva explosión hacia el este de la ciudad, distinguimos el resplandor de un fuego. Noto que ella tiembla y su rostro palidece intensamente.

—¡Como hace años! —Habla perdida en sí misma—. Ese ruido horrible... como en Oak Park, como cuando quemaron la casa y...

—¡Calma! ¡Tranquila! No ocurrirá nada. Estoy contigo.

Suave a la vez que firmemente la alejo del balcón y, cuando estamos dentro, la fuerzo a que me mire. Regresa a la realidad.

—Sí —susurra algo más serena, aunque todavía con angustia—. A tu lado no me ocurrirá nada. Contigo estoy bien.

Se escucha un revuelo en la sala detrás de nosotros. Me giro y me doy cuenta de que, muy cerca, un hombre grueso, alto, de rostro poco amigable y barba espesa nos observa a Len y a mí con descaro y una mal disimulada curiosidad. Más allá, alguna señora llora y alguna otra grita de miedo. Nosotros miramos a lo lejos y podemos divisar el resplandor del fuego y oír las explosiones.

—¡No hay peligro! —La voz del gobernador Meneses resuena intentando tranquilizar sin éxito a la gente—. Es en el fuerte de San Jerónimo, a más de una legua de aquí. Sin embargo, conviene que las damas regresen a sus casas.

Doña Beatriz nos hace señas. Cuando nos acercamos, le dice a Len que su tío le ha pedido que la lleve a casa.

—No quiero dejarte. ¿Cuándo te volveré a ver? —le digo.

Len se agarra de mi brazo, tampoco ella quiere separarse de mí. Entonces doña Beatriz murmura:

—Debemos irnos, pero ya trataré de que la veáis en algún momento mañana.

Mientras las mujeres van desalojando la estancia, el gobernador reclama a las autoridades presentes en la sala, quiere consultarles. Juan de Morfa habla con don Álvaro de Aguilar, y ambos están de acuerdo en que me quede.

—Los ingleses están ya muy cerca de las murallas de la capital —explica el gobernador—. Están bombardeando la parte del fuerte de San Jerónimo.

—Debe darse orden de que todas las mujeres y los religiosos salgan de la ciudad —le interrumpe un caballero vestido de negro y con un elegante cuello de golilla blanca.

Don Juan de Morfa me susurra:

—Ése es Pimentel, el enemigo de don Gabriel de Rojas. —Lo reconozco; es el que no nos quitaba la vista de encima a Len y a mí hace un momento. El irlandés añade—: Un sinvergüenza, sólo busca sus intereses.

—¿Cuáles?

—Si evacuamos la ciudad, doña Inés saldrá de la protección del convento de las Claras y él podrá hacer lo que quiera con ella.

Observo con prevención a don Rodrigo, su expresión es la de un lobo husmeando una presa. Mientras Morfa y yo hablábamos, Montemayor se ha enfrentado a él.

—¿Qué estáis diciendo? —Se le ve airado. En su rostro se dibujan unas profundas ojeras, señal de la tensión que está viviendo estos últimos días—. Si se van, parte de la tropa tendrá que acompañarles, la moral bajará y la ciudad quedará más desprotegida de lo que está.

—El enemigo es muy poderoso. ¡Hay que ser prudentes!

—Prudencia… ¡Cobardía, diría yo!

—Déjense de discutir, señores. —Don Bernardino de Meneses trata de templar los ánimos.

—Lo que digo es algo elemental —se indigna Montemayor.

—¡Voto a…! ¡La situación es crítica! —interviene don Álvaro de Aguilar.

—¡Debemos atacarles cuanto antes! —exclama don Juan de Morfa.

—Hay ocho de los suyos por cada uno de los nuestros —replica con voz timorata Pimentel.

Lo peor de todo, pienso, es que lo que acaba de decir es la pura verdad.

—Debemos atacarles, pero ya se ha hecho tarde. La oscuridad no es buena compañera —decide don Álvaro—. Mañana lo intentaremos.

Sólo cuando salgo con don Juan de Morfa a la plaza delante del palacio de Colon tengo la oportunidad de contarle lo que me ha revelado Len sobre don Gabriel de Rojas. Cuando termino, me agarra del brazo y dice:

—Es crucial que hablemos con él.

57

La historia de Gabriel de Rojas

Al traspasar los recios muros del hospital de San Nicolás escuchamos gritos lastimeros y quejidos de dolor. Los disparos de los barcos ingleses sobre la ciudad y los fuertes han herido a diversas gentes del poblado cercano al de San Jerónimo y por ello está repleto; los buenos religiosos se afanan de un lado a otro. Nadie nos pregunta nada y avanzamos tropezando entre las yacijas. Apenas hay ventilación y está todo en penumbra, con sólo algunas candelas encendidas; resulta difícil reconocer a nadie.

Uno de los frailes, con una palangana llena de agua, se choca con nosotros y vierte el líquido.

—¿Qué hacen vuestras mercedes ahí parados? No es éste lugar para andar por medio —nos increpa.

Morfa le reconoce.

—Hermano Alonso, buscamos a un hombre herido.

—Pues ¡me dirá! —se mofa mirando a los que nos rodean—. Lo que nos sobran aquí son heridos.

—Buscamos —el irlandés baja la voz— al capitán Rojas.

Fray Alonso palidece y comienza a alejarse de nosotros con una expresión de desconcierto y enfado.

—¡No sé nada! —masculla.

Morfa le sigue.

—Lo sabéis, claro que lo sabéis.

—No.

Le agarro por el hombro y hago que se gire. Se queda quieto frente a nosotros.

—¡Hermano, tenéis que ayudarnos! —le ruego, sin alzar la voz para que nadie nos oiga, aunque eso sería difícil en este lugar donde reina el dolor—. Somos amigos de don Gabriel y sólo queremos su bien. Sabemos que está aquí. Si no nos lleváis ante él, registraremos de arriba abajo este convento y llamaremos a los regidores.

—¿Quién decís que sois?

Inmediatamente le contesta don Juan de Morfa, muy molesto:

—Sabéis perfectamente, padre, quién soy. Don Pedro Leal —me señala— es un buen amigo mío y del capitán Rojas. ¡Ya está bien, padre! ¡Decidnos de una maldita vez dónde le habéis escondido!

Se ha impacientado tanto con el fraile que se ha llevado la mano al pomo de la espada. Fray Alonso se da cuenta de que no tiene escapatoria posible y nos dice:

—De acuerdo. Aguardad aquí.

Hacemos ademán de seguirle y él se irrita muchísimo.

—¡Por los clavos de Cristo! Dejadme en paz, no me voy a fugar a ningún sitio. Sólo he de comprobar cómo está. ¡Ahora mismo vuelvo!

Le esperamos intranquilos y un tanto asqueados por el olor nauseabundo a putrefacción y a sangre. Al cabo de un rato, el religioso reaparece y nos hace una seña para que le sigamos. Por el camino nos dice que don Gabriel ha aceptado vernos.

Atravesamos la iglesia del hospital, llena de santos y velas. Subimos al presbiterio y de allí a una sacristía, que conduce al claustro. Las celdas de los monjes dan a aquella arquería. Fray Alonso camina tan deprisa que hemos de apretar el paso. Se detiene ante una de las pequeñas celdas y antes de abrir la puerta nos avisa:

—Ahora le ha bajado la fiebre, podréis hablar con él. Si

empieza a subirle, si se exalta, os ruego que os marchéis. Cada ataque de calentura le acerca más a la tumba.

Entramos en el diminuto aposento. Echado sobre un camastro de hojas secas, está Rojas, muy pálido y demacrado. Una vela parpadea tenuemente a su lado arrojando sombras contra la pared.

—¿Cómo…? —nos pregunta con voz cansada—, ¿cómo habéis dado conmigo?

—La medalla le llegó a su dueña —le contesto—. Ella me ha dicho dónde estabais.

—Pero ¿qué os ha ocurrido? —pregunta excitado Juan de Morfa—. ¿Cómo habéis terminado aquí?

Rojas lentamente logra articular:

—Poco después de despedirnos, hubo una gran tormenta…

Nos relata muy despacio, parándose a menudo para tomar aliento, su largo periplo. Su barco se vio arrastrado por el huracán, que tanto Morfa como yo recordamos bien, hacia el norte de La Española y, finalmente, se estrelló contra las rocas de la costa. Despertó malherido, con las piernas rotas, en un campamento de bucaneros que, a pesar de ser unos forajidos fuera de la ley, le trataron con mucha humanidad y le cuidaron. Él procuró ocultar su identidad, pero le reconocieron como el capitán del fuerte de La Española y, temiendo que les denunciase a los oidores de la Audiencia, no le dejaban partir. Imagino que Rojas finalmente se ganó a los bucaneros, tanto por su caballerosidad y buenas prendas como por la promesa formal de que no los delataría, y casi un año después pudo marcharse. En el camino comenzaron las terribles calenturas que le estaban matando y casi arrastrándose llegó hasta la ciudad, donde se dirigió a San Nicolás porque conocía a fray Alonso. Él podría cuidarle y mantenerle a salvo de don Rodrigo Pimentel hasta que hubiera recuperado las fuerzas.

—¿Tanto teméis que intente mataros de nuevo? —le pregunto—. ¿Incluso estando al abrigo de la ciudad, bajo la protección de Montemayor?

Rojas se expresa fatigosamente, pero su mente está lúcida.

—Habéis de saber que cuando en Tortuga comercié con monsieur Renard, me habló de don Rodrigo como de alguien que tenía «negocios» con los filibusteros de la isla desde los tiempos de Levasseur, no sólo de contrabando, y me advirtió que los oidores estaban implicados. No quise creerlo, no al menos en lo que se refiere a don Juan Francisco de Montemayor, pero ¿y si fuera cierto?

—¡Eso es imposible! —salta Juan de Morfa—. No me llevaré bien con él, pero es el hombre más íntegro que conozco.

—A veces las apariencias pueden ser engañosas. —El capitán Rojas se pasa la mano por los ojos—. No me hagáis caso, amigo mío. Son estas fiebres que me devoran, veo fantasmas donde no hay. Me he llegado a cegar con Pimentel de tal manera que incluso pensé que —se le escapa una sonrisa triste— os había comprado a vos.

—Lo peor de los hombres deshonestos —medita Morfa en voz alta— es que sacuden su mierda incluso sobre los íntegros y hacen que desconfiemos de todos.

Don Gabriel permanece callado, se le ve consumido y sin fuerzas. Al cabo de un rato dice:

—Creo que Renard decía si no toda, mucha verdad. Don Rodrigo Pimentel no es sólo un contrabandista, como todos sospechan y callan. Es un pirata redomado y un criminal, aunque no se pueda demostrar.

—¿Por qué lo decís? —le pregunta Morfa.

—Los bucaneros, que estarán fuera de la ley pero conocen todo lo que sucede en la isla, me revelaron lo que ha estado haciendo con su flotilla. Sabemos que puede hacer el corso, pero no sólo ataca a barcos enemigos, también a los nuestros. Y algo peor. Dijeron que estaba tras la muerte de don Andrés Pérez Franco. —Rojas se detiene, fatigado—. Tiene sentido, don Juan, no me miréis así. El gobernador planeaba conquistar Tortuga y a don Rodrigo se le acababa el negocio… así que lo quitó de en medio. Lo que no previó es que Montemayor y yo

fuéramos a asumir el proyecto. Fue entonces cuando delibera-
damente buscó eliminarme y acabé —me mira— en la balandra que apresasteis.

—Entonces, no fue sólo por doña Inés.

—No —me responde—, no sólo por ella.

—¿Estáis seguro de todo esto? —Morfa aún duda.

—No tengo pruebas, pero tanto Renard como los bucaneros me describían a un Pimentel peor de lo que vos y yo nos
imaginábamos, y coincidían. Si pensáis bien en ello, como yo
he hecho estos días cuando la fiebre me bajaba, os daréis cuenta de cómo nos ha manipulado a todos. A vos, amigo mío, os
ha desprestigiado durante años, sobre todo ante Montemayor,
afirmando que no sois de fiar, que sois un pirata encubierto.

—Nada peor podría decirle de mí —afirma con ironía Morfa.

—En realidad, el regidor Pimentel os está acusando de lo
que él mismo es.

—¡Menudo sinvergüenza!

—Pero debemos tener cuidado, mucho cuidado. Es muy
listo. A Montemayor tal vez no, pero por lo que me dijo monsieur Renard es muy posible que haya comprado a otros regidores y oidores.

Rojas ha hablado largo rato, esforzándose; está exhausto,
muy débil y extenuado.

—¿Qué podemos hacer por vos? —le pregunto.

—Debierais detener este estado de cosas.

Juan de Morfa exclama:

—Hay que explicarle todo esto al oidor decano. Él os aprecia y os escuchará. Es el único que puede proceder contra el
regidor, ya trató de encausarle estos últimos meses, sin éxito.

El hermano Alonso, que está escandalizado por lo que se ha
dicho en esta pequeña celda, sabe que don Juan está en lo cierto.

—Antes o después os encontrará aquí, capitán Rojas, y no
podremos hacer nada por vos —le dice con sensatez—. Sería
bueno recurrir al oidor decano, es un hombre justo. Bajo su
protección estaríais más seguro que aquí.

—Sí —le apoyo yo también. Miro al fraile—. ¿Iréis vos? Os creerá.

Necesito que don Gabriel hable con Montemayor, es el único que puede redimirme ante él. El hermano Alonso clava en mí sus ojos oscuros y penetrantes.

58

En casa del oidor decano

Tras dejar a Rojas al cuidado del padre Alonso, que nos ha asegurado que no va a apartarse de su lado hasta que regresemos, salimos del hospital de San Nicolás de noche cerrada con un único objetivo: ver a Montemayor.

En unos pocos minutos, llegamos a su casa. Nos hacen esperar en un gran patio con una fuente en medio. Al poco aparece don Juan Francisco. Su aspecto es descuidado: no lleva la lechuguilla en el cuello, la camisola está abierta y en sus dedos hay manchas de tinta. Debía de estar escribiendo. Nos recibe con una actitud hosca y distante, sin invitarnos a pasar dentro de la casa. Recuerdo que desconfía de los extranjeros y don Juan de Morfa y yo lo somos.

—¿Qué desean vuestras mercedes a tan tardía hora? —nos pregunta con brusquedad, sin ni siquiera saludarnos.

—Hemos encontrado a Rojas —responde Morfa.

El rostro del oidor cambia, expresando asombro a la par que júbilo.

—Lo creía muerto —masculla para sí. Inmediatamente nos pregunta—: ¿Dónde está?

—Muy grave, en San Nicolás.

—¿Por qué no ha avisado?

—Desconfía de todo el mundo.

Brevemente, Morfa le relata a don Juan Francisco la historia de don Gabriel y sus sospechas acerca de Pimentel. No parecen extrañar al oidor decano.

—¡Vive Dios que acabará en la horca! Estos años lo he estado vigilando, pero nunca he podido probar nada en su contra. Intenté encausarle por contrabando, pero se ha paralizado la vista a causa del ataque. Con el testimonio del capitán Rojas, ¡loado sea Dios que está vivo!, podremos demostrar que trató de matarle a él, y a partir de ahí seguir tirando del hilo.

—Teme por su vida y no se fía de nadie.

—¡Y hace bien! ¡Debe tener muchísimo cuidado! Ese maldito regidor es un rufián, un canalla que con sus buenas palabras engaña a todo el mundo. —En esas frases va aparejada una gran amargura—. Debemos sacar a don Gabriel del hospital, allí no está seguro.

—Pero ¿dónde puede ir?

—Creo que el único sitio en el que don Rodrigo no se atrevería a entrar, el único lugar que respetaría es esta casa.

—Necesitará cuidados continuos —le advierte Morfa.

—Lo atenderá Josefina, y mi sobrina también puede ayudar. No podemos demorarnos, mañana podría ser demasiado tarde. ¡Vicente!

Pide al criado que ha llegado corriendo que le traiga la capa y el sombrero, «Date prisa», y luego se vuelve hacia nosotros.

—Mi señor Leal, don Juan, quizá deba cambiar la opinión que tenía de ambos —nos confiesa.

Vicente ha regresado con lo solicitado y, mientras ayuda a su señor a vestirse, atiende a sus nuevas instrucciones. Yo vuelvo la cabeza hacia atrás. En lo alto de la escalera, Len nos está observando; me siento traspasado por su mirada y la saludo con la mano en el sombrero. Don Juan Francisco, que ya se dispone a salir junto con Morfa, se gira para llamarme y advierte la presencia de su sobrina, la expresión en su hermoso rostro. Len, azorada, desaparece en la galería del primer piso. Cuando su vestido claro se oculta a mi vista, creo percibir que la mortecina luz de los candiles se oscurece levemente.

Montemayor no pierde tiempo y camina deprisa por la calle. Pasadas unas cuadras llegamos a San Nicolás. Al abrir la puerta de la celda, nos encontramos que al enfermo le ha vuelto a subir la fiebre y desvaría. No para de gritar el nombre de Pimentel.

Fray Alonso se levanta y nos hace entrar rápido; después sale, dejándonos con don Gabriel. Me sorprende ver al enjuto y hosco oidor poniendo una rodilla en tierra junto al lecho donde descansa Rojas.

—Viejo amigo, ¿qué os han hecho? —musita.

Al oírle, don Gabriel se calma. Cesa en su delirio, deja de gritar y cierra los ojos, cayendo en un suave letargo.

Ayudados por dos jóvenes frailes que nos ha proporcionado fray Alonso, trasladamos discretamente a don Gabriel en una estera a la casa de Montemayor en el silencio de la madrugada. Nos esperan Vicente, con Josefina y también Len. Les acompañan sólo un par de sirvientes de confianza; hay que evitar que la llegada del enfermo se difunda.

Lo llevamos a una pequeña habitación que da a la desembocadura del Ozama, muy bien ventilada. Entre Len y Josefina le acomodan. Las finas manos de Len ahuecan almohadas, alisan cobertores, se posan sobre la frente de don Gabriel. Está muy callada, pero su expresión no es angustiada sino serena. Morfa se da cuenta de que me he quedado parado, contemplando la escena. Me tira de la manga para que nos vayamos de allí. Nos retiramos para recogernos en la casa vecina. Ha sido una larga noche.

59

En la catedral

Me despiertan explosiones. Apresuradamente me levanto, abro la ventana y la brisa matutina me despeja; hay humaredas a lo lejos. Me visto y bajo corriendo por la escalera hasta el zaguán. Morfa está hablando con un muchacho de aspecto asustadizo que ha venido a buscarle de parte de don Álvaro de Aguilar. Los barcos ingleses están bombardeando de nuevo las defensas de Santo Domingo. De momento, tanto el castillo de San Jerónimo como los fuertes del Matadero, la Puertagrande y la muralla que da al mar resisten.

Tras engullir algo que nos han preparado los criados, bajo la atenta mirada de doña Beatriz, nos ponemos la capa, el sombrero y la espada, y el irlandés me proporciona un mosquete. Por el camino hasta la plaza me cuenta que lo que más preocupa a todos los que conocen bien el terreno es la parte de la muralla que da a la campiña, porque es poco más que una cerca. Al parecer, unos meses atrás Montemayor ordenó que se cavasen zanjas y trincheras para impedir el paso del enemigo, pero las obras no han acabado y, si atacan por allí, las defensas pueden ser insuficientes.

El muchacho que nos ha venido a buscar, un joven soldado del fuerte, nos acompaña y añade que esa misma mañana, al alba, su señoría el gobernador Meneses fue en persona a inspeccionar la parte norte de las defensas pero que, cuando se hallaba ocupado en este menester, le llegó el aviso de que varios regimientos enemigos marchaban a buen paso hacia la ciudad. Por eso había dado órdenes a los capitanes de la fortaleza, a don Álvaro de Aguilar y a don Damián del Castillo, también regidor de la plaza, de que reuniesen a todos los hombres en edad de combatir frente a la catedral para salir a campaña con la mosquetería y lancería que se pudiese armar.

Se escuchan bandos en las calles, sonidos de trompeta. Al doblar la calle que se abre a la plaza, vemos una multitud: comerciantes, artesanos, sencillos campesinos, terratenientes del norte y un gran número de esclavos a quienes se les ha prometido la libertad. Tanto los reclutas recién alistados como los soldados más veteranos esperan órdenes a la sombra de la gran basílica catedralicia o protegidos por los árboles, evitando así el sol ardiente que se va elevando.

Juan de Morfa saluda a unos y a otros, que le responden a gritos. El tono de las conversaciones es muy alto, todos se muestran entre bravucones y preocupados; quieren defenderse del enemigo común, salvaguardar sus bienes y a sus familias de un ataque que consideran injusto. Se escuchan todo tipo de rumores, unas veces exagerando las fuerzas enemigas y otras minusvalorándolas.

Aguardamos a don Álvaro y a don Damián, quienes van a dirigir la proyectada defensa. Algún listo afirma que están en el fuerte, haciendo acopio de armas del arsenal; otros se ríen diciendo que a los capitanes se les han pegado las sábanas porque son unos cobardes.

Como se nos hace larga la espera, apoyo el pesado mosquete en un árbol y me detengo a observar la egregia silueta de la catedral, desmochada por Drake hace setenta años. Las sólidas paredes de una luminosa piedra calcárea brillan con la luz clara del sol.

Al poco, por una calle lateral, veo avanzar a unas damas enveladas que se dirigen a misa. Hoy no hay toque de queda pese al bombardeo, no se prevé un asalto directo a la ciudad, y han permitido salir a las mujeres. Reconozco a doña Beatriz por su avanzado estado de gestación y su caminar pausado. A su lado, me parece reconocer otra figura, esbelta, y a unos metros a la esclava Josefina. Las sigo hacia el interior del templo.

Al cruzar el umbral me descubro, sobrecogido por el sentimiento de algo sagrado al ver la gran nave central de arcos apuntados que conduce la mirada hacia el altar mayor.

Morfa, que me ha seguido, me señala una capilla lateral y me explica que allí está enterrado el descubridor Colón. No escucho lo que me sigue diciendo porque, sobre la entrada norte, se han abierto las puertas de una gran balconada a la derecha del altar y han aparecido varias damas, entre las que destaca Len. Está muy hermosa y yo me quedo con los ojos clavados en ella. Se me remueven las entrañas al contemplarla.

Al darse cuenta de cómo la estoy mirando, una anciana señora a mi lado me cuchichea:

—Es la sobrina de Montemayor. Muy guapa, sí, pero dicen que la pobrecilla está loca.

Me molesta su intromisión, me dan ganas de abofetearla y decirle que no está loca, que ha sido golpeada por un pasado doloroso, pero no le respondo nada ni tampoco aparto la mirada de Len. Se ha arrodillado y reza con devoción. Al poco, levanta sus oscuras pestañas y busca a alguien entre los fieles que llenan la basílica. Me doy cuenta de que es a mí a quien quiere encontrar, porque cuando me ve sus ojos claros se detienen.

No ceso de mirarla, y al verla tan viva, tan hermosa, algo se va purificando dentro de mí. No soy capaz de escuchar las oraciones del templo. Sigo de modo rutinario los movimientos rituales que realiza la gente. El oficio se me hace largo y cansado por la falta de sueño, y doy una cabezada. Bruscamente me despierta un disparo de mosquete fuera. Morfa me da un codazo y me indica que debemos irnos. Me despido de Len con un gesto, que sonríe con la alegre expresión de otros tiempos, divertida quizá al ver que me he dormido.

Salimos a la plaza, donde recojo el mosquete. Don Álvaro y

don Damián ya han llegado y los soldados del fuerte están repartiendo más armamento entre los reclutas. Aguilar me nombra capitán de un pequeño batallón de las milicias rurales, me explica brevemente cuál será nuestro cometido y pone en mi compañía a un guía local. Examino a la veintena de hombres que forman mi escuadrón: toscos labriegos, cazadores, matadores de vacas y algún esclavo. Me intereso por los nombres de cada uno y por su procedencia. Como la mayoría son del norte de la isla, les pregunto si conocen a Hernán de Montoro. Un enorme negrazo de piel oscura me dice que sí, pero que hace años que está huido. Echo de menos a mi segundo de a bordo, sus protestas y pullas; hace tres días que nos separamos, quizá es pronto todavía para que hayan realizado el plan de fugarse de la flota inglesa. Espero que nada grave les haya sucedido.

Aguilar, de grupo en grupo, va explicando la estrategia, que no es otra que hostigar al enemigo mediante emboscadas en las faldas del monte, a través de veredas y cortaduras.

Antes de que acaben los preparativos para la marcha, termina el oficio en la catedral, se abren las puertas y los feligreses salen del templo. Diviso a Len; camina escuchando distraídamente la conversación de doña Beatriz y otras damas mientras me busca con la mirada. Se detienen bajo uno de los árboles que sombrean la plaza, cerca de la gran estatua del descubridor. Me alegro de verla así, entre otras jóvenes; no habla apenas pero hoy muestra mejor aspecto, parece menos melancólica, y durante un momento creo que soy yo quien la ha hecho cambiar.

Me aparto de los hombres que me han asignado y consigo acercarme a ella. Le susurro que me voy, que salimos hacia el frente de batalla, pero que pronto regresaré y que nada nos volverá a separar. Ella palidece. Oigo la voz cadenciosa de Josefina, que se ha acercado:

—Mi señorita, él volverá, no se apure.

Esas palabras la serenan y hacen que se recomponga. La esclava tira suavemente de ella y se la lleva por una calle lateral

429

que conduce a la de las Damas. Una vez y otra, Len vuelve su mirada hacia mí.

Me reúno de nuevo con los reclutas que me han asignado, buena gente, capaces de luchar. Más de la mitad son matadores de vacas y me recuerdan mucho a los bucaneros que conocí en Tortuga. Se distinguen porque visten pantalones sueltos y ciñen la camisa negra con una faja de cuero de donde penden los cuchillos, llevan toscos zapatos de piel de res o cerdo, hechos de una sola pieza y atados a los pies, y un mosquete corto de gran calibre. Algunos se cubren con una gorra de visera puntiaguda. Su aspecto es entre salvaje y algo siniestro, pero al oírles hablar me doy cuenta de que han dejado atrás a hijos y mujeres, tierras y haciendas. Están asustados a pesar de su aspecto pendenciero.

La plaza parece atestada y, sin embargo, no somos más de doscientos cincuenta hombres; los ingleses nos superan en número. Quizá vamos hacia el suicidio o la muerte. Aun así, nadie está desanimado. Estos individuos mal armados luchan por los suyos contra el dominio extranjero. Poseen bríos y son valientes. Están acostumbrados al clima, a ese calor húmedo y tropical difícil de soportar para quien no ha nacido en las islas caribeñas y que a ellos parece no afectarles. Además, conocen bien las trochas y veredas de la isla, la vegetación. Aun así me pregunto si podría haber alguna posibilidad de victoria. Me parece casi imposible, conozco a mis compatriotas, buenos soldados, gente disciplinada que ha combatido en una guerra no ha mucho tiempo. Ante mis hombres no muestro la desconfianza que me llena el alma sino que los animo, ocultando mis dudas y temores. En los años pasados, cuando era un pirata, no temía morir porque la muerte llegó a parecerme una liberación; ahora que he encontrado a Len, que puedo demostrarle a Montemayor que no soy un traidor, que lucho entre hombres decentes, padres de familia honrados, he encontrado el miedo pues deseo seguir viviendo con dignidad y rescatar a Len de su melancolía, volver a verla sonreír como antaño.

60

Emboscadas

Los doscientos cincuenta hombres que estábamos en la plaza recorremos en una larga formación las calles polvorientas, en algún punto embarradas, para salir por la parte norte que da a la campiña, por donde se espera que llegue el enemigo. Antes de cruzar los límites de la población, se nos une otra compañía de infantería, de aspecto mucho más bizarro que los hombres que se me han encomendado.

Al poco de dejar Santo Domingo el camino se introduce en una vegetación espesa. Hace calor, nos pesa todo: el armamento, la ropa, los escasos víveres que llevamos con nosotros. A las dos horas de marcha nos rodean los mosquitos; hemos entrado en la zona del río Haina. A pesar de todo, camino conversando con los hombres que me han tocado en suerte. Me confían su temor al enemigo, infiel y hereje; les han dicho que los ingleses son como demonios. Les escucho entre divertido y desazonado.

El regimiento va perdiendo tropa porque, de cuando en cuando, don Álvaro y don Damián envían a batallones de voluntarios por trochas y veredas, desde donde tendrán que acosar al enemigo e impedirle avanzar hacia la capital. El grupo de soldados que nos precede toma una senda en dirección sur. Nosotros proseguimos por el camino principal, que atraviesa ahora un monte tupido; la vegetación casi cubre la pista de arena y tierra. El bosque que nos rodea es tropical, espeso y umbrío; entre las ramas de los árboles veo unas enormes iguanas de aspecto desagradable. Al llegar a un pequeño sendero, don Álvaro de Aguilar me indica que debo seguirlo y explica al guía, un muchachuelo, adónde nos tiene que conducir. Deberemos llegar al otro lado de la montaña y, desde allí, vigilar el camino que viene de Nizao y atacar al enemigo desde una altura.

Cerca del río Haina el boscaje es húmedo, casi una selva, por lo que con los machetes retiramos las hojas del capá, la palma real, el ébano y el cedro. Más adelante se torna más seco y mis hombres me dicen los nombres de las plantas que encontramos: guayacán, cambrón, la baitoa y el candelón. Al descender la montaña llegamos a un monte espinoso y seco; se ve el camino de Nizao, por donde tiene que pasar el enemigo. Me imagino a mis compatriotas sedientos, sin agua, bajo el sol ardiente.

Al ocaso llegamos al lugar que don Álvaro indicó al guía. Sitúo a los hombres y les ordeno que monten guardia. Se escucha el canto de un ruiseñor silvestre, emitiendo gorjeos al caer el sol. Más tarde la luna ilumina la grava del camino y origina sombras fantasmagóricas.

Prácticamente no pego ojo. Al alba, diviso entre las ramas de los árboles, al otro lado de la montaña, al batallón de Aguilar. Admito que es una buena estrategia; aquel que pase por el camino se encontrará rodeado entre dos fuegos.

Cuando todos despiertan, arengo a mis hombres, gente sencilla que nunca habrán asesinado a un hombre pero que poseen valor y bríos.

—Amigos míos, pronto entraremos en combate. Luchamos por nuestro honor y por nuestras familias, por la fe en la que creemos, por lo que amamos.

Les veo asentir e inflamarse en ardor, en deseos de enfrentarse al invasor.

—Señor don Pedro —dice un matador de vacas alto, fuerte y de piel cetrina—, no se preocupe que sabremos disparar.

Al poco, el vigía nos avisa de que avanza una compañía de soldados enemigos; progresan lentamente, tirando de máquinas de guerra y cañones de gran peso. Los cascos de los oficiales brillan con la luz tibia del amanecer. Les hago señas a todos para que se apresten a cargar las armas. Cuando los tenemos a tiro, comenzamos a disparar los mosquetes. Desde el otro lado, el otro batallón les está dando también lo suyo. Cuando nos quedamos sin municiones saltamos al camino armados con lanzas y espadas. El combate es encarnizado. El matador de vacas no sólo ha disparado bien, como prometió, sino que lucha con denuedo, aunque me doy cuenta de que no está entrenado para este cuerpo a cuerpo. Un soldado inglés está a punto de abatirlo; corro hacia ellos para ayudarle.

De modo inimaginable, derrotamos a los enemigos a pesar de que nos superaban en número. El sol está en lo alto cuando, viéndose vapuleados por todas partes, huyen hasta sus trincheras, dejando atrás algún muerto y heridos. Logramos capturar a unos cuantos que se han quedado rezagados.

En uno de los cautivos reconozco a mi amigo Coleridge. Su rostro se ilumina al verme. Hablo con Aguilar para que me permita soltarlo, diciéndole que es de confianza, un hombre que ha navegado conmigo. El capitán mueve la cabeza, con cierta condescendencia, y me dice que eso queda fuera de su jurisdicción. Nada podrá hacerse hasta que no retornemos a Santo Domingo y le juzguen los oidores. Me enfado, pero he de resignarme a que aten al bueno de Richard a unos árboles. A pesar de su flema habitual, está furioso.

Sólo cuando cae la noche y todos duermen, puedo acercarme hasta él y preguntarle por mis hombres. Me cuenta que Hernán de Montoro regresó a la balandra y desertó esa misma noche. Lo descubrieron y empezaron a dispararle a las jarcias, pero había logrado escapar. Sin embargo, al descubrir la traición el almirante Penn desconfió de Richard. Tras interrogarle con dureza, lo había obligado a marchar en primera línea de combate para que demostrase que realmente era fiel al ejército inglés.

—Así que aquí me tienes, Piers, torturado por los malditos Cabezas Redondas y apresado por los cerdos papistas. —Lo dice con buen humor.

Le aprieto el brazo y le aseguro que conseguiré su libertad.

—A ti sí que te veo bien —se burla de mí—. Hasta te han dado un mando.

—Buena gente.

—¡Bah! Matadores de vacas y casi bucaneros.

—Sigues siendo un petimetre.

—¡Perdón! ¡Un caballero! Anda, consígueme algo de beber, que tengo seco el gaznate.

Por la mañana, mientras nos preparamos para regresar a Santo Domingo, me acerco a don Álvaro y de nuevo intercedo por Coleridge, pero se mantiene en sus trece.

En el camino de vuelta, Richard me cuenta que hay algunos casos de disentería en el campamento inglés y los enfermos lo están pasando mal; en los Bajos de Haina no hay ningún arroyo de agua potable y les tortura la sed.

61

Vida y muerte

Santo Domingo, abril de 1655

A la mañana siguiente, después de dejar a los prisioneros de guerra en la penitenciaría, decido ir a buscar a don Juan de Morfa para pensar la manera de liberar a Coleridge. Las calles de la capital están atestadas, han llegado refuerzos desde todos los puntos de la isla, de Puerto Plata, Corpus Cristi y Samaná, y acaba de entrar una compañía de Santiago de los Caballeros: cien hombres de socorro, la mayoría de ellos lanceros. Son matadores de vacas y desfilan de modo desorganizado y poco marcial.

De repente escucho una voz alegre y ronca.

—¡Capitán Leal!

Se trata de Hernán de Montoro y le acompañan una docena de marineros de *La Indomable*. Me rodean excitados y jubilosos, se interrumpen entre sí para contarme atropelladamente cómo desertaron y lograron llegar hasta Samaná, cerca de las propiedades de Montoro. Allí ha quedado la balandra, algo dañada por los impactos de los barcos ingleses, al mando del contramaestre Cosme de Azúa y parte de la tripulación, como el artillero Kerrigan, que no se fiaba de no acabar ahorcado si aparecía por Santo Domingo. Ellos, en cambio, han acudido hasta la capital con la esperanza de reunirse conmigo.

Me alegro tanto de ver al pequeño Valentín de Torres, a

Zudaire, al timonel Blas de Alcolea, al gruñón matasanos de Rodrigo de Alcalá, al cocinero Domingo Rincón y a todos los demás, que abrazo a cada uno de ellos, palmeándoles las espaldas. Montoro, que está acostumbrado a verme huraño y taciturno, no sale de su asombro.

—¡No os imagináis cuánto celebro haberos encontrado, mi señor don Pedro! —me dice con una sonrisa de oreja a oreja—. Andaba angustiado por vuestra suerte desde que os apresaron. Pero ¡os veo libre y con buen aspecto!

Busco a don Álvaro de Aguilar, que está repartiendo las fuerzas recién llegadas, y le solicito que me permita unir a mis hombres al batallón que me ha encomendado. Se niega, los va a necesitar para reforzar las trincheras de la zona norte. No me agrada tener que separarme de ellos de nuevo, pero debo obedecer órdenes y antes de despedirme les prometo que haré todo lo posible para que puedan estar conmigo más adelante. Los dejo en las Casas Reales, que se ha convertido ahora en el cuartel de la ciudad, comiendo el rancho que varias mujeres se encargan de preparar para los soldados. Montoro está discutiendo con Alcalá y Domingo Rincón piropea soezmente a una negra voluminosa, que le da un guantazo. No puedo menos que sonreír; mis hombres no han cambiado.

Por fin logro llegar hasta la casa de Morfa. Mi aparición en el habitualmente ordenado hogar del irlandés no es precisamente oportuna, porque aterrizo en medio de una verdadera tormenta doméstica: doña Beatriz se ha puesto de parto.

Su madre, doña Luisa Dávila, ha tomado el mando. La casa rebosa de ruido y gritos femeninos, de mujeres mangoneando que entran y salen, nerviosas y atareadas, trayendo y llevando ropas, paños, palanganas y vendas. El parto está progresando lentamente. A Morfa se le nota superado por la situación y respira aliviado al verme, por fin podrá escapar de este jaleo; además no aguanta a la suegra, que se mete en todo.

Salimos al jardín detrás de la casa, donde le ruego encarecidamente que interceda ante don Álvaro de Aguilar y los oidores para que los de *La Indomable* combatan conmigo y se libere a Coleridge.

—No os preocupéis, hablaremos con Montemayor.

—¿Confiará en nosotros?

—Desde que Rojas está en su casa, todo ha cambiado. Es como si se hubiese librado de prejuicios y...

Un fuerte alarido femenino interrumpe lo que me iba a contar. Entra apresuradamente en el interior de la casa y detiene a una de las hermanas de doña Beatriz, que baja por la escalera.

—¡Amalia! ¿Qué le ocurre? ¿Está bien?

—Traer un hijo al mundo es doloroso —le contesta la joven con un aire de suficiencia, muy similar a la actitud de su madre, como si supiese mucho de partos.

Doña Luisa Dávila asoma la cabeza por la barandilla del primer piso.

—Debéis iros, don Juan, no es decoroso que sigáis aquí, y mucho menos aún que un extraño, como ese compatriota vuestro que os acompaña —en su voz hay un cierto desdén—, se pasee por la casa.

No me doy por ofendido y me pregunto si realmente lo adecuado no tendría que ser que un padre se encontrase cerca de aquella que le va a dar un hijo. En cualquier caso, no nos viene mal que nos echen.

Nos encaminamos a la morada vecina. Aunque toda la ciudad es locura y desorden, en la casa del oidor decano se aprecia una relativa tranquilidad. Don Juan Francisco está atendiendo a unos oficiales, les da órdenes pero con serenidad y de modo ecuánime. Al terminar, nos acoge con una expresión benévola, mucho más amable que la de días atrás. Nos sentamos y le hablo de Coleridge, de mis hombres, de Tortuga, de la promesa que me hizo don Gabriel.

—Me gustaría corroborar con él lo que me estáis contando.

Se levanta parsimoniosamente de la jamuga y nos pide que le acompañemos. En silencio subimos por la escalera de mármol travertino hacia la primera planta y recorremos la galería que da al patio central donde asoman todas las habitaciones.

Antes de entrar en la cámara del capitán Rojas, con voz queda me previene:

—Ha empeorado en estos últimos días. Volvió a subirle la fiebre y apenas responde a los cuidados de Josefina.

Pese a sus palabras, me impresiona el aspecto de don Gabriel. Está totalmente consumido, sólo es piel y huesos. La cara blanca, casi exangüe, con una piel traslúcida; unas ojeras azuladas. Sentada a su lado, una figura esbelta le seca la frente con un paño. Viste una falda anaranjada y un corpiño del mismo color, que se abre acuchillado en los brazos dejando ver la camisa blanca. Es Len. Se levanta al oírnos entrar y alza los párpados, fijando sus ojos en mí. Se sonroja y me sonríe suavemente.

Rojas ha abierto los ojos. Don Juan Francisco se sienta en el lugar que ha dejado libre su sobrina y, con calma y paciencia, le pregunta sobre mí y mis hombres, y el capitán me avala confirmándole mi contribución al ataque de Tortuga y mi actuación posterior como agente doble. Fatigado de tanto hablar, se calla y se queda ensimismado. Pero cuando el oidor decano se levanta para marcharse, oímos de nuevo su voz.

—Me fallan las fuerzas. No sé cuánto voy a durar. Sólo os pediría un favor, que me trajeseis aquí a… doña Inés.

—Sacarla de la clausura del convento, donde está protegida de Pimentel, sería peligroso —le previene Morfa—. Don Rodrigo puede obligarla a regresar con él y eso sería su perdición.

Se hace un silencio pesado y cruzamos miradas. Dudamos entre cumplir la última voluntad de un hombre agonizante o poner en peligro a la novicia.

De pronto se oye la voz zumbona y simple de Josefina, que ha estado trajinando en la habitación sin perder palabra de lo que se decía.

—Yo sé cómo podría venir ella, cómo acercar a la señorita Inés hasta aquí sin que nadie se entere.

Habla con Montemayor en voz baja y luego hace un gesto a Len para que la acompañe. Las dos salen de la habitación.

Dejamos al enfermo, que debilitado por el esfuerzo ha entrado en suave sopor, con Vicente Garcés, el criado de Montemayor, y salimos a la galería. Abajo, en el patio, Josefina está ayudando a Len a vestirse con una capa de tonos marrones. Mi Len levanta la cabeza y me mira, luego se cubre con la capucha y, en compañía de la esclava, desaparece por la portalada hacia la calle.

Bajamos al despacho de Montemayor, que me hace saber que, pese al aval de don Gabriel, no puede poner en libertad a Coleridge sin consultar con el gobernador y los otros oidores. Me doy cuenta de que no quiere desairarnos, pero que se debe ajustar a las leyes. Amablemente, como para compensar la negativa, nos hace pasar a Juan de Morfa y a mí a una sala amplia, donde nos agasaja con un almuerzo.

Mientras comemos me pregunta cómo van las cosas en el frente de batalla. Le confío que la táctica de emboscadas parece dar resultado y lo que Richard me reveló sobre la penosa situación de los ingleses.

—Es lo único que podemos hacer con el enemigo, retenerle fuera de la ciudad —me responde—. Para que la falta de agua, las enfermedades y los mosquitos los diezmen.

Ya hace un rato que hemos terminado de almorzar cuando regresan Josefina y Len, que sigue completamente cubierta. Las seguimos hasta la habitación de Gabriel de Rojas. Al quitarse la capucha, descubro que bajo la capa no estaba ella sino una hermosa joven de ojos oscuros que lleva la toca blanca de una novicia. Doña Inés de Ledesma.

Se sienta junto al lecho de don Gabriel, conmovida. Él abre los ojos y esboza una débil sonrisa. Nos hace un gesto a los demás para que salgamos, lo que hacemos todos excepto Josefina, que se queda a un lado por si se necesita algo.

Esperamos en la galería, en silencio.

—Está muy debilitado —musita de pronto Montemayor—. Ya no le queda mucho.

—Es mi único valedor y el de mis hombres… —digo.

Don Juan Francisco no me deja seguir y me pone la mano sobre el hombro, diciendo:

—Rojas me ha hablado mucho de vos, señor don Pedro… Tenéis en él un verdadero amigo, me ha dicho que os habéis redimido de un pasado cruel y que sois hijo de un hombre noble.

Asiento con la cabeza, recordando a mi padre con una punzada de dolor y añoranza. Seguimos hablando hasta que al cabo de un lapso de tiempo breve, nos interrumpe doña Inés, que sale de la cámara de don Gabriel con los ojos arrasados de lágrimas.

—¡Está muy grave! Nos ruega que llamemos a fray Alonso.

Se envía a Garcés a buscarle y los hombres entramos en la habitación, mientras doña Inés se queda fuera llorando desconsoladamente, atendida por Josefina que intenta sosegarla. Nos esperábamos lo peor, pero Rojas está lúcido y se despide de nosotros.

—Señor Leal —me llama por mi nuevo nombre—, espero que lo seáis, que os mantengáis fiel a la determinación que tomasteis un día.

Le aprieto la mano para confirmarle mi inquebrantable decisión de nunca más retornar a una vida innoble. Dirige una débil sonrisa a don Juan de Morfa, «Adiós, amigo mío», que inclina la cabeza. Entonces vuelve el rostro hacia Montemayor, de pie, muy pálido, al otro lado de la cama.

—Mi señor don Juan Francisco, os ruego que cuidéis y protejáis a mi Inés.

Cuando entra fray Alonso acompañado de doña Inés, don Gabriel, aunque muy fatigado, sigue consciente. Ante nuestra sorpresa, le pide solemnemente al monje que le case con Inés, que la convierta en su esposa antes de que sea demasiado tarde. La hace ir a su lado y le susurra:

—¡Voy a morir! No, no lloréis, señora. Habéis sido lo que más he amado en este mundo. Lo que más siento es dejaros, porque os amo.

Inés solloza sin poder contenerse.

—Pero si muero, al menos... Al menos, mi señora doña Inés, seréis libre. Seremos marido y mujer en esta vida y en la otra. Así os libraré de don Rodrigo, quien no tendrá poder ya sobre vos. —Vuelve la cabeza y mira al oidor decano—. Quiero hacer testamento, que todo lo mío sea para ella y lo administréis vos. Inés vivirá en paz bajo vuestra custodia, amigo Montemayor.

Don Juan Francisco asiente.

Poco después, delante de todos nosotros, en una sencilla ceremonia, doña Inés y don Gabriel se convierten en esposos. Tras la bendición nupcial, un notario al que se ha hecho venir recoge las últimas voluntades del moribundo.

Les dejamos solos y cerramos las puertas de ese aposento donde se mezclan la alegría y el dolor. Pasado algún tiempo, la recién desposada sale a pedir ayuda, pues a don Gabriel ha comenzado a subirle la fiebre y el delirio se ha apoderado de él. Repite el nombre de Pimentel, con furia, y el de doña Inés, con amor; luego pierde del todo la conciencia y entra en un plácido sopor.

Al caer la tarde, abre por última vez los ojos y se queda mirando fijo la luz del ocaso que entra a través de la ventana. Su recio corazón deja de latir, en su rostro hay paz. Inés de Ledesma se abraza a su cadáver llorando.

Salimos de la habitación en silencio, respetando el dolor de la viuda. El cielo ha cobrado un color añil muy oscuro y comienzan a asomar las estrellas. No hablamos y el tiempo discurre lentamente, mientras Josefina y Vicente Garcés se ocupan de amortajar a don Gabriel de Rojas, capitán de los ejércitos de su majestad el rey Felipe, un hombre de honor.

Poco después, llega un criado pidiendo por don Juan de Morfa. Un niño ha nacido en la casa de al lado.

Morfa, conmovido, exclama:

—Se llamará Gabriel. Y espero que sea tan digno de honor como aquel que le ha dado nombre.

62

La amenaza de Pimentel

La noticia de la inesperada reaparición y posterior muerte del capitán Rojas se ha extendido velozmente por la ciudad, impregnada de morbosidad y de leyenda, resonando aún más por la sorprendente nueva del matrimonio, en articulo mortis, con la novicia. Por eso, la capilla ardiente de don Gabriel de Rojas, instalada en una estancia que da el patio central de la casa de Montemayor, no deja de recibir visitas al día siguiente. Todos los que aún permanecen en Santo Domingo, desde el gobernador hasta el último esclavo, pasando por damas, autoridades y soldados, van pasando a dar el postrer adiós al que fuera capitán del fuerte de La Española. Quizá buscan fisgonear y entrometerse en el estado de la joven viuda, a la par que le expresan las condolencias.

Doña Inés de Ledesma, pálida y triste pero serena, vela los restos mortales de su fallecido esposo. Junto a ella, intentando darle ánimos, está Len. Desde que está cuidando a doña Inés parece más tranquila, y el rictus de dolor que de cuando en cuando atravesaba su rostro cuando llegué, ha cedido; en sus ojos hay otra luz. Al anochecer, los curiosos se van yendo y junto al cadáver quedamos los más íntimos. Se escuchan rezos y algún suspiro.

Como a medianoche, unos golpes fuertes resuenan en el portón de acceso a la casa. Sin que nadie pueda impedírselo, el regidor Pimentel entra en la capilla ardiente y, sin saludar a nadie, se dirige directamente hacia su pupila.

—Bien, señora, si ya no sois monja deberíais regresar a mi casa.

Montemayor le sale al paso.

—Os equivocáis, señor regidor, ya no tenéis potestad sobre ella. Esta dama es la viuda del capitán Rojas, y él lo dejó bien claro antes de morir: de ahora en adelante estará bajo mi custodia.

Pimentel esboza una mueca con gran frialdad.

—¡Me las pagaréis, don Juan Francisco!

Montemayor no se arredra ante la amenaza.

—¡Ya veremos quién tendrá que responder al peso de la ley!

Pimentel palidece y, airadamente, le da la espalda. Queda frente a mí y me clava su dura mirada, examinándome de arriba abajo.

—¡Qué oportunamente habéis aparecido, señor Leal! Se dice por la ciudad que sois irlandés y que os habéis pasado de las filas enemigas. No puedo entender cómo un hombre tan «recto» como el oidor decano confía en un extranjero como vos sin apenas conoceros. Me di cuenta el otro día, en la reunión del palacio de Colón, que tenéis muchas deferencias con la pobre loca...

Me encolerizo ante esas palabras, en las que late un cruel sarcasmo hacia Len y una clara intimidación hacia mí, de tal modo que me llevo la mano a la espada y la desenvaino. No llego a hacer nada con ella, porque don Juan Francisco me detiene.

—¡Teneos, don Pedro! Estamos ante un difunto. ¡Moderaos!

Pimentel y yo cruzamos miradas desafiantes; en la del regidor hay algo frío, cruel, extremadamente peligroso. Me dan ganas de atravesarle el gaznate con la espada. Sin embargo, ante la expresión severa de don Juan Francisco y el gesto suplicante de Len, decido envainarla. Cuando me ve hacerlo, don Rodrigo sonríe con desdén e ironía. Después se acerca a Len e inclinándose intenta besarle la mano, como pidiéndole disculpas por sus groseras palabras.

443

—¡Tened cuidado con los extranjeros, doña Catalina! No es oro todo lo que reluce.

Len se pone pálida y retira la mano, ofendida.

—¡Os ruego que abandonéis mi casa! —ordena su tío.

—¡Nos veremos!

Cuando el regidor se va, la calma regresa al aposento en donde yace don Gabriel.

Pasan las horas de la noche, lentamente. No nos acostarnos velando al difunto; a veces dormitamos, otras se incoan oraciones, una plañidera traída al caso llora con un lamento desgarrado. De cuando en cuando me levanto y salgo al patio, donde Josefina o alguno de los criados me traen algo de beber, chocolate y café. Luego regreso. Len y yo nos observamos, cada uno en un extremo de la sala; la mirada de ella es cálida cuando posa sus ojos en mí. Nos separa el féretro, los hachones de cera iluminan el perfil céreo del capitán Rojas. Pienso que gracias a él, he llegado a Len.

Al amanecer, ella se levanta y sale. Poco después la sigo y la encuentro sentada en el murallón que da al Ozama. Ha bajado algo la temperatura, por lo que se arropa con un manto de tonos suaves; hay algo mágico en su figura iluminada por el alba. Me sitúo detrás de ella, mirando hacia el estuario. Las luces cárdenas de un día que se presiente caluroso se levantan sobre el río.

—¿Estás bien? —le pregunto.

—Sí. Me apena doña Inés.

—¿Por qué?

—Cuando fuimos a buscarla Josefina y yo, me costó convencerla de venir. Tenía miedo de ser apresada por Pimentel. Tras la desaparición de Gabriel de Rojas, se portó innoblemente con ella y tuvo que huir al convento, no le quedó elección.

Se detiene un instante y se gira mirándome de frente, llena de amor.

—Si yo hubiera sabido que estabas cerca y agonizante, habría salido corriendo aunque todos los tutores del mundo me hubieran perseguido. Ella no. Es sincera, me ha contado que admiraba a don Gabriel, que le estaba agradecida por su amor y fidelidad, aunque creo que lo que más ama es su propia libertad. Quiere poder dirigir su propia vida, y él le ha dado la posibilidad de hacerlo; debía de conocerla bien. La soltera depende del tutor, la casada del marido. Una viuda es libre; según la ley, puede administrar su propio patrimonio. Inés podrá vivir a su gusto por fin.

No la entendí, una doncella sola era algo inimaginable. ¡Qué extrañas son las mujeres!

—¿Vivirías sola? ¿Serías capaz de vivir sin mí?

—No, Piers. Nunca, yo no soy así, te quiero y te necesito a ti. Sin ti, no hay luz en mi vida.

—¿Entonces?

—Estoy metida en una cárcel...

Me aproximo a ella, que se aparta un poco.

—¿Qué me quieres decir?

—No soy libre, porque el pasado me aprisiona. Ocurrió algo que... que no me deja amarte como desearía. ¡Estoy sucia!

—¿Cómo puedes decir eso?

—Lo estoy, desde aquella noche.

Enmudece y me siento a su lado. Como hace unas noches, no nos miramos; nuestros ojos se fijan en la mar abierta que se extiende al final de la desembocadura del Ozama. Entonces Len rompe el silencio y de sus labios sale lo que, desde que nos encontramos de nuevo, ha estado intentando decirme sin saber cómo hacerlo.

—Piers, soy impura. Abusaron de mí en Oak Park, de mí... y también de ellas.

Aferro el borde del muro hasta que los nudillos se me ponen blancos, el dolor me ahoga pero no digo nada. Pienso en Margaret, Ann y mi madre. ¡Cómo pudieron hacer aquello con ellas! ¡Bestias salvajes! Me sereno para escuchar a Len, que casi en un susurro me confiesa:

—Me quitaron lo que solamente a ti te pertenecía —prosigue—. De algún modo me alegré cuando supe que estabas muerto, me consoló que tu barco se hubiera hundido, porque pensé que jamás tendría que contarte lo que te estoy diciendo ahora, que me parte el alma.

Un nudo me cierra la garganta. Pasan algunos instantes en los que trago saliva.

—¡No te tortures! —le ruego al fin—. Tú, para mí, eres la pureza, la vida limpia de un pasado dichoso. Nada de lo que pasase me importa. ¡Oh, Dios! Yo soy el que se siente sucio, no pude protegeros a ninguna, ni sacaros de la cárcel siquiera. Sólo queda Elizabeth, y en el fondo ella fue quien causó nuestros males.

Me observa sorprendida.

—¿Elizabeth? Te equivocas, Piers, ella murió.

—Elizabeth ¿muerta? —Me sobresalto—. No... no es posible.

—Cuando yo aún estaba en Bridewell —empieza a contarme—, llegó ella. Ruthven la condujo allí, no sé de qué horribles crímenes la había acusado. No me lo dijo; no me hablaba, seguía tan orgullosa como siempre. Después don Alonso me rescató. Le pedí que hiciese algo por ella, pero fue imposible. Antes de partir de Inglaterra el embajador me informó de que Elizabeth se había consumido de desesperación y de pena, y había fallecido. Tú eres lo único que queda de los Leigh, de tu familia... de nuestra familia. Tendrás que rehacerte a ti mismo como yo debo hacerlo. Debo hacerlo porque te quiero, pero sólo te pido que me des tiempo. No me fuerces a besarte... No me acaricies. Te quiero a mi lado. No deseo que te vayas ni que te alejes más de mí, Piers, pero... ¡no soporto que me toques! —Me mira con los ojos brillantes de dolor—. ¿Lo entiendes?

Se aleja de mí. Camina unos pasos hacia atrás pegada al murallón, pero no me da la espalda, se aparta de mí sin dejar de mirarme, como implorando que no la abandone.

El sol se ha levantado ya sobre el Ozama y tiñe de rojo sus

aguas. En la casa de Montemayor suena una campana. Oigo la voz de Morfa llamándome. Entonces le prometo:

—Lo entiendo y lo respetaré. Nos tenemos el uno al otro. Tú y yo somos todo lo que queda de la Casa del Roble, ¡nunca te abandonaré! Pase lo que pase, estaré contigo.

Vicente Garcés se abre paso entre las plantas del huerto y se sorprende al verme con la sobrina del oidor decano a solas, no es apropiado. Me informa de que me esperan para trasladar a hombros hasta la catedral los restos del capitán Rojas.

Con un gesto de la mano, me despido de Len. En el patio hay varios soldados del fuerte, se cierra el ataúd y cargamos el cadáver. Pienso que no pesa excesivamente. En la calle, la gente se descubre al paso de la comitiva fúnebre.

El ataúd se dispone sobre un catafalco en el medio de la nave central, bajo el altar mayor. Se escuchan el musitar del rezo de las beatas, suspiros, el pisar firme de los caballeros, el más delicado de las damas que van llenado el recinto.

Doña Inés, vestida de riguroso luto pero ya sin el hábito de clarisa, entra en el templo, acompañada por Len. Ambas suben a la balconada de la puerta norte de la catedral, donde la joven viuda es el blanco de todas las miradas. Ella no mira a nadie, sus ojos están fijos en el féretro. Pienso en lo que me ha contado Len, gracias a don Gabriel ha obtenido su libertad.

Len todavía no está libre de sí misma y del pasado. Su rostro, apesadumbrado por la pérdida, muestra una nueva placidez y la expresión dolorida es a la vez serena.

63

La batalla de los cangrejos

Santo Domingo, mayo de 1655

Las luces del alba bañan la cúpula de la catedral y la plaza de Colón. Estoy somnoliento por las últimas noches casi en vela, pero animado por el futuro. He visto a Len más serena; la noche anterior estuvimos conversando en el patio de las rejas y las flores, a la luz de las estrellas. No intenté acercarme en exceso, tomarle la mano o besarla, aunque hubiera sido lo que más habría deseado. Hablamos, no como en los viejos tiempos, sino como somos ahora: un hombre y una mujer que se aman, aunque el pasado nos siga persiguiendo y atormentando.

También estoy satisfecho de haber conseguido reunirme con los de la balandra. Don Álvaro ha cedido y los colocó bajo mi mando. Los encontré hartos de cavar trincheras y deseosos de entrar en combate, y con Coleridge, por quien finalmente intercedió el oidor decano, recorremos las calles marcando el paso para salir de la ciudad. Oigo gritar a Montoro: «¿Por qué los barcos de la Armada inglesa no tienen salvavidas?». Se contesta a sí mismo: «Porque la mierda flota». Se oyen risotadas. Richard, que marcha a mi lado muy serio, le responde con su habitual flema: «Creo que estáis insultando a mis compatriotas». Las risas son ahora contenidas, para evitar ofenderle. El piloto Zudaire intenta tranquilizarle diciendo: «No, por Dios. Es sólo una broma».

—Señor Coleridge —digo bien alto para que nos escuchen todos—, no es más que una chanza, no lo convirtáis en una cuestión de honor.

—No se juega con el honor, Piers —musita a mi lado.

Logro calmarle ordenando a Montoro que se disculpe, lo que hace de mala gana. Seguimos caminando todo el día, por veredas y collados, sin más incidente. Don Álvaro de Aguilar nos envía con pertrechos y refuerzos al frente de batalla, donde los combates prosiguen.

En las playas de Nizao, nos unimos al grupo de isleños de mi batallón. Me reciben con gritos de júbilo, les oigo decir con el suave acento caribeño: «¡Capitán! ¡Capitán! ¡Qué bueno que habéis vuelto!». El ambiente de confianza y camaradería se extiende entre todos; estoy contento, sé que eso es bueno porque se va transmitiendo a la tropa una sensación de optimismo y victoria.

Nos destinan a tareas de vigilancia y acoso. Dos días después de nuestra llegada, se nos convoca a los que comandamos los batallones a un consejo militar. Al parecer, el gobernador Meneses ha dispuesto que se agrupe a las tropas para llevar a cabo una ofensiva militar. Al amanecer se atacará directamente al enemigo en su puesto, es decir, en las trincheras.

Don Álvaro de Aguilar es quien nos ha traído las órdenes. Por supuesto, no dice nada durante la reunión, pero a mí y a alguno de los mandos de mayor confianza nos expresa luego su disconformidad y nos cuenta que Montemayor, al oír el plan, lo tachó de descabellado y casi perdió los estribos.

—Señor Leal, ¿queréis saber las palabras exactas que Montemayor pronunció en el consejo de guerra en Santo Domingo?

—Repetídmelas —le respondo sonriendo.

—«Es un error acometer al enemigo fortificado en trincheras siendo nuestras fuerzas inferiores a las suyas, pudiendo picarle de forma que le obliguemos a salir fuera, como se ha realizado hasta ahora.» Vamos, ¡que nos meteremos en la boca del lobo!

Efectivamente, el ataque es casi un suicidio. Los ingleses nos rechazan y no podemos hacerles daño alguno. Regresamos al campamento sin haber conseguido nada y habiendo muerto diez o doce soldados al pie de los baluartes enemigos, así como un capitán, amigo de don Álvaro. Éste retorna enfurecido a Santo Domingo para informar.

Entonces los espías nos hablan de un contraataque de los ingleses dirigido a las fortificaciones que rodean la capital y se nos ordena replegarnos. Por lo visto, tras habernos derrotado, el enemigo se ha envalentonado. Aunque para llegar a Santo Domingo no se han atrevido a tomar el selvático camino del interior y están siguiendo una ruta más cercana a la costa, que les conduce por delante del fuerte de San Jerónimo.

Las instrucciones de don Álvaro de Aguilar, que ha vuelto ya, son que nos adelantemos por un atajo. Los dominicanos conocen bien su tierra y nos guían corriendo por trochas y veredas. Sobrepasamos a los ingleses y alcanzamos en poco tiempo un lugar muy cerca del fuerte, donde nos agrupamos, nos escondemos tras la vegetación y esperamos. Al poco, los vemos llegar arrastrando pesadamente los cañones y máquinas de guerra. Cuando se ponen a tiro, comenzamos a disparar los mosquetes. Para eludirnos, los atacantes se aproximan a los cañones del baluarte, que comienzan entonces a hacer fuego a discreción. Se produce una auténtica carnicería. Los desbaratamos de tal modo que se consiguen ocho banderas, caen más de cuatrocientos hombres y capturamos a numerosos prisioneros.

Tras nuestra victoria bajo la fortaleza de San Jerónimo, el enemigo se ve obligado a retroceder. Por nuestra parte, hemos sufrido algunas bajas y hay hombres heridos, por lo que nos refugiamos dentro de los gruesos muros del fuerte para reorganizarnos. En el patio central, Aguilar, Damián del Castillo, Morfa, algunos otros capitanes y yo discutimos la postura que deberíamos tomar a continuación, sin ponernos de acuerdo.

De repente se aproxima corriendo Montoro.

—Los espías han descubierto que el enemigo regresa a la Haina, donde se atrincheran, por el camino de la costa —nos informa.

—¡No se puede perder más tiempo! —exclama Aguilar—. Ahora que están fuera de las trincheras, deberíamos adelantarnos a ellos y destruirlas. Pero es preciso que hagamos algo para distraerles y retrasar su marcha.

Montoro, que conoce bien toda La Española, dice:

—Hay una veredilla por la que se acorta y por la que podríamos sobrepasarlos. Atraviesa las cortaduras de aquella parte por lo alto y, después, conduce directamente a la Haina.

Aguilar capta enseguida a lo que se refiere.

—¿Vos conocéis bien la zona? —le pregunta.

—Sí.

—Yo también, es la senda de los contrabandistas.

Montoro baja la cabeza, algo confuso. No se atreve a explicarle al capitán Aguilar lo que después, de camino, me contará a mí: que esa vereda era el atajo que utilizaba cuando llegaba desde el sur, en sus buenos tiempos de pirata y contrabandista, y así alcanzaba sus propiedades eludiendo el fuerte de San Jerónimo y los más vigilados senderos de la costa.

—Bien, tendréis que guiar a los lanceros de don Damián del Castillo por esa senda —le ordena Aguilar—. Cuando lleguéis a la Esperilla, deberéis retrasar todo lo que podáis la llegada del enemigo a la costa para permitirnos el paso a nosotros a través del camino real y que así podamos disponer los mosquetes, cañones y culebrinas apuntando a las trincheras. Debéis retener a los ingleses cuanto más tiempo podáis. Sólo venceremos si logramos desmontar las trincheras de la Haina….

Don Damián del Castillo protesta:

—Somos muy pocos hombres y enseguida se hará de noche.

De pronto, recuerdo algo que oí tiempo atrás a los veteranos de la contienda en Inglaterra, un viejo ardid de guerra que los realistas habían practicado frente a los parlamentarios.

—Necesito cuerdas embreadas —le digo a Aguilar.

Sorprendido, me pregunta qué cuál es el motivo. De modo rápido le explico mi estratagema.

—Es una idea atrevida —me anima—. Podréis apoyar de ese modo al capitán Castillo para que avance con los lanceros. Distraeréis al enemigo, evitando que alcance las trincheras de la costa antes que nosotros.

Luego prosigue detallando el plan y al final concluye:

—Vamos a impedir que los ingleses se refugien en esas trincheras. Señores, ahora es la oportunidad de que salgan de la isla y se vuelvan a embarcar como sea. Capitán Leal, en cuanto acabéis el asunto que me habéis contado, os dirigiréis a la playa de Nizao a aguardar al enemigo. Si todo sale como pensamos, deberá huir hacia allí.

Cargo a cada uno de los hombres del batallón con grandes rollos de cuerdas que nos han proporcionado en la intendencia del fuerte. Protestan por el peso, pero les explico que nuestra misión no va a ser precisamente combatir al enemigo, sino distraerlo. Si lo hacemos bien, pondremos la suerte a nuestro favor. Les arengo indicándoles la importancia de estar callados y de actuar con sigilo. Bromean y se burlan diciendo que no son mulos de carga, pero finalmente me obedecen.

Emprendemos la marcha hacia el atajo que señaló Montoro, el camino de la Esperilla, más allá del fuerte de San Jerónimo, que cruza un monte poco elevado pero boscoso. Desde nuestras posiciones, divisamos las luces del enemigo más abajo. Avanza despacio, tirando de cañones y hombres heridos, y le sobrepasamos por la altura. Unas leguas más adelante, en un lugar donde nuestros adversarios debían optar ante dos sendas, disponemos las cuerdas embreadas pendiendo de los árboles, cerca de uno de los caminos. Apostamos vigías para que nos avisen de la llegada de las tropas contrarias. Anochece. Cuando nos llega el mensaje de que el enemigo se acerca, prendemos fuego en diversos puntos de las cuerdas. Me quemo las manos al hacerlo.

El bosque se ilumina por la luz de pequeñas llamitas, que causan un efecto curioso movidas por el viento. Parecen hombres con antorchas moviéndose entre las ramas de los árboles, como si por en medio del bosque hubiese gran cantidad de efectivos militares escondidos.

Cuando los ingleses se acercan, se asustan al ver luces y sombras fantasmagóricas en el boscaje y, en aquel lugar donde se bifurcan los caminos, toman el que nosotros habíamos pretendido: el que se aleja de las trincheras y les conduce directamente donde les esperan los lanceros del capitán Castillo, que les atacan briosamente y matan a más de ochenta hombres.

Mientras se está produciendo este combate, don Álvaro de Aguilar, con los mosquetes, culebrinas y cañones, ha conseguido llegar a la Haina por el camino más directo de la costa; ataca directamente las trincheras y embiste a los soldados ingleses que las guardan.

A la vez que los de Aguilar asaltan defensas y parapetos y los lanceros de Damián del Castillo retrasan el avance enemigo, el batallón a mi cargo, como se me ha ordenado, se dirige por el atajo de Montoro derechamente a las playas de Nizao donde el enemigo tiene su punto de conexión con los navíos anclados enfrente, en la bahía.

Cuando nos estamos acercando, el criollo parece recordar algo. Su adusto rostro cambia con una sonrisa irónica y me dice:

—En la playa, de noche, podremos contar con una ayuda inesperada para asustar a los ingleses.

—¿Cuál?

—Los cangrejos.

Riendo, me cuenta una vieja historia de tiempos del corsario Drake, que se ha transmitido de una generación a otra en su familia.

—Necesitaremos hojas de palma.

En los arenales de Nizao algunos enemigos hacen guardia.

Serpeando por la playa, con cuchillos en la boca, les alcanzamos sin que se den cuenta. Les amenazamos poniéndoles los puñales al cuello y, después de desarmarlos y amordazarlos, les atamos unos contra otros.

Una vez que el espacio está libre, recogemos en el suelo hojas del palmeral que rodea a la playa y cortamos alguna más, mientras Montoro nos anima:

—¡Ánimo, compadres! Ya veréis la juerga que se va a montar.

Esparcimos las hojas de palma por toda la playa, la luz del plenilunio facilita nuestra tarea.

Se escuchan, a lo lejos, mosquetes y cañones bombardeando las trincheras cercanas a las playas. El ataque está siendo tan fuerte que incluso en el lugar en el que nos encontramos conseguimos oír las órdenes de retirada de las trincheras. El enemigo se aproxima huyendo, pero allí en el arenal les aguarda una nueva sorpresa: los cangrejos.

Montoro me ha contado que en las playas de La Española, sobre todo en la parte sur, abundan los cangrejos grandes, que se esconden en los bosques y de noche siempre salen de sus madrigueras para comer. Son tantos que mientras caminan se tocan las patas, lo que hace un ruido como de maracas. Con el humo de algunas hojas de palma verdes a las que hemos prendido fuego, nos enseña a sacar a los cangrejos de sus guaridas. Los animalejos comienzan a caminar por la playa con un gran estrépito. Es tan sorprendente el ruido, que incluso nosotros que conocemos de qué se trata quedamos impresionados; los ingleses huyen en bandada creyendo que son bandoleras de soldados. Algunos se arrojan al mar por miedo de que sea un nuevo escuadrón de matadores de vacas, otros se abalanzan a los botes.

El ejército enviado por Cromwell ha perdido la batalla y la isla de La Española. La retirada se produce tan deprisa que dejan por toda la playa armas y bagajes, bombas y trabucos, escalas y caballos, así como todo tipo de artilugios de guerra.

Cuando las tropas de Santo Domingo llegan a la arena se encuentran con todo aquel botín. Allí seguimos un buen rato, gritando y disparando a los botes que se alejan. Les llamamos cobardes y les insultamos tachándoles de gallinas, capones, timoratos y otras lindezas por el estilo. De pronto, me veo abrazado a Montoro y a Coleridge, saltando sobre la arena, dando gritos de alegría. En la playa quedan también algunos enemigos heridos que a los que huyen no les dio tiempo a atender y a quienes hacemos prisioneros.

Después, Aguilar da órdenes para que algunos de los nuestros retrocedan camino de la Esperilla y así recoger a nuestros heridos que se han quedado atrás. Damián del Castillo, con sentido común, nos advierte que no está todo aún ganado, por lo que decide organizar un improvisado campamento sobre la arena para vigilar a la flota enemiga, no sea que vayan a desembarcar de nuevo. La noche se llena de luces de fogatas y de rasgueos de guitarra. Los hombres sacan cantimploras de las que corren aguardiente de caña y ron. Al poco, nos da la impresión de que las luces de las naves inglesas se alejan. Es así.

—¡Hemos vencido! —exclama Aguilar, eufórico.

Algunos no las tienen todas consigo, porque la flota se detiene algo más adentro, pero al día siguiente desaparece el horizonte. La Española se ha salvado.

64

La victoria

El camino de regreso a la capital se nos hace corto. El batallón va cantando marchas militares. Al llegar, en la ciudad corre un ambiente festivo y no sólo eso, bravucón. Por todas partes la gente celebra la victoria, y el júbilo y la alegría se desbordan por doquier. Han empezado a retornar los que huyeron al principio de la contienda y las calles de nuevo están a rebosar de gente.

Entre los de la balandra hay un ambiente más festivo si cabe, porque se dan cuenta de que la victoria ha sido asombrosa y que, para ellos tanto como para mí, constituye algo providencial: el camino a una vida nueva.

Los soldados se desperdigan por las calles, llenando tascas, tabernas y burdeles, pero yo no puedo permanecer más tiempo lejos de Len. Quedo con Montoro y Coleridge en encontrarnos en el puerto al día siguiente y me despido de mis hombres. Recorro a paso rápido varias cuadras, atravieso la plaza de la catedral atestada y, por una calle lateral, llego a la de las Damas. En casa de Montemayor me sale a abrir Vicente Garcés. Le pregunto por doña Catalina y él me indica que está en el huerto. Sin hacer caso de algo que me está preguntando, cruzo los patios que me separan de la parte posterior de la casa. Allí, en la vega que da al Ozama, Len y doña Inés están leyendo juntas un libro; Josefina, que tanto ha hecho por ellas, las acompaña, sonriendo contenta.

Avanzo sin detenerme hacia Len, quien, al oír ruido de pasos, se vuelve. Su rostro se colma de dicha, se levanta y, extendiendo sus manos hacia las mías, exclama: «¡Has vuelto! ¡Estás bien!». Al apretarme las manos se da cuenta de que en ellas hay quemaduras; entonces baja la cabeza y me las besa.

Nos hallamos de esta manera cuando llega don Juan Francisco, quizá avisado por Garcés. De inmediato Len y yo nos separamos. Sin embargo, el oidor decano parece no haberse dado cuenta del gesto de su sobrina ni de nuestra actitud algo impropia para las rígidas costumbres españolas. Quizá se deba a que está extremadamente contento por la victoria.

—Señor Leal, no puedo menos que felicitaros, a vos y a las tropas. Don Álvaro me ha contado de vuestra inteligencia y valentía. Hace unas pocas semanas, ¿qué digo?, unos días, se pensaba en esta ciudad que derrotar al enemigo sería imposible, pero está claro que aquí ha habido mucho espíritu militar, mucho coraje y bizarría. Todos sabemos que hay algo providencial en la ayuda que vos y don Juan de Morfa nos habéis prestado. Os ruego mis más humildes disculpas si, en algún momento, he dudado de vos y de vuestra hombría de bien. Me agradaría mucho que hoy compartieseis mi mesa.

—Me siento honrado por ello.

En un almuerzo que resulta ameno y apacible, don Juan Francisco, hombre culto, inteligente y benévolo, se expresa con distinción y propiedad; Len participa de la conversación con toda naturalidad, y doña Inés resulta ser una mujer exquisita y amable. El oidor decano nos observa a Len y a mí mientras conversamos con velada simpatía; se nota que la quiere entrañablemente, aunque no lo exprese con palabras. Se da por terminada la sobremesa cuando vienen a avisarle de que le necesitan en la Audiencia.

Salimos juntos a la calle y, antes de separarnos, me dice:

—Don Pedro, os agradezco las atenciones que prestáis a mi sobrina. Desde que os habéis acercado a ella, ha cambiado.

Nos despedimos y me dirijo entonces a la vecina casa de don Juan de Morfa. Allí, mi amigo, que llegó del frente la tarde anterior, y su esposa me reciben efusivamente. Doña Beatriz me muestra con orgullo a su hijo, un niño rollizo y moreno con ojos de un color indefinido que no hace más que dormitar y mamar.

Poco antes del atardecer cruzo una vez más el huerto y me dirijo a la muralla. Dejo vagar la mirada por esa mar infinita que se extiende ante mí y espero. No pasa mucho tiempo, cuando Len se encuentra a mi lado.

Como si los turbulentos años transcurridos se hubieran esfumado de un plumazo, late de nuevo entre nosotros aquella suave complicidad que nos unía tanto en el pasado. Me pregunta por mis heridas. Le relato con pormenores la batalla, los cantos por la noche en la playa y cómo, a la mañana siguiente, los barcos ingleses desaparecieron en el horizonte. La «batalla de los cangrejos», como la ha bautizado, le ha hecho reír, y sólo por volver a oír su risa se la cuento otra vez, exagerándola y gesticulando. Cuando se me escapa un gesto de dolor al imitar el movimiento de sus patas sobre las hojas de palma, me agarra las manos y me acaricia suavemente las quemaduras, las que me hice al encender las cuerdas embreadas.

Al agachar la cabeza, veo que sus rubios cabellos brillan con los últimos rayos de sol. Intento abrazarla pero se aparta levemente, con un cierto temblor. A pesar de ello, no me suelta las manos y me dice:

—¿No te separarás ya más de mí?

—Nunca. Siempre estaré contigo.

La miro con adoración. Ha recuperado aquella antigua alegría que fue lo que más me enamoró de ella. Cogidos de las manos, permanecemos sin hablar un rato.

—Len...

—Sí.

—En la cueva del embarcadero, me dijiste que me amabas. ¿Me sigues queriendo?

—Más que nunca. Eres lo único que tengo, lo único que quiero. Pero, aunque no fuera así, aunque nada hubiera ocurrido, yo te querría, y aunque el mundo se hundiese, yo te seguiría queriendo. De niña te quise más que a un hermano, después como una mujer ama a un hombre. Ahora que has vuelto de la muerte, sé que te quiero para siempre, hasta más allá de este mundo.

Me emociono al oírla hablar así. Es verdad que no puedo abrazarla, pero para mí tenerla conmigo cerca, saber que me quiere, es suficiente.

—¿Recuerdas que te pedí que fueras la señora de Oak Park? Ya no existe, así que sólo te pido que seas la señora de mi corazón, que te cases conmigo, que estemos juntos para siempre. ¿Quieres ser mi esposa?

La veo palidecer. Sus ojos resplandecen con una luz de felicidad en la que se entremezclan motas de amargura. Me suelta las manos y se levanta.

—Sabes que no puedo ser tu esposa.

—¿No me has dicho que me amabas para siempre?

—Yo... No seré capaz de darte lo que un día me pedirás.

—No me importa.

—Hoy estoy bien, pero mañana la tristeza podría abrirse paso de nuevo en mi corazón y los recuerdos dolorosos volver a mi mente. Puede que haya días en los que no sea la alegre compañera que buscabas.

—Y yo perderé los estribos y me enfadaré, como solía hacer cuando algo me molestaba. Pero tú eres la única que sabe entenderme cuando me dejo llevar por la cólera, la única que me calma.

—¡Oh, Piers! No puedo.

—Sí puedes, lo sabes. Tú misma lo dijiste, sin mí no puedes seguir adelante y yo tampoco. Te juro que no te pediré eso que ahora me niegas. Tendré paciencia y un día vendrás tú a mí.

De nuevo se me acerca. Estamos de pie, frente a frente. Suavemente, agarra el dorso de mis manos, las junta y las besa. La luz de la luna nos envuelve. Apoyo mi frente sobre la suya, y nos quedamos así, unidos, mientras cae la noche y las estrellas van naciendo en la negrura del horizonte.

Josefina, una vez más, acude a separarnos diciendo que se ha hecho tarde y que don Juan Francisco busca a su sobrina, pero ahora sé que nuestra separación va a ser muy corta. Estaremos juntos, nada nos va a alejar nunca más.

Antes de que se marche, le digo que al día siguiente hablaré con su tío para pedirle su mano. Len se ruboriza.

65

Una petición y algunas despedidas

Por la mañana, golpeo suavemente el aldabón de bronce en la casa de don Juan Francisco. La alegría, a la par que un cierto desasosiego e impaciencia, me colman el corazón. Una vida nueva podría comenzar para Len y para mí.

Me abre un criado de color oscuro con amplia sonrisa, a quien pido hablar con el oidor decano. No se encuentra en su casa. Ha ido a la Audiencia, a las Casas Reales. Le ruego que me diga cuándo podría pasarme.

—Por la tarde, a primera hora, suele recibir visitas.

No pregunto por Len porque no quiero volver a verla hasta que todo se haya resuelto con su tío, por eso me alejo paseando por el malecón mirando al mar y dejándome acariciar por la brisa cálida del río. Luego me llego hasta el puerto, a ver si puedo dar con Montoro y Coleridge.

Ya desde lejos la diviso. Observo con cierta emoción, como si me reencontrase con una vieja y querida amiga, su silueta tan reconocible: *La Indomable*, con toda su arboladura reparada, las velas replegadas y el casco reluciente gracias a una nueva mano de pintura, se mece en las aguas. Al acercarme, Cosme de Azúa y Kerrigan me saludan desde la borda y, a voces, me responden que llegaron la tarde anterior de Samaná, de donde salieron en cuanto hubieron terminado los arreglos.

Subo a bordo y me encuentro con que también Rodrigo de

Alcalá, Montoro y Richard están ya allí. Sospecho que Domingo Rincón y otros marineros tardarán en aparecer, no hasta que la fiesta y las monedas que llevan en la bolsa se les acaben. Después de hablar un rato con todos y comprobar satisfecho que la cubierta está reluciente, invito a Richard a tomar un vaso de ron en mi camarote. Ya a solas, le pido que se quede conmigo, que se una a la Corona española. Como hizo una vez, me repite que él es inglés, un noble, un *cavalier*, y que nunca renunciará a ello. Ha luchado contra el ejército de Cromwell, al que considera un tirano, cuando ha atacado el Caribe, pero… Apura el vaso de ron y entonces me explica algo que me sorprende mucho.

—A través de algunos hombres de la Armada del almirante Penn pude enterarme de que los realistas están moviendo hilos.

—Tus realistas, mi querido amigo, no son más que una panda de petimetres —me burlo—. Ese Carlos II tuyo no reinará en las islas Británicas.

Hace caso omiso; está esperanzado y desea regresar al mundo que ambos dejamos. Objeto que una restauración monárquica es más que improbable y regresar al viejo mundo gobernado por la nobleza hereditaria, algo totalmente imposible.

—De veras, es todo distinto —insiste, tratando de convencerme—. Al parecer Cromwell goza de mala salud, no durará eternamente. Y cuando fallezca, no hay nadie capaz de hacerse cargo del gobierno. Su hijo, que ha sido nombrado sucesor, no tiene agallas. Te digo que no es imposible, en absoluto, que se produzca una restauración.

—Yo nunca volveré a Inglaterra —le digo con melancolía—. ¿A qué? Todos han muerto. Sería demasiado doloroso para mí.

Mueve la cabeza ante mi actitud.

—Pues yo no pierdo la esperanza. Y no combatiré más con los españoles. Ya oíste a Montoro aquel día. ¡Se burlan de nosotros!

—¡Era una chanza! Qué testarudo eres —le increpo, enfadado—. ¡Haz lo que quieras!

Bebe un sorbo del vaso que se acaba de rellenar y me mira con intensidad.

—Piers, me voy hoy a la isla de San Cristóbal. Quedé con Beltrán que llevase hasta allí el patache si podía huir de la Armada.

—¿A qué esperabas para decírmelo? Richard, ¿te fías de ese individuo?

—No es mal tipo. Me ha tomado afecto; a veces es un poco pesado y exige que esté pendiente de él. No sé por qué a ti te odia.

Yo tampoco, pero sé que mi antiguo piloto, Juan de Beltrán, me desagrada profundamente.

—Hasta ahora siempre me ha sido leal —prosigue Richard—. Estoy seguro de que me está aguardando allí. He encontrado un barco que puede llevarme y estoy deseando reencontrarme con mi tripulación.

Le propongo que se una a nosotros con su patache.

—Piers —se ríe—, ya conoces a mis hombres, tuvieron la oportunidad de embarcarse en *La Indomable* contigo y no les interesó una vida honrada al servicio de la Corona española. No creo que hayan cambiado de opinión, ya se aburrieron suficiente los meses que pasamos con el buen almirante Penn. Sinceramente, lo que yo no entiendo es lo que te ata a esta isla.

Por primera vez le hablo de Len, que la he encontrado, que esa misma tarde voy a pedir su mano. Escucha sin interrumpirme, dando sorbos a su vaso de ron, sin demostrar sorpresa ni darme consejos vanos. A mediodía los dos bajamos a comer a una taberna del puerto y luego le acompaño hasta el final del muelle, cerca de donde está fondeado el pequeño brulote que le llevará a la isla francesa. Con su flema inalterable, se despide de mí como si fuéramos a coincidir pronto, aunque temo que es la última vez que le veré y que el penúltimo de los eslabones que me unen a Inglaterra y a mi pasado se rompe para siempre.

Le veo subir al bote que le llevará al barco, agita la mano y luego se sienta. Ni una vez se vuelve.

Miro la posición del sol y decido que es momento de ir a casa de Montemayor; inspiro hondo, me siento nervioso y excitado a la vez. Al atravesar la plaza de la catedral, alguien me interpela. Me vuelvo y veo a algunos de los matadores de vacas que han combatido junto a mí. Regresarán a sus tierras y quieren despedirse.

—Señor don Pedro —me dice uno—, espero que esos malditos ingleses no regresen nunca más, pero si lo hacen y hay que volver a defenderse, desearía luchar con vos. Y no sólo yo, creo que todos. —Los demás asienten y ríen.

No les contesto, porque esta gente sencilla y recia me emociona; no me gusta revelar lo que siento. Nos palmeamos las espaldas y se van.

De nuevo toco con fuerza el aldabón de la casa del tío de Len en la calle de las Damas. Me hacen pasar a su despacho. Tarda unos minutos en llegar, que a mí me parecen horas.

Cuando entra, muestra como siempre un semblante grave pero su mirada es amable. Le explico el motivo de mi venida y me escucha sin decir nada, serio. Me abruma la inquietud de que por su mente cruce la sospecha de que no soy lo que aparento, recelo que quizá es por eso por lo que me observa tan circunspecto. Llego a pensar que, como no tiene pruebas, no es capaz de acusarme. Quizá pienso demasiadas cosas.

—¿Qué le ofrecéis a mi sobrina? —me pregunta.

—Sabéis, por el mismo don Gabriel de Rojas, que tengo una patente de corso que me permite actuar como corsario en tiempo de guerra y como guardacostas de la Corona española en tiempo de paz. En Tortuga recibí mi parte como capitán del botín de guerra que vos mismo graciosamente ordenasteis distribuir entre las tropas, con eso ya puedo ofrecerle algo en este momento.

Don Juan Francisco me mira con intensidad.

—He de deciros que nunca he sido partidario de consentir corsarios en la Corona española —dice suavemente.

Me quedo paralizado, atenazado por la angustia. Pero antes de que pueda recuperar el habla, prosigue:

—Pero soy el único, me temo. Don Bernardino mismo lo defiende. Y cuando os miro a vos, don Pedro, veo a un hombre de bien y no a los corsarios que hasta ahora he conocido.

—¡Os juro que la cuidaré siempre! Sé que puedo hacerla feliz. En otro tiempo podría habérselo ofrecido todo, soy un caballero.

Montemayor me interrumpe repitiendo:

—Un caballero.

—Os lo aseguro —exclamo con ímpetu—. Soy un caballero, os doy mi palabra.

Él de nuevo fija en mí sus ojos con un brillo extraño.

—Sí. Decís ser un caballero. —Se queda callado un momento—. No podré contestaros sin hablar antes con mi sobrina.

—Pero ¿qué me queréis decir?

—Regresad mañana.

No me niega lo que le pido, pero tampoco ha aceptado; no parece enfadado, sino pensativo y algo melancólico. Me voy inquieto y abrumado por lo que pueda ocurrir.

66

La revelación de don Juan Francisco
de Montemayor

Finalmente me levanto al alba. Me he pasado la noche dando vueltas en el lecho, incapaz de dormirme. Una y otra vez retornaban a mi mente los años horribles en los que fui un pirata. ¿Habría descubierto Montemayor mi pasado, me detendría y me conduciría a presidio? Ni siquiera me había preguntado por mi auténtico nombre para corroborar lo que le estaba diciendo. ¿Y qué habría hecho yo si me lo hubiese pedido? ¿Por qué era tan importante que hablase con Len?

Bajo procurando no hacer ruido y salgo al patio trasero. Por una ventana abierta me llega el llanto desconsolado de un niño, y luego la voz de doña Beatriz, intentando apaciguar a su hijo. Cesan los berridos, posiblemente le esté dando de mamar. Luego escucho a don Juan de Morfa llamando a su esposa al lecho, les oigo reír. Me alejo de este momento íntimo, la vida de una familia decente. Lo que Len y yo tuvimos en nuestra infancia, lo que parecía totalmente perdido y ahora podríamos recuperar. Pero ¿soy merecedor? He matado y robado, me hundí en una vida de deshonor, incumplí todo lo que le prometí a mi padre. De hecho, toda mi vida es actualmente una gran mentira. Antes o después el oidor decano, todos los jueces de la Audiencia, conocerán mi pasado. ¿Puedo ofrecerle eso a Len? Siento ganas de huir. Sin embargo, no imagino mi vida sin ella.

Sumido en mis pensamientos he llegado hasta la muralla. Sobre mí se ciernen unas nubes cargadas y una bruma rojiza vela el horizonte, por donde empieza a asomar el sol. Me digo que estamos en un nuevo mundo, un continente recién descubierto, totalmente diferente de lo que hemos dejado atrás. No imagino otro futuro que Len, una vida honrada junto a ella, y voy a luchar por conseguirla.

Comienza a llover con suavidad; el agua que cae sobre mí es cálida, siento que me limpia. Yo nunca quise el mal, pero disfruté haciendo lo que hacía porque descargaba toda la rabia que llevaba dentro. Ya no tengo rabia, sólo remordimiento y deseos de ser perdonado. La lluvia cesa tan rápidamente como ha venido, las nubes se abren y dejan paso a la luz del sol, que como en un haz baña las aguas de este brillante mar azul del Caribe, tan lejano y tan distinto de aquel otro plateado que bañaba las costas de Essex.

Oigo un ruido de pasos detrás de mí. Una vez más Len me ha venido a buscar, está muy pálida.

—Mi tío... Piers, no soy digna de ti.

—¿Cómo puedes decir eso? Bien sabes que no es verdad en absoluto.

Se aleja un tanto de mí, sin responderme, y se apoya en el murallón que da al Ozama. La sigo. Está temblorosa, dubitativa; tiene miedo de decirme algo, lo noto. Es entonces cuando, con los ojos fijos en la lejanía y un mechón de su cabello revoloteando por la ligera brisa, me cuenta la conversación que mantuvo con don Juan Francisco.

Al parecer, inmediatamente después de haberme ido yo, su tío la había mandado llamar. Ella acudió hecha un manojo de nervios, ansiosa y esperanzada. Tras tocar en la puerta con los nudillos, había entrado. La esperaba sentado a la gran mesa de madera de roble maciza, con el rostro tremendamente serio. Dejó a un lado la pluma con la que había estado escribiendo y, con un gesto, le señaló la misma silla frente a él que yo había ocupado poco antes.

»—Tomad asiento, Catalina. He de deciros algo que me pesa en la conciencia. He procurado que mi conducta sea siempre intachable, pero cuando llegasteis a esta isla enferma de melancolía no fui capaz de revelaros algo que os incumbe. Creo que ahora, gracias a ese marino extranjero, habéis recuperado las ganas de vivir.

»—Sí —había susurrado ella—. Gracias a don Pedro Leal.

»—Bien. Entonces, si ya estáis mejor, si vuestra mente os permite comprender y aceptar de nuevo las cosas… Don Pedro acaba de venir a verme para solicitarme permiso para casarse con vos. Veo que os sonrojáis, ¿sabíais que lo haría? No hace falta que respondáis ni que os sintáis culpable por no habérmelo dicho. Pero dado que desea contraer matrimonio con vos, es mi obligación revelaros algunos aspectos de vuestro pasado que debéis conocer antes de comprometeros con él. Decidid vos, una vez los conozcáis.

El tío de Len había callado durante un instante; clavaba los ojos en la mesa y tamborileaba con los dedos de una mano. Luego alzó la vista y dijo:

»—Recordaréis que conté la historia de vuestra madre y mi hermano al señor gobernador, esperando que también vos la escucharais. Casi todo lo que dije era cierto, pero… hubo cosas que callé. Mi hermano, don Pedro de Montemayor, no pidió un destino en Indias esperando conseguir riquezas con las que ganarse a vuestra madre. Lo hizo porque doña Isabel le rompió el corazón. Le dijo que no podía casarse con él porque amaba a otro hombre.

»Dos años después, cuando Pedro supo que le habían concedido un destino aquí, en Santo Domingo, y que miles de millas les separarían, decidió, en uno de sus raptos de impulsividad que a mí siempre tanto me sorprendían, que debía despedirse de ella. En el fondo aún albergaba la esperanza de que doña Isabel hubiera cambiado de opinión. Pero cuando llegó al palacio en San Sebastián donde moraban los Oquendo y solicitó ver a la hija del almirante don Antonio, el criado le echó de malos modos, diciendo que esa mujer no vivía allí.

»Preguntó en la villa y bien lo dejaban con la palabra en la boca o se marchaban murmurando sin responderle. Al final una persona le dijo dónde encontrarla: en el antiguo caserón de los Oquendo, en las laderas del monte Ulía. Allí le permitieron pasar y pudo verla. Sostenía a una niña de pocos meses en brazos. Vos, Catalina.

»—¿Yo? Pero ¿qué me queréis decir?

»—Que no sois hija de mi hermano.

Len le había mirado desconcertada. Le parecía no estar oyendo bien, que lo que su tío le decía era un desvarío. Él prosiguió:

»—Doña Isabel de Oquendo era una mujer de carácter, demasiado diría yo, y no se avergonzó de su pasado deshonesto. Le reconoció que la niña era suya y que su tía, que en ausencia del almirante gobernaba la casa, la había echado de la residencia familiar al descubrir que estaba embarazada. Se escudó en que sí se había casado en secreto, aunque no podía demostrarlo, con aquel hombre al que amaba, un joven capitán de barco sin fortuna al que los Oquendo habrían rechazado. Vuestro padre, Catalina.

»—Mi padre…

»—Sí, él y no mi hermano era vuestro padre. Al parecer murió antes de que nacierais.

»—Pero mi madre siempre me…

No la había dejado terminar.

»—Vuestra madre siempre os dijo lo que ella y mi hermano habían decidido. Pedro la creyó, seguía enamorado y le pidió que se casase con él. Le dijo que os consideraría su propia hija, que os daría su apellido. Y esa vez ella aceptó. Se casaron en la villa y él partió, no sin antes prometerle que le enviaría dinero para los pasajes de ambas en cuanto pudiera reunirlo. Tardó, pero lo hizo. Mi hermano era un hombre de palabra y un caballero.

Don Juan Francisco se había callado un instante, mientras Len, anonadada, intentaba asimilar todo aquello.

»—Mi hermano creyó a vuestra madre. Nunca quise contradecirle por todo el cariño que le tenía, era un hombre de buen corazón, pero siempre tuve dudas. ¿Acaso vio ella su salvación en él y le contó lo que le podría conmover? Jamás lo sabremos. Pero por mi hermano, por lo que le prometí en su lecho de muerte y por el afecto que os he ido tomando, os he tratado y os trataré como si fuerais mi legítima sobrina, como si no hubiese una mancha en vuestro pasado. Sin embargo, por mi fe de cristiano y mi honor de caballero, no puedo permitir que engañéis a nadie. Don Pedro Leal piensa que sois quien no sois.

Al final Len se atrevió a preguntar.

»—¿Conocéis el nombre de mi padre?

»—No. Mi hermano no lo sabía, vuestra madre no se lo reveló.

»—Jamás podré saber quién era…

»—No. Debéis decírselo a don Pedro Leal. Como mi hermano, es un hombre de palabra y un caballero. No hace falta que me lo jure, sé reconocer a uno cuando lo tengo delante, y si nos oculta su verdadero nombre, estoy convencido de que sus buenas razones tendrá. No indagaré en eso. Pero Catalina, os lo pido, debe saber toda la verdad sobre vos, un matrimonio no puede nacer con una mentira.

La voz de Len se apaga. Está confusa y abatida por haber descubierto que, en el fondo, es tan extraña como yo en esa casa. Me apena verla así, temo que vuelva a encerrarse en sí misma. Entonces me dice:

—Piers, no puedo casarme contigo. No soy una dama, no soy hija de un caballero como siempre creí. No sé quién soy ni te merezco.

—¡Voto al…! —Voy a decir una blasfemia, pero me contengo.

Más serenamente, le suplico que olvide todo eso que le ha

contado don Juan Francisco, que no le dé importancia dado que no la tiene para mí.

—Querida Len —prosigo—, yo soy el que no tengo derecho a ti, no al revés. Yo sí que estoy marcado por la culpa, tú no. Me da igual ese padre a quien no hemos conocido ninguno de los dos. Nada me importa sino tenerte a ti.

—Nunca podrás tenerme del todo. Soy incapaz de amar, y quizá algún día me eches en cara que...

Me doy cuenta de que esa suciedad que, según ella, la mancilló tras el asalto de Oak Park, se ha vuelto en su contra cuando don Juan Francisco le ha revelado sus orígenes.

Estoy confuso porque no sé cómo actuar ante los escrúpulos de una mujer. No sé qué hacer para conseguir que reaccione, que se perdone a sí misma de algo de lo de lo que no tiene culpa alguna.

Entonces le recuerdo a mi padre y a mi madre, que la educaron como a una dama porque la consideraban como tal, y al tío Andrew que no dudó en llevarla a Oak Park y...

—... y tal vez no sepas quién fue tu padre, pero sí sabes quién eres. ¿Te acuerdas de lo que nos contó tío Andrew? Eres la nieta de don Miguel de Oquendo, un heroico marino, un amigo de mi propia familia. Tú misma me explicaste que el viejo Matt te había hablado de él. Y sobre todo eres la única mujer a la que nunca dejaré de amar. Te lo pido de nuevo, cásate conmigo.

Asiente, y se echa a llorar. La abrazo con ternura, acariciándole su hermoso pelo, y permanecemos largo rato así mientras el sol esplendoroso de la mañana arranca destellos de las aguas del río y el mar.

67

El guardacostas

Santo Domingo, junio de 1655

Tras rendir las defensas de Len, hablamos con su tío, pues así seguimos considerándolo ambos, y se fijó la fecha de la boda. Desde ese momento, la casa del oidor decano se transformó en territorio en guerra; casi no me atrevía a acercarme. Doña Inés, doña Beatriz y sus hermanas mareaban a Len con conversaciones acerca de ropas, flores y guisos para la celebración, que tendría lugar en unas semanas. Len, feliz como no lo había sido en mucho tiempo, me miraba entre divertida por sus atenciones y como suplicándome que la ayudase a librarse de ellas. ¡Poco podía hacer yo! Esas féminas me ninguneaban y me daban de lado. Sólo era el novio de la proyectada boda, una figura imprescindible en la ceremonia pero que debía mantenerse al margen de los preparativos, cosa que no me importó en absoluto. Me refugiaba en la casa vecina, donde don Juan de Morfa soportaba cuitas similares, pues su suegra, la importuna doña Luisa, les invadía continuamente para ver al pequeño Gabriel y cerciorarse de que se seguían sus mil consejos sobre cómo cuidarlo, impartiendo órdenes a todo el mundo. Tanto en una como en otra casa, tanto a Morfa como a mí mismo, nos sobrepasaba el mujerío. El jaleo reinante por doquier me recordaba a aquel tiempo en el que Elizabeth hacía y deshacía en Oak Park, secundada por mi madre y hermanas, mientras yo me escapaba con Thomas. En fin, a un tiempo que yo prefería no recordar, porque todas ellas estaban vivas y su final me sigue persiguiendo con una desazón dolorosa.

Por fortuna, no muchos días después el gobernador, preocupado por la seguridad de la isla, nos ordenó a Morfa y a mí hacernos a la mar y custodiar el litoral, como es mi deber como guardacostas al servicio de la Corona española, pues la amenaza de la Armada de Cromwell no se había desvanecido aún por completo. Partí con alivio en *La Indomable*, que es como una parte de mí mismo.

Cuento ahora con marineros nuevos entre la tripulación, pues algunos de los hombres que me habían acompañado los últimos años decidieron no incorporarse en esta nueva etapa, como fue el caso de Hernando de Montoro. La Audiencia le condonó la pena por contrabando y los demás delitos que había cometido en el pasado en premio a su actuación durante el ataque de los ingleses y había regresado con su familia a Samaná. Echo de menos a mi segundo y, durante estos días de navegación tranquila, cuando Morfa y yo estamos cerca de su propiedad fondeamos y vamos a visitarlo. Me gusta verle rodeado de su paciente esposa, que tanto le esperó, de sus hijos y sus nietos. La pasada vida de piratas que compartimos nos parece a ambos una mala pesadilla, aunque sospecho que aún trafica con gentes de dudosa calaña en negocios no del todo legales.

Tras la última de esas visitas nos adentramos en altamar, hacia al oeste, en un día claro. El grito del vigía, «¡Barco a la vista!», me hace salir del camarote y correr a proa. Morfa y yo nos acercamos, pero no es una nave contrabandista ni del enemigo inglés, sino un pequeño bergantín desarbolado y a punto de zozobrar. Son prófugos, gentes huidas de Jamaica tras el ataque y posterior conquista de la isla por los ingleses, por lo que ordenamos que se traspasen la tripulación y el pasaje a nuestras embarcaciones.

Horas después se hacinan sobre la cubierta de *La Indoma-*

ble niños desharrapados, mujeres dando de mamar a recién nacidos, hombres de campo, mulatos, indios taínos y esclavos negros. El capitán del bergantín nos explica a don Juan, que ha venido desde su barco, y a mí que la formidable escuadra inglesa había aparecido un buen día rodeando cabo Morante. Antes de desembarcar, los cañones ingleses estuvieron batiendo tres fuertes y, tan pronto como sus tropas tomaron tierra, las guarniciones de los mismos debieron abandonaron el terreno, desbordadas por la superioridad numérica de los atacantes. Al día siguiente fue ocupada Santiago de la Vega, la capital, y el gobernador Juan Ramírez de Arellano hubo de aceptar las condiciones impuestas por el general Venables: emigrar de la isla en menos de diez días, so pena de muerte y confiscación de todas las propiedades.

El capitán añade que un hacendado, Francisco de Proenza, se había rebelado y planeaba oponer resistencia en las sierras y bosques de la isla, y nos ruega que le conduzcamos ante el gobernador de Santo Domingo. Así lo hacemos apenas llegamos a La Española. En el palacio de Colón nos recibe a los tres don Bernardino de Meneses, que está despachando con don Juan Francisco de Montemayor, que ya no es oidor decano porque, con el nuevo gobernador, le llegó un nuevo destino, Ciudad de México, para el cual se está preparando.

Aunque el tío de Len aboga por defender a los españoles que aún resisten, don Bernardino no desea empañar el prestigio y la gloria que se han derivado de su brillante actuación contra los ingleses en Santo Domingo con una acción fallida en Jamaica. Bien es verdad que no posee suficientes barcos, hombres ni municiones. Sin embargo, a Morfa y a mí, que cada vez lo conocemos mejor, el flamante conde nos parece un petimetre sin verdadero arrojo militar.

Montemayor no le critica abiertamente, pero muestra su desacuerdo con tal actitud que finalmente el gobernador accede a enviarnos de inmediato a Morfa y a mí, con el capitán del bergantín hundido y algunos de los que le acompañaban, a la isla vecina para recabar información y llevar unos pocos suministros. Allí, aunque logramos dar con don Francisco de Proenza, poco podemos hacer aparte de entregarle la pólvora y las municiones, a todas luces insuficientes para mantener una larga campaña.

De regreso a La Española, hacia el suroeste de la isla, abordamos un barco cargado de caoba que no posee los documentos en regla. Lo detenemos y lo conducimos a la capital, donde se confisca la carga. La caoba es una madera semipreciosa de gran valor, por lo que los tripulantes de la balandra se alegran, pensando en la parte que les corresponde del reparto de la presa. Yo también, pues eso me permitirá cumplir mi promesa a Montemayor de mantener a Len con dignidad.

Han sido varias semanas alejado de ella, y me encamino a la calle de las Damas con rapidez. Tengo ganas de verla. Al escuchar mi voz en el patio central, Len se asoma a la galería del primer piso y me saluda alegremente; después baja por la escalera con los ojos brillándole de contento. Le susurro que esa noche nos encontraremos donde siempre antes de saludar a su tío que, avisado de mi llegada, se dirige hacia nosotros. Quiere que le explique lo que ha sucedido en Jamaica, lo que hago en su despacho, ambos a solas. Termino hablándole del barco apresado. Él mueve la cabeza, pensativo.

—¿Decís que había caoba, don Pedro?

—Sí.

—Vais a tener dificultades para cobrar la presa.

—¿Por qué?

—Porque es posible, aunque me temo que no podremos probarlo, que sea uno de los barcos de contrabando de Pimentel. Se dice que controla gran parte del negocio de la caoba en la isla. Estoy seguro de que moverá los hilos para recuperar esa valiosa carga sin que salga su nombre. Me duele decir esto, pero contará con la ayuda de algunos de los cuatro nuevos oidores de la Audiencia que trajo consigo don Bernardino, tengo sospechas de que los ha comprado.

—¡No puede ser! ¡Hay leyes en las que se arbitra todo esto!

—Las leyes en el Imperio español dependen más de la hombría de bien de los oidores que de cualquier otra cosa. Todo se puede tergiversar. Hace años, el juez debía ser un ciudadano ejemplar, alguien que debía tomar decisiones guiado por ningún otro interés que la búsqueda de la verdad y la justicia. Se llegó a considerar la profesión judicial como una especie de sacerdocio, incluso se nos aconsejaba que no contrajésemos matrimonio, como si nos desposáramos con nuestra profesión, pero ya no es así. Debido a la falta de caudales para las guerras que asolan el Imperio, los cargos públicos se compran y se venden al mejor postor.

Se muestra profundamente avergonzado de que sus compatriotas estén envileciendo aquello a lo que él dedica su vida. Apoyado con la espalda recta en la silla de brazos ante su mesa cubierta de papeles y con una arruga profunda en la frente, se desahoga:

—Yo soy un estudioso, un jurisconsulto, que ama su profesión. Las leyes de Indias, por encima de todas las fragilidades humanas, constituyen un monumento que honra a aquellos que las gestaron. Se han formulado gracias al trabajo de multitud de juristas y filósofos, unen el legado del derecho romano con las leyes germánicas y la filosofía clásica. Sin embargo, como todo en esta vida, dependen de los instrumentos humanos que han de ponerlas por obra. Cada vez más ese instrumento es fallido; la codicia humana, el deseo de un enriquecimiento rápido, alteran las decisiones de los jueces. Don Pedro, ¡será la corrupción y no los ataques de los enemigos lo que hunda estos reinos!

No le contesto. Don Juan Francisco no desea continuar hablando de un tema que le ofende y le lacera en su probidad y rectitud, por lo que cambia de tercio y me dice:

—Habéis hecho muy feliz a doña Catalina, por lo que os estoy profundamente agradecido. Me complace que no deis importancia a su origen oscuro. ¡Sois un hombre de bien!

Me avergüenzo al oírle hablar así, me duele esconder mi pasado a alguien tan honesto. Siento que le estoy engañando y temo que algún día todo pueda salir a la luz. No digo nada mientras él continúa sincerándose conmigo:

—En estos dos años le he tomado afecto, ya no sólo me ata a ella la promesa que le hice a mi hermano. No me he casado y no creo que lo haga, así que es mi única familia aquí.

—Haré... haré todo lo que esté en mi mano para cuidarla como se merece.

—Bien, bien. ¡Me imagino que estaréis deseoso de hablar con ella! Id, id, y os ruego que luego os quedéis a cenar.

Don Juan Francisco llama a Vicente Garcés, que me guía hasta una sala amplia del primer piso donde Len, escoltada a cierta distancia por Josefina, me muestra el ajuar que, con la ayuda de doña Inés y sus vecinas, ha estado bordando con nuestras iniciales estas semanas en que hemos estado separados. Me alegra verla así, feliz, hablando de trapos y ropas.

Ya no me hago a la mar, pues la fecha de la boda se aproxima. Los días siguientes intento arreglar el cobro de la presa pero, como me auguró don Juan Francisco, mis reclamaciones caen en oídos sordos y sospecho de Pimentel, que, siempre que me cruzo con él, me mira con un brillo sardónico en los ojos. Mi único consuelo es poder estar con Len. La veo a menudo durante el día, acompañada por su tío o por Josefina para respetar las normas del decoro. Pero muchas noches nos encontramos a solas en nuestro rincón junto a la muralla que da al Ozama.

Tornamos a aquel tiempo de nuestra infancia en el que todo lo compartíamos y éramos felices. Aunque algo nuevo empaña nuestro gozo: sé que la tortura no saber quién fue su padre, ha acrecentado su sentimiento de impureza. Una vez que intento robarle un beso, se echa a llorar diciendo que no debemos casarnos porque nunca me podrá dar lo que quiero. Le prometo que la esperaré lo que sea necesario, que la amo tal como es, que algún día todo cambiará. No hay nada de abnegado en mi postura. Y es que quizá yo también, de algún modo, me siento impuro para su amor. A veces me despierto gritando, torturado por angustiosas pesadillas. Llego a pensar que lo que me sucede ahora con Len es una forma de expiar mis culpas, un flagelo para que repare el dolor que he causado. Como un sediento, me encuentro al lado de un venero de agua clara sin poder beber. Por otro lado, recelo de que algún día se descubra mi pasado y que todos mis crímenes salten a la luz, alejándome de Len. Deseo asegurarme la dicha de que sea mía para siempre y yo de ella. Por eso anhelo el día de la boda, que llega antes de la temporada de lluvias y huracanes.

Al verla avanzar velada del brazo de su tío, rememoro a toda mi familia muerta, a mis padres, a Thomas y a mis hermanas, y en el rostro del cura que nos une me parece reconocer a tío Andrew.

En la catedral de Santo Domingo, abarrotada de curiosos por la boda de la sobrina del oidor decano y un marino extranjero, están los amigos que buscan únicamente compartir nuestra felicidad. Don Juan de Morfa y su hermosa esposa, doña Inés, doña Berta y doña Amalia, los capitanes Álvaro de Aguilar y Damián del Castillo, Hernando de Montoro y su familia, el físico Rodrigo de Alcalá, el piloto Zudaire y el resto de la tripulación de *La Indomable*, algunos de los matadores de vacas que lucharon conmigo en Nizao y en la Haina, la negra Josefina y, por supuesto, no habría podido faltar, la imperiosa doña Luisa Dávila.

68

La real orden

Santo Domingo, agosto de 1656

Un viento suave pero constante nos permite bordear la costa norte de La Española y una luz radiante baña las palmeras que se cimbrean ligeramente en las playas cercanas. Junto a mí, Rodrigo de Alcalá disfruta de la visión en silencio. Al doblar un cabo, el vigía da un grito de alerta. Nos encontramos frente a una cala en la que está anclado un bergantín de moderado tamaño, del que vienen y van chalupas a la orilla. El físico y yo cruzamos una mirada con un punto de alegría irónica.

—¡Voto al diablo! —exclama—. ¡Contrabandistas!

Al divisar a *La Indomable* con la enseña de la Corona española, los del bergantín se aprestan a huir, pero es demasiado tarde. Ordeno zafarrancho de combate y la tripulación se prepara para abordarles.

Se rinden sin entablar batalla y subo a bordo con algunos de mis hombres, que descubren en las bodegas una buena carga de sedas, porcelanas y especias. El capitán, un hombre de cabello ralo y gris que algún día fue rubio y de ojos claros, es un compatriota inglés, como también algunos de su tripulación. Me dirijo a él en castellano, y niega entenderme. Cuando me alejo unos pasos le oigo hablar con su segundo en el idioma de mi infancia; está desolado por la pérdida de la mercancía, que le será requisada.

—Vamos a tener problemas con el gordo —concluye.

Continúan conversando en voz baja sobre aquel maldito regidor de Santo Domingo que les ha convencido para hacer este viaje, y me doy cuenta de que no puede ser otro sino Pimentel.

Más tarde se lo comento a Alcalá. Ambos sabemos que los contrabandistas cuentan con algún socio en la capital, alguien que les ayuda a vender y distribuir las mercancías, pero es la primera vez que les oigo aludir, ni que sea veladamente, al regidor; por lo general callan. El físico no dice nada, pero tampoco se muestra demasiado extrañado.

Regresamos a Santo Domingo escoltando al bergantín con la preciosa carga; la tripulación está contenta pensando ya en el reparto de la presa. No puedo evitar pensar, una vez más, que ser guardacostas constituye un buen negocio que nos permite realizar una labor similar a la que hacíamos cuando éramos piratas, pero ahora bajo una bandera y de modo enteramente legítimos.

Al enfilar la desembocadura del Ozama, divisamos las fortificaciones de la ciudad, el fuerte de San Gil y el fortín de San Jerónimo, y la muralla sobre la cual se alzan las edificaciones de la villa colonial; allí está mi hogar. Ha transcurrido un año desde que Len y yo nos convertimos en marido y mujer. Aunque paso largo tiempo en la mar, embarcado, ahora hay un lugar en el que me esperan y al que ansío siempre regresar.

Tras la boda, me trasladé a vivir a la casa del tío de Len. Las ventanas de nuestros aposentos, una salita y la alcoba, en el primer piso, asoman al río y cada atardecer los inunda una luz cálida y suave. Compartimos con don Juan Francisco almuerzos y veladas, el resto del tiempo suele refugiarse en su despacho, rodeado de obras y sumarios, escribiendo y ordenando papeles. Su rostro adusto siempre se suaviza al vernos juntos y detectar la alegría en los antes melancólicos ojos de Len. Una nueva vida se ha abierto para todos nosotros, también para él. Cuando termine la inspección con la cual finaliza su mandato en Santo Domingo, lo que se denomina el juicio de residencia, marchará a su nuevo destino; de momento, todos disfrutamos del tiempo presente.

Una vez que hemos entregado la presa a las autoridades portuarias, subo deprisa la cuesta y, tras atravesar varias cuadras, enfilo la calle de las Damas deseando reencontrarme con Len. Vivimos como hermanos, como cuando éramos niños. Con frecuencia me pesa la obligada abstinencia que me ha sido impuesta al lado de aquella a quien deseo con un anhelo cada vez más intenso. Por las noches oigo su suave respiración mientras duerme a mi lado y me duelen los dedos del ansia por acariciarla, pero me contengo. Lentamente he ido intentando vencer sus defensas; cortejarla se ha convertido en un juego y un reto que, de algún modo, la hace aún más incitante y atractiva.

Cruzo decididamente la puerta y me dirijo al patio de las rejas y las flores, donde encuentro a Len en amigable tertulia con doña Beatriz y doña Inés, cosiendo y compartiendo una jícara de chocolate; Josefina, sentada a unos metros, las acompaña. Me detengo antes de que me vean y las escucho.

—Hay muchos que os rondan —dice doña Beatriz.

Al pronto doña Inés, a quien iba dirigido el comentario, no responde. Luego dice en voz baja pero clara:

—Nunca más contraeré matrimonio.

—¿Acaso volveréis al convento? —le pregunta sorprendida doña Beatriz.

—No. Ésa tampoco es mi vida. Don Gabriel me dio la libertad de hacer lo que me plazca y deseo conservar ese privilegio.

—¡Os criticarán! De hecho, ya lo hacen.

—Lo sé.

Doña Inés ha recuperado la antigua casa señorial que perteneció a su familia y vive dedicada a obras de caridad con los menesterosos. Su hermosura, los caudales que posee y la leyenda que la rodea la hacen deseable y un buen partido, pero ella se desentiende de todos sus pretendientes.

En ese momento Len se da cuenta de mi presencia, suelta la labor y se levanta. Me besa suavemente en la mejilla y, tras disculparse con un gesto de sus amigas, me toma del brazo y me acompaña hacia el interior de la casa.

—Mi tío deseaba hablar contigo en cuanto llegases, Piers —me susurra, acercándoseme.

Busco su boca para besarla, pero ella se escabulle riendo.

—¡No seas tonto! ¡Déjame! ¡Ahora no es el momento!

—¡Pardiez! ¡Nunca es el momento! —exclamo sin pensar.

Al ver la tristeza que empaña sus ojos me arrepiento de haber sido tan brusco. Len traga saliva y sigue caminando.

—Creo que es por algo importante. Lo encontrarás en su despacho, ve —me dice—. Mientras, dispondré que vayan preparando la cena e iré a despedirme de doña Beatriz y doña Inés.

Golpeo con fuerza la gruesa puerta de madera.

—¡Adelante! —se escucha.

Cuando entro, don Juan Francisco se levanta y, rodeando la gran mesa de roble, se me aproxima y apoya amablemente su mano en mi hombro.

—Don Pedro, siento tener que comunicaros una mala noticia.

Está muy serio, más de lo habitual, y una arruga profunda cruza su frente. Me quedo paralizado y me pregunto si habrá averiguado algo sobre mi vida de pirata, si habré cometido algún error en los últimos tiempos.

—¿Cuál?

—Mientras estabais fuera le llegó a nuestro nuevo gobernador, don Félix de Zúñiga, una real orden fechada poco antes del ataque por la Armada de Cromwell a Santo Domingo. No sé por qué ha tardado tanto... En fin, lo que dice es muy importante para vos. Debido a los problemas con los rebeldes portugueses, se prohíbe tajantemente en América la existencia de corsarios... y por supuesto guardacostas.

—¡No puede ser! ¿Y la patente que me dio don Gabriel de Rojas?

—Es ahora papel mojado. ¡No sabéis cuánto lo siento! Deberéis cambiar de ocupación.

—¿Y don Juan de Morfa?

—A él no le afecta. Pertenece a la Armada de Barlovento.

—¿No podría yo...?

—No. Don Juan ha sido reconocido por el Consejo de Indias y es un hombre respetado en la ciudad desde hace tiempo. Habrían de pasar varios años antes de que os reconociesen a vos como parte del ejército de la Corona española.

—Pero ¿mi balandra? ¿Mi tripulación?

—Podréis navegar como mercante, pero si atacáis a alguien, aunque sea un contrabandista, seréis acusado de piratería. No puedo menos que insistir en que, de momento, no salgáis a navegar. Vos y yo tenemos enemigos en la ciudad que desean desacreditarnos a ambos. Sólo debo rogaros que no los provoquéis.

—Pero ¡no puede ser! Ayer mismo detuvimos un bergantín haciendo contrabando en una de las calas del norte. Por cierto...

Le cuento la conversación que mantuvieron los contrabandistas y me escucha con atención.

—Tened cuidado —me advierte—. Sin pruebas, no debéis acusarlo. Pimentel es mal enemigo. No os preocupéis, don Pedro. Podéis navegar como mercante, llevará un tiempo organizarlo y obtener los permisos, pero es una solución, a menos que queráis dedicaros a las tierras. Habéis ganado lo suficiente para estableceros en alguna parte de la isla.

Salgo del despacho desanimado y, abstraído en pensamientos oscuros, cruzo los patios y el huerto hasta llegar junto a la muralla. Atardece, y a lo lejos veo un galeón con las velas parcialmente desplegadas. Distraídamente calculo la dotación que llevará, las libras que desplaza y su posible puerto de origen.

Suspiro. Mi vida es Len y mi vida es el mar. Si no podía disfrutar de Len como hubiera deseado, al menos hasta este momento ir en barco se había abierto ante mí como una promesa. Navegar era una pasión tan intensa como el amor de una mujer.

Sí, podría dedicarme a comerciar con la balandra en cuanto hubiera obtenido los permisos. Mi familia lo había hecho durante generaciones. Pero muchos de los tripulantes de *La Indomable* tal vez no querrían acompañarme, no son marinos de un barco mercante, son gentes preparadas para el combate y la acción. Como en el fondo también lo soy yo.

Esa noche me despierto al oír a Len pronunciando mi nombre asustada. Me dice que la he zarandeado en sueños.

—Piers, ¿qué te ocurre?

—¡Oh, Dios! —gimo—. No soporto la idea de tener que cambiar de vida. Necesito la mar abierta, calcular el tiro, disparar los cañones del barco, combatir....

Me siento en la cama con las piernas dobladas, rodeo con las manos mis rodillas, en las que apoyo la cabeza, y me quedo hecho un ovillo. Entonces Len comienza a pasarme con ternura la mano por el pelo; luego me besa dulcemente el cuello y su mano suave sube y baja por mi espalda, consolándome. Levanto la cabeza, ella nunca había hecho eso, acariciarme de esa manera, y lo sigue haciendo, con más y más intensidad, llegando más y más lejos. Me inflamo de anhelo, pero espero, sin intentar nada. Le dejo hacer, y pronto son sus besos los que me recorren. Pasa un tiempo en el que olvido todo, no quiero nada más que seguir así, siendo amado por ella. Entonces la beso y no me rechaza. Poco a poco sus defensas van cayendo, de modo gradual avanzo hacia donde, hasta ese momento, me ha estado vedado y ella me lo permite, rindiéndose a mí. Sigo lentamente y, cuando veo que de nuevo está en tensión, me detengo, la miro a los ojos, la tranquilizo, le susurro palabras de amor al oído, diciéndole que la necesito, que no me abandone ahora que todo lo he perdido. Entonces es ella misma la que vuelve a mí, con sus gestos y caricias, avanza y me propone seguir. Llegamos al cénit del amor, cada uno a su ritmo, de una manera distinta, sin insistir, sin forzar, sin requerir nada. Me cuesta no conquistarla de modo más decidido pero, cuando veo que sus ojos se llenan de dolor, logro dominar el instinto brutal que quiere hacerla mía sin más preámbulos. A pesar de la pasión tengo la mente clara, porque sé que me juego nuestra felicidad y quiero que Len se cure de su herida.

El amanecer nos encuentra despiertos, abrazados después de una noche tras la que, al fin, hemos sido realmente esposo y esposa. Esa noche no será la única. Len me ama y lo que en un principio no fue más que una forma de consolarme, acaba sanando la vieja herida que se produjo años atrás en la Torre de los Normandos. Nos unimos como nunca antes lo habíamos hecho, somos verdaderos amantes.

69

La acusación

En los días siguientes intento exponer a don Juan Francisco mi propuesta de presentar una instancia ante el Consejo de Indias para que se me acepte en la Armada de Barlovento. No me atiende; ahora que estoy más en casa me doy cuenta de lo enfrascado que está en su juicio de residencia, que se está alargando. Acudo a don Juan de Morfa.

En la casa vecina me recibe doña Beatriz, que espera su segundo hijo. Me hace pasar a un aposento donde su esposo está revisando mapas y cartas náuticas.

Le explico mi situación y le pido que interceda por mí para entrar en la Armada de Barlovento. Me escucha con amabilidad, pero niega con la cabeza; no obra en su poder. En un momento dado en que me lamento de que Montemayor no me está ayudando, me aclara lo que está sucediendo. El juicio de residencia del antiguo oidor decano, un mecanismo de control de los altos cargos de la Corona española por el cual debe rendir cuentas de todo lo que hizo durante su mandato antes de que se le permita trasladarse a su nuevo destino, se ha complicado.

—Cuando empezó, un tiempo después del ataque de los ingleses, don Bernardino de Meneses y sus nuevos oidores lo trataron con rigor sumo.

—Es absurdo, don Juan Francisco es el hombre más íntegro que conozco.

—Sí, pero tiene enemigos, y vos sabéis quién. Se le atribuyeron diversas faltas, y todavía se está interrogando a regidores, escribanos y procuradores, además de a algunos colonos de la isla. El juez visitador, que es quien se encarga de la inspección, está recabando toda la información posible. También está pidiendo informes a distintas instituciones coloniales y revisando los libros de la Real Hacienda local y del Cabildo.

—Pero ¡esto ya lleva meses! ¿Cuánto más se puede demorar?

—Tanto como juzguen necesario. Montemayor se ha quejado al Consejo de Indias y ha denunciado los irregulares e injustos procedimientos de sus jueces, y el nuevo gobernador, don Félix de Zúñiga, le apoya, pero ninguno de los dos puede saltarse este proceso. Veréis, don Pedro, se trata de la complicada burocracia española. El juicio de residencia es una manera de asegurar que los funcionarios de la Corona, si no obran como corresponde, al menos no se excedan. Están mirando al detalle cada una de sus actuaciones: que haya cumplido las leyes y ordenanzas, que no haya abusado del trabajo de indios o blancos, que no haya recibido, él o su familia, cohecho, que nada manche su expediente. No os puede ayudar ahora.

Harto de la burocracia, dejo escapar un suspiro. ¡Habrá que esperar! Se suceden semanas de inactividad, que me consumen. Finaliza la inspección del juez visitador y se entregan a don Juan Francisco los cargos para que proceda a presentar su defensa pública.

En su justificación, don Juan Francisco alega que su fortuna es la misma de antes de iniciar su mandato, que nunca ha cometido ningún acto deshonesto ni se ha dejado guiar por favoritismos ni por adulaciones. Relata en términos heroicos la campaña en Tortuga y cómo ha actuado en la defensa de la isla.

Los jueces leen entonces un pliego en el que se dice que fue un buen gobernante y un funcionario limpio a la vez que desinteresado. Se señala también algún pequeño defecto, como que su carácter ha sido hosco y poco afable. Len y yo, que como tantos otros estamos en la sala, nos cruzamos una mirada y una sonrisa. Eso ya lo sabíamos nosotros, los que le apreciamos.

La sentencia ha sido favorable, sin embargo ahora se inicia la parte más ardua y peligrosa: las demandas públicas, cualquiera puede hablar a su favor o en su contra.

Nadie hubiera pensado nunca que el íntegro y honorable don Juan Francisco de Montemayor y Córdoba de Cuenca fuera a tener el más mínimo problema, pero de pronto entre el público se levanta un religioso, alguien con prestigio en la ciudad, el prior de los franciscanos, que solicita que se investigue al antiguo oidor decano acerca de un delito de malversación de fondos en el botín obtenido tras la toma de Tortuga.

Len y yo acompañamos en los días siguientes a su tío en el proceso que se deriva. Morfa me ha comentado un rumor que le ha llegado: don Rodrigo Pimentel lleva meses haciendo circular una lista desorbitada de lo que se capturó en Tortuga, vertiendo su veneno en las mentes inseguras y apocadas, y el prior le creyó. Don Juan Francisco, sin embargo, puede presentar todos los documentos y demostrar que el botín fue inventariado correctamente y que cada maravedí se distribuyó de acuerdo a la justicia.

Parece que el último escollo ha sido salvado, que el juicio de residencia concluye ya, cuando se oye una voz.

Don Rodrigo Pimentel se ha levantado y ha llamado la atención de los jueces. Él, regidor de Santo Domingo, también tiene una acusación en contra del antiguo oidor decano: que protege a piratas. Se le piden pruebas, y responde que las presentará al día siguiente.

Un rumor de expectación recorre la sala de la Audiencia.

70

El pirata

L en y yo regresamos a casa; su tío se ha quedado en la Audiencia, hablando con otros funcionarios y conocidos. No parecía inquieto, le resultaba ridícula la acusación de Pimentel. Yo sí estoy preocupado e intranquilo, aunque procuro disimularlo. Len me observa alarmada, pero no inicia la conversación hasta que no nos hemos alejado lo suficiente de las Casas Reales.

—¿Crees que don Rodrigo podría saber algo? —me pregunta.

—Creo que no. Aquí en Santo Domingo sólo conocen mi pasado don Juan de Morfa y los antiguos marineros de *La Indomable*. Ninguno de ellos me traicionaría. Len, ¿debería informar a tu tío?

—¡No! —Se para en medio de la calle—. Piers… Hay algo que debo decirte.

La miro a los ojos.

—¿Que me desprecias por haber sido un pirata asesino?

—¡No digas eso! Es otra cosa. Quería esperar a estar más segura, pero tal vez tengas que saberlo ya.

No imagino lo que puede ser.

—Creo que espero un hijo, un hijo nuestro…

Su rostro irradia felicidad al decírmelo. Yo no reacciono

ante una noticia que me desconcierta. Mi mente se halla todavía en el juicio y en la grave acusación contra Montemayor, en la que yo podría estar implicado. Ella, que no se ha dado cuenta, sigue hablando:

—Tendremos un hijo que continuará la estirpe de lord Edward, de lady Niamh, de mi madre. Se parecerá un poco a cada uno de ellos.

Me asusto ante la nueva responsabilidad; sin embargo, al verla tan dichosa, le sonrío y bromeo:

—Si fuera niña, podría parecerse a mi hermana Elizabeth.

—Era muy hermosa, sí —dice—. Pero creo que preferiría que se pareciese a Ann o a Margaret.

—Sí, yo también.

Len se agarra fuerte a mi brazo, me observa con ojos brillantes.

—Piers, si lo peor pasase, si se descubriera... Por favor, no me dejes.

—No, no lo haré.

Continuamos caminando en silencio y, cuando llegamos ante la puerta, le digo:

—Entra en casa, yo voy a avisar a los de *La Indomable*.

Desde que no pudimos salir a navegar, algunos marineros se habían desperdigado, pero el núcleo de mi antigua tripulación todavía permanece en la ciudad. Los busco y nos reunimos en una taberna del puerto. Les aviso de que corren peligro si soy descubierto y les ordeno que se vayan con el barco a Samaná, con Montoro. Rodrigo de Alcalá y Cosme de Azúa me miran preocupados.

—Capitán Leal —dice el matasanos—, ¡veníos con nosotros! Si lo averiguan, os ahorcarán.

Dudo durante un instante.

—Ahora no puedo irme. ¡Quizá no ocurra nada!

Antes de regresar a casa, me acerco a ver a Morfa. También él me aconseja que me vaya hasta que se aclare la acusación en el juicio.

—Id a Samaná, con vuestra tripulación.

—No, no puedo dejar ahora a mi esposa, tampoco a don Juan Francisco. Sea lo que sea lo que ocurra mañana, lo acepto. Quizá ha llegado el momento de pagar.

—De pagar ¿qué?

—Mis crímenes.

—¿Qué crímenes? ¿Una guerra en la que luchasteis como un soldado más? ¿En la que salvasteis la vida a gente como yo?

—La piratería.

—Rojas me dijo que os visteis obligado a ser pirata.

—Sí, pero después seguí… Y disfruté con ello.

—Amigo mío, la vida en estas latitudes es compleja.

No quiero escucharle, ya he tomado mi decisión. No abandonaré a Len y al hijo que espera y, sobre todo, no actuaré con deshonor una vez más. No puedo dejar solo a don Juan Francisco si sale a la luz la verdad, tal vez haya llegado el momento de expiar por lo que hice. Apenas puedo dormir en toda la noche y, cuando en algún momento concilio el sueño, imágenes terribles lo llenan.

A la mañana siguiente, cerca del mediodía, se abren las puertas de la Audiencia. Poco después se llama a declarar al testigo que don Rodrigo va a presentar.

Entra en la sala un hombre alto de ojos oscuros y cabello grasiento y grisáceo. Le reconozco enseguida; navegué con él, siempre nos hemos guardado antipatía.

—¿Vuestro nombre?

—Juan de Beltrán.

—¿Profesión?

—Piloto de navío, formado en la escuela de Sevilla.

—¿Conocéis a este hombre? —El oidor que preside la mesa señala a Montemayor.

—No.

—¿Entonces?

Beltrán se gira hacia el público y me señala a mí, que estoy en primera fila.

—Conozco a ese otro.

—¿De qué?

—Serví a sus órdenes.

—¿En qué barco?

—En la balandra *La Indomable*.

—¿Bajo qué bandera?

—La pirata.

—¿Cuál es su nombre?

—Su verdadero nombre es Piers Leigh, y durante un tiempo en estos mares se le conoció como el Inglés.

La sala se llena de murmullos y Len me aprieta el brazo asustada. Le sujeto la mano, intentando tranquilizarla.

—¿Estáis diciendo, y os recuerdo que juráis ante Dios nuestro señor, que este hombre que dice llamarse don Pedro Leal, casado con la sobrina del oidor que está siendo residenciado, don Juan Francisco de Montemayor y Córdoba de Cuenca, ha sido pirata?

—Sí.

—¿Don Juan Francisco lo sabía?

—No puedo decirlo.

—Es muy grave lo que estamos oyendo. —La voz engolada del regidor don Rodrigo Pimentel resuena en la sala—. El honorable don Juan Francisco de Montemayor ha convivido con un pirata y no lo denunció.

—Don Pedro —se defiende el tío de Len— vino avalado por el capitán Gabriel de Rojas, de cuya honestidad todos los presentes estamos seguros, y desde que está en la isla se ha comportado con honorabilidad y en defensa de nuestros intereses.

—Ya, pero ¿podéis negar que fue un pirata? —le replica con sorna Pimentel—. Porque es de eso de lo que estamos hablando.

—No sé nada de ello.

Montemayor me observa sorprendido y dolido. No puedo sostenerle la mirada. Inspiro hondo y me levanto. Mi voz firme resuena en toda la sala:

—Don Juan Francisco de Montemayor no sabía nada de mi pasado, cualquiera que éste haya sido. Cuando le conocí, yo ya servía a la Corona española.

El oidor que preside la mesa se levanta.

—Es bastante lo que hemos escuchado. Existe la grave sospecha de que este hombre, el llamado don Pedro Leal, sea en realidad el pirata conocido como el Inglés. Se abrirá una instrucción y, si puede demostrarse que es culpable de la acusación que pesa sobre él, será condenado a muerte. Alguaciles, procedan a su detención.

Oigo un gemido a mi lado, es Len. Los guardias avanzan hacia mí para prenderme. Len se agarra de mi brazo sin querer dejarme ir; debo apartarla suavemente y, mientras la abrazo, le susurró al oído:

—No te preocupes. Cuídate para cuidar de mi hijo.

Salgo preso, seguido de los murmullos de estupefacción y desaprobación de todos los presentes.

71

El calabozo

Paso la noche en el mismo calabozo donde estuve encarcelado cuando me hicieron prisionero al poco de desembarcar con los ingleses. No puedo dormir y doy vueltas como un loco. Pienso en Len. Pienso en mi hijo, que nacerá dentro de unos meses y a quien, posiblemente, no vaya a conocer. Pienso en Montemayor, a quien he puesto en un terrible compromiso cuando él siempre me ha ayudado. No ceso de cavilar temiendo que mis hombres puedan ser detenidos en cualquier momento y quizá conducidos a la horca. De todos modos, y de manera muy extraña, me siento liberado; ocultarse siempre, pretender ser lo que uno no es, puede resultar angustioso.

Por la mañana, se abre la puerta de la celda y entra Len; tras ella distingo la silueta de la fiel Josefina, que se queda a un lado, con expresión dolorida.

Nos abrazamos, solloza sobre mi hombro.

—¿Qué pasará ahora? —me pregunta con voz entrecortada.

—Tendrán que demostrar lo que ha dicho Juan de Beltrán. Ninguno de mis hombres me traicionaría, lo sé, pero hay otros como el piloto que saben mi pasado. Si los localizan…

—Puedes… puedes explicar a los oidores lo que me contaste, cómo te viste obligado a ser pirata. ¡Lo comprenderán!

Sonrío para tranquilizarla, aunque sepa que eso no es cierto. Se separa de mí y se lleva la mano al cuello, como si hubiera tenido una iluminación.

—La medalla —musita. Se la quita, besa esa medalla de estaño que es lo único que le queda de su madre y me la cuelga—. Cuando estabas en la mar, en la mar abierta y lejana, te protegió. Ahora que estás preso, también lo hará.

Me conmueve Len, siempre lo ha hecho. La tomo por los hombros y le susurro suavemente al oído:

—No te preocupes, amor mío.

Entra un guardia y la obliga a salir. Escucho sus sollozos mientras se aleja por la escalera de piedra que la conduce al sol y a la libertad, a un lugar al que temo que ya no regresaré. Se me parte el corazón.

Desde ese momento, no se me permiten más visitas. Si no fuera porque me pasan una escudilla con comida no podría ni siquiera conocer que se suceden los largos, interminables días. El tiempo transcurre con lentitud en ese calabozo frío y sombrío.

Al cabo me sacan y me trasladan a una celda mayor con otros presos. Al encierro se suma la convivencia con malhechores y truhanes, algunos de ellos con el seso perdido. Somos como animales, nos miramos con desconfianza los unos a los otros y yo me aíslo en mí mismo.

Un día un individuo barrigudo y sudoroso, que se percata de que aún no he tocado mi ración, se abalanza sobre mí, me agarra de la camisa, que se rasga, me propina un puñetazo que me tumba al suelo y me quita la escudilla. Cuando se ha alejado, otro de los presos, compadecido, se me acerca y, con un trozo de paño mugriento, quizá su propia camisa, intenta parar la sangre que me chorrea de la nariz.

Le agradezco el gesto al anciano, que se sienta a mi lado y me señala la medalla de estaño, ahora a la vista.

—¿En vuestra familia también hubo alguien en la Jornada de Inglaterra? —me pregunta, sonriendo con su boca desdentada.

—No sé de qué me habláis.

Saca de su pecho otra medalla y me la muestra. Son exactamente iguales.

—Se la dieron a todos los que navegaron en la Gran Armada. —Lo dice con orgullo—. Mi abuelo combatió en la Jornada de Inglaterra, él le dio la medalla a mi padre y mi padre a mí.

Me quedo pensando largo rato y luego, por primera vez en mucho tiempo, sonrío para mí. Porque en mi mente se ha abierto paso un recuerdo de tiempos lejanos, de los felices años de Oak Park, cuando Len y yo no teníamos preocupaciones.

No sé si podré explicarle algún día lo que creo haber descubierto, sé que la haría feliz. Espero poder hacerlo antes de ser conducido a la horca. Y me admira lo entrecruzados que siempre han estado nuestros caminos.

Josefina

Ciudad de México, octubre de 1658

Cuando metieron preso a don Pedro Leal, mi señorita Catalina, que se había curado ya de su melancolía, enfermó de nuevo y, otra vez, dejó de hablar.

Era muy buen hombre don Pedro, Piers que lo llamaba ella, aunque sólo yo lo sabía en toda la casa, y a nadie nos parecía bien que, por los manejos de don Rodrigo, lo fuesen a ahorcar. Tanto los soldados que echaron a los ingleses en la Haina y en Nizao como los matadores de vacas que habían peleado junto a él vinieron y protestaron a los oidores, no parecía justo que lo encarcelasen cuando tanto había hecho por librarnos de los invasores. Fueron muchos los que hablaron a su favor, porque, ya digo, era un buen hombre. Pero también hubo algunos, pagados por el regidor, que empezaron a contar historias muy malas del esposo de mi señorita. Corría por la ciudad que había matado y robado.

¡Cuánta pena tenía yo! Pues, como digo, mi señorita enfermó de los nervios. Yo me preocupaba mucho, mucho, por ella y por lo que traía; pensaba que, como siguiésemos así, se le iba a malograr la criatura, que ya lo había visto yo así en otras hembras, que se ponen tristes y no les nacen bien los chicos.

¡Ay, Señor! La culpa de todo era de don Rodrigo. ¡Qué hombre tan miserable! Lo peor es que es de esos que se creen buenos porque reza mucho y hace caridades. Se piensa que, dando limosnas, se va a ir al cielo a pesar de una vida tan ruin... Pero yo sé que ayudaba a los pobres no para irse al cielo, sino para poner de su lado a los curas y a las monjas, que en La Española son muy poderosos y mandan mucho, pero que mucho, y todos les hacen caso. No como a mí, que a nadie le importo porque soy una pobre esclava. ¡Ay! ¡Pero qué tristeza que me entra al pensar en todo esto! Porque no me parece bien, nada, nada bien, que los que sirven al buen Dios le utilicen para malos fines. Porque el buen Dios a mí me salvó. Sí, yo me hubiera muerto en Cartagena de Indias cuando, después del parto en que traje al mundo a mi hija, me desangraba por la hemorragia, pero un padrecito, que sí que era un hombre de Dios, me salvó. Nunca le olvidaré.

El hombre santo de Cartagena de Indias, el gran puerto del tráfico de negros, se llamaba a sí mismo el siervo de los esclavos, y realmente lo era: nos cuidaba y venía a nuestros pobres bohíos a visitarnos, y cuando estábamos enfermos nos llevaba al hospital de San Sebastián. Así lo hizo conmigo cuando parí a mi niña. Es por ella por lo que yo quiero tanto a mi señorita Catalina. Es como la niña que tuve y que ya no está conmigo, hoy sería de su misma edad y habría podido tener el mismo cabello claro porque el que me la hizo lo tenía de ese color. Además, a mi señorita la violentaron, que yo sé lo que es pasar por eso. También lo viví en el barco negrero y luego en Cartagena de Indias. Por todo lo que me voy diciendo es por lo que la quiero tantísimo... Sí, tengo corazón y sé querer, aunque sea negra. Porque, aunque algunos blancos digan que los negros no tenemos corazón ni tenemos alma, sí que los tenemos. Por eso yo quiero a mi señorita, y todo lo que le pasaba a ella era como si me pasase a mí.

Se me va la cabeza de un lado a otro con tantas cosas como pienso. ¿Por dónde iba? Ah, sí. Sólo cuando comenzó el juicio, en la gran sala de vistas de las Casas Reales, la señorita volvió a ver a don Pedro. Nos sentamos en esa habitación grande en la que hay un estrado para el preso, jamugas grandes para los oidores y bancos para el jurado, los caballeros importantes de la colonia. Por las ventanas que se abren al mar, entraba el sol. A mí me gustaba ese sitio porque se estaba fresco y por la luz, brillante pero que no deslumbraba.

Entró don Pedro, le empujaban atado y le hicieron subir al estrado de los presos. Siempre me había parecido un hombre guapo, curtido por el sol y el mar, pero como había estado tanto tiempo encerrado, su piel se había vuelto blanquísima, de leche, y los ojos se le hundían bajo unas grandes ojeras azules. Eso debía ser de la pesadumbre. La señorita Catalina me había contado que su Piers era inglés, y me había extrañado, porque tenía el pelo oscuro y yo sabía que los ingleses son rubios como el oro, pues aquel hombre que tanto abusó de mí era inglés y su pelo era amarillento casi blanco. Cuando pienso en esto mi pasado vuelve a mí, y duele. Sí, mucho, duele mucho.

Se me agolpan los recuerdos de Cartagena, allí en Nueva Granada, donde pasó lo del inglés de cabellos de oro al que no puedo olvidar, porque aunque muchos me forzaron, él se apegó a mí y le gustaba golpearme. En aquel tiempo yo no era una negra gorda de pechos caídos, no, mis pechos eran grandes pero no colgaban y estaba flaca. Les gustaba mucho a los hombres, que pagaban buenos dineros por estar conmigo, y él los cobraba. Pero después dejó de hacerlo, porque le entró ese demonio que son los celos, y no me dejaba irme con otros. Gritaba borracho y decía que yo era una perra, que me iba con todos. ¡Pobre de mí! ¡Si había sido él quien me había echado a perder! Se encaprichó de tal modo conmigo que me encerró en un bohío fuera de la ciudad, en el barrio de Getsemaní, y puso un perro grande a la puerta que ladraba mucho y mordía. Allí no dejaba que me viese nadie más que él. Fue el que más abusó de mí y me preñó. Sí, él me hizo la niña.

Al negrero rubio le gustaba el ron, cada vez bebía más y se volvió loco. Solía ver cosas extrañas, bichos por todas partes; a veces perdía el conocimiento y echaba espuma por la boca, como si tuviese un demonio dentro. Se murió así, gritando ruidos raros y con espasmos por todo el cuerpo. Yo misma le enterré, porque pensé que me iban a acusar de haberle matado, pero no lo había hecho, sino que murió de locura porque se quedó sin ron, y él, sin ron, no podía vivir. Del esfuerzo de cavar la tumba me vinieron los dolores del parto y di a luz a la niña, una criatura preciosa pero débil por haber nacido demasiado pronto. No era negra como yo, su piel era clara como la de su padre, y los ojos no eran tan oscuros como los míos sino grises. Después de darla a luz, yo me desangraba y perdí el sentido. Mi niña lloraba; alguien la oyó y avisó al padrecito. El hombre de Dios vino y me ayudó. Durante un tiempo, estuve en el hospital de San Sebastián donde el hombre de Dios cuidaba a los negros enfermos, y me alegraba con mi niña, tan guapa ella.

Qué buenos meses pasé luego en el hospital de San Sebastián. Aquel tiempo fue el mejor que viví, veía engordar cada día a mi niña y ayudaba al padrecito a cuidar a los enfermos; aprendí muchas cosas, de él y de los otros negros que le ayudaban. Sin embargo, aquello no duró mucho. El padre de mi niña había dejado deudas y sus acreedores, que sabían que tenía una negra guapa que valía sus buenos maravedises, me buscaron hasta encontrarme. El buen padrecito no pudo hacer nada, y los negreros se me llevaron con ellos, a mí y a la niña. Del disgusto, me quedé sin leche. Muchos sufrimientos he tenido en esta vida, pero cuando murió mi hijita, algo se me rompió en el corazón...

Años después me subastaron en el mercado de Cartagena y me compró un hombre que me llevó a La Española, donde finalmente me regaló a doña Luisa. ¡Que Dios la perdone lo mala que es!

Cuando recuerdo todo lo que me pasó en Cartagena, se me va la cabeza... Sí, a veces me distraigo mucho y el pasado torna a mi mente, entonces no puedo centrar el pensamiento en nada. ¿Por dónde iba? Ay, sí, me angustiaba por mi señorita, por mi Catalina, cuando juzgaron a su Piers.

En el estrado, don Pedro, cabizbajo, observaba de cuando en cuando a la señorita Catalina con una devoción muy grandísima, como los devotos miran a la Virgen que hay en la catedral. Ella tampoco dejaba de mirarle. Y yo… no les quitaba ojo a los dos, porque mi señorita estaba tan triste y él, que era todo un caballero, muy recio, con una cara que parecía que la hubiera cincelado un herrero, hacía esfuerzos por ocultar el sufrimiento. Duró varios días el juicio, y mi Catalina se abismaba cada vez más en sí misma, hundiéndose en un pozo del que no era capaz de salir.

Sin embargo, el día previo al que se iba a dictar la sentencia, entró en el despacho de don Juan Francisco y comenzó de nuevo a hablar, como una loca. No quise separarme de ella y oí todo lo que le decía a su tío. Las palabras se me quedaron grabadas en la cabeza, en esta cabeza mía de tan dura mollera. Le dijo que estaba viva gracias a la familia de don Pedro, que él era bueno, que era su esposo, que no podía vivir sin él. Don Juan Francisco, enfadado, le respondió que le había engañado y se había hecho pasar por un caballero. Ella le contestó que las circunstancias habían obligado a don Pedro a ser pirata, pero que sí que ahora era un caballero, prueba de ello era cómo le había defendido siempre don Gabriel de Rojas. Su tío no transigía, y mi señorita empezó a llorar y dijo que se iba a matar, que se iba a tirar al río si lo peor le sucedía a su Piers. Don Juan Francisco, muy conmovido, intentó calmarla; aunque parezca que es muy duro, yo sé que es un hombre de buen corazón. Ella le rogó, una y otra vez, que hiciese lo que fuera por liberar a don Pedro, y él, una y otra vez, le aseguró que no estaba en sus manos. Al final, para calmarla, le prometió que lo intentaría. Con eso ella pareció sosegarse algo, aunque esa noche no durmió nada, bien lo sé yo que me acostaba a los pies de su cama. Su tío tampoco durmió, estudiando legajos hasta altas horas de la madrugada.

Así que al día siguiente, sin haber dormido ninguno de los tres, nos fuimos de nuevo a las Casas Reales a escuchar la sentencia. Durante los días previos había hablado ese don Juan de Beltrán al que no puedo ver sin que se me revuelvan las tripas, pero también apareció otro testigo. Un hombre que contó que su barco había sido asaltado por piratas y reconoció en don Pedro a su capitán, pero que afirmó que les había tratado con mucha humanidad y después les había liberado, a él y a los demás, en la isla de la Tortuga y dado la posibilidad de regresar, sanos y salvos, a La Española. Se notaba que estaba agradecido a don Pedro, pero le interrogaron de tal forma que retorcían todo lo que decía y al final hubo de reconocer que sí, que aunque bueno, don Pedro pirata era. Eso fue lo que había pesado, por eso esa mañana lo condenaron a muerte.

Don Juan Francisco entonces se levantó y, citando muchas leyes, alegó disculpas, que él llamaba «eximentes», y exigió que la condena fuese ratificada por el tribunal del Consejo de Indias en Sevilla. Los oidores accedieron a que fuese trasladado a ese tribunal al otro lado del mar, pero advirtieron que la condena a muerte era inapelable. Si no en Santo Domingo, en España sería ahorcado.

Cuando oyó la sentencia, la cara de don Pedro expresó alivio. ¡Qué cosas que pasan! Mi señorita, en cambio, se puso muy mala y tuve que atenderla. ¡Qué pena tan grande, Señor! Se produjo un gran barullo en la sala, y el presidente del tribunal tuvo que llamar al orden. Luego dijo que todos los que habían navegado con don Piers Leigh serían condenados también como piratas.

Al oír aquello, don Pedro se levantó y habló en favor de sus hombres, diciendo que sólo habían obedecido sus órdenes. El presidente del tribunal habló con los otros oidores, se levantó y dio orden de busca y captura de todos los que habían navegado con el pirata Leigh. Don Pedro quedose más hundido aún. ¡Ay, Señor! ¡Si aunque hubiera sido pirata, no era malo!

Volvimos a casa y mi señorita sólo le pedía a su tío que la dejase ver a su esposo. Porfió y porfió, hasta que don Juan

Francisco movió la cabeza con resignación y hubo de aceptar. Así que aquella misma tarde la acompañé a ver a don Pedro.

Le habían metido en una celda solo. Yo entré primero; estaba sentado en un jergón, con la cabeza inclinada sobre el pecho, abstraído de todo; el cabello castaño en desorden le caía sobre la frente. Alzó la vista y, al verme, debió de pensar que le traía un mensaje de doña Catalina. Me aparté rápido y, al descubrirla detrás de mí, su cara se iluminó. Me puse a un lado, aunque estaba segura de que yo había desaparecido para ellos. Se abrazaron y se besaron con pasión, tanta que me dio vergüenza estar allí. Luego él le puso la mano en el vientre, que ya abultaba mucho.

Le pidió que no se preocupase por él, que quizá se merecía lo que le estaba ocurriendo, que estaba pagando por sus crímenes. Al oír esto, me eché a llorar, pero no se dieron cuenta porque sólo tenían ojos el uno para el otro. Ella le repetía que sin él no podría vivir, a lo que don Pedro contestó que debía cuidar al hijo que llevaba en las entrañas, que era lo único que iba a quedar de su familia.

Un rayo de sol se colaba por el pequeño ventanuco de la celda e hizo brillar el dorado pelo de mi señorita Catalina. Él se lo acarició con ternura.

—Nos encontraremos en la otra vida, mi bien —le dijo—. Allí nos reuniremos con mi padre, con mi madre, con... —Se le quebró la voz—. Con todos los de Oak Park que murieron.

Tomó aire, pero a mí no me engañaba: claro que deseaba vivir y estar con ella, lo de irse con la familia del cielo lo decía por decir, porque él con quien quería estar era con mi señorita, pero no soportaba verla llorar y ella estaba inconsolable. Entonces debió de recordar algo, porque se llevó la mano al cuello, de donde colgaba la vieja medalla de latón que yo un día le llevé a mi Catalina y que la había curado.

—Hace muchos años —empezó don Pedro—, cuando nos despedimos en el acantilado, me diste esta medalla. Entonces me dijiste que era de tu madre y que tiempo atrás se la había dado tu padre. Tu verdadero padre. Creo, Len mía, que sé quién pudo ser. He averiguado que todos los hombres de la Gran Armada poseían una medalla igual.

Mi señorita le miró sorprendida.

—Piers, ¿has conocido a algún marino de la Invencible?

—¡Sí! —le dijo él emocionado—. Y tú también.

—¿Quién?

—El viejo Matt, fuiste tú misma quien me lo contó.

La señorita abrió mucho sus hermosos ojos, que se llenaron de añoranza.

—¿Matt? Sí, me acuerdo, pero…

—Recuerda que Matt te habló de su hijo, aquel que era marino. Llegó a ser capitán de uno de los mercantes de mi familia, porque era un hombre valeroso y un hombre de mar. Posiblemente era quien traía y llevaba al tío Andrew de Oak Park a las costas vascas. Tal vez fue así como el hijo de Matt conoció a tu madre. El viejo marinero, me dijiste, había entregado a su propio hijo esta medalla.

Ella calló, pensativa.

—Siempre me mostró un cariño especial. Una vez me dijo algo que no entendí.

—¿Qué?

—Lo hermoso que le parecía que las historias que se habían abierto en la juventud se cerrasen en la vejez. Piers, ¿crees que era mi abuelo?

—No tengo la certeza, pero hay algo que me dice que sí. Y que mi padre y tío Andrew también lo sabían. ¿Nunca te resultó extraño que no pusieran mayor ahínco en buscar a don Pedro de Montemayor?

—Era tan niña, y luego era como de vuestra familia, como si lo hubiera sido siempre, que ni pensé más en ello. Cuando me habló de la muerte de su hijo, Matt mencionó que había salvado la vida «al cura». ¿Se referiría al tío Andrew?

—Pudiera ser.

Mi señorita besó la medalla y entre sus lágrimas esbozó una

melancólica sonrisa. Después se abrazó a don Pedro y él a ella. Pasó un tiempo de silencio, sólo se escuchaban los sonidos de la calle por el ventanuco y a algún preso pidiendo agua. Al cabo de poco, sonaron pasos por el pasillo y luego la llave girando en la puerta. Entraron los guardias, y los dos, como avergonzados, se separaron. Aunque don Pedro rogó a los carceleros que nos dejasen permanecer algún rato más, los dos hombres se negaron porque jugaban el puesto. ¡Madre mía! ¡Qué llenos de normas y ordenanzas estaban en la Audiencia, no dejaban vivir a nadie! Y esa gente, los que tenían un cargo pequeño, eran los más estrictos con los reglamentos.

Así que tuvimos que irnos. Sin embargo, mi señorita parecía estar más consolada desde que había hablado con él y ambos habían recordado tiempos pasados. Se acariciaba el vientre y le cantaba una nana a su hijo. Me enternecía verla así.

Las semanas siguientes, aunque suspirosa, parecía estar mejor, lo que aprovechó doña Luisa Dávila para reclamarme. A don Juan Francisco, la muy embustera, le decía que estaba encantada de que yo cuidase a su sobrina, pero a mí me pegaba porque decía que estaba descuidando a los enfermos que tantos maravedises le proporcionaban. Así que tuve mucho trabajo esos días.

Lo que me ocurre es que cuando yo trabajo curando, utilizo las manos y toda mi energía, pero también pienso más con mi poca sesera. De esa manera, comencé a cavilar. Sí, mi cabeza daba vueltas pensando en cómo ayudar a mi Catalina y a su Piers. No sé cómo, se me puso en la mollera don Juan de Morfa, el marido de la hija mayor de doña Luisa, el que decían que era irlandés y que apreciaba tanto a don Pedro.

Para verle, me puse el manto para ir más recogida, escapé de casa de doña Luisa y, cruzando por los huertos, me llegué a la de doña Beatriz, a la que encontré sentada fuera acunando a su nuevo hijo. Le dije que el señor Pedro no podía morir, y ella me miró llena de congoja y me contestó:

—No se puede hacer nada.

—Sí que se va a poder —le dije yo—. Claro que sí.

Ella sonrió, es muy dulce doña Beatriz, y yo seguí hablando sin importarme nada de nada:

—Como don Juan conoce piratas y gentes de mar, puede llamarlos y salvar a don Pedro.

Me miró con los ojos muy abiertos, entre divertida y enfadada. Yo lo repetí:

—Don Juan conoce piratas, piratas amigos de don Pedro. Le pueden salvar.

Lo remaché muchas veces, «los piratas lo pueden salvar», cada vez más alto y más nerviosa. Entonces me oyó don Juan, que acababa de llegar.

—¿Qué quiere la negra? —le preguntó a su esposa.

Esto no lo decía para ofender, decía negra sin desprecio. Que yo sé bien cuándo hay desprecio y cuándo no lo hay.

Doña Beatriz se lo contó con una sonrisa triste. Don Juan dirigió su mirada pensativa hacia el río y al mar brillando a lo lejos. Con voz muy baja que casi no se oía, dijo:

—Quizá tenga razón la esclava.

Me apartó a un lado.

—Mira, Josefina, tu idea puede ser buena. Quizá aún se pueda hacer algo por don Pedro.

—¡Sí! —exclamé encantada.

—Yo no puedo salir de la ciudad para avisar a sus antiguos hombres...

Le miré con desánimo, ¿ahora venía a decirme que nada podría hacer?

—... pero —continuó— nadie sospecharía de una esclava negra. Ve a Samaná, busca a don Hernando de Montoro y entrégale la carta que te daré.

—Doña Luisa me azotará si me voy tan lejos.

—No te preocupes, mi esposa y yo te disculparemos. Pero vete hoy mismo.

No me puedo acordar de todo lo que hice, sólo sé que pasé dos noches y dos días andando casi sin parar hasta que llegué, sucia y cansada, con los pies llagados, a Samaná. Allí busqué al señor Montoro y le entregué la carta de don Juan. Una sonrisa extraña cruzó su rostro al leerla. Después, me animó diciéndome que no me preocupase por nada, que el señor don Pedro tenía más vidas que un gato y que había salido de otras peores. Se rió con estas palabras, me dio unas monedas y ordenó a uno de sus criados que me llevase de vuelta a Santo Domingo. Ya subida a una carreta, me dio las gracias por todo, aunque no quiso decirme lo que iba a hacer, y se despidió.

Así que regresé, contenta porque estaba claro que don Hernando de Montoro tramaba algo para ayudar al esposo de mi Catalina. Además, me gustó el viaje en carreta, sin tener que andar tanto y contemplando las sierras verdeando a lo lejos y los campos con caña de azúcar.

Cuando llegué a la capital, todo el mundo se encontraba en las calles, como solía ocurrir cuando estaban a punto de partir aquellos barcos que se unirían a la flota de Indias en La Habana. Reconocí a don Pedro, con las manos presas, en la fila de condenados que se dirigía a una de las naves. Se lo llevaban ya, a ese país al otro lado del mar, donde otros oidores ratificarían la sentencia dada en Santo Domingo y lo colgarían del cuello hasta morir.

Siguiendo la comitiva de los presos, me encontré a mi Catalina, llorando sin importarle que nadie la viese. Corrí hacia ella, no me gustó que se expusiese tanto porque la gente criolla de la capital era mala, se burlaba y se reía del dolor ajeno. Mi señorita, cuya preñez estaba avanzada, quería subir tras don Pedro a aquella nao grande pero, claro, no la dejaron embarcar. Me quedé con ella en el puerto hasta que los barcos se perdieron en el horizonte, y luego me la llevé hasta su casa y la metí en la cama. Le di láudano, que hace que no suframos, y se quedó dormida.

Entonces me fui, porque yo soy un alma alegre a pesar de las penas que me han ocurrido y los golpes que me ha dado la vida, y ya no aguantaba más tantas tristezas y melancolías. Por eso me fui. Primero al hospital de San Nicolás, donde me curaron los pies y me pusieron vendas antes de darme unas abarcas nuevas. Después vagabundeé por la ciudad, que era lo que más me gustaba, ir de acá para allá, zascandileando y enterándome de todo... y porque tenía miedo de regresar a casa de doña Luisa.

Cuando hubo caído la noche, sin embargo, no tuve más remedio que irme a la casa de mi ama, quien me dio la paliza más grande que recuerdo por haberme escapado todos esos días sin decirle nada a ella. Me dejó la espalda desollada, ¡que el diosito que está en los cielos le dé algún día su merecido! Mis gritos se escucharon desde la casa contigua y al final apareció don Juan Francisco, que es un buen hombre, ya lo digo yo. Le dijo a doña Luisa que me necesitaba para cuidar de su sobrina y le ofreció tantos dineros que ella no pudo rehusar, ¡la muy avarienta!

Don Juan Francisco entonces me dijo que, en cuanto hubiera nacido lo que llevaba su sobrina en el vientre, un varón sabía yo, que para algo soy partera y en las caras de las mujeres preñadas puedo adivinar si llevan chico o chica, me dejaría libre de ir donde me apeteciese, que ellos marcharían a las tierras de la Nueva España, a la Ciudad de México, donde se iba como oidor a oír cosas más importantes que las que se oían en Santo Domingo. Le contesté que sólo quería estar con mi querida niña, doña Catalina, y quedarme con él, que era un buen hombre. Me puse tan contenta de pensar que no tendría que ver más a doña Luisa que daba saltos, pero no muchos, que la espalda aún me dolía de los golpes.

Pasaron los días y mi señorita seguía triste, aunque yo le hablé de mi viaje a Samaná. Entonces llegó una grave noticia a la isla, y quien se puso realmente preocupado y disgustado fue don Juan Francisco, tan acongojado que tenía la cara muy, muy larga, más de lo que él suele tenerla. Un barco pirata había atacado a los que iban a reunirse con la flota de Indias, cerca del canal de Tortuga, y había hecho naufragar al que llevaba los presos; la mayoría de los hombres pudieron ser luego rescatados por las otras naves, pero no todos, entre ellos don Pedro. Don Hernán de Montoro, pensé, no había podido llegar a tiempo. Don Juan Francisco ordenó que no se le dijese nada a su sobrina, y cuando al día siguiente don Juan de Morfa entró pidiendo hablar con ella, le negó el acceso.

Pronto llegó la hora del parto y, como yo había sospechado, mi Catalina dio a luz a un varón. Ella le quería poner Pedro porque, no sé cómo, había averiguado que su esposo seguramente había muerto ahogado, pero yo le dije que eso daba mal avío y que pensase en otro nombre. Entonces ella decidió que se debería llamar como aquel abuelo por el que le había llegado la medalla y le puso Mateo, que es un nombre que no me gusta, pero a ella sí, pues le traía muy buenos recuerdos. Mi Catalina se alegró con el chico y, aunque siempre hablaba de su Piers, ya no lloraba tanto y le cantaba una nana en aquella lengua que yo no entendía pero que suena tan bien, y que ella decía que era vasco.

Unos meses después, en un gran galeón, nos embarcamos don Juan Francisco, mi niña doña Catalina, su hijo, Vicente Garcés y yo, la negra Josefina, que iba muy, muy contenta porque me gustaba la libertad y hacer lo que me viniese en gana y lo que me venía en gana era servir a don Juan Francisco y a mi señorita.

Desde el principio la travesía se me hizo eterna con todo aquel balanceo del barco; me mareé mucho y mi Catalina también. Cuando el sol se había puesto y levantado no sé cuántas veces porque no sé contar, un barco comenzó a perseguirnos. Al acercarse, izó la enseña y todo fueron exclamaciones de horror en la cubierta: era una bandera pirata.

Don Juan Francisco de Montemayor le pidió al capitán que se rindiese para no poner en peligro la vida de los pasajeros, a lo que el ceñudo marino accedió. Nos abordaron y, entre los que saltaron a la cubierta, reconocimos a don Pedro. Mi niña Catalina no cabía en sí de gozo al verle y él también al encontrarse con ella, que llevaba a su hijo en los brazos. Los piratas hablaban en esa lengua en la que la señorita y don Pedro solían usar entre sí y su capitán era un hombre joven de pelo rojizo aunque medio calvo, de ojos achinados, que se presentó como Ricardo Colerich.

Él informó al capitán español que se llevarían sólo a doña Catalina y que no se preocupase, que no le molestarían más. Mientras se lo decía, mi ama y don Pedro Leal se apartaron a un lado y hablaron entre ellos. Yo les observaba con algo de pena desde lejos, porque sabía lo que iba a ocurrir. Después se acercaron de nuevo a donde yo estaba con su hijo y me pidieron que me fuera con ellos. La señorita me abrazaba una y otra vez. Pero yo sabía que ellos se tenían el uno al otro, y que yo a quien tenía que cuidar era a don Juan Francisco, que se quedaba solo.

Y pensé que sí, que ambos siempre habían tenido gente a su lado, personas que los habían amado, y que yo era una de esas personas. Me di cuenta de que mi niña Catalina me miraba con afecto y que para ellos no era una simple criada gorda, fea y despreciable, sino alguien a quien querían de verdad.

Don Pedro me dio las gracias por cuidar de su esposa y por la caminata que me pegué hasta Samaná, en la que me había desollado los pies. Le explicó a don Juan Francisco que, gracias a esa caminata, Montoro había recibido la carta en la que don Juan de Morfa le informaba de la fecha de la partida de los barcos de Santo Domingo y le pedía localizar con *La Indomable* a Ricardo Colerich para que interceptase el navío en que viajaría él mismo, don Pedro, antes de que los barcos se unieran a la flota de Indias.

Luego tranquilizó al tío de su esposa, le dijo que no pensaba ser pirata sino regresar, con el Ricardo Colerich, a Inglaterra, donde a un tirano no le aguardaban muchos días y pronto tendrían un nuevo rey. Que reconstruiría la casa en la que había nacido y que se había quemado, y que en ella había un árbol que llamaban roble.

Se fueron en el barco del señorito Ricardo, el pirata. Se llevaron a su hijo y yo me quedé con don Juan Francisco, que lloraba al ver que se iban, para atenderle y ayudarle. Ahora estoy contenta aquí en la Ciudad de México, donde llegamos hace meses, porque hago lo que quiero y cuido a don Juan Francisco, que es un hombre de bien que no me maltrata, sino que me agradece lo que hago.

La noche pasada soñé con ellos, con mi señorita y con don Pedro. Vivían en una hermosa casa, rodeada por campos y unas colinas que se abrían a un mar que no era como el del Caribe, sino de aguas grises, como el cielo. Había un gran árbol y una pradera verde que conducía hacia un acantilado. Sí. Soñé con mi señorita, con mi querida niña, doña Catalina.

Piedralaves, 11 de febrero de 2016

Ficción y realidad

Esta novela nació un verano en Manchester, cuando después de haber acabado *El astro nocturno* me enfrentaba al reto de salir del mundo visigodo para meterme en una época distinta. En aquel momento, había leído el libro de Hugh Thomas, *El Imperio español*, y estaba barruntando hacer algo con la América hispánica del siglo XVII de fondo. Pero, como me encantan los lugares que se relacionan con la literatura, me acerqué con mi familia a visitar la cercana Lyme Park, una de las mansiones inglesas donde se rodó la adaptación de *Orgullo y prejuicio*, de Jane Austen, que hizo la BBC en 1995. Esperábamos reencontrarnos allí con los escenarios y los personajes de la genial novela de época georgiana. Sin embargo, a mí me ocurrió algo bien distinto.

Al recorrer la casa, que tan amablemente enseñan miembros del National Trust británico, descubrí la propia historia que albergan aquellas antiguas paredes y me pareció mucho más fascinante que la serie de la BBC o la visita de Lizzie Bennet a Pemberley. Lo que contaba el guía me transportó al siglo XVII, al tiempo de la guerra entre el Parlamento y el rey Carlos I Estuardo, cuando Lyme Park era un lugar de conspiraciones realistas, en las que estaban implicados sus propietarios, la familia Leigh. En la zona este de la casa aún se conserva un gabinete, mezcla de fumador y biblioteca, con paredes forradas de madera, cuadros de los reyes Estuardo y unos grandes ventanales que miran al parque. Parece ser que allí tenían lugar las intrigas de los realistas. Durante la visita, el guía nos contó que en los sótanos se había encontrado el cadáver de un sacerdote católico, que había muerto atrapado allí en aquellos tiempos de persecución. Todos estos relatos de conspiraciones, de sótanos con cadáveres, más la belleza y el encanto del lugar desencadenaron en mí el proceso creativo que ha culminado en *Mar abierta*.

Sin embargo, actualmente Lyme Park poco tiene que ver con una mansión del siglo XVII, escenario de la novela que estaba proyectando, porque su diseño isabelino original fue modificado para simular un palacio italiano en el siglo XIX. Después de buscar diversos enclaves en las islas Británicas que pudieran ayudarme a trasladarme a la época adecuada, finalmente fui a parar a una mansión cerca de Dublín más pequeña que Lyme Park y menos relacionada con la guerra civil inglesa, pero que conserva la estructura y el mobiliario del siglo XVII. Malahide Castle, señorial y antigua, con almenas y torres, se me reveló como el lugar en el que Piers y Len habrían jugado de niños. Conserva aún un hueco en la sala principal, al que se accede desde los pasillos de los criados y que se cubre por un tapiz, y en sus jardines se pueden ver las ruinas de una antigua abadía.

El paisaje que rodea la ficticia mansión de *Mar abierta*, que di en llamar Oak Park, la Casa del Roble, está inspirado en el de los acantilados de Essex, concretamente en la península del Naze y la población cercana de Walton-on-the-Naze. No se trata de los acantilados blancos de Dover, sino de farallones de arenisca que se van derrumbando de modo progresivo, por lo que cada año la costa retrocede un poco. Cuando desde allí divisé el mar gris plata, y descubrí que los acantilados habían retrocedido más de cien metros en los últimos siglos, llegué a pensar que habían sido tal como los imaginaba en mi mente; quizá incluso pudo existir siglos atrás una ensenada que ahora ha desaparecido. Porque debo decir que la bahía de la Cabeza del Caballo también es ficticia, aunque la roca en el centro de la misma se inspira en una de las costas gallegas, que efectivamente tiene el aspecto de un caballo de ajedrez y queda cubierta en la marea alta. Está en la ría de Pontevedra, el lugar donde mi familia veranea.

Los protagonistas, Len y Piers, son fruto de mi imaginación. De los Leigh de Lyme Park sólo tomé el nombre. En cambio, los Oquendo existieron. Fueron una saga de marinos vascos que, desde la nada, llegaron a pertenecer a la hidalguía y aún a la nobleza del Imperio. Al parecer el patriarca, don Miguel de Oquendo (como uno de los personajes, Matt, cuenta en la novela), era hijo de un modesto cordelero y participó en la carrera de Indias. Posiblemente incrementó su fortuna a través del contrabando y el comercio, y llegó a tener una flota de su propiedad. Después luchó en diversas empresas navales, la última de las cuales, la Armada mal llamada Invencible, le ocasionó la muerte.

Es uno de los episodios navales más estudiados del siglo XVI. El enfrentamiento entre ingleses y españoles no llegó a ser exactamente una batalla naval, aunque fue una derrota española a causa de las condiciones climáticas y la mala planificación. Todo lo que se recoge en el capítulo «Invencible» está históricamente documentado. La Armada atravesó el Cantábrico y el canal de la Mancha, y se situó frente a las costas de Flandes. El objetivo de la misma era recoger los Tercios Viejos, en aquel momento el ejército más preparado de Europa, para invadir Inglaterra y derrocar a Isabel I. El enfrentamiento entre las naves inglesas y las imperiales se produjo no muy lejos de lo que hoy es la costa de Essex, el lugar en donde se sitúa Oak Park en la novela. Aquí entramos en la ficción; no es imposible que alguno de esos barcos, empujado por la tormenta que se produjo después del breve combate, se refugiase allí, mientras el conjunto de la Armada regresaba a España rodeando las costas inglesas, escocesas e irlandesas, en un periplo en el que naufragaron un gran número de navíos.

El hijo de don Miguel, el almirante don Antonio de Oquendo, participó en diversos combates, como la defensa de las posesiones del Imperio en las costas de Brasil, y otras muchas misiones; murió tras participar en la batalla de las Dunas. Tuvo dos hijos legítimos, que fallecieron antes de heredar, y uno ilegítimo, Miguel Antonio, que también fue marino y al que acabó llegando toda la fortuna de los Oquendo al haber contraído matrimonio con una prima, que fue quien, finalmente, la heredó; la historia de este bastardo, su esposa y la madre de ella, la tía Juana que se menciona en *Mar abierta*, podría haber dado tema para otra novela. Quien sí es un personaje ficticio es Isabel de Oquendo, la madre de Len; me he permitido jugar con la posibilidad de una tercera hija legítima de don Antonio.

Empecé a sumergirme en la historia de la Inglaterra de esa época. Para el ambiente en el Londres del siglo XVII conté con la inestimable asistencia de Hazel Forsyth y Sally Brooks del Museo de Londres, que me ayudaron a documentarme sobre las prisiones, murallas, palacios y la localización de la embajada de la Corona española en aquella época. Si visitan la ciudad, no se pierdan este interesante museo situado muy cerca del centro.

Para la mayoría de los sucesos que ocurren en *Mar abierta* me apoyé en un montón de libros y artículos. El siglo XVII es un período fascinante, que el historiador británico Geoffrey Parker ha etiquetado como «el siglo maldito». Confluyeron un cambio climático, la pequeña Edad del Hielo, que provocó malas cosechas y hambruna, y las tremendas guerras de religión, como la guerra de los Treinta Años y, sobre todo, la que aquí me interesaba: la cruenta guerra civil inglesa que, en palabras de otro historiador británico, Martyn Benett, «invadió campos, patios y cocinas de la gente, se llevó sus camas y los espejos de sus paredes». Murieron unos doscientos cincuenta mil hombres y mujeres, casi el siete por ciento de la población total de Inglaterra. Ésa fue la terrible consecuencia del enfrentamiento entre Carlos I Estuardo y el Parlamento, contrario a un monarca con ambiciones absolutistas, pero también entre maneras opuestas de entender la fe.

En la novela se describe el conflicto fratricida a través de las desventuras de los Leigh. Todo lo que se cuenta sobre la guerra, como la batalla de Naseby que se relata en uno de los capítulos, la violación y matanza de las mujeres que seguían a los realistas, el asalto por las tropas parlamentarias a casas de nobles católicos y el horror del sitio de Colchester durante el verano de 1648, es rigurosamente histórico. La carta de Thomas está inspirada en una auténtica que escribió un caballero realista.

La trayectoria de la Armada inglesa, que en la primera guerra civil se mostró partidaria del Parlamento y en la segunda se alió con el rey, es una historia compleja, que está muy bien descrita por el historiador J. P. Rowland en su interesantísimo libro *The Navy in the English Civil War*. Allí se relata otro suceso que es también clave en la novela: cuando el capitán Swanley dio la orden de ejecutar a una serie de militares irlandeses tirándolos al mar, atados mano contra mano.

La guerra civil inglesa también se ha de entender en el contexto más amplio de las guerras de religión que azotaron Europa en el siglo XVII. La cristiandad europea, más o menos unida durante la Edad Media, se había partido en dos en el siglo XVI, con momentos tan dramáticos como la matanza de San Bartolomé, y cada vez se fue enfrentando más.

Quizá para la época actual, en la que el agnosticismo y el ateísmo se han convertido en moneda de cambio y en la que protestantismo y catolicismo han suavizado muchas de sus posturas, es difícil entender la radicalidad e importancia de las ideas religiosas para los hombres y mujeres de aquel tiempo. Los poderosos utilizaron la religión como arma política, mientras que la clase llana buscaba en ella su escape. La esperanza de vida era menor que hoy, hubo grandes hambrunas, las pestes diezmaban a la población. Las condiciones de vida de las clases humildes eran muy duras y, en Inglaterra, la riqueza se hallaba en manos de unas trescientas familias de la nobleza.

Por todo ello, el hombre de la Edad Moderna pensaba en la otra vida para olvidar ésta, y se movía en claves de eternidad, de condenación o de salvación. El protestantismo, y sobre todo el de corte calvinista, creía en las ideas de predestinación, de tal modo que alguien podía estar designado por Dios a la perdición (como mademoiselle Maynard le dice a Len en la novela). Vemos las películas de piratas, y nos parece un rasgo pintoresco que salpiquen su conversación de infiernos y condenaciones. Pero también los piratas eran hombres de su tiempo, y estaban impregnados por la dualidad de salvación o condenación. Los de origen protestante se sabían predestinados al infierno, por lo que, si la salvación les estaba vedada, tenían que disfrutar de esta vida sin cortapisas y sin freno alguno. Los de origen católico buscaban alcanzar la salvación mediante una conversión en el último momento o algún sacramento que les salvase como si fuese un amuleto más. El episodio de la misa blasfema que se refleja en *Mar abierta*, ejemplo de ello, es verídico, y lo recogió un filibustero francés, Alexandre Olivier Exquemelin, en una autobiografía muy famosa.

Sí, el siglo XVII fue una época de una religiosidad extrema. También de autos de fe, de inquisiciones y de ejecuciones sumarias de católicos como traidores en la Inglaterra de finales de los Tudor y de los Estuardo, aunque tanto en el lado católico como en el protestante hubo muchos muertos, mártires de las propias creencias; algunas mujeres tachadas de brujas fueron quemadas públicamente, convirtiéndose en chivo expiatorio de la contienda. Una de las consecuencias de la cruenta guerra civil inglesa es que impuso luego la tolerancia religiosa en el país.

También existió la denominada Misión de Inglaterra. Convocados por el Papa, jóvenes ingleses de origen católico se formaban en seminarios jesuíticos en la Europa católica, entre ellos el colegio de San Albano o de los Ingleses, en Valladolid, fundado en 1589 por Robert Persons, jesuita inglés. Luego retornaban a Gran Bretaña. Algunos de estos sacerdotes fueron ejecutados a través de un martirio sangriento, como el de Edmund Campion que se describe en la novela.

Terminada la inmersión en la historia conflictiva y apasionante de Inglaterra, regresé al que había sido el punto de partida cuando empecé a planear escribir una nueva novela: el Imperio español. No puedo menos que agradecer la paciencia de mi familia, que me acompañó al Caribe y, en lugar de descansar en las hermosas playas dominicanas, se veían arrastrados a ruinas y museos, los lugares donde se desarrollaría la acción. Nos alojamos en un hotel de la calle de las Damas, en pleno centro del Santo Domingo colonial. La calle de las Damas acaba en una gran explanada en la que se sitúa el palacio de Colón, edificado por don Diego Colón, y en el que vivió su esposa, doña María Álvarez de Toledo, de la poderosa familia de los duques de Alba. La vía, que conserva todo su encanto colonial, está ornamentada por diversas iglesias así como por casas de la época, y finaliza en las Casas Reales, antigua Audiencia de Santo Domingo.

La parte trasera de las casas de una de las aceras de la calle de las Damas dan al río Ozama y, en aquella época, estaban unidas entre sí por pequeños huertos que asomaban a la muralla. En una de ellas he imaginado viviendo a don Juan Francisco de Montemayor y Córdoba de Cuenca, tío de Len. Le di buenos vecinos: a un lado, los Dávila, una antigua familia criolla, y al otro, el irlandés John Murphy y su joven esposa.

Don Juan Francisco realmente existió. Fue un jurista formado en Huesca que, por una serie de circunstancias, llegó a ser oidor decano en la Audiencia de Santo Domingo; durante un par de años claves, al faltar el gobernador de la isla (había muerto el anterior y estaban esperando que llegase el siguiente), ocupó el cargo de manera interina. Hay que tener presente que la Audiencia de Santo Domingo entonces legislaba, juzgaba y gobernaba gran parte del Caribe y lo que hoy es Venezuela y Colombia. Montemayor escribió numerosas obras de Derecho Indiano, y en una de las más importantes habla del reparto de presas. Lo hizo para defenderse de las acusaciones vertidas contra él durante su juicio de residencia: se le acusó de haber distribuido de modo negligente el botín habido en la toma de Tortuga.

Los juicios de residencia constituyen una muestra más del control de la Corona española sobre sus súbditos en el Nuevo Mundo. Todos los funcionarios destinados a las Indias debían someterse, al final de su mandato, a un juicio en el que se dirimía si se habían comportado honestamente. Cualquier persona podía dar su opinión sobre el residenciado. Fue un mecanismo de control muy útil para la administración en las Indias, que pretendía que los funcionarios no se excediesen.

Montemayor también estuvo detrás del ataque a Tortuga, nido de piratas, corsarios, bucaneros y filibusteros. La acción la lideraron dos hombres: Gabriel de Rojas y John Murphy. Del capitán Rojas existen pocos datos, así que todo lo que se describe en la novela es ficticio, salvo su implicación en el ataque. John Muphy Fizgerald Burke, castellanizado con el curioso nombre de Juan de Morfa Burco y Geraldino, era irlandés. Pudiera haber sido un corsario de la Corona española que se sumó a la defensa de las Indias frente a las acciones de ingleses y holandeses. Al parecer, en el siglo XVII había en isla Española (hoy Haití y República Dominicana) una colonia irlandesa que fue clave en la resistencia frente al ataque de los ingleses.

Los episodios de piratería que se describen en *Mar abierta*, aunque novelados, están inspirados en hechos reales. Corsarios, piratas, bucaneros y filibusteros, gentes de mal vivir, poblaban aquel Caribe, lugar de paso de galeones y otras naves cargadas de riquezas.

Si durante el mandato de Montemayor como gobernador interino se recuperó Tortuga, la isla de los piratas, al final de su estancia en la Audiencia ocurrió el ataque a La Española por parte del Western Design de Oliver Cromwell. Está recogido en tres fuentes: la relación escrita por Montemayor, la de Bernardino de Meneses, gobernador de Santo Domingo, y por último la de sir William Penn, comandante de la Armada inglesa. La pelea entre Penn y Venables, la falta de cohesión entre marinos y ejército de tierra, que fue una de las causas de la derrota inglesa en La Española, es verídica. El episodio de la batalla de los cangrejos, en cambio, está basado en una leyenda de tierras dominicanas.

En los Boletines del Archivo General de la Nación de la República Dominicana encontré nombres de militares, clérigos, regidores y demás funcionarios de la época, que he ido usando. De entre todos ellos destaca don Rodrigo Pimentel, un curioso personaje, del que se sabe que fue contrabandista en connivencia con los piratas, que controlaba a gobernadores y oidores en Santo Domingo y que compró el cargo de regidor. Parece ser que recibió órdenes menores y que tenía una amante a la que refugió en las Claras; esa mujer, doña Inés de Ledesma, se relacionó con un capitán al que Pimentel intentó asesinar. Llegó a ser juzgado y condenado a muerte, pero falleció antes por vía natural. Está enterrado en el convento de las clarisas en Santo Domingo.

Pero todo este juego de realidad y ficción sólo me ha interesado en tanto que trasfondo de la historia que realmente he querido contar, la de Len y Piers, y en cierta manera también la de Josefina. Las suyas son vidas azarosas, y, como las de todos, dependen de las propias actitudes vitales, de la propia fortaleza ante situaciones extremas. He utilizado una guerra para templar a mis personajes y ver qué son capaces de dar de sí. Mi experiencia como médico me ha enseñado que el ser humano está llamado a la superación de las propias heridas emocionales.

Lecturas de interés

Mar abierta es una novela que busca distraer al lector y meterle en la vida de unos personajes ficticios, no un trabajo de investigación ni una tesis doctoral, así que, aunque he manejado más de cien referencias entre libros y artículos, no creo que éste sea el lugar para relacionar la bibliografía entera.

Sin embargo, para aquellos a quienes les apetezca adentrarse en la Historia con mayúscula tras leer la historia de Len y Piers, propongo algunas publicaciones por las cuales empezar.

Para conocer la América de los siglos XVI y XVII, me parece que es de gran interés la obra de Hugh Thomas, *El Imperio español* (Planeta, 2003). El ambiente general de decadencia en la corte de Felipe IV se refleja muy bien en la obra, clásica ya, de Martin Hume, *La corte de Felipe IV y la decadencia de España,* publicada en 1907 (reeditada por Espuela de Plata, 2005).

Sobre la vida en el Caribe, están las obras de Esteban Mira Ceballos, *La Española, epicentro del Caribe en el siglo XVII* (Academia Dominicana de la Historia, vol. XCI, Editorial Búho, 2010), y de Francisco Moya Pons, *La vida escandalosa en Santo Domingo en los siglos XVII y XVIII* (Universidad Católica Madre y Maestra, Editora Cultural Dominicana, 1974). Es en esta segunda donde se señala que las casas de la calle de las Damas se comunicaban por los huertos traseros.

Para entender las complejas relaciones internacionales de la monarquía española en el siglo XVII, son de gran ayuda algunos capítulos de la estupenda obra de un profesor de la UCLM, don Porfirio Sanz Camañes, *Guerra y política internacional en la monarquía hispana* (ACTAS, 2012).

En cuanto a la piratería y el corso en las Indias, recomiendo *El combate a la piratería en Indias (1555-1700)*, de Oscar Cruz Barney (Oxford University Press, 1999); *Historia general de robos y asesinatos de los más famosos piratas*, de Daniel Defoe (Valdemar/Histórica, 1999); *Los bucaneros de las Indias Occidentales en el siglo XVII*, de C. H. Haring (Renacimiento, 2003); *Piratas, corsarios y filibusteros*, de Manuel Lucena Salmoral (Síntesis, 2007), y *La vida de los piratas*, de Stuart Robertson (Crítica, 2008).

Para conocer a la familia Oquendo, existe una breve recensión publicada por Manuel Gracia Rivas, *Los Oquendo: historia y mito de una familia de marinos vascos* (*Itsas Memoria. Revista de Estudios Marítimos del País Vasco*, n.º 6, Untzi Museoa-Museo Naval, 2009), que se puede encontrar fácilmente en internet. Relacionada con la historia de don Miguel de Oquendo está la de la Armada Invencible, que se recoge en multitud de fuentes, aunque quiero destacar *La Gran Armada*, del historiador Geoffrey Parker y el arqueólogo submarino Martin Colin (Planeta, 2011).

Para la historia de Inés de Ledesma y Gabriel de Rojas me fundamenté en el capítulo «Aproximación jurídica a los derechos de la mujer en los contratos matrimoniales», firmado por Petra Neurkitchen, dentro de la obra *Historia de la mujer e historia del matrimonio*, coordinada por M.ª Victoria López Cordón y Montserrat Carbonell Esteller (Servicio de Publicaciones de la Universidad de Murcia, 1997).

Por último, a don Juan Francisco de Montemayor le encontré en el artículo de M.ª Luisa Rodríguez-Sala y Miguel B. de Erice, *Juan Francisco Montemayor y Córdoba de Cuenca, abogado, oidor y recopilador del siglo XVII* (Anuario Mexicano de

Historia del Derecho, n.º 9, 1997), que está disponible en internet.

La guerra civil inglesa es un asunto sobre el que se pueden encontrar múltiples publicaciones, la mayoría en inglés. Destaco dos obras de carácter general —*The English Civil War. Roundheads, Cavaliers, and The Execution of the King*, de John Miller (Constable & Robinson, 2009), y *The English Civil War. A Historical Companion*, de Martyn Bennet (History Press, 2013)—, así como el ensayo de la historiadora australiana y actualmente profesora en Oxford Diane Purkiss, *The English Civil War. A People's History* (Harper Perennial, 2007), en el que se recogen anécdotas, sucesos y la vida de muchos personajes, de diferente condición social, de aquella época.

En cuanto a la trayectoria de la marina inglesa durante la guerra civil, hay que referirse a un libro ya clásico, que describe todos los hechos navales año a año y casi día a día: *The Navy in the English Civil War*, de John Rowland Powell (Archon Books, 1962). Y si a alguien le interesan los viajes de la flota comandada por el príncipe Ruperto del Rin tras huir de Irlanda, le recomiendo la web de libre acceso BCW Project, British Civil Wars, Commonwealth and Protectorate (http://bcw-project.org/military/third-civil-war/prince-ruperts-voyages).

Fechas históricas de la novela

1577 Nace Antonio de Oquendo, padre de Isabel de Oquendo.

1581 1 de diciembre: muere Edmund Campion.

1588 Mayo a agosto: Armada Invencible (Empresa de Inglaterra). Finales de septiembre: muere Miguel de Oquendo al regreso de la Jornada de Inglaterra.

1589 Fundación del Colegio de los Ingleses (Real Colegio de San Albano), en Valladolid.

1605 5 de noviembre: complot de la Pólvora.

1610 Enero: san Pedro Claver, el «esclavo de los negros», es destinado al Nuevo Reino de Granada.

1618 Nace Juan Francisco de Montemayor y Córdoba de Cuenca.

1620 Antonio de Oquendo, que el año anterior había sido castigado y preso en Fuenterrabía, es trasladado al monasterio de San Telmo, en el monte Urgull (San Sebastián).

1639 21 de octubre: batalla de las Dunas, en la que combate Antonio de Oquendo.

1640 Abril: Carlos I Estuardo convoca el Parlamento Corto. 7 de junio: muere Antonio de Oquendo en La Coruña. Noviembre: se inicia el Parlamento Largo.

1641 12 de mayo: ejecución de Thomas Wentworth, conde de Strafford. 22 de noviembre: la Cámara de los Comunes presenta la Gran Amonestación.

23 de diciembre: Carlos I rechaza la Gran Amonestación.

1642   4 de enero: Carlos I acude al Parlamento a detener a cinco opositores parlamentarios.

10 de enero: Carlos I abandona Londres y va a Hampton Court.

23 de abril: Carlos I va a Hull, es rechazado por lord Hotham. Pierde el control de la Armada.

Mayo a junio: lord Warwick asegura la Armada para el Parlamento.

22 de agosto: Carlos I se levanta en Nottingham, se inicia la primera guerra civil inglesa.

23 de octubre: batalla de Edgehill, vence Carlos I con la caballería del príncipe Ruperto del Rin, su sobrino.

Noviembre: saqueo de Brentford por las tropas realistas.

1643   Enero: los realistas hacen de Oxford su capital.

30 de junio: los realistas derrotan a los parlamentarios en Adwalton Moor.

26 de julio: Carlos I toma Bristol y recupera algunos barcos.

20 de septiembre: primera batalla de Newbury, nadie sale vencedor.

1644   2 de julio: derrota de Carlos I en Marstoon Moor, pero el ejército parlamentario está exhausto.

27 de octubre: segunda batalla de Newbury. Derrota de los realistas.

Diciembre: los puritanos prohíben la Navidad.

1645   6 de enero: el Parlamento crea el Nuevo Ejército Modelo, al mando de sir Thomas Fairfax.

14 de junio: batalla de Naseby, derrota de los realistas.

Agosto: Bristol cae en poder de los parlamentarios.

1646   Abril: Carlos I abandona Oxford y va a Escocia. Antes ya había enviado a su hijo Carlos, príncipe de Gales, a Francia para protegerlo.

Junio: cae Oxford en manos del Nuevo Ejército Modelo. Carlos I se rinde. Fin de la primera guerra civil.

1648 Marzo: el sur de Gales se levanta a favor de Carlos I. Alzamiento realista en Kent.

Mayo: la Armada cambia de bando y se pasa a los realistas.

Mayo a junio: la Armada realista navega por las costas de Essex en rebelión contra el Parlamento.

11 de junio: barcos realistas zarpan hacia Hellevoetsluis (Países Bajos) para ir a buscar al príncipe de Gales.

12 de junio a 28 de agosto: sitio de Colchester.

17 de julio: la Armada parte de Holanda a Yarmouth con el príncipe de Gales.

Mediados de julio a fines de agosto: los barcos realistas están por la costa de Essex.

25 de agosto: victoria del ejército parlamentario al mando de Oliver Cromwell en la batalla de Preston. Fin de la segunda guerra civil inglesa.

28 de agosto: ejecución de los defensores de Colchester, sir Charles Lucas y George Lisle.

30 de agosto: la flota realista se enfrenta a la parlamentaria. Huyen sin combatir.

1649 1 de enero: el príncipe Ruperto del Rin y su hermano, el príncipe Mauricio del Palatinado, zarpan con los barcos realistas a Irlanda.

30 de enero: ejecución de Carlos I Estuardo.

30 de marzo: Juan Francisco de Montemayor es nombrado oidor decano de Santo Domingo.

Mayo a octubre: la escuadra realista al mando de Ruperto del Rin permanece bloqueada en Kinsale (Irlanda).

2 de agosto: se inicia la campaña de Oliver Cromwell en Irlanda.

Mediados de octubre: la flota al mando de Ruperto del Rin logra salir de Kinsale.

1650 Juan Francisco de Montemayor llega a isla Española.

1652 Muere François Levasseur, gobernador de la isla de la Tortuga, y le sustituye Timoléon Hotman, señor de Fontenay.

9 de mayo: la escuadra de Ruperto del Rin, que hasta el momento se había mantenido por el Mediterráneo, la costa atlántica europea y la africana, parte de Cabo Verde en dirección al Caribe.

29 de mayo: la escuadra de Ruperto del Rin llega a la isla de Santa Lucía.

13 de septiembre: un temporal hunde el *Defiance*. A bordo iba el príncipe Mauricio del Palatinado.

Octubre: el príncipe Ruperto del Rin regresa a Europa.

1653 18 de agosto: muere Andrés Pérez Franco, gobernador de Santo Domingo, y le sustituye como gobernador interino Juan Francisco de Montemayor.

15 de diciembre: Oliver Cromwell jura como Lord Protector.

1654 Enero-febrero: conquista de la Tortuga por Gabriel de Rojas y Juan de Morfa (John Murphy).

Diciembre: la Armada de Cromwell parte de Inglaterra hacia el Caribe.

1655 8-10 de abril: Juan Francisco de Montemayor cesa en el cargo de gobernador interino de Santo Domingo a la llegada del nuevo gobernador, don Bernardino de Meneses, conde de Peñalba. Juan Francisco de Montemayor recibe el nombramiento de su nuevo destino, en Nuevo México.

Viernes, 23 de abril: a la una de la tarde aparece la Armada inglesa frente a Santo Domingo.

Sábado, 24 de abril: se proclama toque de queda en Santo Domingo.

6-8 de mayo: batallas entre los ingleses y los dominicanos. Los ingleses empiezan a retirarse.

4 de mayo: los ingleses se retiran definitivamente.

11 de mayo: los ingleses llegan a Jamaica.

17 de mayo: rendición de Jamaica.

1656 Finales de enero: el gobernador Bernardino de Meneses es trasladado a la Real Audiencia de Charcas (Sucre) y le sustituye Félix de Zúñiga.

Llega a Santo Domingo la real cédula que prohíbe el corso español, promulgada en marzo de 1655.

1658 27 de marzo: Juan Francisco de Montemayor llega a Veracruz.

3 de septiembre: muere Oliver Cromwell.

1659 29 de mayo: Carlos II Estuardo llega a Londres.

1660 Restauración de la monarquía inglesa.